Chouette

4e

13-14 ANS

NOUVEAU PROGRAMME

Le Tout-en-un de la quatrième

Français
Sandrine Girard
Hélène Maggiori-Kalnin

Mathématiques
Gérard Bonnefond
Daniel Daviaud
Bernard Revranche

Histoire-Géographie
Enseignement moral et civique
Christophe Clavel
Cécile Gaillard
Vanessa Lebrun

Physique-Chimie, SVT
et Technologie
Sandrine Aussourd
Pascal Bihouée
Daniel Dupuis
Marie-Anne Grinand

Anglais
Nicole Nemni-Nataf
Corinne Touati

Hatier

Table des illustrations

4-b	ph ©	DKart / Getty Images
5-b	ph ©	DAVID PARKER / SPL / COSMOS
48-1	ph ©	Josse / Leemage
48-2	ph ©	Jörg P. Anders / BPK, Berlin, Dist. RMN-Grand Palais
49	ph ©	Josse / Leemage
139	ph ©	DKart / Getty Images
143	ph ©	Michèle Bellot / RMN-GP
145	ph ©	Gérard Blot / RMN-GP
147	ph ©	PrismaArchivo / Leemage
148		Coll. IM / Kharbine-Tapabor
151	ph ©	Akg-Images
155	ph ©	Selva / Leemage
158	©	Collection Archives départementales du Nord Lille / Fonds Philippe Marchand
159	ph ©	Selva / Leemage
162	ph ©	DKart / Getty Images
163-hd	ph ©	ARTHUS-BERTRAND Yann / hemis.fr
163-bg	ph ©	Lalo De Almeida / CONTRASTO-REA
169	©	Google 2017
178	ph ©	Bridgeman Images
181-g, d	©	Plantu
183-m	ph ©	Evrard, Taquet / ECPAD / Défense
183-b	©	Bearboz
185	ph ©	PrismaArchivo / Leemage
190	©	Google 2017
193	ph ©	Bridgeman Images
195	ph ©	DAVID PARKER / SPL / COSMOS
223-g	ph ©	ESA / Ciel et Espace Photos
223-d	©	Nasa
224	ph ©	Long Tran Cao Bao / DR
227	ph ©	Christian Bodet / INRA
229-g	ph ©	Muriel Hazan
229-d	ph ©	Frédéric Didillon – MAP / Mise au Point
230	ph ©	CNRI / SPL / COSMOS
237	ph ©	Robert Guidoin Ph. D, Laboratoire de Chirurgie Expérimentale, Pavillon de Services, Université Laval, Québec
239-1, 2	ph ©	BIOPHOTO ASSOCIATES / BSIP
239-3	ph ©	Biophoto Associates / Science Photo Library / Biosphoto
240	ph ©	Franck Fell / Robert Harding / Getty Images
242-1	ph ©	Nicolas Job / Capa Pictures
242-2	ph ©	fresnel6 / Fotolia
245	ph ©	Konstantinos Moraitis / Fotolia

PAPIER À BASE DE FIBRES CERTIFIÉES

Hatier s'engage pour l'environnement en réduisant l'empreinte carbone de ses livres. Celle de cet exemplaire est de : 1.2 kg éq. CO_2
Rendez-vous sur www.hatier-durable.fr

IMPRIM'VERT – Votre imprimeur agit pour l'environnement

Achevé d'imprimer en Italie par L.E.G.O. S.p.A. - Lavis (TN)

Dépôt légal n° 06479-9/02 - Février 2022

Maquette de principe : Frédéric Jély
Mise en pages : STDI
Cartographie et schémas : Lasergraphie, STDI
Illustrations : Adrien Siroy (dessins de la chouette), Juliette Baily, Roland Garrigue, Axel Renaux, Mathieu de Muizon
Iconographie : Hatier illustration
Édition : Stéphanie Herbaut, Aude Marot

ISBN 978-2-401-06479-9

Quand tu as terminé le travail sur un chapitre, reporte le score total obtenu aux exercices.

Sommaire

FRANÇAIS

GRAMMAIRE

CONJUGAISON

ORTHOGRAPHE

VOCABULAIRE

LECTURE ET EXPRESSION ÉCRITE

COMPLÉMENTS

MATHS

NOMBRES ET CALCULS

GESTION DE DONNÉES

GÉOMÉTRIE ET MESURES

ALGORITHMIQUE ET PROGRAMMATION

COMPLÉMENTS

MÉTHODE

CARTES MENTALES

HISTOIRE-GÉO/EMC

HISTOIRE

HISTOIRE-GÉO/EMC

GÉOGRAPHIE

ENSEIGNEMENT MORAL ET CIVIQUE

PHYSIQUE-CHIMIE, SVT, TECHNO

PHYSIQUE-CHIMIE

PHYSIQUE-CHIMIE, SVT, TECHNO

SVT

TECHNOLOGIE

COMPLÉMENT

ANGLAIS

LE GROUPE NOMINAL

LE GROUPE VERBAL

LA PHRASE

COMPLÉMENTS

FRANÇAIS

Tu trouveras dans cette partie des rappels de cours et des exercices sur les principales **notions du programme** :

GRAMMAIRE

1 Les pronoms

À quoi sert un pronom ?

- **Un pronom se substitue le plus souvent à un nom :** *J'aime bien **Léo** ; je **l'**ai invité à ma fête.*
- Mais il peut aussi remplacer :
  - un adjectif qualificatif ; *Ma sœur est **grande**, je **le** suis aussi.*
  - un infinitif ; ***Tricher**, **c'**est interdit et inutile.*
  - une proposition. ***Il n'est pas content** ; je **le** sais.*

★ 1 Complète les phrases avec le pronom qui convient.

1. Ces livres-ci m'appartiennent, mais ~~ils~~ ceux-là sont à toi. • **2.** J'ai rangé mes affaires, à toi de ranger les tiennes. • **3.** Après les résultats de l'examen, les uns sont tristes, les autres sont contents. • **4.** Je suis allé voir le film dont tu m'as parlé.

SCORE 3 / 4

Quels sont les différents pronoms ?

- **On distingue les pronoms :**
  - personnels (*je, tu, il, elle, nous, vous, ils, elles, me, te, se, le, la, les, moi, toi, lui, leur, en, y*) ;
  - démonstratifs « simples » (*celui, celle(s), ceux, ce*) ou « composés » (*ceci, cela, celui-ci (-là), celle-ci (-là)…*) ;
  - possessifs (*le mien, le tien, le sien, le nôtre, le vôtre, le leur, les miens…*) ;
  - relatifs (*qui, que, quoi, dont, où, lequel…*) ;
  - interrogatifs (*qui, que, quoi, lequel, laquelle…*) ;
  - indéfinis (*chacun, personne, certains, rien, aucun…*).

★★ 2 Souligne tous les pronoms et place-les dans le tableau.

Un vieux pêcheur, après avoir pêché un espadon aussi grand que sa barque, a dû lutter jusqu'à l'épuisement contre les requins qui dévorent sa prise.

Le vieil homme respirait avec les plus grandes difficultés ; il avait dans la bouche un goût bizarre, ferreux et douceâtre qui l'effraya beaucoup sur le moment. Il se savait vaincu, définitivement et sans remède. La barque était bien légère maintenant, et le vieux n'avait plus ni sentiments ni pensées. Il était au-delà de tout ; il ne songeait plus qu'à ramener sa barque au port aussi bien que possible.

« On a le vent pour nous, en tout cas, pensa le vieux pêcheur. » Et quand celui-ci entra dans le petit port, comme personne n'était là pour l'aider, il rama aussi loin qu'il put.

D'après Ernest Hemingway, *Le vieil homme et la mer*, trad. Jean Dutourd © Éditions Gallimard, 1952.

Pronoms personnels	Pronoms démonstratifs	Pronoms relatifs	Pronoms indéfinis
il, nous, se, on, l'effraya, l'aider	celui-ci	~~que~~ / qui / qui, que	(au-delà de…) tous / personne

SCORE 9 / 15

INFO
On, dans le sens de nous, est un pronom personnel.

Corrigés p. 53

TOTAL 12 / 19

GRAMMAIRE

2 Analyser un groupe nominal

Quels éléments constituent un groupe nominal ?

- Un groupe nominal (**GN**) est composé au minimum d'un **déterminant** et d'un **nom** :
  le cahier → *le* = déterminant ; *cahier* = nom.
- Les **expansions du nom** (ou du GN) sont les éléments qui peuvent enrichir le groupe de base selon leur nature :
  – un adjectif qualificatif épithète (*le cahier* ***bleu***) ;
  – un nom ou un GN, complément du nom (*le cahier* ***de français*** ; *le cahier* ***de ma sœur***) ;
  – une proposition subordonnée relative, complément du nom (*le cahier* ***que j'ai trouvé***) ;
  – une apposition (voir page 9).
- Un GN, avec ou sans expansion, peut être **remplacé par un pronom**.
  le cahier que j'ai trouvé → ***celui-ci*** ; *le cahier de ma sœur* → ***le sien***
- Un GN peut occuper **différentes fonctions dans une phrase** : sujet, complément d'objet, complément circonstanciel, attribut...

FRANÇAIS

★★ 1 Lis le texte, puis réponds aux questions.

Ils se turent et méditèrent là-dessus, dans un silence entamé seulement d'un étrange bruit haché, monocorde et répétitif, qui semblait provenir du dehors. Dans un premier temps, ce bruit fut une énigme de plus, puis ils comprirent qu'il s'agissait d'un chœur de grenouilles. L'étang devait héberger des centaines, des milliers de grenouilles et, avec la tombée de la nuit, toutes avaient refait surface. Le concert ainsi produit était totalement impénétrable, indéchiffrable, insondable...

D'après Lemony Snicket, *Les Désastreuses Aventures des orphelins Baudelaire*, t. XII, trad. Rose-Marie Vassalo © Nathan, 2006.

a. Quelles sont les expansions qui enrichissent le GN *un bruit* ?

étrange, haché, monocorde, répétitif, qui semblait provenire de dehors.

b. Quel GN le pronom *toutes* remplace-t-il ?

Le pronom toutes remplaces les grenouilles.
des centaines, des milliers

SCORE 3 / 6

★ 2 a. Complète le texte à l'aide des expansions suivantes : ~~merveilleuse~~ – ~~obliques~~ – ~~qui donnaient à tous les traits une majestueuse immobilité~~ – ~~de toute sensibilité~~ – ~~gonflées~~.

Quant à la figure, ce n'était point cette beauté calme et sévère des sculpteurs grecs, qui donnaient à tous les traits une majestueuse immobilité. Tous les traits étaient contractés légèrement : les yeux un peu obliques, la bouche relevée des coins, les narines quelque peu gonflées. En vérité, plus on regardait cette admirable statue, et plus on éprouvait le sentiment pénible qu'une si merveilleuse beauté pût s'allier à l'absence de toute sensibilité.

D'après Prosper Mérimée, *La Vénus d'Ille*, 1837.

COUP DE POUCE
Tu dois relever deux adjectifs et un groupe nominal.

b. Relève les expansions du nom *beauté*. Précise leur classe grammaticale et leur fonction.

Adjective qualificatif – calme et sérèe.
GN – des sculpteurs grecs.

SCORE 8 / 8

Corrigés p. 53

TOTAL 11 / 14

GRAMMAIRE

3 Analyser une phrase simple

Qu'est-ce qu'une phrase simple ?

- Une phrase a un **sens complet** et possède une structure grammaticale correcte. À l'écrit, elle commence par une **majuscule** et se termine par un **point**.
  La nuit tombe. Les marchands ferment boutique. Cet énoncé contient deux phrases.
- Une phrase simple comporte **un seul verbe conjugué** et un sujet qui lui est propre (GN, nom, pronom…). Elle forme une proposition indépendante.
  *Les marchands **ferment** boutique.*

ATTENTION Demande-toi d'abord quel est le thème de la phrase.

1 **Rédige une seule phrase simple avec tous les mots suivants :** et – fraîche – immense – la nuit – le paysage – s'étend – sereine – sur.

La nuit sereine et fraîche s'étend sur le paysage immense.

SCORE ..../ 8

2 **Modifie la ponctuation du texte de manière qu'il ne comporte que des phrases simples.**

Anna et Jérémy se sont levés tôt ce matin car un grand voyage en famille se prépare. Leurs parents leur ont annoncé la veille qu'ils partaient tous pour une semaine au Québec : c'était une belle surprise ! Dans quelques heures, ils prendront le train pour Paris, puis un avion les conduira sans escale jusqu'à Montréal.

Anna et Jérémy se sont levés tôt ce matin. Un grand voyage en famille se prépare. Leurs parents leur ont annoncé la veille. Ils partaient tous pour une semaine au Québec. C'était une belle surprise ! Dans quelques heures, ils prendront le train pour Paris. Puis un avion les conduira sans escale jusqu'à Montréal.

SCORE ..../ 7

3 **a. Dans ce texte, souligne les verbes conjugués.**

Dans ce récit qui se déroule à l'époque de la Ruée vers l'or (1848-1856), Suter est le premier à découvrir de l'or en Californie. Mais ses terres sont dévastées par les autres chercheurs d'or.

Suter s'est retiré dans son Ermitage. Il a ramené ce qu'il a pu de ses troupeaux. Malgré les événements, ses vignobles, ses vergers semblent bénis. Il pourrait encore exploiter tout cela, car il y a dans la contrée disette de vivres, et la nuée des chercheurs d'or est plus d'une fois menacée de famine. Mais Suter n'a plus le cœur à l'ouvrage. Ses employés les plus fidèles, ses hommes de confiance l'ont abandonné. Il n'y a plus de bras pour les cultures. Il n'y a pas un seul berger. Il laisse faire. Il ne fait rien.

D'après Blaise Cendrars, *L'Or* © Denoël, 1960, 2001.

b. Mets les phrases simples entre crochets.

SCORE ..../ 20

COUP DE POUCE Pour chaque phrase mise entre crochets, vérifie que tu as un seul verbe conjugué et un point à la fin.

Corrigés p. 53

TOTAL ..../ 35

GRAMMAIRE

4 La construction d'un verbe

FRANÇAIS

Qu'est-ce qu'un verbe d'état ?

- Les **verbes d'état** (*être, paraître, sembler, demeurer, devenir*...) expriment un état ou un changement d'état et se construisent avec un **attribut du sujet**. *Il **paraît** détendu.*

1 Souligne les verbes d'état.

COUP DE POUCE
Tu dois trouver quatre verbes d'état.

Zézé, enfant battu, a trouvé un ami : Portugâ. Zézé voudrait que son ami l'adopte.

– On ne peut pas choisir son père avant sa naissance. Mais si j'avais pu, je t'aurais voulu toi.
– C'est vrai, Moustique ?
– Je peux le jurer. Et puis, je serai une bouche de moins à nourrir. Je te promets que je ne dirai plus de gros mots. Je cirerai tes chaussures, je soignerai les oiseaux. Je serai le meilleur élève de l'école. Je ferai tout très bien. À la maison, tout le monde serait fou de joie si on me donnait.

D'après José Mauro de Vasconcelos, *Mon bel oranger*, © 1971, Éditions Stock pour la traduction française d'Alice Raillard.

SCORE ..../ 4

2 Relis le texte de l'exercice 1 et analyse les attributs du sujet comme dans l'exemple.

Ex. : vrai est attribut du sujet c'

1. .... est attribut du sujet ....
2. .... est attribut du sujet ....
3. .... est attribut du sujet ....

SCORE ..../ 6

Qu'est-ce qui distingue un verbe transitif d'un verbe intransitif ?

- Les verbes **transitifs** se construisent **avec un complément d'objet**.
  - Ils sont **transitifs directs** s'ils se construisent avec un COD. *On ne **choisit** pas son père.*
  - Ils sont **transitifs indirects** s'ils se construisent avec un COI. *L'enfant **parle** à son nouvel ami.*
- Les verbes **intransitifs** se construisent **sans complément d'objet**. *Elle **pleure**.*

3 Entoure au moins cinq verbes transitifs dans le texte de l'exercice 1.

SCORE ..../ 5

ATTENTION
Certains verbes peuvent être, selon leur emploi, transitifs ou intransitifs.

4 Entoure les trois verbes intransitifs dans le texte suivant.

Dans les rues tortueuses du quartier, les voitures roulent trop vite. Il est difficile de passer d'un trottoir à l'autre rapidement. Le danger est grand, tant pour les enfants que pour les adultes. Si un accident survient, tout le monde dira que cela devait arriver, mais personne ne fait rien pour l'éviter réellement.

SCORE ..../ 3

Corrigés p. 53

TOTAL ..../ 18

GRAMMAIRE

5 Distinguer un COD d'un COI

Quels sont les différents compléments d'objet ?

- Un complément d'objet **complète le sens du verbe.** On ne peut pas le supprimer.
  *Le moustique pique **la fillette**.* → On ne peut pas supprimer le GN *la fillette*.
- Le **COD** complète le verbe **directement, sans préposition.**
  *Amélie achète **un pantalon**.*
- Le **COI** complète le verbe **indirectement, avec une préposition** (*à*, *de*).
  *Benoît pense **à ses prochaines vacances**.*

  Note que, quand le COI vient après un pronom complément d'objet, on parle de COS (complément d'objet second).
  *On prête la tondeuse **aux voisins** ?* (*la tondeuse* = COD ; *aux voisins* = COS)

★ 1 a. Complète les proverbes avec les GN : un bœuf – de l'eau – sa monture – un œuf.
b. Précise s'il s'agit d'un COD ou d'un COI.

1. Qui veut voyager loin, ménage .... → ....
2. Qui vole .... vole .... → ....
3. Méfiez-vous .... qui dort. → ....

SCORE ..../ 7

★ 2 a. Lis le texte et souligne tous les COD.

Julien est passeur au bord d'un fleuve. Un jour, un étrange individu monte dans sa barque.

Dès que l'homme entra dans la barque, elle enfonça prodigieusement, écrasée par son poids ; une secousse la remonta et Julien commença à ramer. L'eau, plus noire que de l'encre, courait avec furie des deux côtés du bordage. Elle creusait des abîmes, elle faisait des montagnes, et la chaloupe sautait dessus. Julien penchait son corps, dépliait les bras. La grêle cinglait ses mains, la violence de l'air l'étouffait, il s'arrêta.

D'après Gustave Flaubert, *Trois Contes*, « La légende de saint Julien l'Hospitalier », 1877.

> **COUP DE POUCE**
> Tu dois trouver huit COD. L'un d'eux est un pronom réfléchi.

b. Relève un COI avec la préposition qui l'introduit. Indique quel est le verbe complété.

COI : .... Verbe complété : ....

SCORE ..../ 10

★★ 3 Observe les deux propositions en couleur dans le texte de l'exercice 2. Par quels noms peux-tu remplacer les pronoms compléments ? Réécris les propositions.

1. Une secousse ....
2. La violence ....

SCORE ..../ 2

Corrigés p. 53

TOTAL ..../ 19

GRAMMAIRE

6 Les compléments circonstanciels

Qu'est-ce qu'un complément circonstanciel ?

- Un complément circonstanciel (CC) apporte une **information** sur les circonstances de l'action : il est le plus souvent **supprimable et déplaçable**.

  Pendant la nuit, *l'astronome a observé les étoiles.*

- Il arrive cependant que le CC modifie le sens du verbe : il n'est alors **ni déplaçable, ni supprimable.** *Le technicien agit* ***avec une très grande précision****.*

★★ 1 Parmi les CC en couleur, souligne les compléments qui peuvent être supprimés.

1. Ce matin, le trajet a duré vingt-cinq minutes. • **2.** Pendant le repas, il s'est conduit avec beaucoup de tact. • **3.** Cet enfant pesait quatre kilos à la naissance. • **4.** Cette année, au collège, les cours se terminent à cinq heures. • **5.** Il se rend à Paris pour étudier.

SCORE ..../ 6

Quelles précisions apportent les compléments circonstanciels ?

- Un complément circonstanciel **renseigne**, selon le cas, sur le temps, le lieu, le moyen, la manière, la cause, le but, la conséquence de l'action...
- Il peut être introduit **directement** (sans préposition) ou **indirectement** (avec préposition).

  Cet après-midi*, je partirai* ***avec toi****.*

★★ 2 Lis le texte, puis complète le tableau.

Naufragé sur une île déserte du Pacifique, Robinson Crusoé la baptise « Speranza » et, pour occuper sa solitude, établit un règlement.

Article 1er : Robinson Crusoé, né à York, le 19 décembre 1737, est nommé gouverneur de l'île de Speranza, située dans l'océan Pacifique, entre les îles Juan Fernandez et la côte orientale du Chili. En cette qualité, il a tous pouvoirs pour légiférer sur l'ensemble du territoire.

Article 2 : Les habitants de l'île sont tenus de penser à haute voix. [...]

Article 4 : Le dimanche est chômé. À dix-neuf heures, le samedi, tout travail doit cesser dans l'île, et les habitants doivent revêtir leurs meilleurs vêtements pour le dîner. Le dimanche matin, à dix heures, ils se réuniront dans le temple pour la prière.

Michel Tournier, *Vendredi ou la Vie sauvage* (1971) © Éditions Gallimard, 1977.

CC de temps	....
CC de lieu	....
CC de manière	....
CC de cause	....
CC de but	....

SCORE ..../ 16

COUP DE POUCE
Tu dois compléter chaque case avec un complément au moins.

Corrigés p. 54

TOTAL ..../ 22

GRAMMAIRE

7 Reconnaître une phrase complexe

Qu'est-ce qu'une phrase complexe ?

- Une phrase complexe contient au moins **deux verbes conjugués**.
Elle est donc constituée d'au moins **deux propositions**.
- Ces deux propositions peuvent être :
  – **juxtaposées** (séparées par une virgule, un point-virgule ou un deux-points) ;
  [Il fait très beau] **:** *[il se promène].*
  – **coordonnées** (reliées par une conjonction de coordination ou un adverbe) ;
  [Il fait très beau] ***donc*** *[il se promène].*
  – **subordonnées** (reliées par un mot subordonnant, comme une conjonction de subordination ou un pronom relatif).
  [Il se promène] ***parce qu'****[il fait très beau].*

Il se promène parce qu'il fait très beau.

1 **Transforme comme indiqué les couples de phrases simples en phrases complexes.**

1. Les oiseaux chantent. Le printemps est là. (coordination)

→ ....

2. Le réveil sonne. Je me lève. (juxtaposition)

→ ....

3. Le chat est parti. Les souris dansent. (subordination)

→ ....

SCORE ..../ 3

2 **Souligne les verbes conjugués dans chaque phrase, puis complète le tableau.**

1. Lisa s'assit à sa table, prit du papier et une plume. • **2.** Plus d'une fois, elle commença une phrase puis déchira la feuille. • **3.** Le lendemain, aussitôt qu'elle aperçut Hermann par la fenêtre, elle ouvrit le vasistas. • **4.** Elle jeta la lettre dans la rue, comptant bien que le jeune homme ne la laisserait pas s'égarer. • **5.** En effet, Hermann la ramassa aussitôt et entra dans une boutique de confiseur pour la lire.

D'après Alexandre Pouchkine, *La Dame de pique*, 1834, trad. Prosper Mérimée.

Phrase	Nombre de propositions	Mot ou signe reliant les propositions	Juxtaposition, coordination ou subordination ?
1.	....	....	....
2.	....	....	....
3.	....	....	....
4.	....	....	....
5.	....	....	....

SCORE ..../ 25

COUP DE POUCE
Dans deux phrases, les propositions sont subordonnées.

Corrigés p. 54

TOTAL ..../ 28

8 Les subordonnées relatives

Qu'est-ce qu'une subordonnée relative ?

- La proposition subordonnée relative **complète un nom**, un GN ou un pronom.

  *La grande **maison** [qui est au coin de la rue] est une construction récente.*
  → La relative *qui est au coin de la rue* donne des informations sur le nom *maison*.

- La subordonnée relative est introduite par un **pronom relatif** (*qui, que, quoi, dont, où, lequel…*) qui remplace le mot complété, appelé **antécédent**.

  *L'immeuble [**que** tu vois là-bas] va être démoli.*
  → *immeuble* = antécédent du pronom relatif *que*

- Le pronom relatif composé *lequel* prend **le genre et le nombre de son antécédent**.

  *La maison [dans **laquelle** j'ai grandi] n'existe plus.*
  → *laquelle* = s'accorde au féminin singulier avec son antécédent *maison*

★ 1 Utilise la subordonnée relative pour éviter la répétition du mot en couleur.

1. Je me promène souvent dans cette rue. J'ai passé mon enfance dans cette rue.

→ ……………………………………………………………………………………

2. J'ai visité ce musée. Les tableaux de ce musée sont remarquables.

→ ……………………………………………………………………………………

SCORE ……… / 2

★★ 2 a. Souligne les trois propositions subordonnées relatives et encadre les antécédents.

Le jeudi suivant, de bon matin, le père de Bacaillé, accompagné de son fils, partit à la foire de Baume. Sur le devant de la voiture à laquelle on avait attelé Bichette, la vieille jument, ils s'installèrent sur une botte de paille disposée en travers ; en arrière, sur une litière fraîche, tout le corps dans un sac serré en coulisse autour de son cou, un petit veau de six semaines montrait sa tête étonnée. Le père Bacaillé, qui l'avait vendu au boucher de Baume, profitait de l'occasion qu'offrait la foire pour le conduire à son acquéreur.

Louis Pergaud, *La Guerre des boutons*, 1912.

b. Transforme les expressions ci-dessous en propositions subordonnées relatives.

accompagné de son fils → ……………………………………………………………

de six semaines → ……………………………………………………………………

SCORE ……… / 8

COUP DE POUCE
Pense à mettre les verbes des propositions subordonnées relatives au passé, pour respecter la concordance des temps.

★ 3 Rétablis les pronoms relatifs manquants.

J'ai plusieurs copains : celui ………………………… je m'entends le mieux est José ; Léo, ………………… les autres n'apprécient pas trop, est très fort en maths ; Edgar, …………………… les parents sont acteurs, est très timide. Tous les trois sont vraiment des garçons …………………… on peut compter.

SCORE ……… / 4

Corrigés p. 54

TOTAL ……… / 14

GRAMMAIRE

9 Les subordonnées complétives

Qu'est-ce qu'une proposition subordonnée complétive ?

- Une subordonnée complétive occupe une fonction essentielle dans la phrase complexe.
  - Le plus souvent, elle est **COD**.

    Mathis veut [que tu le retrouves devant le gymnase]. → *que tu le retrouves devant le gymnase* = COD de *veut*
  - Elle peut aussi être **sujet** du verbe ou **sujet réel** dans une phrase impersonnelle.

    [Qu'elle ait réussi son examen] ne m'étonne guère. → *Qu'elle ait réussi son examen* = sujet de *étonne*

    Il faut [que tu sois ponctuel]. → *que tu sois ponctuel* = sujet réel de *Il faut*

★ 1 Souligne les propositions subordonnées qui complètent les verbes en couleur.

COUP DE POUCE
Tu dois trouver trois subordonnées complétives.

La construction de la tour Eiffel

Il fut décidé qu'on installerait là-haut, entre les travées de fer, de petites baraques pour nous, comme des nids qu'on ne verrait pas de la ville. Nous y dormions, nous y mangions, et le soir nous jouions aux cartes. Nous ne nous sentions plus des ouvriers mécaniciens, mais des héros, des saints. Peu à peu, nous prenions conscience que la construction de la tour Eiffel ne serait jamais terminée, maintenant nous nous expliquions pourquoi l'ingénieur avait exigé ce piédestal démesuré, ces quatre pattes de fer cyclopéennes qui semblaient absolument disproportionnées.

D'après Dino Buzzati, in *Le K* (1966), « La tour Eiffel », trad. Jacqueline Remillet © Éditions Robert Laffont, 2002.

SCORE .... / 3

Quels sont les deux types de propositions complétives ?

- La subordonnée complétive **conjonctive** est introduite par ***que*** et complète un verbe de déclaration (*dire*...), de connaissance (*savoir*...), d'opinion (*penser*...), de volonté (*vouloir*...) ou de sentiment (*craindre*...).

  *Je sais [**qu'**il est là] ; je veux [**qu'**il sorte].*
- La subordonnée complétive **interrogative indirecte** est introduite par un **mot interrogatif** (*quel, qui, quand, si*...) et complète un verbe qui exprime l'interrogation ou l'ignorance (*demander, ne pas savoir*...).

  *Madame Boulanger se demande [**si** sa fille viendra dîner] et [**avec qui** elle arrivera].*

★ 2 Parmi ces phrases, souligne celles qui comportent une subordonnée conjonctive.

1. Emma croit que tu penses encore à elle. **2.** Je ne veux pas que tu viennes.
3. Je ne suis plus celui que tu as connu.

SCORE .... / 2

★★ 3 Transforme les interrogations directes en subordonnées interrogatives indirectes.

1. Es-tu passé prendre le pain ? → Je me demande ....

2. À quelle heure viendras-tu ? → Je me demande ....

SCORE .... / 2

Corrigés p. 54

TOTAL .... / 7

CONJUGAISON

10 L'indicatif présent : cas particuliers

À quels verbes du 3e groupe faut-il faire particulièrement attention ?

- ***Vouloir, pouvoir, valoir*** aux 1re et 2e personnes du singulier.
  *je veu**x**, tu veu**x** ; je peu**x**, tu peu**x** ; je vau**x**, tu vau**x*** (mais *il peut, il veut, il vaut*)
- **Les verbes en *-dre*** aux trois personnes du singulier.
  *je pren**ds**, tu pren**ds**, il pren**d*** (*prendre*)
  Note que les verbes en *-indre* et *-soudre*, eux, perdent le *d*.
  *je pein**s**, tu pein**s**, elle pein**t*** (*peindre*) ; *je résou**s**, tu résou**s**, il résou**t*** (*résoudre*)

1 **Dans chaque série, barre l'intrus puis explique ton choix.**

COUP DE POUCE Mets ces verbes au présent et compare leurs terminaisons.

1. tendre – atteindre – attendre – apprendre – vendre : ....
2. voir – apercevoir – pouvoir – devoir – recevoir : ....

SCORE ..../ 4

2 **Souligne les verbes du 3e groupe conjugués au présent, à la 1re personne du singulier.**

COUP DE POUCE Tu dois souligner neuf verbes du 3e groupe.

Louison, dix ans, monte dans le grenier, alors que sa mère le lui a interdit.

Mes yeux s'ajustent à la demi-obscurité. Tout d'un coup, je vois un foulard taché de rouge dont le coin est pincé dans un coffre. Je le prends, le secoue, le tords, le sens, le tire. Il m'intrigue. Une série de portraits de maman empilés les uns contre les autres apparaît. Je les mets en éventail contre le mur. Sombres, ils m'inquiètent. J'aperçois sur un des portraits une petite fille. Et je me souviens.
J'en ai assez de ma promenade... Je vais dans ma chambre... J'y retournerai...
Là-haut, je peux réfléchir aux secrets de maman.

D'après Marie-Christine Helgerson, *Louison et monsieur Molière* © Castor Poche Flammarion, 2001.

SCORE ..../ 9

Quels autres verbes du 3e groupe ont des terminaisons irrégulières ?

- ***Faire*** **et** ***dire*** à la 2e personne du pluriel : *vous fai**tes*** ; *vous di**tes***.
- ***Aller*** à toutes les personnes, sauf aux 1re et 2e personnes du pluriel.
  *je **vais**, tu **vas**, il **va**, elles **vont*** (mais *nous allons, vous allez*)
- Quelques verbes du 3e groupe qui prennent les **terminaisons du 1er groupe**.
  *cueillir : je cueill**e**, tu cueill**es**, elle cueill**e**...* ; *ouvrir : j'ouvr**e**, tu ouvr**es**, il ouvr**e**...*

3 **Réécris les verbes en les conjuguant au présent.**

1. Comme vous ne (faisiez) .... et ne (disiez) .... rien, je (commençais) .... à m'inquiéter. • **2.** Quand sa sœur (ouvrait) .... la porte de sa chambre, Noël (éteignait) .... la lumière pour cacher ses trésors.

SCORE ..../ 5

Corrigés p. 55

TOTAL ..../ 18

CONJUGAISON

11 Reconnaître la valeur d'un présent

Quand emploie-t-on le présent dans un récit au passé ?

Dans un récit au passé, le présent peut avoir différentes valeurs.

- Dans les dialogues, les verbes sont au **présent d'énonciation**.
- Pour rendre le récit plus vivant, l'auteur peut recourir au **présent de narration**.
  *Je me promenais paisiblement quand, soudain, un orage me **surprend**...*
- Pour évoquer des faits qui sont toujours vrais, l'auteur peut employer le **présent de vérité générale**. C'est aussi le temps utilisé dans les maximes et les proverbes.
  *Qui **veut** voyager loin, **ménage** sa monture.*

1 **Classe les verbes en couleur selon qu'ils relèvent du présent d'énonciation ou du présent de narration.**

> **COUP DE POUCE**
> Remarque bien que le récit commence au passé (*tenait, tint*).

Maître Corbeau, sur un arbre perché,
Tenait en son bec un fromage.
Maître Renard, par l'odeur alléché,
Lui tint à peu près ce langage :
« Hé, bonjour Monsieur du Corbeau,
Que vous êtes joli ! Que vous me semblez beau !
Sans mentir, si votre ramage
Se rapporte à votre plumage,
Vous êtes le Phénix des hôtes de ces bois. »
À ces mots le corbeau ne se sent pas de joie ;
Et pour montrer sa belle voix,
Il ouvre un large bec, laisse tomber sa proie.

Jean de La Fontaine, *Fables*, « Le Corbeau et le Renard », 1668-1694.

présent d'énonciation : ....

présent de narration : ....

SCORE ..../ 7

2 **Explique l'emploi du présent pour chaque verbe en couleur.**

1. Chaque jour, il passait par le chemin qui longe la falaise.

→ ....

2. Furieuse, Katia s'écria : « Ce n'est pas vrai ! je le sais ! »

→ ....

3. Le silence régnait dans les rues du village quand soudain un cri vient brusquement troubler cette paix.

→ ....

SCORE ..../ 3

Corrigés p. 55

TOTAL ..../ 10

12 L'indicatif passé simple

Quelles sont les terminaisons du passé simple ?

- Les terminaisons du passé simple de l'indicatif **dépendent du groupe** du verbe.

	Singulier			Pluriel		
Groupe	**1re pers.**	**2e pers.**	**3e pers.**	**1re pers.**	**2e pers.**	**3e pers.**
1er groupe	-ai	-as	-a	-âmes	-âtes	-èrent
2e groupe	-is	-is	-it	-îmes	-îtes	-irent
3e groupe	-is -us	-is -us	-it -ut	-îmes -ûmes	-îtes -ûtes	-irent -urent

- Quelques verbes particuliers :
  - ***venir, tenir*** et leurs dérivés (*advenir, soutenir*, etc.) se terminent par *-ins, -ins, -int, -înmes, -întes, -inrent* : *je v**ins**, tu v**ins**, il v**int**, nous v**înmes**, vous v**întes**, elles v**inrent*** ; *je t**ins**...* ;
  - ***aller*** a les mêmes terminaisons qu'un verbe du 1er groupe : *j'all**ai**, tu all**as**, elle all**a**...* ;
  - ***être*** : *je **fus**, tu **fus**, il **fut**, nous **fûmes**, vous **fûtes**, elles **furent*** ;
  - ***avoir*** : *j'**eus**, tu **eus**, elle **eut**, nous **eûmes**, vous **eûtes**, ils **eurent**.*

★ 1 Complète le texte en conjuguant les verbes entre parenthèses au passé simple.

Zézé décide de fabriquer un faux serpent pour effrayer les passants.

Un après-midi, je (repenser) .... au bas noir. Je l'(entortiller) .... dans une ficelle et (couper) .... le bout du pied. Puis, à l'endroit du pied, j'(attacher) .... un long fil de cerf-volant. De loin, en tirant doucement, ça avait l'air d'un serpent. Le soir, j'(attendre) .... sans bouger près du portillon. Une femme arrivait. Je (courir) .... me cacher et (expérimenter) .... le maniement du serpent. Il (obéir) .... Alors je me (faire) .... tout petit et je me (mettre) .... à tirer le fil du serpent. Il (glisser) .... lentement au milieu de la rue. La femme (pousser) .... un grand cri.

D'après José Mauro de Vasconcelos, *Mon bel oranger*, © 1971, Éditions Stock pour la traduction française d'Alice Raillard.

SCORE .... / 12

COUP DE POUCE
Il n'y a qu'un verbe du 3e groupe en -us.

★ 2 Complète le tableau.

Verbe au passé simple	Infinitif
tu plaças	....
nous	manger

SCORE .... / 2

COUP DE POUCE
Dans l'exercice 3, réfléchis au temps et au groupe de chaque verbe.

Corrigés p. 55

★★ 3 Barre l'intrus puis justifie ton choix.

1. erras – consacras – vaincras – pleuras : ....

2. obéit – prit – mit – vit – partit : ....

SCORE .... / 2

TOTAL .... / 16

CONJUGAISON

13 Employer le passé simple et l'imparfait

Comment choisir entre passé simple et imparfait ?

- Dans un récit au passé, on utilise :
  - le **passé simple** pour raconter les **actions principales** ;
  - l'**imparfait** pour décrire le **cadre**, les **personnages**, et des **actions secondaires** ou **répétées**.

  *« Deux Coqs **vivaient** en paix : une Poule **survint**. »* (La Fontaine)
  → L'imparfait *vivaient* décrit la situation de départ. Le passé simple *survint* exprime l'irruption de la poule dans l'univers des deux coqs : c'est une action qui est au premier plan du récit et qui fait progresser la narration.

- Les **terminaisons** du passé simple varient selon le groupe du verbe.
  Les terminaisons de l'imparfait, elles, sont régulières : *-ais, -ais, -ait, -ions, -iez, -aient.*

1 À quel temps les verbes en couleur sont-ils conjugués ? Justifie chaque emploi.

1. La porte s'ouvrit sous la pression du vent qui se déchaînait.

....

2. Chaque jour, je prenais le même train et rencontrais les mêmes gens.

....

SCORE ..../ 4

★ 2 Conjugue les verbes du texte à l'imparfait ou au passé simple, selon le cas.

Un énorme incendie ravage la savane.

Il (être) .... inutile d'aller plus loin : les girafes (revenir) .... au galop. Je (grimper) .... en haut des rochers. J'y (trouver) ...., couchés sur le flanc, des lions, des boucs, des léopards… Deux longues cornes de feu (s'avancer) .... très loin et déjà (se refermer) .... presque. Et ce qui (être) .... pire, c'(être) .... que le vent (tourner) .... et que les flammes (revenir) .... vers nous.

D'après Roy Lewis, *Pourquoi j'ai mangé mon père* (1960), trad. Vercors et Rita Barisse © Actes Sud, 1990.

SCORE ..../ 10

> **COUP DE POUCE**
> Tous les verbes au passé simple sont à la 1re personne du singulier.

Quel est le piège à la 1re personne du singulier ?

- La 1re **personne du singulier** du passé simple et celle de l'imparfait des verbes du 1er groupe se prononcent de la même façon : *je parl**ai*** (passé simple), *je parl**ais*** (imparfait).
- En cas de doute, mets le verbe à la 3e personne du singulier : *il parla* (passé simple), *il parlait* (imparfait).

★★ 3 Choisis la forme qui convient pour compléter chaque phrase.

1. Je me demandais si j'❑ allai ❑ allais réussir. • **2.** Un instant j'❑ hésitai ❑ hésitais puis je franchis le seuil de la maison. • **3.** Alors que je ❑ pensai ❑ pensais à lui, il entra.

SCORE ..../ 3

Corrigés p. 55

TOTAL ..../ 17

CONJUGAISON

14 Les temps composés de l'indicatif

Comment construire les temps composés ?

- Un temps composé se forme avec l'**auxiliaire** (*avoir* ou *être*) conjugué à un temps simple (présent, imparfait, futur, passé simple) et le **participe passé** (p.p.) du verbe. Il existe **quatre temps composés**.

Temps composé	Formation	Exemples
passé composé	auxiliaire au présent + p.p.	*tu **as** pris, il **est** parti*
plus-que-parfait	auxiliaire à l'imparfait + p.p.	*tu **avais** pris, elle **était** partie*
futur antérieur	auxiliaire au futur + p.p.	*tu **auras** pris, il **sera** parti*
passé antérieur	auxiliaire au passé simple + p.p.	*tu **eus** pris, elle **fut** partie*

★ 1 Souligne tous les verbes conjugués à un temps composé, puis complète le tableau.

Un meurtre a été commis. M. Utterson, notaire de la victime, se rend chez son ami le Dr Jekyll car il le soupçonne d'avoir abrité l'assassin.

M. Utterson se présenta à la porte du Dr Jekyll. Poole l'introduisit sur-le-champ. Il lui fit traverser les cuisines, puis une cour qui avait été jadis un jardin. Le docteur avait racheté la maison aux héritiers d'un chirurgien. Un escalier aboutissait à une porte qui s'ouvrait sur le cabinet du docteur. C'est là que s'était assis le Dr Jekyll, pâle à faire peur.
« Alors, dit M. Utterson, dès que Poole les eut laissés seuls, vous avez entendu la nouvelle ?
— Les vendeurs de journaux l'ont claironnée dans le square, dit-il... »

D'après Robert Louis Stevenson, *L'Étrange Cas du Dr Jekyll et de Mr Hyde* (1886), trad. Jean-Pierre Naugrette © Librairie Générale Française, 1999.

Verbe souligné	Temps de l'auxiliaire	Temps composé du verbe
....	....	....
....	....	....
....	....	....
....	....	....
....	....	....
....	....	....

SCORE .... / 18

★ 2 Dans chaque phrase, mets le verbe entre parenthèses au temps demandé.

1. Je m'en irai seulement quand tu (*arriver*, futur antérieur) ....
2. Nous (*remplir*, passé composé) .... nos poches de bonbons.
3. Le Dr Jekyll (*entendre*, plus-que-parfait) .... la nouvelle.
4. Après que tu (*partir*, passé antérieur) ...., la maison était triste.

SCORE .... / 4

INFO
Les verbes transitifs (qui ont un complément d'objet) se conjuguent toujours avec l'auxiliaire *avoir*.

Corrigés p . 55

TOTAL .... / 22

CONJUGAISON

15 Indicatif futur et conditionnel présent

Quelles sont les terminaisons de ces deux temps ?

- Les formes verbales de l'indicatif futur et du conditionnel présent se ressemblent.
  - **Indicatif futur** :
  *je prendr**ai**, tu prendr**as**, il prendr**a**, nous prendr**ons**, vous prendr**ez**, elles prendr**ont***
  - **Conditionnel présent** :
  *je prendr**ais**, tu prendr**ais**, elle prendr**ait**, nous prendr**ions**, vous prendr**iez**, ils prendr**aient***

1 **Complète le tableau.**

Infinitif	Indicatif futur		Conditionnel présent	
	1re pers. sing.	3e pers. plur.	1re pers. sing.	3e pers. plur.
être	....	....	....	....
crier	....	....	....	....
finir	....	....	....	....

SCORE ..../ 12

ATTENTION
Fais attention aux verbes du 1er groupe qui ont un e muet avant le r, au futur comme au conditionnel.

Comment différencier les formes homophones ?

- Une confusion est possible à la 1re personne du singulier.
  *Je t'assure que je **viendrai** demain.*
  → indicatif futur = action certaine, évoque l'avenir
  *Je **viendrais** si je le pouvais.*
  → conditionnel présent = hypothèse

- Pour ne pas se tromper, il suffit de changer la personne de conjugaison.
  *Je t'assure que je viendr**ai**.* → *Je t'assure qu'il viendr**a**.* = indicatif futur
  *Je viendr**ais** si je le pouvais.* → *Elle viendr**ait** si elle le pouvait.* = conditionnel présent

2 **Souligne dans le texte les verbes au conditionnel présent.**

Helen est aveugle et lit le braille, écriture destinée aux malvoyants. Ann est son institutrice.
Si Helen allait à l'école, elle aurait besoin d'une quantité de livres nouveaux et très peu de ces livres avaient été « traduits » en braille. C'est à Ann qu'en incomberait la tâche. Elle devrait soit recopier les livres en braille, soit les épeler peu à peu dans la main d'Helen. Dans les deux cas, il fallait qu'elle commençât par les lire ; or, la vue d'Ann, qui était déjà très mauvaise, s'était encore affaiblie ces derniers temps.
« J'essaierai de tenir le temps qu'il faudra », se dit Ann, qui ne pensait jamais à elle.

D'après Lorena Alice Hickok, *L'Histoire d'Helen Keller* (1958), trad. Renée Rosenthal © Éditions Robert Laffont, 1968.

SCORE ..../ 3

COUP DE POUCE
Tu dois trouver trois verbes au conditionnel présent.

Corrigés p. 56

TOTAL ..../ 15

16 Le subjonctif présent

Comment conjuguer un verbe au subjonctif présent ?

- Quel que soit leur groupe, tous les verbes prennent les mêmes **terminaisons** au subjonctif présent : ***-e, -es, -e, -ions, -iez, -ent.***

  *que je parl**e** ; que tu dis**es** ; qu'il vienn**e** ;*
  *que nous jet**ions** ; que vous ri**iez**... ; qu'ils se tais**ent***

- Seuls les verbes ***être*** et ***avoir*** font exception à cette règle, à certaines personnes.

Être	Avoir
*que je soi**s***	*que j'aie*
*que tu soi**s***	*que tu aies*
*qu'elle soi**t***	*qu'il ai**t***
*que nous soy**ons***	*que nous ay**ons***
*que vous soye**z***	*que vous aye**z***
qu'ils soient	*qu'elles aient*

- Au singulier, les formes de l'**indicatif présent** et du **subjonctif présent** de certains verbes du 3e groupe sont **homophones** mais ne s'écrivent pas de la même façon.

  *je croi**s**/ que je croi**e** – je voi**s**/ que je voi**e** – je ri**s**/ que je ri**e** – je cour**s**/ que je cour**e**...*

  Attention ! Ce n'est pas parce qu'un verbe est précédé de la conjonction *que* qu'il est obligatoirement au subjonctif.

★ 1 Complète le tableau en conjuguant les verbes au subjonctif présent.

COUP DE POUCE
Pense à l'expression « il faut que » qui est toujours suivie du subjonctif.

Infinitif	3e pers. du singulier	1re pers. du pluriel	3e pers. du pluriel
essayer	....	....	....
prendre	....	....	....
obéir	....	....	....

SCORE ..../ 9

★ 2 Conjugue les verbes entre parenthèses au subjonctif présent.

1. Le professeur ne veut pas que cet élève (se sentir) .... exclu.

2. Appelle les urgences : il faut qu'un médecin (intervenir) .... au plus vite !

3. Si vous voulez rendre votre chat heureux, veillez à ce qu'il ne (être) .... pas seul toute la journée.

4. Quoi que (faire) .... ses enfants, elle leur pardonne toujours leurs bêtises.

5. Ma mère ne souhaite pas que nous (avoir) .... un chat à la maison.

SCORE ..../ 5

★★ 3 Complète les phrases suivantes en choisissant la forme qui convient.

1. Tu dis que tu ❑ parcours ❑ parcoures huit kilomètres en une heure.

2. Pour que je te ❑ crois ❑ croie, tu dois me donner des preuves.

SCORE ..../ 2

Corrigés p. 56

TOTAL ..../ 16

CONJUGAISON

17 Les verbes pronominaux

Comment reconnaît-on un verbe pronominal ?

- Un verbe pronominal se conjugue avec un **pronom personnel complément** de même personne que le sujet, appelé **pronom réfléchi**.

  *se lever : je **me** lève, tu **te** lèves, elle **se** lève, nous **nous** levons, vous **vous** levez...*

- Les temps composés d'un verbe pronominal se forment avec **l'auxiliaire *être***.

  *je me **suis** levé, tu t'**es** levé, il s'**est** levé, nous nous **sommes** levés...*

★ 1 Conjugue les verbes entre parenthèses au passé composé.

ATTENTION Vérifie pour chaque verbe que tu as correctement accordé le participe passé.

1. Les jours (s'écouler) .... lentement depuis ton départ.
2. Toi, Cédric, tu (se jeter) .... tête baissée dans la bagarre.
3. « Je (se souvenir) .... à temps de mon rendez-vous. », pensa Julie.
4. Vous vous (se préparer) .... pour votre examen, tous les deux.

SCORE ..../ 4

Quelles sont les différents types de verbes pronominaux ?

- Il existe **différentes catégories** de verbes pronominaux :
  - les verbes pronominaux à valeur **réfléchie** ;

    *Elle **se** regarde dans la glace.* (= elle regarde elle-même)
  - les verbes pronominaux à valeur **réciproque** ;

    *Ils **se** sont enlacés.* (= chacun a tenu l'autre enlacé)
  - les verbes pronominaux à valeur **passive** ;

    *À la fin du spectacle, le rideau **se referme**.* (= le rideau est refermé)
- On appelle **essentiellement pronominaux** les verbes qui sont toujours précédés du pronom réfléchi : *s'enfuir, se souvenir, s'évanouir...*

★ 2 Souligne dans le texte les verbes pronominaux.

COUP DE POUCE Tu dois trouver quatre verbes pronominaux.

La pluie commença par n'être qu'une fine mousseline tiède pendant plusieurs jours. Puis, on put voir ses rayures. Enfin, elle tomba à blocs et elle ne s'arrêta plus de tomber. Les huttes s'effondraient. Il n'y avait d'abri nulle part. Les rochers les plus hauts de la colline ruisselaient d'eau noire. Les ouvriers de la milice en blouse et ceinturon de cuir s'occupaient du sauvetage général. On les voyait partout. Ils s'affairaient de tous les côtés avec une générosité inutile...

Jean Giono, *Le hussard sur le toit* © Éditions Gallimard, 1951.

SCORE ..../ 4

★★ 3 Parmi les verbes que tu as soulignés dans l'exercice 2, relève deux verbes essentiellement pronominaux.

1. .... 2. ....

SCORE ..../ 2

Corrigés p. 56

TOTAL ..../ 10

ORTHOGRAPHE

18 Accorder un adjectif qualificatif

Comment accorder un adjectif qualificatif ?

- Quelle que soit sa fonction – épithète, attribut ou apposé –, l'adjectif qualificatif **s'accorde en genre et en nombre** avec le nom ou le pronom auquel il se rapporte.

  ***Facile** à réaliser, cette <u>salade</u> **italienne** se déguste **froide**.*

- Lorsqu'un même adjectif qualifie **deux noms**, il se met **au pluriel**.

  *Gaëlle a acheté <u>un pantalon et un blouson</u> **blancs**.*

  Si les noms sont de genres différents, l'accord se fait **au masculin pluriel**.

  *Elle porte <u>un pull et une écharpe</u> **assortis**.*

★ 1 Souligne les adjectifs qualificatifs et encadre les mots qu'ils caractérisent.

> Je me retrouvai sur la grande place du Marché qui, à cette heure matinale, grouillait de gens allant faire peser du bois à la bascule publique. À droite se dressait l'hôtel de ville avec sa façade dorée, dont les visages de marbre blanc contemplaient la place. À ma gauche, on apercevait la Nouvelle Église : sa tour, haute et étroite, me rappelait une volière en pierre.

D'après Tracy Chevalier, *La Jeune Fille à la perle* (1999) © La Table Ronde, 2000.

COUP DE POUCE
Tu dois souligner huit adjectifs et encadrer sept noms.

SCORE .... /15

★★ 2 Complète les phrases avec l'adjectif *gentil* correctement accordé.

1. Notre nouvelle voisine semble très .... • **2.** Les enfants, je vous demande d'être très .... avec votre grand-mère. • **3.** Pauline, tu seras .... de ne pas me déranger. • **4.** À première vue, ces personnes paraissent ...., mais il n'en est rien.

SCORE .... /5

Quand ne doit-on pas accorder un adjectif de couleur ?

- Un adjectif de couleur reste invariable :
  - s'il est **composé de deux mots** ;

    *des blousons **bleu marine***

  - si c'est un **nom** employé comme adjectif (sauf *rose*, *mauve*, *fauve*, *pourpre*, *écarlate*).

    *Il porte des chaussures **marron** et des chaussettes **mauves**.*

★★ 3 Dans ce texte, accorde si nécessaire les adjectifs de couleur.

1. L'araucaria est un conifère aux feuilles rectangulaires et (vert foncé) ....

2. Nathan a gardé les yeux (bleu clair) .... qu'il avait à la naissance.

3. Au crépuscule, l'horizon se pare de reflets (orangé) ....

4. Les uniformes sont (bleu marine) .... avec des liserés (pourpre) ....

SCORE .... /5

Corrigés p. 56

TOTAL .... / 25

ORTHOGRAPHE

19 Accorder un verbe avec son sujet

Comment s'accorde le verbe avec le sujet ?

- Le verbe s'accorde **en personne et en nombre** avec son sujet.
  *J'appren**ds** la nouvelle à l'instant. Nous appren**ons** que le concert est annulé.*
- Si le sujet comporte un **adverbe de quantité** comme *beaucoup de, peu de, combien de...*, le verbe se met **au pluriel**.
  *Beaucoup de touristes **sont montés** en haut de la tour Eiffel.*
- Si le sujet est un **nom collectif** comme *une foule de, une bande de...*, le verbe peut se mettre **au singulier ou au pluriel**.
  *Une nuée d'insectes **tournoyait / tournoyaient** dans la lumière du soir.*
- Si les sujets sont coordonnés par ***ni*** ou par ***ou*** :
  – le verbe est **au pluriel** si les sujets forment **un ensemble** ;
  *Ni Jean ni Paul **ne parlent**.*
  – le verbe est **au singulier** si les sujets **s'opposent** ou sont envisagés séparément.
  *Ni Jean ni Paul n'y **arrivera**.*

★ 1 Après avoir souligné les sujets, conjugue les verbes de ces phrases au présent.

1. L'avion que pren........ Marc et sa femme est en rertard. • **2.** À qui appartien........ ces bottes ? • **3.** Une foule de touristes admir........ la tour Eiffel. • **4.** Ni la force ni la douceur ne peu........ venir à bout de sa résistance.

SCORE ..../8

ATTENTION
Le sujet peut être inversé.

★ 2 Complète le texte avec les formes verbales demandées et souligne le sujet.

Dominique et Françoise habitent dans un moulin que les soldats français ont investi pour tenter d'arrêter l'avancée des Prussiens en 1870.

Dominique et Françoise n'(*écouter*, passé simple) .... pas le Père Merlier. Ils pénétrèrent dans la salle du moulin où une dizaine de soldats (*attendre*, imparfait) .... en silence, les volets fermés, guettant par des fentes. D'autres soldats (*rentrer*, imparfait) .... en rampant, quand l'ennemi les (*déloger*, plus-que-parfait) .... de leurs cachettes. Dans le moulin (*régner*, imparfait) .... silence et inquiétude.

D'après Émile Zola, *L'Attaque du moulin*, 1880.

SCORE ..../10

COUP DE POUCE
Cherche bien le sujet. Parfois, deux accords sont possibles.

★★ 3 Entoure le sujet qui convient dans chaque cas.

1. La multitude de fourmis / Une multitude de fourmis ont envahi le jardin.
2. Mon père, ainsi que ma mère, / Mon père et ma mère est sorti.
3. C'est lui qui / moi qui prend ce sac.

SCORE ..../3

Corrigés p. 57

TOTAL ..../ 21

20 Accorder un participe passé

Comment accorder un participe passé conjugué avec *être* ?

- Le participe passé s'accorde en genre et en nombre **avec le sujet**.

  *Les randonneurs sont **partis** de bon matin.*

- Aux temps composés, un **verbe pronominal** se conjugue toujours avec *être*. Son participe passé s'accorde **avec le sujet** dans la majorité des cas.

  *La brume **s'est dissipée** à peu à peu.*

  Cependant, quand le verbe a un COD (autre que le pronom réfléchi), il faut appliquer les règles d'accord du participe passé conjugué avec *avoir*.

  *Les campeurs se sont **lavé** les mains.* → pas d'accord car le COD est après le verbe.

  *Les chaussures qu'elle s'est **achetées** sont trop petites.*

★ 1 Fais les accords nécessaires.

Encastré dans le mur, il y avait un énorme anneau de fer, auquel était enchaîn...... un squelette qui paraissait essayer de saisir un plat et une cruche à eau qui étaient plac..... juste hors de sa portée. La cruche avait évidemment été rempl..... d'eau jadis, car elle était recouvert..... à l'intérieur d'une moisissure verte. Il n'y avait rien sur le plat. Ils contemplaient, saisis d'étonnement, la tragédie terrible dont le secret leur était à présent révél......

D'après Oscar Wilde, *Le Fantôme de Canterville* © 1928, 1971, 1998, 2001 Éditions Stock, pour la traduction française de Jules Castier.

COUP DE POUCE
Deux participes passés prennent la marque du féminin et un, celle du pluriel.

SCORE ..../5

★ 2 Choisis le participe qui convient pour compléter chaque phrase.

1. Virginia s'est ❑ agenouillé ❑ agenouillée pour ramasser des coquillages.
2. Ils se sont ❑ écrit ❑ écrits des lettres pendant les vacances.
3. Jeanne et Serge se sont ❑ penché ❑ penchés à la fenêtre du wagon pour saluer leurs amis.

SCORE ..../3

Comment accorder un participe passé conjugué avec *avoir* ?

- Le participe passé reste **invariable** si le verbe n'a pas de COD ou si son COD est placé à sa droite.

  *Nous avons **réussi**. Ils ont **reçu** une récompense.*

- Mais, si le verbe a un **COD placé à sa gauche**, le participe passé s'accorde avec ce COD.

  *Cette récompense, il l'a bien **méritée**. J'ai été sensible aux fleurs qu'il m'a **offertes**.*

  Note cependant que, quand le COD est le pronom *en*, le participe passé reste invariable.

  *Des cerises, j'en ai **cueilli** un panier.*

★ 3 Choisis le GN qui convient pour que l'accord du participe soit correct.

1. Elles photographient ❑ les oiseaux ❑ le tableau ❑ la lampe qu'elles ont remarqué.
2. Il veut rencontrer ❑ les chanteuses ❑ les acteurs ❑ la pianiste qu'il a vus à la télévision.
3. Les promeneurs découvrent ❑ des odeurs ❑ des parfums ❑ une atmosphère qu'ils n'avaient jamais remarquées.

SCORE ..../3

COUP DE POUCE
Vérifie le genre et le nombre du COD.

Corrigés p. 57

TOTAL .... / 11

ORTHOGRAPHE

21 Les adverbes en *-ment*

Comment faut-il écrire un adverbe en *-ment* ?

- En général on ajoute le **suffixe *-ment*** à **l'adjectif féminin singulier.**

  *joyeu**se** → joyeu**sement***

  Attention ! Si l'adjectif se termine par une voyelle autre que *-e* (*-ai*, *-é*, *-i*, *-u*), on ajoute le suffixe *-ment* à l'adjectif **masculin**.

  *absol**u** → absol**ument*** (exception : *gai → gaiement ou gaîment*)

- Lorsque l'adverbe est formé sur un adjectif terminé par *-ant* ou *-ent* :
  – il se termine par ***-amment***, si l'adjectif est en ***-ant*** ;

  *sav**ant** → sav**amment*** ; *bruy**ant** → bruy**amment***

  – il se termine par ***-emment***, si l'adjectif est en ***-ent***.

  *pati**ent** → pati**emment*** ; *prud**ent** → prud**emment***

- Quelques adverbes en *-ment* n'obéissent pas à ces règles.
  Tu peux retenir les plus courants : *brièvement, grièvement, gentiment…*

★ 1 Sur quel adjectif est formé chacun de ces adverbes ?

1. brièvement → ....
2. légèrerent → ....
3. gentiment → ....
4. évidemment → ....
5. calomnieusement → ....
6. innocemment → ....
7. violemment → ....
8. continûment → ....

SCORE ..../8

★★ 2 Forme les adverbes en *-ment* correspondant à ces adjectifs.

1. différent → ....
2. brillant → ....
3. gentil → ....
4. heureux → ....
5. joli → ....
6. fort → ....
7. grand → ....
8. constant → ....

SCORE ..../8

★★ 3 Complète le texte avec des adverbes formés sur : vif – tendre – doux.

Orphelin, Rémi a été recueilli par mère Barberin. Mais Jérôme, son mari, ne veut plus de lui.

> La porte s'ouvrit et se referma. [Jérôme] était parti. Alors me redressant .... je me mis à appeler mère Barberin. Elle accourut près de mon lit :
> — Est-ce que tu me laisseras aller à l'hospice ?
> — Non, mon petit Rémi, non.
> Et elle m'embrassa .... en me serrant dans ses bras. Cette caresse me rendit le courage, et mes larmes s'arrêtèrent de couler.
> — Tu ne dormais donc pas ? me demanda-t-elle ....

D'après Hector Malot, *Sans famille*, 1878.

SCORE ..../3

Corrigés p. 57

TOTAL ..../ 19

ORTHOGRAPHE

22 Distinguer *c'est* et *s'est*

Dans quel cas écrit-on *c'est* ? Dans quel cas écrit-on *s'est* ?

- *C'est* est formé du pronom élidé *c'* suivi du verbe *être* (*est*).
  C'est peut être suivi d'un groupe nominal, d'un pronom, d'un adjectif, d'un adverbe, de *que*...
  ***C'est** sa maison. **C'est** lui. **C'est** parfait. **C'est** là. **C'est** que tu as faim.*
- *S'est* (pronom réfléchi *s'* + verbe *être*) fait partie d'un **verbe pronominal** conjugué au passé composé. Il est précédé d'un sujet et suivi d'un participe passé.
  *La maison **s'est** effondrée.*
- Il ne faut pas confondre *c'est* ou *s'est* avec le verbe homophone ***sait*** (*savoir*), ni avec les déterminants ***ces*** et ***ses***.

FRANÇAIS

★ 1 Complète le texte avec *c'est* ou *s'est*.

Un incendie a ravagé la maison de Marie Nicolaïevna. Elle a pu se sauver avec Aniska, sa servante, mais sa fille, Katia, a disparu.

La servante .... écriée : ça brûle ! On .... dépêché de ramasser nos affaires. On .... sauvé avec ce qu'on avait sur le dos. .... tout ce qu'on a pu emporter. Tout le reste est perdu. Tout à coup, on .... aperçu que Katia n'était plus là.

« Mais où est-elle restée ? demanda Pierre.

— Aniska, va, montre-lui où .... », cria-t-elle à la servante.

La petite domestique prit par le sentier.

« .... ici, tout près dit-elle. Celle-là ! .... là que nous demeurions. »

D'après Léon Tolstoï, *Guerre et Paix*, 1869.

SCORE ..../8

COUP DE POUCE
Tu dois écrire c'est quatre fois et s'est quatre fois.

★ 2 Complète les phrases suivantes avec *c'est* ou *s'est*.

1. « .... fini ! », ...-il écrié. • **2.** .... bien à cet endroit que la voiture .... arrêtée. • **3.** Il .... regardé dans le miroir et a dit : « .... parfait ! » • **4.** Il fait assez beau, ...-à-dire qu'il ne pleut pas ! • **5.** On .... dit au revoir, mais .... pour mieux se retrouver dans quelques jours.

SCORE ..../9

★★ 3 Six formes en couleur comportent des erreurs. Barre-les puis réécris-les correctement.

Aujourd'hui, s'est .... la rentrée ! Noé s'est .... levé de bonne heure, il c'est .... habillé puis il s'est .... rendu dans la cuisine pour prendre son petit-déjeuner. Les tartines beurrées avec un peu de miel, s'est .... vraiment délicieux ! Noé s'est .... ensuite demandé quel vêtement il devait mettre pour sortir : il c'est .... décidé pour un imperméable car c'est .... bientôt l'automne, et le temps peut être capricieux. Il est sorti et c'est .... engouffré dans le bus. S'est .... parti pour une belle journée avec les copains !

SCORE ..../10

COUP DE POUCE
Ce texte contient six verbes pronominaux qui s'écrivent avec s'est.

Corrigés p. 57

TOTAL ..../ 27

23 Distinguer *quel(s), quelle(s)* et *qu'elle(s)*

Dans quels cas trouve-t-on *quel*(s), *quelle*(s) ou *qu'elle*(s) ?

- *Quel*(s) ou *quelle*(s) est un **déterminant interrogatif ou exclamatif**. Selon le cas :
  - il **appartient à un GN** et s'accorde en genre et nombre avec le nom déterminé ;
    Quelle *heure est-il ?* ***Quels*** *beaux paysages !*
  - il est en position d'**attribut** et s'accorde en genre et en nombre avec le sujet.
    Quel *est ce bruit ?*
- *Qu'elle*(s) est l'association de la **conjonction** ou du **pronom *que*** élidé devant le **pronom *elle*** (ou *elles*) :
  - si ***qu'elle*(s)** est **suivi d'un verbe**, on peut le remplacer par *que je, que tu, qu'il...* ;
    Il faut ***qu'elle*** *parte.* → *Il faut qu'il parte.*
  - si ***qu'elle*(s)** n'est **pas suivi d'un verbe**, on peut le remplacer par *que lui, que moi...*
    Il est aussi petit ***qu'elle***. → *Il est aussi petit que moi.*

★ 1 Coche la bonne réponse.

1. Je te demande ❏ quel ❏ quelle est la bonne direction.
2. ❏ Quel ❏ Quels temps fera-t-il demain ?
3. On dit ❏ quelle ❏ qu'elle est une femme d'esprit.
4. La punition ❏ quelle ❏ qu'elle a reçue est bien méritée.

SCORE ..../4

★ 2 Complète les phrases avec : quel – quelle – quelles – qu'elle – qu'elles.

1. À .... page vous êtes-vous arrêtés ?
2. Je ne pense pas .... puisse venir ce soir.
3. .... étourdi ! J'ai oublié à .... endroit j'avais garé ma voiture.
4. Ces fleurs sont si fragiles .... fanent dès qu'on les cueille.
5. L'artisan ne sait plus .... portes il doit repeindre.

SCORE ..../6

★★ 3 Complète le texte avec *qu'elle* ou *quel(le)*.

La vieille femme était en réalité une méchante sorcière qui attirait les enfants dans la maison en pain d'épices .... avait construite. Et dès .... réussissait à s'emparer de l'un d'eux, elle le faisait rôtir et le mangeait. .... fête c'était pour elle ! Aussitôt .... avait vu s'approcher Jeannot et Margot, elle avait ricané de plaisir et s'était dit : « .... délicieux festin je vais faire là ! »

Les frères Grimm, « Jeannot et Margot », *Contes*, 1856.

SCORE ..../5

COUP DE POUCE
Quand tu hésites, essaie de remplacer par *qu'il*.

Corrigés p. 58

TOTAL ..../ 15

24 La formation d'un mot (1)

Qu'est-ce qu'un radical ? Qu'est-ce qu'un préfixe ?

- Le **radical** est l'**élément fixe d'un mot** à partir duquel il est possible de fabriquer de nouveaux mots par **dérivation** (en ajoutant des préfixes ou des suffixes).

  porter → le radical est ***-port-*** sur lequel on forme *sup**port**er, com**port**ement, **port**able...*

  Des mots formés sur le même radical composent une **famille de mots**.

- Le **préfixe** est l'élément placé **avant le radical**.
  La forme d'un préfixe peut varier selon le mot auquel il est soudé.

  ***in**capable, **im**possible, **ir**réalisable, **il**légal...*

  Identifier les préfixes aide à comprendre les mots et à **mieux les orthographier**.

- Les préfixes ont un sens. Ainsi, les préfixes **in-**, **dé-**, **mal-**, **mé-** permettent de former des **mots de sens contraire**.

  légal → ***il**légal ; pair* → ***im**pair ; faire* → ***dé**faire ; heureux* → ***mal**heureux ; content* → ***mé**content...*

★ 1

a. Pour chaque verbe, sépare d'un trait le préfixe du radical.

exporter – apprendre – amener – projeter – submerger – disculper – imposer – dissuader

b. Associe les radicaux *-port-*, *-prend-* et *-suad-* aux préfixes suivants pour former des verbes.

com- → ....

re- → ....

per- → ....

SCORE ..../11

★★ 2

a. Dans les six verbes en couleur dans le texte, sépare d'un trait le préfixe du radical.

> La marée basse laissait à découvert des oursins, des méduses ; et les enfants couraient, pour saisir les flocons d'écume que le vent emportait. Les flots endormis se déroulaient le long de la grève. Le principal divertissement était le retour des barques. Dès qu'elles avaient dépassé les balises, leurs voiles descendaient aux deux tiers des mâts. Ensuite le bateau se plaçait contre le quai. Des femmes s'élançaient pour embrasser leurs hommes.

D'après Gustave Flaubert, « Un cœur simple », *Trois Contes*, 1877.

b. Avec le préfixe re-, forme d'autres verbes comportant le même radical, quand cela est possible.

....

SCORE ..../9

COUP DE POUCE
Tu peux former au moins trois verbes.

★ 3

Trouve le contraire de chaque mot à l'aide du bon préfixe.

importer → .... obéir → ....

plaire → .... brancher → ....

SCORE ..../4

Corrigés p. 58

TOTAL ..../ 24

VOCABULAIRE

25 La formation d'un mot (2)

Qu'est-ce qu'un suffixe ?

- Le suffixe est l'élément ajouté **après le radical** pour former un mot de la même famille.
  *éduc/**ation** ; chal/**eur** ; artist/**ique** ; val/**able**...*

- Les suffixes ont un sens. Ainsi, par exemple :
  • les suffixes *-ard, -asse, -âtre...* sont **péjoratifs** (*un chauff**ard**, jaun**asse**, une mar**âtre***) ;
  • les suffixes *-elle, -ette, -iche, -otin...* permettent de former des **diminutifs** (*une ru**elle**, une fill**ette**, une barb**iche**, un diabl**otin**...*) ;
  • les suffixes *-able* indiquent une **possibilité**, une aptitude (*dur**able** = qui peut durer*) ;
  • les suffixes *-eur / -euse, -teur / -trice, -ien / -ienne, -er / -ère* sont employés pour former des **noms de métiers** (*chant**eur**, chant**euse** ; agricul**teur**, agricul**trice** ; informatic**ien**, informatic**ienne** ; bouch**er**, bouch**ère**...*).

- Quelques règles d'orthographe à connaître :
  • les noms en [war] se terminent par ***-oir*** s'il sont masculins (*un sal**oir***), par ***-oire*** s'ils sont féminins (*une baign**oire***) ;
  • les noms féminins en [te] se terminent par *-té* (*la bon**té**...*), sauf *dic**tée**, por**tée**, pâ**tée**, pelle**tée***.

★ 1 Complète les radicaux avec l'un des suffixes indiqués.

1. (*-oir* ou *-oire*) : bav........ – bouill........ – entonn........ – promen........ – arros........ – arm........ – pass........ – ras........

2. (*-té* ou *-tée*) : propre........ – nette........ – dic........ – solidi........ – pelle........

SCORE .... /13

★★ 2 Barre l'intrus et justifie ton choix.

1. particulière – fière – rancunière – grossière : ....

2. éditeur – acheteur – auditeur – cultivateur – adorateur : ....

SCORE .... /4

> **COUP DE POUCE**
> Compare le masculin et le féminin de chaque nom ou adjectif.

★★ 3 Sépare le radical du suffixe par un trait vertical.

acclamation – acharnement – aimable – antiquaire – antiquité – argumentation – classeur – félicitation – capable – gribouillis – heureux – populaire – portable – valable – valeur

SCORE .... /15

★★ 4 Complète les mots en couleur avec les suffixes repérés dans l'exercice 3.

Un cyclone fait rage sur l'île de Clipperton, perdue au milieu du Pacifique.

Les lames de fond soulevaient des tonnes de sable dans un vacarme épouvant........ . C'étaient des déton........ de bombes, des craque........ .Tout volait par-dessus la petite troupe : maisons, meubles, toits, portes et fenêtres, animaux, cocotiers. À peine une minute ou deux de tranquill........ . Le charivari furi........ reprit plus fort avec ses masses liquides et vertic........ qui se fracassaient en grosses vagues glacées.

D'après Jean-Hugues Lime, *Le Roi de Clipperton* © Le Cherche Midi, 2002.

SCORE .... /6

Corrigés p. 58

TOTAL .... / 38

26 Chercher l'étymologie d'un mot

D'où viennent la plupart des mots français ?

- Un grand nombre de mots français a une **origine latine** ancienne (*enfant, père, mère...*). À ce fonds primitif se trouvent mêlés quelques mots **gaulois** (*charrue, chemin, chêne...*) et de nombreux mots **germaniques** (*guerre, bourg, blanc...*).
- Les mots **d'origine grecque**, pour la plupart introduits au XVIe siècle dans la langue française, se distinguent souvent par leur orthographe particulière (incluant fréquemment la lettre *h*) : *-y-*, *-th-*, *-rh-*, *-ph-* (*s**y**non**y**mes, **th**éâtre, a**th**lète, **rh**inocéros, **ph**otogra**ph**ie...*).

★ 1 Dans ces extraits d'articles de dictionnaire, encadre les mots d'origine latine et souligne les mots d'origine grecque.

> **Stade.** *n. m.* (1530 ; *estade*, 1265 ; fém. jusqu'au XVIIe; gr. *stadion*) Mesure...
> **Pelouse.** *n. f.* (1660 ; « monticule », 1611 ; de l'adj. *pelous* « poilu » (XIIIe) ; lat. *pilosus* « couvert de poils »). Terrain couvert d'une herbe courte et serrée...
> **Jambe.** *n. f.* (1080 ; gr. *kampê*). *Anat.* Partie de chacun des membres inférieurs de l'homme...
> **Coude.** *n. m.* (XIVe ; *code*, XIIIe; *keute*, XIIe; lat. *cubitus*). 1° Partie extérieure du bras...
>
> D'après *Le Petit Robert* © SNL, 2014.

SCORE ..../4

COUP DE POUCE
L'origine du mot est la dernière indication donnée avant la définition.

D'où viennent les autres mots ?

- Les mots issus de langues étrangères ne sont pas toujours repérables :
  – les mots d'origine **italienne** se finissent souvent par *-o*, *-a*, *-i* : *pian**o**, opér**a**, pizz**a*** ;
  – certains mots viennent de l'**arabe** (*zéro, hasard, alcool*), de l'**espagnol** (*bizarre, sieste...*) ou même de langues moins courantes comme celle des Inuit (*anorak, igloo, kayak*).
- Certains mots **anglais et américains** sont entrés dans notre langue :
  – quelquefois francisés : *bol* (angl. *bowl*), *bifteck* (angl. *beef* et *steak*) ;
  – parfois sans changement orthographique : *sandwich, tee-shirt...*

★ 2 Complète les phrases avec ces mots d'origine italienne : scénario – spaghetti – paparazzi.

1. Certaines stars n'apprécient pas les .... qui les traquent. • **2.** J'ai un excellent .... pour mon prochain film. • **3.** Les .... s'accomodent bien de sauce tomate.

SCORE ..../3

INFO
On peut mettre un -s à *spaghetti*, mais ce mot est déjà un pluriel en italien. *Scenario* a été francisé. On écrit « des scénarios ».

★ 3 Souligne, dans ce texte, deux mots issus de l'anglais.

> Ils croisèrent quelques gosses, appuyés à la barrière du stade, qui contemplaient des joueurs de football groupés à une extrémité de la pelouse.
> « Bon. Tu prendras ton départ agenouillé. Dommage que nous n'ayons pas de starting-block. »
> Il assura tout de suite sa foulée... Le balancement des bras s'accordait au rythme des jambes, les coudes frôlant les jambes...
>
> D'après Yves Gibeau, *La Ligne droite*, 1962, DR.

SCORE ..../2

Corrigés p. 58

TOTAL ..../9

VOCABULAIRE

27 Définir le champ sémantique d'un mot

Un mot peut-il avoir plusieurs sens ?

- La plupart des mots possèdent **plusieurs significations** : ils sont **polysémiques**. C'est le cas du mot *pâté* :
  - *un **pâté** de sable* (sable moulé à l'aide d'un seau) ;
  - *un **pâté** en croûte* (préparation à base de viande) ;
  - *un **pâté** de maisons* (bloc de maisons) ;
  - *faire un **pâté** sur sa feuille* (faire une tache d'encre)...
- L'ensemble des sens d'un mot forme son **champ sémantique**.

★ 1 a. Lis cet article de dictionnaire, puis reformule les deux sens du mot *roitelet*.

> **Roitelet** *n. m.* (h. 1180 ; 1459 ; de l'a. fr. roitel. V. Roi) 1° Roi peu important, roi d'un petit pays (péj. ou plais.). « *Les roitelets sont morts ou déchus*... » (SARTRE). 2° Cour. Oiseau passereau, plus petit que le moineau. « *Le chant d'un roitelet de murailles se prolongeait à l'infini* » (FROMENTIN).
>
> *Le Petit Robert* © Sejer – Dictionnaires Le Robert, 2016.

Sens du mot *roitelet* :

1° ....

2° ....

b. À quoi servent les phrases entre guillemets ? ....

c. Que signifie l'abréviation *n. m.* ? ....

SCORE ..../4

> **COUP DE POUCE**
> Tu trouveras la liste des abréviations au début du dictionnaire.

★★ 2 Trouve le mot correspondant à chaque ensemble de définitions.

1. Tente militaire ; bâtiment d'habitation, maison ; partie visible de l'oreille externe de l'homme et des mammifères ; drapeau que l'on hisse sur un navire pour indiquer sa nationalité.

→ ....

2. Cloche immobile frappée par un marteau ; qualité spécifique des sons produits par un instrument ou par la voix ; marque que doivent porter certains documents à caractère officiel ; petite vignette, au verso enduit de gomme, vendue par l'administration des Postes.

→ ....

SCORE ..../2

> **ATTENTION**
> Vérifie que le mot que tu as trouvé correspond bien à toutes les définitions proposées.

★ 3 Cherche deux sens différents pour chacun des mots suivants.

1. Croissant **a.** ....

b. ....

2. Tableau **a.** ....

b. ....

3. Opération **a.** ....

b. ....

SCORE ..../4

> **COUP DE POUCE**
> Observe le dessin pour le mot *croissant*.

Corrigés p. 59

TOTAL ..../ 10

28 Synonymes et antonymes

Qu'appelle-t-on des synonymes ?

- Les **synonymes** sont des mots de **sens voisins** et de **même classe grammaticale**.
  - *Peur* et *frayeur* sont des **noms synonymes**. Le second est plus intense que le premier.
  - *Se promener* et *se balader* sont des **verbes synonymes**. Le second est plus familier que le premier.

1 Indique le synonyme de chaque mot en couleur : espiègle – agilité – froissé.

1. Ton frère a dû être vexé de ne pas être dans la confidence. → ....
2. Ton adresse pour grimper dans les arbres est connue ! → ....
3. Cet enfant est d'un caractère farceur. → ....

SCORE ..../3

INFO
Un mot n'appartient pas forcément au même niveau de langue que son synonyme.

Qu'appelle-t-on des antonymes ?

- Les **antonymes** sont des mots de **sens contraires** et de **même classe grammaticale**.
  - *Vide* et *plein* sont des **adjectifs antonymes**.
  - *Grandeur* et *petitesse* sont des **noms antonymes**.

2 Indique l'antonyme de chaque mot en couleur : levé – fermé – trouble.

1. Cette eau, très pure, est transparente. → .... • **2.** Au début du spectacle, les acteurs gardent tous la tête baissée. → .... • **3.** La porte, brutalement, s'est ouverte. → ....

SCORE ..../3

3 a. Retrouve, dans le texte, l'antonyme du mot en couleur. Encadre-le.

> De nouveaux compagnons s'échappent des pages de mes premiers livres, il leur arrive beaucoup d'aventures en tout genre, c'est très excitant, à côté le football me paraît fade. Un lundi matin, à l'école, mon père, qui est aussi mon instituteur, nous demande de raconter notre dimanche. Je trempe mon porte-plume dans l'encrier, les mots m'appellent et me tirent par la manche, ma main tremble…

D'après Daniel Rondeau, *Pourquoi écrivez-vous ?*, janvier 2002.

b. Donne un synonyme pour le mot *instituteur* : ....

SCORE ..../2

4 Complète le tableau. Il y a parfois plusieurs réponses possibles.

	Synonymes	Antonymes
beau	....	....
obscurité	....	....
aimer	....	....

SCORE ..../6

Corrigés p. 59

TOTAL ..../ 14

29 Comparaison et métaphore

Qu'est-ce qu'une comparaison ?

- La **comparaison** consiste à rapprocher deux éléments **grâce à un outil de comparaison** : une **conjonction** (*comme, de même que...*) ou **un verbe indiquant une ressemblance** (*sembler, paraître...*).

*Ce chien est doux **comme** un agneau.*
→ On rapproche les deux termes *chien* et *agneau* à l'aide de la conjonction *comme*.

★ 1 Complète ces comparaisons. Plusieurs réponses sont possibles.

1. beau comme ....
2. sale comme ....
3. rouge comme ....
4. rusé comme ....

SCORE .... /4

★ 2 a. Souligne deux comparaisons dans le texte.

Florent, maigre et affamé, arrive chez son frère, Quenu, qui est charcutier.

Quenu était gras, trop gras pour ses trente ans. Il débordait dans sa chemise, dans son tablier, dans ses linges blancs qui l'emmaillotaient comme un énorme poupon. Sa face rasée s'était allongée, avait pris à la longue une lointaine ressemblance avec le groin de ces cochons, de cette viande, où ses mains s'enfonçaient et vivaient, la journée entière.

Émile Zola, *Le Ventre de Paris*, 1873.

INFO
Ces comparaisons sont très courantes. On parle de clichés.

b. Quels sont les mots qui te permettent de repérer ces comparaisons ?

....

c. Pour chaque comparaison, précise ce qui est comparé.

1. .... est comparé à un énorme poupon.
2. .... est comparé(e) au groin d'un cochon.

SCORE .... /6

Qu'est-ce qu'une métaphore ?

- La **métaphore** consiste à rapprocher deux éléments **sans outil de comparaison**. Il s'agit d'une comparaison implicite.

*Dans la montagne, le torrent projette **mille perles scintillantes**.*
→ Les gouttes d'eau sont comparés implicitement à des perles.

★★ 3 Souligne deux métaphores et encadre une comparaison dans le texte.

Le Bracelet Élastique est un serpent qui se mord la queue. Il ne mue pas, il s'use. D'abord il se décolore, se craquelle en plusieurs endroits, blanchit comme des phalanges de poing serré. Sa rupture survient peu après. Il casse. Ses extrémités s'éloignent. Il s'allonge, s'étale, s'avachit. C'est un ver sans ressort. On regrette d'avoir tant exigé de lui.

Régine Détambel, *Graveurs d'enfance* © Éditions Gallimard, 2002.

SCORE .... /3

Corrigés p. 59

TOTAL .... / 13

VOCABULAIRE

30 D'autres figures de style

Quelles figures de style peut-on rencontrer dans un texte ?

- La **personnification** attribue des caractéristiques humaines à ce qui n'est pas humain.
  Le chien était en train de lui sourire. (Michel Tournier, *Vendredi ou la Vie sauvage*, 1971)
- L'**accumulation** consiste à énumérer plusieurs termes.
  Adieu veau, vache, cochon, couvée. (Jean de La Fontaine, *Fables*, 1678-1694)
- L'**anaphore** consiste à répéter un même mot, une même expression en début de phrase ou de vers.
  ***Dois-je oublier** Hector… **Dois-je oublier** son père…* (Jean Racine, *Andromaque*, 1667)
- L'**antithèse** met en parallèle deux expressions de sens contraire.
  *Un **ver de terre** amoureux d'une **étoile…*** (Victor Hugo, *Ruy Blas*, 1838)
- L'**oxymore** rapproche deux termes contradictoires.
  *Cette **obscure clarté** qui tombe des étoiles.* (Pierre Corneille, *Le Cid*, 1636)
- La **périphrase** consiste à remplacer un mot par un groupe de mots synonyme.
  La Ville Lumière (pour désigner Paris)

★★ 1 **a. Souligne, dans cet extrait de poème, tous les éléments de personnification.**

COUP DE POUCE
Tu dois trouver au moins six mots ou expressions.

Une forêt pour toi, c'est un monde hideux.
Là se penchent rêveurs les vieux pins, les grands ormes
Dont les rameaux tordus font cent coudes difformes.
Le cresson boit ; l'eau court ; les frênes sur les pentes,
Sous la broussaille horrible et les ronces grimpantes,
Contractent lentement leurs pieds noueux et noirs.
Ô végétation ! esprit ! matière ! force !
Couverte de peau rude ou de vivante écorce !
J'ai senti, moi qu'échauffe une secrète flamme,
Comme moi palpiter et vivre avec une âme,
Et rire, et se parler dans l'ombre à demi-voix.
Les chênes monstrueux qui remplissent les bois.

D'après Victor Hugo, « À Albert Dürer », *Les Voix intérieures*, 1837.

b. Dans quel vers repères-tu une accumulation ? ....

SCORE ..../11

★★ 2 **Quel mot se cache derrière chacune de ces périphrases ?**

COUP DE POUCE
De quel oiseau dit-on qu'il annonce le printemps ?

1. la messagère du printemps : ....
2. le roi des animaux : ....
3. la plus noble conquête de l'homme : ....
4. le septième art : ....

SCORE ..../4

Corrigés p. 59

TOTAL ..../ 15

31 Les procédés de reprise

Qu'est-ce qu'un procédé de reprise ?

- Dans un texte, on est amené à faire référence à des éléments qui ont déjà été cités. Pour **éviter de les répéter**, on les reprend à l'aide d'un nom ou d'un pronom.
- On appelle **reprise pronominale** l'emploi d'un pronom qui remplace un nom ou GN précédemment évoqué.

*J'ai acheté **un manteau**. Comment **le** trouves-tu ?*

★★ 1 Par quel pronom peux-tu remplacer le GN en couleur ?

1. J'aperçois une lumière. Je m'approche de la lumière. → ....
2. Tu prends mes affaires. Ils prennent leurs affaires. → ....
3. Les campeurs ont observé les étoiles. Observer les étoiles les passionne. → ....
4. Ma sœur ne connaît pas mon ami. Je parle à ma sœur de mon ami. → ..../.........

SCORE ..../4

ATTENTION
Le pronom adverbial en ne peut pas remplacer un GN désignant un être animé.

Qu'appelle-t-on une reprise nominale ?

- Pour reprendre un élément par un nom ou un GN, on peut utiliser :
  - un **synonyme du terme repris ;**
    Par exemple, *un livre* peut-être repris par *cet ouvrage.*
  - un **nom générique**, de sens plus général que le terme repris ;
    *Jean avait acheté des pommes, des poires, des oranges. **Tous ces fruits** étaient bien mûrs.*
  - une **périphrase,** c'est-à-dire une expression qui désigne une chose, une personne à travers ses caractéristiques ;
    Par exemple, *l'hirondelle* peut-être repris par *la messagère du printemps.*
  - un **nom** résumant l'idée précédemment émise.
    *Je travaille debout dans une pièce bruyante et surchauffée. **Cette situation** m'épuise.*

★★ 2 Lis le texte puis réponds aux questions.

Une grande nouveauté, grâce au feu, c'était d'avoir la lumière après le coucher du soleil. Nous jouissions tous les soirs de ce luxe inépuisable. Rassemblés autour de lui à nous détendre et à sucer des os à moelle, nous nous racontions des histoires. Père revenait souvent sur la sienne : son iliade et son odyssée pour ramener le feu dans la vallée. Il parlait sans cesser de tailler la pointe d'un épieu, car on ne le voyait jamais oisif. Petit à petit, nous apprîmes ainsi toutes les péripéties.

Il nous rappela d'abord la triste situation dans laquelle nous étions encore quelques jours plus tôt, chassés, traqués par les fauves et les loups presque jusqu'à extinction. C'était l'insuffisance d'ongulés – ânes, zèbres, chevaux – qui obligeait les carnassiers à s'en prendre à nous. La cause de cette raréfaction ? Peut-être la sécheresse : les pâturages jaunissaient au soleil. Toujours est-il que, quand les grands chats commencent à manger de l'homme, ils ont vite fait d'y prendre goût.

D'après Roy Lewis, *Pourquoi j'ai mangé mon père* (1960), trad. Vercors et Rita Barisse © Actes Sud, 1990.

INFO
Pourquoi j'ai mangé mon père raconte l'histoire d'une famille préhistorique, dont le père, très ingénieux, a notamment découvert comment faire du feu.

1. Par quel GN est reprise l'expression *avoir la lumière après le coucher du soleil ?*

....

2. Par quel pronom est repris le GN *des histoires* ? ....

3. Quel terme générique reprend *les fauves et les loups* ? ....

4. Dans la dernière phrase, que remplace le pronom *y* ? ....

SCORE .... /4

COUP DE POUCE
Pour la question 2, tu dois trouver un pronom possessif.

FRANÇAIS

3 **Remplace chaque GN en couleur par un GN de même sens, en t'aidant de cette liste :**
maison – monde – argent – palais – salaire – peine – fatigue.

1. Yann est heureux de recevoir sa paye avant les vacances. → ....

2. Salomé a déjà fait le tour de la planète plusieurs fois. → ....

3. Tout travail mérite salaire. → ....

4. Daniel habite dans une magnifique demeure. → ....

SCORE .... /4

INFO
L'utilisation de synonymes permet d'éviter les répétitions dans une rédaction.

4 **Propose un nom générique qui englobe les mots de chaque série.**

1. carottes, poireaux, navets, pommes de terre : ....

2. poule, canard, poulet, oie, dinde : ....

3. robe, pantalon, pull, chaussette : ....

4. table, chaise, buffet, commode, lit : ....

SCORE .... /4

5 **Remplace chacune des périphrases en couleur par un nom ou un GN.**

1. Nous avons visité plusieurs fois la capitale de la France. → ....

2. L'auteur de *Notre-Dame de Paris* est né en 1802. → ....

3. L'animal à longue trompe est chassé pour l'ivoire de ses défenses. → ....

4. La pièce dans laquelle on prépare les repas est immense. → ....

SCORE .... /4

6 **Évite les répétitions des mots en couleur en utilisant des reprises nominales ou pronominales.**

1. Les voitures, très nombreuses, prennent la route des vacances.
Le trop grand nombre de voitures provoque des embouteillages.

....

2. Le transport en TGV est plus rapide que le transport en voiture.

....

3. Le journaliste pose des questions au sportif.
Les questions du journaliste étonnent le sportif.

....

SCORE .... /3

Corrigés p. 59

TOTAL .... / 23

32 Les connecteurs

Qu'est-ce qu'un connecteur spatio-temporel ?

- Les connecteurs spatio-temporels facilitent le **repérage dans l'espace et dans le temps**. Dans un récit, les connecteurs temporels permettent de marquer les étapes de l'histoire, l'enchaînement des événements.

Classe grammaticale	Connecteurs spatiaux	Connecteurs temporels
adverbes	*ici, là, devant, derrière, dessous...*	*d'abord, ensuite, enfin, désormais, demain*
groupes nominaux	*au premier plan, à gauche...*	*ce matin, à cinq heures...*

★ 1 Souligne dans les phrases suivantes les connecteurs spatio-temporels.

1. Ici, on aperçoit des canards ; là-bas, on entend des cochons. • **2.** C'est simple : d'abord tu tournes à droite, ensuite tu vas tout droit. • **3.** Avant, cette zone était un terrain vague ; maintenant, c'est un quartier résidentiel. • **4.** Ce matin, je vais travailler ; cet après-midi, je suis libre.

SCORE ..../8

COUP DE POUCE
Tu dois repérer deux connecteurs dans chaque phrase.

Qu'est-ce qu'un connecteur logique ?

- Les connecteurs logiques assurent l'**organisation d'un texte**, en mettant en évidence le lien qui existe entre deux faits, deux idées...

Lien logique	Conj. de coordin.	Adverbe, locution	Conj. de subordination
cause	*car*	*en effet...*	*parce que, puisque, comme...*
conséquence	*donc*	*ainsi, c'est pourquoi, par conséquent...*	*si bien que, de sorte que, si... (tant..., tellement...) que...*
opposition	*mais, or*	*pourtant, cependant, néanmoins, au contraire...*	*quoique, bien que, même si, tandis que...*
addition	*et*	*en outre, de plus...*	*de même que...*
reformulation	*ou*	*c'est-à-dire, en un mot...*	

★ 2 Souligne dans les phrases suivantes les connecteurs logiques. Indique le lien qu'ils expriment (cause, conséquence...).

1. La circulation est intense sur l'autoroute car tout le monde part en vacances.

....

2. Il va, il vient, il court, il monte, il descend ; en un mot, il s'agite bien inutilement.

....

3. Il fait un temps épouvantable, tu ne viendras donc pas me voir.

....

COUP DE POUCE
Tu dois trouver une cause, deux conséquences, une opposition, une reformulation.

4. Tu as bien réussi cet exercice, mais tu n'as pas vraiment compris la leçon.

....

5. Les oiseaux chantent si fort au printemps qu'ils me réveillent.

....

SCORE ..../10

★ 3 Encadre les connecteurs spatio-temporels et souligne les connecteurs logiques.

« Eh bien, monsieur, lui dit [Mme de Marelle] brusquement, vous voulez donc tâter du journalisme ? » Alors il parla de ses projets, en termes vagues, puis recommença avec elle la conversation qu'il venait d'avoir avec Mme Walter ; mais, comme il possédait mieux son sujet, il s'y montra supérieur, répétant comme de lui des choses qu'il venait d'entendre. Et sans cesse il regardait dans les yeux de sa voisine, comme pour donner à ce qu'il disait un sens profond. Elle lui raconta à son tour des anecdotes ; et, devenant familière, elle posait la main sur son bras, baissait la voix pour dire des riens.
Mais tout à coup, sans raison, elle appela : « Laurine ! » et la petite fille s'en vint.

D'après Guy de Maupassant, *Bel-Ami*, 1885.

SCORE ..../9

INFO
Georges Duroy est invité à dîner chez des amis. Il y rencontre les Walter et Mme de Marelle, sa voisine de table.

★ 4 Complète le texte avec ces connecteurs : enfin – donc – d'autres fois – tantôt.

« Chaque jour, nous voyons dans les journaux que l'on ne brave point impunément les lois humaines. ...., c'est le crime horrible d'un fou qui égorge l'un de ses semblables, pour s'approprier le contenu d'un portefeuille ; ...., c'est un homme alerte, qui, muni d'une grande prudence et d'outils spéciaux, ouvre illégalement la serrure d'un coffre-fort [...] ; ...., c'est un caissier qui a perdu l'argent de son patron en l'engageant à tort sur le résultat futur d'une course chevaline. [...] Tous ces malheureux sont .... arrêtés et traînés par les gendarmes aux pieds de leurs juges. »

Marcel Pagnol, *Topaze*, Éditions de Fallois, © Marcel Pagnol, 2004.

SCORE ..../4

★★ 5 En observant les connecteurs, remets dans l'ordre les phrases suivantes.

Zadig a été accusé d'avoir volé le cheval de la reine...

a. Les juges furent donc dans la douloureuse nécessité de revoir leur jugement,
b. Il fallut d'abord payer cette amende ;
c. Zadig fut condamné à passer le reste de ses jours en Sibérie ;
d. après quoi il fut permis à Zadig de partir.
e. mais à peine ce jugement avait-il été rendu qu'on retrouva le cheval volé.
f. néanmoins ils condamnèrent Zadig à payer une amende pour avoir dit qu'il n'avait point vu ce qu'il avait vu.

D'après Voltaire, *Zadig*, 1747.

1. → .... 2. → .... 3. → .... 4. → .... 5. → .... 6. → ....

SCORE ..../6

COUP DE POUCE
Observe aussi les majuscules et la ponctuation.

Corrigés p. 60

TOTAL ..../ 37

33 Distinguer les différents types de texte

Quels sont les différents types de texte ?

- Tout texte a un **but**, une finalité.
  En fonction de l'objectif poursuivi, on distingue ainsi :

Type de texte	But
texte narratif	raconter une histoire, faire un récit
texte descriptif	« faire voir » (descriptions de personnages, de paysages…)
texte explicatif	informer le lecteur
texte argumentatif	convaincre le lecteur, le faire adhérer à un point de vue, à une thèse

- Une même œuvre peut recourir à **plusieurs types de texte** : ainsi, dans un roman qui, pour l'essentiel, est narratif, on pourra rencontrer également des passages descriptifs (qui évoquent les lieux, les personnages du récit), mais aussi argumentatifs (par exemple si l'auteur veut, à travers l'un de ses personnages, défendre une thèse), voire explicatifs (fonctionnement d'un appareil, détails techniques).

★ 1 **Indique, pour chaque extrait, à quel type de texte il appartient.**

1. Une grosse tête hérissée de cheveux roux ; entre les deux épaules une bosse énorme ; de larges pieds, des mains monstrueuses ; et, avec toute cette difformité, je ne sais quelle allure redoutable de vigueur, d'agilité et de courage ; étrange exception à la règle éternelle qui veut que la force, comme la beauté, résulte de l'harmonie.

D'après Victor Hugo, *Notre-Dame de Paris*, 1831.

→ ❑ narratif ❑ descriptif ❑ explicatif ❑ argumentatif

2. Comme les souris, la marmotte est un rongeur. Elle mange surtout de l'herbe, mais se nourrit aussi de vers, de sauterelles et d'œufs d'oiseaux. Pour absorber la nourriture, elle se tient debout sur ses pattes de derrière.

→ ❑ narratif ❑ descriptif ❑ explicatif ❑ argumentatif

INFO
Dans un récit au passé, le temps utilisé pour la narration est le plus souvent le passé simple.

3. Il s'enfonça dans les rues silencieuses. Cependant, il suivait une direction. Il coupa par le plus court vers la Seine, gagna le quai des Ormes, longea le quai, dépassa la Grève, et s'arrêta, à quelque distance du poste de la place du Châtelet, à l'angle du pont Notre-Dame.

Victor Hugo, *Les Misérables*, 1862.

→ ❑ narratif ❑ descriptif ❑ explicatif ❑ argumentatif

4. Tous les animaux sont perpétuellement en guerre ; chaque espèce est née pour en dévorer une autre. L'air, la terre et les eaux sont des champs de destruction. Il semble que Dieu ayant donné la raison aux hommes, cette raison doive les avertir de ne pas s'avilir à imiter les animaux, surtout quand la nature ne leur a donné ni armes pour tuer leurs semblables, ni instinct qui les porte à sucer leur sang.

D'après Voltaire, *Dictionnaire philosophique*, article « Guerre », 1764.

→ ❑ narratif ❑ descriptif ❑ explicatif ❑ argumentatif

SCORE ..../4

Quelles sont les caractéristiques d'un texte argumentatif ?

- Comme son but est de **démontrer une thèse**, de **convaincre** le lecteur de la validité d'un propos, le texte argumentatif doit être **organisé de manière logique**, cohérente :
  – l'auteur indique le **thème** dont il est question et expose la **thèse** qu'il défend ;
  – il développe des **arguments** en faveur de cette thèse et s'appuie sur des **exemples** ;
  – parfois, il expose également la **thèse de ses adversaires** pour mieux la contredire.
- Un texte argumentatif contient des **marques de subjectivité** qui montrent que le locuteur s'implique dans son discours.

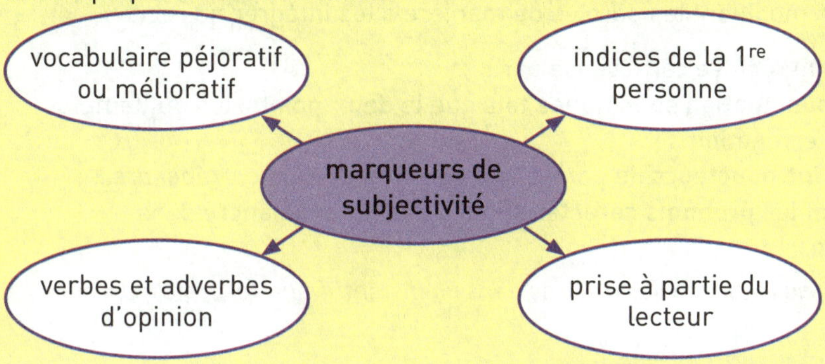

FRANÇAIS

★★ 2 **Lis le texte, puis réponds aux questions.**

Journaliste et romancier, Guy de Maupassant s'élève, en 1886, contre la construction de la tour Eiffel.

Depuis un mois, tous les journaux illustrés nous présentent l'image affreuse et fantastique d'une tour de fer de trois cents mètres qui s'élèvera sur Paris [...]. Ce monstre poursuit les yeux à la façon d'un cauchemar, hante l'esprit, effraie d'avance les pauvres gens naïfs qui ont conservé le goût de l'architecture artiste, de la ligne et des proportions. Cette pointe de fonte épouvantable n'est curieuse que par sa hauteur. Les femmes colosses ne nous suffisent plus ! Après les phénomènes de chair, voici les phénomènes de fer. Cela n'est ni beau, ni gracieux, ni élégant, – c'est grand, voilà tout. On dirait l'entreprise diabolique d'un chaudronnier atteint du délire des grandeurs.

Pourquoi cette tour [...] ? Pour étonner ? Pour étonner qui ? Les imbéciles. On a donc oublié que le mot *art* signifie quelque chose.

Guy de Maupassant, « La tour... Prends garde », *Gil Blas*, 19 octobre 1886.

1. Quelle est la thèse de l'auteur ?

....

2. Comment Maupassant décrit-il la tour Eiffel ? Relève dans le texte les différentes images employées pour évoquer le monument.

....

3. Dans ce texte, l'auteur oppose deux catégories de personnes : les « imbéciles » qui apprécient la tour Eiffel et les autres. Que peux-tu dire de cette seconde catégorie ? Relève les mots qui la désignent.

....

SCORE ..../12

COUP DE POUCE
Ceux qui, comme Maupassant, critiquent la tour Eiffel sont, selon lui, des amoureux de l'art et de la beauté. Trouve les expressions qui vont dans ce sens.

Corrigés p. 60

TOTAL ..../ 16

34 Insérer un dialogue dans un récit

Qu'est-ce que le discours direct ?

- Dans un récit, si le narrateur veut **rapporter des paroles**, il peut le faire :
  – au **discours direct**, en reprenant dans un dialogue les paroles telles qu'elles ont été prononcées par les interlocuteurs ;
  – au **discours indirect** en modifiant les paroles de manière à les intégrer au récit.
- Le **discours direct** dans un récit se caractérise par :
  – l'emploi de **signes de ponctuation spécifiques** tels que le deux-points, les guillemets, les tirets, les points d'interrogation… ;
  – la présence **de verbes introducteurs de parole** tels que *dire, demander, répondre*… ;
  – les **temps des verbes** et les **pronoms** caractéristiques d'un énoncé ancré dans la situation d'énonciation.

Robin se tourna vers Iris et lui dit : « Je reviens dans un instant. Tiens-toi prête à partir. »

★ 1 **Dans le texte, délimite par des crochets les passages au discours direct et souligne les verbes introducteurs de parole.**

Un peu plus loin, Claudius aperçut une jeune fille. Elle s'avançait lentement vers lui. Elle était brune, élancée, le visage rond et charmant. Elle devait avoir à peu près le même âge que lui…
« Eh bien, dit-elle, j'ai l'impression que je suis arrivée à temps !
Je sais que les brigands sont nombreux dans ces bois.
C'est pour cela que les voyageurs évitent en général cette route.
— Et c'est pour cela que, toi, précisément, tu la choisis ?
demanda Claudius qui reprenait ses esprits.
— Oh ! pour moi, c'est plus court. Je connais bien la région et puis j'ai ma fronde pour me défendre. Avançons et nous parlerons. »
Claudius ramassa son bâton sans rien dire. Au bout d'un moment, il reprit la parole : « Comment t'appelles-tu ?
— Gaia, répondit la jeune fille. Et toi ?
— Claudius… »

D'après Michel Rouffet, *Le Voyage de Claudius* © Éditions Normant, 2006.

SCORE ..../6

INFO
Claudius est un jeune Romain, vivant au Ier siècle après J.-C. En faisant route à pied pour Naples, il échappe de justesse à des brigands.

Qu'est-ce que le discours indirect ?

Le **passage du discours direct au discours indirect** entraîne certaines modifications.

- Les **signes de ponctuation** spécifiques au discours direct, ainsi que les marques de l'oralité (interjections, niveau de langage familier…) disparaissent.
- Les paroles rapportées sont intégrées dans une subordonnée conjonctive complétive ou **interrogative indirecte**, introduite par un verbe de déclaration (*dire, expliquer…*), d'interrogation (*demander…*), d'opinion (*penser, croire…*), etc.
- Les **pronoms** de la 1re et de la 2e personnes ainsi que le **temps des verbes** sont généralement modifiés. *Robin lui dit [qu'il revenait dans un instant.]*

2 Souligne dans le texte les paroles rapportées indirectement.

> À la nuit tombante, Claudius arriva, guidé par un esclave, à la villa où logeait l'ami de son père. Aussitôt qu'il fut annoncé, l'ami de son père le reçut avec une très grande cordialité. Claudius remarqua qu'il y avait du monde comme dans une ruche bourdonnante.
> Le maître lui offrit une coupe de vin et lui déclara que l'on ne dînerait qu'après la cérémonie.
>
> (*op. cit.*)

SCORE .... /1

3 Transforme le passage que tu viens de souligner en discours direct et effectue les modifications nécessaires.

....

....

....

SCORE .... /1

COUP DE POUCE
Pense à la ponctuation et au temps des verbes.

4 Transpose au discours indirect les paroles rapportées directement.

1. « Comment t'appelles-tu ? » demanda l'institutrice à l'enfant.

→ ....

2. « J'irai me promener avec vous demain », promit Laurène à ses enfants.

→ ....

3. « Arrête-toi ici ! » ordonna le maître à son chien.

→ ....

4. « Ce film, je l'ai vu hier », annonça joyeusement Esther.

→ ....

SCORE .... /4

ATTENTION
Les adverbes de temps et de lieu changent : *demain* → *le lendemain* ; *hier* → *la veille*...

5 Transpose au discours direct les phrases suivantes.

1. Le boucher disait qu'on lui avait volé un poulet.

→ ....

2. Pierre dit à son fils de se laver les mains avant chaque repas.

→ ....

3. Tout le monde demandait à Julien s'il prendrait un avocat.

→ ....

4. Le patron ordonna à ses ouvriers de finir leur travail avant de quitter l'atelier.

→ ....

5. Sophie a formellement interdit à sa fille de sortir seule.

→ ....

SCORE .... /5

Corrigés p. 60

TOTAL .... / 17

35 Répondre en justifiant son point de vue

Comment répondre à une question ?

- Pour répondre à une question de façon pertinente, tu dois **reprendre**, dans ta réponse, **une partie de la question**.

  Pourquoi certaines personnes éprouvent-elles le besoin d'avoir un chien ?
  → Je pense que ***certaines personnes éprouvent le besoin d'avoir un chien*** *parce que…*

- Il faut ensuite parvenir à **formuler ta propre idée**, à dire ce que tu penses.

  *Je pense que certaines personnes éprouvent le besoin d'avoir un chien parce qu'****elles recherchent de l'affection****.* → Tu ne dois pas en rester à l'observation des faits, à la description des événements, mais exposer des idées relevant du **domaine de la pensée**.

- Pour **exprimer tes idées**, tu peux utiliser :
  – des **verbes d'opinion** comme *penser, croire, juger, estimer, affirmer, craindre, redouter…* ;
  – des **mots abstraits** qui appartiennent au registre de la pensée, des idées, contrairement aux mots concrets.

COUP DE POUCE
Tu dois cocher quatre phrases.

★★ 1 **Coche les phrases qui expriment une idée et non un fait.**

❑ **1.** Cet enfant est très petit pour son âge. • ❑ **2.** Mon frère est un grand champion de natation. • ❑ **3.** La connaissance est le chemin le plus sûr pour parvenir à la liberté. • ❑ **4.** Je vois tous les jours cet homme se promener dans le parc. • ❑ **5.** Je pense qu'il vaut mieux une tête bien pleine que bien faite. • ❑ **6.** Mes parents aiment aller au cinéma. • ❑ **7.** La violence n'est jamais tolérable. • ❑ **8.** Rabelais disait que le rire est le propre de l'homme. • ❑ **9.** Mes amis aiment beaucoup rire.

SCORE ..../9

★ 2 **Place dans le tableau les noms suivants :** la télévision – le film – la peur – la joie – le jour – l'égalité – l'amitié – les copains – la liberté – les vêtements – les chaussures – la mode – le bruit – la musique – la peinture – la réflexion.

Noms abstraits	Noms concrets
....	....
....	....
....	....

SCORE ..../16

★ 3 **Ajoute un de ces verbes introducteurs à chaque phrase :** croire – affirmer – vouloir.

1. J'...................... que l'école prépare à la vie.

2. Je .... que nous ne sommes pas trop jeunes pour penser à l'avenir.

3. Je .... que règnent sur la terre paix et fraternité.

SCORE ..../3

Qu'est-ce qu'un argument ? Qu'est-ce qu'un exemple ?

- Quand tu as formulé ton point de vue, il faut le **justifier.** Tu dois t'appuyer sur des **arguments** qui vont dans le sens de ce que tu affirmes.
- Tu dois illustrer chaque argument par un **exemple** qui lui donne plus de poids. Tu peux tirer ces exemples de ton expérience, de tes lectures, de films, de l'actualité… Introduis-les par des expressions telles que : *par exemple, ainsi, on le voit bien quand…*

★★ 4 Ci-dessous arguments et exemples sont mélangés. Coche les arguments puis indique quel exemple illustre chaque argument.

❑ **a.** La lecture ouvre l'esprit et permet de mieux comprendre le monde.
❑ **b.** Quand on lit un roman, on entre dans la vie des personnages. Parfois on s'identifie à l'un d'eux, on partage ses sentiments, ses pensées. On échappe, le temps de la lecture, à sa propre vie.
❑ **c.** Dans beaucoup de familles, les parents lisent le soir une histoire à leurs jeunes enfants. Les mots entendus ainsi enrichissent le vocabulaire de l'enfant, lui permettant d'avoir un accès plus large au monde qui l'entoure.
❑ **d.** La lecture nourrit l'imagination et permet de s'évader.

Argument : .... → Exemple : ....

Argument : .... → Exemple : ....

SCORE .... **/4**

COUP DE POUCE
Attention à vérifier que l'exemple exprime la même idée que l'argument.

Comment structurer un paragraphe argumentatif ?

- Une argumentation doit être **structurée, organisée** :
  – tu donnes d'abord ton **point de vue** en reprenant une partie de la question (*Je pense que…*) ;
  – puis tu prouves la valeur de ton idée en exposant ton **argument** (*en effet…*) ;
  – enfin, tu illustres ton argument par un **exemple concret** (*ainsi…*).

★ 5 ***Le monde d'aujourd'hui laisse-t-il encore une place à un ailleurs qui fait rêver ?*** **Remets les paragraphes dans le bon ordre en les numérotant.**

◯ En premier lieu, il y a toutes ces formes d'évasion que nous proposent, par exemple, la musique, le cinéma ou encore un bon roman. Quand je suis plongé dans un récit fantastique, je suis transporté dans un monde extraordinaire et oublie celui qui m'entoure. Il en est de même quand, casque sur les oreilles, j'écoute mes chansons préférées.

◯ Dans un tel contexte, on pourrait se laisser envahir par le découragement : heureusement, il y a encore de la place pour le rêve et l'espoir.

◯ Mais on peut également trouver des raisons de rêver dans la réalité. Ainsi, certains hommes ou femmes – célèbres ou anonymes – nous donnent des exemples d'engagement et de solidarité qui nous font croire en la possibilité d'un monde meilleur. Je pense par exemple à Nelson Mandela.

◯ Le monde d'aujourd'hui peut rendre pessimiste. Dans les médias, il n'est souvent question que de guerres, de catastrophes naturelles, de crise économique… Les savants, eux, nous alertent sur les dangers que court notre planète, notamment en raison du réchauffement climatique.

SCORE .... **/4**

Corrigés p. 61

TOTAL .... **/ 36**

36 Comparer des images

Quel rôle une image joue-t-elle ?

- Une image, qu'il s'agisse d'une peinture, d'un dessin, ou encore d'une photographie, est porteuse de **différents messages**, tout comme peut l'être un texte.
- Une image peut ainsi être **descriptive et informative**. La photographie d'un paysage ou d'un événement, par exemple, permet de se les représenter avec exactitude.
- Mais l'angle de vue, les couleurs, l'éclairage, les attitudes... sont des éléments qui introduisent une **vision subjective** et changent notre regard.

tableau 1 : Jacques-Louis David, *Bonaparte, Premier Consul, franchissant les Alpes au col du Grand-Saint-Bernard le 20 mai 1800* (1800-1801), Rueil-Malmaison, musée des châteaux de Malmaison et Bois-Préau. Ph © Josse/Leemage

tableau 2 : Jacques-Louis David, *Bonaparte, Premier Consul, franchissant les Alpes au col du Grand-Saint-Bernard le 20 mai 1800* (1800-1801), Berlin, musée du château de Charlottenburg. Ph © BPK, Berlin, Dist. RMN/Jörg P. Anders

INFO
Jacques-Louis David (1748-1825) est célèbre pour ses tableaux représentant Napoléon Bonaparte. Il a été nommé « premier peintre » de l'Empereur.

★★ **1** **Compare ces deux tableaux représentant Bonaparte, peints par David en 1801.**

Éléments comparés	Tableau 1	Tableau 2
date (des tableaux)	....	....
la pose de Bonaparte	....	....
ses vêtements	....	....
son cheval	....	....
le ciel	....	....
le sol	....	....
les personnages de l'arrière-plan	....	....

a. Complète le tableau ci-dessus.
b. Quelle impression le tableau 2 te suggère-t-il par rapport au tableau 1 ?

....

....

....

COUP DE POUCE
Deux réponses sont identiques pour les deux tableaux.

SCORE ..../15

Que peut-on dire d'une image ?

- L'image peut aussi être **explicative et argumentative**. Elle cherche alors, selon le cas :
  - à **convaincre** (c'est le propre de l'image publicitaire qui doit inciter à consommer) ;
  - à **faire réfléchir**, à modifier les comportements.
- Pour **analyser** ce type d'image, il est utile d'identifier :
  - son émetteur et son destinataire (*de qui ? quand ? pour qui ?*) ;
  - sa composition (couleurs, formes, disposition...) ;
  - ses messages visuels et verbaux (ce que tu vois, ce que tu lis).

FRANÇAIS

2 **a. En 1848, Napoléon Bonaparte est-il encore vivant ?** ❑ oui ❑ non

b. Comment son règne se finit-il ?

❑ Il meurt au combat. ❑ Il meurt en exil. ❑ Il passe le pouvoir à son fils.

SCORE ..../2

INFO
Napoléon (1769-1821) est mort en exil sur l'Île de Sainte-Hélène le 5 mai 1821.

3 **Observe le tableau et réponds aux questions.**

1. Pourquoi l'homme qui marche à côté du cheval tient-il un pieu ? ....

....

2. Pourquoi a-t-il la main droite sur le cou du cheval ?

....

....

3. Le cheval avance-t-il avec facilité ? ....

....

4. La pose de Bonaparte est-elle celle :
❑ d'un conquérant ❑ d'un homme ordinaire ?

5. Les couleurs sont-elles éclatantes ? ....

Paul Delaroche, *Bonaparte franchissant les Alpes en 1800* (1848), Paris, musée du Louvre. Ph © Josse/Leemage

SCORE ..../5

4 **Compare le tableau de 1848 à ceux de 1801 (exercice 1) puis complète le texte.**

Les trois tableaux représentent .... assis sur un ....
dans un paysage de .... au même moment de sa vie. Le tableau de 1848 semble plus réaliste parce que le cheval ....
et que Bonaparte n'est pas présenté comme un ...., mais comme un homme .... À une époque où la France connaît une grande incertitude politique, il est important de ne pas idéaliser le passé et de faire face aux
....

On peut considérer que le but de Paul Delaroche est de ....
....

SCORE ..../9

COUP DE POUCE
Reprends les réponses données aux questions précédentes.

Corrigés p. 62

TOTAL ..../ 31

Les classes grammaticales et les fonctions

Les classes grammaticales

Classe grammaticale	Exemples	Définition
Mots variables		
nom	*Julie, fille, amitié*	Un nom **désigne** un être, une chose ou une idée. *Julie* est un nom propre, *fille* et *amitié* sont des noms communs.
déterminant	*un, le, cette, ses*	Un déterminant **introduit un nom.** Il forme avec lui un groupe nominal (minimal).
adjectif qualificatif	*beau, vraie, puissants*	Un adjectif qualificatif apporte des **précisions sur le nom** qu'il qualifie.
pronom	*il, lui, celle, les siens*	En général, un pronom **remplace un nom** ou un groupe nominal (*pro* = « à la place de »).
verbe	*aimer, partait, serons*	Un verbe exprime une action ou un état. Il **se conjugue,** c'est-à-dire qu'il prend une forme différente selon le temps de la phrase, le nombre et la personne du sujet.
Mots invariables		
adverbe	*ici, hier, clairement*	Un adverbe peut **s'ajouter** à un verbe pour préciser son sens, mais aussi à un adjectif, un autre adverbe, une proposition.
préposition	*à, dans, à côté de*	Une préposition **sert de lien** entre un mot et son complément.
conjonction	*mais, ou, et, car,* *que, quand, dès que*	Une conjonction **relie deux propositions** : – de même nature (conjonction de coordination) ; – principale et subordonnée (conjonction de subordination).

Les fonctions

Fonction	Exemple	Définition
À l'échelle d'une proposition		
sujet	*Julie aime Théo.*	Le sujet répond à la question ***Qui est-ce qui ? / Qu'est-ce qui ?*** suivie du verbe.
complément d'agent	*Théo est aimé de Julie.*	Le sujet devient complément d'agent lors de la transformation d'une phrase active en **phrase passive.**
attribut du sujet	*Julie est étudiante.*	L'attribut du sujet exprime une **caractéristique du sujet** ; il s'y rapporte par l'intermédiaire d'un verbe d'état.
COD	*Julie aime le cinéma.*	Le COD **complète** le verbe **directement** (sans préposition).
attribut du COD	*Elle trouve ce film époustouflant.*	L'attribut du COD exprime une **caractéristique du COD** ; il s'y rapporte par l'intermédiaire d'un verbe exprimant un choix, un jugement...
COI	*Théo s'initie à la peinture.*	Le COI **complète** le verbe **indirectement** (avec une préposition).
COS	*Théo envoie un message à Julie.*	Le COS complète un verbe **qui a déjà un complément d'objet.**
complément circonstanciel	*Théo et Julie se voient avec plaisir.*	Un complément circonstanciel exprime une **circonstance** (temps, lieu, manière...) de l'action.
À l'échelle d'un groupe nominal		
épithète	*une étudiante sympathique*	Un adjectif épithète **se rapporte directement à un nom**, qu'il qualifie.
complément du nom	*une étudiante en biologie*	Un complément du nom **complète un nom** à l'aide d'une **préposition.**
apposition	*Passionnée de cinéma, Julie possède 100 DVD.*	Une apposition **se rapporte à un GN**, dont elle est séparée par une virgule (construction détachée).

Je veux analyser une phrase simple

DÉFINITION
Une **phrase simple** est une phrase qui ne contient qu'**un seul verbe conjugué**.

1 Je repère son verbe

C'est le mot de la phrase qui se conjugue.

Ex. : Le 17 novembre, la fusée Soyouz a quitté la Terre.

Le verbe fait référence au présent, au passé ou au futur. Il peut être en **un ou deux mots** *(elle quitte, elle a quitté)*.

2 Je repère le sujet du verbe

Il répond à la question *qui est-ce qui...?* ou *qu'est-ce qui...?* suivie du verbe.

Il peut s'agir :
- d'un **nom** ou d'un **groupe nominal** (comme ici, la fusée Soyouz) ;
- d'un **pronom personnel** (je, tu, il...).

3 Je me demande si le verbe a des compléments

Un COD ou un COI

- Ex. : La fusée a quitté la Terre. (COD)
- Ex. : L'astronaute s'adresse aux journalistes. (COI)

Un attribut du sujet ou un attribut du COD

- Ex. : Cette expédition est passionnante. (att. du sujet)
- Ex. : Je trouve cette expédition passionnante. (att. du COD)

4 Je me demande si la phrase contient des compléments circonstanciels

Les compléments circonstanciels (CC) apportent des précisions sur les circonstances de l'action.

- Ex. : Le 17 novembre, la fusée Soyouz a quitté la Terre. (CC de temps)
- Ex. : Au sol, une équipe de scientifiques suit sa trajectoire. (CC de lieu)

Je veux savoir distinguer les genres littéraires

le théâtre

C'est un texte destiné à être joué devant un public.

On distingue deux grands genres théâtraux :
- la **comédie** (les personnages nous font rire, leur histoire se termine bien) ;
- la **tragédie** (victimes d'un destin tragique, les personnages suscitent la pitié).

Dramaturge du XVIIe siècle, Molière a écrit plus de trente comédies.

le roman

C'est un récit long mettant en scène des personnages fictifs.

Il existe divers **types de romans** :
- les romans d'aventure ;
- les romans d'apprentissage ;
- les romans d'anticipation ;
- les romans historiques…

©Hatier

la poésie

Un poème, souvent écrit en vers, se caractérise par son pouvoir évocateur et sa musicalité.

Il existe différents registres poétiques :
- lyrique (le poète exprime ses sentiments) ;
- épique (il vante des valeurs collectives) ;
- satirique (il se moque des travers de son époque).

Paul Verlaine et Arthur Rimbaud sont deux poètes de la fin du XIXe siècle.

l'autobiographie

L'auteur y fait le récit de sa vie.

C'est le **projet de Rousseau** dans les ***Confessions***. « Je veux montrer à mes semblables un homme dans toute la vérité de sa nature ; et cet homme, ce sera moi. »

le conte et la nouvelle

Ces récits de fiction se distinguent du roman par leur concision.

- Le **conte** raconte une histoire merveilleuse et met en scène des personnages hors du commun.
- La **nouvelle** raconte en quelques pages un événement présenté comme authentique.

Kirikou et la sorcière est un conte d'origine africaine.

Corrigés

1 Les pronoms

1 **1.** Ces livres-ci m'appartiennent, mais ceux-là sont à toi. • **2.** J'ai rangé mes affaires, à toi de ranger les tiennes. • **3.** Après les résultats de l'examen, les uns sont tristes, les autres sont contents. • **4.** Je suis allé voir le film dont tu m'as parlé.

2 Le vieil homme respirait avec les plus grandes difficultés ; il avait dans la bouche un goût bizarre, ferreux et douceâtre qui l'effraya beaucoup sur le moment. Il se savait vaincu, définitivement et sans remède. La barque était bien légère maintenant, et le vieux n'avait plus ni sentiments ni pensées. Il était au-delà de tout ; il ne songeait plus qu'à ramener sa barque au port aussi bien que possible.
« On a le vent pour nous, en tout cas, pensa le vieux pêcheur. » Et quand celui-ci entra dans le petit port, comme personne n'était là pour l'aider, il rama aussi loin qu'il put.

Pronoms personnels	Pronoms démonstratifs
il (six fois) l'(effraya) se (savait) nous on (a le vent) l'(aider)	celui-ci

Pronoms relatifs	Pronoms indéfinis
qui	(au-delà de…) tout personne

2 Analyser un groupe nominal

1 **a.** Expansions du nom *bruit* : étrange, haché, monocorde, répétitif, qui semblait provenir du dehors.

EXPLICATION
Le GN *un bruit* est complété par quatre adjectifs épithètes (*étrange, haché, monocorde, répétitif*) et une proposition subordonnée relative complément du nom (*qui semblait provenir du dehors*).

b. Le pronom *toutes* remplace des centaines, des milliers de grenouilles.

2 **a.** Quant à la figure, ce n'était point cette beauté calme et sévère des sculpteurs grecs, qui donnaient à tous les traits une majestueuse immobilité. Tous les traits étaient contractés légèrement : les yeux un peu obliques, la bouche relevée des coins, les narines quelque peu gonflées. En vérité, plus on regardait cette admirable statue, et plus on éprouvait le sentiment pénible qu'une si merveilleuse beauté pût s'allier à l'absence de toute sensibilité.
b. *calme* et *sévère* : adjectifs qualificatifs épithètes
des sculpteurs grecs : GN complément du nom

EXPLICATION
Qui donnaient à tous les traits une majestueuse immobilité est une proposition subordonnée relative complément du GN *des sculpteurs grecs*.

3 Analyser une phrase simple

1 La nuit fraîche et sereine s'étend sur le paysage immense.

2 Anna et Jérémy se sont levés tôt ce matin. Un grand voyage en famille se prépare. Leurs parents leur ont fait une annonce la veille. Ils partent tous pour une semaine au Québec. C'était une belle surprise ! Dans quelques heures, ils prendront le train pour Paris. Puis un avion les conduira sans escale jusqu'à Montréal.

3 **a.** [Suter s'est retiré dans son Ermitage.] Il a ramené ce qu'il a pu de ses troupeaux. [Malgré les événements, ses vignobles, ses vergers semblent bénis]. Il pourrait encore exploiter tout cela, car il y a dans la contrée disette de vivres, et la nuée des chercheurs d'or est plus d'une fois menacée de famine. [Mais Suter n'a plus le cœur à l'ouvrage.] [Ses employés les plus fidèles, ses hommes de confiance l'ont abandonné.] [Il n'y a plus de bras pour les cultures.] [Il n'y a pas un seul berger.] [Il laisse faire.] [Il ne fait rien.]

EXPLICATION
Dans la phrase *Il pourrait [...] famine*, il y a trois verbes et les propositions sont coordonnées entre elles par des conjonctions (*car, et*). L'ensemble forme une phrase complexe.

b. Voir ci-dessus, dans le texte de l'exercice 3.

4 La construction d'un verbe

1 – On ne peut pas choisir son père avant sa naissance. Mais si j'avais pu, je t'aurais voulu toi.
– C'est vrai, Moustique ?
– Je peux le jurer. Et puis, je serai une bouche de moins à nourrir. Je te promets que je ne dirai plus de gros mots. Je cirerai tes chaussures, je soignerai les oiseaux. Je serai le meilleur élève de l'école. Je ferai tout très bien. À la maison, tout le monde serait fou de joie si on me donnait.

2 **1.** Une bouche de moins à nourrir est attribut du sujet je.
2. Le meilleur élève de l'école est attribut du sujet je.
3. Fou de joie est attribut du sujet tout le monde.

EXPLICATION
Lorsque l'attribut est un adjectif qualificatif ou un pronom, il s'accorde avec le sujet.

3 Voir ci-dessus, dans le texte de l'exercice 1.

4 Dans les rues tortueuses du quartier, les voitures roulent trop vite. Il est difficile de passer d'un trottoir à l'autre rapidement. Le danger est grand, tant pour les enfants que pour les adultes. Si un accident survient, tout le monde dira que cela devait arriver, mais personne ne fait rien pour l'éviter réellement.

5 Distinguer un COD d'un COI

1 **a. et b. 1.** Qui veut voyager loin, ménage sa monture. → COD
2. Qui vole un œuf, vole un bœuf. → deux COD

3. Méfiez-vous de l'eau qui dort. → COI

EXPLICATION
Dans les proverbes 1 et 2, le sujet est le pronom *qui* (= *celui qui*).

2 **a.** Dès que l'homme entra dans la barque, elle enfonça prodigieusement, écrasée par son poids ; une secousse la remonta ; et Julien commença à ramer. L'eau, plus noire que de l'encre, courait avec furie des deux côtés du bordage. Elle creusait des abîmes, elle faisait des montagnes, et la chaloupe sautait dessus. Julien penchait son corps, dépliait les bras. La grêle cinglait ses mains, la violence de l'air l'étouffait, il s'arrêta.
b. COI : à ramer. Verbe complété : commença.

EXPLICATION
Si tu supprimes les COD, les phrases ne sont plus correctes.

3 **1.** Une secousse remonta la barque.
2. La violence de l'air étouffait Julien.

EXPLICATION
Observe que le GN COD est à droite du verbe, alors que le pronom personnel COD était à gauche.

6 Les compléments circonstanciels

1 **1.** Ce matin, le trajet en bus a duré vingt-cinq minutes. • **2.** Pendant le repas, il s'est conduit avec beaucoup de tact. • **3.** Cet enfant pesait quatre kilos à la naissance. • **4.** Cette année, au collège, les cours se terminent à cinq heures. • **5.** Il se rend à Paris pour étudier.

EXPLICATION
On ne peut pas supprimer les autres groupes sans rendre la phrase incorrecte.

2

CC de temps	le 19 décembre 1737 – à dix-neuf heures – le samedi – le dimanche matin – à dix heures
CC de lieu	à York – dans l'océan Pacifique – entre les îles […] du Chili – sur l'ensemble du territoire – dans l'île – dans le temple
CC de manière	à haute voix
CC de cause	en cette qualité
CC de but	pour légiférer – pour le dîner – pour la prière

7 Reconnaître une phrase complexe

1 **1.** Les oiseaux chantent. Le printemps est là.
→ Les oiseaux chantent car le printemps est là.
2. Le réveil sonne. Je me lève.
→ Le réveil sonne : je me lève.
3. Le chat est parti. Les souris dansent.
→ Quand le chat est parti, les souris dansent.

2 **1.** Lisa s'assit à sa table, prit du papier et une plume. • **2.** Plus d'une fois, elle commença une phrase puis déchira la feuille. • **3.** Le lendemain, aussitôt qu'elle aperçut Hermann par la fenêtre, elle ouvrit le vasistas. • **4.** Elle jeta la lettre dans la rue, comptant bien que le jeune homme ne la laisserait pas s'égarer. • **5.** En effet, Hermann la ramassa aussitôt et entra dans une boutique de confiseur pour la lire.

Phrase	Nombre de propositions	Mot ou signe reliant les propositions	Juxtaposition, coordination ou subordination ?
1.	2	une virgule	juxtaposition
2.	2	puis	coordination
3.	2	aussitôt qu'	subordination
4.	2	que	subordination
5.	2	et	coordination

EXPLICATION
Dans la phrase 3, la proposition subordonnée précède la proposition principale.

8 Les subordonnées relatives

1 **1.** Je me promène souvent dans cette rue dans laquelle j'ai passé mon enfance.
2. J'ai visité ce musée dont les tableaux sont remarquables.

2 **a.** Le jeudi suivant, de bon matin, le père de Bacaillé, accompagné de son fils, partit à la foire de Baume. Sur le devant de la voiture à laquelle on avait attelé Bichette, la vieille jument, ils s'installèrent sur une botte de paille disposée en travers ; en arrière, sur une litière fraîche, tout le corps dans un sac serré en coulisse autour de son cou, un petit veau de six semaines montrait sa tête étonnée. Le père Bacaillé, qui l'avait vendu au boucher de Baume, profitait de l'occasion qu'offrait la foire pour le conduire à son acquéreur.
b. accompagné de son fils → qui était accompagné de son fils
2. de six semaines → qui avait six semaines

EXPLICATION
La proposition subordonnée relative englobe tous les mots qui ont du sens ensemble ; par exemple, dans la première relative, le GN *la vieille jument* définit *Bichette* ; il faut donc inclure ce GN dans la proposition subordonnée relative.

3 J'ai plusieurs copains : celui avec qui/avec lequel je m'entends le mieux est José ; Léo, que les autres n'apprécient pas trop, est très fort en maths ; Edgar, dont les parents sont acteurs, est très timide. Tous les trois sont vraiment des garçons sur qui/ sur lesquels on peut compter.

9 Les subordonnées complétives

1 Il fut décidé qu'on installerait là-haut, entre les travées de fer, de petites baraques pour nous, comme des nids qu'on ne verrait pas de la ville. Nous y dormions, nous y mangions, et le soir nous jouions aux cartes. Nous ne nous sentions plus des ouvriers mécaniciens, mais des héros, des saints. Peu à peu, nous prenions conscience que la construction de la tour Eiffel ne serait jamais terminée, maintenant nous nous expliquions pourquoi l'ingénieur avait exigé ce piédestal démesuré, ces quatre pattes de fer cyclopéennes qui semblaient absolument disproportionnées.

EXPLICATION
- La proposition *qu'on ne verrait pas de la ville* est une expansion du nom *nids* : ce n'est pas une complétive, mais une proposition subordonnée relative englobée dans la complétive qui commence par *qu'on installerait...*
- Même chose pour *qui semblaient absolument disproportionnées*, subordonnée relative, expansion du nom *pattes*.

2 **1.** Emma croit que tu penses encore à elle.
2. Je ne veux pas que tu viennes.
3. Je ne suis plus celui que tu as connu.

EXPLICATION
Dans la phrase 3, *ce que tu en penses* est une proposition subordonnée interrogative indirecte (question directe : *Qu'en penses-tu ?*).

3 **1.** Es-tu passé prendre le pain ?
→ *Je me demande* si tu es passé prendre le pain.
2. À quelle heure viendras-tu ?
→ *Je me demande* à quelle heure tu viendras.

10 L'indicatif présent : cas particuliers

1 **1.** tendre – ~~atteindre~~ – attendre – apprendre – vendre : seul verbe en *-indre*, il perd le *d* du radical aux trois personnes du singulier du présent : *j'atteins*.
2. voir – apercevoir – ~~pouvoir~~ – devoir – recevoir : seul verbe qui prend la terminaison *-x* aux deux premières personnes du singulier du présent : *je peux*.

2 **a.** Mes yeux s'ajustent à la demi-obscurité. Tout d'un coup, je vois un foulard taché de rouge dont le coin est pincé dans un coffre. Je le prends, le secoue, le tords, le sens, le tire. Il m'intrigue. Une série de portraits de maman empilés les uns contre les autres apparaît. Je les mets en éventail contre le mur. Sombres, ils m'inquiètent. J'aperçois sur un des portraits une petite fille. Et je me souviens. J'en ai assez de ma promenade... Je vais dans ma chambre... J'y retournerai... Là-haut, je peux réfléchir aux secrets de maman.

3 **1.** Comme vous ne faites et ne dites rien, je commence à m'inquiéter. • **2.** Quand sa sœur ouvre la porte de sa chambre, Noël éteint la lumière pour cacher ses trésors.

11 Reconnaître la valeur d'un présent

1 Présent d'énonciation : *êtes, semblez, se rapporte, êtes.*
Présent de narration : *sent, ouvre, laisse.*

2 **1.** Chaque jour, il passait par le chemin qui longe la falaise.
→ présent de vérité générale
2. Furieuse, Katia s'écria : « Ce n'est pas vrai ! je le sais ! » → présent d'énonciation dans des paroles rapportées directement
3. Le silence régnait dans les rues du village quand soudain un cri vient brusquement troubler cette paix. → présent de narration

12 L'indicatif passé simple

1 Un après-midi, je repensai au bas noir. Je l'entortillai dans une ficelle et coupai le bout du pied. Puis, à l'endroit du pied, j'attachai un long fil de cerf-volant. De loin, en tirant doucement, ça avait l'air d'un serpent. Le soir, j'attendis sans bouger près du portillon. Une femme arrivait. Je courus me cacher et expérimentai le maniement du serpent. Il obéit. Alors je me fis tout petit et je me mis à tirer le fil du serpent. Il glissa lentement au milieu de la rue. La femme poussa un grand cri.

2

Verbe au passé simple	Infinitif
tu plaças	placer
nous mangeâmes	manger

EXPLICATION
Les verbes en *-cer* et en *-ger* modifient leur orthographe au passé simple : le c de *placer* prend une cédille devant le *a* de la terminaison (*tu plaças, nous plaçâmes*) ; le *e* du radical de *manger* est maintenu devant le *a* de la terminaison (*il mangea, nous mangeâmes*).

3 **1.** erras – consacras – ~~vaincras~~ – pleuras : *vaincras* est le futur de *vaincre*, alors que les autres verbes sont au passé simple.
2. ~~obéit~~ – prit – mit – vit – partit : *obéit* est le seul verbe du 2e groupe, les autres sont du 3e groupe.

EXPLICATION
Le passé simple du verbe *vaincre* est : *je vainquis, tu vainquis, il vainquit, nous vainquîmes, vous vainquîtes, elles vainquirent.*

13 Employer le passé simple et l'imparfait

1 **1.** s'ouvrit → passé simple (action principale)
se déchaînait → imparfait (action secondaire)
2. prenais, rencontrais → imparfait (actions répétées : *chaque jour*).

2 Il était inutile d'aller plus loin : les girafes revenaient au galop. Je grimpai en haut des rochers. J'y trouvai, couchés sur le flanc, des lions, des boucs, des léopards... Deux longues cornes de feu s'avançaient très loin et déjà se refermaient presque. Et ce qui était pire, c'était que le vent tournait et que les flammes revenaient vers nous.

EXPLICATION
Le passé simple évoque les actions principales du récit : ici, les actions du narrateur (*grimpai, trouvai*) sont mises en avant.

3 **1.** Je me demandais si j' ☐ allai ☒ allais réussir. • **2.** Un instant j' ☐ hésitais ☒ hésitai puis je franchis le seuil de la maison. • **3.** Alors que je ☐ pensai ☒ pensais à lui, il entra.

14 Les temps composés de l'indicatif

1 M. Utterson se présenta à la porte du Dr Jekyll. Poole l'introduisit sur-le-champ. Il lui fit traverser les cuisines, puis une cour qui avait été jadis un jardin. Le docteur avait racheté la maison aux héritiers d'un chirurgien. Un escalier aboutissait à une porte qui s'ouvrait sur le cabinet du docteur. C'est là que s'était assis le Dr Jekyll, pâle à faire peur.

« Alors, dit M. Utterson, dès que Poole les eut laissés seuls, vous avez entendu la nouvelle ?
– Les vendeurs de journaux l'ont claironnée dans le square, dit-il... »

Verbe souligné	Temps de l'auxiliaire	Temps composé du verbe
avait été	avait = imparfait	plus-que-parfait
avait racheté	avait = imparfait	plus-que-parfait
s'était assis	était = imparfait	plus-que-parfait
eut laissés	eut = passé simple	passé antérieur
avez entendu	avez = présent	passé composé
ont claironnée	ont = présent	passé composé

EXPLICATION
- *Être* et *avoir* ont, comme tous les verbes, des temps composés constitués de l'auxiliaire *avoir* conjugué à un temps simple et du participe passé *eu* ou *été*. C'est, dans le texte, le cas de *avait été*.
- Les verbes pronominaux, comme *s'asseoir*, utilisent l'auxiliaire *être* pour former leurs temps composés : *s'était assis*.

2 **1.** Je m'en irai seulement quand tu seras arrivé.
2. Nous avons rempli nos poches de bonbons.
3. Le Dr Jekyll avait entendu la nouvelle.
4. Après que tu fus parti, la maison était triste.

15 Indicatif futur et conditionnel présent

1

Infinitif	Indicatif futur		Conditionnel présent	
	1re pers. sing.	3e pers. plur.	1re pers. sing.	3e pers. plur.
être	je serai	ils seront	je serais	ils seraient
crier	je crierai	ils crieront	je crierais	ils crieraient
finir	je finirai	ils finiront	je finirais	ils finiraient

2 Si Helen allait à l'école, elle aurait besoin d'une quantité de livres nouveaux et très peu de ces livres avaient été « traduits » en braille. C'est à Ann qu'en incomberait la tâche. Elle devrait soit recopier les livres en braille, soit les épeler peu à peu dans la main d'Helen. Dans les deux cas, il fallait qu'elle commençât par les lire ; or, la vue d'Ann, qui était déjà très mauvaise, s'était encore affaiblie ces derniers temps.
« J'essaierai de tenir le temps qu'il faudra », se dit Ann, qui ne pensait jamais à elle.

16 Le subjonctif présent

1

Infinitif	3e pers. du singulier	1re pers. du pluriel	3e pers. du pluriel
essayer	qu'il essaye/ qu'il essaie	que nous essayions	qu'ils essayent/ qu'ils essaient
prendre	qu'il prenne	que nous prenions	qu'ils prennent
obéir	qu'il obéisse	que nous obéissions	qu'ils obéissent

EXPLICATION
Les verbes en *-ayer* peuvent s'écrire avec *y* ou avec *i* devant un *e* muet. Aux 1re et 2e personnes du pluriel du subjonctif présent. Dans les verbes en *-yer*, il ne faut pas oublier le *i* : *que nous essayions*.

2 **1.** Le professeur ne veut pas que cet élève se sente exclu.
2. Appelle les urgences : il faut qu'un médecin intervienne au plus vite !
3. Si vous voulez rendre votre chat heureux, veillez à ce qu'il ne soit pas seul toute la journée.
4. Quoi que fassent ses enfants, elle leur pardonne toujours leurs bêtises.
5. Ma mère ne souhaite pas que nous ayons un chat à la maison.

3 **1.** Tu dis que tu ☒ parcours ☐ parcoures huit kilomètres en une heure.
2. Pour que je te ☐ crois ☒ croie, tu dois me donner des preuves.

EXPLICATION
Attention ! Ce n'est pas parce qu'un verbe est précédé de la conjonction *que* qu'il est obligatoirement au subjonctif.

17 Les verbes pronominaux

1 **1.** Les jours se sont écoulés lentement depuis ton départ. • **2.** Toi, Cédric, tu t'es jeté tête baissée dans la bagarre. • **3.** « Je me suis souvenue à temps de mon rendez-vous », pensa Julie. • **4.** Vous vous vous êtes préparés pour votre examen, tous les deux.

2 La pluie commença par n'être qu'une fine mousseline tiède pendant plusieurs jours. Puis, on put voir ses rayures. Enfin, elle tomba à blocs et elle ne s'arrêta plus de tomber. Les huttes s'effondraient. Il n'y avait d'abri nulle part. Les rochers les plus hauts de la colline ruisselaient d'eau noire. Les ouvriers de la milice en blouse et ceinturon de cuir s'occupaient du sauvetage général. On les voyait partout. Ils s'affairaient de tous les côtés avec une générosité inutile...

3 **1.** s'effondraient
2. s'affairaient

18 Accorder un adjectif qualificatif

1 Je me retrouvai sur la grande place du Marché qui, à cette heure matinale, grouillait de gens allant faire peser du bois à la bascule publique. À droite, se dressait l'hôtel de ville avec sa façade dorée, dont les visages de marbre blanc contemplaient la place. À ma gauche, on apercevait la Nouvelle Église : sa tour, haute et étroite, me rappelait une volière en pierre.

2 **1.** Notre nouvelle voisine semble très gentille. • **2.** Les enfants, je vous demande d'être très gentils avec votre grand-mère. • **3.** Pauline, tu seras gentille de ne pas me déranger. • **4.** À première vue, ces personnes paraissent gentilles, mais il n'en est rien.

3 **1.** L'araucaria est un conifère aux feuilles rectangulaires et vert foncé.
2. Nathan a gardé les yeux bleu clair qu'il avait à la naissance.
3. Au crépuscule, l'horizon se pare de reflets orangés.
4. Les uniformes sont bleu marine avec des liserés pourpres.

19 Accorder un verbe avec son sujet

1 **1.** L'avion que prenaient Marc et sa femme est en retard. • **2.** À qui appartiennent ces bottes ? • **3.** Une foule de touristes admire/admirent la tour Eiffel. • **4.** Ni la force ni la douceur ne peuvent venir à bout de sa résistance.

2 Dominique et Françoise n'écoutèrent pas le Père Merlier. Ils pénétrèrent dans la salle du moulin où une dizaine de soldats attendait/attendaient en silence, les volets fermés, guettant par des fentes. D'autres soldats rentraient en rampant, quand l'ennemi les avait délogés de leurs cachettes. Dans le moulin régnaient silence et inquiétude.

EXPLICATION
Pour *une dizaine de soldats* l'accord se fait au singulier si on met l'accent sur le nombre (*une dizaine*), au pluriel si on met l'accent sur le complément au pluriel (*soldats*).

3 **1.** La multitude de fourmis / Une multitude de fourmis ont envahi le jardin. → Le nom « multitude » précédé de l'article défini entraîne un accord du verbe au singulier, ce qui n'est pas le cas pour *une multitude de*…
2. Mon père, ainsi que ma mère, / Mon père et ma mère est sorti. → Lorsqu'un nom/sujet est lié par *ainsi que*, et est entre deux virgules, l'accord se fait au singulier.
3. C'est lui qui / moi qui prend ce sac. → *prend* est à la 3e personne du singulier, il ne peut s'accorder qu'avec *lui*.

20 Accorder un participe passé

1 Encastré dans le mur, il y avait un énorme anneau de fer, auquel était enchaîné un squelette qui paraissait essayer de saisir un plat et une cruche à eau qui étaient placés juste hors de sa portée. La cruche avait évidemment été remplie d'eau jadis, car elle était recouverte à l'intérieur d'une moisissure verte. Il n'y avait rien sur le plat. Ils contemplaient, saisis d'étonnement, la tragédie terrible dont le secret leur était à présent révélé.

EXPLICATION
Le participe passé *enchaîné* s'accorde au masculin singulier avec le sujet inversé *un squelette* ; *placés* s'accorde au pluriel avec le GN sujet *un plat* et *une cruche à eau* ; *remplie* s'accorde au féminin singulier avec le GN *la cruche*, et *recouverte* avec *elle* qui reprend *la cruche* ; *révélé* s'accorde avec *le secret*.

2 **1.** Virginia s'est ☐ agenouillé ☒ agenouillée pour ramasser des coquillages.
2. Ils se sont ☒ écrit ☐ écrits des lettres pendant les vacances.
3. Jeanne et Serge se sont ☐ penché ☒ penchés à la fenêtre du wagon pour saluer leurs amis.

EXPLICATION
Dans la phrase 2, le pronom réfléchi *se* n'est pas COD (= Ils ont écrit *à eux*) et le COD *des lettres* est placé après le verbe : le participe *écrit* ne s'accorde donc pas.

3 **1.** Elles photographient ☐ les oiseaux ☒ le tableau ☐ la lampe qu'elles ont remarqué.
2. Il veut rencontrer ☐ les chanteuses ☒ les acteurs ☐ la pianiste qu'il a vus à la télévision.
3. Les promeneurs découvrent ☒ des odeurs ☐ des parfums ☐ une atmosphère qu'ils n'avaient jamais remarquées.

EXPLICATION
- *Remarqué* est un participe passé au masculin singulier, donc seul le GN *le tableau* peut commander cet accord.
- *Vus* est un participe passé au masculin pluriel, donc seul le GN *les acteurs* peut commander cet accord.
- *Remarquées* est un participe passé au féminin pluriel, donc seul le GN *des odeurs* peut commander cet accord.

21 Les adverbes en *-ment*

1 **1.** brièvement → bref
2. légèrement → léger
3. gentiment → gentil
4. évidemment → évident
5. calomnieusement → calomnieux
6. innocemment → innocent
7. violemment → violent
8. continûment → continu

2 **1.** différent → différemment
2. brillant → brillamment
3. gentil → gentiment
4. heureux → heureusement
5. joli → joliment
6. fort → fortement
7. grand → grandement
8. constant → constamment

3 La porte s'ouvrit et se referma. [Jérôme] était parti. Alors me redressant vivement, je me mis à appeler mère Barberin. Elle accourut près de mon lit :
— Est-ce que tu me laisseras aller à l'hospice ?
— Non, mon petit Rémi, non.
Et elle m'embrassa tendrement en me serrant dans ses bras. Cette caresse me rendit le courage, et mes larmes s'arrêtèrent de couler.
— Tu ne dormais donc pas ? me demanda-t-elle doucement.

22 Distinguer *c'est* et *s'est*

1 La servante s'est écriée : ça brûle ! On s'est dépêché de ramasser nos affaires. On s'est sauvé avec ce qu'on avait sur le dos. C'est tout ce qu'on a pu emporter. Tout le reste est perdu. Tout à coup, on s'est aperçu que Katia n'était plus là.
« Mais où est-elle restée ? demanda Pierre.
— Aniska, va, montre-lui où c'est », cria-t-elle à la servante.
La petite domestique prit par le sentier.
« C'est ici, tout près dit-elle. Celle-là ! C'est là que nous demeurions. »

EXPLICATION
Dans la phrase « *montre lui où c'est* », *c'est* n'est suivi d'aucun mot car il appartient à une interrogative indirecte. La question directe serait « où est-ce ? ».

2 1. « C'est fini ! », s'est-il écrié. • 2. C'est bien à cet endroit que la voiture s'est arrêtée. • 3. Il s'est regardé dans le miroir et a dit : « C'est parfait ! » • 4. Il fait assez beau, c'est-à-dire qu'il ne pleut pas ! • 5. On s'est dit au revoir, mais c'est pour mieux se retrouver dans quelques jours.

3 Aujourd'hui, ~~s'est~~ c'est la rentrée ! Noé s'est levé de bonne heure, il ~~c'est~~ s'est habillé puis il s'est rendu dans la cuisine pour prendre son petit-déjeuner. Les tartines beurrées avec un peu de miel, ~~s'est~~ c'est vraiment délicieux ! Noé s'est ensuite demandé quel vêtement il devait mettre pour sortir : il ~~c'est~~ s'est décidé pour un imperméable car c'est bientôt l'automne et le temps peut être capricieux. Il est sorti et ~~c'est~~ s'est engouffré dans le bus. ~~S'est~~ C'est parti pour une belle journée avec les copains !

23 Distinguer *quel(s)*, *quelle(s)* et *qu'elle(s)*

1 1. Je te demande ❑ quel ☒ quelle est la bonne direction.
2. ☒ Quel ❑ Quels temps fera-t-il demain ?
3. On dit ❑ quelle ☒ qu'elle est une femme d'esprit.
4. La punition ❑ quelle ☒ qu'elle a reçue est bien méritée.

2 1. À quelle page vous êtes-vous arrêtés ?
2. Je ne pense pas qu'elle puisse venir ce soir.
3. Quel étourdi ! J'ai oublié à quel endroit j'avais garé ma voiture.
4. Ces fleurs sont si fragiles qu'elles fanent dès qu'on les cueille.
5. L'artisan ne sait plus quelles portes il doit repeindre.

3 La vieille femme était en réalité une méchante sorcière qui attirait les enfants dans la maison en pain d'épices qu'elle avait construite. Et dès qu'elle réussissait à s'emparer de l'un d'eux, elle le faisait rôtir et le mangeait. Quelle fête c'était pour elle ! Aussitôt qu'elle avait vu s'approcher Jeannot et Margot, elle avait ricané de plaisir et s'était dit : « Quel délicieux festin je vais faire là ! »

24 La formation d'un mot (1)

1 a. ex/porter – ap/prendre – a/mener – pro/jeter – sub/merger – dis/culper – im/poser – dis/suader
b. com- → comporter, comprendre
re- → reporter, reprendre
per- → persuader

EXPLICATION
Le préfixe *con-* devient *com-* quand le radical commence par *b*, *m* ou *p*.

2 a. La marée basse laissait à dé/couvert des oursins, des méduses ; et les enfants couraient, pour saisir les flocons d'écume que le vent em/portait. Les flots endormis se dé/roulaient le long de la grève. Le principal divertissement était le retour des barques. Dès qu'elles avaient dé/passé les balises, leurs voiles de/scendaient aux deux tiers des mâts. Ensuite le bateau se plaçait contre le quai. Des femmes s'élançaient pour em/brasser leurs hommes.
b. recouvert, remportait, reportait, repassé, redescendraient, rebrasser.

3 importer → exporter • plaire → déplaire • obéir → désobéir • brancher → débrancher

25 La formation d'un mot (2)

1 1. (*-oir* ou *-oire)* : bavoir – bouilloire – entonnoir – promenoir – arrosoir – armoire – passoire – rasoir.
2. (*-té* ou *-tée)* : propreté – netteté – dictée – solidité – pelletée.

2 1. particulière – ~~fière~~ – rancunière – grossière : seul adjectif dont le masculin et le féminin ont la même prononciation (*fier/fière*).
2. éditeur – ~~acheteur~~ – auditeur – cultivateur – adorateur : seul nom différent au féminin (*acheteuse*).

3 acclam/ation – acharne/ment – aim/able – antiqu/aire – antiqu/ité – argument/ation – class/eur – félicit/ation – cap/able – gribouill/is – heur/eux – popul/aire – port/able – val/able – val/eur

4 Les lames de fond soulevaient des tonnes de sable dans un vacarme *épouvantable*. C'étaient des *détonations* de bombes, des *craquements*. Tout volait par-dessus la petite troupe : maisons, meubles, toits, portes et fenêtres, animaux, cocotiers. À peine une minute ou deux de *tranquillité*. Le charivari *furieux* reprit plus fort avec ses masses liquides et *verticales* qui se fracassaient en grosses vagues glacées.

EXPLICATION
Attention à l'accord de l'adjectif en *-al* : *verticales* au féminin pluriel (mais *verticaux* au masculin pluriel).

26 Chercher l'étymologie d'un mot

1 Stade. *n. m.* (1530 ; *estade*, 1265 ; fém. jusqu'au XVIIe; gr. *stadion*) Mesure…
Pelouse. *n. f.* (1660 ; « monticule », 1611 ; de l'adj. *pelous* « poilu » (XIIIe) ; lat. *pilosus* « couvert de poils »). Terrain couvert d'une herbe courte et serrée…
Jambe. *n. f.* (1080 ; gr. *kampê*). *Anat.* Partie de chacun des membres inférieurs de l'homme…
Coude. *n. m.* (XIVe; *code*, XIIIe; *keute*, XIIe; lat. *cubitus*). 1° Partie extérieure du bras…

EXPLICATION
Les indications du dictionnaire te permettent de comprendre l'évolution des mots : *stade*, par exemple, était d'abord un mot grec, les Romains l'ont emprunté et adapté à leur langue, puis arrivé dans nos régions, ce mot a peu à peu évolué pour devenir celui que nous employons.

2 1. Certaines stars n'apprécient pas les paparazzi qui les traquent. 2. J'ai un excellent scénario pour mon prochain film. 3. Les spaghetti s'accomodent bien de sauce tomate.

3 Ils croisèrent quelques gosses, appuyés à la barrière du stade, qui contemplaient des joueurs de football groupés à une extrémité de la pelouse.
« Bon. Tu prendras ton départ agenouillé. Dommage que nous n'ayons pas de starting-block. »

Il assura tout de suite sa foulée… Le balancement des bras s'accordait au rythme des jambes, les coudes frôlant les jambes…

EXPLICATION
Tu peux aussi repérer le mot *rythme*, issu du grec. Le mot *football* est issu de la langue anglaise, alors que *handball*, par exemple, est un mot d'origine allemande.

27 Définir le champ sémantique d'un mot

1 **a.** Champ sémantique du mot roitelet : 1° « roi sans importance » ; 2° « oiseau ».
b. Les phrases entre guillemets sont des citations d'auteur qui donnent des exemples d'utilisation du mot.
c. *n. m.* : nom masculin.

2 **1.** → pavillon
2. → timbre

3 **1.** Croissant • **a.** Viennoiserie en forme de croisant • **b.** Partie visible de la lune à de certaines périodes. **2.** Tableau • **a.** peinture • **b.** panneau mural
3. Opération • **a.** Intervention chirurgicale • **b.** Calcul (addition, soustraction, etc.).

EXPLICATION
Chacun de ces mots peut avoir encore d'autres sens :
– tableau → *le tableau de bord, le tableau d'honneur*, jouer sur tous les tableaux, etc. ;
– opération → *opération militaire, opération commerciale, opération du Saint-Esprit.*

28 Synonymes et antonymes

1 **1.** Ton frère a dû être *vexé* de ne pas être dans la confidence. → froissé • **2.** Ton *adresse* pour grimper dans les arbres est connue ! → agilité • **3.** Cet enfant est d'un caractère *farceur*. → espiègle.

2 **1.** Cette eau, très pure, est *transparente*. → trouble • **2.** Au début du spectacle, les acteurs gardent tous la tête *baissée*. → levée • **3.** La porte, brutalement, s'est *ouverte* ! → fermée.

3 **a.** De nouveaux compagnons s'échappent des pages de mes premiers livres, il leur arrive beaucoup d'aventures en tout genre, c'est très excitant, à côté le football me paraît fade. Un lundi matin, à l'école, mon père, qui est aussi mon instituteur, nous demande de raconter notre dimanche. Je trempe mon porte-plume dans l'encrier, les mots m'appellent et me tirent par la manche, ma main tremble…
b. maître, professeur, enseignant.

4

	Synonymes	Antonymes
beau	joli	laid
obscurité	nuit, ombre	clarté, lumière
aimer	apprécier	haïr, détester

29 Comparaison et métaphore

1 **1.** beau comme un dieu/un astre
2. sale comme un pou/un cochon
3. rouge comme une tomate/une pivoine
4. rusé comme un renard

2 **a.** Quenu était gras, trop gras pour ses trente ans. Il débordait dans sa chemise, dans son tablier, dans ses linges blancs qui l'emmaillotaient comme un énorme poupon. Sa face rasée s'était allongée, avait pris à la longue une lointaine ressemblance avec le groin de ces cochons, de cette viande, où ses mains s'enfonçaient et vivaient, la journée entière.
b. « Comme » et « ressemblance avec ».
c. 1. Quenu est comparé à un énorme poupon. • 2. Sa face est comparée au groin d'un cochon.

3 Le Bracelet Élastique est un serpent qui se mord la queue. Il ne mue pas, il s'use. D'abord il se décolore, se craquelle en plusieurs endroits, blanchit comme des phalanges de poing serré. Sa rupture survient peu après. Il casse. Ses extrémités s'éloignent. Il s'allonge, s'étale, s'avachit. C'est un ver sans ressort. On regrette d'avoir tant exigé de lui.

EXPLICATION
L'expression *il ne mue pas* prolonge la métaphore du serpent.

30 D'autres figures de style

1 **a.** Une forêt pour toi, c'est un monde hideux
Là se penchent rêveurs les vieux pins, les grands ormes
Dont les rameaux tordus font cent coudes difformes
Le cresson boit ; l'eau court ; les frênes sur les pentes,
Sous la broussaille horrible et les ronces grimpantes,
Contractent lentement leurs pieds noueux et noirs
Ô végétation ! esprit ! matière ! force !
Couverte de peau rude ou de vivante écorce !
J'ai senti, moi qu'échauffe une secrète flamme,
Comme moi palpiter et vivre avec une âme,
Et rire, et se parler dans l'ombre à demi-voix
Les chênes monstrueux qui remplissent les bois.
b. Au vers 7 : « Ô végétation ! esprit ! matière ! force ! »

2 **1.** La messagère du printemps : l'hirondelle • **2.** Le roi des animaux : le lion • **3.** La plus noble conquête de l'homme : le cheval • **4.** Le septième art : le cinéma.

31 Les procédés de reprise

1 **1.** Je m'en approche.
2. Ils prennent les leurs.
3. Cela les passionne.
4. Je lui parle de lui.

2 **1.** ce luxe inépuisable
2. la sienne (pronom possessif)
3. les carnassiers
4. à manger de l'homme

3 1. Yann est heureux de recevoir *sa paye* avant les vacances. → son salaire
2. Salomé a déjà fait le tour *de la planète* plusieurs fois. → du monde
3. Tout *travail* mérite salaire. → toute peine
4. Daniel habite dans *une magnifique demeure*. → un palais

4 1. carottes, poireaux, navets, pommes de terre : légumes. • 2. poule, canard, poulet, oie, dinde : volaille. • 3. robe, pantalon, pull, chaussette : vêtements. • 4. table, chaise, buffet, commode, lit : meubles, mobilier.

EXPLICATION
Le mot générique est moins précis qu'un mot spécifique.

5 1. Nous avons visité plusieurs fois la capitale de la France. → Paris
2. L'auteur de *Notre-Dame de Paris* est né en 1802. → Victor Hugo
3. L'animal à longue trompe est chassé pour l'ivoire de ses défenses. → l'éléphant
4. La pièce dans laquelle on prépare les repas est immense. → la cuisine

EXPLICATION
La périphrase peut apporter des informations supplémentaires, positives ou négatives.

6 1. Leur trop grand nombre provoque des embouteillages.
2. Le transport en TGV est plus rapide que celui en voiture.
3. Les questions du journaliste l'étonnent.

32 Les connecteurs

1 1. Ici, on aperçoit des canards ; là-bas, on entend des cochons. • 2. C'est simple : d'abord tu tournes à droite, ensuite tu vas tout droit. • 3. Avant, cette zone était un terrain vague ; maintenant, c'est un quartier résidentiel. • 4. Ce matin, je vais travailler ; cet après-midi, je suis libre.

2 1. La circulation est intense sur l'autoroute car tout le monde part en vacances. → Cause.
2. Il va, il vient, il court, il monte, il descend ; en un mot, il s'agite bien inutilement. → Reformulation.
3. Il fait un temps épouvantable, tu ne viendras donc pas me voir. → Conséquence.
4. Tu as bien réussi cet exercice, mais tu n'as pas vraiment compris la leçon. → Opposition.
5. Les oiseaux chantent si fort au printemps qu'ils me réveillent. → Conséquence.

3 « Eh bien, monsieur, lui dit [Mme de Marelle] brusquement, vous voulez donc tâter du journalisme ? » Alors il parla de ses projets, en termes vagues, puis recommença avec elle la conversation qu'il venait d'avoir avec Mme Walter ; mais, comme il possédait mieux son sujet, il s'y montra supérieur, répétant comme de lui des choses qu'il venait d'entendre. Et sans cesse il regardait dans les yeux de sa voisine, comme pour donner à ce qu'il disait un sens profond.
Elle lui raconta à son tour des anecdotes ; et, devenant familière, elle posait la main sur son bras, baissait la voix pour dire des riens.
Mais tout à coup, sans raison, elle appela : « Laurine ! » et la petite fille s'en vint.

EXPLICATION
Remarque que la conjonction de coordination *et* a d'abord une valeur temporelle (= *et puis*), puis exprime la conséquence (*et la petite fille s'en vit*).

4 « Chaque jour, nous voyons dans les journaux que l'on ne brave point impunément les lois humaines. Tantôt, c'est le crime horrible d'un fou qui égorge l'un de ses semblables, pour s'approprier le contenu d'un portefeuille ; d'autres fois, c'est un homme alerte, qui, muni d'une grande prudence et d'outils spéciaux, ouvre illégalement la serrure d'un coffre-fort [...] ; enfin, c'est un caissier qui a perdu l'argent de son patron en l'engageant à tort sur le résultat futur d'une course chevaline. [...] Tous ces malheureux sont donc arrêtés et traînés par les gendarmes aux pieds de leurs juges. »

5 1. → c. 2. → e. 3. → a. 4. → f. 5. → b. 6. → d.

33 Distinguer différents types de texte

1 1. ❑ narratif ☒ descriptif ❑ explicatif ❑ argumentatif
2. ❑ narratif ❑ descriptif ☒ explicatif ❑ argumentatif
3. ☒ narratif ❑ descriptif ❑ explicatif ❑ argumentatif
4. ❑ narratif ❑ descriptif ❑ explicatif ☒ argumentatif

2 1. La tour Eiffel est un monument effrayant et sans grâce qui défigure Paris.
2. Le monument est décrit comme « une tour de fer de trois cents mètres » qui propose aux spectateurs une « image affreuse et fantastique ». C'est un « monstre », un « cauchemar », une « pointe de fonte épouvantable », une « entreprise diabolique ».
3. L'auteur oppose les « imbéciles » aux « pauvres gens naïfs qui ont conservé le goût de l'architecture artiste, de la ligne et des proportions », ceux qui apprécient le « beau », le « gracieux », l'« élégant », ceux pour qui « le mot *art* signifie quelque chose ».

34 Insérer un dialogue dans un récit

1 Un peu plus loin, Claudius aperçut une jeune fille. Elle s'avançait lentement vers lui. Elle était brune, élancée, le visage rond et charmant. Elle devait avoir à peu près le même âge que lui...
[« Eh bien, dit-elle, j'ai l'impression que je suis arrivée à temps !
Je sais que les brigands sont nombreux dans ces bois. C'est pour cela que les voyageurs évitent en général cette route.
Et c'est pour cela que, toi, précisément, tu la choisis ? demanda Claudius qui reprenait ses esprits.
Oh ! pour moi, c'est plus court. Je connais bien la région et puis j'ai ma fronde pour me défendre. Avançons et nous parlerons. »]

Claudius ramassa son bâton sans rien dire. Au bout d'un moment, il reprit la parole : « [Comment t'appelles-tu ?
Gaia, répondit la jeune fille. Et toi ?
Claudius... »]

EXPLICATION
Les verbes introducteurs peuvent occuper trois places différentes : avant les paroles (*il reprit la parole*), dont ils sont alors séparés par un deux-points et des guillemets ; au milieu des paroles, en incise (*dit-elle*) ; après les paroles, avec inversion du sujet (*demanda Claudius* ; *répondit la jeune fille*).

2 À la nuit tombante, Claudius arriva, guidé par un esclave, à la villa où logeait l'ami de son père. Aussitôt qu'il fut annoncé, l'ami de son père le reçut avec une très grande cordialité. Claudius remarqua qu'il y avait du monde comme dans une ruche bourdonnante.
Le maître lui offrit une coupe de vin et lui déclara que l'on ne dînerait qu'après la cérémonie.

3 Le maître dit à Claudius : « On ne dînera qu'après la cérémonie. »

4 **1.** « Comment t'appelles-tu ? » demanda l'institutrice à l'enfant. → L'institutrice demanda à l'enfant comment il s'appelait.
2. « J'irai me promener avec vous demain », promit Laurène à ses enfants.
→ Elle promit à ses enfants qu'elle irait se promener avec eux le lendemain.
3. « Arrête-toi ici ! » ordonna le maître à son chien. → Il ordonna à son chien de s'arrêter à cet endroit-là.
4. « Ce film, je l'ai vu hier », annonça joyeusement Esther. → Elle annonça qu'elle l'avait vu la veille.

EXPLICATION
- L'inversion du sujet disparaît, ainsi que le point d'interrogation et d'exclamation.
- Les adverbes de temps (*aujourd'hui, hier, demain...*) et de lieu (*ici, là...*) se modifient si les paroles sont rapportées indirectement (*le jour même, la veille, le lendemain...*).

5 **1.** Le boucher disait qu'on lui avait volé un poulet.
→ Le boucher disait : « On m'a volé un poulet ! »
2. Pierre dit à son fils de se laver les mains avant chaque repas.
→ Pierre dit à son fils : « Lave-toi les mains avant chaque repas ! »
3. Tout le monde demandait à Julien s'il prendrait un avocat.
→ Tout le monde lui demandait : « Prendrez-vous/Prendras-tu un avocat ? »
4. Le patron ordonna à ses ouvriers de finir leur travail avant de quitter l'atelier.
→ Le patron ordonna à ses ouvriers : « Finissez votre travail avant de quitter l'atelier ! »
5. Sophie a formellement interdit à sa fille de sortir seule.
→ Sophie a dit à sa fille : « Je t'interdis formellement de sortir seule. »

35 Répondre en justifiant son point de vue

1 ❑ **1.** Cet enfant est très petit pour son âge. • ❑ **2.** Mon frère est un grand champion de natation. • ☒ **3.** La connaissance est le chemin le plus sûr pour parvenir à la liberté. • ❑ **4.** Je vois tous les jours cet homme se promener dans le parc. • ☒ **5.** Je pense qu'il vaut mieux une tête bien pleine que bien faite. • ❑ **6.** Mes parents aiment aller au cinéma. • ☒ **7.** La violence n'est jamais tolérable. • ☒ **8.** Rabelais disait que le rire est le propre de l'homme. • ❑ **9.** Mes amis aiment beaucoup rire.

2

Noms abstraits	Noms concrets
la peur – la joie – l'égalité – l'amitié – la liberté – la réflexion	la télévision – le film – le jour – les copains – les vêtements – les chaussures – la mode – le bruit – la musique – la peinture

3 **1.** J'affirme que l'école prépare à la vie.
2. Je crois que nous ne sommes pas trop jeunes pour penser à l'avenir.
3. Je veux que règnent sur la terre paix et fraternité.

EXPLICATION
Le choix est contraint par le pronom élidé, le temps des verbes et le sens des phrases.

4 ☒ **a.** La lecture ouvre l'esprit et permet de mieux comprendre le monde.
❑ **b.** Quand on lit un roman, on entre dans la vie des personnages. Parfois on s'identifie à l'un d'eux, on partage ses sentiments, ses pensées. On échappe le temps de la lecture à sa propre vie.
❑ **c.** Dans beaucoup de familles, les parents lisent le soir une histoire à leurs jeunes enfants. Les mots entendus ainsi enrichissent le vocabulaire de l'enfant, lui permettant d'avoir un accès plus large au monde qui l'entoure.
☒ **d.** La lecture nourrit l'imagination et permet de s'évader.
argument a → exemple c
argument d → exemple b

5 (1) Le monde d'aujourd'hui peut rendre pessimiste. Dans les médias, il n'est souvent question que de guerres, de catastrophes naturelles, de crise économique... Les savants, eux, nous alertent sur les dangers que court notre planète, notamment en raison du réchauffement climatique.
(2) Dans un tel contexte, on pourrait se laisser envahir par le découragement : heureusement, il y a encore de la place pour le rêve et l'espoir.
(3) En premier lieu, il y a toutes ces formes d'évasion que nous proposent, par exemple, la musique, le cinéma ou encore un bon roman. Quand je suis plongé dans un récit fantastique, je suis transporté dans un monde extraordinaire et oublie celui qui m'entoure. Il en est de même quand, casque sur les oreilles, j'écoute mes chansons préférées.
(4) Mais on peut également trouver des raisons de rêver dans la réalité. Ainsi, certains hommes ou femmes – célèbres ou anonymes – nous donnent des exemples d'engagement et de solidarité qui nous font croire en la possibilité d'un monde meilleur. Je pense par exemple à Nelson Mandela.

36 Comparer des images

1 a.

Éléments comparés	Tableau 1	Tableau 2
date (des tableaux)	1801	1801
la pose de Bonaparte	assis sur un cheval cabré, une main levée	assis sur un cheval cabré, une main levée
ses vêtements	cape et pantalon ocre	cape rouge, pantalon clair
son cheval	blanc	marron
le ciel	nuageux	très sombre, ciel de neige
le sol	terre, sauf quelques traces de neige sous les sabots du cheval	paysage entièrement recouvert de neige
les personnages de l'arrière-plan	peu visibles	se détachent plus nettement

b. Bonaparte a une attitude beaucoup plus triomphale sur le tableau n° 2 : sa cape rouge, son cheval marron se détachent sur le paysage de neige. Il se dégage du deuxième portrait une impression de force conquérante.

2 **a.** ❑ oui ☒ non

b. ❑ Il meurt au combat. ☒ Il meurt en exil. ❑ Il passe le pouvoir à son fils.

3 **1.** Pourquoi l'homme qui marche à côté du cheval tient-il un pieu ? Pour ne pas glisser dans la neige sur les chemins de montagne.

2. Pourquoi a-t-il la main droite sur le cou du cheval ? Il guide et encourage le cheval dans une ascension difficile.

3. Le cheval avance-t-il avec facilité ? Non, le cheval a l'air de peiner et d'avancer au pas dans la neige.

4. La pose de Bonaparte est celle ❑ d'un conquérant ☒ d'un homme ordinaire.

5. Les couleurs sont-elles éclatantes ? Non.

EXPLICATION
Les tons dominants sont le brun et le gris. Une impression de tristesse et de froid se dégage de l'ensemble.

4 Voici une proposition de corrigé : Les trois tableaux représentent Bonaparte assis sur un cheval dans un paysage de montagne, au même moment de sa vie. Le tableau de 1848 semble plus réaliste parce que le cheval marche avec peine et que Bonaparte n'est pas présenté comme un conquérant, mais comme un homme ordinaire. À une époque où la France connaît une grande incertitude politique, il est important de ne pas idéaliser le passé et de faire face aux réalités présentes. On peut considérer que le but de Paul Delaroche est de montrer Bonaparte sous un jour nouveau, de représenter l'homme, et non l'empereur, en donnant à voir ses faiblesses.

MATHÉMATIQUES

Cette partie te propose un **entraînement guidé** sur les principales notions du programme de 4e :

La partie comprend aussi :

1 Multiplier des nombres relatifs

Comment multiplier des nombres relatifs ?

Exemples

- (+ 2,1) × (+ 3) = (+ 6,3)
- (– 2,1) × (– 3) = (+ 6,3)
- (– 2,1) × (+ 3) = (– 6,3)

Plus simplement 2,1 × 3 = 6,3

– 2,1 × 3 = – 6,3

Règles

- Le produit de deux nombres relatifs de **même signe** est **positif**.
- Le produit de deux nombres relatifs de **signes contraires** est **négatif**.
- Pour tout nombre relatif x, on a : $x \times 0 = 0$.

★ 1 Compléter la table

×	1	– 1	0	0,3	– 0,3	– 0,2
1	1	–1	0	0,3	–0,3	–0,2
– 1	–1	1	0	–0,3	0,3	0,2
0	0	0	0	0	0	0
0,3	0,3	–0,3	0	0,09	–0,09	–0,06
– 0,3	–0,3	0,3	0	– 0,09	0,09	0,06
– 0,2	–0,2	0,2	0	–0,06	0,06	0,04

★★ 2 Calculer

a. – 2,5 + [(– 1) × (2,3 – 5,2)] = ...

b. [(– 2) × (– 5,3)] – [(– 5,3 + 2) × (– 2)] = ...

c. [6,1 × (– 3) × (– 2)] – [(– 6,1) × (– 3) × 2] = ...

COUP DE POUCE
a. Commence par (2,3 – 5,2).

★ 3 Le bon signe

Marquer le **signe** manquant dans chaque case.

a. 7,9 × (– 8) × (☐ 2,2) × (– 40) = – 5 561,6

b. 741 × (– 5) × (☐ 0,01) × (– 1,2) = 44,46

c. (– 3,21) × (– 3) × (☐ 0) × (– 3) = 0

★ 4 Opérations croisées

Compléter les cases blanches.

– 2	×	+ 3	=	– 6
×		×		×
– 1	×	– 4	=	+ 4
=		=		=
2	×	–12	=	– 24

★★ 5 Étoile magique

Compléter l'étoile magique : sur chaque alignement, le produit des quatre nombres est le même.

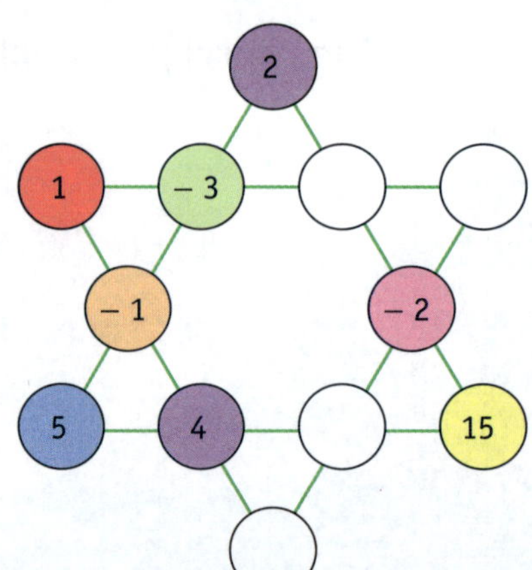

COUP DE POUCE
Exercice 5. Calcule d'abord le produit des quatre nombres alignés.

★★ 6 Un canard dans le brouillard

Aider le caneton à retrouver sa maman.

Pour ceci, multiplier par (– 2) les abscisses des points A, B, C, D, E, F et G, et multiplier par 1,5 leurs ordonnées.

Joindre ensuite les points A′, B′, ..., G′ ainsi obtenus afin de voir poindre maman cane.

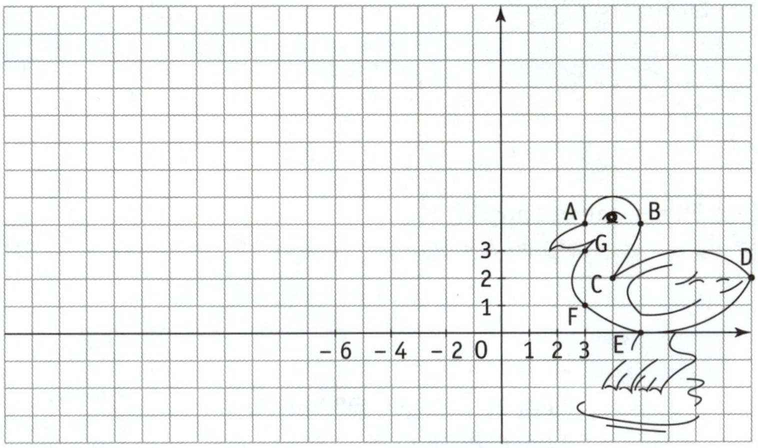

A(3 ; 4) → A′(– 6 ; 6)

B(.... ; ....) → B′(.... ; ....)

C(.... ; ....) → C′(.... ; ....)

D(.... ; ....) → D′(.... ; ....)

E(.... ; ....) → E′(.... ; ....)

F(.... ; ....) → F′(.... ; ....)

G(.... ; ....) → G′(.... ; ....)

COUP DE POUCE

L'abscisse de A est 3.
L'ordonnée de A est 4.
Abscisse de A′ : $3 \times (-2) = -6$.
Ordonnée de A′ : $4 \times 1{,}5 = 6$.

MATHS

★★ 7 Carrés multiplicativement magiques

Dans un carré multiplicativement magique, le produit des nombres est toujours le même sur chaque ligne, chaque colonne et chaque diagonale.
Compléter ces deux carrés multiplicativement magiques.

a.

2,5	4	
	– 5	
		10

b.

– 0,5	– 5	– 10,5	
	– 14		2,5
4		22,5	
17,5			3

★ 8 Calcul mental avec Scratch

a. Assembler ce programme, sans oublier de créer les quatre variables *a*, *b*, *p* et *question*.

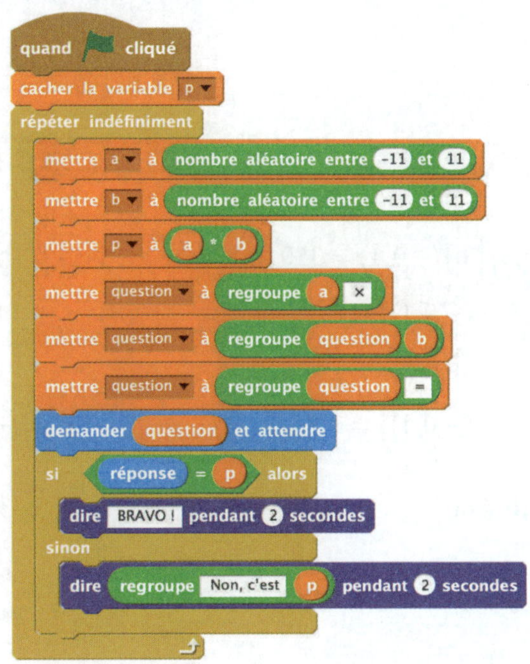

b. Lancer le programme et répondre mentalement aux questions.

COUP DE POUCE

On lance le programme en cliquant sur le drapeau vert et on l'arrête en cliquant sur le stop (octogone rouge).

Corrigés p. 120-121

2 Diviser des nombres relatifs

Comment diviser des nombres relatifs ?

Exemples

- 10,4 ÷ 4 = 2,6
- (– 10,4) ÷ (– 4) = 2,6
- (– 10,4) ÷ 4 = – 2,6
- 10,4 ÷ (– 4) = – 2,6

$\frac{10,4}{4} = \frac{-10,4}{-4} = 2,6$

$\frac{-10,4}{4} = \frac{10,4}{-4} = -2,6$

Le diviseur est différent de 0.

Règles

- Le quotient de deux nombres relatifs de **même signe** est **positif**.
- Le quotient de deux nombres relatifs de **signes contraires** est **négatif**.

★ 1 Compléter la table (calcul mental)

÷	2	– 2	0,5	– 0,5	– 1
– 7					
– 1					
2					

★ 2 Le bon signe

Marquer le signe manquant dans chaque case.

a. 8,5 ÷ (□ 0,2) = – 42,5

b. □ 2,5 ÷ (– 8) = – 0,3125

c. (– 9,3) ÷ (□ 0,01) = 930

d. □ 3,4 ÷ 5 = 0,68

INFO
Exercice 1. Diviser par 0,5 donne le double.

★★ 3 Le bon signe (bis)

Même consigne.

a. [9,3 ÷ (□ 0,3)] ÷ (– 0,1) = 310

b. □ 9,3 ÷ [0,3 ÷ (– 0,1)] = 3,1

c. [□ 9,3 ÷ (– 0,3)] ÷ (– 0,1) = – 310

d. 9,3 ÷ [□ 0,3 ÷ (– 0,1)] = 3,1

★ 4 Calculer des quotients de décimaux

a. 9 ÷ 0,4 = ...

b. 15 ÷ (– 0,1) = ...

c. (– 1,5) ÷ (– 30) = ...

d. (– 8) ÷ 125 = ...

★★ 5 Avec des parenthèses

Calculer en ligne.

a. (9 ÷ 10) – (10 ÷ 0,5) = ...

b. [(– 2,7) ÷ (– 3)] + [(– 0,5) × (– 3)] = ...

c. (– 3,25) × [2,5 ÷ (– 0,2)] = ...

d. [– 2,7 ÷ (– 3)] × [(– 0,9) ÷ (– 3)] = ...

COUP DE POUCE
Effectue d'abord les calculs entre parenthèses ou entre crochets.

★★ 6 Valeurs approchées de quotients

Indiquer une valeur approchée, à 0,01 près, de chacun des quotients.

a. $1 \div 7 \approx$ ……………………

b. $11 \div 9 \approx$ ……………………

c. $221 \div 25 =$ ……………………

d. $(-2) \div 3 \approx$ ……………………

e. $8 \div (-13) \approx$ ……………………

f. $(-3) \div (-19) \approx$ ……………………

g. $(-2{,}1) \div 0{,}31 \approx$ ……………………

h. $3{,}2 \div (-3) \approx$ ……………………

★★ 7 Trouver le nombre manquant

a. $\square \div 5 = -0{,}56$

b. $\square \div (-3) = -0{,}56$

c. $-3{,}4 \div \square = 34$

d. $-8{,}1 \div \square = -16{,}2$

★★ 8 Équations

Dans chaque cas, trouver le nombre x qui vérifie l'égalité proposée.

a. $(-2) \times x + 3{,}2 = 1{,}1$

……………………

……………………

……………………

b. $7 \times x + 8{,}7 = -13$

……………………

……………………

……………………

★★ 9 Wanted x

J'ai pris un nombre x, je l'ai multiplié par (-2) puis j'ai ajouté (-3).
J'ai ensuite divisé le résultat par (-2) et j'ai trouvé $-3{,}5$.
Quel était le nombre x ?

……………………

……………………

……………………

……………………

……………………

★ 10 Calcul mental avec Scratch

a. Assembler ce programme.

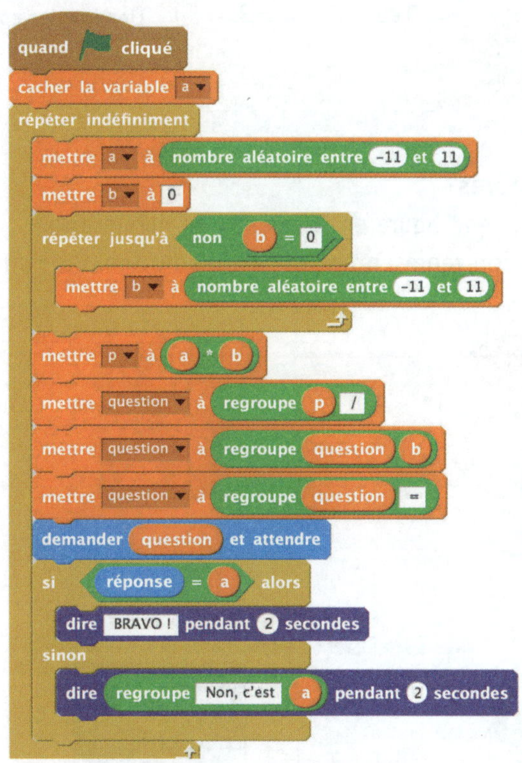

b. Lancer le programme et effectuer mentalement les divisions proposées.

INFO
On voit ici que le quotient de deux nombres décimaux n'est pas toujours un décimal.

COUP DE POUCE
Si $a \div b = c$
alors $a = b \times c$
c. Par exemple puisque
$-3{,}4 \div \square = 34$
alors $-3{,}4 = 34 \times \square$

COUP DE POUCE
Exercice 8.
Par exemple,
si $(-5)x + 3 = 9$
alors
$(-5)x = 9 - 3$
$(-5)x = 6$
Et donc
$x = 6 \div (-5)$
$x = -1{,}2$.

MATHS

Corrigés p. 121-122

3 Reconnaître et utiliser des fractions égales

Comment simplifier une fraction ?

Propriété

Soit $\frac{a}{b}$ une fraction et $k \neq 0$. On a : $\frac{k \times a}{k \times b} = \frac{a}{b}$.

Simplification d'une fraction

La propriété précédente permet de simplifier des fractions.

Exemple 1 : $\frac{15}{33} = \frac{3 \times 5}{3 \times 11} = \frac{5}{11}$. (On a ici simplifié par 3.)

Exemple 2 : $\frac{56}{42} = \frac{2 \times 28}{2 \times 21} = \frac{28}{21} = \frac{7 \times 4}{7 \times 3} = \frac{4}{3}$. (On a ici simplifié par 2 puis par 7.)

Exemple 3 : $\frac{12}{4} = 3$ car $12 \div 4 = 3$.

Une fraction est aussi un quotient.

★ 1 Fractions de figures

On a découpé chaque figure en morceaux de même aire.

Indiquer la fraction représentant la partie coloriée. Puis simplifier cette fraction.

a.

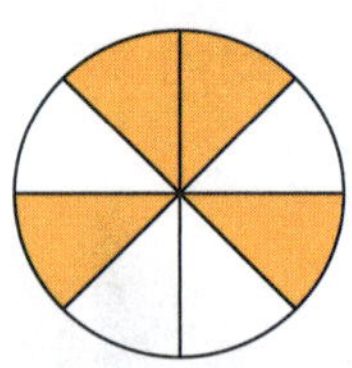

$\frac{....}{8} = \frac{....}{....}$

c.

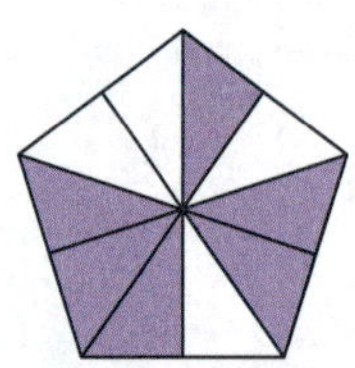

$\frac{....}{....} = \frac{....}{....}$

e.

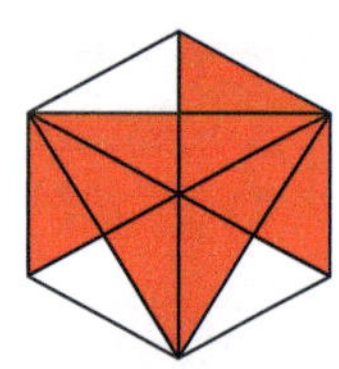

$\frac{....}{....} = \frac{....}{....}$

b.

$\frac{....}{9} = \frac{....}{....}$

d.

$\frac{....}{....} = \frac{....}{....}$

f.

$\frac{....}{....} = \frac{....}{....}$

★ 2 Simplifier des fractions

a. $\frac{14}{21}$ = ...

b. $\frac{15}{18}$ = ...

c. $\frac{900}{500}$ = ...

d. $\frac{-72}{63}$ = ...

e. $\frac{42}{36}$ = ...

f. $\frac{-45}{15}$ = ...

Pourquoi changer le dénominateur d'une fraction ?

▸ Pour comparer ou additionner des fractions, on doit parfois changer les dénominateurs.

Exemple : $\frac{3}{4}$ est-il plus grand que $\frac{2}{3}$?

Écrivons $\frac{3}{4}$ et $\frac{2}{3}$ avec le dénominateur commun 12.

On dit que l'on réduit les deux fractions au même dénominateur.

$\frac{3}{4} = \frac{3 \times 3}{4 \times 3} = \frac{9}{12}$ et $\frac{2}{3} = \frac{2 \times 4}{3 \times 4} = \frac{8}{12}$ or $\frac{9}{12} > \frac{8}{12}$. Donc $\frac{3}{4} > \frac{2}{3}$.

★ 3 Soixantièmes

$\frac{1}{2} = \frac{....}{60}$ $\frac{2}{3} = \frac{....}{60}$ $\frac{1}{4} = \frac{....}{60}$ $\frac{3}{4} = \frac{....}{60}$ $\frac{3}{5} = \frac{....}{60}$ $\frac{5}{6} = \frac{....}{60}$

$\frac{1}{10} = \frac{....}{60}$ $\frac{3}{10} = \frac{....}{60}$ $\frac{5}{12} = \frac{....}{60}$ $\frac{7}{15} = \frac{....}{60}$ $\frac{9}{20} = \frac{....}{60}$ $\frac{7}{30} = \frac{....}{60}$

COUP DE POUCE
Pense aux heures et aux minutes.

★★ 4 Renversant

a. Prouver que $\frac{12}{21} = \frac{4}{7}$ ....

b. La fraction $\frac{12}{21}$ a une particularité : son dénominateur s'obtient en permutant les chiffres du numérateur. Trouver trois autres fractions égales à $\frac{4}{7}$ et ayant la même particularité.

....

COUP DE POUCE
Pense à $\frac{4 \times k}{7 \times k}$.

★ 5 Fractions égales à π ?

a. La fraction $\frac{22}{7}$ est-elle égale à π ? ....

b. Même question pour $\frac{355}{113}$ ....

COUP DE POUCE
a. Sur ta calculatrice, compare les décimales de π et de $\frac{22}{7}$.

★★ 6 Égalités à compléter

$\frac{7}{9} = \frac{....}{81}$ $\frac{8}{36} = \frac{2}{....}$ $\frac{25}{....} = \frac{5}{7}$ $\frac{36}{10} = \frac{....}{1\,000}$

$\frac{46}{23} = \frac{....}{46}$ $\frac{7}{8} = \frac{49}{....}$ $\frac{1}{1000} = \frac{0,1}{....}$ $\frac{2}{-3} = \frac{-4}{....}$

★★ 7 Dénominateur commun

Réduire au même dénominateur puis comparer.

a. $\frac{4}{9}$ et $\frac{16}{27}$: ....

b. $\frac{3}{8}$ et $\frac{5}{4}$: ....

c. $\frac{7}{8}$ et $\frac{4}{9}$: ....

d. $\frac{2}{3}$ et $\frac{4}{5}$: ....

INFO
Réduire deux fractions au même dénominateur, c'est écrire ces deux fractions avec un dénominateur commun.

Corrigés p. 122

4 Additionner et soustraire des fractions

Comment additionner et soustraire des fractions ?

Additionner des fractions

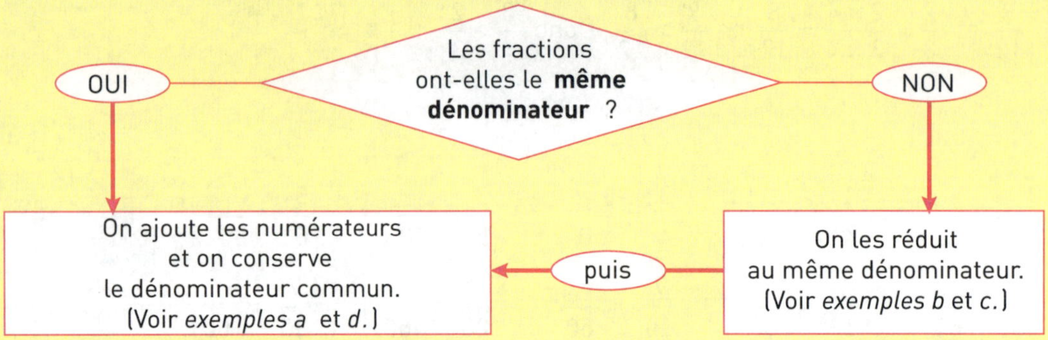

Exemples :

- $a = \frac{11}{5} + \frac{6}{5} = \frac{17}{5}$
- $b = \frac{13}{15} + \frac{(-2)}{5} = \frac{13}{15} + \frac{(-2) \times 3}{5 \times 3} = \frac{13}{15} + \frac{(-6)}{15} = \frac{7}{15}$ — On a pris 15 pour dénominateur commun.
- $c = \frac{5}{2} + \frac{7}{9} = \frac{5 \times 9}{2 \times 9} + \frac{2 \times 7}{2 \times 9} = \frac{45}{18} + \frac{14}{18} = \frac{59}{18}$ — On a pris 18 pour dénominateur commun.
- $d = \frac{4}{14} + \frac{17}{14} = \frac{21}{14} = \frac{7 \times 3}{7 \times 2} = \frac{3}{2}$ — Parfois, on peut simplifier le résultat.

Soustraire des fractions

L'opposé de la fraction $\frac{a}{b}$ est $\frac{-a}{b}$. *Exemple :* l'opposé de $\frac{3}{7}$, c'est $-\frac{3}{7} = \frac{-3}{7}$

Pour soustraire, on ajoute l'opposé.

Exemple : $\frac{7}{6} - \frac{5}{8} = \frac{7}{6} + \frac{-5}{8} = \frac{7 \times 4}{6 \times 4} + \frac{-5 \times 3}{8 \times 3} = \frac{28}{24} + \frac{-15}{24} = \frac{28 - 15}{24} = \frac{13}{24}$

★ 1 Avec un même dénominateur

Effectuer et simplifier éventuellement le résultat.

a. $\frac{1}{3} + \frac{5}{3} =$ ....

b. $\frac{25}{36} - \frac{7}{36} =$ ....

c. $\frac{17}{100} - \frac{7}{100} =$ ....

d. $-\frac{3}{7} + \frac{20}{7} =$ ....

★ 2 Avec un dénominateur multiple de l'autre

Effectuer et simplifier éventuellement.

a. $\frac{3}{5} + \frac{1}{10} =$ ....

b. $\frac{3}{7} - \frac{2}{21} =$ ....

c. $\frac{1}{10} + \frac{1}{2} + \frac{3}{5} =$ ....

d. $\frac{1}{22} - \frac{1}{11} =$ ....

COUP DE POUCE
Le dénominateur commun est ici le plus grand des dénominateurs donnés.

★ 3 Avec des dénominateurs quelconques

Effectuer et simplifier éventuellement.

a. $\frac{1}{2} + \frac{2}{3} =$ ....

b. $\frac{1}{2} + \frac{1}{4} + \frac{1}{3} =$ ....

c. $\frac{3}{10} - \frac{4}{15} =$ ....

d. $\frac{6}{7} - \frac{4}{5} - \frac{2}{35} =$ ....

★ 4 Opérations en tableau

a.

+	$\frac{5}{6}$	$\frac{1}{3}$	$\frac{3}{2}$	$\frac{3}{4}$
$\frac{1}{6}$				
$\frac{2}{3}$				
$\frac{1}{2}$				

b.

−	$\frac{1}{3}$	$\frac{3}{4}$	$\frac{3}{2}$	$\frac{2}{5}$
$\frac{2}{3}$				
$\frac{1}{4}$				
$\frac{4}{5}$				

★★ 5 Tarte ronde

Flavio a mangé les $\frac{5}{36}$ de la tarte. Enzo en a mangé les $\frac{2}{9}$.

a. Qui en a mangé le plus ? Pourquoi ?

....

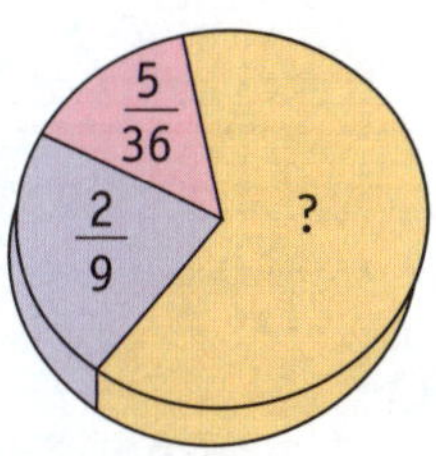

b. Quelle fraction de tarte ont-ils mangée à eux deux ?

....

c. Quelle fraction de tarte reste-t-il ?

....

★★ 6 Vers l'écriture fractionnaire

Écrire sous forme d'une fraction.

a. $5 + \frac{1}{3} =$ ....

b. $11 + \frac{2}{5} =$ ....

c. $3 + \frac{1}{7} =$ ....

d. $1 + \frac{1}{2} =$ ....

e. $6 + \frac{1}{25} =$ ....

f. $6 + \frac{1}{4} =$ ....

INFO

Un dénominateur commun est un multiple commun aux dénominateurs donnés. Essaye de trouver le plus petit multiple commun.

COUP DE POUCE

Fais d'abord tes calculs au brouillon. Pense à simplifier les fractions obtenues.

MATHS

COUP DE POUCE

a. Comment compares-tu deux fractions ?

Corrigés p. 123

5 Multiplier et diviser des fractions

Comment multiplier des fractions ?

Multiplication de deux fractions

Pour multiplier des fractions, on multiplie les numérateurs entre eux et les dénominateurs entre eux.

$\frac{a}{b}$ et $\frac{c}{d}$ étant des fractions, on a : $\frac{a}{b} \times \frac{c}{d} = \frac{a \times c}{b \times d}$.

Exemple : $\frac{5}{8} \times \frac{-7}{9} = \frac{5 \times (-7)}{8 \times 9} = \frac{-35}{72}$

Parfois, on peut simplifier : $\frac{3}{4} \times \frac{4}{11} = \frac{3 \times \cancel{4}}{\cancel{4} \times 11} = \frac{3}{11}$

Multiplication d'une fraction par un nombre

On a : $a \times \frac{1}{b} = \frac{a}{b}$ et $c \times \frac{a}{b} = \frac{c \times a}{b}$.

En effet, $a \times \frac{1}{b} = \frac{a}{1} \times \frac{1}{b} = \frac{a \times 1}{1 \times b} = \frac{a}{b}$ et $c \times \frac{a}{b} = \frac{c}{1} \times \frac{a}{b} = \frac{c \times a}{1 \times b} = \frac{c \times a}{b}$

★ 1 Quelques multiplications

Effectuer, sans oublier de simplifier.

a. $\frac{9}{8} \times \frac{16}{27} =$ ....

b. $\frac{4}{3} \times \frac{12}{28} =$ ....

c. $\frac{-7}{25} \times \left(-\frac{15}{14}\right) =$ ....

d. $\frac{5}{8} \times \frac{8}{5} =$ ....

e. $\frac{3}{-4} \times \left(-\frac{16}{5}\right) =$ ....

f. $\left(-\frac{1}{4}\right) \times \frac{40}{5} =$ ....

COUP DE POUCE

Sois astucieux : simplifie avant de multiplier.

$\frac{9}{8} \times \frac{16}{27} = \frac{9 \times (2 \times 8)}{8 \times (3 \times 9)}$

À ce niveau-là, tu peux simplifier par 8 et par 9.

★ 2 Multiplication par un nombre

Écrire sous la forme d'une fraction simplifiée.

a. $2 \times \frac{1}{3} =$ ....

b. $5 \times \frac{1}{25} =$ ....

c. $25 \times \frac{3}{7} =$ ....

d. $49 \times \frac{5}{7} =$ ....

e. $(-3) \times \frac{8}{27} =$ ....

f. $4 \times \left(-\frac{9}{2}\right) =$ ....

ATTENTION

Multiplier n'est pas additionner. On n'a pas besoin d'un dénominateur commun.

★★ 3 En voyage

Deux autobus de 54 places, remplis aux 2/3, se vident chacun d'un quart de leurs voyageurs. Peut-on rassembler les voyageurs restants dans un seul autobus ?

....

....

....

Comment diviser deux fractions ?

Inverse d'une fraction

Soit $\frac{a}{b}$ une fraction, avec $a \neq 0$ et $b \neq 0$.

Remarque : $\frac{a}{b} \times \frac{b}{a} = \frac{ab}{ab} = 1$.

L'inverse de $\frac{a}{b}$ est $\frac{b}{a}$.

L'inverse de a est $\frac{1}{a}$.

Division

Pour diviser, on multiplie par l'inverse : $\frac{a}{b} \div \frac{c}{d} = \frac{a}{b} \times \frac{d}{c} = \frac{a \times d}{b \times c}$.

Exemple :

$\frac{7}{8} \div \frac{11}{9} = \frac{7}{8} \times \frac{9}{11} = \frac{7 \times 9}{8 \times 11} = \frac{63}{88}$.

Vérification :

$\frac{63}{88} \times \frac{11}{9} = \frac{63 \times 11}{88 \times 9} = \frac{7 \times 9 \times 11}{8 \times 11 \times 9} = \frac{7}{8}$.

MATHS

★ 4 Quelques divisions

Effectuer, en simplifiant quand c'est possible.

a. $\frac{2}{3} \div \frac{3}{7} =$ ....

b. $\frac{7}{8} \div \frac{5}{6} =$ ....

c. $-\frac{9}{20} \div \frac{3}{4} =$ ....

d. $\frac{3}{4} \div \left(-\frac{9}{20}\right) =$ ....

e. $\left(-\frac{2}{3}\right) \div \frac{2}{3} =$ ....

f. $\left(-\frac{7}{4}\right) \div \left(-\frac{4}{7}\right) =$ ....

g. $5 \div \frac{3}{4} =$ ....

h. $\frac{3}{4} \div 5 =$ ....

★★ 5 De tout, un peu

Effectuer et simplifier éventuellement.

a. $\left(\frac{4}{5} \times \frac{2}{3}\right) \times \frac{1}{8} =$ ....

b. $\left(\frac{1}{4} + \frac{1}{8}\right) \times \frac{5}{3} =$ ....

c. $\left(\frac{3}{7} - \frac{1}{14}\right) \div \frac{1}{2} =$ ....

d. $\left(\frac{5}{6} + \frac{1}{6}\right) \times \left(\frac{25}{12} - \frac{1}{12}\right) =$ ....

COUP DE POUCE
Tu peux procéder de plusieurs façons.

★★ 6 Opérations à trous

a. $\frac{2}{5} \times \frac{....}{....} = \frac{4}{15}$

b. $\frac{3}{7} \times \frac{....}{....} = \frac{51}{49}$

c. $\frac{2}{3} \times \frac{....}{....} = \frac{4}{9}$

d. $\frac{1}{5} \times \frac{....}{....} = \frac{3}{25}$

e. $\frac{5}{11} \times \frac{....}{....} = \frac{15}{22}$

f. $\frac{36}{13} \times \frac{....}{....} = \frac{36}{65}$

★★ 7 Carrés multiplicativement magiques

Compléter les deux carrés multiplicativement magiques.

a.

$\frac{1}{2}$		$\frac{1}{18}$
	$\frac{3}{2}$	
		$\frac{9}{2}$

b.

		$\frac{4}{3}$
$\frac{32}{3}$	$\frac{2}{3}$	
$\frac{1}{3}$		

INFO
Pour chaque carré, les produits des nombres sur les lignes, les colonnes et les deux diagonales sont les mêmes.

Corrigés p. 123-124

6 Connaître les puissances

Qu'appelle-t-on puissance d'un nombre a ?

Une notation qui raccourcit l'écriture d'un produit

Pour tout nombre a :

$a \times a$ se note a^2 et se dit « a au carré ».

$a \times a \times a$ se note a^3 et se dit « a au cube ».

$a \times a \times a \times a$ se note a^4 et se dit « a à la puissance 4 » ou « a puissance 4 ».

$\underbrace{a \times \ldots \times a}_{n \text{ facteurs}}$, où n est un entier naturel, se note a^n et se dit « a puissance n ».

Le nombre de facteurs (écrit en hauteur et plus petit) est appelé l'**exposant**.

Exemples

$3^4 = 3 \times 3 \times 3 \times 3 = 81$

$2^5 = 2 \times 2 \times 2 \times 2 \times 2 = 32$

$10^2 = 10 \times 10 = 100$

$10^6 = 10 \times 10 \times 10 \times 10 \times 10 \times 10 = 1\,000\,000$

Cas particuliers

$2^1 = 2$ et plus généralement $a^1 = a$; $0^4 = 0 \times 0 \times 0 \times 0 = 0$ et $0^n = 0 \times \ldots \times 0 = 0$;

$1^5 = 1 \times 1 \times 1 \times 1 \times 1 = 1$ et $1^n = 1 \times \ldots \times 1 = 1$.

★ 1 Entraînement

Effectuer.

$6^2 =$ .... $0^{13} =$ .... $2^4 =$ .... $18^1 =$ ....

$4^3 =$ .... $(-1)^5 =$ .... $(-3)^2 =$ .... $10^4 =$ ....

★ 2 Treize à la douzaine

Calculer les carrés des nombres entiers de 0 à 12.

n	0	1	2	3	4	5	6	7	8	9	10	11	12
n^2													

INFO
À connaître par cœur

★ 3 Carrés et cubes

a. Écrire sous forme de puissance :

– l'aire d'un carré de 17 m de côté : ....

– le volume d'un cube de 3 dm d'arête : ....

b. Calculer cette aire en m² et ce volume en litres. ....

★ 4 Trouver le signe

Donner le signe de :

7^2 : ☐ 7^3 : ☐ 7^4 : ☐

$(-7)^2$: ☐ $(-7)^3$: ☐ $(-7)^4$: ☐

1^3 : ☐ $(-1)^3$: ☐ $-(1^3)$: ☐

$(-1)^{2017}$: ☐ $(-1)^{2018}$: ☐ $(-1)^{2019}$: ☐

COUP DE POUCE
Applique la règle des signes connue pour la multiplication.

Comment calculer des puissances avec une calculatrice ?

- La touche x^2 calcule un carré. *Exemple :* 5 x^2 = donne 25.
  Parfois, il existe aussi une touche x^3 pour calculer un cube.
  Exemple : 4 x^3 = donne 64.
- Pour les autres exposants, on utilise la touche x^n ou $x^{\square}$.
  Exemple : 2 x^n 8 = donne 256.

Pour certaines calculatrices, la touche = est remplacée par EXE ou entrer (voir p. 309).

MATHS

★ 5 Compléter le tableau (mentalement de préférence)

n	3	2	2	1	13	16	2	1	3
a	4	– 7	10	16	0	– 1	0,5	– 6	– 10
a^n									

★ 6 Avec la calculatrice

Compléter.

a. $7^3 =$ .... **d.** $2^9 =$ .... **g.** $0{,}2^3 =$ ....

b. $12^2 =$ .... **e.** $2^{10} =$ .... **h.** $0{,}8^2 =$ ....

c. $(-13)^3 =$ .... **f.** $0{,}1^4 =$ .... **i.** $1{,}2^2 =$ ....

★★ 7 Compléter le tableau avec la calculatrice

x	6	2				7		5	2
p	4		1	3	3		13		
x^p		64	0,5	1 331	– 27	2 401	– 1	625	1 024

COUP DE POUCE
Pour compléter les deux premières lignes, tu pourras procéder par « tâtonnements ».

★★ 8 Vrai ou faux ?

Inscrire dans la case « V » pour « Vrai » ou « F » pour « Faux ».

a. $2^3 = 3^2$ ☐ **c.** $2^{10} = 10^3$ ☐ **e.** $0{,}1^2 = 0{,}01$ ☐

b. $2^4 = 4^2$ ☐ **d.** $(-1)^4 = -1$ ☐ **f.** $3^2 + 4^2 = 5^2$ ☐

★★ 9 Vrai ou faux ? (bis)

Inscrire dans la case « V » pour « Vrai » ou « F » pour « Faux ».

a. $6^3 + 8^3 = 9^3$ ☐

b. $1\,676 = 1^1 + 6^2 + 7^3 + 6^4$ ☐

c. $407 = 4^3 + 0^3 + 7^3$ ☐

d. $19^2 + 96^2 = (19 + 96)^2$ ☐

e. $1^3 + 2^3 + 3^3 + 4^3 = (1 + 2 + 3 + 4)^2$ ☐

f. $2^5 + 4^2 + 1^3 = 3^4$ ☐

g. $5^4 + 6^4 - (1 + 9)^4 = 1^4 + 9^4 - (5 + 6)^4$ ☐

INFO
Certaines de ces égalités sont des curiosités étonnantes.

Corrigés p. 124-125

Plus d'exercices sur www.hatier-entrainement.com

7 Savoir calculer avec les puissances

Comment exécuter des calculs sur des puissances ?

Exemples

- Produit de deux puissances d'un même nombre :
$2^3 \times 2^5 = (2 \times 2 \times 2) \times (2 \times 2 \times 2 \times 2 \times 2) = 2^8$.
- Quotient de deux puissances d'un même nombre :
$\frac{3^7}{3^3} = \frac{3 \times 3 \times 3 \times 3 \times \cancel{3} \times \cancel{3} \times \cancel{3}}{\cancel{3} \times \cancel{3} \times \cancel{3}} = 3^4$ après simplification.
$\frac{10^2}{10^5} = \frac{\cancel{10} \times \cancel{10}}{10 \times 10 \times 10 \times \cancel{10} \times \cancel{10}} = \frac{1}{10^3}$ après simplification.
- Puissance d'un produit :
$(5 \times 7)^3 = (5 \times 7) \times (5 \times 7) \times (5 \times 7) = (5 \times 5 \times 5) \times (7 \times 7 \times 7) = 5^3 \times 7^3$.
- Puissance d'un quotient : $\left(\frac{4}{9}\right)^3 = \frac{4}{9} \times \frac{4}{9} \times \frac{4}{9} = \frac{4 \times 4 \times 4}{9 \times 9 \times 9} = \frac{4^3}{9^3}$.

Priorité de l'opération puissance

En l'absence de parenthèses, l'opération puissance est prioritaire sur toutes les autres opérations.

Exemples : $2 \times 3^3 = 2 \times 27 = 54$ alors que $(2 \times 3)^3 = 6^3 = 216$.
$6 + 5^2 = 6 + 25 = 31$ alors que $(6 + 5)^2 = 11^2 = 121$.

★ 1 Écrire sous forme d'un nombre décimal

a. $3^2 \times 3^3 =$ ....
b. $7 \times 7^2 =$ ....
c. $0{,}2^2 \times 0{,}2^2 =$ ....
d. $1{,}3^2 \times 1{,}3 =$ ....
e. $4^3 \times 4 =$ ....
f. $10 \times 1{,}1^2 =$ ....

ATTENTION
Un nombre entier est aussi un nombre décimal !
Exemple : $4 = 4{,}0$.

★ 2 Écrire sous forme d'un nombre décimal (bis)

a. $\frac{8^5}{8^3} =$ ....
b. $\frac{9^2}{9} =$ ....
c. $\frac{2^2}{2^5} =$ ....
d. $\frac{5}{5^3} =$ ....
e. $\frac{3^{11}}{3^{11}} =$ ....
f. $6 \times \frac{6^2}{6^2} =$ ....

★★ 3 Rayer les calculs faux

a. $5^3 \times 5^2 = 5^6$
b. $13^3 \times 13^3 = 13^6$
c. $2^4 \times 7^2 = 14^6$
d. $2^4 \times 7^4 = 14^4$
e. $7^2 \times 7^2 \times 7^2 = 7^8$
f. $3^2 \times 11^3 = 33^5$

★★ 4 Écrire sous forme d'une seule puissance

a. $3^4 \times 3^5 =$ ....
b. $4^3 \times 4 =$ ....
c. $\frac{2^4}{2^3} =$ ....
d. $2^3 \times 3^3 =$ ....
e. $3^2 \times 5^2 =$ ....
f. $6^3 \times \frac{1}{6} =$ ....

★★ 5 Invasion

Dans une maison abandonnée, une population de souris double tous les trimestres.

a. Il y a 10 souris au départ.

En utilisant des puissances, exprimer le nombre de souris au bout de 2 trimestres, puis au bout de 4 trimestres, puis au bout de 2 ans.

Départ	2 trimestres	4 trimestres	2 ans
10	10 ×	....	....

b. Calculer le nombre de la dernière case. ....

c. Au cours d'une année, par combien le nombre de souris est-il multiplié ? ....

★★ 6 Vrai ou faux ?

Inscrire dans la case « V » pour « Vrai » ou « F » pour « Faux ».

a. $5^3 \times 2^3 = 10^3$ ☐

b. $1^3 \times 3^3 = 13^3$ ☐

c. $3^4 \times 2^4 = 6^4$ ☐

d. $2^4 \times 2^2 = 4^3$ ☐

e. $3^2 \div 1^3 = 9$ ☐

f. $5^3 \div 5 = 5^4$ ☐

g. $4^2 \div 2^3 = 2$ ☐

h. $10^2 \div 4 = 5^2$ ☐

COUP DE POUCE
Utilise ton brouillon.

★★★ 7 Carrés multiplicativement magiques

Compléter par des puissances les carrés suivants.

a.

	1	2^5
	2^4	
2^3		

b.

	1	
5	5^8	5^3

c.

3^3		
3^8		1
3		

INFO
Dans un carré multiplicativement magique, le **produit** des nombres sur une ligne, une colonne ou une diagonale est toujours le même.

★★ 8 Pyramide de puissances de 2

Compléter la pyramide suivante sachant qu'une brique est égale au produit des deux briques qui la soutiennent.

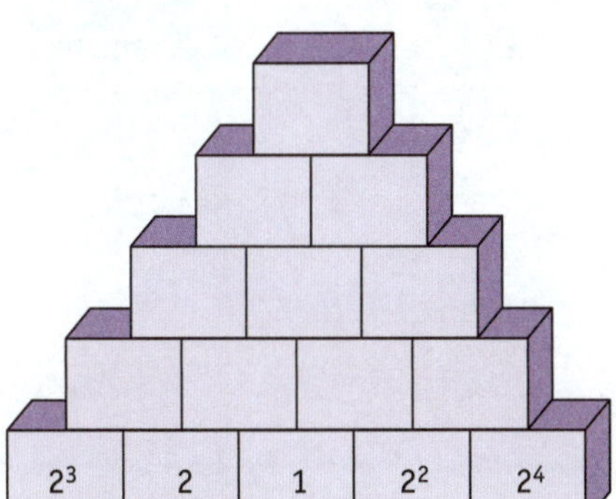

COUP DE POUCE
Exercice 8.
Exemple :

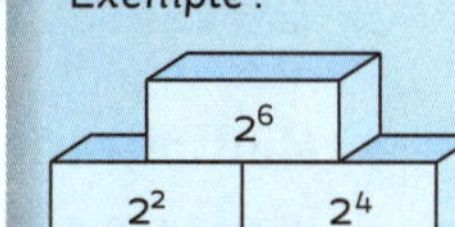

$2^2 \times 2^4 = 2^6$

★★ 9 Chercher l'intrus

a. L'un de ces cinq nombres n'est pas égal à la somme des cubes de ses chiffres.
Entourer ce nombre.
153, 370, 371, 407, 516.

b. L'un de ces cinq nombres n'est pas égal à la somme des chiffres de son cube.
Entourer ce nombre.
17, 18, 26, 27, 35.

Corrigés p. 125

8 Utiliser les puissances de 10

Comment calculer avec les puissances de 10 ?

Définitions

$10^n = \underbrace{10 \times ... \times 10}_{n \text{ facteurs}} = \underbrace{10...0}_{n \text{ zéros}}$

$10^{-n} = \dfrac{1}{10^n} = 0,\underbrace{0...01}_{n \text{ chiffres après la virgule}}$

Exemples :

$10^3 = 1\,000$

$10^9 = 1\,000\,000\,000$ (un milliard)

$10^{-3} = 0,001$ (un millième)

$10^{-6} = 0,000\,001$ (un millionième)

Multiplication d'un nombre par une puissance de 10

- Pour multiplier par 10^1, 10^2, 10^3 ... on déplace la virgule de 1, 2, 3... rangs **vers la droite**.
Exemples : $6,531 \times 10^2 = 653,1$ et $7 \times 10^3 = 7\,000$
- Pour multiplier par 10^{-1}, 10^{-2}, 10^{-3}... on déplace la virgule de 1, 2, 3... rangs **vers la gauche**.
Exemples : $178,9 \times 10^{-1} = 17,89$ et $6 \times 10^{-3} = 0,006$

★ 1 Écrire sous forme d'une puissance de 10

100 000 = ...

un million = ...

un centième = ...

0,001 = ...

cent = ...

0,000 001 = ...

★ 2 La chasse aux puissances

Écrire sous forme d'un nombre entier ou décimal.

10^3 = ...

10^{-4} = ...

5×10^2 = ...

3×10^{-2} = ...

$0,5 \times 10^{-2}$ = ...

200×10^{-1} = ...

INFO
On rappelle qu'un nombre entier est un nombre décimal particulier.

★ 3 Multiplications de puissances de 10

Écrire sous forme d'une puissance de 10.

$10^2 \times 10^3$ = ...

$10^{-2} \times 10^4$ = ...

$10^6 \times 10^{-2}$ = ...

$10^{-3} \times 10$ = ...

$10^5 \times 10^{-5}$ = ...

$10^{-2} \times 10^7$ = ...

10×10 = ...

$10^2 \times 10^{-6}$ = ...

COUP DE POUCE
Exemple :
$10^3 \times 10^{-1}$
$= 1\,000 \times 0,1$
$= 100$
$= 10^2$.

★★ 4 Quotients de puissances de 10

Écrire sous forme d'une puissance de 10.

$\dfrac{10\,000}{10^2} = \dots\dots\dots\dots$ $\quad\dfrac{10^{-1}}{10} = \dots\dots\dots\dots$ $\quad\dfrac{10^3}{0{,}1} = \dots\dots\dots\dots$

$\dfrac{10^{-4}}{10^{-1}} = \dots\dots\dots\dots$ $\quad\dfrac{10^{-1}}{10^{-1}} = \dots\dots\dots\dots$ $\quad\dfrac{10}{10^{-2}} = \dots\dots\dots\dots$

> **COUP DE POUCE**
> Écris d'abord les nombres sous forme décimale. Utilise ta calculatrice pour vérifier.

★ 5 Remettre de l'ordre

Ranger dans l'ordre croissant les nombres suivants.

285×10^{-4} $\quad 0{,}3 \times 10^{-1}$ $\quad -\,0{,}3 \times 10^{-1}$ $\quad -\,285 \times 10^{-4}$

....

....

> **COUP DE POUCE**
> Écris d'abord les nombres sous forme décimale.

MATHS

Qu'est-ce que la notation scientifique ?

Exemples :

- $0{,}003\,615 = 3{,}615 \times 10^{-3}$
- $736\,000 = 7{,}36 \times 10^5$

C'est le produit d'un nombre (compris entre 1 et 10 exclu) par une puissance de 10.

- $0{,}015 = 1{,}5 \times 10^{-2}$
- $251 = 2{,}51 \times 10^2$

★ 6 Écriture décimale

Les nombres suivants sont écrits en notation scientifique. Donner leur écriture décimale.

$4 \times 10^{-3} = \dots\dots\dots\dots$

$8 \times 10^{-1} = \dots\dots\dots\dots$

$9{,}1 \times 10^{-2} = \dots\dots\dots\dots$

$2 \times 10^6 = \dots\dots\dots\dots$

$7{,}36 \times 10^4 = \dots\dots\dots\dots$

$2{,}5813 \times 10^3 = \dots\dots\dots\dots$

> **COUP DE POUCE**
> *Exemple :* $1{,}342 \times 10^2 = 134{,}2$.

★★ 7 Notation scientifique

Donner la notation scientifique des nombres suivants.

2008 = ...

15 millions = ...

$0{,}84 \times 10^4 = \dots\dots\dots\dots$

320 milliards = ...

$27\,182 \times 10^{-4} = \dots\dots\dots\dots$

$314{,}1 \times 10^{-4} = \dots\dots\dots\dots$

371 = ...

36 000 = ...

★★ 8 Calculs

Calculer et donner les résultats en notation scientifique.

$(24 \times 10^{-4}) \times (7 \times 10^{-2}) = \dots\dots\dots\dots$

$(0{,}1 \times 10^{-3}) \times (9 \times 10^5) = \dots\dots\dots\dots$

$0{,}328 + (15 \times 10^{-2}) = \dots\dots\dots\dots$

$(0{,}25 \times 10^3) + (0{,}25 \times 10^{-3}) = \dots\dots\dots\dots$

> **COUP DE POUCE**
> Il y a plusieurs façons de procéder.

Corrigés p. 126

9 Connaître les nombres premiers

Que retenir des nombres premiers ?

Définitions

Un nombre entier naturel est **premier** s'il n'a que deux diviseurs : 1 et lui-même.
Un nombre $n \geqslant 2$ et non premier est **composé**.
Exemples :
13 est premier car il n'a que deux diviseurs : 1 et 13.
9 est composé car il a trois diviseurs : 1, 3 et 9.
0 et 1 ne sont ni premiers ni composés.

Propriété

Tout entier composé peut s'écrire comme produit de facteurs premiers.
Exemples : $26 = 2 \times 13$ $\quad 45 = 3 \times 3 \times 5 = 3^2 \times 5$ $\quad 16 = 2 \times 2 \times 2 \times 2 = 2^4$

Exemple de décomposition en facteurs premiers

Les quotients successifs

84	2
42	2
21	3
7	7
1	

Les diviseurs premiers successifs

Résultat : $84 = 2^2 \times 3 \times 7$
Les facteurs premiers s'écrivent à droite du trait vertical et les quotients à gauche.

★ 1 Le crible d'Ératosthène

Le savant grec Ératosthène de Cyrène (vers 276-194 av. J.-C.) est célèbre pour sa méthode de recherche des (petits) nombres premiers. Procédons comme lui pour trouver les nombres premiers inférieurs à 100. On part du tableau suivant.

1	2	3	4	5	6	7	8	9	10
11	12	13	14	15	16	17	18	19	20
21	22	23	24	25	26	27	28	29	30
31	32	33	34	35	36	37	38	39	40
41	42	43	44	45	46	47	48	49	50
51	52	53	54	55	56	57	58	59	60
61	62	63	64	65	66	67	68	69	70
71	72	73	74	75	76	77	78	79	80
81	82	83	84	85	86	87	88	89	90
91	92	93	94	95	96	97	98	99	100

COUP DE POUCE
Désormais tu peux consulter ce tableau pour savoir si un nombre de 2 chiffres est premier ou non.

a. Dans ce tableau, rayer 1 qui n'est pas premier.
b. Souligner 2 et rayer tous les autres nombres pairs.
c. Souligner 3 et rayer tous les autres multiples de 3 (s'ils ne sont pas déjà rayés).
d. Même travail avec 5, puis avec 7.
e. Souligner 11 et vérifier que les autres multiples de 11 sont déjà rayés.
Il se trouve alors que les multiples de 13, 17, etc. sont déjà rayés. Si bien que, dans le tableau, tout ce qui n'est pas rayé est premier.

★ 2 Premier ou composé ?

Entourer les nombres premiers et justifier que les autres sont composés.

41	51	37	33	19	57	123	71
47	49	104	111	2	17	87	73

....

3 Nombres premiers et petits jetons carrés

Un enfant joue à construire des rectangles avec des jetons carrés tous identiques.

Avec 12 jetons, il peut faire :

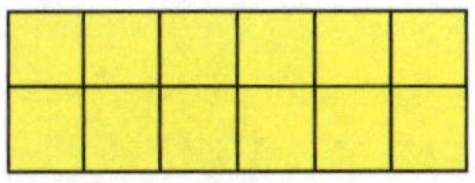 ou 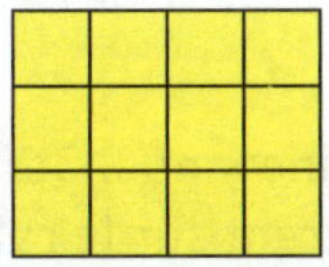 ou 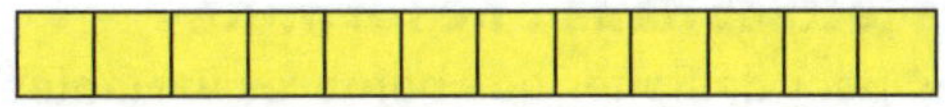

Avec 7 jetons, il ne peut faire que :

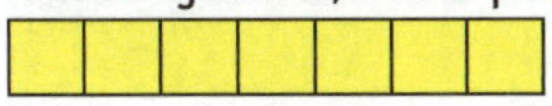

Il comprend que certains nombres (de jetons) permettent de construire plusieurs rectangles (avec plusieurs rangées) et que d'autres ne le permettent pas.
Comment qualifie-t-on ces deux sortes de nombres ?

....

4 Petit quiz sur les nombres premiers

a. Combien y a-t-il de nombres premiers inférieurs à 100 ? ....

b. Le produit 7×13 est-il premier ? ....

c. Citer deux nombres premiers consécutifs. ....

d. La somme de deux nombres premiers (≥ 3) peut-elle être un nombre premier ? ....

e. Donner deux nombres premiers dont la somme est un nombre premier. ....

f. Il n'existe aucun nombre premier se terminant par les chiffres .... ou ....
ou .... ou ....

g. Tous les nombres premiers, sauf 2 et 5, se terminent par le chiffre ....
ou .... ou .... ou ....

5 Décomposer pour simplifier (1)

a. Décomposer les nombres 49 et 175 en produits de facteurs premiers.

49	....
....	....
....	

49 = ...

175	....
....	....
....	....
....	

175 = ...

b. Utiliser ces décompositions pour simplifier la fraction $\frac{49}{175}$. ....

6 Décomposer pour simplifier (2)

Même travail avec la fraction $\frac{140}{360}$.

....
....
....

7 Décomposer pour simplifier (3)

Même travail avec la fraction $\frac{363}{231}$.

....
....
....

COUP DE POUCE
Fais les calculs au brouillon.

Corrigés p. 126

MATHS

10 Calculer avec des lettres

Comment utiliser des lettres dans une formule ?

• On emploie des lettres pour désigner des nombres **variables** ou **inconnus.** Ceci permet d'écrire des formules de géométrie (comme celles qui figurent sur le rabat situé au début de ce livre).
Par exemple, l'aire d'un parallélogramme de base b et de hauteur h est $b \times h$.

• Pour calculer l'aire d'un parallélogramme ayant une base de 8 cm et une hauteur de 5 cm, **on remplace les lettres par les nombres en chiffres** et on trouve :
$8 \times 5 = 40\,\text{cm}^2$.

★ 1 Aires et volumes

a. Calculer l'aire (en cm^2) d'un parallélogramme de base $b = 28\,\text{cm}$ et de hauteur $h = 25\,\text{cm}$.

....

b. Calculer l'aire (en cm^2) d'un trapèze dont les bases mesurent 18 et 24 cm et dont la hauteur mesure 13 cm.

....

c. Calculer le volume (en cm^3) d'un cylindre ayant 5 cm de rayon et 20 cm de hauteur. Utiliser la valeur de π donnée par la calculatrice et arrondir à $1\,\text{cm}^3$ près. Puis convertir en litres.

....

COUP DE POUCE
Pour les exercices 1 et 2, consulter le formulaire situé au début du livre.

INFO
π n'est ni variable ni inconnu. Mais il est commode de le désigner par une lettre (grecque).

★★ 2 À la recherche d'une inconnue

L'aire d'un trapèze est $80\,\text{cm}^2$.
Ses bases mesurent 11 cm et 5 cm mais sa hauteur est inconnue (pour l'instant).

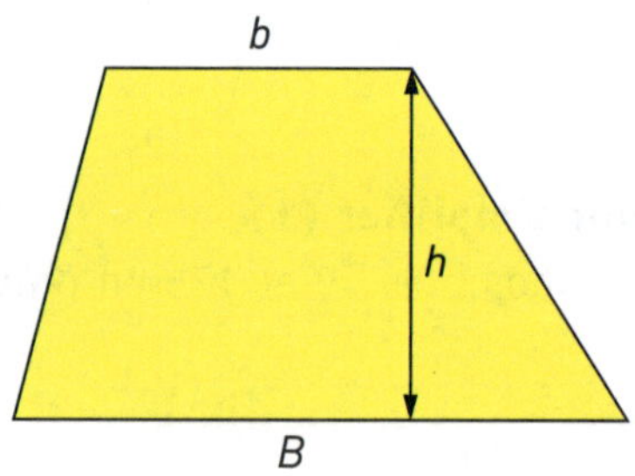

a. Écrire la formule que donne l'aire A de ce trapèze en fonction de B, b et h.

....

b. Remplacer les lettres connues par leurs valeurs en complétant :

$$\ldots = \frac{(\ldots + \ldots) \times h}{2}$$

c. Remplacer h par 5 et constater que 5 n'est pas la valeur de h.
Essayer ensuite $h = 12$. Puis faire d'autres essais jusqu'à découvrir la valeur de h.

....

....

INFO
On peut trouver la valeur d'une inconnue en procédant par essais. C'est parfois long mais une autre méthode sera présentée au chapitre 12, page 86.

3 Recherche d'inconnues

Trouver la valeur de x en procédant par essais et rectifications, sur le brouillon.

a. $4 + 3x = 5x - 4$

....

b. $4x - 28 = 5x - 35$

....

c. $8x + 2 = 5x - 4$

....

d. $5x \times (x + 2) = 15$

....

COUP DE POUCE
Les solutions sont des nombres à 1 chiffre.
Pour le **c.**, $x < 0$.
Pour le **d.**, il y a deux solutions, l'une positive et l'autre négative.

MATHS

4 Égalités toujours vraies (ou « identités »)

Il y a des égalités comme $a = a$ ou $a + b = b + a$ qui sont vraies pour n'importe quelle valeur des lettres. On les appelle des « identités ».
Parmi les égalités suivantes, entourer celles qui sont des identités.

a. $a + a = 2a$
b. $5(x - 2) = 5x - 2$
c. $5(x + 4) = 5x + 20$
d. $5a + 4a = 9a^2$
e. $a \times a = 2a$
f. $a \times a = a^2$
g. $x^2 + x^3 = x^5$
h. $x^2 \times x^3 = x^6$

5 Ta pointure et ton âge

Un mathémagicien demande à une personne :
① Note ta pointure de chaussures.
② Multiplie par 5.
③ Ajoute 100.
④ Multiplie le total par 20.
⑤ Ajoute 19 si on est en 2019, 20 si on est en 2020, etc.
⑥ Soustrais ton année de naissance.
⑦ Maintenant, dis-moi le nombre de quatre chiffres que tu as obtenu.
⑧ Alors ta pointure est .... (le nombre formé par les 2 premiers chiffres).
Et ton âge est .... (le nombre formé par les 2 derniers chiffres).

a. Tester ce tour de magie.
b. Pour comprendre comment ça marche, appeler p la pointure et donner les expressions obtenues aux étapes ②, ③, ④, ⑤ et ⑥.

....

....

....

COUP DE POUCE
On peut utiliser la calculatrice.

Corrigés p. 127

11 Développer et factoriser

Qu'est-ce que développer et réduire ?

Développement et réduction

Exemple :

On développe : $5(2x-3) = 5 \times 2x - 5 \times 3$

On réduit : $= 10x - 15$

On dit que la multiplication est **distributive** par rapport à l'addition et à la soustraction.

Quelques exemples de réductions

$a \times a = a^2$ $\quad a + a = 2a$ $\quad 2x + 3x = 5x$ $\quad \frac{1}{3} \times x = \frac{x}{3}$

★★ 1 Réduire des expressions

a. Compléter.

$2a + 4b + 6a - 5b = (2a + 6a) + (4b - 5b) = (\ldots\ldots + \ldots\ldots)a + (\ldots\ldots - \ldots\ldots)b = 8a - b$

b. Sur ce modèle, réduire les expressions suivantes.

$A = 3a + 5a + 6b + 7b =$ ....

$B = 4a - 3a + 8b - 2b =$ ....

$C = 13a - 15a + 15b - 20b =$ ....

$D = 9a - 10b - 7a + 9b - 2a =$ ....

COUP DE POUCE

Tu peux changer l'ordre des termes.

★ 2 Développer les expressions (1)

$A = 5(4x - 9) =$ .... $D = 4(x^2 + 5x) =$ ....

$B = (8 - x) \times 5 =$ .... $E = 7(5 + x) =$ ....

$C = (2x + 4) \times x =$ .... $F = 4(1 - x^2) =$ ....

INFO

Ne confonds pas $2x$ et x^2.

$2x = 2 \times x$, c'est le double de x.

$x^2 = x \times x$, c'est le carré de x.

★★ 3 Développer les expressions (2)

$A = 8(1 + x + x^2) =$ .... $C = x(x^3 - x - 1) =$ ....

$B = \frac{1}{2}(2x - 4y) =$ .... $D = 4\left(x + \frac{3}{4}y\right) =$ ....

Comment supprimer des parenthèses précédées du signe moins ?

Règle

Supprimer des parenthèses précédées du signe moins oblige à changer les signes de tous les termes entre ces parenthèses.

Exemples :

	Calcul direct	Calcul en appliquant la règle
10 – (6 + 3)	10 – 9 = 1	10 – 6 – 3 = 1
15 – (9 – 7)	15 – 2 = 13	15 – 9 + 7 = 13
11 – (– 3 + 4)	11 – 1 = 10	11 + 3 – 4 = 10

Application : réduction d'expressions contenant des lettres

Exemple : $(8x - 7) - (7x + 3) = 8x - 7 - 7x - 3 = x - 10$

4 Supprimer les parenthèses puis effectuer les calculs

$A = 13 - (a - b) + (9 - b) =$ ....

$B = (7 - a) + (10 + b) - (13 + a) =$ ....

$C = -(b - 3a) + (b - a) - (6 - b) =$ ....

ATTENTION
$-(a - b) = -a + b$
$-(a + b) = -a - b$

5 Développer puis réduire les expressions

$A = 3(a + 4) - (b - 5) =$ ....

$B = -4(4 - a) - (4 - b) =$ ....

$C = 8(3 - a) - 2(5 - 2a) =$ ....

MATHS

Comment factoriser une expression ?

- **Factoriser** une somme ou une différence, c'est la mettre sous la forme d'un produit (de facteurs). L'action de factoriser est la **factorisation**.
  On y parvient aisément lorsque tous les termes possèdent un **facteur commun**.
  Exemples : $2a + 3a = (2 + 3)a = 5a$ (le facteur commun est *a*).
  $2a - 2b = 2(a - b)$; $x^2 + 5x = x(x + 5)$; $a^2 + a = a(a + 1)$.

6 Factoriser les expressions

$A = 4a + 4b =$ ....

$B = 8a - 4b =$ ....

$C = 22x + 33y =$ ....

$D = x^2 - 7x =$ ....

$E = 2y + y^2 =$ ....

$F = 6x + 9y + 12z =$ ....

7 Factoriser encore

$A = x^2 + x =$ ....

$B = y - y^2 =$ ....

$C = 3x - 3 =$ ....

$D = 4x + 6y =$ ....

$E = 6x - 2 =$ ....

$F = 6a + 9a^2 =$ ....

8 Somme de trois nombres entiers consécutifs

a. Choisir et additionner trois nombres entiers consécutifs, c'est-à-dire qui se suivent.

Leur somme est-elle multiple de 3 ? ....

b. Recommencer avec trois autres nombres entiers consécutifs.

....

c. Pour savoir si ce résultat est toujours vrai, on considère un entier quelconque *a*.

Les deux entiers qui le suivent sont : $a + 1$ et $a +$ ......

La somme de ces trois entiers est : $S = a + ($..........$) + ($..........$)$

Réduire cette somme : $S =$ ....

Le facteur commun aux deux termes est : ....

L'expression factorisée de *S* est : $S =$ ....

Et ceci prouve que *S* est toujours un multiple de 3.

INFO
La question **c.** est une démonstration (guidée) d'une propriété générale.

Corrigés p. 127

12 Résoudre des équations

Comment résoudre des équations simples ?

Règles de résolution

Soit a, b et c trois nombres quelconques.

- **Règle 1 :** Si $a = b$ alors $a + c = b + c$ et $a - c = b - c$

Conséquence : Pour résoudre une équation, on peut ajouter ou soustraire un même nombre aux deux membres de l'équation.

- **Règle 2 :** Soit $c \neq 0$. Si $a = b$ alors $ac = bc$ et $\dfrac{a}{c} = \dfrac{b}{c}$

Conséquence : Pour résoudre une équation, on peut multiplier ou diviser les deux membres par un même nombre non nul.

Exemple de résolution d'équation

On veut résoudre $5x - 5 = 9 + 3x$.
Il s'agit de trouver la (ou les) valeur(s) de x qui vérifie(nt) l'égalité.
On va regrouper tous les termes en x dans un membre et tous les autres termes dans l'autre membre.

$5x - 3x - 5 = 9 + 3x - 3x$ — On soustrait $3x$ à chaque membre.

$2x - 5 = 9$ — On réduit.

$2x - 5 + 5 = 9 + 5$ — On ajoute 5 à chaque membre.

$2x = 14$ — On réduit.

$x = 7$ — On divise chaque membre par 2.

Vérification : $5 \times 7 - 5 = 35 - 5 = 30$
$9 + 3 \times 7 = 9 + 21 = 30$ — Dans chaque membre, on remplace x par la valeur trouvée.

Donc la solution de l'équation est 7.

★ 1 Être ou ne pas être... solution d'une équation

a. On veut savoir si le nombre 2 est solution de l'équation $7x + 5 = 10 + 2x$.

Si $x = 2$, alors $7x + 5 =$ .... et $10 + 2x =$ ....

Donc 2 .... solution de l'équation $7x + 5 = 10 + 2x$.

b. Par la même méthode, tester si 1 est solution de $7x + 5 = 10 + 2x$.

....

....

c. Est-ce que -4 est solution de $3x + 33 = 3(3 - x)$?

....

....

INFO
On n'a pas besoin de résoudre une équation pour savoir si un nombre donné en est solution.

2 Résoudre

$(x-2)+2(x-1)=2x-3$

Vérification

3 Résoudre

$4(3x-2)-10x=3x-1$

Vérification

4 Résoudre

$\frac{2x+5}{4}=3x$

Vérification

5 Résoudre

$4+\frac{x}{6}=7+\frac{x}{3}$

Vérification

6 Trouver l'inconnu

On multiplie un nombre par 3. On ajoute 7 au résultat obtenu et on trouve 58. Quel est ce nombre ?

Soit x ce nombre. $x \times 3+7=$ ……

7 Date historique

La somme d'un nombre entier et de son précédent est 1 789. Quel est ce nombre ?

COUP DE POUCE

Exercices 2 et 3 : tu peux commencer par réduire le membre de gauche.

MATHS

COUP DE POUCE

Multiplie d'abord les deux membres par 4, ceci supprimera le dénominateur.

COUP DE POUCE

Tu peux réduire tous les termes au même dénominateur.

Corrigés p. 127-128

13 Résoudre un problème avec une équation

Comment résoudre un problème avec une équation ?

Énoncé : Le périmètre d'un rectangle est 180 m.
La largeur est égale aux $\frac{7}{11}$ de la longueur. Trouver la longueur, puis la largeur.

- **Choix de l'inconnue**

Soit x la longueur (en mètres). La largeur vaut alors $\frac{7}{11}x$.

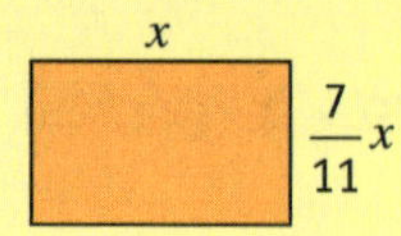

- **Mise en équation**

Le périmètre du rectangle est égal à : $2 \times$ (longueur + largeur).

D'où l'équation : $2 \times \left(x + \frac{7}{11}x\right) = 180$

- **Résolution de l'équation**

$$2\left(\frac{11}{11}x + \frac{7}{11}x\right) = \frac{180 \times 11}{11}$$

11 est le dénominateur commun.

$$2 \times \frac{18}{11}x = \frac{180 \times 11}{11}$$

$$2 \times 18x = 180 \times 11$$

On a multiplié les deux membres par 11.

$$x = \frac{180 \times 11}{18 \times 2} = 55$$

- **Vérification**

Remplaçons x par 55 dans le premier membre de l'équation :

$$2 \times \left(55 + \frac{7}{11} \times 55\right) = 2 \times (55 + 35) = 2 \times 90 = 180$$

- **Réponse au problème**

Le rectangle mesure 55 m de longueur. Sa largeur vaut $\frac{7}{11} \times 55 = 35$ (en m).

★ 1 Trois oranges sur une balance

Calculer la masse d'une orange. (On suppose que les 3 oranges ont toutes la même masse.)

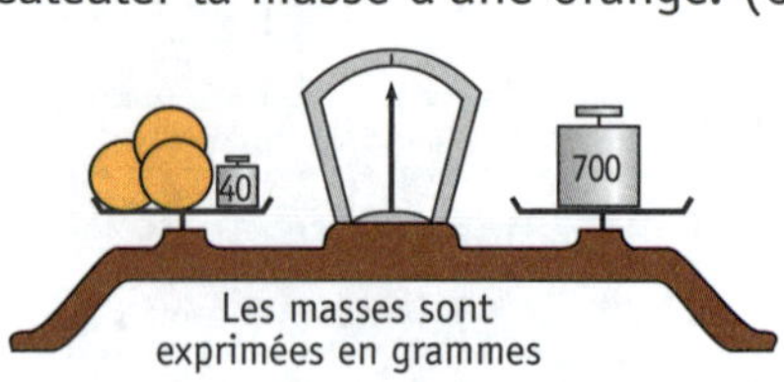

....

....

....

COUP DE POUCE
Note x la masse inconnue puis à l'aide d'une équation, écris que les masses posées sur chaque plateau sont égales.

★ 2 Sept pamplemousses sur une balance

Calculer la masse d'un pamplemousse. (On suppose que les 7 pamplemousses ont tous la même masse.)

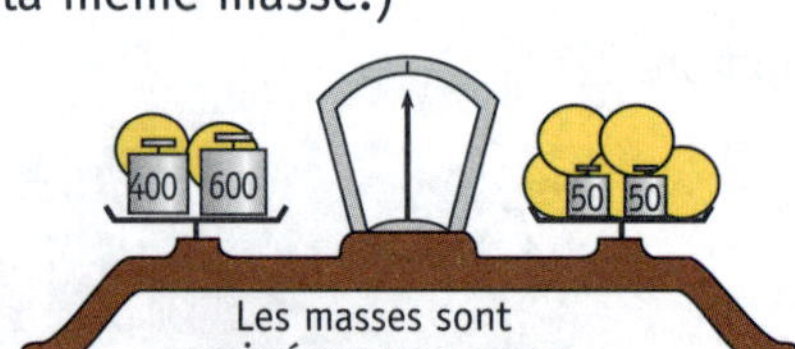

....

....

....

★★ 3 Alors ça gaze ?

Un réchaud à gaz et sa recharge coûtent ensemble 55 €.
Le réchaud coûte 29 € de plus que la recharge.
Trouver le prix de la recharge et le prix du réchaud.

....

....

....

....

COUP DE POUCE
Note x le prix de la recharge. Tu en déduiras le prix du réchaud en fonction de x. Écris alors l'équation.

★★ 4 Le mystère des pyramides

Avec le temps, certains blocs ont été effacés. Retrouver les nombres qui manquent sachant qu'un bloc est toujours la somme des deux blocs qui le supportent.

a. Un cas leçon.

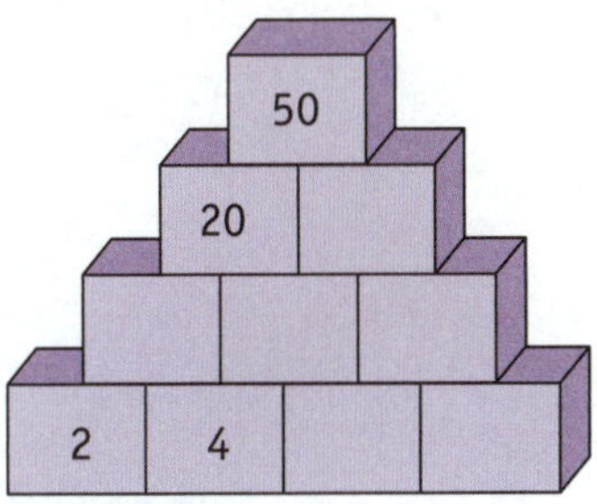

....

....

....

....

....

b. Un cas chaud.

....

....

....

....

....

COUP DE POUCE

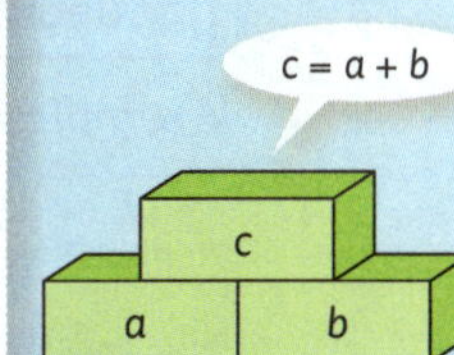

a. Effectue des additions et des soustractions.
b. Appelle x l'inconnue de la rangée du bas, et résous une équation.

★ 5 Aires de rectangles

On considère les deux rectangles ① et ②.
Pour quelles valeurs de x, l'aire du rectangle ① est-elle égale à celle du rectangle ② ?

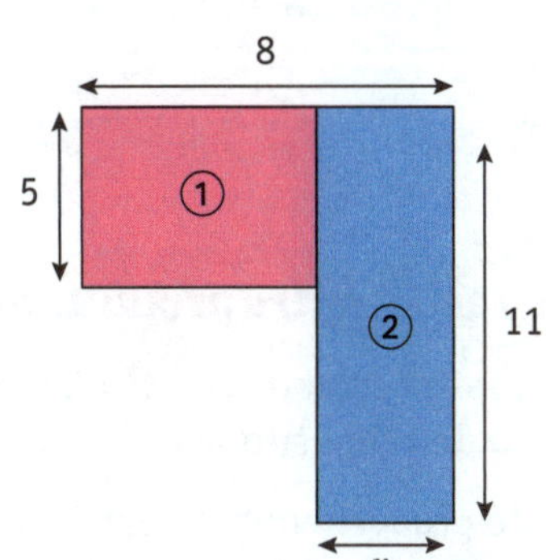

....

....

....

....

....

....

....

COUP DE POUCE
Exprime d'abord les dimensions et les aires des deux rectangles.

MATHS

Corrigés p. 128-129

14 Calculer une quatrième proportionnelle

Quel lien y a-t-il entre quotients égaux et produits en croix égaux ?

- a, b, c et d sont des nombres relatifs, $b \neq 0$ et $d \neq 0$.

Si $\frac{a}{b} = \frac{c}{d}$ alors $a \times d = b \times c$.

Et, **réciproquement**, si $a \times d = b \times c$ alors $\frac{a}{b} = \frac{c}{d}$.

$\frac{a}{b} \times \frac{c}{d}$ On dit que les produits en croix sont égaux.

Si deux quotients sont égaux alors les produits en croix sont égaux, et réciproquement.

Exemples :

- $\frac{14}{35} = \frac{18}{45}$ car $14 \times 45 = 18 \times 35$.

En effet, $14 \times 45 = 630$ et $18 \times 35 = 630$.

- $\frac{17}{5} \neq \frac{32}{10}$ car $17 \times 10 \neq 32 \times 5$.

En effet, $17 \times 10 = 170$ et $32 \times 5 = 160$.

★★ 1 Égalité ?

Est-ce que les deux quotients donnés sont égaux ?

a. $\frac{72}{63}$ et $\frac{40}{35}$ ....

b. $\frac{77}{28}$ et $\frac{56}{20}$ ....

COUP DE POUCE
Utilise les produits en croix.

★★ 2 Trouver x

Calculer x pour que l'égalité proposée soit vraie.

a. $\frac{x}{54} = \frac{35}{126}$ ....

b. $\frac{-24}{14} = \frac{x}{-35}$ ....

COUP DE POUCE
Utilise les produits en croix et résous l'équation.

Quel rapport y a-t-il entre produits en croix et tableau de proportionnalité ?

- Soit les nombres a, b, c et d, avec $a \neq 0$ et $c \neq 0$.

Dans le **tableau de proportionnalité** ci-contre,

le coefficient de proportionnalité est $\frac{b}{a}$, mais aussi $\frac{d}{c}$, donc $\frac{b}{a} = \frac{d}{c}$.

a	c	$\times \frac{b}{a}$
b	d	

D'après la propriété énoncée plus haut, on a $a \times d = b \times c$.

Dans un tableau de proportionnalité, les produits en croix sont égaux.

- **Réciproquement**, si dans un tableau de 4 nombres les produits en croix sont égaux, alors c'est un tableau de proportionnalité.

Comment calculer le quatrième nombre dans un tableau de proportionnalité ?

- Quand on sait qu'un tableau de 4 nombres est de proportionnalité, on peut, connaissant 3 nombres, trouver le quatrième nombre grâce aux produits en croix. Ce quatrième nombre est appelé **4e proportionnelle**.

Exemple : 5 chemises coûtent 81,50 €, combien coûtent 3 chemises ?

On a le tableau :

5	3
81,5	x

donc $5 \times x = 3 \times 81{,}5 = 244{,}5$
donc $x = 244{,}5 \div 5 = 48{,}9$
3 chemises coûtent donc 48,90 €.

★ 3 Calcul de la quatrième proportionnelle

Compléter les tableaux de proportionnalité suivants.

a.

15	
6	18

....

b.

25	15
10	

....

c.

	4,5
7	30

....

d.

3,2	16
	5,4

....

COUP DE POUCE
Appelle x le nombre manquant et utilise les produits en croix.

MATHS

★★ 4 Locations

Le roi Dagobert loue une Renault durant 3 jours pour 130 € tandis que son ministre, le Grand Saint-Éloi, loue la même voiture pendant 5 jours pour 210 €.

a. Est-on en situation de proportionnalité ?

....

b. Qui paie le plus à la journée ?

....

COUP DE POUCE
a. Autrement dit, le tableau suivant est-il de proportionnalité ?

Jours	3	5
Prix	130	210

★ 5 De quoi devenir chèvre !

6 litres de lait de chèvre coûtent 6,48 €, combien coûtent 15 litres ?

....

....

COUP DE POUCE
Complète le tableau.

Litres	6	
Euros		

★★ 6 Calculer un pourcentage

Dans une entreprise, sur 3 000 employés, il y a 1 200 femmes.
Quel est le pourcentage de femmes travaillant dans cette entreprise ?

....

....

★ 7 Le grand changement d'unité de l'an 2002

Compléter le tableau suivant en arrondissant au centime près.

Francs	6,55957		25
Euros	1	15,5	

Corrigés p. 129

GESTION DE DONNÉES

15 Représenter une situation de proportionnalité

Comment représenter graphiquement un tableau de proportionnalité ?

Représentation graphique d'un tableau de proportionnalité

Soit le tableau de proportionnalité suivant.

1	2,5	4	6
1,5	3,75	6	9

× 1,5

On constate que les points A(1 ; 1,5), B(2,5 ; 3,75), C(4 ; 6) et D(6 ; 9) sont **alignés** sur une droite passant par l'origine du repère.

Remarque : Il en est de même avec tout tableau de proportionnalité.

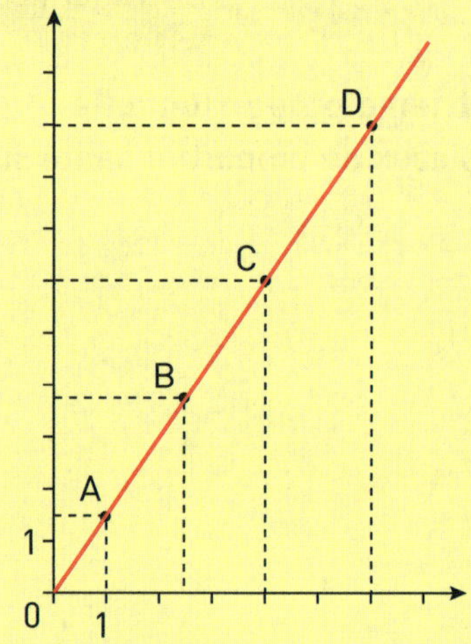

Et réciproquement

- Les points A(1 ; 0,8), B(2,5 ; 2), C(5 ; 4) et D(7 ; 5,6) sont alignés sur une droite passant par l'origine du repère.
Alors le tableau suivant est un tableau de **proportionnalité**.

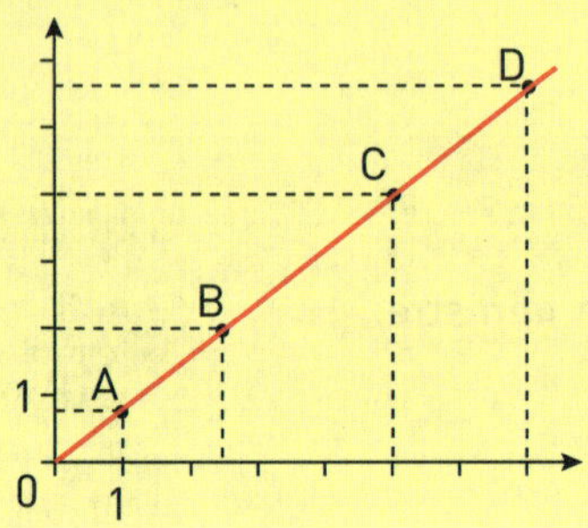

1	2,5	5	7
0,8	2	4	5,6

× 0,8

★ 1 Tableau et graphique

a. Compléter le tableau de proportionnalité suivant.

1,5	2	2,5		
0,9			1,8	3

× ...

b. Marquer sur le graphique ci-contre les points de coordonnées (1,5 ; 0,9), (2 ; ...), etc.

c. En traçant une certaine droite, constater que les points sont alignés avec l'origine.

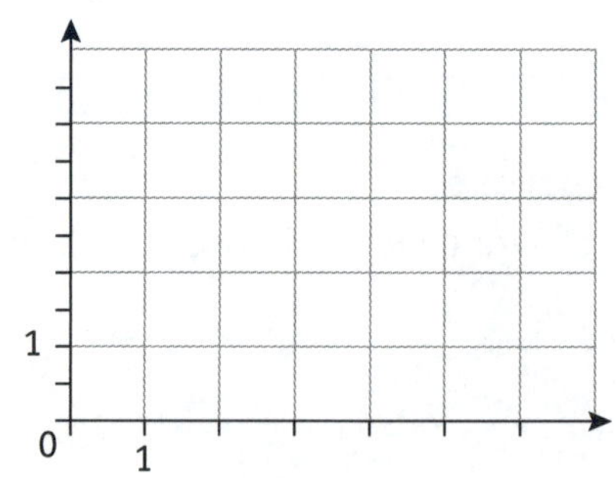

★★ 2 Tableau et graphique (bis)

Voici un tableau de nombres.

0,5	2	3,5	5	7
0,2	1	1,4	2	2,8

a. Marquer sur le graphique ci-contre les points de coordonnées (0,5 ; 0,2), (2 ; 1), etc.

b. Le graphique montre que l'un des points n'est pas aligné avec les autres.
Modifier son ordonnée pour obtenir un tableau de proportionnalité. ....

....

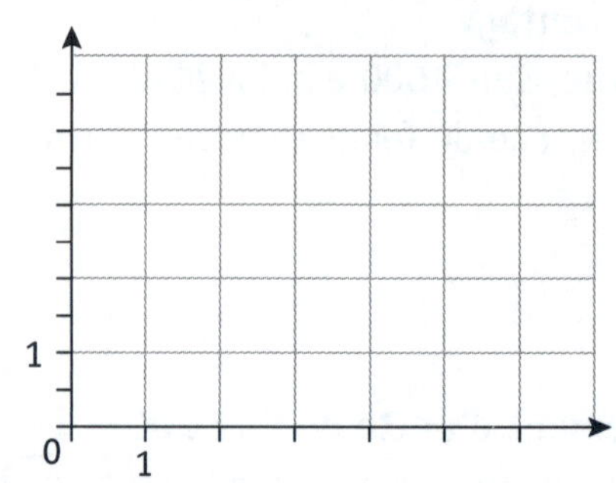

3 Ça réchauffe

On a apporté une bouteille d'eau glacée dans une pièce très chaude.
Le relevé des températures de l'eau a donné le graphique suivant.

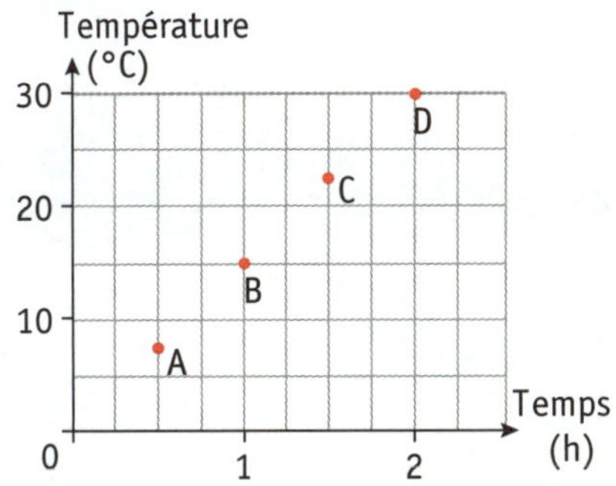

a. Compléter le tableau suivant avec les coordonnées des points A, B, C et D.

	A	B	C	D
Heures				
Degrés				

b. Ce tableau est-il de proportionnalité ? Pourquoi ?

....

....

c. D'après le graphique, quelle était la température de l'eau quand on l'a amenée dans la pièce ? ....

> **COUP DE POUCE**
> **b.** Trace une certaine droite et conclus.

4 Location de vélo

Ce graphique représente le prix de location d'un vélo en fonction de la durée de location.

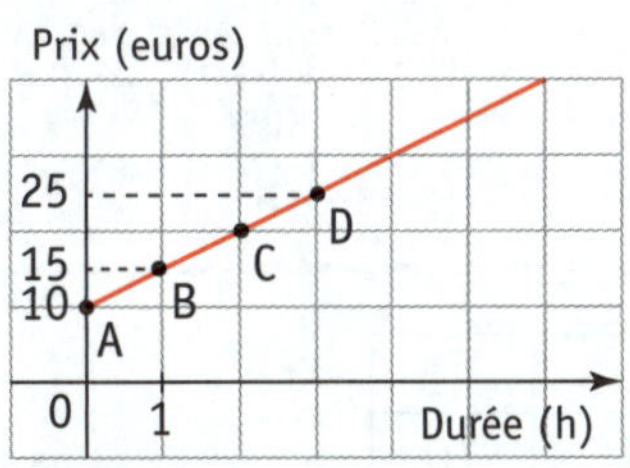

a. Compléter le tableau suivant avec les coordonnées des points A, B, C et D.

	A	B	C	D
x				
y				

b. Ce tableau est-il de proportionnalité ? Pourquoi ?

....

c. Combien paierait-on pour 5 heures de location ? (Lire sur le graphique.)

....

> **COUP DE POUCE**
> **b.** Il y a deux arguments possibles.

5 Attention, chute de pierre

Le tableau suivant donne la distance parcourue par une pierre qui tombe en fonction de la durée.

Durée (en s)	0	2	4	5
Distance (en m)	0	20	80	125

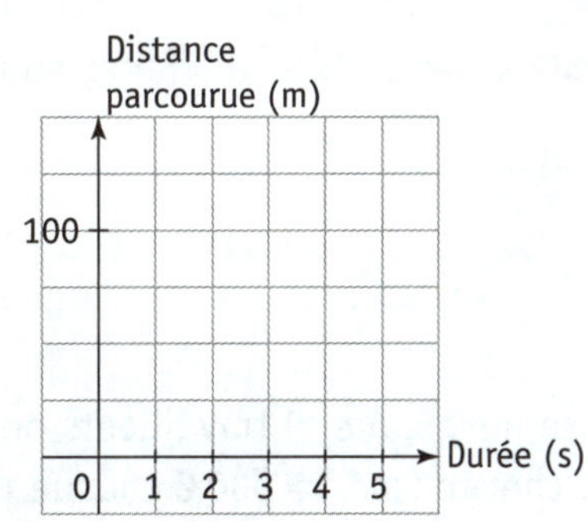

a. Marquer sur le graphique ci-contre les points A(2 ; 20), B(4 ; 80), C(5 ; 125).

b. Le tableau est-il de proportionnalité ? Pourquoi ?

....

....

> **ATTENTION**
> **a.** Sur l'axe vertical, un carreau représente 25 mètres.

Corrigés p. 129-130

GESTION DE DONNÉES

16 Connaître la notion de médiane statistique

Comment partager une population en deux moitiés ?

Exemple : Voici la répartition des notes d'un devoir donné dans la classe de 3e A.

Note	5	6	7	9	10	11	12	14	17	19
Effectif	1	1	4	5	1	2	3	1	4	2
Effectif cumulé	1	2	6	11	12	14	17	18	22	24

L'effectif de la classe est 24.

12 élèves ont moins de 10,5 — M_e — 12 élèves ont plus de 10,5

Une note **médiane** permet de séparer la classe en deux moitiés de même effectif.
On peut choisir 10,5 comme note médiane : $M_e = 10,5$.

★ 1 Ne pas confondre

a. Calculer la moyenne des notes données dans l'exemple ci-dessus.

....

b. Cette moyenne peut-elle être une note médiane ?

....

COUP DE POUCE
a. C'est une moyenne pondérée par les effectifs.

★ 2 Chiffres d'affaires

Voici les chiffres d'affaires quotidiens (en milliers d'euros) réalisés par un magasin, sur une période de 100 jours.

Chiffre d'affaires	1,3	1,4	1,6	1,8	1,9	2	2,1	2,2	2,3	2,5
Nombre de jours	3	9	13	12	6	7	5	20	15	10
Effectif cumulé										

a. Compléter le tableau avec les effectifs cumulés.

b. Donner un chiffre d'affaires médian. ....

c. Calculer la moyenne des chiffres d'affaires. ....

Cette moyenne peut-elle être une valeur médiane ? ....

d. Est-il vrai que 50 % des chiffres d'affaires sont supérieurs à 2 milliers d'euros ? Justifier.

....

....

COUP DE POUCE
b. Observe l'exemple donné en haut de page.
Les effectifs cumulés aident à déterminer la médiane.

★ 3 Inégalité

Dans une entreprise imaginaire, 9 travailleurs ont un salaire mensuel de 1 000 € chaque mois, alors que le chef touche 11 000 € chaque mois.

a. Calculer le salaire moyen, puis déterminer le salaire médian.

....

....

....

b. Laquelle de ces deux valeurs correspond au mieux à la situation de cette entreprise ?

....

★ 4 Vitesse limitée

On a noté, chaque jour, le nombre de véhicules ayant dépassé la vitesse autorisée dans un village, sur une période de 12 jours :

11 ; 15 ; 20 ; 14 ; 16 ; 18 ; 11 ; 21 ; 13 ; 14 ; 16 ; 20.

Ainsi, le 1er jour 11 véhicules sont en infraction.

a. Compléter le tableau en ordonnant par ordre croissant les valeurs données.

Nombre de véhicules	11	13						
Effectif	2	1						
Effectif cumulé	2	3						

b. Proposer une valeur pour la médiane.

Médiane = ...

c. Calculer la moyenne de cette série.

....

....

d. Cette moyenne peut-elle être choisie comme médiane ?

....

....

★ 5 À la fraîche

On a relevé à 8 h du matin, pendant plusieurs jours, les températures matinales au mois de juin.

a. Compléter le tableau suivant.

Température (en °C)	9	11	12	13	15	17
Effectif	2	5	6	4	2	1
Effectif cumulé						

b. Calculer l'effectif total. ....

....

c. Calculer la température moyenne m :

m = ...

d. Pendant combien de jours la température a-t-elle été inférieure à m ? ....

m peut-elle être une valeur médiane ? ....

e. Proposer une valeur médiane M_e.

M_e = ...

MATHS

Corrigés p. 130-131

17 Calculer ses chances

Qu'est-ce que la probabilité d'un événement ?

Introduction

Dans un jeu de hasard, on distingue :
- les **cas possibles** ou **éventualités** ;
- et, parmi les cas possibles, les **cas favorables** qui constituent l'**événement** « gagner ».

Si les éventualités sont équiprobables, c'est-à-dire si elles ont toutes autant de chances de se réaliser, alors la probabilité de gagner est égale à :

$$\frac{\text{nombre de cas favorables}}{\text{nombre de cas possibles}}$$

Exemple : En jetant un dé, les cas possibles sont 1 ; 2 ; 3 ; 4 ; 5 et 6. L'événement « obtenir un nombre divisible par 3 » est constitué de 2 cas favorables : 3 et 6.
Sa probabilité est donc $\frac{2}{6} = \frac{1}{3}$.

L'**événement contraire** est « obtenir un nombre **non** divisible par 3 ». Il est constitué des 4 éventualités : 1, 2, 4 et 5. Sa probabilité est donc $\frac{4}{6}$.

Lorsque deux événements sont contraires, la somme de leurs probabilités est égale à 1.

Propriétés des probabilités

- La probabilité d'un événement est un **nombre compris entre 0 et 1.**

On peut l'exprimer par une fraction, un nombre décimal ou un pourcentage.
- Un événement est **certain** lorsque toutes les éventualités sont des cas favorables.

Sa probabilité est donc 1.
Exemple : Obtenir un nombre inférieur à 7 en jetant un dé cubique ordinaire.
- Un événement est **impossible** lorsqu'il n'y a aucun cas favorable.

Sa probabilité est donc 0.
Exemple : Obtenir un nombre supérieur à 7 en jetant un dé cubique.

★ 1 Jets de dé

a. On jette un dé cubique ordinaire. Donner la liste des cas possibles.

....

b. On appelle A l'événement : « le résultat est pair ou multiple de 3 ».

Donner la liste des cas favorables. ....

Indiquer la probabilité de A sous forme d'une fraction réduite. ....

c. On appelle B l'événement : « le résultat n'est ni pair ni multiple de 3 ».

Donner la liste des cas favorables. ....

Indiquer la probabilité de B sous forme d'une fraction réduite. ....

d. Que peut-on dire des événements A et B.

....

COUP DE POUCE
b. Le résultat « 6 » fait partie de l'événement A.

2 Sûr et certain

Un tiroir contient 10 chaussettes noires et 10 chaussettes blanches.
Léa prend 3 chaussettes au hasard.

a. Quelle est la probabilité qu'elle obtienne 2 chaussettes de la même couleur ?

....

b. Quelle est la probabilité qu'elle obtienne 3 chaussettes de couleurs différentes ?

....

c. Léa remet les chaussettes dans le tiroir et Léo en prend 11 au hasard.
Quelle est la probabilité qu'il obtienne au moins une chaussette noire et au moins une chaussette blanche ? ....

3 Tirages de cartes

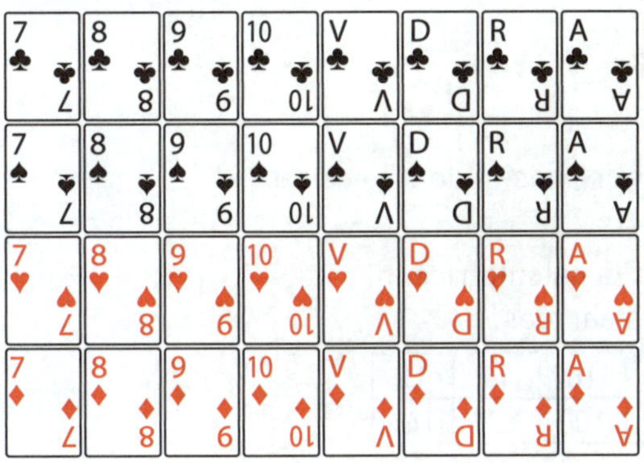

a. On tire une carte au hasard dans un jeu de 32 cartes. Quelle est la probabilité de tirer un roi ? ....

Celle de tirer un cœur ? ....

Et celle de tirer un roi ou un cœur ? ....

b. Mêmes questions dans le cas où on aurait supprimé toutes les cartes noires du jeu.

....

....

COUP DE POUCE
Pour compter les éventualités, utilise le dessin (très simplifié) des cartes étalées.

4 Pile ou face

La valeur d'une pièce de monnaie est inscrite sur le côté Pile.
On jette simultanément une pièce de 50 centimes et une autre de 20 centimes.
Et l'on gagne la ou les pièces qui donnent Pile.
Le jeu se représente par un tableau qui montre quatre éventualités.

Pièce de 50 c / Pièce de 20 c	Pile	Face
Pile		
Face		

Pièce de 50 c / Pièce de 20 c	Pile	Face
Pile		
Face		

a. Inscrire dans le premier tableau les gains correspondant à chaque éventualité.

b. Quelle est la probabilité de gagner au moins 50 centimes ? ....

c. L'organisateur du jeu fournit les pièces pour jouer mais il demande 50 centimes avant chaque partie. Inscrire dans le second tableau les gains réels, c'est-à-dire mise déduite. Puis calculer la moyenne de ces gains. ....

....

d. Pour qui ce jeu est-il avantageux : pour l'organisateur ou pour le joueur ?

....

COUP DE POUCE
c. On a ici besoin de nombres négatifs.

MATHS

Corrigés p. 131

18 Connaître et utiliser le théorème de Pythagore

Qu'est-ce que le célèbre théorème de Pythagore ?

Théorème de Pythagore

Si un triangle ABC est rectangle en A alors $BC^2 = AB^2 + AC^2$.

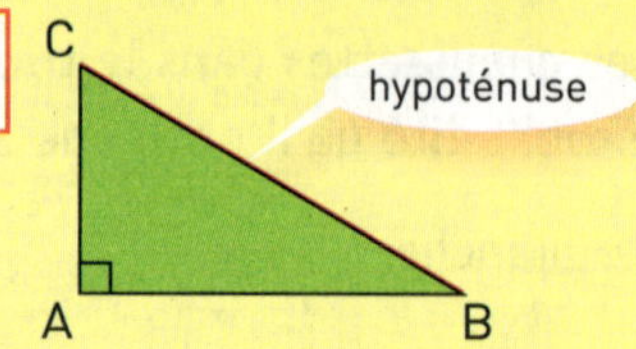

On dit que le carré de l'hypoténuse est égal à la somme des carrés des deux autres côtés.

Réciproquement :

Si dans un triangle ABC, on a la relation $BC^2 = AB^2 + AC^2$ alors ABC est rectangle en A.

Racine carrée et tableau de carrés

Définition : La racine carrée d'un nombre positif **a** est le nombre positif dont le carré donne **a**. On la note $\sqrt{a}$.

Exemples : $\sqrt{9} = 3$; $\sqrt{25} = 5$; $\sqrt{1} = 1$; $\sqrt{2} \approx 1{,}4$ en utilisant la calculatrice.

- Le tableau de carrés suivant permet de trouver des racines carrées.

n	0	1	2	3	4	5	6	7	8	9	10	11	12
n^2	0	1	4	9	16	25	36	49	64	81	100	121	144

Exemple : $\sqrt{81} = 9$ en lisant le tableau de bas en haut.

1 Calculs de longueurs

a.

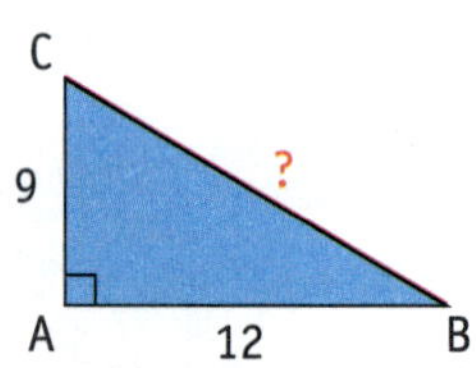

Calculer BC. $BC^2 = 12^2 + 9^2 = 225$.
Donc $BC = \sqrt{225} = 15$.

b.

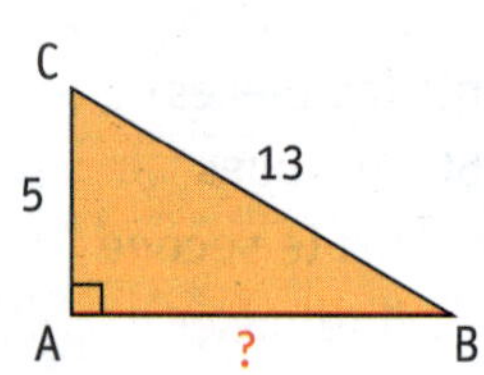

Calculer AB. ....

....

....

c.

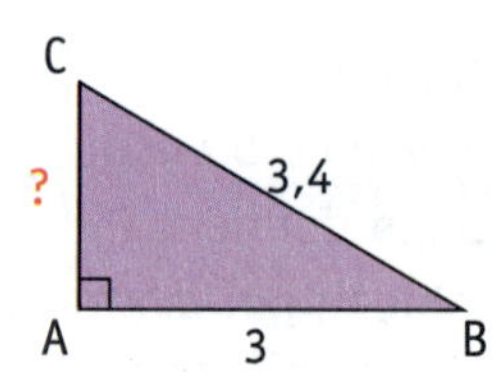

Calculer AC. ....

....

d.

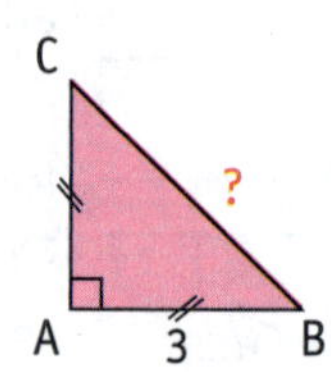

Calculer BC (à 0,01 près). ....

....

....

ATTENTION
Les figures des exercices 1 et 2 sont volontairement fausses.

INFO
a. Connaissant BC^2, tu obtiens BC avec la touche $\sqrt{\ }$ de la calculatrice.

2 Rectangle ou non ?

Les triangles suivants sont-ils rectangles ? Justifier.

a.

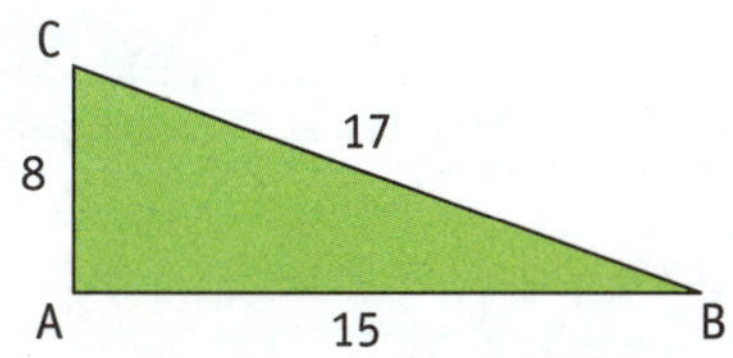

b.

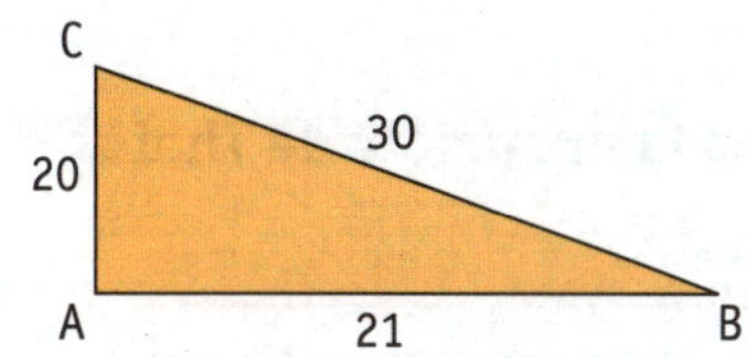

....

....

....

....

....

....

ATTENTION Les dessins ne sont pas à l'échelle.

3 Sur un quadrillage

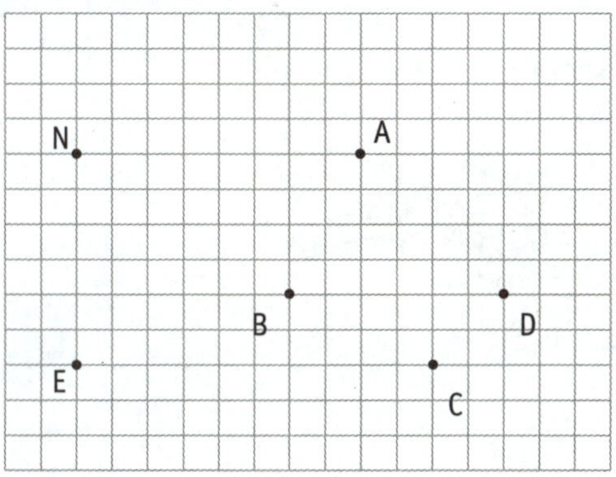

a. Calculer l'hypoténuse du triangle rectangle ANE :

....

b. Les triangles suivants sont-ils rectangles ? Justifier les réponses.

- ABC :

....

....

....

- ADC : ....

....

COUP DE POUCE
- Sur le quadrillage, la longueur du côté d'un petit carré est 1.
- Pour calculer les différentes longueurs, trace des triangles rectangles sur le quadrillage.

MATHS

4 Calcul d'aire

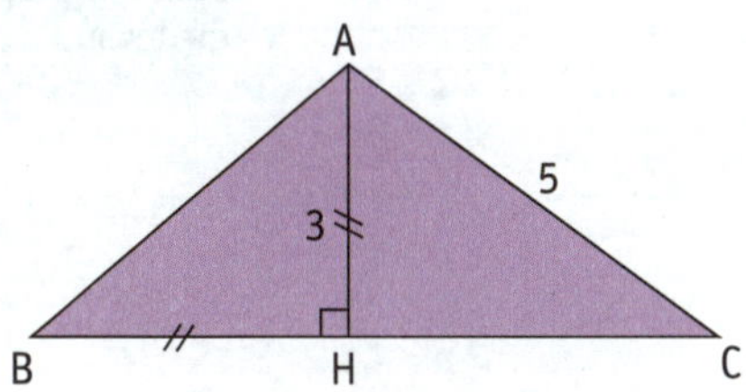

a. Calculer CH. ....

....

b. Calculer l'aire $\mathcal{A}$ du triangle ABC.

....

....

5 Dans un carré

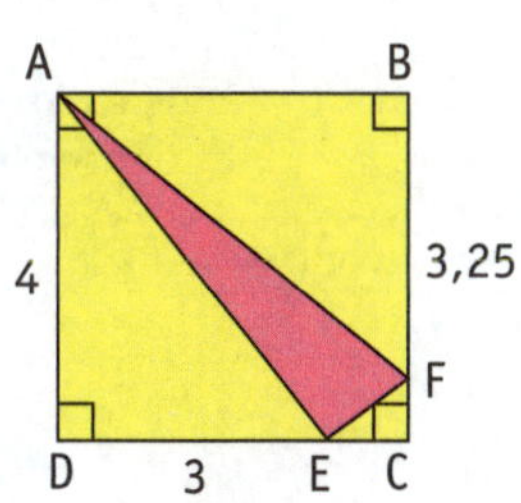

Hypothèses :

AB = BC = CD = DA = 4 ; DE = 3 ; BF = 3,25

a. $AE^2 =$ ....

$AF^2 =$ ....

$EF^2 =$ ....

b. Le triangle AEF est-il rectangle ? ....

....

INFO Pour savoir si deux nombres décimaux sont égaux, il faut garder toutes leurs décimales.

Corrigés p. 131-132

Plus d'exercices sur www.hatier-entrainement.com

19 Aborder le théorème de Thalès

Que nous apprend la propriété de Thalès ?

Propriété de Thalès

Si les droites (EF) et (BC) sont parallèles,
alors $\frac{AE}{AB} = \frac{AF}{AC} = \frac{EF}{BC}$.

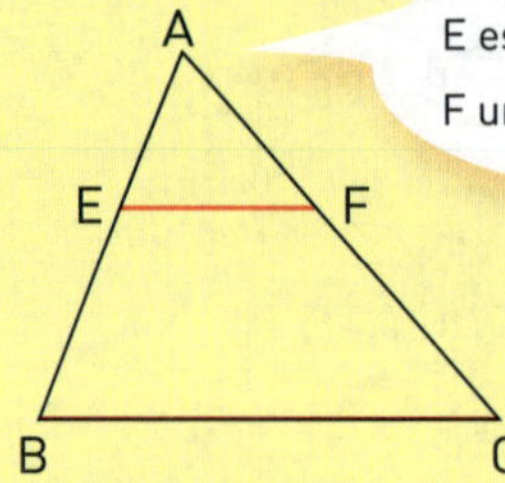

E est un point de [AB] et F un point de [AC]

Un exemple de calcul

Sachant que :
- (EF) // (BC)
- AE = 3
- AB = 5
- AC = 7

calculer AF.

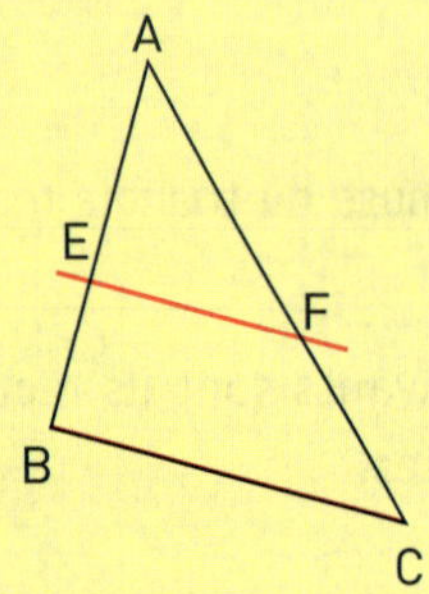

Rappel :
Si $\frac{a}{b} = \frac{c}{d}$ alors $a \times d = b \times c$.
(Les produits en croix sont égaux.)

D'après la propriété de Thalès, on a : $\frac{AE}{AB} = \frac{AF}{AC}$ et donc $\frac{3}{5} = \frac{AF}{7}$.

Avec les produits en croix, on obtient : $3 \times 7 = 5 \times AF$.

D'où $AF = \frac{21}{5} = 4{,}2$.

★ 1 Dans un premier triangle

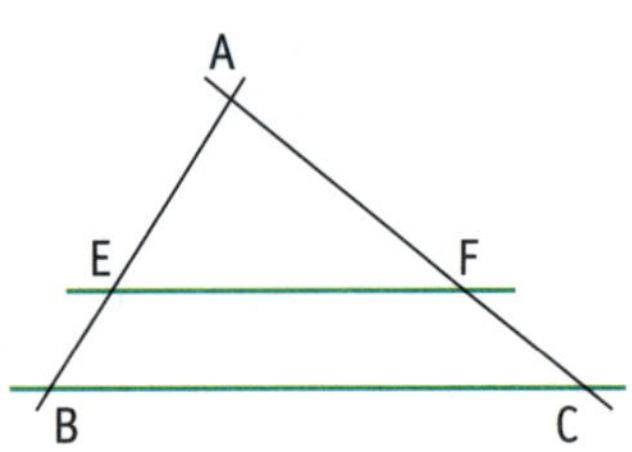

Hypothèses :
(EF) // (BC)
AF = 8
AC = 12
AB = 9
BC = 14

a. Calculer AE. ....

....

....

b. Calculer EF. ....

....

....

COUP DE POUCE
Regarde bien l'exemple donné ci-dessus.

ATTENTION
La figure n'est pas à l'échelle.

★ 2 Dans un deuxième triangle

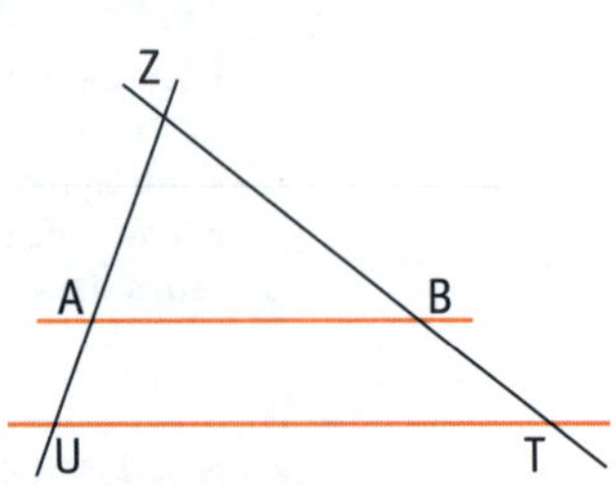

Hypothèses :
(AB) // (UT)
ZA = 2
ZU = 3
ZB = 3
AB = 3

a. Calculer ZT. ....

....

....

b. Calculer UT. ....

....

....

ATTENTION
La figure n'est pas à l'échelle.

Quel est le théorème réciproque de Thalès ?

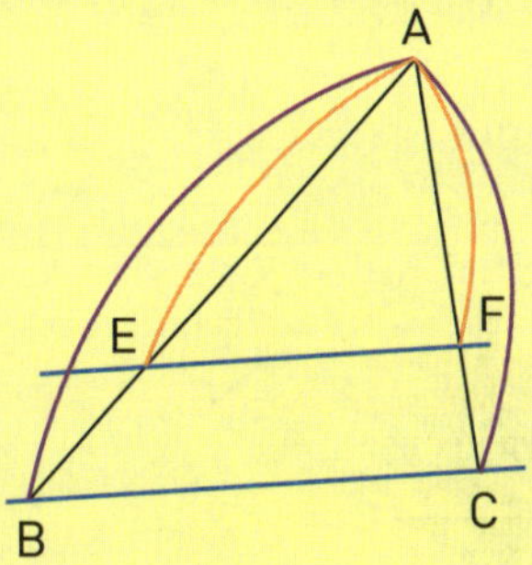

Si $\frac{AE}{AB} = \frac{AF}{AC}$ alors les droites (EF) et (BC) sont parallèles.

★★ 3 Dans un troisième triangle

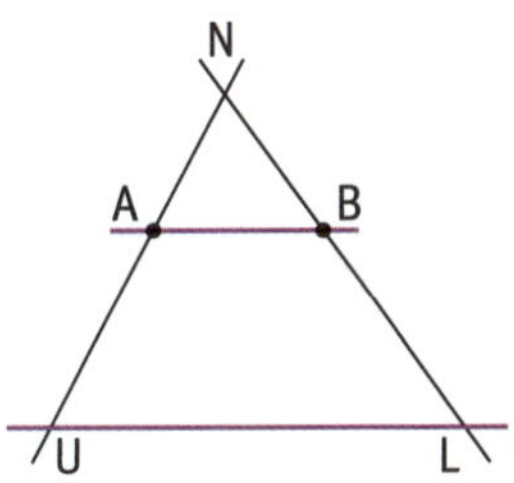

Hypothèses :
NA = 2
NU = 5
NB = 2,4
NL = 6

a. Calculer $\frac{NA}{NU}$

....

b. Calculer $\frac{NB}{NL}$

....

c. Démontrer que les droites (AB) et (UL) sont parallèles.

....

★★ 4 Dans un parallélogramme

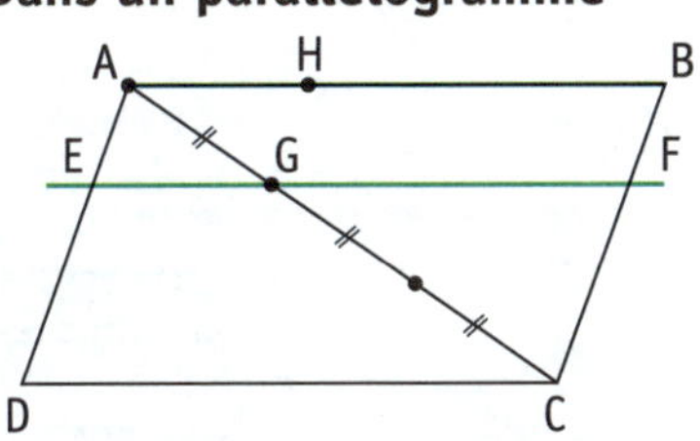

Hypothèses :
ABCD est un parallélogramme.
AB = 5 $\quad$ $AG = \frac{AC}{3}$ $\quad$ $AH = \frac{AB}{3}$
BC = 3 $\quad$ (EF) // (AB)

a. En utilisant la propriété de Thalès dans le triangle ABC, calculer GF.

....

....

....

b. En utilisant la propriété de Thalès dans le triangle ADC, calculer EG.

....

....

....

c. Déduire des questions **a.** et **b.** que EF = 5 et donc que EF = AB.

....

....

d. Démontrer que (HG) // (AD) ....

....

COUP DE POUCE
Pour **a.** et **b.**, laisse les résultats sous forme fractionnaire.

COUP DE POUCE
d. Prouve d'abord que (HG) // (BC).

Corrigés p. 132-133

20 Découvrir le cosinus dans les triangles rectangles

Comment utiliser le cosinus ?

Cosinus et triangles rectangles

$$\cos(\widehat{B}) = \frac{BA}{BC} = \frac{\text{côté adjacent}}{\text{hypoténuse}}$$

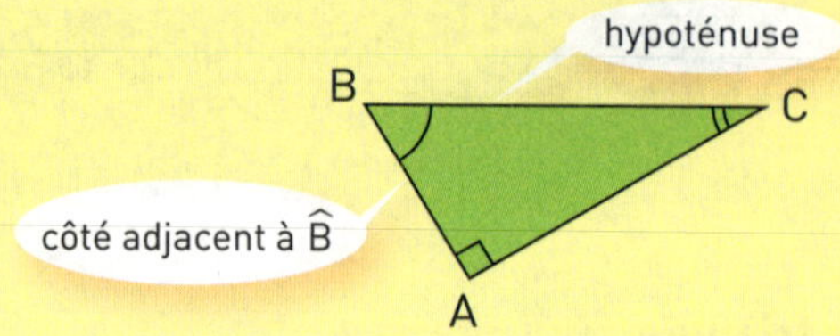

De même : $\cos(\widehat{C}) = \frac{CA}{CB}$

Conséquence : On a donc aussi $BA = BC \times \cos(\widehat{B})$ et $CA = CB \times \cos(\widehat{C})$

Cosinus et calculatrice

- cos(18°) = ? On tape *cos(18)*. Résultat ≈ 0,951.
- Angle dont le cosinus est 0,3 ?

On tape *cos⁻¹ (0,3)* ou *Arccos (0,3)*. Résultat ≈ 72,5°.

On utilise $\cos^{-1}$ ou Arccos selon la calculatrice

ATTENTION Pense à utiliser ta calculatrice en mode degré.

COUP DE POUCE
- **Exercices 1 et 2.** Arrondis les angles à 1° près.
- Vérifie que $\widehat{B} + \widehat{C} \approx 90°$.

★ 1 Calculs de cosinus

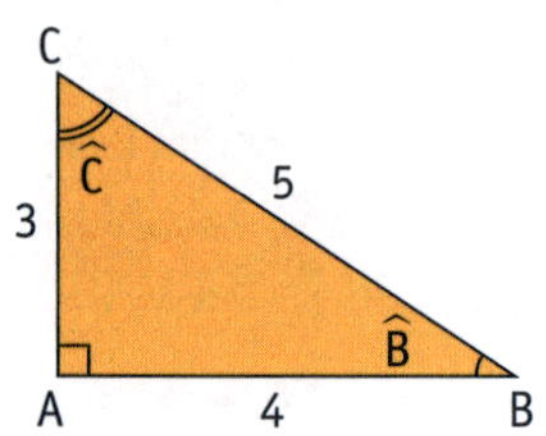

a. Calculer.

$\cos(\widehat{B}) =$ ....

$\cos(\widehat{C}) =$ ....

b. En déduire des valeurs approchées, en degrés, des angles $\widehat{B}$ et $\widehat{C}$.

$\widehat{B} \approx$ ....° $\widehat{C} \approx$ ....°

★ 2 Calculs de cosinus (bis)

a. Trouver une valeur approchée de BC, à 0,01 près. ....

....

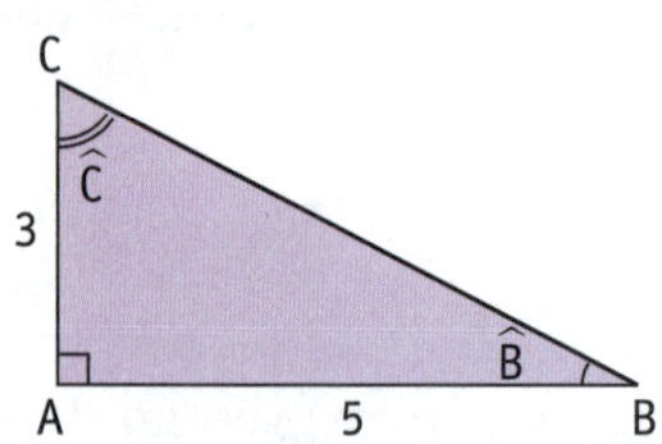

b. Calculer.

$\cos(\widehat{B}) =$ ....

$\widehat{B} \approx$ ....°

$\cos(\widehat{C}) =$ ....

$\widehat{C} \approx$ ....°

★ 3 Calculs de cosinus (ter)

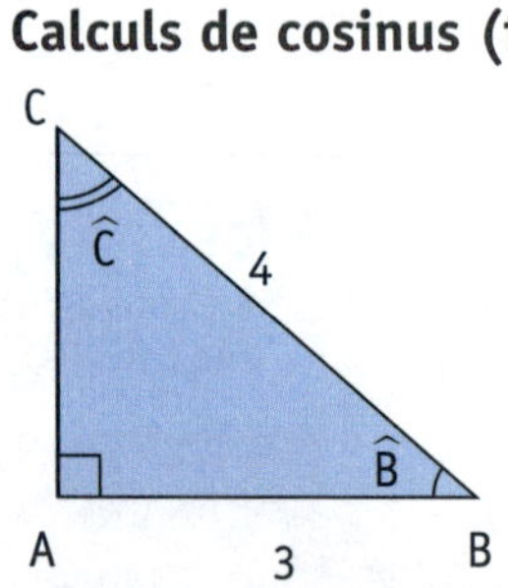

a. Trouver une valeur approchée de AC, à 0,01 près.

....

b. Calculer, avec deux décimales au résultat.

$\cos(\widehat{B}) =$ .... $\widehat{B} \approx$ ....°

$\cos(\widehat{C}) =$ .... $\widehat{C} \approx$ ....°

4 Côté d'un triangle rectangle

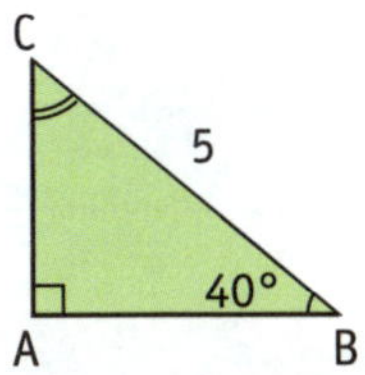

a. Calculer AB à 0,01 près.

....

....

b. Calculer AC à 0,01 près.

....

....

> **COUP DE POUCE**
> • **b.** Il y a deux méthodes pour calculer AC.
> • Utilise la calculatrice.

5 Hauteur d'un triangle rectangle

Calculer avec deux décimales.

Hypothèses :
$BC = 5$
$AC = 2$

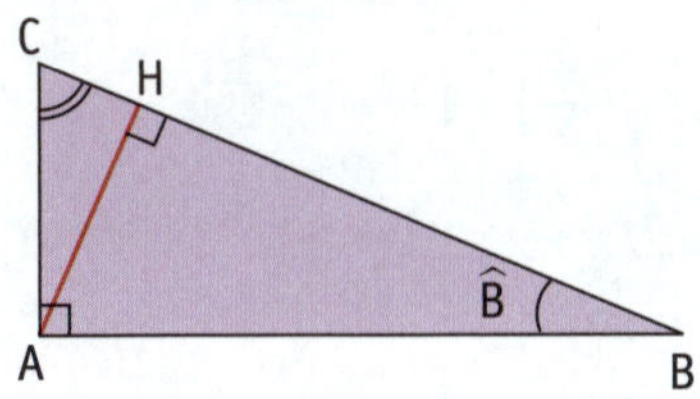

a. AB : ....

....

b. $\cos(\widehat{B})$: ....

....

c. BH : ....

....

d. AH : ....

....

> **COUP DE POUCE**
> **c.** et **d.** Considère le triangle ABH rectangle en H.

6 Avec un losange

ABCD est un losange de centre O tel que $BD = 8$ et $\widehat{DBA} = 25°$.

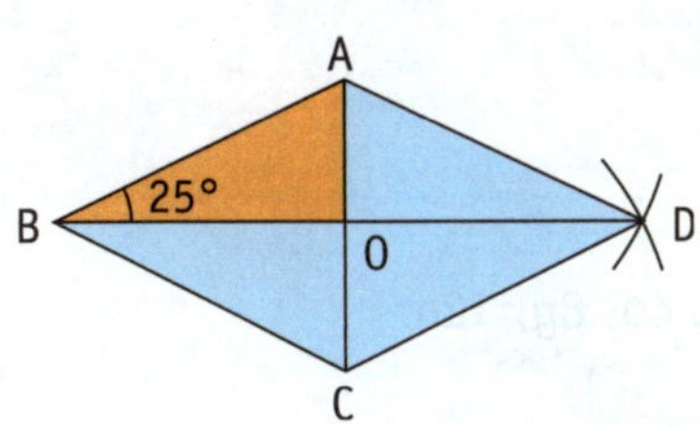

a. Calculer AB à 0,01 près.

....

....

b. Calculer, à 0,01 près, le périmètre du losange.

....

....

c. Calculer AC à 0,01 près.

....

....

MATHS

Corrigés p. 133-134

21 Translater une figure

Qu'est-ce qu'une translation ?

- Pour coder les déplacements d'un point sur un quadrillage, on utilisera les lettres g, d, h et b qui désigneront un pas vers la gauche, la droite, le haut ou le bas.
  Exemple : A va en A′ par le déplacement 4d + 2h.
  Et comme tous les points du triangle ABC effectuent le même déplacement, on dit que A′B′C′ est l'**image** de ABC **par la translation** 4d + 2h.
  Les translations conservent les longueurs et les angles.

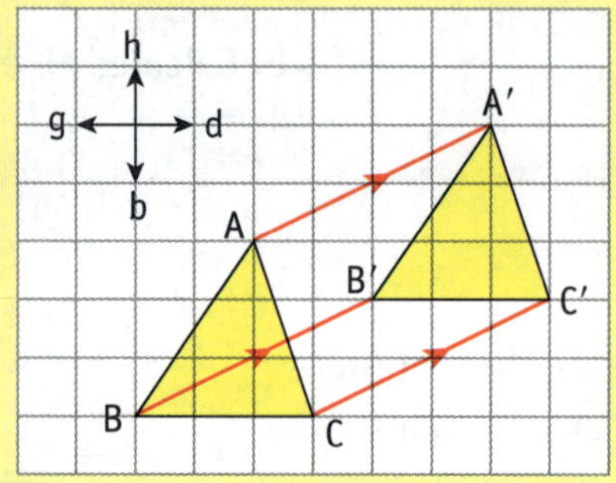

1 Apprivoiser les translations

a. Dessiner :
- l'image R_1 de R par la translation 3d ;
- l'image R_2 de R par la translation 3g ;
- l'image R_3 de R_2 par la translation 2d + 4h ;
- l'image R_4 de R_3 par la translation 6d + 2b.

b. Par quelle translation passe-t-on de R_2 à R_4 ? de R_4 à R ? de R_1 à R_3 ?

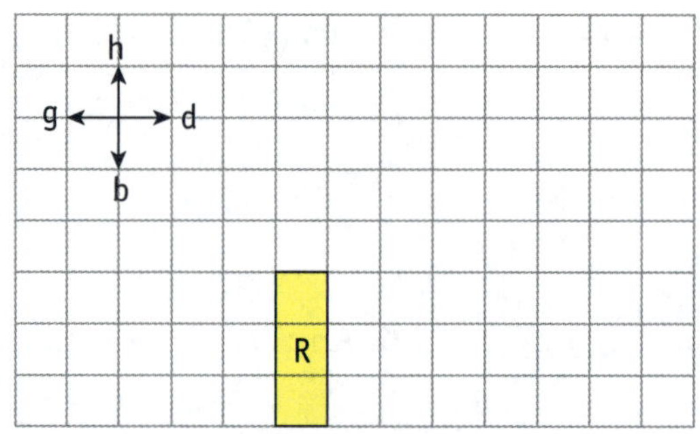

....

2 Frises grecques

a. Dessiner les images du motif ci-dessous par les translations 3d, 6d, 9d, puis 3g, 6g, 9g.

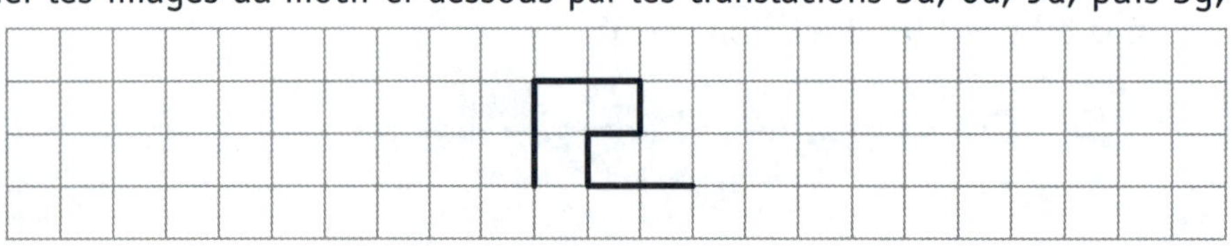

b. Dessiner les images du motif ci-dessous par les translations 4d, 8d, 12d puis 4g, 8g, 12g.

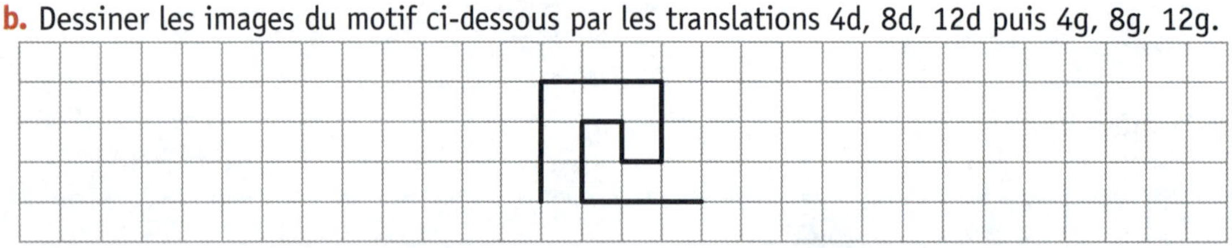

3 La frise rond-carré

a. Par quelle transformation passe-t-on d'un motif (partie coloriée) à :

son voisin de droite ? .... son voisin de gauche ? ....

b. Poursuivre le dessin de la frise, dans les deux sens.

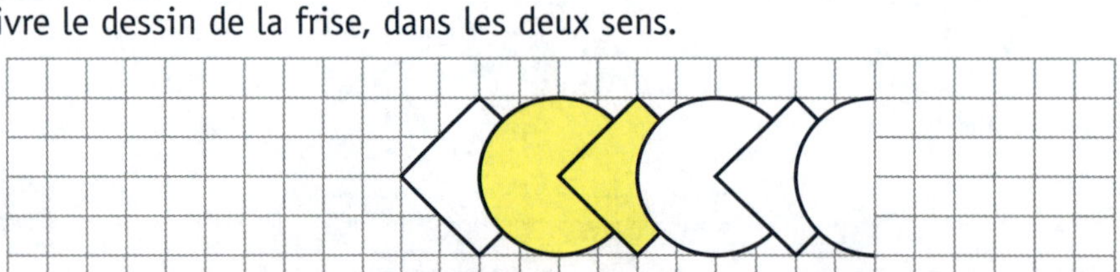

4 Carrelage

Les carreaux sont désignés par des lettres comme indiqué ci-contre.

A	B	C	D	E
F	G	H	I	J
K	L	M	N	O
P	Q	R	S	T
U	V	W	X	Y

a. Par quelle translation passe-t-on d'un carreau à l'autre ?

On passe de	A à H	L à S	P à J	E à U	Y à A
par la translation	2d + b	....	....	....	....

b. Quelle est l'image d'un carreau par la translation donnée ?

Carreau initial	A	S	N	T	U
Translation	4d + 3b	2g + 2h	g + h	4g + b	d + 4h
Carreau image	....	....	....	....	....

c. Quel est le carreau dont l'image par la translation… est… ?

Carreau initial	....	....	....	....	....
Translation	3d + b	2b + 3g	3d + 2b	4g + 4h	h + g
Carreau image	I	P	T	A	M

5 Pavages

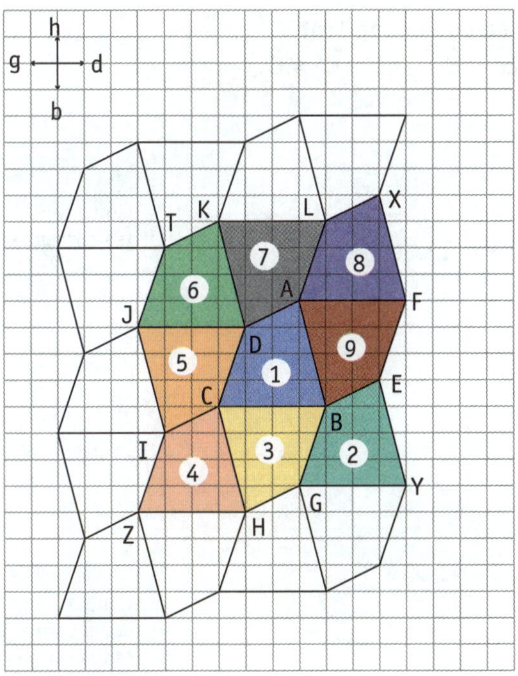

On peut paver un plan (une salle, une piscine…) avec des pavés ayant la forme d'un quadrilatère **quelconque** comme le pavé ①.

a. Compléter :

- L'image du pavé ① par la translation 3d + 4h est ....
- Le pavé ③ est l'image du pavé ⑤ par la translation ....
- Le pavé ⑥ est l'image du pavé .... par la translation 6g + 6h .

b. • Colorier en rouge l'image du pavé ⑥ par la translation 3g + 11b .

- Colorier en jaune le pavé dont l'image par la translation 7b est le pavé ①.

c. Construire et hachurer, sur le quadrillage, l'image du pavé ③ par la translation 6d + h.

MATHS

Corrigés p. 134

22 Agrandir et réduire une figure

Comment agrandir ou réduire une figure ?

Agrandissement et réduction

Une figure $\mathcal{A}$ est un **agrandissement** d'une figure $\mathcal{F}$ si toutes les longueurs de $\mathcal{A}$ sont égales aux longueurs correspondantes de $\mathcal{F}$ multipliées par un même nombre k ($k \geqslant 1$).
On parle de **réduction** lorsque $0 < k < 1$.

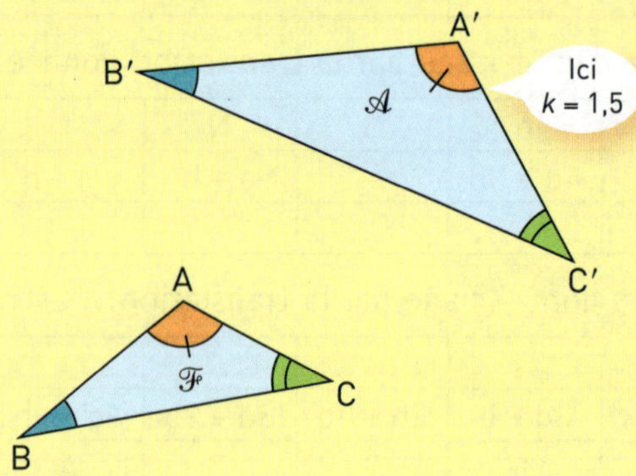

***k* est le coefficient d'agrandissement ou de réduction.**

Conséquence sur les angles

Lors d'un agrandissement ou d'une réduction, les angles qui se correspondent sont égaux. Par exemple, sur la figure ci-dessus, $\widehat{A'} = \widehat{A}$, $\widehat{B'} = \widehat{B}$ et $\widehat{C'} = \widehat{C}$.

★ 1 Avec un quadrillage

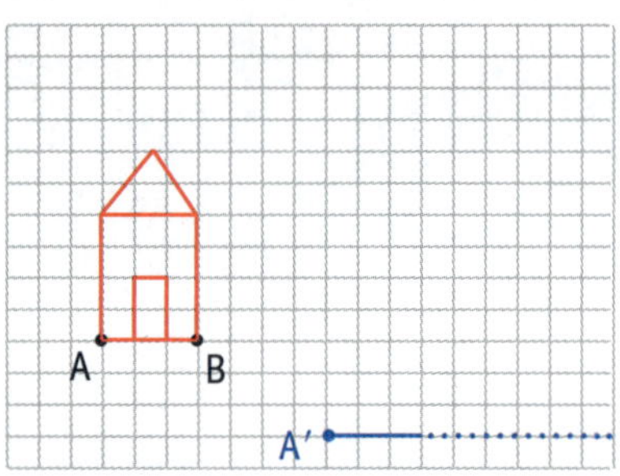

Agrandir cette maison.
(Coefficient d'agrandissement : $k = 2$).

COUP DE POUCE
Compte les carreaux.

★ 2 On agrandit

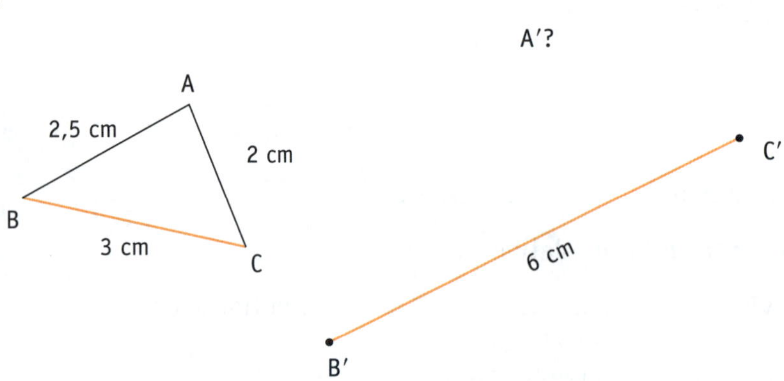

COUP DE POUCE
Utilise la règle graduée et le compas.

A'B'C' est un agrandissement de ABC.

a. Par combien doit-on multiplier les longueurs des côtés de ABC pour obtenir celles de A'B'C' ? ....

b. Construire le point A'.

c. Marquer sur la figure les angles égaux.

Qu'est-ce qu'un agrandissement ou une réduction ?

Rapport d'agrandissement ou de réduction

- Au cours d'un agrandissement ou d'une réduction, les dimensions d'une figure sont toutes multipliées par un même nombre k positif.
- Ce nombre k est appelé « **rapport** » de l'agrandissement (ou de la réduction).
- Pour un agrandissement : $k > 1$. Pour une réduction : $k < 1$.

Propriété (k, k^2, k^3)

Dans un agrandissement ou une réduction de rapport k :
- l'aire d'une surface est multipliée par k^2 ;
- le volume d'un solide est multiplié par k^3.

Exemples

- **Réduction**

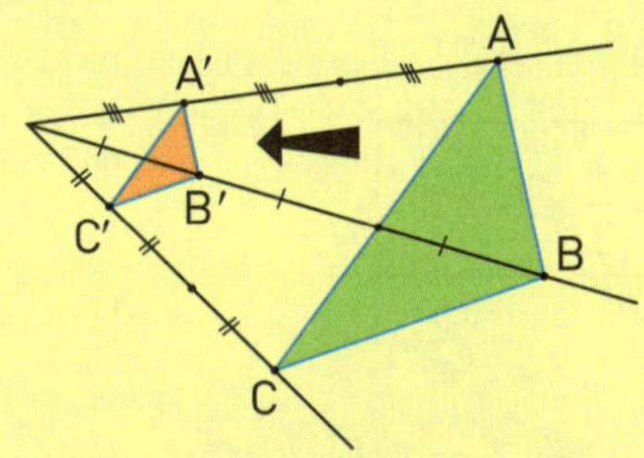

Les dimensions sont multipliées par $\frac{1}{3}$.

$$\text{Aire (A'B'C')} = \text{Aire (ABC)} \times \left(\frac{1}{3}\right)^2$$
$$= \text{Aire (ABC)} \times \frac{1}{9}$$

- **Agrandissement**

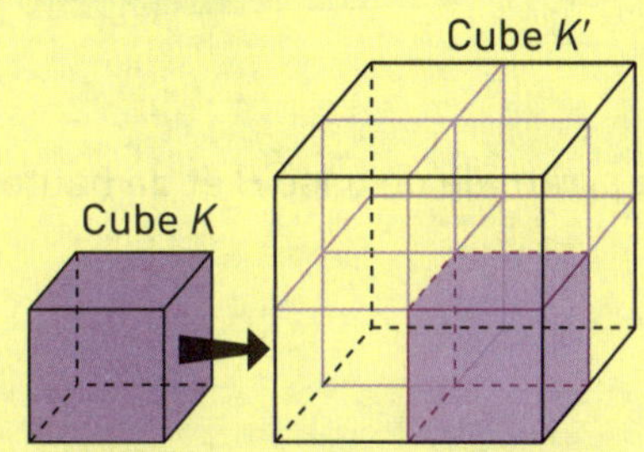

Les dimensions sont multipliées par 2.

Volume (K') = Volume $(K) \times 2^3$
= Volume $(K) \times 8$

★ 3 Élémentaire !

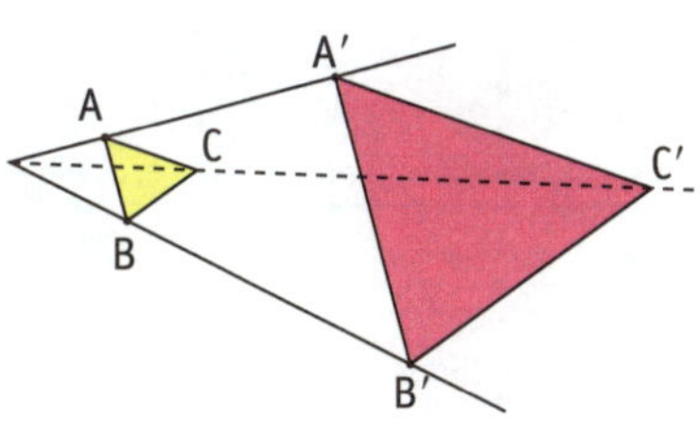

On suppose que A'B'C' est un agrandissement de ABC et que l'aire de A'B'C' vaut 16 fois l'aire de ABC.

Alors : A'B' = ... × AB

et AC = ... × A'C'

★ 4 Vous avez dit agrandissement ?

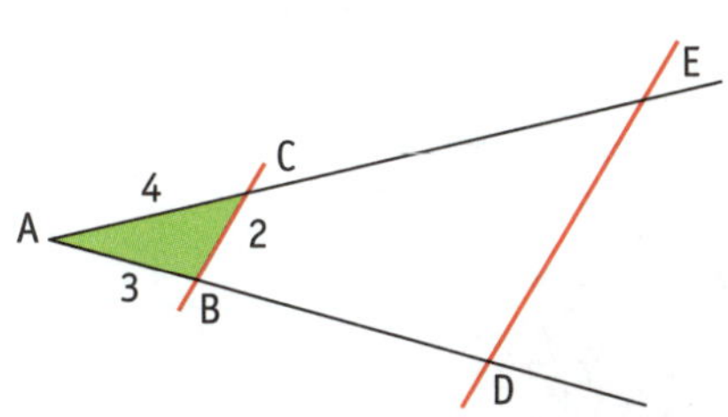

On connaît les 3 côtés de ABC, de plus (BC) // (DE) et AD = 9.

a. Calculer AE et ED.

....

....

....

b. Montrer que ADE est un agrandissement de ABC. ....

....

COUP DE POUCE
b. Montre que AE = 3AC, AD = 3AB, et DE = 3BC.

Corrigés p. 134-135

23 Découvrir les pyramides et les cônes

Comment calculer le volume d'une pyramide ?

Vocabulaire

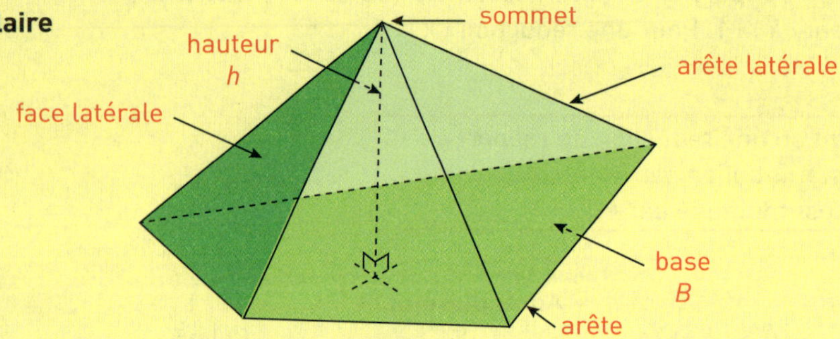

Calcul

Le volume V d'une pyramide de base B et de hauteur h est $V = \frac{1}{3} \times B \times h$

1 Autour du volume

On désigne par h, B et V la hauteur, la base et le volume d'une pyramide.
Compléter le tableau ci-dessous.

h	7	5	
B	15		39
V		35	143

COUP DE POUCE

$V = \frac{1}{3} \times B \times h$
donc $3V = B \times h$.
On en déduit B ou h.

2 Le compte est bon

a. Une pyramide a pour base un polygone à 17 côtés.

Combien a-t-elle de sommets ? ....

Combien a-t-elle d'arêtes ? ....

Combien a-t-elle de faces latérales ? ....

b. Une pyramide a 58 arêtes.

Combien sa base a-t-elle de côtés ? ....

Combien a-t-elle de faces latérales ? ....

3 HELAS

La pyramide HELAS est incluse dans un cube comme il est indiqué sur la figure ci-contre.

a. Calculer le volume du cube sachant que son côté mesure 6 cm.

....

b. Calculer le volume de la pyramide.

....

....

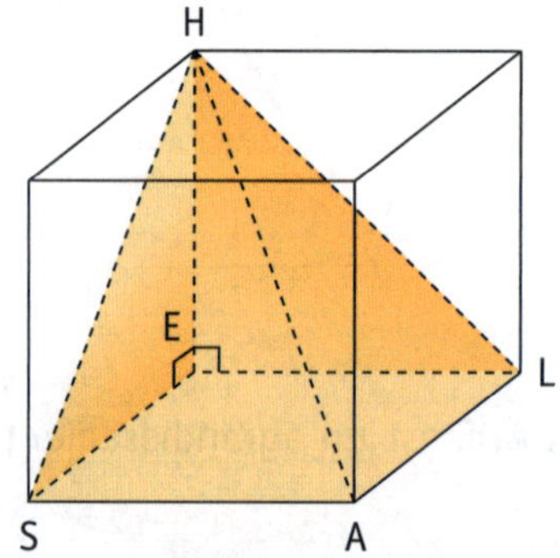

Qu'est-ce qu'un cône ?

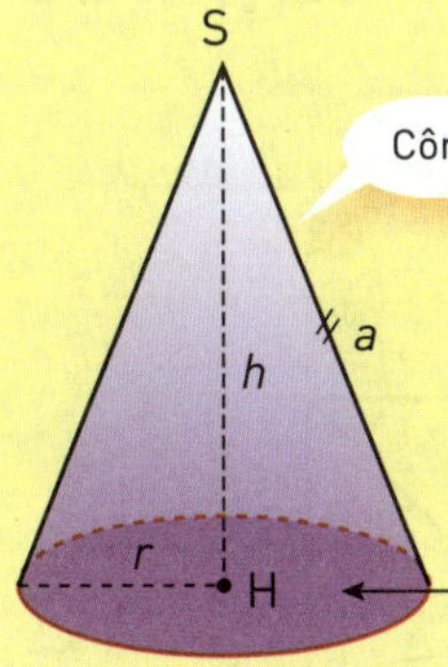

$$V = \frac{1}{3}B \times h = \frac{1}{3}\pi r^2 \times h$$

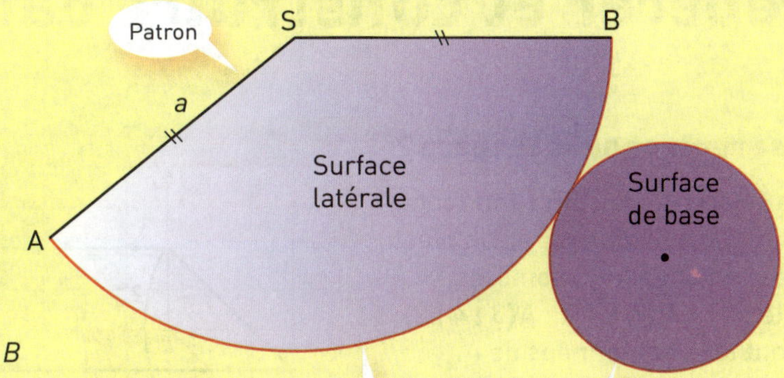

La longueur de l'arc $\widehat{AB}$ est le périmètre du disque de base.

MATHS

★★ 4 Des cônes et des calculs

a. Compléter le tableau suivant, à 0,01 près.

r	*d*	*h*	*a*	volume
5 cm		8 cm		
	6 cm	6 cm		
12 cm			37 cm	

b. Pour la 3e ligne du tableau, détailler le calcul de *h*.

....

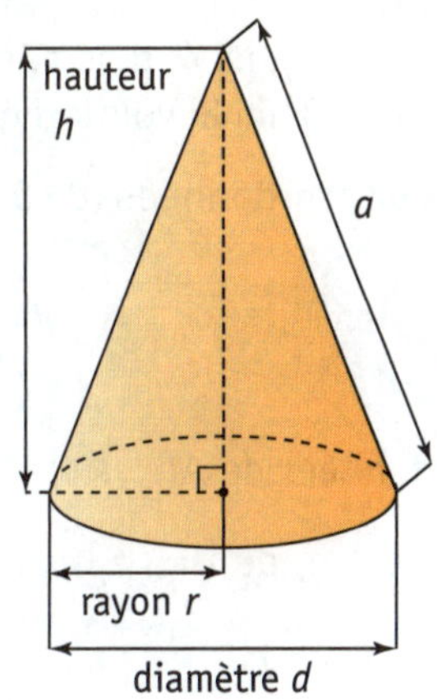

COUP DE POUCE
Pour le calcul de *a* ou de *h*, pense au théorème de Pythagore !

★★ 5 Le cône et le cylindre

Un vase conique et un vase cylindrique ont tous les deux la même hauteur et le même diamètre. On néglige l'épaisseur des parois.
Pour remplir le cylindre, on prend l'eau du robinet avec le cône et on verse dans le cylindre.
Combien de cônes faut-il pour remplir le cylindre ?

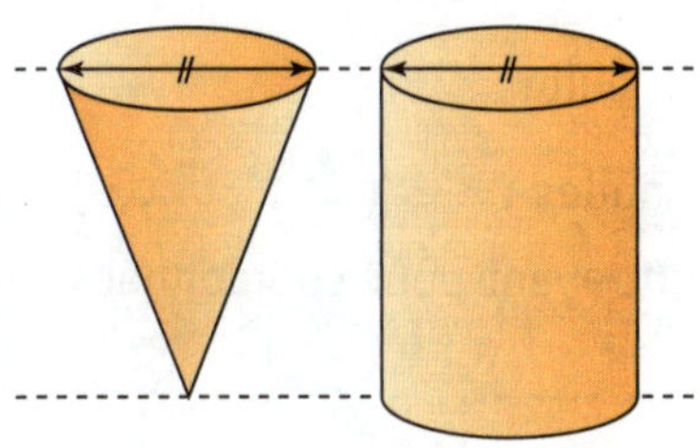

....

....

....

COUP DE POUCE
On peut prendre $d = 10$ cm et $h = 12$ cm

★ 6 Le sablier

Un sablier est constitué de deux cônes identiques mis tête-bêche (voir figure). Calculer le volume du sablier 0,1 cm^3.

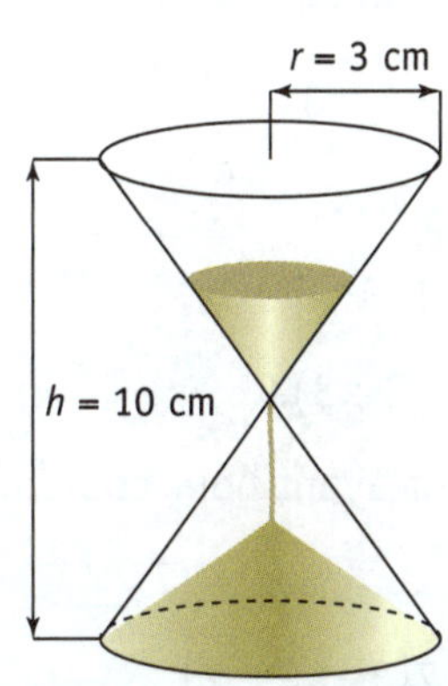

....

....

....

....

Corrigés p. 135

24 Se repérer et construire dans l'espace

Comment se repérer dans l'espace ?

- Un cube de référence de côté 1 (en rouge sur le dessin) permet de repérer un point dans l'espace en utilisant 3 nombres. Ainsi pour le point A on écrit : **A(3 ; 4 ; 2)**. (3 ; 4 ; 2) sont les **coordonnées** de A. Observons que les 3 axes gradués (O*x*), (O*y*) et (O*z*) s'appuient sur les 3 arêtes du cube (voir le dessin).
- Pour repérer un point (par exemple A), on commence par la profondeur du pavé noir suivant l'axe (O*x*), ici 3, puis par la longueur suivant (O*y*), ici 4, puis par la hauteur suivant (O*z*), ici 2 (voir la figure).

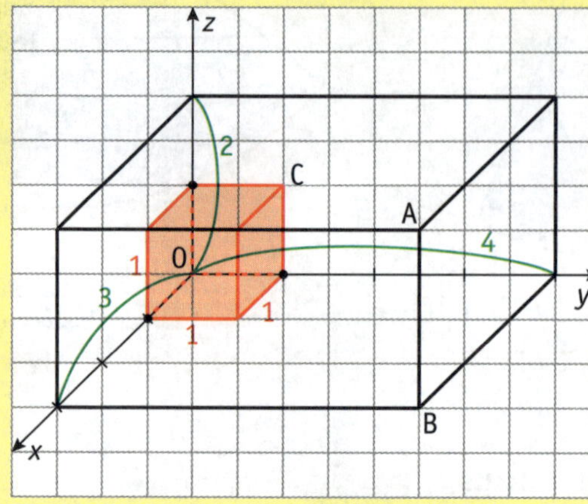

- Le point O a pour coordonnées (0 ; 0 ; 0), le point C, (0 ; 1 ; 1) et le point B, (3 ; 4 ; 0).

★★ 1 Pour commencer

a. Donner les coordonnées de A(...... ; ...... ; ......),

de B(...... ; ...... ; ......), de D(...... ; ...... ; ......)

et de E(...... ; ...... ; ......).

b. Citer un point du dessin ayant :

– une coordonnée nulle : ......(...... ; ...... ; ......) ;

– 2 coordonnées nulles : ......(...... ; ...... ; ......).

c. Quel est le point ayant pour coordonnées

(1 ; 3 ; 4) ? ....

d. Placer sur le dessin les points L(2 ; 3 ; 3), F(3 ; 5 ; 6), G(2 ; 0 ; 5) et I(2 ; 2,5 ; 3,5).

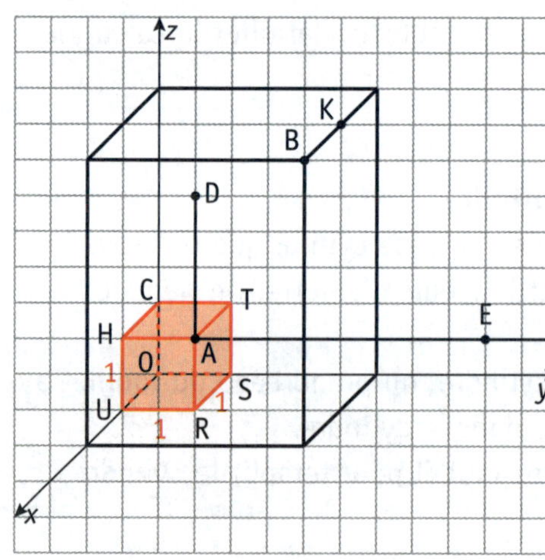

★★ 2 Pour confirmer

a. Donner les coordonnées de L(...... ; ...... ; ......),

de E(...... ; ...... ; ......)

puis de F(...... ; ...... ; ......).

b. Placer le point N(1 ; 2 ; 1)

puis le point P(1 ; 3 ; 3).

c. Quel est le point ayant pour coordonnées

(1 ; 0 ; 2) ? ....

d. Placer le point $Z\left(1\ ;\ \frac{4}{3}\ ;\ 2\right)$

puis le point $H\left(1\ ;\ 1\ ;\ \frac{2}{3}\right)$.

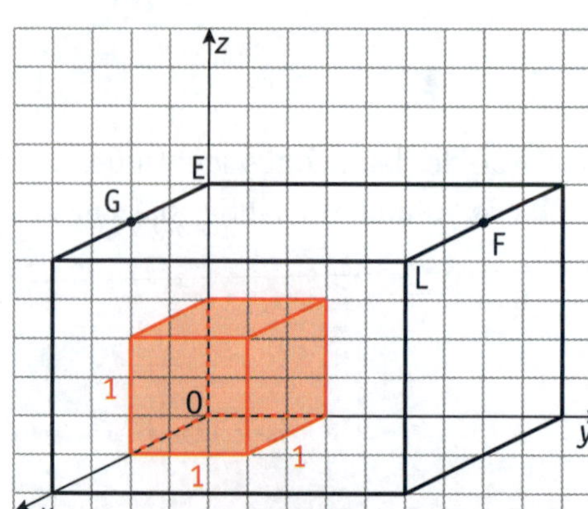

ATTENTION
L'unité a changé.

★★ 3 Avec une pyramide à base carrée

a. Compléter la vue en perspective d'une pyramide à base carrée.

b. On considère une pyramide à base carrée de côté c, de hauteur h et de volume V.

Compléter le tableau ci-dessous.

c	5	10	5			9
h	9	9	18	12	3	
V				100	25	135

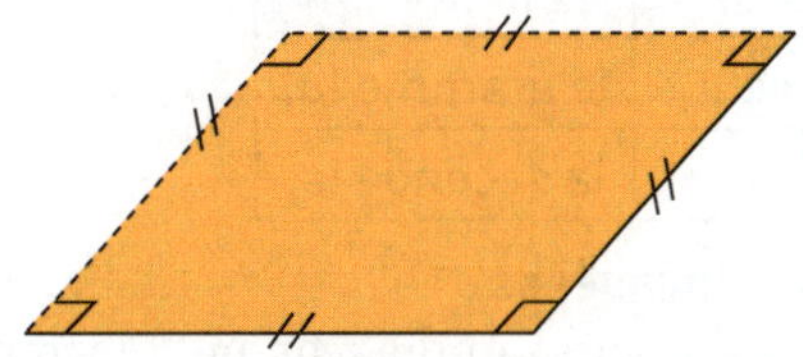

> **COUP DE POUCE**
> **a.** Placer, en premier lieu, le sommet de la pyramide.

★★ 4 C'est régulier

Compléter le dessin pour obtenir un patron d'un tétraèdre régulier (pyramide régulière à base triangulaire).

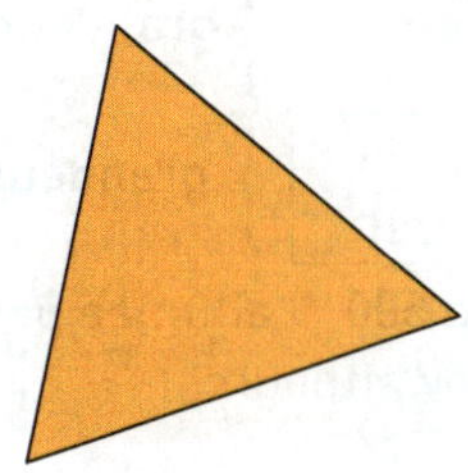

> **INFO**
> Tétraèdre signifie « quatre faces ». Les faces d'un tétraèdre régulier sont des triangles équilatéraux.

★★ 5 Patron de cône

Voici un patron de cône dont le rayon de base mesure 3 cm. L'angle $\widehat{ASB}$ mesure 90°.

a. Calculer le périmètre de base du cône.

....

b. Exprimer la longueur de l'arc $\overset{\frown}{AB}$ en fonction de a.

....

....

c. En écrivant que l'arc $\overset{\frown}{AB}$ a la même longueur que le périmètre de base, calculer a.

....

....

d. Reproduire, sur une feuille, le patron du cône, puis construire le cône.

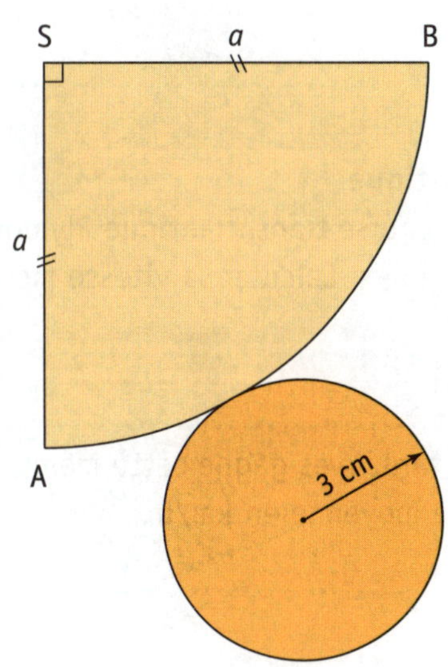

> **ATTENTION**
> Dans cette figure, les dimensions ne sont pas respectées !

> **COUP DE POUCE**
> **b.** L'arc $\overset{\frown}{AB}$ est un quart de cercle, de rayon a.

Corrigés p. 135-136

25 Utiliser des grandeurs composées

Qu'est-ce qu'une grandeur composée ?

Grandeurs simples

Exemples

Grandeur	Unité
la longueur	le mètre (m)
la masse	le gramme (g)
le temps	la seconde (s)

Grandeurs composées

À partir de grandeurs simples, on peut former des grandeurs composées.

Exemples

Grandeur	Unité	
la vitesse	m/s ou km/h	grandeurs quotients
le débit	m^3/s	grandeurs quotients
l'énergie électrique	W × h ou Wh (wattheure)	grandeur produit

Exemple : Une lampe halogène de 500 W allumée pendant 7 h consomme : 500 × 7 = 3 500 Wh = 3,5 kWh (kilowattheures).

★ 1 Gare au radar

Antoine a parcouru 102 mètres en 4 secondes sur une route départementale.
A-t-il dépassé la vitesse limite de 80 km/h ?

....

....

COUP DE POUCE
La vitesse est la distance parcourue par unité de temps.

★★ 2 Course transatlantique

a. Éric a gagné la course transatlantique Plymouth-Newport, longue d'environ 5 500 km, en 27 jours et 4 heures. Calculer sa vitesse moyenne en km/h.

....

....

b. Vingt ans plus tard, Yves gagne cette même course en 16 jours et 6 heures.
Calculer sa vitesse moyenne en km/h.

....

....

COUP DE POUCE
Convertis 27 jours et 4 heures en heures.

★ 3 La dérive des continents

L'Europe-Afrique et l'Amérique du Nord s'éloignent l'un de l'autre de 2 m par siècle.
En supposant que cette vitesse a été constante et en admettant que l'océan Atlantique mesure environ 6 000 km de largeur actuellement, déterminer depuis combien d'années cette dérive a commencé.

....

★ 4 Débit d'une pompe

Une pompe débite 2,5 litres par seconde. Quel est son débit en hectolitres par minute ?

....

★ 5 Débit de la Seine

Au mois de janvier, il s'écoule dans la Seine environ 30 000 m^3 d'eau par minute.

a. Calculer le débit moyen de la Seine en m^3/s. ....

....

b. Combien s'écoule-t-il de m^3 d'eau en 1 h, en 1 jour ? ....

....

COUP DE POUCE
On suppose que ce débit est constant.

MATHS

★ 6 Régime de moteur

Un moteur de moto tourne à 6 900 tours/min.
Calculer le nombre de tours de ce moteur par seconde. ....

....

★★ 7 Masse volumique

Un solide en cuivre de 65 cm^3 pèse 0,58 kg. Calculer la masse volumique du cuivre en g/cm^3, à 0,1 g/cm^3 près. ....

....

INFO
La masse volumique d'un corps est la masse par unité de volume.

★★ 8 Consommation électrique

Dimanche dernier :
- 6 lampes de 100 W chacune sont restées allumées pendant 5 heures ;
- la dinde a rôti pendant 2 heures dans un four de 2,1 kW ;
- le chauffe-eau de 600 W a fonctionné pendant 8 h.

Calculer la consommation électrique en kWh pendant cette journée.

....

....

★★ 9 Quantité de travail

Si 15 personnes travaillent sur un chantier pendant 2 ans, on dit qu'elles produisent un travail de $15 \times 2 = 30$ hommes × années.
Pour réaliser un gros logiciel, il a fallu :
- 25 chercheurs travaillant pendant deux ans ;
- 10 autres pendant 3 ans et demi ;
- et 34 autres pendant 6 mois.

Calculer, en hommes × années, la quantité de travail pour réaliser ce logiciel.

....

....

Corrigés p. 136

26 Découvrir l'algorithmique et la programmation

NB : Scratch Offline Editor version 2 est téléchargeable gratuitement à l'adresse suivante : scratch.mit.edu/scratch2download/

★ 1 La notion de boucle

Voici deux programmes de déplacement d'un lutin.

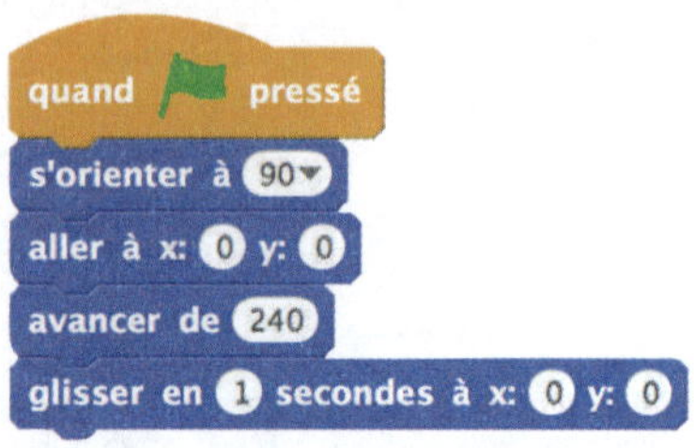

Programme P1

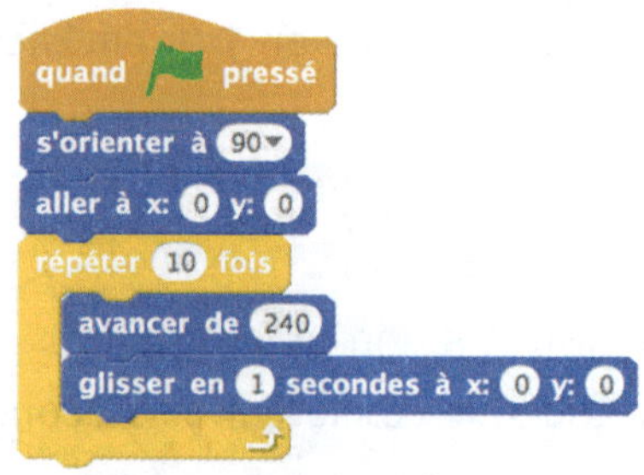

Programme P2

a. Assembler et exécuter le programme P1, puis le programme P2.

b. Dans le programme P2, on utilise une **boucle**, en jaune dans le script.
Combien de fois sera répétée la suite des deux instructions incluses dans le bloc jaune ?

....

c. Modifier la valeur 10 pour que le programme P2 soit équivalent au programme P1.

Quelle est cette valeur ? ....

> **INFO**
> Selon la version de Scratch, le drapeau vert peut être pressé ou cliqué. L'effet est le même dans les deux cas.

> **COUP DE POUCE**
> Il n'y a pas de piège.

★ 2 Hors de la boucle ou dans la boucle

a. Assembler et exécuter le programme P3 ci-dessous. Observer son exécution.

b. En assemblant le programme P3, Myriam a mis la dernière instruction dans la boucle au lieu de la mettre après, obtenant ainsi le programme P4 ci-dessous.

Exécuter le programme P4. Fait-il la même chose que le programme P3 ? ....

c. Estimer le temps d'exécution de P4. ....

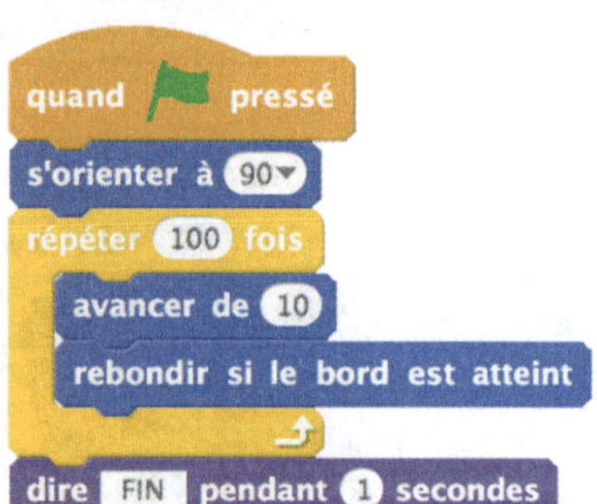

Programme P3

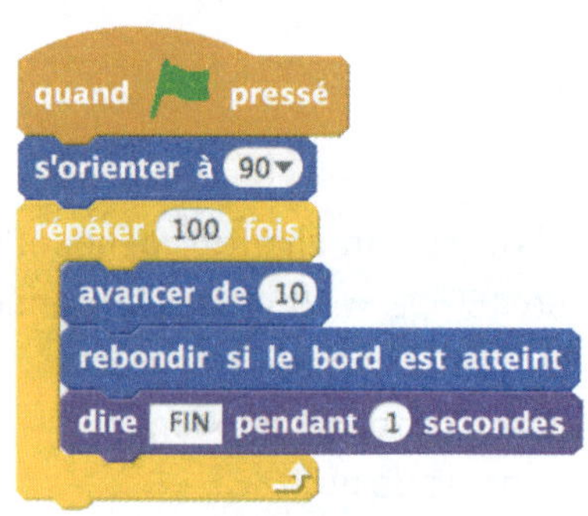

Programme P4

★★ 3 Rebonds

a. Reprendre le programme P3 de l'exercice 2 en remplaçant 90° par 37°. Observer l'exécution.

b. Modifier ce programme pour qu'il demande la valeur de l'angle. (Utiliser la variable prédéfinie réponse.)

4 Programmes multiples

a. Assembler et exécuter le programme ci-contre.
(Penser à créer la variable *M* et à utiliser l'opérateur « + ».)
b. Que fait ce programme ?

....

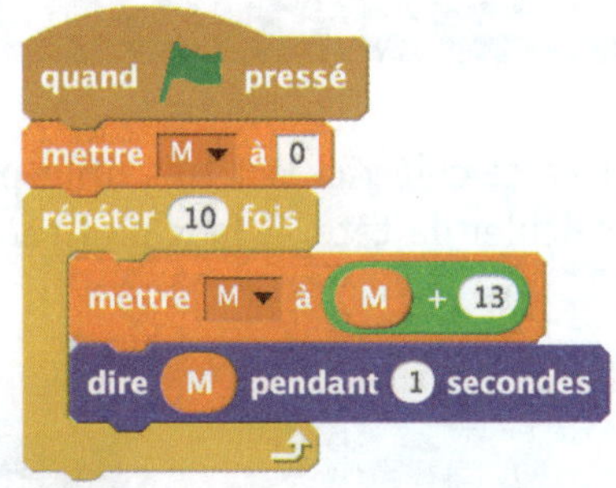

c. Modifier le programme pour qu'il demande le nombre de multiples à calculer. (Utiliser la variable réponse et mettre cette réponse dans une variable appelée *n*.)

d. Modifier à nouveau le programme pour qu'il demande un autre nombre que 13. (Réutiliser la variable réponse et mettre cette nouvelle réponse dans une variable appelée *a*.)

INFO
On peut remplacer « mettre M à M + 13 » par « ajouter à M 13 ».

5 Programme en puissances

Modifier quelques lignes du programme réalisé dans l'exercice précédent, pour qu'il donne les puissances successives du nombre mis dans la variable *a* (soit les valeurs *a*, a^2, a^3...).

INFO
Le signe de la multiplication est *.

MATHS

6 Boucle infinie

Scratch fournit aussi une boucle qui peut tourner indéfiniment. On arrête ces répétitions en cliquant sur l'octogone rouge, près du drapeau vert.

a. Assembler et exécuter le programme ci-contre.
Observer son exécution.

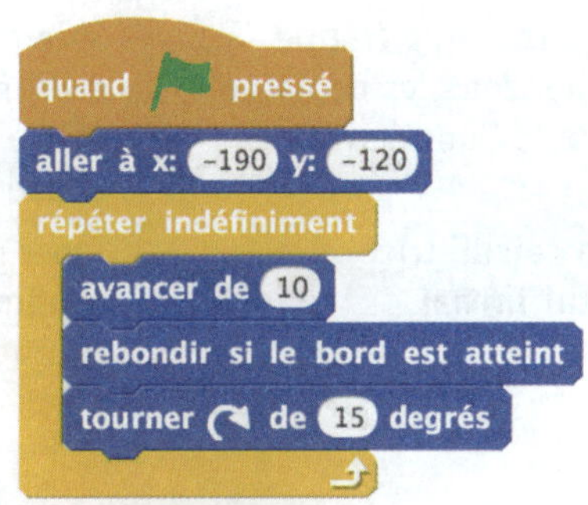

b. Juste avant la boucle du programme, insérer la ligne :
mettre à 100 % de la taille initiale

Puis, en deuxième ligne de la boucle, insérer :
ajouter 0.1 à la taille

Exécuter le programme et observer son exécution.

7 Suite de Fibonacci

a. Observer cette suite de nombres et la compléter.

1 – 1 – 2 – 3 – 5 – 8 – 13 – 21 – .... – .... – ....

b. Assembler et exécuter le programme ci-contre. Observer son exécution. (Penser à créer les trois variables *a*, *b* et *c*.)

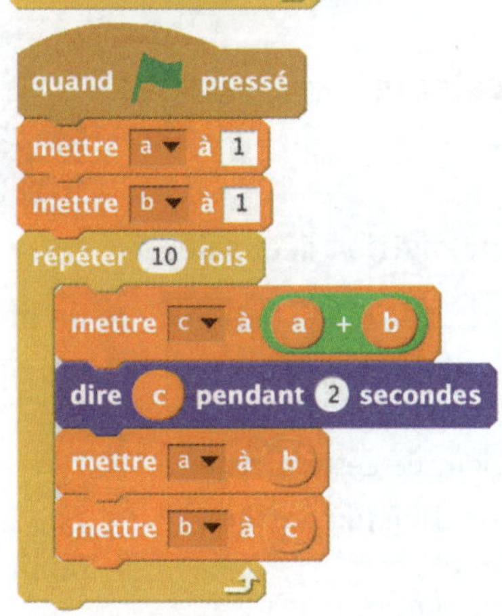

c. Modifier ce programme pour qu'il demande le nombre de termes à calculer. (Utiliser la variable réponse.)

INFO
Fibonacci est un mathématicien du XIIe siècle, né à Pise en Toscane.

8 La boucle pilotée par « jusqu'à »

Il existe une boucle qui s'arrête dès que la condition « jusqu'à ... » est vérifiée.

a. Reprendre le programme de l'exercice **7**, question **b.** Ne plus demander le nombre de termes et remplacer la boucle répéter 10 fois, par une boucle répéter jusqu'à c > 100000.
Exécuter ce programme. Que peut-on dire de la suite de nombres de Fibonacci ?

....

b. Dans le programme P3 de l'exercice **2**, remplacer la boucle répéter 100 fois par la boucle répéter jusqu'à touche espace pressée?. Comment arrête-t-on cette boucle ?

....

Corrigés p. 136-137

Calculatrices : prise en main

Attention ! La calculatrice est très utile pour exécuter des calculs non évidents ; mais, si tu peux calculer de tête, il faut profiter de l'occasion pour t'entraîner au calcul mental.

Utiliser la calculatrice

	Texas Instruments, TI-Collège Plus	Casio, Fx-92 Spéciale Collège
Allumer	touche on	touche on●
Utiliser les deux fonctions d'une touche La seconde fonction est inscrite au-dessus de la touche. Elle s'obtient en pressant d'abord :	2nde	SECONDE●
Éteindre	fonction off : d'abord 2nde puis on	fonction off : d'abord SECONDE● puis AC
Effacer l'écran	touche annul	touche AC
Corriger une faute de frappe Les flèches horizontales déplacent le curseur sur la ligne écrite.	Si le curseur est en fin de ligne, la touche suppr efface en arrière, sinon elle efface sous le curseur.	La touche SUPPR efface en arrière du curseur.
Remettre la calculatrice dans son état initial	Taper réinit puis taper 2 pour confirmer. Pour réinit taper 2nde 0.	Taper EFF puis taper 3 pour tout initialiser. Pour EFF taper SECONDE● 9.

Faire des calculs

	Texas Instruments, TI-Collège Plus	Casio, Fx-92 Spéciale Collège
Effectuer une division décimale Calculer $23 \div 4$ Passer de l'écriture décimale à l'écriture fractionnaire pour le quotient de cette division	Taper : 23 ÷ 4 entrer On lit : 5,75 ou $\frac{575}{100}$ touche ◀▶	Taper : 23 ÷ 4 EXE On lit : 5,75 ou $\frac{23}{4}$ touche S⇔D
Effectuer une division entière (ou euclidienne) Trouver le quotient et le reste de la division de 23 par 4.	Taper : 23 2nde ÷ 4 entrer On lit : Q = 5, R = 3	Taper : 23 ⊢ 4 EXE On lit : Q = 5 ; R = 3
Calculer avec des parenthèses $7 \times (3 + 5)$ $1 + [4 \times (2 + 5) + 8] - 6$ En présence de crochets, on tape des parenthèses à la place.	Taper comme on écrit. On lit : 56 On lit : 31	Taper comme on écrit. On lit : 56 On lit : 31
Appliquer un taux de pourcentage Calculer 13 % de 250. (On peut calculer $250 \times 13 \div 100$, mais on peut aussi utiliser la touche %.)	Taper : 250×13 % entrer On lit : 32,5	Taper : 250×13 % EXE On lit : 32,5 Pour % taper SECONDE● Rép
Calculer la longueur d'un cercle Cercle de rayon 7 cm. (Formule : $2 \times \pi \times R$.)	Taper : $2 \times$ π $\times 7$ entrer On lit : 14π ou 43,982…	Taper : $2 \times \pi \times 7$ EXE On lit : 14π ou 43,982… Pour π taper SECONDE● $\times 10^x$

L'art de programmer

Scratch Offline Editor version 2 est téléchargeable gratuitement à l'adresse suivante : scratch.mit.edu/scratch2download/

Les variables

- La variable `réponse` est prédéfinie, elle reçoit la réponse tapée au clavier, quand s'exécute l'instruction `demander ............... et attendre`.

Exemple

```
demander [Ça va ?] et attendre
```

La réponse tapée (par exemple « oui ») est stockée dans `réponse`.

- On peut créer des variables.

Exemple : `a` ; `nombre` ou `MOT`.

Ces variables peuvent contenir soit des nombres (comme 72), soit des mots (comme bonjour).

Les boucles

- **La boucle « répéter 10 fois »**

Exemple

```
mettre [a] à 1
répéter 10 fois
    dire (a) pendant 1 secondes
    ajouter à [a] 1
```

Les instructions dans la boucle sont répétées 10 fois. Le programme affiche la séquence 1, 2, 3, ..., 9, 10.

- **La boucle « répéter jusqu'à .... »**

Exemple

```
mettre [a] à 1
répéter jusqu'à <(a) = 11>
    dire (a) pendant 1 secondes
    ajouter à [a] 1
```

Dès que la condition $a = 11$ est réalisée, la boucle s'arrête. Le programme affiche : 1, 2, 3, ..., 9, 10.

- **La boucle « répéter indéfiniment »**

On l'utilise lorsque le nombre de répétitions n'est pas limité. Dans ce cas, l'utilisateur interrompt le programme en cliquant sur le panneau « stop » (octogone rouge près du drapeau vert).

Test « si (condition) alors (action) »

- On jette un dé cubique. Si le nombre obtenu est 1, 2, 3, 4 ou 5, on gagne 1, 2, 3, 4 ou 5 points. Mais si le nombre obtenu est 6, alors on gagne 12 points.
- Le programme suivant simule un jet de dé et indique la somme gagnée.

```
quand [drapeau] pressé
mettre [N] à (nombre aléatoire entre 1 et 6)
si <(N) = 6> alors
    mettre [N] à 12
dire (N)
```

Ici, la **condition** est `<(N) = 6>`,

et l'**action** est `mettre [N] à 12`.

Cette action est réalisée si la condition est vérifiée, c'est-à-dire si la variable N est effectivement égale à 6.
Si $N \neq 6$, l'action est ignorée et le programme passe à l'instruction suivante.

Test « si (condition) alors (action 1) sinon (action 2) »

- On achète les tickets de bus aux tarifs suivants :
  - pour moins de 5 tickets, le prix est de 1 € par ticket ;
  - à partir de 5 tickets, le prix est de 0,85 € par ticket.
- Le programme suivant demande un nombre de tickets et calcule leur prix.

```
quand [drapeau] pressé
demander [Nombre de tickets =] et attendre
si <(réponse) < 5> alors
    mettre [Prix] à (réponse)
sinon
    mettre [Prix] à ((réponse) * 0.85)
dire (regroupe [Le prix est] (Prix)) pendant 2 secondes
```

Ici, la **condition** est `<(réponse) < 5>`

l'**action 1** est `mettre [Prix] à (réponse)`

et l'**action 2** est

`mettre [Prix] à ((réponse) * 0.85)`.

Si *réponse* est un nombre strictement inférieur à 5, alors l'action 1 est réalisée et l'action 2 ignorée.
Si *réponse* est un nombre supérieur ou égal à 5, alors l'action 1 est ignorée et l'action 2 réalisée.

le formulaire de géométrie

figures planes

QUADRILATÈRES

rectangle

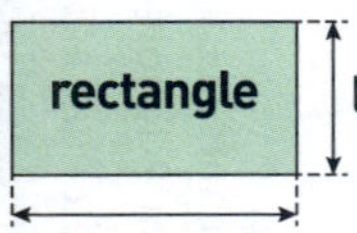

aire = $L \times \ell$

carré

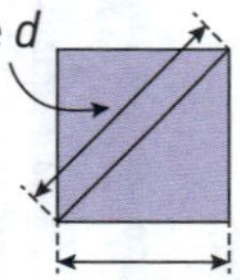

aire = c^2

$d = c\sqrt{2}$

parallélogramme

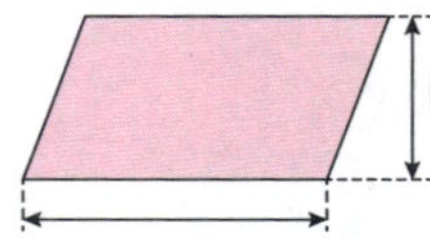

aire = $b \times h$

losange

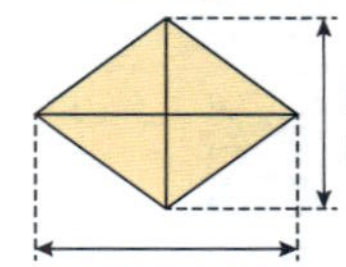

aire = $\frac{D \times d}{2}$

trapèze

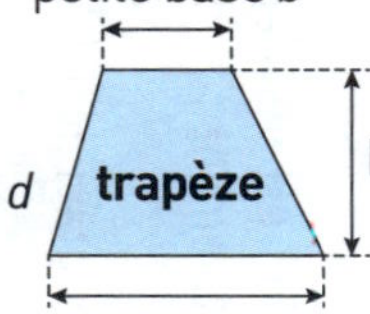

aire = $\frac{(B + b) \times h}{2}$

TRIANGLES

triangle quelconque

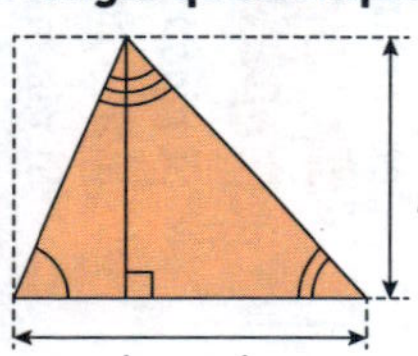

aire = $\frac{b \times h}{2}$

somme des angles = 180°

triangle rectangle

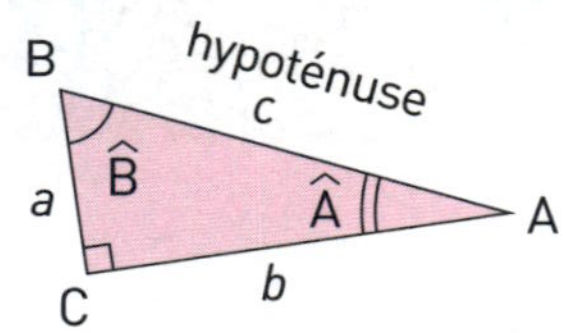

aire = $\frac{a \times b}{2}$

théorème de Pythagore

$c^2 = a^2 + b^2$

cosinus

$\cos(\hat{A}) = \frac{b}{c}$ $\cos(\hat{B}) = \frac{a}{c}$

CERCLES ET DISQUES

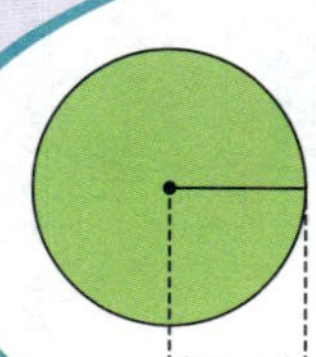

périmètre = $2\pi \times r$

aire = $\pi \times r^2$

Comme le diamètre D d'un cercle est le double de son rayon r, on peut aussi utiliser la formule : **périmètre** = $\pi \times D$

solides

PYRAMIDES ET CÔNES

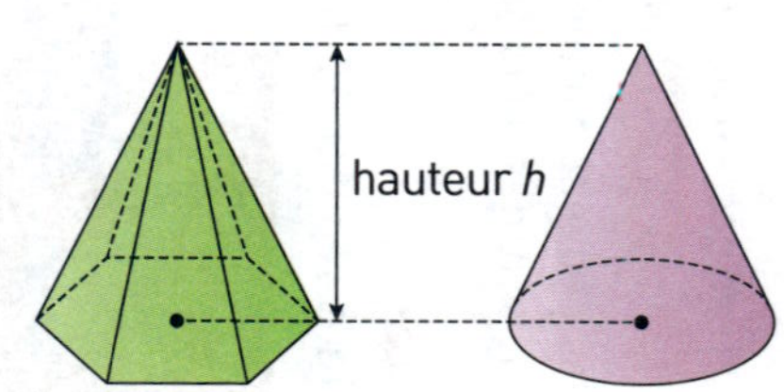

volume = $\frac{1}{3} \times$ (aire de base) $\times h$

PRISMES ET CYLINDRES

parallélépipède

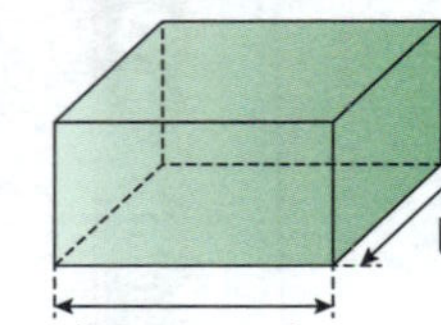

volume = $L \times \ell \times h$

aire totale = $2\,(L \times \ell + L \times h + \ell \times h)$

prisme

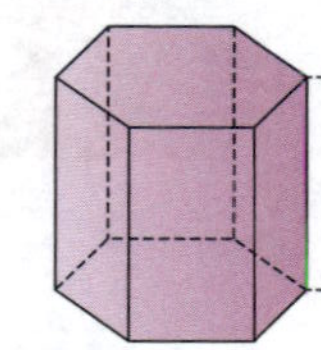

base d'aire B et de périmètre p

volume = $B \times h$

aire latérale = $p \times h$

cylindre

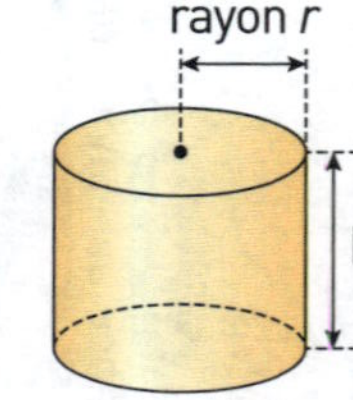

aire de la base = $\pi \times r^2$

volume = $\pi \times r^2 \times h$

aire latérale = $2\pi \times r \times h$

les unités de mesure

LONGUEURS

- L'unité de référence est le **mètre (m)**.

kilomètre	km	1 km = 1 000 m
hectomètre	hm	1 hm = 100 m
décamètre	dam	1 dam = 10 m
mètre	**m**	
décimètre	dm	1 dm = 0,1 m
centimètre	cm	1 cm = 0,01 m
millimètre	mm	1 mm = 0,001 m

AIRES

- L'unité de référence est le **mètre carré (m^2)**.

kilomètre carré	km^2	
hectomètre carré	hm^2	1 hm^2 = 10 000 m^2
décamètre carré	dam^2	1 dam^2 = 100 m^2
mètre carré	**m^2**	
décimètre carré	dm^2	1 dm^2 = 0,01 m^2
centimètre carré	cm^2	1 cm^2 = 0,0001 m^2
millimètre carré	mm^2	

- En **agriculture**, on utilise aussi :

hectare	ha	1 ha = 100 a = 10 000 m^2
are	a	1 a = 100 m^2

VOLUMES

- L'unité de référence est le **mètre cube (m^3)**.

kilomètre cube	km^3	
hectomètre cube	hm^3	
décamètre cube	dam^3	1 dam^3 = 1 000 m^3
mètre cube	**m^3**	
décimètre cube	dm^3	1 dm^3 = 0,001 m^3
centimètre cube	cm^3	
millimètre cube	mm^3	

- Dans la vie courante, on utilise aussi les unités de contenance. L'unité de référence est le **litre (L)**.

hectolitre	hL	1 hL = 100 L	= 0,1 m^3
décalitre	daL	1 daL = 10 L	= 0,01 m^3
litre	**L**	**1 L**	**= 1 dm^3**
décilitre	dL	1 dL = 0,1 L	
centilitre	cL	1 cL = 0,01 L	
millilitre	mL	1 mL = 0,001 L = 1 cm^3	

Les unités de **contenance** vont de 10 en 10.

Les unités de **longueur** vont de 10 en 10.
Les unités d'**aire** vont de 100 en 100.
Les unités de **volume** vont de 1 000 en 1 000.

MASSES

- L'unité de référence est le **kilogramme (kg)**.

kilogramme	**kg**	1 kg = 1 000 g
hectogramme	hg	1 hg = 100 g
décagramme	dag	1 dag = 10 g
gramme	g	
décigramme	dg	1 dg = 0,1 g
centigramme	cg	1 cg = 0,01 g
milligramme	mg	1 mg = 0,001 g

Les unités de **masse** vont de 10 en 10.

- On utilise aussi :
  – la tonne (t) : 1 t = 1 000 kg ;
  – le quintal (q) : 1 q = 100 kg.

DURÉES

- L'unité de référence est la **seconde (s)**.

seconde	**s**	
minute	min	1 min = 60 s
heure	h	1 h = 60 min = 3 600 s
jour	j	1 j = 24 h = 86 400 s

- On utilise aussi les **divisions décimales** de l'heure.
  Exemple : 3,5 h = 3 h 30 min.

QUANTITÉS D'INFORMATION

- L'unité de référence est l'**octet (o)**.

octet	**o**	
kilo-octet	ko	1 ko = 1 000 o
mégaoctet	Mo	1 Mo = 1 000 ko = 10^6 o
gigaoctet	Go	1 Go = 1 000 Mo = 10^9 o
téraoctet	To	1 To = 1 000 Go = 10^{12} o

Corrigés

1 Multiplier des nombres relatifs

1

×	**1**	**− 1**	**0**	**0,3**	**− 0,3**	**− 0,2**
1	1	− 1	0	0,3	− 0,3	− 0,2
− 1	− 1	1	0	− 0,3	0,3	0,2
0	0	0	0	0	0	0
0,3	0,3	− 0,3	0	0,09	− 0,09	− 0,06
− 0,3	− 0,3	0,3	0	− 0,09	0,09	0,06
− 0,2	− 0,2	0,2	0	− 0,06	0,06	0,04

Remarque : on observe la symétrie du tableau par rapport à la diagonale « ×, 1, 1, 0, … ».

2 **a.** $-2{,}5 + \left[(-1) \times (2{,}3 - 5{,}2)\right]$

$= -2{,}5 + \left[(-1) \times (-2{,}9)\right] = -2{,}5 + 2{,}9 = 0{,}4$

b. $\left[(-2) \times (-5{,}3)\right] - \left[(-5{,}3 + 2) \times (-2)\right]$

$= 10{,}6 - \left[(-3{,}3) \times (-2)\right] = 10{,}6 - 6{,}6 = 4$

c. $\left[6{,}1 \times (-3) \times (-2)\right] - \left[(-6{,}1) \times (-3) \times 2\right]$

$= \left[(-18{,}3) \times (-2)\right] - 18{,}3 \times 2 = 36{,}6 - 36{,}6 = 0$

CONSEIL
Ne pas chercher à aller trop vite.

3 **a.** $7{,}9 \times (-8) \times \left(\boxed{-}\ 2{,}2\right) \times (-40) = -5\,561{,}6$

b. $741 \times (-5) \times \left(\boxed{+}\ 0{,}01\right) \times (-1{,}2) = 44{,}46$

c. $(-3{,}21) \times (-3) \times \left(\boxed{-} \text{ ou } \boxed{+}\ 0\right) \times (-3) = 0$

EXPLICATION
Le produit d'un nombre impair de nombres négatifs est négatif.
Il est inutile d'effectuer les calculs pour répondre.

4

− 2	×	3	=	− 6
×		×		×
− 1	×	− 4	=	4
=		=		=
2	×	− 12	=	− 24

EXPLICATION
Commencer par la 1re ligne ; on trouve 3.
Puis la 1re colonne donne (− 1).
La dernière colonne permet de trouver 4.
Et on achève aisément.

5

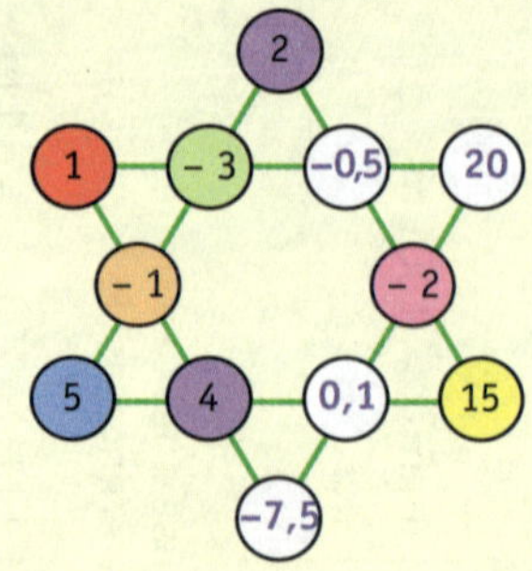

EXPLICATION
Le produit de chaque alignement vaut
$2 \times (-3) \times (-1) \times 5 = 30$.
On trouve, ensuite, − 7,5 ; 0,1 ; 20 et − 0,5 par exemple.

6

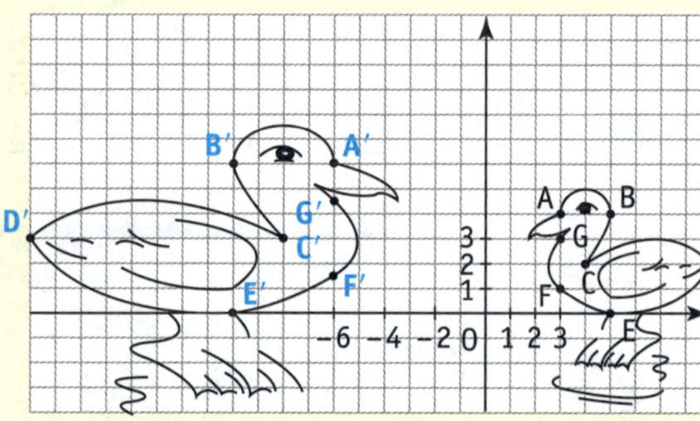

A(3 ; 4) → A′(− 6 ; 6)
B(5 ; 4) → B′(− 10 ; 6)
C(4 ; 2) → C′(− 8 ; 3)
D(9 ; 2) → D′(− 18 ; 3)
E(5 ; 0) → E′(− 10 ; 0)
F(3 ; 1) → F′(− 6 ; 1,5)
G(3 ; 3) → G′(− 6 ; 4,5)

7 **a.** Le produit commun est $2{,}5 \times (-5) \times 10 = -125$.

2,5	4	− 12,5
25	− 5	1
− 2	6,25	10

b. Le produit commun est
$(-0{,}5) \times (-14) \times 22{,}5 \times 3 = 472{,}5$.

− 0,5	− 5	− 10,5	− 18
− 13,5	− 14	1	2,5
4	− 1,5	22,5	− 3,5
17,5	− 4,5	− 2	3

8 **a.** Que fait ce programme ? Il choisit aléatoirement deux nombres a et b compris entre – 11 et 11.
Il en calcule le produit p (p est une variable cachée pour que les réponses attendues ne s'affichent pas à l'écran). Puis il compose le texte de la question « $a \times b =$ » (cela se fait en trois instructions pour éviter une ligne longue et encombrante).
Ensuite, il pose la question et attend la réponse (c'est l'instruction sur fond bleu).
Pour finir, il analyse la réponse et affiche « BRAVO ! » si la réponse est p ou bien « Non, c'est ... » dans le cas contraire.
Et tout ce bloc se répète « indéfiniment », c'est-à-dire jusqu'à ce que l'utilisateur décide de s'arrêter.

b. En cas de réponse fausse lorsque que l'on « joue » avec le programme, il faut prendre le temps de comparer la réponse tapée avec la correction. Ceci permet de comprendre l'erreur commise et donc de ne plus la refaire.

2 Diviser des nombres relatifs

1

÷	2	– 2	0,5	– 0,5	– 1
– 7	– 3,5	3,5	– 14	14	7
– 1	– 0,5	0,5	– 2	2	1
2	1	– 1	4	– 4	– 2

2 **a.** $8{,}5 \div (\boxed{-}\,0{,}2) = -42{,}5$

b. $\boxed{+}\,2{,}5 \div (-8) = -0{,}3125$

c. $(-9{,}3) \div (\boxed{-}\,0{,}01) = 930$

d. $\boxed{+}\,3{,}4 \div 5 = 0{,}68$

EXPLICATION
Pour les exercices **2** et **3**, on applique la règle des signes.

3 **a.** $[9{,}3 \div (\boxed{-}\,0{,}3)] \div (-0{,}1) = 310$

b. $\boxed{-}\,9{,}3 \div [0{,}3 \div (-0{,}1)] = 3{,}1$

c. $[\boxed{-}\,9{,}3 \div (-0{,}3)] \div (-0{,}1) = -310$

d. $9{,}3 \div [\boxed{-}\,0{,}3 \div (-0{,}1)] = 3{,}1$

Remarque : cet exercice nous montre aussi que $(a \div b) \div c \neq a \div (b \div c)$ et que, pour effectuer une expression numérique, on commence à calculer à l'intérieur des parenthèses ou des crochets.

4 **a.** $9 \div 0{,}4 = 22{,}5$
b. $15 \div (-0{,}1) = -(15 \div 0{,}1) = -150$
c. $(-1{,}5) \div (-30) = 1{,}5 \div 30 = 0{,}05$
d. $(-8) \div 125 = -(8 \div 125) = -0{,}064$

5 **a.** $(9 \div 10) - (10 \div 0{,}5) = 0{,}9 - 20 = -19{,}1$
b. $[(-2{,}7) \div (-3)] + [(-0{,}5 \times (-3)] = 0{,}9 + 1{,}5 = 2{,}4$
c. $(-3{,}25) \times [2{,}5 \div (-0{,}2)] = -3{,}25 \times (-12{,}5) = 40{,}625$
d. $[-2{,}7 \div (-3)] \times [(-0{,}9) \div (-3)] = 0{,}9 \times 0{,}3 = 0{,}27$

6 **a.** $1 \div 7 \approx 0{,}14$
b. $11 \div 9 \approx 1{,}22$
c. $221 \div 25 = 8{,}84$
d. $(-2) \div 3 \approx -0{,}67$
e. $8 \div (-13) \approx -0{,}62$
f. $(-3) \div (-19) \approx 0{,}16$
g. $(-2{,}1) \div 0{,}31 \approx -6{,}77$
h. $3{,}2 \div (-3) \approx -1{,}07$
Remarque : pour le **c.** on a une égalité.

7 **a.** $\boxed{-2{,}8} \div 5 = -0{,}56$
b. $\boxed{1{,}68} \div (-3) = -0{,}56$
c. $-3{,}4 \div \boxed{-0{,}1} = 34$
d. $-8{,}1 \div \boxed{0{,}5} = -16{,}2$

EXPLICATION
Par exemple, pour **a.** :
$\boxed{} \div 5 = -0{,}56$ donc $\boxed{} = -0{,}56 \times 5 = -2{,}8$

8 **a.** $(-2) \times x + 3{,}2 = 1{,}1$
$(-2) \times x = 1{,}1 - 3{,}2$ donc $-2x = -2{,}1$
soit $x = -2{,}1 \div (-2)$.
Donc $x = 1{,}05$.
b. $7 \times x + 8{,}7 = -13$
$7 \times x = -13 - 8{,}7$ donc $7x = -21{,}7$
soit $x = (-21{,}7) \div 7$.
Donc $x = -3{,}1$.

EXPLICATION
si $\boxed{} \times a = b$ alors $\boxed{} = b \div a$
si $\boxed{} + a = b$ alors $\boxed{} = b - a$
si $\boxed{} - a = b$ alors $\boxed{} = b + a$
Le chapitre 12 permettra de systématiser ces raisonnements.

9 Le texte se traduit par
$[(-2) \times x + (-3)] \div (-2) = -3{,}5$.
On a $(-2) \times x + (-3) = (-3{,}5) \times (-2)$
soit $-2x - 3 = 7$.
D'où $-2x = 7 + 3$ soit $-2x = 10$ soit $x = 10 \div (-2)$.
Donc $x = -5$.

10 **a.** Ce programme ressemble à celui de l'exercice 8 du chapitre 1. Afin que les divisions tombent juste, le programme choisit aléatoirement a et b, en calcule le produit p, et demande le quotient $\frac{p}{b}$ (qui bien sûr est égal à a, et c'est pour cela que la variable a est cachée).

b. Ici comme ailleurs, il faut faire l'effort de comprendre la cause des erreurs commises. C'est ainsi qu'on surmonte les difficultés.

3 Reconnaître et utiliser des fractions égales

1 **a.** $\frac{4}{8} = \frac{1}{2}$

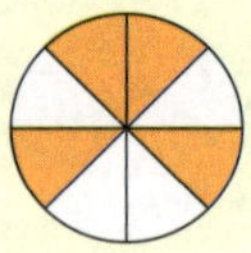

b. $\frac{6}{9} = \frac{2}{3}$

c. $\frac{6}{10} = \frac{3}{5}$

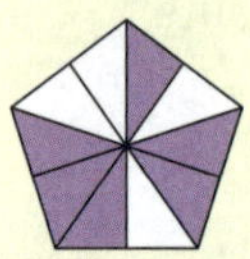

d. $\frac{10}{16} = \frac{5}{8}$

e. $\frac{9}{12} = \frac{3}{4}$

f. $\frac{14}{24} = \frac{7}{12}$

2 **a.** $\frac{14}{21} = \frac{2}{3}$

b. $\frac{15}{18} = \frac{5}{6}$

c. $\frac{900}{500} = \frac{9}{5}$

d. $\frac{-72}{63} = -\frac{8}{7}$

e. $\frac{42}{36} = \frac{7}{6}$

f. $\frac{-45}{15} = -3$

EXPLICATION
Par exemple, pour **a.** :
$\frac{14}{21} = \frac{2 \times 7}{3 \times 7} = \frac{2}{3}$.

3 $\frac{1}{2} = \frac{30}{60}$ $\quad \frac{1}{10} = \frac{6}{60}$

$\frac{2}{3} = \frac{40}{60}$ $\quad \frac{3}{10} = \frac{18}{60}$

$\frac{1}{4} = \frac{15}{60}$ $\quad \frac{5}{12} = \frac{25}{60}$

$\frac{3}{4} = \frac{45}{60}$ $\quad \frac{7}{15} = \frac{28}{60}$

$\frac{3}{5} = \frac{36}{60}$ $\quad \frac{9}{20} = \frac{27}{60}$

$\frac{5}{6} = \frac{50}{60}$ $\quad \frac{7}{30} = \frac{14}{60}$

EXPLICATION
On cherche le nombre par lequel on multiplie le dénominateur pour obtenir 60. Par exemple :
$\frac{1}{2} = \frac{1 \times 30}{2 \times 30} = \frac{30}{60}$

4 **a.** $\frac{12}{21} = \frac{4 \times 3}{7 \times 3} = \frac{4}{7}$

b. $\frac{24}{42} = \frac{4 \times 6}{7 \times 6} = \frac{4}{7}$ $\quad \frac{36}{63} = \frac{4 \times 9}{7 \times 9} = \frac{4}{7}$

$\frac{48}{84} = \frac{4 \times 12}{7 \times 12} = \frac{4}{7}$

Remarque : il ne s'agit pas d'une propriété générale mais d'une curiosité rare.

5 **a.** $\pi = 3{,}1415926...$ et $\frac{22}{7} = 3{,}1428...$

Donc $\frac{22}{7} \neq \pi$ car ils n'ont pas les mêmes décimales.

b. $\frac{355}{113} = 3{,}1415929...$ Donc $\frac{355}{113} \neq \pi$ car ils n'ont pas les mêmes décimales.

EXPLICATION
$\frac{22}{7}$ et $\frac{355}{113}$ sont des valeurs approchées de π.
En fait, les mathématiciens ont démontré que π ne peut pas s'écrire comme le quotient de deux nombres entiers.

6 $\frac{7}{9} = \frac{63}{81}$ $\quad \frac{8}{36} = \frac{2}{9}$

$\frac{25}{35} = \frac{5}{7}$ $\quad \frac{36}{10} = \frac{3\,600}{1\,000}$

$\frac{46}{23} = \frac{92}{46}$ $\quad \frac{7}{8} = \frac{49}{56}$

$\frac{1}{1\,000} = \frac{0{,}1}{100}$ $\quad \frac{2}{-3} = \frac{-4}{6}$

7 **a.** Comme $27 = 9 \times 3$, $\frac{4}{9} = \frac{4 \times 3}{9 \times 3} = \frac{12}{27}$

et $\frac{12}{27} < \frac{16}{27}$, donc $\frac{4}{9} < \frac{16}{27}$.

b. $\frac{5}{4} = \frac{5 \times 2}{4 \times 2} = \frac{10}{8}$ et $\frac{10}{8} > \frac{3}{8}$, donc $\frac{3}{8} < \frac{5}{4}$.

c. $\frac{7}{8} = \frac{7 \times 9}{8 \times 9} = \frac{63}{72}$ et $\frac{4}{9} = \frac{4 \times 8}{9 \times 8} = \frac{32}{72}$, donc $\frac{4}{9} < \frac{7}{8}$.

d. $\frac{2}{3} = \frac{2 \times 5}{3 \times 5} = \frac{10}{15}$ et $\frac{4}{5} = \frac{4 \times 3}{5 \times 3} = \frac{12}{15}$, donc $\frac{2}{3} < \frac{4}{5}$.

EXPLICATION
Pour **a.** et **b.**, l'un des dénominateurs est multiple de l'autre.
Pour **b.** on peut aussi observer que $\frac{5}{4} > 1$ et $\frac{3}{8} < 1$.
Pour **c.** un multiple commun à 8 et à 9 sera notre dénominateur commun.

4 Additionner et soustraire des fractions

1 **a.** $\frac{1}{3}+\frac{5}{3}=\frac{6}{3}=2$

b. $\frac{25}{36}-\frac{7}{36}=\frac{25-7}{36}=\frac{18}{36}=\frac{1}{2}$

c. $\frac{17}{100}-\frac{7}{100}=\frac{17-7}{100}=\frac{10}{100}=\frac{1}{10}$

d. $-\frac{3}{7}+\frac{20}{7}=\frac{-3+20}{7}=\frac{17}{7}$

EXPLICATION
Pour **a.**, la simplification est immédiate car $6 \div 3 = 2$.

2 **a.** $\frac{3}{5}+\frac{1}{10}=\frac{6}{10}+\frac{1}{10}=\frac{7}{10}$

b. $\frac{3}{7}-\frac{2}{21}=\frac{9}{21}-\frac{2}{21}=\frac{7}{21}=\frac{1}{3}$

c. $\frac{1}{10}+\frac{1}{2}+\frac{3}{5}=\frac{1}{10}+\frac{5}{10}+\frac{6}{10}=\frac{12}{10}=\frac{6}{5}$

d. $\frac{1}{22}-\frac{1}{11}=\frac{1}{22}-\frac{2}{22}=\frac{-1}{22}$

EXPLICATION
Pour **a.**, **b.** et **d.**, il suffit de modifier la fraction ayant le plus petit dénominateur.

3 **a.** $\frac{1}{2}+\frac{2}{3}=\frac{3}{6}+\frac{4}{6}=\frac{7}{6}$

b. $\frac{1}{2}+\frac{1}{4}+\frac{1}{3}=\frac{6}{12}+\frac{3}{12}+\frac{4}{12}=\frac{13}{12}$

c. $\frac{3}{10}-\frac{4}{15}=\frac{9}{30}-\frac{8}{30}=\frac{1}{30}$

d. $\frac{6}{7}-\frac{4}{5}-\frac{2}{35}=\frac{30}{35}-\frac{28}{35}-\frac{2}{35}=0$

EXPLICATION
- Pour **a.**, le plus petit multiple commun à 2 et 3 est 6.
- Pour **b.** le plus petit multiple commun à 2, 3 et 4 est 12.

4 **a.**

+	$\frac{5}{6}$	$\frac{1}{3}$	$\frac{3}{2}$	$\frac{3}{4}$
$\frac{1}{6}$	1	$\frac{1}{2}$	$\frac{5}{3}$	$\frac{11}{12}$
$\frac{2}{3}$	$\frac{3}{2}$	1	$\frac{13}{6}$	$\frac{17}{12}$
$\frac{1}{2}$	$\frac{4}{3}$	$\frac{5}{6}$	2	$\frac{5}{4}$

b.

−	$\frac{1}{3}$	$\frac{3}{4}$	$\frac{3}{2}$	$\frac{2}{5}$
$\frac{2}{3}$	$\frac{1}{3}$	$-\frac{1}{12}$	$-\frac{5}{6}$	$\frac{4}{15}$
$\frac{1}{4}$	$-\frac{1}{12}$	$-\frac{1}{2}$	$-\frac{5}{4}$	$-\frac{3}{20}$
$\frac{4}{5}$	$\frac{7}{15}$	$\frac{1}{20}$	$-\frac{7}{10}$	$\frac{2}{5}$

CONSEIL
Il est important de savoir effectuer ce genre de calculs avec exactitude et rapidité.

5 **a.** $\frac{2}{9}=\frac{2\times 4}{9\times 4}=\frac{8}{36}$ et $\frac{8}{36}>\frac{5}{36}$, donc Enzo a eu une part plus grosse que Flavio.

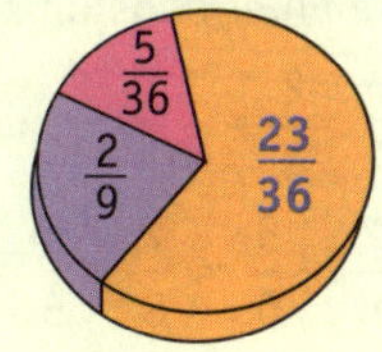

b. $\frac{5}{36}+\frac{2}{9}=\frac{5}{36}+\frac{8}{36}=\frac{13}{36}$

c. $1-\frac{13}{36}=\frac{36}{36}-\frac{13}{36}=\frac{23}{36}$

EXPLICATION
c. Pour calculer $1-\frac{13}{36}$, il faut mettre 1 sous forme d'une fraction ayant 36 pour dénominateur.

6 **Remarque :** les nombres entiers peuvent toujours s'écrire sous forme fractionnaire.

a. $5+\frac{1}{3}=\frac{15}{3}+\frac{1}{3}=\frac{16}{3}$

b. $11+\frac{2}{5}=\frac{55}{5}+\frac{2}{5}=\frac{57}{5}$

c. $3+\frac{1}{7}=\frac{21}{7}+\frac{1}{7}=\frac{22}{7}$

d. $1+\frac{1}{2}=\frac{2}{2}+\frac{1}{2}=\frac{3}{2}$

e. $6+\frac{1}{25}=\frac{150}{25}+\frac{1}{25}=\frac{151}{25}$

f. $6+\frac{1}{4}=\frac{24}{4}+\frac{1}{4}=\frac{25}{4}$

5 Multiplier et diviser des fractions

1 **a.** $\frac{9}{8}\times\frac{16}{27}=\frac{9\times 2\times 8}{8\times 3\times 9}=\frac{2}{3}$

b. $\frac{4}{3}\times\frac{12}{28}=\frac{4\times 4\times 3}{3\times 4\times 7}=\frac{4}{7}$

c. $\frac{-7}{25}\times\left(-\frac{15}{14}\right)=\frac{7\times 3\times 5}{5\times 5\times 2\times 7}=\frac{3}{10}$

d. $\frac{5}{8}\times\frac{8}{5}=\frac{5\times 8}{8\times 5}=\frac{1}{1}=1$

e. $\frac{3}{-4}\times\left(-\frac{16}{5}\right)=\frac{3\times 4\times 4}{4\times 5}=\frac{12}{5}$

f. $\left(-\frac{1}{4}\right)\times\frac{40}{5}=-\frac{5\times 4\times 2}{4\times 5}=-2$

EXPLICATION
On effectue les simplifications en supprimant les facteurs communs au numérateur et au dénominateur.
Pour **d.** on obtient 1 car le numérateur et le dénominateur sont égaux.

2 **a.** $2\times\frac{1}{3}=\frac{2\times 1}{3}=\frac{2}{3}$

b. $5\times\frac{1}{25}=\frac{5\times 1}{5\times 5}=\frac{1}{5}$

c. $25\times\frac{3}{7}=\frac{25\times 3}{7}=\frac{75}{7}$

d. $49\times\frac{5}{7}=\frac{7\times 7\times 5}{7}=35$

e. $(-3)\times\frac{8}{27}=\frac{-3\times 8}{3\times 9}=-\frac{8}{9}$

f. $4\times\left(-\frac{9}{2}\right)=\frac{2\times 2\times(-9)}{2}=-18$

3 Il y a $54 \times \frac{2}{3} = 36$ passagers par autobus.

Il descend $36 \times \frac{1}{4} = 9$ passagers. Il en reste donc $36 - 9 = 27$ dans chaque autobus, soit $2 \times 27 = 54$ voyageurs que l'on peut rassembler dans un seul autobus.

4 **a.** $\frac{2}{3} \div \frac{3}{7} = \frac{2}{3} \times \frac{7}{3} = \frac{14}{9}$

b. $\frac{7}{8} \div \frac{5}{6} = \frac{7}{8} \times \frac{6}{5} = \frac{7 \times 2 \times 3}{2 \times 4 \times 5} = \frac{21}{20}$

c. $-\frac{9}{20} \div \frac{3}{4} = -\frac{9}{20} \times \frac{4}{3} = -\frac{3 \times 3 \times 4}{4 \times 5 \times 3} = -\frac{3}{5}$

d. $\frac{3}{4} \div \left(-\frac{9}{20}\right) = -\frac{3}{4} \times \frac{20}{9} = -\frac{3 \times 4 \times 5}{4 \times 3 \times 3} = -\frac{5}{3}$

e. $\left(-\frac{2}{3}\right) \div \frac{2}{3} = -\frac{2}{3} \times \frac{3}{2} = -1$

f. $\left(-\frac{7}{4}\right) \div \left(-\frac{4}{7}\right) = \frac{7}{4} \times \frac{7}{4} = \frac{49}{16}$

g. $5 \div \frac{3}{4} = 5 \times \frac{4}{3} = \frac{5 \times 4}{3} = \frac{20}{3}$

h. $\frac{3}{4} \div 5 = \frac{3}{4} \times \frac{1}{5} = \frac{3 \times 1}{4 \times 5} = \frac{3}{20}$

EXPLICATION
On n'oublie pas d'appliquer la règle des signes.

5 **a.** $\left(\frac{4}{5} \times \frac{2}{3}\right) \times \frac{1}{8} = \frac{4 \times 2}{5 \times 3} \times \frac{1}{8} = \frac{8}{15} \times \frac{1}{8} = \frac{8 \times 1}{15 \times 8} = \frac{1}{15}$

b. $\left(\frac{1}{4} + \frac{1}{8}\right) \times \frac{5}{3} = \left(\frac{2}{8} + \frac{1}{8}\right) \times \frac{5}{3} = \frac{3}{8} \times \frac{5}{3} = \frac{3 \times 5}{8 \times 3} = \frac{5}{8}$

c. $\left(\frac{3}{7} - \frac{1}{14}\right) \div \frac{1}{2} = \left(\frac{6}{14} - \frac{1}{14}\right) \div \frac{1}{2} = \frac{5}{14} \times \frac{2}{1} = \frac{5 \times 2}{2 \times 7} = \frac{5}{7}$

d. $\left(\frac{5}{6} + \frac{1}{6}\right) \times \left(\frac{25}{12} - \frac{1}{12}\right) = \frac{6}{6} \times \frac{24}{12} = 1 \times 2 = 2$

6 **a.** $\frac{2}{5} \times \frac{2}{3} = \frac{4}{15}$ **c.** $\frac{2}{3} \times \frac{2}{3} = \frac{4}{9}$ **e.** $\frac{5}{11} \times \frac{3}{2} = \frac{15}{22}$

b. $\frac{3}{7} \times \frac{17}{7} = \frac{51}{49}$ **d.** $\frac{1}{5} \times \frac{3}{5} = \frac{3}{25}$ **f.** $\frac{36}{13} \times \frac{1}{5} = \frac{36}{65}$

7

a.

$\frac{1}{2}$	$\frac{243}{2}$	$\frac{1}{18}$
$\frac{1}{6}$	$\frac{3}{2}$	$\frac{27}{2}$
$\frac{81}{2}$	$\frac{1}{54}$	$\frac{9}{2}$

b.

$\frac{1}{12}$	$\frac{8}{3}$	$\frac{4}{3}$
$\frac{32}{3}$	$\frac{2}{3}$	$\frac{1}{24}$
$\frac{1}{3}$	$\frac{1}{6}$	$\frac{16}{3}$

EXPLICATION
Pour **a.**, le produit commun est
$\frac{1}{2} \times \frac{3}{2} \times \frac{9}{2}$ soit $\frac{27}{8}$.
Pour **b.**, le produit commun est :
$\frac{4}{3} \times \frac{2}{3} \times \frac{1}{3}$ soit $\frac{8}{27}$.
Les résultats annoncés ici sont simplifiés.

6 Connaître les puissances

1 $6^2 = 6 \times 6 = 36$ $2^4 = 2 \times 2 \times 2 \times 2 = 16$
$4^3 = 4 \times 4 \times 4 = 64$ $(-3)^2 = (-3) \times (-3) = 9$
$0^{13} = 0$ $18^1 = 18$
$(-1)^5 = -1$ $10^4 = 10 \times 10 \times 10 \times 10 = 10\ 000$

2

n	0	1	2	3	4	5	6	7	8	9	10	11	12
n^2	0	1	4	9	16	25	36	49	64	81	100	121	144

3 **a.** Aire du carré : $17 \times 17 = 17^2$
Volume du cube : $3 \times 3 \times 3 = 3^3$
b. Aire : $17^2 = 289$ m²
Volume : $3^3 = 27$ dm³ $= 27$ litres

4 7^2 : + 7^3 : + 7^4 : +
$(-7)^2$: + $(-7)^3$: − $(-7)^4$: +
1^3 : + $(-1)^3$: − $-(1^3)$: −
$(-1)^{2017}$: − $(-1)^{2018}$: + $(-1)^{2019}$: −

EXPLICATION
En application de la règle des signes :
- Un nombre négatif à une puissance paire donne un nombre positif.
- Un nombre négatif à une puissance impaire donne un nombre négatif.

5

n	3	2	2	1	13	16	2	1	3
a	4	− 7	10	16	0	− 1	0,5	− 6	− 10
a^n	64	49	100	16	0	1	0,25	− 6	− 1 000

6 **a.** $7^3 = 343$ **f.** $0{,}1^4 = 0{,}0001$
b. $12^2 = 144$ **g.** $0{,}2^3 = 0{,}008$
c. $(-13)^3 = -2\ 197$ **h.** $0{,}8^2 = 0{,}64$
d. $2^9 = 512$ **i.** $1{,}2^2 = 1{,}44$
e. $2^{10} = 1\ 024$

7

x	6	2	0,5	11	− 3	7	− 1	5	2
p	4	6	1	3	3	4	13	4	10
x^p	1 296	64	0,5	1 331	− 27	2 401	− 1	625	1 024

8 **a.** $2^3 = 8$ et $3^2 = 9$ donc F
b. $2^4 = 16$ et $4^2 = 16$ donc V
c. $2^{10} = 1\ 024$ et $10^3 = 1\ 000$ donc F
d. $(-1)^4 = 1$ donc F
e. $0{,}1^2 = 0{,}01$ donc V
f. $3^2 + 4^2 = 9 + 16 = 25$ et $5^2 = 25$ donc V

9 **a.** $6^3 + 8^3 = 9^3$ F
car $6^3 + 8^3 = 216 + 512 = 728$ et $9^3 = 729$.

b. $1^1 + 6^2 + 7^3 + 6^4 = 1 + 36 + 343 + 1\,296 = 1\,676$ donc V

c. $4^3 + 0^3 + 7^3 = 64 + 0 + 343 = 407$ donc V

d. $19^2 + 96^2 = 361 + 9\,216 = 9\,577$
et $(19 + 96)^2 = 115^2 = 13\,225$ donc F

e. $1^3 + 2^3 + 3^3 + 4^3 = 1 + 8 + 27 + 64 = 100$
et $(1 + 2 + 3 + 4)^2 = 10^2 = 100$ donc V

f. $2^5 + 4^2 + 1^3 = 32 + 16 + 1 = 49$ et $3^4 = 81$ donc F

g. $5^4 + 6^4 - (1 + 9)^4 = 625 + 1\,296 - 10\,000 = -8\,079$
$1^4 + 9^4 - (5 + 6)^4 = 1 + 6\,561 - 14\,641 = -8\,079$
donc V

7 Savoir calculer avec les puissances

1 a. $3^2 \times 3^3 = 9 \times 27 = 243$
b. $7 \times 7^2 = 7 \times 49 = 343$
c. $0{,}2^2 \times 0{,}2^2 = 0{,}04 \times 0{,}04 = 0{,}0016$
d. $1{,}3^2 \times 1{,}3 = 1{,}69 \times 1{,}3 = 2{,}197$
e. $4^3 \times 4 = 64 \times 4 = 256$
f. $10 \times 1{,}1^2 = 10 \times 1{,}21 = 12{,}1$

2 a. $\dfrac{8^5}{8^3} = \dfrac{8 \times 8 \times 8 \times 8 \times 8}{8 \times 8 \times 8} = 8 \times 8 = 64$ après simplification par $8 \times 8 \times 8$.

b. $\dfrac{9^2}{9} = \dfrac{9 \times 9}{9} = 9$

c. $\dfrac{2^2}{2^5} = \dfrac{2 \times 2}{2 \times 2 \times 2 \times 2 \times 2} = \dfrac{1}{2 \times 2 \times 2} = \dfrac{1}{8} = 0{,}125$

d. $\dfrac{5}{5^3} = \dfrac{\cancel{5}}{\cancel{5} \times 5 \times 5} = \dfrac{1}{5^2} = \dfrac{1}{25} = 0{,}04$

e. $\dfrac{3^{11}}{3^{11}} = 1$ car $\dfrac{a}{a} = 1$

f. $6 \times \dfrac{6^2}{6^2} = 6 \times 1 = 6$

3 a. ~~$5^3 \times 5^2 = 5^6$~~ c. ~~$2^4 \times 7^2 = 14^6$~~ e. ~~$7^2 \times 7^2 \times 7^2 = 7^8$~~
b. $13^3 \times 13^3 = 13^6$ d. $2^4 \times 7^4 = 14^4$ f. ~~$3^2 \times 11^3 = 33^5$~~

4 a. $3^4 \times 3^5 = (3 \times 3 \times 3 \times 3) \times (3 \times 3 \times 3 \times 3 \times 3) = 3^9$
b. $4^3 \times 4 = (4 \times 4 \times 4) \times 4 = 4^4$
c. $\dfrac{2^4}{2^3} = \dfrac{2 \times 2 \times 2 \times 2}{2 \times 2 \times 2} = 2 = 2^1$
d. $2^3 \times 3^3 = (2 \times 2 \times 2) \times (3 \times 3 \times 3)$
$= (2 \times 3) \times (2 \times 3) \times (2 \times 3) = 6^3$
e. $3^2 \times 5^2 = (3 \times 3) \times (5 \times 5) = (3 \times 5) \times (3 \times 5) = 15^2$
f. $6^3 \times \dfrac{1}{6} = 6 \times 6 \times 6 \times \dfrac{1}{6} = 6 \times 6 = 6^2$

5 a.

Départ	2 trimestres	4 trimestres	2 ans
10	10×2^2	10×2^4	10×2^8

car 2 ans = 8 trimestres

b. $10 \times 2^8 = 10 \times 256 = 2\,560$ (et donc 10 240 pattes !)
c. En un an, c'est-à-dire en 4 trimestres, le nombre de souris est multiplié par $2^4 = 16$.

6
a. $5^3 \times 2^3 = 10^3$ V
b. $1^3 \times 3^3 = 3^3 \neq 13^3$ F
c. $3^4 \times 2^4 = (3 \times 3 \times 3 \times 3) \times (2 \times 2 \times 2 \times 2)$
$= (3 \times 2) \times (3 \times 2) \times (3 \times 2) \times (3 \times 2)$
$= 6^4$ V
d. $2^4 \times 2^2 = 16 \times 4 = 64$ et d'autre part $4^3 = 64$ V
e. $3^2 \div 1^3 = \dfrac{9}{1} = 9$ V
f. $5^3 \div 5 = \dfrac{5 \times 5 \times \cancel{5}}{\cancel{5}} = 5^2 \neq 5^4$ F
g. $4^2 \div 2^3 = \dfrac{4 \times 4}{2 \times 2 \times 2} = \dfrac{16}{8} = 2$ V
h. $10^2 \div 4 = \dfrac{10 \times 10}{4} = \dfrac{100}{4} = 25 = 5^2$ V

7 a.

2^7	1	2^5
2^2	2^4	2^6
2^3	2^8	2

b.

5^5	1	5^7
5^6	5^4	5^2
5	5^8	5^3

c.

3^3	3^2	3^7
3^8	3^4	1
3	3^6	3^5

EXPLICATION
Les produits magiques sont :
• pour **a.** 2^{12} ; • pour **b.** 5^{12} ; • pour **c.** 3^{12}.

8

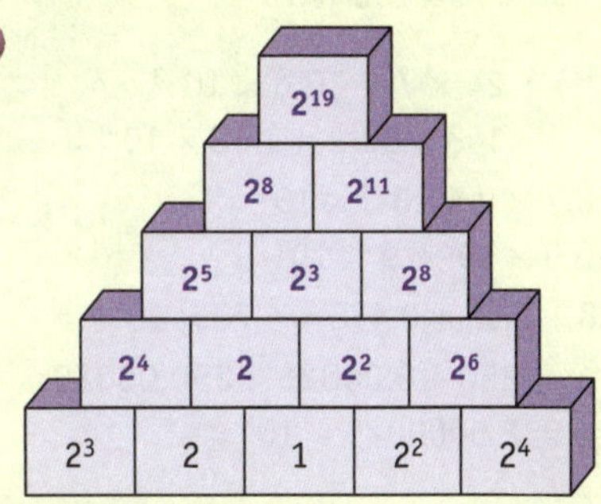

9 a. Pour 153 : $1^3 + 5^3 + 3^3 = 1 + 125 + 27 = 153$
Pour 370 : $3^3 + 7^3 + 0^3 = 27 + 343 + 0 = 370$
Pour 371 : $3^3 + 7^3 + 1^3 = 27 + 343 + 1 = 371$
Pour 407 : $4^3 + 0^3 + 7^3 = 64 + 343 = 407$
Pour 516 : $5^3 + 1^3 + 6^3 = 125 + 1 + 216 = 342$
L'intrus est donc 516.

b. Pour 17 : $17^3 = 4\,913$ et $4 + 9 + 1 + 3 = 17$
Pour 18 : $18^3 = 5\,832$ et $5 + 8 + 3 + 2 = 18$
Pour 26 : $26^3 = 17\,576$ et $1 + 7 + 5 + 7 + 6 = 26$
Pour 27 : $27^3 = 19\,683$ et $1 + 9 + 6 + 8 + 3 = 27$
Pour 35 : $35^3 = 42\,875$ et $4 + 2 + 8 + 7 + 5 = 26$
L'intrus est donc 35.

8 Utiliser les puissances de 10

1 $100\,000 = 10^5$ — un million $= 10^6$
un centième $= 10^{-2}$ — $0{,}001 = 10^{-3}$
cent $= 10^2$ — $0{,}000\,001 = 10^{-6}$

2 $10^3 = 1\,000$ — $10^{-4} = 0{,}0001$
$5 \times 10^2 = 500$ — $3 \times 10^{-2} = 0{,}03$
$0{,}5 \times 10^{-2} = 0{,}005$ — $200 \times 10^{-1} = 20$

3 $10^2 \times 10^3 = 10^5$ — $10^{-2} \times 10^4 = 10^2$
$10^6 \times 10^{-2} = 10^4$ — $10^{-3} \times 10 = 10^{-2}$
$10^5 \times 10^{-5} = 10^0 = 1$ — $10^{-2} \times 10^7 = 10^5$
$10 \times 10 = 10^2$ — $10^2 \times 10^{-6} = 10^{-4}$

4 $\dfrac{10\,000}{10^2} = 10^2$ — $\dfrac{10^{-1}}{10} = 10^{-2}$ — $\dfrac{10^3}{0{,}1} = 10^4$

$\dfrac{10^{-4}}{10^{-1}} = 10^{-3}$ — $\dfrac{10^{-1}}{10^{-1}} = 1$ — $\dfrac{10}{10^{-2}} = 10^3$

EXPLICATION
Exemple : $\dfrac{10^4}{10^{-2}} = 10\,000 \div 0{,}01 = 1\,000\,000 = 10^6$

5 $285 \times 10^{-4} = 0{,}0285$ — $0{,}3 \times 10^{-1} = 0{,}03$
$-0{,}3 \times 10^{-1} = -0{,}03$ — $-285 \times 10^{-4} = -0{,}0285$
Donc : $-0{,}3 \times 10^{-1} < -285 \times 10^{-4} < 285 \times 10^{-4} < 0{,}3 \times 10^{-1}$

6 $4 \times 10^{-3} = 0{,}004$ — $2 \times 10^6 = 2\,000\,000$
$8 \times 10^{-1} = 0{,}8$ — $7{,}36 \times 10^4 = 73\,600$
$9{,}1 \times 10^{-2} = 0{,}091$ — $2{,}5813 \times 10^3 = 2\,581{,}3$

7 $2008 = 2{,}008 \times 10^3$ — $27\,182 \times 10^{-4} = 2{,}7182$
15 millions $= 1{,}5 \times 10^7$ — $314{,}1 \times 10^{-4} = 3{,}141 \times 10^{-2}$
$0{,}84 \times 10^4 = 8{,}4 \times 10^3$ — $371 = 3{,}71 \times 10^2$
320 milliards $= 3{,}2 \times 10^{11}$ — $36\,000 = 3{,}6 \times 10^4$

8 $(24 \times 10^{-4}) \times (7 \times 10^{-2}) = 24 \times 7 \times 10^{-4} \times 10^{-2}$
$= 168 \times 10^{-6} = 1{,}68 \times 10^{-4}$

$(0{,}1 \times 10^{-3}) \times (9 \times 10^5) = 0{,}1 \times 9 \times 10^{-3} \times 10^5$
$= 0{,}9 \times 10^2 = 9 \times 10^1$

$0{,}328 + (15 \times 10^{-2}) = 0{,}328 + 0{,}15 = 0{,}478 = 4{,}78 \times 10^{-1}$

$(0{,}25 \times 10^3) + (0{,}25 \times 10^{-3}) = 250 + 0{,}00025 = 250{,}00025$
$= 2{,}5000025 \times 10^2$

9 Connaître les nombres premiers

1 Tableau des nombres premiers inférieurs à 100.

~~1~~	2	3	~~4~~	5	~~6~~	7	~~8~~	~~9~~	~~10~~
11	~~12~~	13	~~14~~	~~15~~	~~16~~	17	~~18~~	19	~~20~~
~~21~~	~~22~~	23	~~24~~	~~25~~	~~26~~	~~27~~	~~28~~	29	~~30~~
31	~~32~~	~~33~~	~~34~~	~~35~~	~~36~~	37	~~38~~	~~39~~	~~40~~
41	~~42~~	43	~~44~~	~~45~~	~~46~~	47	~~48~~	~~49~~	~~50~~
~~51~~	~~52~~	53	~~54~~	~~55~~	~~56~~	~~57~~	~~58~~	59	~~60~~
61	~~62~~	~~63~~	~~64~~	~~65~~	~~66~~	67	~~68~~	~~69~~	~~70~~
71	~~72~~	73	~~74~~	~~75~~	~~76~~	~~77~~	~~78~~	79	~~80~~
~~81~~	~~82~~	83	~~84~~	~~85~~	~~86~~	~~87~~	~~88~~	89	~~90~~
~~91~~	~~92~~	~~93~~	~~94~~	~~95~~	~~96~~	97	~~98~~	~~99~~	~~100~~

2 (41) 51 (37) 33 (19) 57 123 (71)
(47) 49 104 111 (2) (17) 87 (73)

Les nombres premiers sont dans le crible d'Ératosthène. Les autres nombres sont divisibles par 2, par 3 ou par 7.

3 Si le nombre de jetons est **composé** (produit de deux facteurs strictement supérieurs à 1) alors l'enfant peut construire plusieurs rectangles. Si le nombre de jetons est **premier**, l'enfant ne peut faire qu'une rangée.

4 **a.** 25 (voir le crible d'Ératosthène).
b. Non, puisqu'il est divisible par 13 et 7, en plus de 1 et lui-même.
c. 2 et 3 (ce sont les deux seuls).
d. Non parce que la somme de deux nombres impairs est un nombre pair, donc divisible par 2.
e. Par exemple, 2 + 3 = 5. L'un des deux termes est nécessairement 2.
f. 4 ou 6 ou 8 ou 0.
g. 1 ou 3 ou 7 ou 9.

5 **a.**

$$\begin{array}{r|l} 49 & 7 \\ 7 & 7 \\ 1 & \end{array} \qquad \begin{array}{r|l} 175 & 5 \\ 35 & 5 \\ 7 & 7 \\ 1 & \end{array}$$

$49 = 7 \times 7 = 7^2$ — $175 = 5^2 \times 7$

b. $\dfrac{49}{175} = \dfrac{7^2}{5^2 \times 7} = \dfrac{7}{5^2} = \dfrac{7}{25}$

6

$$\begin{array}{r|l} 140 & 2 \\ 70 & 2 \\ 35 & 5 \\ 7 & 7 \\ 1 & \end{array} \qquad \begin{array}{r|l} 360 & 2 \\ 180 & 2 \\ 90 & 2 \\ 45 & 5 \\ 9 & 3 \\ 3 & 3 \\ 1 & \end{array}$$

Donc $140 = 2^2 \times 5 \times 7$ et $360 = 2^3 \times 3^2 \times 5$.

Donc $\dfrac{140}{360} = \dfrac{2^2 \times 5 \times 7}{2^3 \times 3^2 \times 5} = \dfrac{7}{2 \times 3^2} = \dfrac{7}{18}$.

Mais prenons un peu de recul. Dans ce cas précis, il valait mieux simplifier directement par 10 puis par 2. Ainsi, la décomposition en facteurs premiers n'est pas toujours le moyen le plus habile pour simplifier une fraction.

7

$$\begin{array}{r|l} 363 & 3 \\ 121 & 11 \\ 11 & 11 \\ 1 & \end{array} \qquad \begin{array}{r|l} 231 & 3 \\ 77 & 7 \\ 11 & 11 \\ 1 & \end{array}$$

$363 = 3 \times 11^2$ — $231 = 3 \times 7 \times 11$

Donc $\dfrac{363}{231} = \dfrac{3 \times 11^2}{3 \times 7 \times 11} = \dfrac{11}{7}$.

10 Calculer avec des lettres

1 **a.** Aire $= b \times h = 28 \times 25 = 700$ cm². .
b. Aire $= \dfrac{(B+b)\times h}{2} = \dfrac{(24+18)\times 13}{2} = 273$ cm². .
c. Volume $= \pi \times r^2 \times h = \pi \times 5^2 \times 20$
$= \pi \times 500 \approx 1\,571$ cm³ $\approx 1{,}571$ L.

2 **a.** $A = \dfrac{(B+b)\times h}{2}$
b. $80 = \dfrac{(11+5)\times h}{2}$
c. Avec $h = 5$, on obtient $\dfrac{(11+5)\times 5}{2} = 40$.
Or, $40 \neq 80$. Donc $h \neq 5$.
Avec $h = 12$, on obtient $\dfrac{(11+5)\times 12}{2} = 96$.
Or, $96 \neq 80$. Donc $h \neq 12$.
On finit par trouver $h = 10$ cm.

3 **a.** $x = 4$. **b.** $x = 7$. **c.** $x = -2$.
d. $x = 1$ ou $x = -3$.

4 Les identités sont **a.**, **c.** et **f.**
b. est faux pour toute valeurs de x.
d. est faux pour $x = 2$.
e. est faux pour $a = 1$.
g. est faux pour $x = 1$.
h. est faux pour $x = 2$.
(par exemple)

5 **b.** À l'étape ② on obtient $5p$.
À l'étape ③ on obtient $5p + 100$.
À l'étape ④ on obtient $(5p + 100) \times 20 = 100p + 2000$.
À l'étape ⑤ on obtient
$(100p + 2000) + 19 = 100p + 2019$ si on est en 2019.
À l'étape ⑥ on obtient $100p + 2019 - 2006$ si tu es né en 2006.
Par exemple, pour une pointure de 39 et un âge de 13 ans, on obtient 3 913.

11 Développer et factoriser

1 **a.** $2a + 4b + 6a - 5b = (2a + 6a) + (4b - 5b)$
$= (2 + 6)a + (4 - 5)b = 8a - b$
Remarque : $8a + (-1)b = 8a - b$
b. $A = 3a + 5a + 6b + 7b = (3 + 5)a + (6 + 7)b$
$= 8a + 13b$
$B = 4a - 3a + 8b - 2b = (4 - 3)a + (8 - 2)b = a + 6b$
$C = 13a - 15a + 15b - 20b = (13 - 15)a + (15 - 20)b$
$= -2a - 5b$
$D = 9a - 10b - 7a + 9b - 2a$
$= (9 - 7 - 2)a + (-10 + 9)b = 0 \times a - b = -b$

2 $A = 5(4x - 9) = 20x - 45$
$B = (8 - x) \times 5 = 40 - 5x$
$C = (2x + 4) \times x = 2x^2 + 4x$
$D = 4(x^2 + 5x) = 4x^2 + 20x$
$E = 7(5 + x) = 35 + 7x$
$F = 4(1 - x^2) = 4 - 4x^2$

3 $A = 8(1 + x + x^2) = 8 + 8x + 8x^2$
$B = \dfrac{1}{2}(2x - 4y) = x - 2y$
$C = x(x^3 - x - 1) = x^4 - x^2 - x$
$D = 4\left(x + \dfrac{3}{4}y\right) = 4x + 3y$

4 $A = 13 - (a - b) + (9 - b) = 13 - a + b + 9 - b = -a + 22$
$B = (7 - a) + (10 + b) - (13 + a)$
$= 7 - a + 10 + b - 13 - a = 4 - 2a + b$
$C = -(b - 3a) + (b - a) - (6 - b)$
$= -b + 3a + b - a - 6 + b = 2a + b - 6$

5 $A = 3(a + 4) - (b - 5) = 3a + 12 - b + 5 = 3a - b + 17$
$B = -4(4 - a) - (4 - b) = -16 + 4a - 4 + b = 4a + b - 20$
$C = 8(3 - a) - 2(5 - 2a) = 24 - 8a - (10 - 4a)$
$= 24 - 8a - 10 + 4a = 14 - 4a$

6 $A = 4a + 4b = 4(a + b)$
$B = 8a - 4b = 4(2a - b)$
$C = 22x + 33y = 11(2x + 3y)$
$D = x^2 - 7x = x(x - 7)$
$E = 2y + y^2 = y(2 + y)$
$F = 6x + 9y + 12z = 3(2x + 3y + 4z)$

7 $A = x^2 + x = x(x + 1)$
$B = y - y^2 = y(1 - y)$
$C = 3x - 3 = 3(x - 1)$
$D = 4x + 6y = 2(2x + 3y)$
$E = 6x - 2 = 2(3x - 1)$
$F = 6a + 9a^2 = 3a(2 + 3a)$

8 **a.** *Exemple :* $7 + 8 + 9 = 24$. Or $24 = 3 \times 8$. Donc cette somme est multiple de 3.
b. *Autre exemple :* $41 + 42 + 43 = 126$ et $126 = 3 \times 42$. Même conclusion.
c. Mais il ne suffit pas d'accumuler des exemples pour prouver que la propriété est vraie dans tous les cas. Pour faire une démonstration générale, on va représenter les nombres par des lettres.
Soit un entier quelconque a. Ses suivants sont $a + 1$ et $a + 2$.
La somme de ces trois entiers est :
$S = a + (a + 1) + (a + 2) = 3a + 3$.
Le facteur commun aux deux termes est : 3.
L'expression factorisée de S est : $S = 3 \times (a + 1)$.
Et ceci prouve que S est toujours un multiple de 3.

12 Résoudre des équations

1 **a.** Si $x = 2$, alors $7x + 5 = 7 \times 2 + 5 = 19$ et
$10 + 2x = 10 + 2 \times 2 = 14$.
Donc 2 n'est pas solution de l'équation $7x + 5 = 10 + 2x$.
b. Si $x = 1$, alors $7x + 5 = 7 \times 1 + 5 = 12$ et
$10 + 2x = 10 + 2 \times 1 = 12$. Donc 1 est solution de cette équation.
c. Si $x = -4$, alors $3x + 33 = 3 \times (-4) + 33 = 21$ et
$3(3 - x) = 3[3 - (-4)] = 3(3 + 4) = 21$.
Donc -4 est solution de cette équation.

2 $(x - 2) + 2(x - 1) = 2x - 3$
$x - 2 + 2x - 2 = 2x - 3$
$3x - 4 = 2x - 3$
$3x - 2x = -3 + 4$, donc $x = 1$

Vérification

La vérification consiste à tester si 1 est bien solution de l'équation.

1er membre : $(1-2)+2(1-1)=-1+2\times 0=-1$

2e membre : $2\times 1-3=2-3=-1$.

Donc 1 est la solution de l'équation.

EXPLICATION

En une seule étape, on a ajouté $-2x$ et 4 aux deux membres de l'égalité $3x-4=2x-3$ au lieu de le faire en deux étapes.

3 $4(3x-2)-10x=3x-1$

$12x-8-10x=3x-1$

$2x-8=3x-1$

$2x-3x=-1+8$

$-x=7$, donc $x=-7$

Vérification

1er membre : $4[(3\times(-7)-2)]-10\times(-7)$

$=4\times(-23)+70=-92+70=-22$.

2e membre : $3\times(-7)-1=-21-1=-22$.

Donc -7 est la solution de l'équation.

EXPLICATION

En une seule étape, on a ajouté $-3x$ et 8 aux deux membres de l'égalité $2x-8=3x-1$ au lieu de le faire en deux étapes.

4 $\dfrac{2x+5}{4}=3x$

$\dfrac{2x+5}{4}\times 4=3x\times 4$ soit $2x+5=12x$.

D'où $2x-12x=-5$

$-10x=-5$ donc $x=0{,}5$

Vérification

1er membre : $\dfrac{2\times 0{,}5+5}{4}=\dfrac{1+5}{4}=\dfrac{6}{4}=1{,}5$.

2e membre : $3\times 0{,}5=1{,}5$.

Donc 0,5 est la solution de l'équation.

5 $4+\dfrac{x}{6}=7+\dfrac{x}{3}$

$\dfrac{4\times 6}{6}+\dfrac{x}{6}=\dfrac{7\times 6}{6}+\dfrac{2\times x}{6}$

$24+x=42+2x$

$x-2x=42-24$

$-x=18$, donc $x=-18$

Vérification

1er membre : $4+\dfrac{-18}{6}=4-3=1$.

2e membre : $7+\dfrac{-18}{3}=7-6=1$.

Donc -18 est la solution de l'équation.

EXPLICATION

En multipliant par 6 les deux membres de l'équation, on a supprimé le dénominateur commun.

6 Soit x le nombre recherché.

On a, d'après le texte, $x\times 3+7=58$,

donc $3x=58-7=51$. Enfin $x=51\div 3=17$.

La vérification est immédiate :

$3\times 17+7=51+7=58$

7 Soit x ce nombre et donc $x-1$ est son précédent.

$x+(x-1)=1\,789$.

Donc $2x-1=1\,789$.

$2x=1\,789+1=1\,790$. Donc $x=1\,790\div 2=895$.

La vérification est immédiate : $895+894=1\,789$

13 Résoudre un problème avec une équation

Remarque : on suit la démarche standard :
- choix de l'inconnue,
- mise en équation,
- résolution de l'équation,
- réponse au problème.

1 Soit x la masse d'une orange (en grammes).

Sur le plateau de gauche, on a une masse de $3x+40$.

Sur celui de droite, 700.

Donc on a $3x+40=700$,

donc $3x=700-40=660$,

d'où $x=660\div 3=220$ g.

Donc une orange pèse 220 grammes.

2 Soit x la masse d'un pamplemousse (en grammes).

Sur le plateau de gauche, on a une masse de $2x+400+600$.

Sur celui de droite, $5x+50+50$.

Donc on a :

$2x+400+600=5x+50+50$,

soit $2x+1\,000=5x+100$.

Alors $2x-5x=100-1\,000$ et donc $-3x=-900$,

d'où $x=(-900)\div(-3)=300$ g.

Donc un pamplemousse pèse 300 g.

3 Soit x le prix de la recharge (en euros).

Le réchaud coûte $x+29$.

On a $x+(x+29)=55$, soit $2x+29=55$.

Alors $2x=55-29=26$. Donc $x=26\div 2=13$.

La recharge coûte 13 €.

Le réchaud coûte $13+29=42$ €.

Vérification : $42+13=55$

4 **a.**

b.

$(5+x)+(x+3)=12$.

Donc $2x+8=12$.

$2x=4$, donc $x=2$,

et on peut compléter la pyramide.

On a donc :

5 Le rectangle ① a pour dimensions 5 et $(8 - x)$.
Son aire est $5(8 - x)$.
Le rectangle ② a pour dimensions x et 11.
Son aire est $11x$.
On a à résoudre $5(8 - x) = 11x$.
Donc $40 - 5x = 11x$.
Soit $- 5x - 11x = - 40$, d'où $- 16x = - 40$.
Ainsi $x = 40 \div 16 = 2{,}5$.
Vérification :
① a pour mesures 5 et 5,5 donc ① a pour aire :
$5 \times 5{,}5 = 27{,}5$.
② a pour mesures 11 et 2,5 donc ② a pour aire :
$11 \times 2{,}5 = 27{,}5$.

14 Calculer une quatrième proportionnelle

1 a. Calculons les produits en croix :
$72 \times 35 = 2\,520$ et $63 \times 40 = 2\,520$.
Les produits en croix sont égaux, donc $\frac{72}{63} = \frac{40}{35}$.

Remarque : on aurait pu simplifier les fractions et constater qu'elles sont toutes les deux égales à $\frac{8}{7}$.

b. $77 \times 20 = 1\,540$ et $28 \times 56 = 1\,568$.
Les produits en croix sont inégaux, donc $\frac{77}{28} \neq \frac{56}{20}$.

2 a. $126x = 35 \times 54 = 1\,890$, donc $x = \frac{1\,890}{126} = 15$.

b. $14x = (- 24) \times (- 35) = 840$, donc $x = \frac{840}{14} = 60$.

EXPLICATION
On applique ici la propriété : si les quotients sont égaux alors les produits en croix sont égaux.

3

a.

15	x
6	18

$6x = 15 \times 18 = 270$
donc $x = \frac{270}{6} = 45$.

b.

25	15
10	x

$25x = 15 \times 10 = 150$
donc $x = \frac{150}{25} = 6$.

c.

x	4,5
7	30

$30x = 7 \times 4{,}5 = 31{,}5$
donc $x = \frac{31{,}5}{30} = 1{,}05$.

d.

3,2	16
x	5,4

$16x = 3{,}2 \times 5{,}4 = 17{,}28$
donc $x = \frac{17{,}28}{16} = 1{,}08$.

4 a.

Jours	3	5
Prix	130	210

$3 \times 210 = 630$ et $5 \times 130 = 650$.
Les produits en croix sont inégaux donc ce n'est pas une situation de proportionnalité.

b. Tarifs pour une journée :
Le roi Dagobert : $130 \div 3 \approx 43{,}33$ €.
Le grand Saint-Éloi : $210 \div 5 = 42$ €.
C'est le roi Dagobert qui paie le plus à la journée.

5

6	15
6,48	x

$6x = 15 \times 6{,}48 = 97{,}20$,
d'où $x = 97{,}20 \div 6 = 16{,}20$.
Donc 15 litres de lait coûtent 16,20 €.

Remarque : c'est quand même bien pratique les produits en croix !

6

3 000	100
1 200	x

$3\,000x = 100 \times 1\,200 = 120\,000$,
donc $x = 120\,000 \div 3\,000 = 40$.
Conclusion : il y a 40 % de femmes travaillant dans cette entreprise.

7

Francs	6,55957	x	25
Euros	1	15,5	y

$x = 15{,}5 \times 6{,}55957 \approx 101{,}67$ F.
$y \times 6{,}55957 = 25 \times 1 = 25$
donc $y = \frac{25}{6{,}55957} \approx 3{,}81$ €.

15 Représenter une situation de proportionnalité

1 a.

1,5	2	2,5	3	5
0,9	1,2	1,5	1,8	3

× 0,6

b. et **c.**

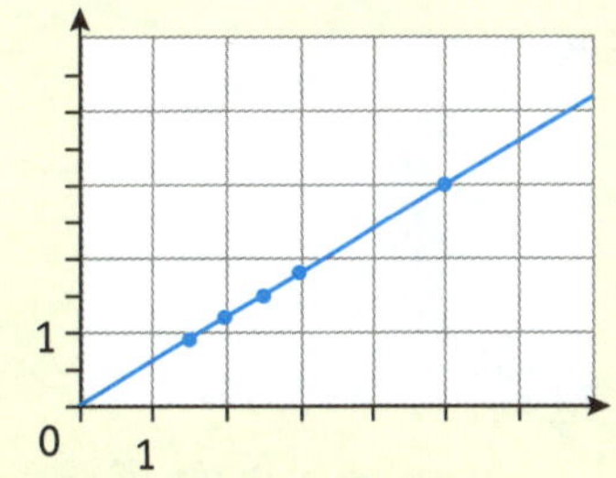

EXPLICATION
a. On peut compléter le tableau en utilisant les produits en croix. Par ailleurs, le coefficient de proportionnalité est $0{,}9 \div 1{,}5 = 0{,}6$.

2 **a.**

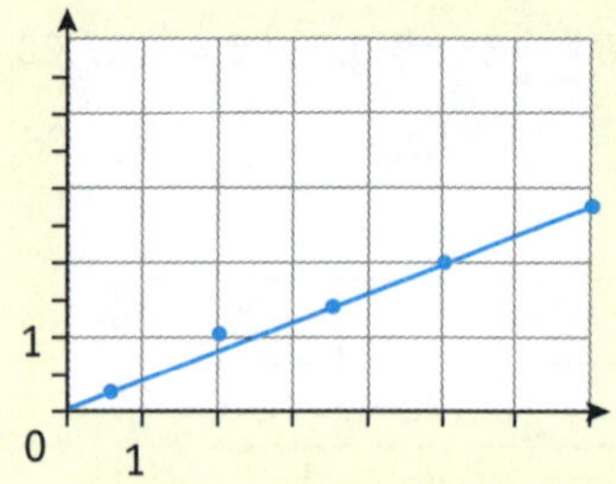

b. Le point (2 ; 1) n'est pas aligné avec les autres.
Il le serait si son ordonnée y était le quatrième nombre du tableau de proportionnalité suivant : $\begin{array}{c|c} 0{,}5 & 2 \\ \hline 0{,}2 & y \end{array}$.

D'où $y \times 0{,}5 = 2 \times 0{,}2$, d'où $y = \dfrac{0{,}4}{0{,}5} = 0{,}8$.
On remplace donc 1 par 0,8.

3 **a.**

	A	B	C	D
Heures	0,5	1	1,5	2
Degrés	7,5	15	22,5	30

b. Les points A, B, C et D sont alignés avec l'origine, donc le tableau est un tableau de proportionnalité.

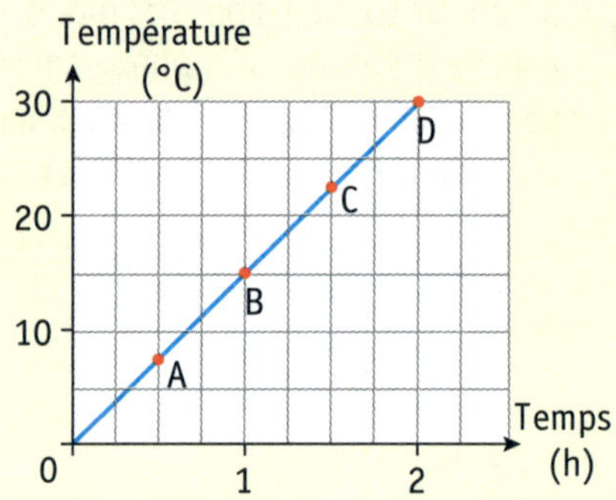

c. 0 °C bien sûr ! (Puisque c'était de l'eau glacée).

4 **a.**

	A	B	C	D
x	0	1	2	3
y	10	15	20	25

b. Les points A, B, C et D sont certes alignés entre eux, mais pas avec l'origine. Donc ce tableau n'est pas de proportionnalité.

c. Graphiquement, pour 5 heures de location, on paierait 35 euros.

5 **a.**

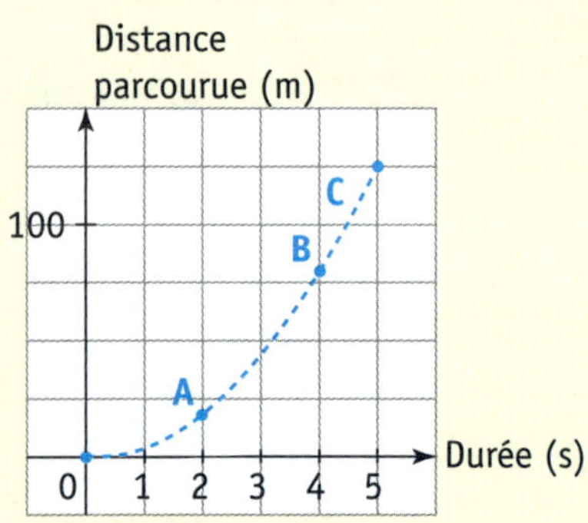

b. Les points O, A, B et C ne sont pas alignés.
Donc, ce tableau n'est pas de proportionnalité.
Remarque : la distance parcourue n'est pas proportionnelle à la durée de la chute car la vitesse augmente au cours de la chute.

16 Connaître la notion de médiane statistique

1 **a.** Appelons m la moyenne :

$$m = \frac{1 \times 5 + 1 \times 6 + 4 \times 7 + 5 \times 9 + 1 \times 10 + 2 \times 11 + 3 \times 12 + 1 \times 14 + 4 \times 17 + 2 \times 19}{1 + 1 + 4 + 5 + 1 + 2 + 3 + 1 + 4 + 2}$$

$$= \frac{272}{24} \approx 11{,}33.$$

b. Dans cette série statistique, une note médiane doit être strictement comprise entre 10 et 11. Donc m n'est pas une note médiane.

2 **a.**

Chiffre d'affaires	1,3	1,4	1,6	1,8	1,9	2	2,1	2,2	2,3	2,5
Nombre de jours	3	9	13	12	6	7	5	20	15	10
Effectif cumulé	3	12	25	37	43	50	55	75	90	100

b. **Remarque :** ce qu'on appelle communément le « chiffre d'affaires » est en réalité un « nombre » qui s'écrit avec des « chiffres ». Un chiffre d'affaires médian : 2,05 par exemple.

EXPLICATION
b. Au vu des effectifs cumulés,
il faut $2 < M_e < 2{,}1$ où M_e désigne la médiane.

c. $\dfrac{3 \times 1{,}3 + \ldots + 10 \times 2{,}5}{100} = \dfrac{198{,}3}{100} = 1{,}983.$

Un chiffre d'affaires médian doit être strictement compris entre 2 et 2,1. Donc 1,983 n'est pas un chiffre d'affaires médian.

d. La médiane sépare la population en deux moitiés. Elle vaut 2,05 milliers d'euros. Donc il est vrai que 50 % des chiffres d'affaires sont supérieurs à 2 milliers d'euros.

3 **a.** Salaire moyen :
$(9 \times 1\,000 + 11\,000) \div 10 = 2\,000$€.
Salaire médian : Il y a 5 salaires $\leqslant$ 1 000€ et 5 salaires $\geqslant$ 1 000€. Donc le salaire médian est 1 000€.

b. Le salaire moyen est très éloigné de la situation des uns et de l'autre. Le salaire médian correspond mieux à la situation générale car la médiane ne dépend pas des valeurs extrêmes.

4 **a.**

Nombre de véhicules	11	13	14	15	16	18	20	21
Effectif	2	1	2	1	2	1	2	1
Effectif cumulé	2	3	5	6	8	9	11	12

b. Médiane = 15,5.

c. Appelons m la moyenne :

$$m = \frac{2 \times 11 + \ldots + 1 \times 21}{12} = \frac{189}{12} = 15{,}75.$$

d. Une valeur médiane doit être strictement comprise entre 15 et 16. m peut donc être une médiane.

5 **a.**

Température	9 °C	11 °C	12 °C	13 °C	15 °C	17 °C
Effectif	2	5	6	4	2	1
Effectif cumulé	2	7	13	17	19	20

b. Effectif total : $2 + 5 + 6 + 4 + 2 + 1 = 20$.

c. $m = \dfrac{2 \times 9 + 5 \times 11 + 6 \times 12 + 4 \times 13 + 2 \times 15 + 17}{20}$

$m = 12{,}2$ °C.

d. Pendant 13 jours. Donc m ne peut pas être une valeur médiane qui doit séparer la population en 2 moitiés de 10 jours.

e. 10 valeurs sont inférieures ou égales à 12, et 10 valeurs sont supérieures ou égales à 12 donc $M_e = 12$.

17 Calculer ses chances

1 a. Il y a 6 cas possibles correspondant aux 6 faces du dé : 1, 2, 3, 4, 5, 6.

b. A est composé de 4 éventualités : 2, 3, 4 et 6.

La probabilité de A est $\dfrac{4}{6} = \dfrac{2}{3}$.

c. B est composé de 2 éventualités : 1 et 5.

La probabilité de B est $\dfrac{2}{6} = \dfrac{1}{3}$.

d. Ce sont deux événements contraires.

2 a. Puisque Léa prend 3 chaussettes et qu'il n'y a que 2 couleurs, elle aura forcément 2 chaussettes de la même couleur (peut-être même 3). Donc l'événement est certain. Donc sa probabilité est 1.

b. C'est un événement impossible puisqu'il n'y a que 2 couleurs. Sa probabilité est donc 0.

c. Il n'y a que 10 chaussettes noires et 10 chaussettes blanches. Donc Léo qui prend 11 chaussettes prendra forcément dans les 2 couleurs : c'est certain ! Donc la probabilité demandée est 1.

3 a. Parmi 32 cartes, il y a :

- 4 rois, donc la probabilité de tirer un roi est $\dfrac{4}{32} = \dfrac{1}{8}$;
- 8 cœurs, donc la probabilité de tirer un cœur est $\dfrac{8}{32} = \dfrac{1}{4}$;
- 8 cœurs dont un roi + les 3 autres rois, soit 11 rois ou cœurs, donc la probabilité de tirer un roi ou un cœur est $\dfrac{11}{32}$.

b. Si on supprime les cartes noires, le tirage a lieu parmi les 16 cartes rouges. Parmi les 16 cartes rouges, il y a :

- 2 rois, donc la probabilité de tirer un roi est $\dfrac{2}{16} = \dfrac{1}{8}$;
- 8 cœurs, donc la probabilité de tirer un cœur est $\dfrac{8}{16} = \dfrac{1}{2}$;
- 8 cœurs et le roi de carreau, soit 9 rois ou cœurs, donc la probabilité de tirer un roi ou un cœur est $\dfrac{9}{16}$.

4 a.

Pièce de 50 c / Pièce de 20 c	Pile	Face
Pile	70	20
Face	50	0

b. La probabilité de gagner au moins 50 centimes est $\dfrac{2}{4} = \dfrac{1}{2}$.

c. On soustrait 50 dans chaque case du précédent tableau.

Pièce de 50 c / Pièce de 20 c	Pile	Face
Pile	20	– 30
Face	0	– 50

On voit que le gain peut être négatif.

Moyenne de ces gains : $\dfrac{20 + 0 - 30 - 50}{4} = \dfrac{-60}{4} = -15$.

d. Compte tenu de la mise, les pertes sont plus fréquentes et plus importantes que les gains.

Ce jeu avantage clairement l'organisateur. Il est donc prudent de ne pas jouer.

18 Connaître et utiliser le théorème de Pythagore

1 a. $BC^2 = 12^2 + 9^2 = 225$. Donc $BC = \sqrt{225} = 15$.

b. $13^2 = AB^2 + 5^2$, soit $AB^2 = 169 - 25 = 144$.

Donc $AB = \sqrt{144} = 12$.

c. $3{,}4^2 = 3^2 + AC^2$ donc

$AC^2 = 3{,}4^2 - 3^2 = 11{,}56 - 9 = 2{,}56$. $AC = \sqrt{2{,}56} = 1{,}6$.

d. ABC est rectangle isocèle en A, donc $AC = AB = 3$ et $BC^2 = 3^2 + 3^2 = 18$. Donc $BC = \sqrt{18} \approx 4{,}24$.

Remarque : au **d.** on n'obtient pas une valeur décimale, c'est souvent le cas.

EXPLICATION
On sait que ces triangles ABC sont rectangles en A, donc $BC^2 = AB^2 + AC^2$, d'après le théorème de Pythagore.

2 Dans cet exercice, les triangles s'appellent ABC et [BC] est le plus long côté.

a. $BC^2 = 17^2 = 289$ et $AC^2 + AB^2 = 8^2 + 15^2 = 289$.

$BC^2 = AC^2 + AB^2$ donc ABC est rectangle en A.

b. $BC^2 = 30^2 = 900$ et $AB^2 + AC^2 = 21^2 + 20^2 = 841$.

$BC^2 \neq AB^2 + AC^2$ donc ABC n'est pas rectangle.

EXPLICATION
Pour **b.**, la réponse serait : ABC n'est pas rectangle en A. Mais, ayant comparé le carré du côté le plus long à la somme des deux autres carrés, on peut affirmer que ABC n'est pas rectangle (ni en A, ni en B, ni en C.)

3 Tous les calculs se font « de tête ».

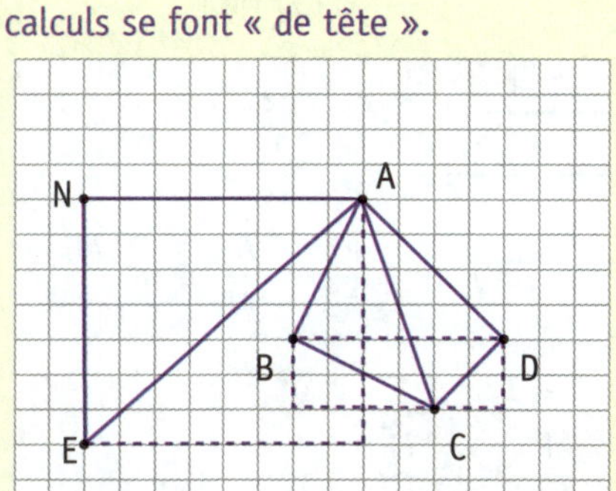

a. $AE^2 = AN^2 + EN^2 = 8^2 + 6^2 = 64 + 36 = 100$ donc $AE^2 = 100$ donc $AE = 10$.

b. • $AB^2 = 2^2 + 4^2 = 20$,
$AC^2 = 2^2 + 6^2 = 40$, $BC^2 = 2^2 + 4^2 = 20$.
Donc $AC^2 = AB^2 + BC^2$.
ABC est donc rectangle en B.

• $AD^2 = 4^2 + 4^2 = 32$,
$AC^2 = 6^2 + 2^2 = 40$, $DC^2 = 2^2 + 2^2 = 8$.
Donc $AC^2 = AD^2 + DC^2$.
ADC est donc rectangle en D.

4 Ici aussi les calculs se font de tête.

a. AHC est rectangle en H,
donc $AC^2 = AH^2 + CH^2$ donc $5^2 = 3^2 + CH^2$.
$CH^2 = 25 - 9 = 16$ donc $CH = \sqrt{16} = 4$.

b. On a $\mathscr{A}$ = aire (AHB) + aire (AHC) = $\dfrac{3 \times 3}{2} + \dfrac{3 \times 4}{2}$.

D'où $\mathscr{A} = \dfrac{9}{2} + \dfrac{12}{2} = \dfrac{21}{2} = 10{,}5$.

Remarque : on pouvait aussi dire que $\mathscr{A} = \dfrac{AH \times BC}{2}$,

avec $BC = BH + HC = 3 + 4 = 7$. D'où $\mathscr{A} = \dfrac{3 \times 7}{2} = \dfrac{21}{2}$.

5

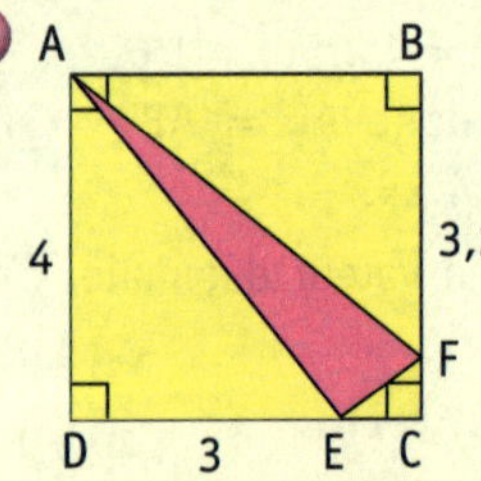

Hypothèses :
AB = BC = CD = DA = 4
DE = 3
BF = 3,25

a. $AE^2 = AD^2 + DE^2 = 4^2 + 3^2 = 25$.
$AF^2 = AB^2 + BF^2 = 4^2 + 3{,}25^2 = 26{,}5625$.
$EF^2 = EC^2 + CF^2$
$EF^2 = (4 - 3)^2 + (4 - 3{,}25)^2 = 1 + 0{,}5625 = 1{,}5625$

b. On a $AE^2 + EF^2 = 25 + 1{,}5625 = 26{,}5625 = AF^2$.
Donc AEF est rectangle en E.

19 Aborder le théorème de Thalès

1

CONSEIL
Revoir l'égalité de deux fractions, page 182 : quand deux fractions sont égales, les produits en croix sont égaux.

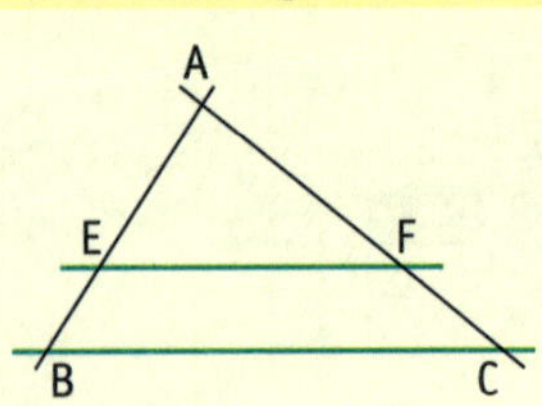

Hypothèses :
(EF) // (BC)
AF = 8
AC = 12
AB = 9
BC = 14

a. Puisque (EF) // (BC), on a $\dfrac{AE}{AB} = \dfrac{AF}{AC}$ donc $\dfrac{AE}{9} = \dfrac{8}{12}$

donc $12 \times AE = 9 \times 8$.
D'où $AE = 9 \times 8 \div 12 = 6$.

b. On a $\dfrac{EF}{BC} = \dfrac{AF}{AC}$ donc $\dfrac{EF}{14} = \dfrac{8}{12}$

donc $12 \times EF = 8 \times 14$.
D'où $EF = 8 \times 14 \div 12 = \dfrac{112}{12} \approx 9{,}33$.

2

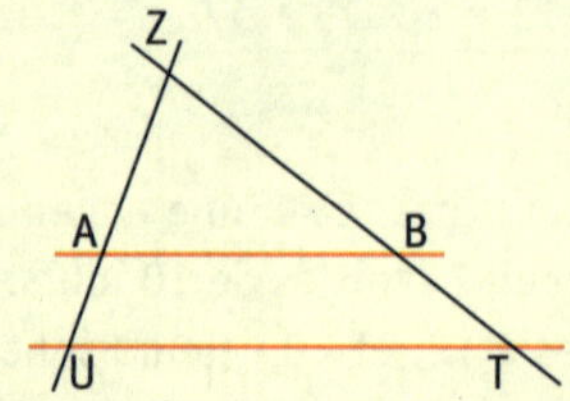

Hypothèses :
(AB) // (UT)
ZA = 2
ZU = 3
ZB = 3
AB = 3

a. Puisque (AB) // (UT), on a $\dfrac{ZA}{ZU} = \dfrac{ZB}{ZT}$

donc $\dfrac{2}{3} = \dfrac{3}{ZT}$ donc $2 \times ZT = 3 \times 3$.

D'où $ZT = 3 \times 3 \div 2 = \dfrac{9}{2} = 4{,}5$.

b. On a $\dfrac{ZA}{ZU} = \dfrac{AB}{UT}$ donc $\dfrac{2}{3} = \dfrac{3}{UT}$

donc $2 \times UT = 3 \times 3$. D'où $UT = \dfrac{9}{2} = 4{,}5$.

3

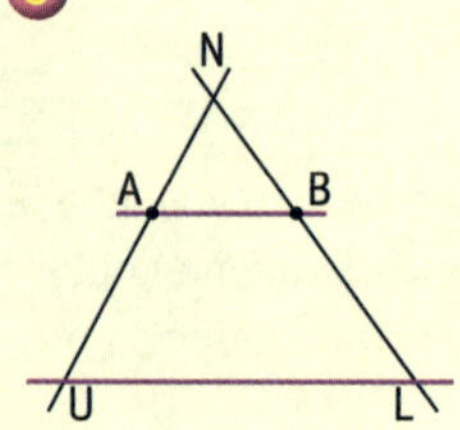

Hypothèses :
NA = 2
NU = 5
NB = 2,4
NL = 6

a. On a $\dfrac{NA}{NU} = \dfrac{2}{5}$.

b. De même, $\dfrac{NB}{NL} = \dfrac{2{,}4}{6} = \dfrac{24}{60} = \dfrac{2 \times 12}{5 \times 12} = \dfrac{2}{5}$.

c. Comme $\dfrac{NA}{NU} = \dfrac{NB}{NL}$, les droites (AB) et (UL) sont parallèles, d'après la réciproque du théorème de Thalès.

4

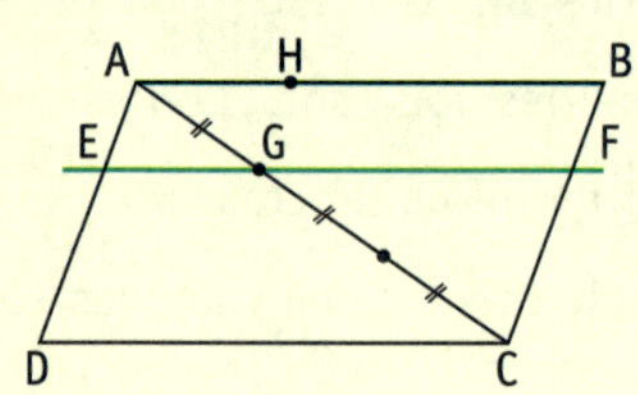

Hypothèses :
ABCD est un parallélogramme
AB = 5
BC = 3
(EF) // (AB)
$AG = \dfrac{AC}{3}$ $AH = \dfrac{AH}{3}$

a. On a $\dfrac{CG}{CA} = \dfrac{2}{3}$, et comme (EF)//(AB), d'après Thalès,

on a $\dfrac{CG}{CA} = \dfrac{GF}{AB}$.

Donc $\dfrac{2}{3} = \dfrac{GF}{5}$. Donc $3 \times GF = 2 \times 5$. Donc $GF = \dfrac{10}{3}$.

b. On a $\dfrac{AG}{AC} = \dfrac{1}{3}$, et comme (EG)//(DC), d'après Thalès,

on a $\dfrac{AG}{AC} = \dfrac{EG}{DC}$. Or, les côtés opposés d'un parallélogramme sont de même longueur donc DC = AB = 5.

On a donc $\dfrac{1}{3} = \dfrac{EG}{5}$. Donc $3 \times EG = 5 \times 1 = 5$.

Donc $EG = \dfrac{5}{3}$.

c. $EF = EG + GF = \frac{5}{3} + \frac{10}{3} = \frac{15}{3} = 5$. Donc EF = AB.

d. Puisque $AG = \frac{AC}{3}$, on a $\frac{AG}{AC} = \frac{1}{3}$. De même, $\frac{AH}{AB} = \frac{1}{3}$.

Donc $\frac{AG}{AC} = \frac{AH}{AB}$.

Alors d'après la réciproque du théorème de Thalès, on a (HG)//(BC). Mais (AD)//(BC) comme côtés opposés du parallélogramme ABCD. Donc (HG)//(AD).

20 Découvrir le cosinus dans les triangles rectangles

1

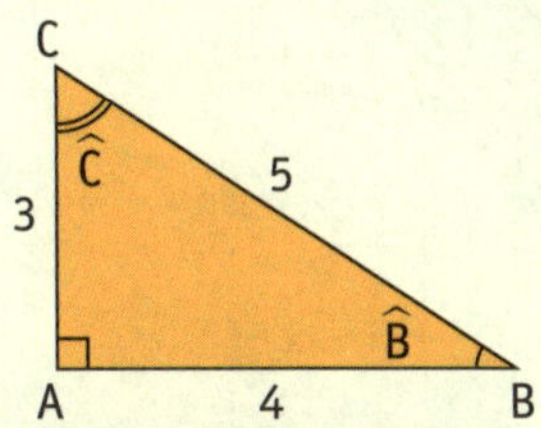

a. $\cos(\widehat{B}) = \frac{BA}{BC} = \frac{4}{5} = 0,8$

$\cos(\widehat{C}) = \frac{CA}{CB} = \frac{3}{5} = 0,6$

b.

CONSEIL
Vérifier que la calculatrice est bien en mode degré.

$\widehat{B} \approx 36,87°$ $\widehat{C} \approx 53,13°$

Remarque : on doit avoir : $\widehat{B} + \widehat{C} \approx 90°$.
Ici, 36,87° + 53,13° × 90°.

2

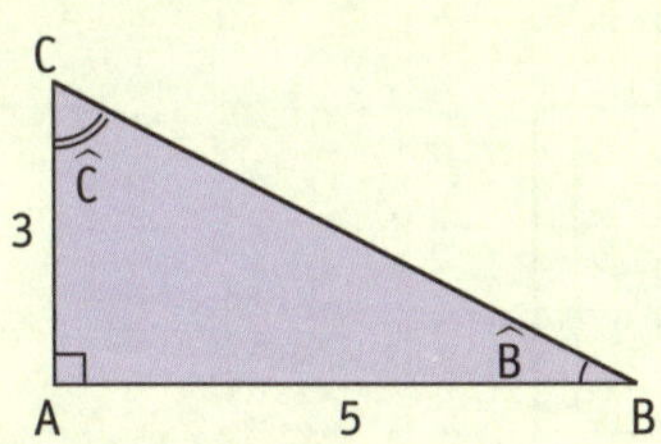

a. $BC^2 = 3^2 + 5^2 = 34$
donc $BC = \sqrt{34} \approx 5,83$.

b. $\cos(\widehat{B}) = \frac{BA}{BC} \approx \frac{5}{5,83} \approx 0,86$ $\widehat{B} \approx 31°$

$\cos(\widehat{C}) \approx \frac{CA}{CB} \approx \frac{3}{5,83} \approx 0,51$ $\widehat{C} \approx 59°$

Remarque : on a arrondi les angles au degré près.
Vérification : 31° + 59° = 90°.

3

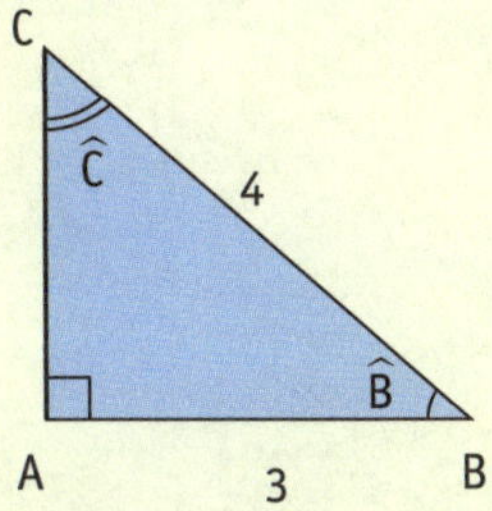

a. $4^2 = 3^2 + AC^2$ donc $AC^2 = 16 - 9 = 7$.
D'où $AC = \sqrt{7} \approx 2,65$.

b. $\cos(\hat{B}) = \frac{BA}{BC} = \frac{3}{4} = 0,75$

$\hat{B} \approx 41,41°$.

$\cos(\hat{C}) = \frac{CA}{CB} \approx \frac{2,65}{4} \approx 0,66$

$\hat{C} \approx 48,70°$, à 0,01 près.

Remarque
Vérification : 41,41° + 48,70° = 90,11° ≈ 90°. On n'est pas sûr des décimales de Ĉ car cos (Ĉ) est approché.

4

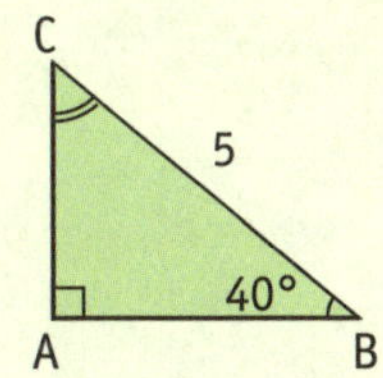

a. $\cos 40° = \frac{AB}{5}$ donc $AB = 5 \times \cos 40° \approx 3,83$.
b. $AC^2 = BC^2 - AB^2 \approx 5^2 - 3,83^2 \approx 10,33$.

Donc $AC \approx \sqrt{10,33} \approx 3,21$.

Remarque : on a appliqué le théorème de Pythagore.
On aurait pu aussi dire $\widehat{C} = 90° - 40° = 50°$
et ensuite, CA = CB × cos 50°.

5

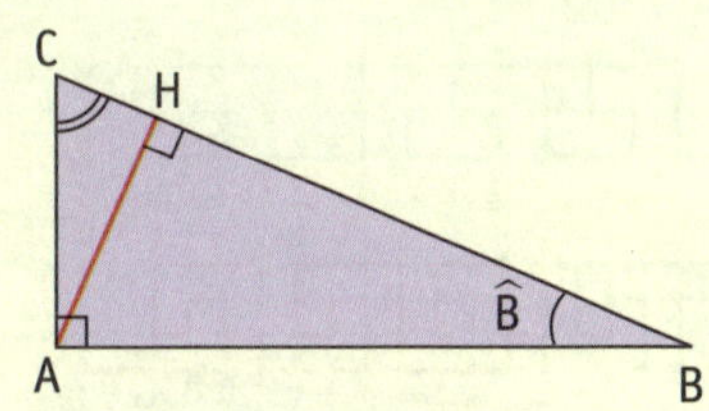

a. D'après le théorème de Pythagore :
$AB^2 = BC^2 - AC^2 = 5^2 - 2^2 = 21$.
Donc $AB = \sqrt{21} \approx 4,58$.

b. $\cos(\hat{B}) = \frac{BA}{BC} \approx \frac{4,58}{5} \approx 0,92$.

c. Le triangle ABH est rectangle en H.

Donc $\frac{BH}{BA} = \cos(\hat{B})$ donc $BH \approx 0,92 \times 4,58 \approx 4,21$.

d. $AH^2 = AB^2 - BH^2 \approx 21 - 4,21^2 \approx 3,2759$

donc $AH \approx \sqrt{3,2759} \approx 1,81$.

Remarque : en calculant par une autre méthode, on trouve BH = 4,2, qui est le résultat exact.

6

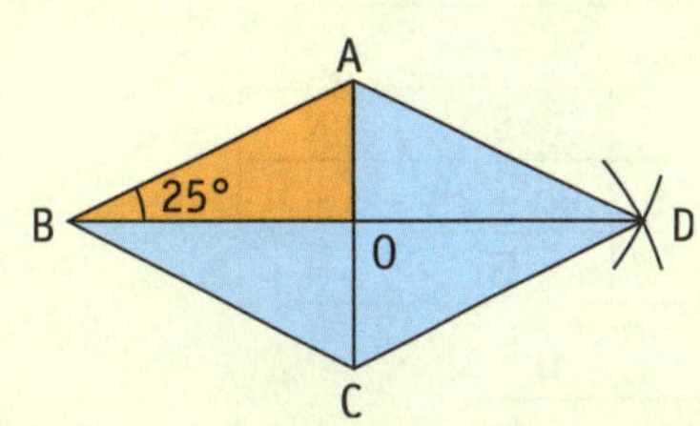

a. On considère le triangle AOB rectangle en O.

$BO = \frac{BD}{2} = \frac{8}{2} = 4$.

$\frac{BO}{BA} = \cos 25°$ donc $BO = BA \times \cos 25°$

donc $BA = \frac{BO}{\cos 25°} = \frac{4}{\cos 25°} \approx 4,41$.

b. Le périmètre du losange est $4 \times BA$ soit environ 17,64.

c. D'après le théorème de Pythagore, $AB^2 = AO^2 + OB^2$ donc $AO^2 \approx 4{,}41^2 - 4^2 \approx 3{,}45$.
$AO \approx \sqrt{3{,}45} \approx 1{,}86$. Par suite, $AC \approx 2 \times 1{,}86 \approx 3{,}72$.

EXPLICATION
Pour **a.** et **c.**, on se place dans le triangle AOB. Ce triangle est rectangle en O car les diagonales d'un losange sont perpendiculaires.

21 Translater une figure

1 a.

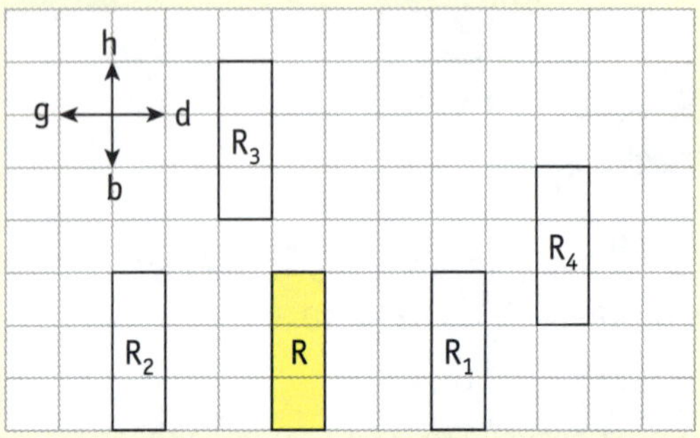

b. On passe de R_2 à R_4 par la translation 8d + 2h (ou 2h + 8d).
On passe de R_4 à R par la translation 5g + 2b (ou 2b + 5g).
On passe de R_1 à R_3 par la translation 4g + 4h (ou 4h + 4g).

2 a.

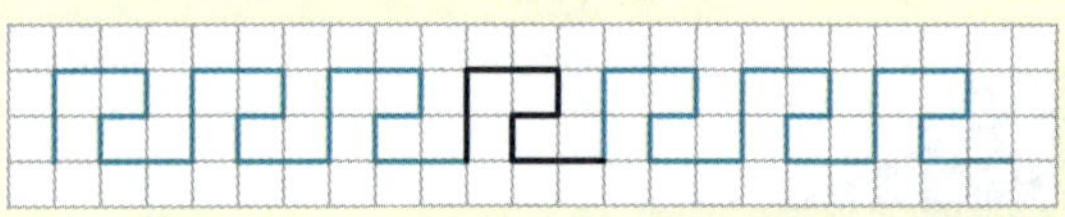

b.

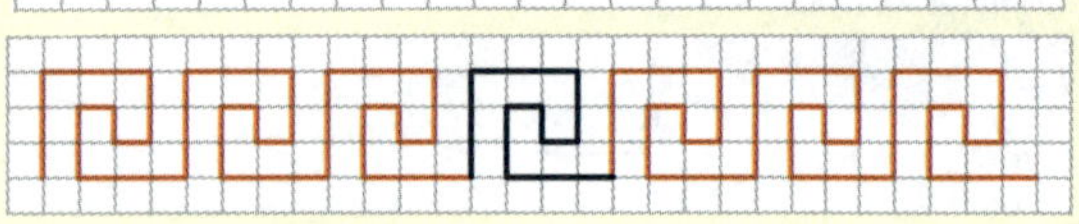

3 a. On passe d'un motif à son voisin de droite par la translation 4d ; et à son voisin de gauche par la translation 4g.

b.

4 Les carreaux sont désignés par des lettres.

a.

On passe de	A à H	L à S	P à J
par la translation	2d + b	2d + b	4d + 2h

On passe de	E à U	Y à A
par la translation	4g + 4b	4g + 4h

b.

Carreau initial	A	S	N
Translation	4d + 3b	2g + 2h	g + h
Carreau image	T	G	H

Carreau initial	T	U
Translation	4g + b	d + 4h
Carreau image	U	B

c.

Carreau initial	A	I	G
Translation	3d + b	2b + 3g	3d + 2b
Carreau image	I	P	T

Carreau initial	Y	S
Translation	4g + 4h	h + g
Carreau image	A	M

5

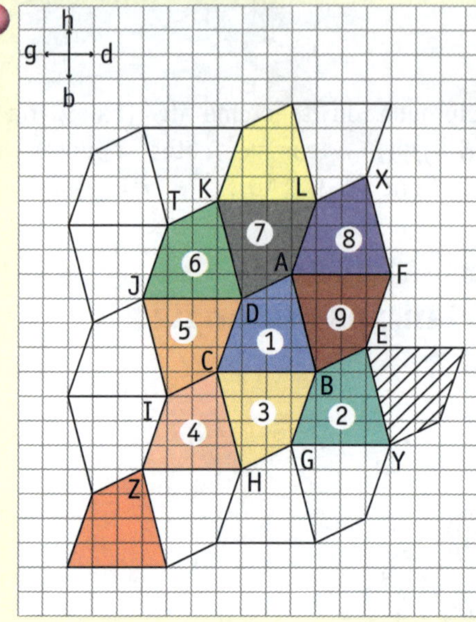

a. • L'image du pavé ① par la translation 3d + 4h est ⑧.
• Le pavé ③ est l'image du pavé ⑤ par la translation 3d + 3b .
• Le pavé ⑥ est l'image du pavé ② par la translation 6g + 6h .
b. c. Voir le dessin.

22 Agrandir et réduire une figure

1

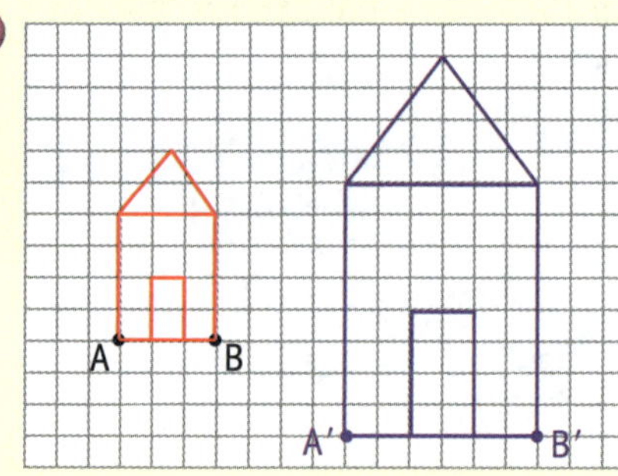

EXPLICATION
Toutes les longueurs sont multipliées par 2.

2

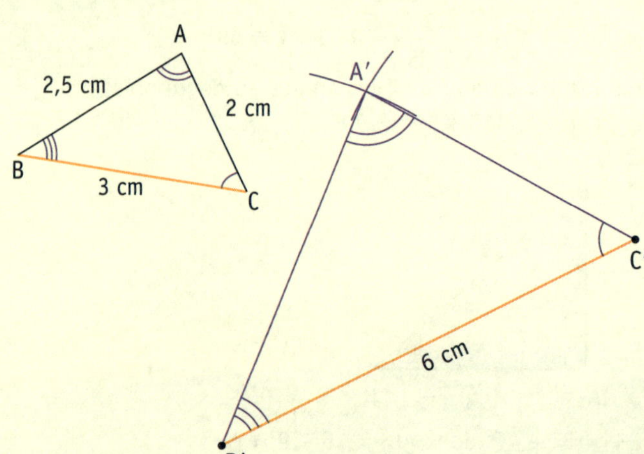

a. $B'C' = 6 = 2 \times 3 = 2$ BC. Donc, on doit multiplier les longueurs par 2.

b. Donc $A'B' = 2 \times 2{,}5 = 5$ cm. $A'C' = 2 \times 2 = 4$ cm.

D'où la construction de A' à l'aide de la règle graduée et du compas.

c. Voir la figure.

3

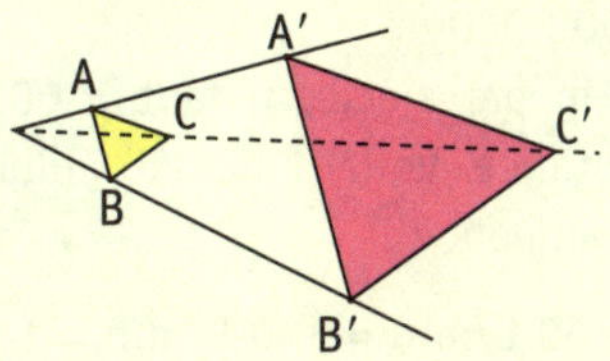

$A'B' = 4 \times AB$ et $AC = \frac{1}{4} \times A'C'$

EXPLICATION
Il suffit de remarquer que $4^2 = 16$.

4

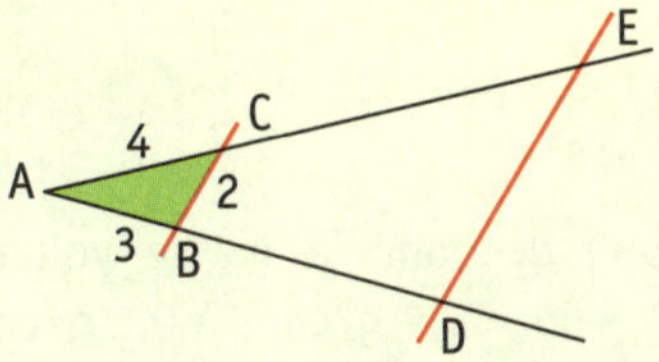

Hypothèses : (BC) // (DE) et AD = 9.

a. D'après le théorème de Thalès, on a $\frac{AC}{AE} = \frac{AB}{AD}$.

Donc $\frac{4}{AE} = \frac{3}{9} = \frac{1}{3}$ donc AE = 12.

De même $\frac{BC}{ED} = \frac{1}{3}$ d'où $\frac{2}{ED} = \frac{1}{3}$, donc ED = 6.

Remarque : on a utilisé l'égalité des produits en croix pour calculer AE et ED.

b. On a $ED = 3 \times BC$ puis $AE = 3 \times AC$ et $AD = 3 \times AB$. Donc on obtient les dimensions du triangle ADE en multipliant celles de ABC par 3. Donc ADE est un agrandissement de ABC.

23 Découvrir les pyramides et les cônes

1

h	7	5	11
B	15	21	39
V	35	35	143

EXPLICATION
Rappel : $V = \frac{1}{3} \times B \times h$.
Exemple pour la 3e colonne :
$143 = \frac{1}{3} \times 39 \times h = 13\,h$ donc $h = 143 \div 13 = 11$.

2 a. 18 sommets : ceux de la base et un autre.
34 arêtes : les côtés de la base et les arêtes latérales (en nombre égal).
17 faces latérales, autant que le nombre de côtés de la base.

b. La base a 29 côtés. Il y a 29 faces latérales.

3 a. $V = 6^3 = 216$. Le volume du cube est 216 cm^3.

b. $V = \frac{1}{3} \times B \times h = \frac{1}{3} \times 6^2 \times 6 = 72$

Le volume de la pyramide est 72 cm^3.

EXPLICATION
La base de la pyramide HELAS est le carré SALE. La hauteur est l'arête [EH].

4 a.

r	*d*	*h*	*a*	volume
5 cm	10 cm	8 cm	9,43 cm	209,44 cm^3
3 cm	6 cm	6 cm	6,71 cm	56,55 cm^3
12 cm	24 cm	35 cm	37 cm	5 277,88 cm^3

b. On a $a = 37$ cm et $r = 12$ cm. Donc, d'après le théorème de Pythagore : $h^2 = a^2 - r^2 = 37^2 - 12^2 = 1\,225$.
Donc $h = \sqrt{1\,225} = 35$ cm.

5 Le rayon de la base du cylindre (et du cône) mesure $10 \div 2 = 5$cm.
Le volume du cylindre est :
$V = 5^2 \times \pi \times 12 = 25 \times 12 \times \pi = 300\pi$.
Le volume du cône est :
$v = \frac{1}{3} \times 5^2 \times \pi \times 12 = \frac{1}{3} \times 25 \times 12 \times \pi = 100\pi$
donc $3v = V$. Il faut donc 3 cônes pour remplir le cylindre.
Ce résultat est général : pour le démontrer on doit travailler avec des lettres (la hauteur *h* et le rayon *r*).

6 La hauteur d'un cône mesure 5 cm.
Le volume d'un cône est $\frac{1}{3} \times \pi \times 3^2 \times 5$ soit 15π.
Le volume du sablier est donc 30π, soit environ 94,2 cm^3.

Remarque : le volume de sable est, au plus, égal à la moitié du volume du sablier.

24 Se repérer et construire dans l'espace

1 a. A (1 ; 1 ; 1) ; B(2 ; 3 ; 4) ; D(1 ; 1 ; 3) ; E(1 ; 5 ; 1).

b. H(1 ; 0 ; 1) a une coordonnée nulle, R et T aussi ; U(1 ; 0 ; 0) a deux coordonnées nulles, S et C aussi.

c. K(1 ; 3 ; 4)

d. Voir le dessin.

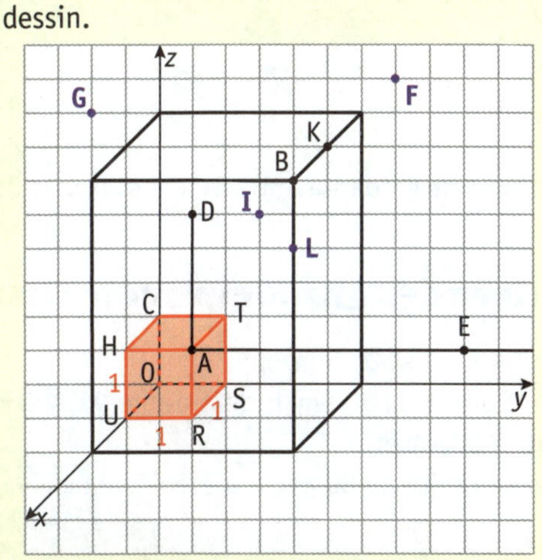

2 **a.** L(2 ; 3 ; 2) ; E(0 ; 0 ; 2) ; F(1 ; 3 ; 2)
b. Voir le dessin.
c. G(1 ; 0 ; 2)
d. Voir le dessin.

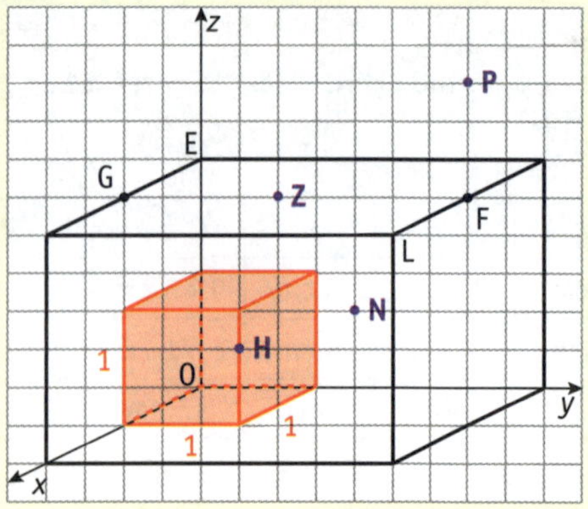

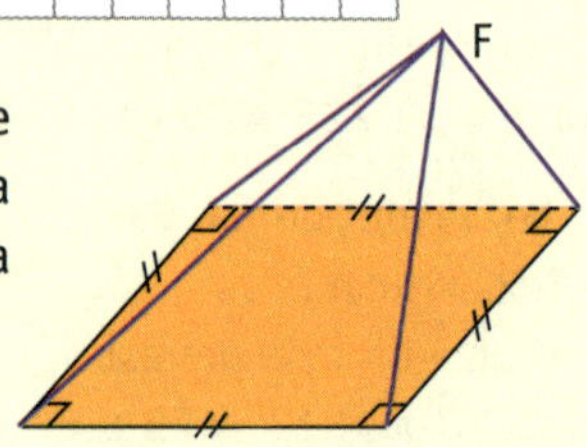

3 **a.** Placer le sommet F et joindre celui–ci aux quatre sommets de la base. On dessine en pointillés la ou les arêtes cachées.
b. L'aire de base est égale à c^2.

c	5	10	5	5	5	9
h	9	9	18	12	3	5
V	75	300	150	100	25	135

4

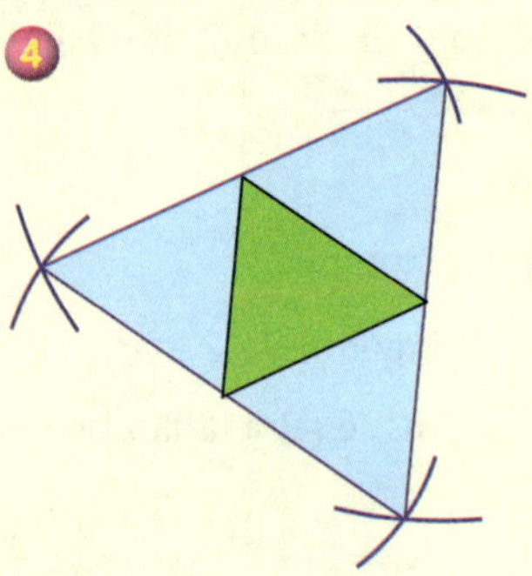

Ou bien :

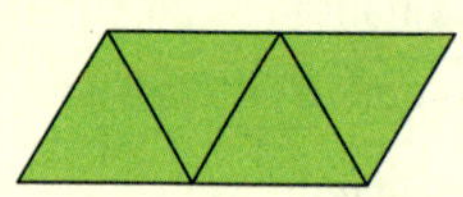

5 **a.** Le périmètre de base du cône est la longueur d'un cercle de 3 cm de rayon et vaut donc : $2\pi \times 3 = 6\pi$.
b. $\overset{\frown}{AB}$ est un quart de cercle de rayon a. $\overset{\frown}{AB}$ mesure donc $\frac{1}{4} \times 2\pi a$ soit $\frac{\pi a}{2}$.
c. On a : $\frac{\pi a}{2} = 6\pi$ soit $\frac{1}{2} \times \pi \times a = 6 \times \pi$
donc $\frac{1}{2} \times a = 6$ soit $a = 12$ cm.

CONSEIL
Il est préférable de garder la lettre π dans les calculs.

25 Utiliser des grandeurs composées

1 102 m en 4 s, c'est 25,5 m/s.
Donc 25,5 × 3 600 = 91 800 m/h c'est-à-dire 91,800 km/h, qui est supérieur à 80 km/h.
Donc la vitesse limite de 80 km/h a été dépassée.

EXPLICATION
Il suffit de chercher la vitesse en m/s et de la convertir en km/h.

2 **a.** La durée de la course en heures :
27 × 24 + 4 = 652 h.
La vitesse est donc : 5 500 ÷ 652 ≈ 8,44 km/h.
b. La durée de la course en heures :
16 × 24 + 6 = 390 h
La vitesse est donc : 5 500 ÷ 390 ≈ 14,10 km/h.

3 6 000 km = 6 000 000 m.
À la vitesse de 2 m par siècle, il faut 3 000 000 de siècles pour faire cette distance. Voilà donc 300 millions d'années que l'aventure aurait commencé !

4 2,5 L/s = 2,5 × 60 L/min = 150 L/min = 1,5 hL/min.

5 **a.** Le débit moyen de la Seine est :
30 000 ÷ 60 = 500 soit 500 m^3/s.
b. En 1 h, il s'écoule : 30 000 × 60 = 1 800 000 m^3.
En 1 jour, il s'écoule :
1 800 000 × 24 = 43 200 000 m^3.

6 Le nombre de tours par seconde est :
6 900 ÷ 60 = 115 t/s.

7 0,58 kg = 580 g. Donc la masse volumique du cuivre en g/cm^3 est 580 ÷ 65 ≈ 8,9 g/cm^3, à 0,1 g/cm^3 près.

8 Consommation électrique en Wh :
(6 × 100 × 5) + (2 × 2 100) + (600 × 8)
= 3 000 + 4 200 + 4 800 = 12 000 Wh, soit 12 kWh.

9 Quantité de travail en hommes × années :
(25 × 2) + (10 × 3,5) + (34 × 0,5) = 50 + 35 + 17
= 102 hommes × années.

26 Découvrir l'algorithmique et la programmation

1 **a.** Afin d'éviter les conflits, effacer le programme P1 avant d'exécuter le programme P2.
b. Les instructions du bloc jaune sont répétées 10 fois.
c. Il suffit de remplacer 10 par 1.

2 **b.** P4 n'est pas le même programme que P3 car l'instruction « dire FIN pendant 1 secondes » est répétée 100 fois.
c. Environ 100 secondes.

3 **a.** Avec ce nouveau programme, le lutin ne rebondit pas perpendiculairement aux bords. C'est moins monotone.
b. Au début du programme, on insère l'instruction « demander angle = et attendre ».
Et on remplace « 37 » par « *réponse* ».

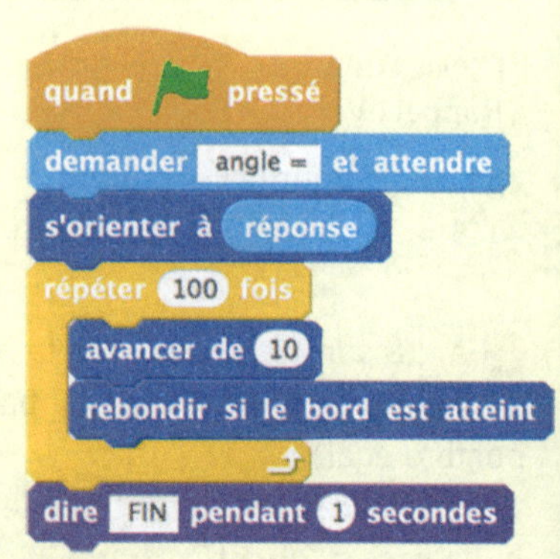

4 **b.** Ce programme donne les 10 premiers multiples de 13.
c. Au début du programme, on insère les instructions :
« demander nombre de multiples = et attendre »
« mettre *n* à *réponse* »
Dans la boucle, on remplace « répéter 10 fois » par « répéter *n* fois ».
d. On procède comme à la question **c.** précédente. Et dans la boucle, il faut remplacer « *M* + 13 » par « *M* + *a* ». Finalement, on obtient un programme comme ci-dessous :

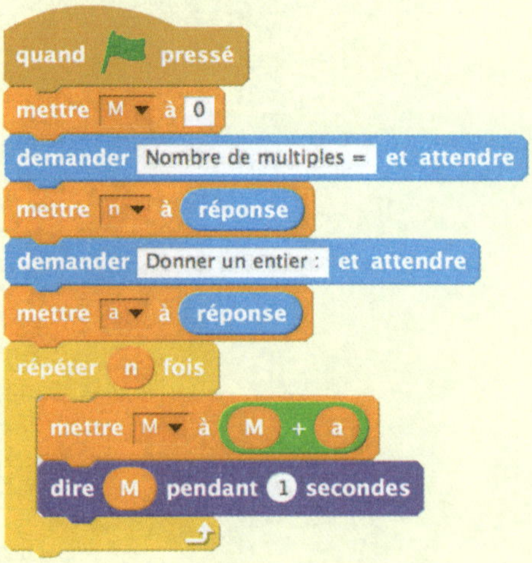

5 Il y a plusieurs choses à faire :
- au début, demander le nombre de puissances (et pas de multiples) ;
- avant la boucle, remplacer l'instruction « mettre *M* à 0 » par « mettre *M* à 1 » ;
- dans la boucle, remplacer « *M* + *a* » par « *M* * *a* ».

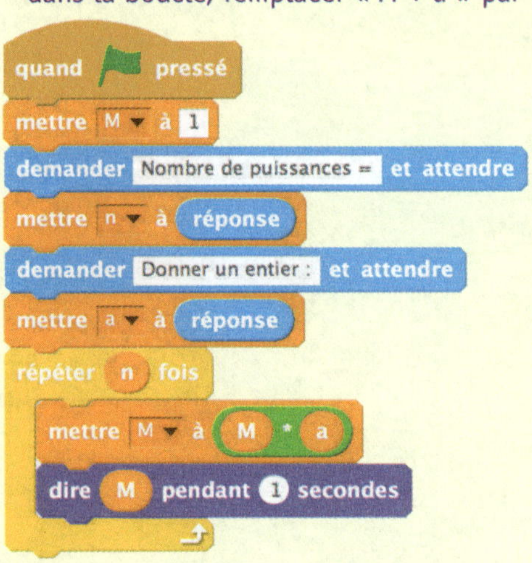

6 **a.** Le lutin avance, rebondit, tourne indéfiniment. Penser à le stopper.
b. Le lutin voit sa taille augmenter et devient si gros qu'il ne peut plus tourner. De grâce, ne torturez pas ce gentil lutin !

7 **a.** 34, 55 et 89 car, à partir du terme 2, chaque terme est la somme des deux précédents.
b. Les nombres de Fibonacci sont « fabriqués » dans la variable *c*.
c. Avant la boucle, insérer l'instruction « demander Nombre de termes = et attendre », puis, en tête de boucle, remplacer « 10 » par « *réponse* ».

8 **a.** On utilise une boucle :

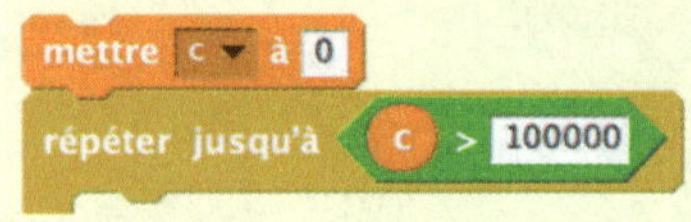

On constate que les nombres de Fibonacci augmentent très vite.

EXPLICATION
On met **c** à **0** pour être sûr qu'il soit inférieur à 100 000. À défaut, le programme pourrait s'arrêter avant de commencer.

b. On utilise une boucle :

On arrête la boucle en pressant la barre d'espace.

HISTOIRE-GÉO/EMC

C'est l'essentiel du programme d'histoire-géographie et d'enseignement moral et civique (EMC) qui est récapitulé dans cette partie. Sur chacun des **thèmes clés** du programme te sont proposés des rappels de cours et des exercices qui concernent :

La partie comprend aussi :

HISTOIRE

1 Négoces internationaux et traites négrières au XVIIIe siècle

Le grand commerce au XVIIIe siècle

- Au XVIIIe siècle, **l'Europe domine le commerce maritime**. La France, le Royaume-Uni, les Provinces-Unies, l'Espagne et le Portugal possèdent de vastes **empires coloniaux** et des **comptoirs** en Asie, en Amérique et le long des côtes africaines.
- **La principale route maritime relie l'Europe à l'Amérique.** Les Européens en ramènent des produits tropicaux, rares à l'époque, qui assurent leur richesse, soit en se rendant directement sur place (**commerce en droiture**), soit grâce au **commerce triangulaire**.
- L'essor de ce commerce profite avant tout à la **façade atlantique** : des villes comme Bordeaux, Nantes, Londres, Lisbonne ou encore Amsterdam s'enrichissent et voient **prospérer une nouvelle bourgeoisie** (armateurs, capitaines de navire, négociants…).

★★ **1** **Lis le texte et réponds aux questions.**

« À Bordeaux, François Bonnaffé, protestant, originaire du Lot, est un armateur qui amortit son premier navire au premier voyage. Il se spécialise dans l'exportation de vins et de farines de l'arrière-pays vers les Antilles et dans l'importation de sucre, de café et indigo[1], qui sont ensuite revendus en France et en Europe.
En 1776, il a quatre navires et sa fortune atteint 15 millions de livres. Il se fait construire un magnifique hôtel particulier dans le style bordelais et s'allie par mariage aux Nairac, représentants de la bourgeoisie intellectuelle qui tient salon. »

Caroline Le Mao, *Les Villes portuaires maritimes dans la France moderne*, © Armand Colin, Paris, 2015.

1. Matière colorante bleue.

a. Présente le personnage dont il est question dans ce texte (nom, ville, métiers).

François Bonnaffé, de Bordeaux, est un armateur.

b. Avec quelle région échange-t-il ? Quels sont les produits exportés ? les produits importés ?

Il echange avec les Antilles. exportés: vins, farines
importation: de sucre, café et indigo

c. À l'aide de tes connaissances, explique pourquoi les produits importés assurent la richesse de ce personnage.

d. Cite deux éléments qui prouvent la richesse de ce personnage.

Il à quatre navires et un hôtel particulier.

e. L'essor du grand commerce maritime au XVIIIe siècle profite-t-il à toute l'Europe et l'ensemble de sa population ? Explique et justifie ta réponse.

L'essor du grand commerce profite à la france et aux bourgeois.

SCORE ……… / 8

INFO
Un **armateur** est une personne qui possède et finance l'équipement d'un navire marchand.

COUP DE POUCE
c. Le sucre, le café et l'indigo ne peuvent être cultivés que sous certaines conditions climatiques, qui n'existent pas en Europe.

COUP DE POUCE
e. La réponse revient à dire à quelle **partie de l'Europe** et à quelle **catégorie de population** profite ce commerce et à expliquer pour quelles **raisons**.

Traite atlantique et économie de plantation

- Au XVIIIe siècle, le **commerce des esclaves** connaît un grand essor. Les esclaves sont capturés en **Afrique** par des marchands africains, puis acheminés jusque sur les côtes où des Européens les échangent contre des armes, des tissus, des bijoux, de l'alcool… Ils sont ensuite entassés sur un **navire négrier**, dans des conditions effroyables (chaînes, manque d'hygiène…).
- Arrivés en **Amérique**, les esclaves sont vendus aux colons qui les font durement travailler dans les **plantations** où sont cultivés le sucre, le café, le coton, le cacao, le tabac… Les navires repartent ensuite vers **l'Europe** chargés de ces produits tropicaux.

★★ 2 À l'aide du cours, complète la carte et réponds aux questions.

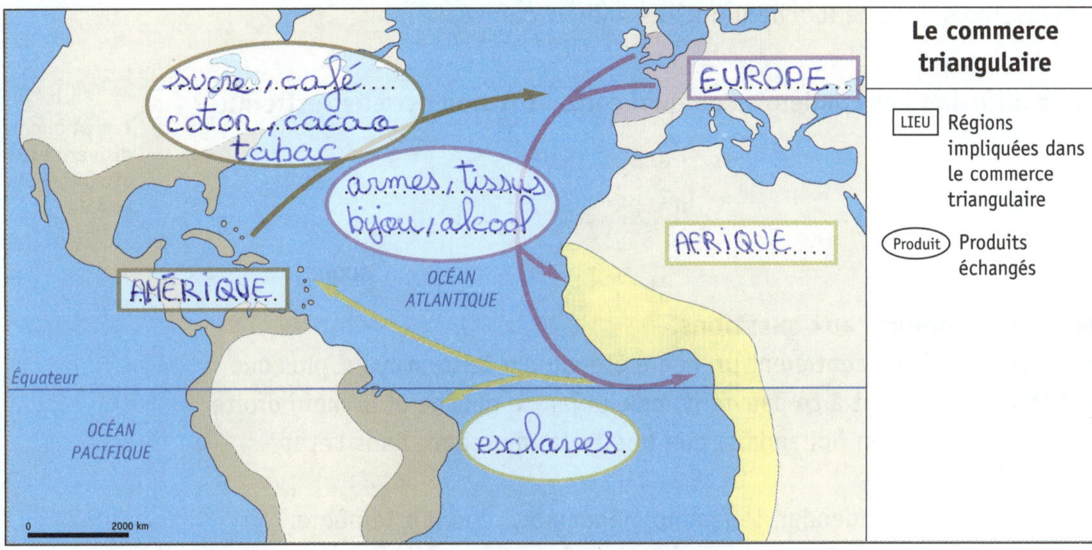

a. Écris dans chaque rectangle le nom du lieu correspondant.

b. Écris dans chaque bulle le nom des produits échangés.

c. Pourquoi parle-t-on de « commerce triangulaire » ?

Car c'est un commerce en triangle.

d. À quoi sont employés les esclaves en Amérique ?

En Amérique les esclaves sont employés à travailler dans les plantations, afin de cltiver le sucre, le café, le coton, le cacao, le tabac.

e. À qui profite ce commerce ?

le commer

SCORE ..../ 9

INFO

Une **économie de plantation** est une économie dont la prospérité et l'équilibre reposent sur l'existence de plantations esclavagistes. La **traite négrière** est le commerce de femmes et d'hommes africains capturés puis vendus à des propriétaires esclavagistes.

ATTENTION

b. Plusieurs réponses sont attendues dans les bulles du haut.

INFO

Les esclaves ne peuvent rien posséder et reçoivent des punitions corporelles s'ils désobéissent à leur maître. Dans les possessions françaises, le **Code noir (1685)** organise la vie des esclaves dans les plantations.

Corrigés p. 184

TOTAL ..../ 17

HISTOIRE

2 L'Europe des Lumières

La circulation des idées en Europe

- Au XVIIIe siècle, des **savants** et des **philosophes** réfléchissent sur la science, la politique, la société, la religion, fondant leurs réflexions sur la **raison**. Ils portent des idées comme la **liberté** (Hume), la **séparation des pouvoirs** (Montesquieu), l'**égalité** (Rousseau), la **tolérance** (Voltaire). En cela, ils critiquent la monarchie absolue, la société d'ordres et l'Église.
- Les idées des Lumières se diffusent grâce aux écrits, notamment l'***Encyclopédie***, dirigée par Diderot et d'Alembert et publiée de 1751 à 1772. Elles sont discutées dans les **salons** et les **cafés**, mais elles ne touchent que les milieux cultivés.

★★ **1** **Cite deux moyens de diffusion des Lumières. Pourquoi cette diffusion est-elle restreinte ?**

....

....

COUP DE POUCE
Les publications doivent également affronter la **censure royale**.

SCORE .... / 3

★★ **2** **Lis le texte ci-dessous et réponds aux questions.**

> « En approchant de la ville, ils rencontrèrent un nègre étendu par terre, n'ayant plus que la moitié de son habit ; il manquait à ce pauvre homme la jambe gauche et la main droite.
> – Eh, mon Dieu, lui dit Candide en hollandais, que fais-tu là, mon ami, dans l'état horrible où je te vois ?
> – J'attends mon maître, M. Vanderdendur, le fameux négociant, répondit le nègre.
> – Est-ce M. Vanderdendur, dit Candide, qui t'a traité ainsi ?
> – Oui, Monsieur, dit le nègre. C'est l'usage. On nous donne un caleçon de toile pour tout vêtement deux fois l'année. Quand nous travaillons aux sucreries, et que la meule nous attrape le doigt, on nous coupe la main ; quand nous voulons nous enfuir, on nous coupe la jambe ; je me suis trouvé dans les deux cas. C'est à ce prix que vous mangez du sucre en Europe. »

Voltaire, *Candide*, 1759.

a. Présente le document (nature, auteur, date, titre, sujet).

....

....

b. Quelles pratiques sont-elles ici dénoncées ? Justifie en citant des passages du document.

....

....

COUP DE POUCE
b. Tu peux relire le chapitre 1.

c. Quelle nationalité l'auteur donne-t-il au négociant ? Pour quelle raison ?

....

....

COUP DE POUCE
c. La question est de savoir ce que Voltaire cherche ici à éviter, pour lui et son ouvrage.

d. Quels principes des Lumières l'auteur défend-t-il dans ce document ?

....

SCORE .... / 5

Appliquer les idées des Lumières ?

- Dans la seconde moitié du XVIIIe siècle, certains **souverains européens** s'inspirent des idées des Lumières pour **moderniser leur pays**. C'est le cas de **Catherine II en Russie** et de **Frédéric II en Prusse**. Néanmoins, leur manière de gouverner reste **autoritaire** : on parle donc de **despote éclairé**.
- En **France**, les idées des **Lumières** et l'exemple de la **Révolution américaine** provoquent **une contestation et une agitation grandissantes**. Cela n'entraîne cependant pas, dans l'immédiat, un changement politique radical. Le roi comme l'Église supportent mal les critiques : certains penseurs sont emprisonnés.

3 **Observe le tableau ci-dessous et réponds aux questions.**

Rédaction du *Nakaz* (instructions de l'impératrice en vue de la rédaction d'un nouveau code de lois)

Correspondance avec Voltaire et Diderot

Détient tous les pouvoirs

Développement de l'éducation (écoles dans les villes)

Allègement de la censure

Invitation de Diderot à Saint-Pétersbourg en 1773-1774

Développement économique (aides agricoles, création d'usines)

Maintien du servage (dépendance d'une personne vis-à-vis d'un maître)

Charles Lampi, *Catherine II de Russie avec les Allégories de l'histoire et du temps*, huile sur toile, 42 x 58 cm, vers 1792-1793, Musée de la Révolution française, Vizille.

a. Présente le personnage dont il est ici question.

....

b. Classe dans le tableau chaque vignette présente sur l'illustration.

Intérêt pour les idées des Lumières	Volonté de moderniser le pays	Manière de gouverner qui reste autoritaire
....	....	....
....	....	....
....	....	....

c. À l'aide de tes réponses précédentes, explique pourquoi Catherine II est qualifiée de « despote éclairé ».

....

....

SCORE ..../ 10

INFO
Catherine II et Frédéric II ont reçu à leur cour des philosophes (Diderot et Voltaire).

Corrigés p. 184-185

TOTAL ..../ 18

HISTOIRE

3 La Révolution française et l'Empire : une nouvelle donne politique (1789-1815)

La disparition de la monarchie

- En **1789**, la France connaît une **situation financière et sociale tendue** (hausse des prix, émeutes...). Le roi **Louis XVI** a convoqué les **états généraux** du royaume.
- Confrontés à l'intransigeance du roi sur la procédure du vote, les **députés du tiers état se proclament Assemblée nationale**, puis jurent, le 20 juin, de rédiger une **constitution** (serment du jeu de Paume). La **monarchie absolue disparaît** : le roi doit gouverner avec des représentants du peuple (**souveraineté nationale**). Les Parisiens entrent en révolution le **14 juillet** (prise de la Bastille).
- La **Constitution de 1791** crée une **monarchie constitutionnelle,** mettant ainsi en œuvre les idées des Lumières. Louis XVI, qui n'accepte pas la diminution de ses pouvoirs et qui perd la confiance du peuple, est renversé le 10 août 1792.

INFO
À cette occasion, les Français sont invités à faire connaître leurs souhaits par le biais des **cahiers de doléances**, rédigés ordre par ordre.

★ 1 **Quelle réunion est convoquée par Louis XVI en mai 1789 ? Qui est appelé à y siéger ?**

....

....

SCORE ..../ 2

★★ 2 **Observe le schéma et réponds aux questions.**

La Constitution de 1791

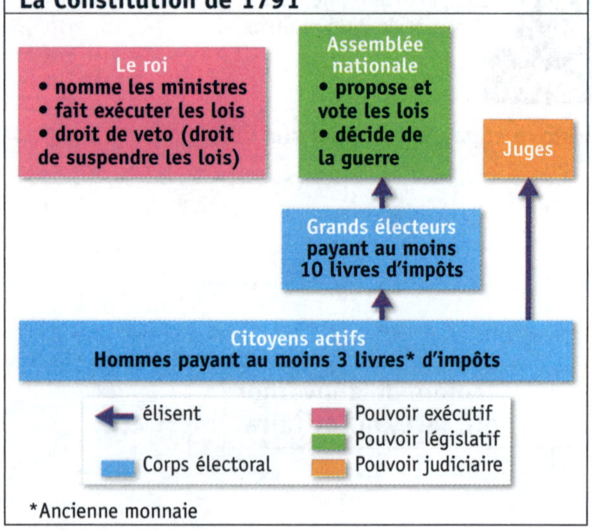

a. Qui détient le pouvoir législatif ? Qui la désigne ?

....

....

b. Qui détient le pouvoir exécutif ?

....

c. Quel droit important détient le roi ?

....

....

....

d. Quelles grandes idées des Lumières sont ainsi mises en application ?

....

COUP DE POUCE
d. Relis le chapitre 2 !

e. Pourquoi Louis XVI n'est-il plus un roi absolu ?

....

....

SCORE ..../ 7

Un nouvel ordre politique instable

- La **République** est proclamée en **septembre 1792**. Une **nouvelle constitution** est rédigée en 1793, rappelant la souveraineté de la nation et établissant le suffrage universel masculin.
- En 1793, pour sauver la République menacée par les monarchistes en Vendée et les monarchies européennes, le **Comité de salut public**, présidé par Robespierre, proclame la **Terreur** et confisque le pouvoir. Les tribunaux révolutionnaires jugent et condamnent, de manière expéditive, toute personne considérée comme ennemie.
- Le **9 novembre 1799** (18 Brumaire an VIII), le général **Bonaparte** prend le pouvoir par un **coup d'État**. Il crée le **Consulat** (1799-1804) puis proclame l'**Empire**. Sous ces régimes, il concentre l'essentiel du pouvoir ; le suffrage censitaire est rétabli.

3 **Quelle est la situation de la France en 1793 ?**

....

....

....

....

SCORE ..../ 1

COUP DE POUCE
Précise les **menaces** et les **décisions** qui sont alors prises.

4 **Observe le tableau et réponds aux questions.**

a. Qui est le personnage ici représenté ?

....

....

....

....

b. De quel régime politique s'inspire-t-il dans ce portrait officiel ? Justifie avec des éléments précis du tableau.

....

....

....

....

c. De quel type de pouvoir semble-t-il alors disposer ?

....

....

Anne-Louis Girodet, *Napoléon en costume impérial*, huile sur toile, 180 x 253 cm, 1812, Musée Girodet, Montargis.

d. À quel tableau célèbre celui-ci te fait-il penser ?

....

SCORE ..../ 4

COUP DE POUCE
a. Rappelle quel est son **métier**, sa **manière d'arriver au pouvoir**, **le régime politique** qu'il a créé.

INFO
Ce tableau rappelle le portrait de Louis XIV en tenue de sacre peint par Hyacinthe Rigaud en 1701.

Corrigés p. 185

TOTAL ..../ 13

4 Une France et une Europe bouleversées par la Révolution et l'Empire

La création d'une France nouvelle

- L'année **1789** crée un nouvel ordre social en France : les **privilèges sont abolis** (4 août) et la **Déclaration des droits de l'homme et du citoyen** du 26 août établit les **principes de libertés fondamentales, d'égalité devant la loi et de souveraineté nationale**.
- Menacés sous la Terreur, ces acquis sont réaffirmés par **Napoléon**. En 1801, le **Concordat** rétablit les **libertés de conscience et de culte**. Le **Code civil** (1804) fixe le droit entre les personnes. Les **femmes** obtiennent de nouveaux droits (mais toujours pas le droit de vote).
- La **gestion du pays** est améliorée avec l'unification des poids et des mesures, la création des départements, des lycées, de la Banque de France et du franc. L'état civil est confié aux mairies et non plus aux églises.

★★ 1 Lis le texte et réponds aux questions.

« La séance de la nuit du 4 août est la plus mémorable qui se soit jamais tenue chez aucune nation [...]. Monsieur le vicomte de Noailles fit une motion et demanda que les droits exclusifs de chasse, redevances, dîmes, tous les droits qui pèsent sur le peuple puissent être rachetés [...]. Puis les ducs d'Aiguillon et du Châtelet proposèrent que, dès cet instant, la noblesse et le clergé prononçassent le sacrifice de leurs privilèges pécuniaires[1].
Les circonstances malheureuses où se trouve la noblesse, l'insurrection générale de toutes parts contre elle, plus de cent cinquante châteaux incendiés, tout nous prescrivait la conduite que nous devions tenir. Le clergé et la noblesse se levèrent et adoptèrent toutes les motions proposées. »

Lettre du marquis de Ferrière (député de la noblesse à l'Assemblée), *Correspondance inédite*, 1789-1791.

1. En matière d'impôts.

a. Quelle décision est prise par l'Assemblée nationale constituante dans la nuit du 4 août 1789 ?

....

b. Qui la propose ? À quel ordre appartiennent-ils ?

....

....

c. Pour quelle raison une telle proposition est-elle faite ?

....

....

d. Quel aspect de l'Ancien Régime disparaît-il ainsi ? Quelle est donc la conséquence pour les Français ?

....

....

....

SCORE ..../ 6

INFO
À l'été 1789, un mouvement de panique se répand dans les campagnes suite à des rumeurs (restauration de la monarchie absolue, volonté de la noblesse et du clergé d'affamer le peuple...). Les paysans attaquent les seigneurs et les châteaux : on parle du mouvement de la **Grande Peur**.

★ 2 **Cite au moins deux nouveautés nées pendant la Révolution française et l'Empire qui perdurent encore aujourd'hui.**

....

....

SCORE ..../ 2

Apports et conséquences en Europe

- La Révolution française a un **retentissement considérable** en Europe, suscitant admiration ou inquiétude. Après l'exécution de Louis XVI en janvier 1793, la France est en guerre contre ses voisins européens. À partir de 1794, elle se lance dans une guerre de conquêtes. L'Empire étend la domination de la France en Europe et s'entoure d'États vassaux.
- Dans les **pays conquis**, la France apporte les réformes de 1789 : **la liberté, l'égalité et la souveraineté nationale**. Mais très vite, les pays vassaux doivent fournir matières premières, matériel et hommes à la France, dont les armées commettent de nombreuses exactions.
- Face à l'occupation, les peuples prennent conscience qu'ils forment une **nation** et **se révoltent contre les Français.** Les **arts** (peinture, musique, poésie...) sont les moyens privilégiés de l'**expression de ces sentiments nationaux.**

★ 3 **Quels principes la France apporte-t-elle à ses voisins ?**

....

....

SCORE ..../ 1

★★ 4 **Observe le tableau et réponds aux questions.**

Francisco Goya, *Tres de Mayo*, huile sur toile, 1814, musée du Prado, Madrid.

a. Identifie les éléments ci-dessous et reporte les numéros sur le tableau :

1. *Un martyr*
2. *Un peuple assassiné*
3. *Les révoltés madrilènes*
4. *Les soldats de la Grande Armée*
5. *Le palais de Liria*
6. *La source de lumière*

b. Comment la violence est-elle représentée ?

....

....

c. Quels sentiments le peintre cherche-t-il à provoquer chez ses compatriotes ?

....

....

SCORE ..../ 8

HISTOIRE-GÉO/EMC

Corrigés p. 185-186

TOTAL ..../ 17

5 L'Europe de la « révolution industrielle » (1)

Un siècle d'innovations

- En 1769, James Watt met au point la **machine à vapeur**, alimentée au **charbon**. Cette innovation révolutionne l'industrie (textile, métallurgie), l'agriculture et les transports. Les machines entraînent une **forte augmentation de la production**. Les transports, plus rapides et moins coûteux, **développent les échanges intérieurs et internationaux**.
- Les **usines** se multiplient. Elles sont construites à proximité des gisements de charbon. De nouvelles régions industrielles se peuplent.
- À la **fin du XIXe siècle**, la découverte de l'**électricité** et du **pétrole** entraîne une seconde révolution industrielle, avec le développement de la chimie, de l'automobile…

★★ 1 Observe l'affiche puis réponds aux questions.

a. Quel service est mis en place entre Paris et Londres ?

....

b. Pourquoi l'affiche précise-t-elle « grande économie » ?

....

....

....

c. Quelle activité bénéficie du développement du chemin de fer ? Justifie ta réponse.

....

....

....

SCORE ..../ 3

Affiche publicitaire des Chemins de fer de l'Ouest, fin XIXe siècle.

★★ 2 Quels changements apparaissent dans le travail avec la révolution industrielle ?

....

SCORE ..../ 1

> **COUP DE POUCE**
> Ces changements concernent la **manière** de travailler, ainsi que le **lieu de travail**.

★★ 3 Lis le tableau.

	Charbon (en milliers de tonnes)		Fils de coton (en milliers de livres sterling)		Acier (en millions de tonnes)	
	1800	**1900**	**1830**	**1870**	**1860**	**1913**
Royaume-Uni	10	230	250	1 101	1,5	9
Allemagne	1	100	16	147	0,3	17
France	1	33	68	220	0,5	3,6

a. Comment évoluent les productions présentées ? ....

....

b. Comment expliquer ces évolutions ? ....

....

SCORE ..../ 2

> **COUP DE POUCE**
> **a.** Évoluer veut dire changer. Il s'agit donc ici de dire si ces productions augmentent ou diminuent, et de qualifier cette augmentation ou diminution.

Des sociétés en mutation

- Au XIXe siècle, **les villes connaissent un essor fulgurant**, alimentées par l'augmentation de la population et l'**exode rural** : remplacées par les machines agricoles, les populations quittent les campagnes pour les villes qui offrent de nombreux emplois. Cet afflux de population pose des problèmes de logement, d'hygiène...
- Avec l'industrialisation, les **ouvriers** sont de plus en plus nombreux. **Leurs conditions de travail et de vie sont difficiles** : journées de travail longues et pénibles, bas salaires, logements petits et insalubres...
- En revanche, la **grande bourgeoisie** (patrons, banquiers, négociants...) prospère et cherche à défendre ses intérêts.

★ 4 **Qu'est-ce que l'exode rural ? Comment l'expliquer au XIXe siècle ?**

....

....

SCORE ..../ 2

★★ 5 **Observe les graphiques et réponds aux questions.**

a. Quel est le budget de chaque famille ?

....

....

b. Quels sont les deux premiers postes de dépenses de la famille ouvrière ?

....

....

c. La famille bourgeoise dépense-t-elle moins que la famille ouvrière pour la nourriture ? Justifie ta réponse.

....

....

....

....

....

Les dépenses de deux familles en 1914 en France

Famille d'ouvrier mineur
Budget annuel : 2 500 francs

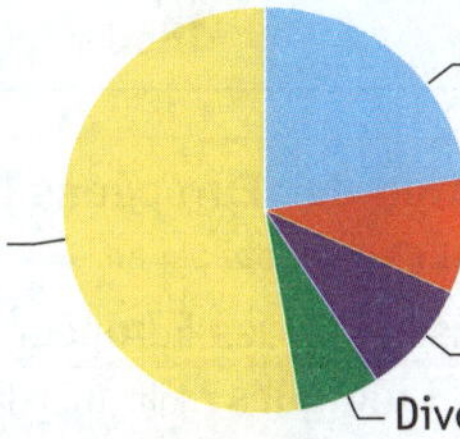

Famille bourgeoise
Budget annuel : 17 000 francs

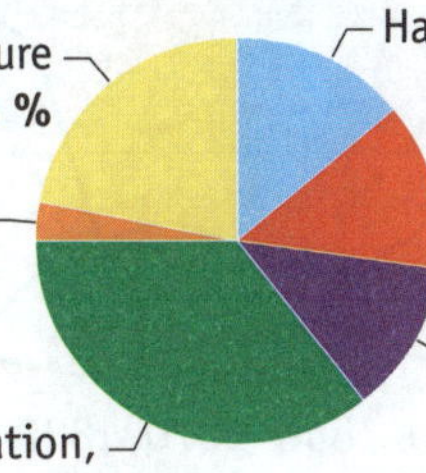

Source : Marguerite Perrot, *Le Mode de vie des familles bourgeoises, 1873-1953*, A. Colin, 1961.

d. Quelles dépenses de la famille bourgeoise n'apparaissent pas pour la famille ouvrière ?

....

e. Quel poste de dépense est nettement supérieur chez les bourgeois ?

....

f. Que peut-on en conclure sur les conditions de vie de chaque famille ?

....

....

SCORE ..../ 6

ATTENTION
c. Il faut **calculer la somme** que la nourriture représente pour chaque famille, **en fonction de son budget annuel**.

Corrigés p. 186

TOTAL ..../ 14

6 L'Europe de la « révolution industrielle » (2)

Croissance démographique et émigration

- Au XIXe siècle, la **croissance démographique s'accélère** en Europe, dont la population, qui fait plus que doubler en un siècle, atteint 420 millions d'habitants en 1900. Cette augmentation s'explique par le **recul de la mortalité** – grâce à une meilleure alimentation et aux progrès de la médecine – tandis que la **natalité reste forte**.
- Pour autant, l'Europe connaît un **mouvement massif d'émigration**, vers les États-Unis notamment. Entre 1820 et 1920, plus de 60 millions d'Européens quittent l'Europe, motivés avant tout par la **recherche d'un travail**.

★★ 1 Observe les documents et réponds aux questions.

a. L'évolution de la population européenne au XIXe siècle

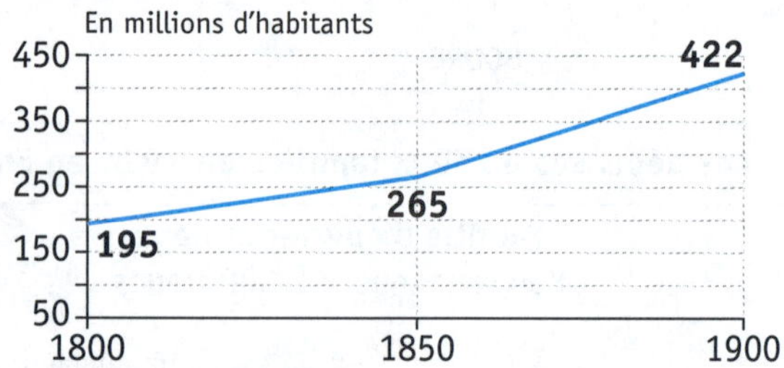

b. L'émigration des Européens hors d'Europe

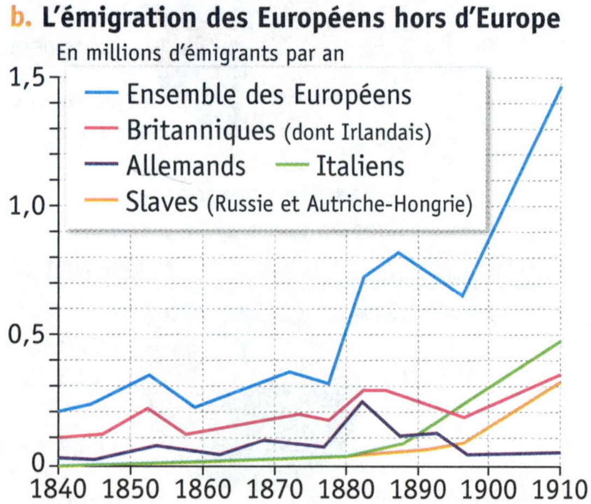

a. D'après le graphique a, comment évolue la population européenne au XIXe siècle ? Explique-en les raisons à l'aide de tes connaissances.

....

....

....

....

b. D'après le graphique b, quel autre phénomène la population européenne connaît-elle au même siècle ? Explique-en les raisons à l'aide de tes connaissances.

....

....

....

....

SCORE .... / 4

Penser les mutations en cours

- Malgré une amélioration globale des conditions de vie, les **inégalités sociales restent très fortes**. Face à cette situation, de **nouvelles idées politiques et économiques** apparaissent.
- Le **socialisme** dénonce l'exploitation du monde ouvrier. Le philosophe allemand **Karl Marx** encourage le prolétariat à créer une **société sans classes**. Au contraire, le **libéralisme** défend la liberté d'entreprendre. Malgré cela, des **lois sociales** sont votées et améliorent peu à peu la condition ouvrière.

★★★ 2 Lis le texte ci-dessous et réponds aux questions.

« À notre époque, la société toute entière se divise de plus en plus en deux vastes camps ennemis, en deux classes diamétralement opposées : la bourgeoisie et le prolétariat[1] [...] Le but immédiat des communistes est [...] : constitution des ouvriers en classe, renversement de la domination bourgeoise, conquête du pouvoir politique par le prolétariat. Ce dernier supprimera toutes les différences et oppositions de classe. Le prolétariat se servira de sa suprématie politique pour arracher petit à petit tout capital à la bourgeoisie, pour centraliser tous les instruments de production[2] dans les mains de l'État [...]. »

Karl Marx et Friedrich Engels, *Manifeste du Parti communiste*, 1848.

1. Les ouvriers. **2.** Les instruments de production sont les usines, les machines, les moyens de transport...

a. Par qui et à quelle date a été écrit le *Manifeste du Parti communiste* ?

....

b. Quelles sont les deux classes qui s'opposent au XIXe siècle ?

....

c. Comment le prolétariat doit-il faire cesser sa domination ?

....

....

d. De quelle doctrine politique Marx se réclame-t-il ? À quelle doctrine s'oppose-t-il ?

....

SCORE .... **/6**

COUP DE POUCE

c. On attend que tu précises le moyen pour faire cesser cette domination, mais aussi les autres actions à mener par la suite. La réponse comprend donc trois points.

1848, le « Printemps des peuples »

- En France, la population est durement **touchée par la crise** (misère, chômage) et réclame davantage de **libertés**. En 1848, les Parisiens se soulèvent et renversent le roi Louis-Philippe : **la IIe République est proclamée**. Les ouvriers obtiennent une réduction du nombre d'heures de travail.
- Le mouvement s'étend à l'**Europe**. Les revendications portent là aussi sur les **libertés**, mais également sur **l'indépendance des peuples et l'unité nationale**. Partout, les mouvements sont écrasés par la force.

★ 3 Qui est renversé en 1848 ? Quel régime est alors proclamé ?

....

SCORE .... **/2**

★★ 4 Observe l'image et réponds aux questions.

a. Où et quand se passe la scène représentée ?

....

b. Que réclament les révolutionnaires ? Quel élément du tableau le prouve ?

....

....

c. Comment s'y prennent-ils ?

....

....

SCORE .... **/4**

Estampe anonyme, *Combats de barricades sur Alexanderplatz (Berlin) dans la nuit du 18 au 19 mars 1848*, 1848, Kunstbibliothek, Berlin.

1 révolutionnaires
2 barricade
3 drapeau
4 soldats prussiens

INFO

En 1848, l'Allemagne n'existe pas : elle est divisée en plusieurs royaumes. Les **couleurs du drapeau de l'Allemagne unie** ont été choisies par des jeunes soldats qui se battaient contre les armées de Napoléon pour les chasser d'Allemagne.

Corrigés p. 186

TOTAL .... **/ 16**

7 Conquêtes et sociétés coloniales

Les conquêtes coloniales

- Au XIXe siècle, les Européens conquièrent de vastes territoires en **Afrique** et en **Asie**, le plus souvent grâce à la guerre.
- La colonisation est motivée par des **raisons** :
  – **politiques** : posséder des colonies est un signe de puissance ;
  – **économiques** : fourniture de matières premières et débouchés pour le commerce ;
  – **morales** : convaincus de leur supériorité, les Européens prétendent apporter aux autres peuples le progrès et même lutter contre **l'esclavage, aboli par la France en 1848**.
- Cette « course aux colonies » est la cause d'importantes **tensions entre les États européens** : on remarque par exemple une rivalité franco-allemande au Maroc.

★★ 1 Explique les raisons de la colonisation.

SCORE .... /1

★★ 2 Observe la carte et réponds aux questions.

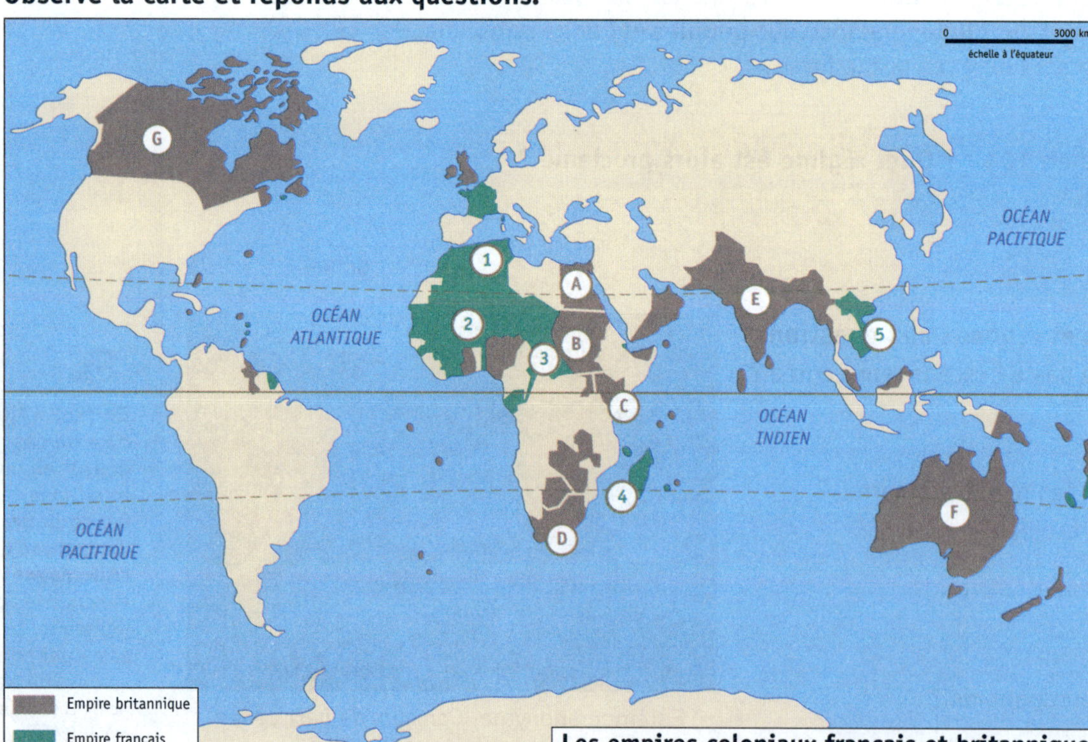

Les empires coloniaux français et britannique

a. Identifie les colonies suivantes sur la carte :
Afrique équatoriale française • Afrique occidentale française • Australie • Canada • Égypte • Inde • Indochine • Kenya • Madagascar • Maghreb • Soudan • Union sud-africaine

b. Complète le tableau.

	Colonies britanniques		Colonies françaises
A	....	1	....
B	....	2	....
C	....	3	....
D	....	4	....
E	....	5	....
F	....		
G	....		

SCORE .... /12

Des sociétés coloniales soumises à la métropole

- La **domination des Européens** sur les colonies est **politique** (décisions prises par les Européens, aucun droit politique pour les indigènes) et **économique** (exploitation des meilleures terres et des ressources par les colons, travaux forcés pour les indigènes).
- L'arrivée des Européens **modifie** considérablement **les pays colonisés** (construction de villes, de ports, de routes et voies ferrées). Des écoles sont créées, favorisant la diffusion de la culture européenne (langue, religion) au **détriment des cultures locales**. Tous les enfants n'y ont cependant pas accès.

3 Lis le texte et réponds aux questions.

« L'indigénat, qu'est-ce donc ? C'est un système répressif qui sort du droit commun, qui, sous couleur de discipline, frappe l'indigène dans sa liberté et dans ses droits les plus essentiels. On croit rêver quand on pense, qu'aujourd'hui encore, un indigène musulman ne peut circuler en Algérie sans passeport régulier, fût-ce pour se rendre à quelques kilomètres de chez lui. Pour punir les méfaits de ce genre, des peines de police, amende et emprisonnement sont prononcées légalement. L'indigène comparaît devant l'administrateur ou le maire, qui lui inflige le châtiment qui lui plaît. »

Gustave de Molinari, *Journal des économistes*, mars 1909.

INFO
Le **Code de l'indigénat** est un ensemble de textes adopté en **1881** en **Algérie**, qui organise le contrôle et la répression des populations colonisées, alors appelées « indigènes ».

a. Où, quand et par qui le Code de l'indigénat a-t-il été mis en place ?

....

....

b. Montre que les principes de la Déclaration des droits de l'homme et du citoyen ne sont pas ici respectés.

....

....

COUP DE POUCE
b. Deux réponses sont attendues. Tu peux relire le chapitre 4.

c. Quel est le sentiment de l'auteur face à cette situation ? Justifie ta réponse.

....

....

SCORE .... /3

Corrigés p. 187

TOTAL .... / 16

HISTOIRE

8 Une difficile conquête : voter de 1815 à 1870

Voter sous les monarchies constitutionnelles (1814-1848)

- Après la chute de Napoléon Ier en 1814, la monarchie est rétablie. Louis XVIII met en place une **monarchie constitutionnelle**, où le **roi partage son pouvoir avec deux assemblées.**
- Le **suffrage est censitaire** et ne concerne que les hommes.
- En 1830, la révolution des Trois Glorieuses renverse le roi Charles X, qui a notamment tenté de limiter le vote. Son successeur, Louis-Philippe, roi des Français, rétablit les libertés et **abaisse le montant de l'impôt à payer pour pouvoir voter**.

1 Lis le texte et réponds aux questions.

> « Art. 13 : [...] Au roi seul appartient la puissance exécutive.
> Art. 15 : La puissance législative s'exerce collectivement par le roi, la Chambre des pairs et la Chambres des députés des départements.
> Art. 35 : La nomination des pairs de France appartient au roi.
> Art. 37 : Les députés seront élus pour cinq ans.
> Art. 40 : Les électeurs qui concourent à la nomination des députés, ne peuvent avoir droit de suffrage s'ils ne paient pas une contribution directe de 300 francs, et s'ils ont moins de 30 ans [...]. »
>
> Charte constitutionnelle, 4 juin 1814.

a. Qui détient le pouvoir exécutif ? législatif ?

....

b. Quelles sont les seules élections en France à l'époque ?

....

c. À quelles conditions peut-on voter ? Comment appelle-t-on ce type de suffrage ?

....

d. Comment évolue le nombre d'électeurs après 1830 ? Comment l'expliques-tu ?

....

SCORE .... /7

INFO
En 1817, il y avait environ 110 000 **électeurs** en France ; en 1846, environ 246 000 ; en 1848, environ 9 millions ; en 1870, plus de 10 millions.

Voter sous la IIe République (1848-1851)

- En **février 1848**, une révolution renverse Louis-Philippe et **proclame la République**. De **nombreuses réformes** sont engagées : parmi elles, **l'instauration du suffrage universel masculin**, qui exclut donc toujours les femmes.
- Les **élections législatives** ont lieu en mars. Lors de l'élection présidentielle de décembre, les Français élisent **Louis-Napoléon Bonaparte**.

2 Observe les documents et réponds aux questions.

a. Quels changements constates-tu entre la monarchie constitutionnelle et la IIe République ?

....

COUP DE POUCE
a. Relis le texte de l'exercice 1. Pose-toi les questions : qui vote ? pour qui ?

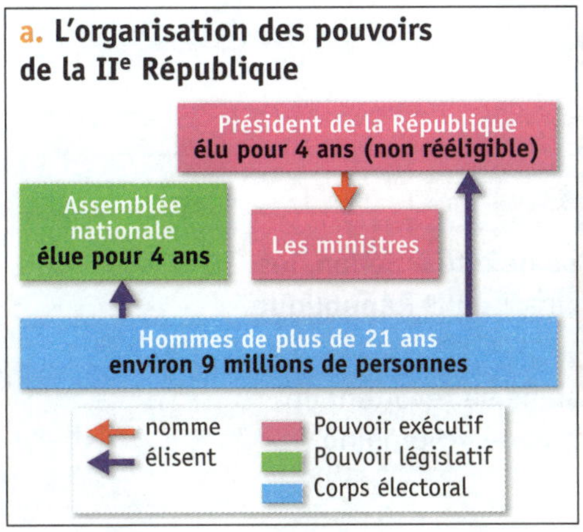

b. Bureau de vote en Bretagne lors des élections d'avril 1848. Lithographie de Gabriel Gostiaux.

INFO Les électeurs votent au chef-lieu de leur canton. Ils remettent leur bulletin de vote, ensuite déposé dans l'urne, puis signent la liste d'émargement.

b. Où votent les électeurs ? Comment le vote se déroule-t-il ?

....

....

c. Le vote est secret, comme aujourd'hui. Pourtant, il manque dans ce bureau deux éléments garantissant le secret du vote. Lesquels ?

....

d. Peut-on véritablement parler de suffrage universel en 1848 ? Justifie ta réponse.

....

COUP DE POUCE **d. Universel** veut dire qui s'applique à la totalité des êtres humains.

SCORE .... /5

Voter sous le Second Empire (1852-1870)

- **Louis-Napoléon Bonaparte** s'empare de tous les pouvoirs par un **coup d'État** en décembre 1851 et proclame **l'Empire** en décembre 1852.
- Le suffrage universel ne disparaît pas, mais Napoléon III l'instrumentalise pour faire approuver sa politique en organisant des **plébiscites**. Mais surtout, le **vote est strictement encadré** par la restriction des libertés, la censure et la pratique des candidatures officielles.

3 **Lis le texte puis réponds aux questions.**

> « Monsieur le Maire,
> Le scrutin ouvre demain. M. de Dalmas représente le principe du dévouement au gouvernement, à l'autorité, à l'ordre, et peut seul, par sa position, favoriser le développement des nombreux intérêts de notre arrondissement. M. Dréo représente la République, le socialisme, la misère ! Faites voter en masse, Monsieur le Maire, pour M. de Dalmas [...] et par votre conduite éclairée et patriotique, vous servirez à la fois le gouvernement de l'Empereur et l'intérêt général du pays. »
>
> Lettre du sous-préfet de Fougères aux maires de son arrondissement, 1859.

INFO Les **trois candidats** sont M. de Dalmas, candidat présenté par le gouvernement, M. Le Beschu de Champsavin et M. Dréo, un républicain.

a. Que demande le sous-préfet aux maires ? Souligne ses arguments.

....

b. Le vote est-il réellement libre sous le Second Empire ? Justifie ta réponse.

....

....

SCORE .... /3

Corrigés p. 187

TOTAL .... / 15

HISTOIRE

9 La Troisième République

Des débuts difficiles

- En **1870**, Napoléon III déclare la guerre à la Prusse. Mais après sa défaite à Sedan, les Prussiens envahissent la France, entraînant la chute du IInd Empire. La **IIIe République est proclamée le 4 septembre 1870.**
- S'estimant trahis par la décision d'arrêter les combats, les Parisiens se révoltent en mai 1871. C'est la **Commune de Paris,** sévèrement réprimée lors de la « Semaine sanglante » par le gouvernement de tendance monarchiste.
- En **1876**, les **Républicains** deviennent **majoritaires** à l'Assemblée.

1 **Complète la frise en indiquant le nom du régime, la Commune, ainsi que les dates.**

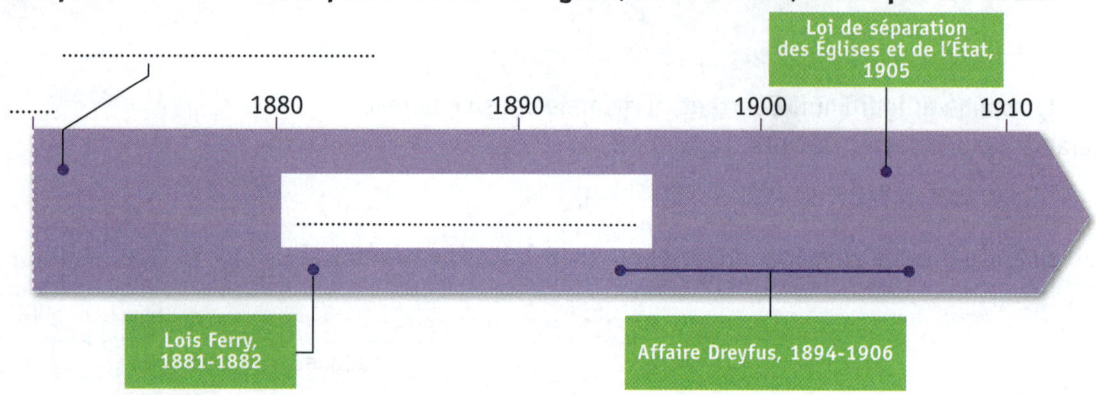

SCORE .... /3

Créer une culture républicaine

- La République s'organise et se consolide : les lois constitutionnelles de 1875 fixent les institutions de l'État.
- Le régime œuvre à **unir les Français autour de lui**. Il se dote de **symboles** : *La Marseillaise* devient l'hymne officiel (1879) et le 14 juillet jour de fête nationale (1880).
- La création de cette culture républicaine passe par la **garantie de libertés**, la création d'une **école obligatoire, gratuite et laïque** et l'extension du **service militaire obligatoire**.

2 **Lis les textes et réponds aux questions.**

Loi du 29 juillet 1881

« Art. 1. L'imprimerie et la librairie sont libres. [...]
Art. 5. Tout journal ou écrit périodique peut être publié, sans autorisation préalable et sans dépôt de cautionnement[1], après la déclaration prescrite. »

Loi du 21 mars 1884

« Art. 2. Les syndicats ou associations professionnelles, même de plus de vingt personnes exerçant la même profession, [...] pourront se constituer librement sans l'autorisation du gouvernement. »

Loi du 1er juillet 1901

« Les associations de personnes pourront se former librement sans autorisation [...]. »

1. Somme à verser.

a. Quelles libertés sont garanties par ces lois ?

....

b. Qu'est-ce qu'un syndicat ?

....

c. Dans la lignée de quel grand texte ces lois s'inscrivent-elles ?

....

d. Cite une autre grande loi mise en place par la République dans les années 1880.

....

SCORE .... /4

COUP DE POUCE

c. Ce texte date de **1789**.

Faire face aux épreuves

- À la fin des années 1880, la République doit faire face à la **crise boulangiste** (menée par le général Boulanger) ainsi qu'à des **attentats anarchistes**.
- En **1894**, le capitaine Alfred Dreyfus, alsacien et juif, est condamné pour avoir livré des secrets militaires à l'Allemagne. En 1898, le vrai coupable est découvert, Dreyfus est acquitté mais reste au bagne. Le pays se divise entre **dreyfusards** et **antidreyfusards**.
- Cette affaire révèle un fort cléricalisme dans la société française. Pour le contrer, la **loi de 1905 établit la séparation des Églises et de l'État**. Les libertés religieuses sont garanties, mais l'État reste neutre et ne finance plus aucun culte.

★★ 3 Lis le texte ci-dessous et réponds aux questions.

> « J'accuse le lieutenant-colonel Paty du Clam[2] d'avoir été l'ouvrier diabolique de l'erreur judiciaire. J'accuse le général Billot[3] d'avoir eu entre les mains les preuves certaines de l'innocence de Dreyfus et de les avoir étouffées, de s'être rendu coupable de crime de lèse-justice dans un but politique et pour sauver l'état-major compromis [...]. J'accuse enfin le second conseil de guerre[4] d'avoir couvert cette illégalité par ordre, en commettant à son tour le crime juridique d'acquitter sciemment un coupable [...]. Je n'ai qu'une passion, celle de la lumière, au nom de l'humanité qui a tant souffert et qui a droit au bonheur. »
>
> Émile Zola, « J'accuse », *L'Aurore*, 13 janvier 1898.
>
> **2.** Celui qui a accusé Dreyfus et qui a été chargé de l'enquête. – **3.** Le ministre de la Guerre en 1896. – **4.** Le conseil qui a acquitté Esterhazy.

INFO

En 1898, l'écrivain **Émile Zola** réagit à l'annonce de l'acquittement d'Esterhazy[1]. Il rédige une lettre ouverte au président de la République, Félix Faure, en Une du journal *L'Aurore*.

1. Le vrai coupable, qui a livré des secrets militaires à l'Allemagne.

a. De quoi est accusé Alfred Dreyfus ?

....

b. À qui s'adresse Émile Zola ?

....

c. Quelle institution accuse-t-il ? De quoi les accuse-t-il ?

....

SCORE .... /4

★ 4 Quelle loi est votée en 1905 ? Explique en quoi elle consiste.

....

....

....

SCORE .... /2

INFO

Le **cléricalisme** est la volonté de rendre les idées religieuses dominantes dans la vie publique et en politique.

Corrigés p. 187-188

TOTAL .... / 13

HISTOIRE

10 Conditions féminines dans une société en mutation (XIXe siècle)

La place de la femme dans la société

- Le **Code civil** (1804) place les femmes dans un **statut d'infériorité**. Le rôle d'une femme est celui d'**épouse** et de **mère**, qui doit tenir sa maison et élever ses enfants.
- Dans les **milieux ouvrier et paysan**, les **femmes sont nombreuses à travailler** dans les usines, les champs, les commerces ou encore comme domestiques. Leur **salaire est inférieur à celui des hommes**.
- Les femmes sont **privées de droits politiques**. En 1848, le suffrage universel masculin est instauré mais elles n'obtiennent pas le droit de vote. Leur **instruction** est loin d'être une priorité.

1 Lis le texte et réponds aux questions.

« Art. 213 : Le mari doit protection à sa femme, la femme obéissance à son mari.
Art. 214 : La femme est obligée d'habiter avec le mari, et de le suivre partout où il juge à propos de résider. [...]
Art. 373 : Le père seul exerce l'autorité parentale durant le mariage.
Art. 1 124 : La femme passe de l'autorité de son père à celle de son mari. Elle est une éternelle mineure qu'il faut protéger.
Art. 1 421 : Le mari s'occupe seul des biens de la famille. Il peut les vendre ou les donner sans l'accord de sa femme. »

Code civil.

a. De quand date ce texte ? Qui l'a instauré ?

....

b. À l'autorité de qui les femmes sont-elles soumises ?

....

c. Quelles sont leurs obligations ?

....

d. De quels droits ne disposent-elles pas ?

....

COUP DE POUCE
a. Tu peux relire le **chapitre 4**.

SCORE .... /5

2 Observe le document et réponds aux questions.

Classe de filles, école d'Hellemmes (Nord), vers 1900.

a. Présente et décris le document.

....

....

b. En quoi ce document est-il révélateur du rôle des femmes à l'époque ?

....

....

SCORE .... /2

INFO
Les **programmes de 1882** précisent que « l'école primaire peut et doit faire aux exercices du corps une part suffisante pour préparer et prédisposer, en quelque sorte, [...] les filles aux soins du ménage et aux ouvrages de femme. »

Les revendications féministes

- Bien que privées de droits, les femmes participent aux **révolutions** de 1830 et 1848, ainsi qu'aux **grèves**.
- Des **associations** et des **journaux féministes** se développent peu à peu pour porter leurs **revendications sociales et politiques**. Les **suffragettes** réclament notamment le **droit de vote**.
- **Quelques progrès** sont réalisés, **notamment en matière d'instruction** (loi Falloux de 1850 qui oblige les communes à ouvrir des écoles de filles). **Mais en France, les femmes doivent attendre 1944 pour voter.**

3 **Lis le texte et réponds aux questions.**

« Nous proclamons, comme vous, citoyens, le principe de l'égalité humaine, de l'égalité de tous les hommes entre eux, mais encore de l'égalité des hommes et des femmes.

Nous voulons pour elles comme pour vous, l'instruction intégrale, les mêmes facilités de développement physique, moral, intellectuel, professionnel.

Nous voulons pour les femmes, comme pour les hommes, liberté de conscience, liberté d'opinion, liberté d'action.

Nous réclamons pour les femmes, comme pour les hommes, le droit de participer au vote dans la commune, dans l'État, ou dans le groupe. Parce que les femmes, comme les hommes, sont intéressées aux lois et aux règlements qui se font ; parce que les femmes payant les impôts ont autant de droits que les hommes d'exiger une bonne répartition de ces impôts ; parce que dans une vraie République, il n'y a plus de privilégiés, il n'y a que des personnes qui, se soumettant aux mêmes devoirs, doivent posséder les mêmes droits. »

Discours d'Hubertine Auclert au Congrès ouvrier socialiste de Marseille, 1879.

INFO

Hubertine Auclert (1848-1914) est une journaliste qui fonde, en 1876, l'association Le droit des femmes et, en 1881, le journal *La Citoyenne* pour obtenir le droit de vote. Elle se rend célèbre par des actions d'éclat (grève des impôts, renversement d'une urne électorale).

a. Présente le document.

....

....

b. Quels grands principes Hubertine Auclert rappelle-t-elle au début de son discours ? Pour quelle raison, à ton avis ?

....

....

....

c. Que réclame-t-elle dans le dernier paragraphe ? Quels sont ses arguments ?

....

....

....

d. Comment appelle-t-on une femme qui revendique le droit de vote ?

....

Corrigés p. 188

SCORE .... **/6**

TOTAL .... **/ 13**

11 Espaces et paysages de l'urbanisation (1)

Vers un monde de citadins

- En 2007, pour la première fois dans l'Histoire, **les urbains sont devenus majoritaires dans le monde**. La tendance se poursuit : en 2019, **55 % de la population mondiale vit en ville**, proportion qui devrait atteindre 68 % en 2050 !
- Le taux d'urbanisation est aujourd'hui **très élevé dans la plupart des pays développés** du Nord ainsi que dans la plupart des pays latino-américains.
- L'urbanisation est **moindre**, de niveau intermédiaire, **dans les pays asiatiques ou nord-africains, et plus faible en Asie du Sud ou en Afrique subsaharienne.** Or, c'est dans ces régions que la croissance démographique est la plus vive...

★ 1 **Observe la carte puis réponds aux questions.**

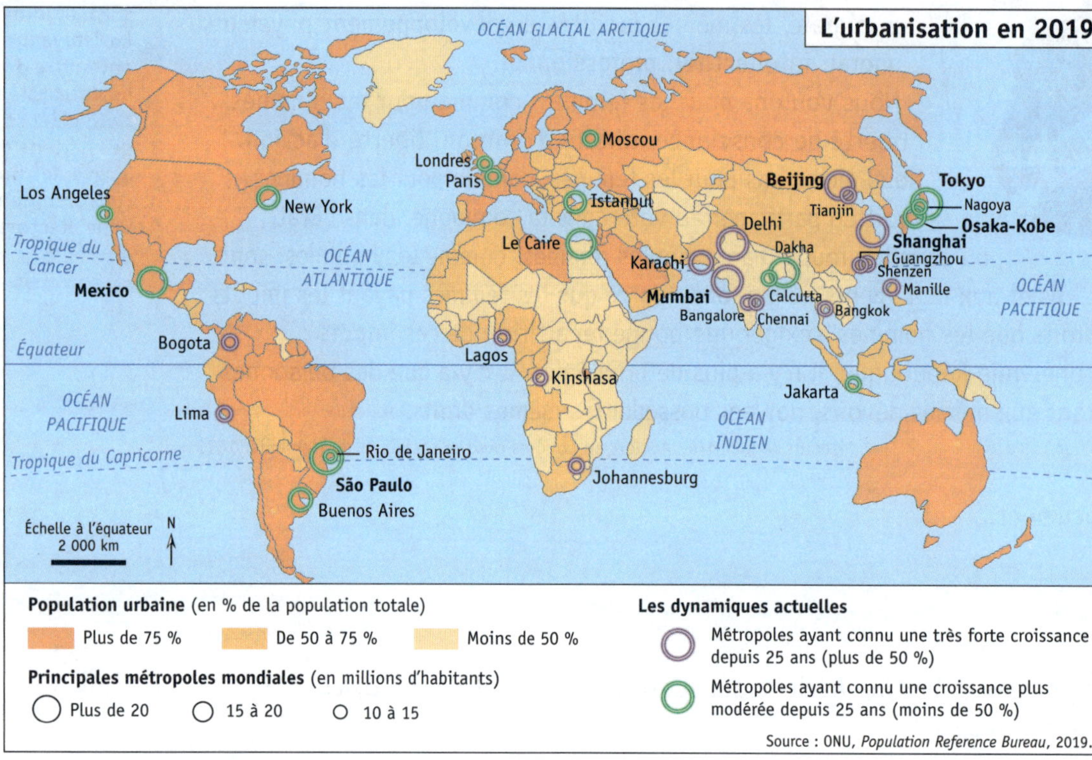

a. Entoure en rouge sur la carte les régions où l'urbanisation est la plus forte. Reporte leur nom.

....

....

b. Entoure en vert sur la carte deux régions de faible urbanisation. Reporte leur nom.

....

c. Dans le tableau ci-dessous, relève les agglomérations de plus de 20 millions d'habitants. Recherche sur Internet leur population actuelle.

Nom								
Population								

COUP DE POUCE

c. Dresse d'abord la liste de villes **au brouillon** puis, une fois leur population trouvée, remplis le tableau par **ordre décroissant**.

SCORE ..../ 10

Une croissance urbaine inégale

- La **croissance urbaine** est aujourd'hui **plus avancée dans les pays du Nord**, les plus riches, où elle a démarré dès le XIXe siècle avec la révolution industrielle. L'exode rural a vidé les campagnes et fait grossir des villes sans cesse plus nombreuses.
- De ce fait, la croissance urbaine, encore rapide à l'échelle mondiale (+ 1,9 % par an entre 2015 et 2020), est à présent **très faible dans les pays développés** (+ 0,5 % par an), et parfois presque nulle (Russie) ou même négative (certains pays d'Europe orientale).
- Elle est en revanche **très forte dans les pays émergents et en développement** (+ 2,3 % par an). C'est particulièrement le cas en Asie orientale ainsi qu'en Afrique occidentale et orientale. 21 des 28 mégapoles mondiales se trouvent dans ces pays.

2 **Observe la carte puis réponds aux questions.**

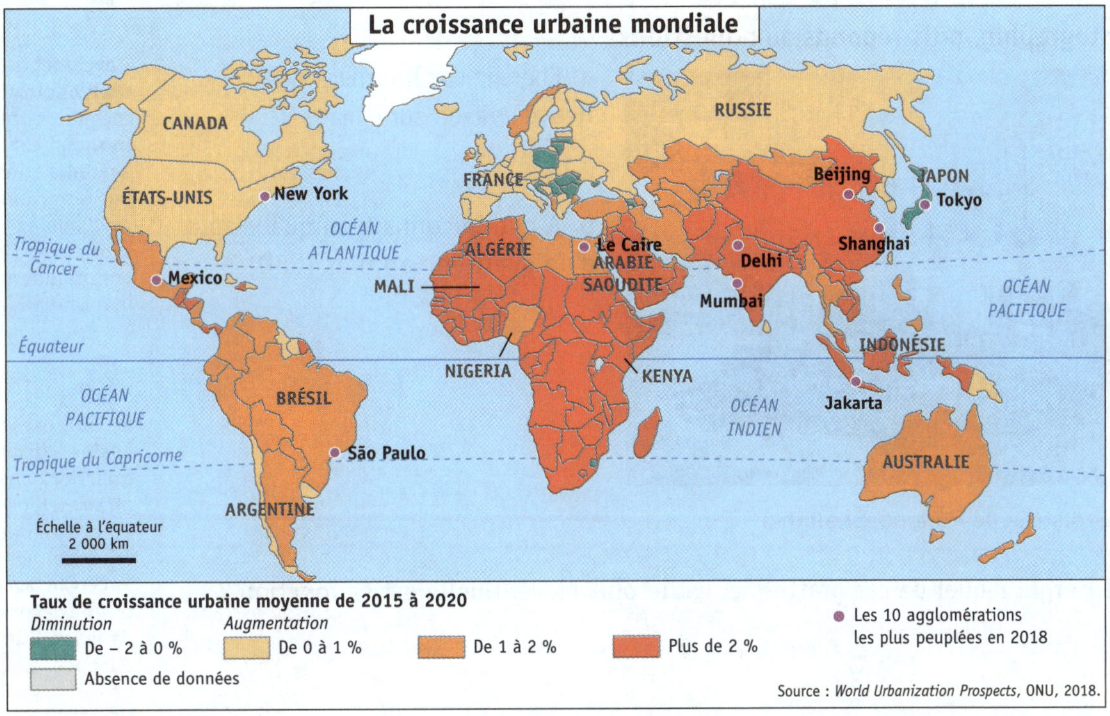

Source : *World Urbanization Prospects*, ONU, 2018.

a. Sur la carte, entoure en noir les régions dont la croissance urbaine est nulle ou négative.

b. Pourquoi la croissance urbaine en Amérique du Nord ou en Europe occidentale est-elle faible ?

....

....

....

....

c. Sur la carte, entoure en rouge trois régions où le taux de croissance moyen est le plus élevé. Reporte leur nom.

....

....

....

SCORE ..../ 3

ATTENTION
Une **mégapole** est une agglomération géante, de plus de 10 millions d'habitants.
Ne confonds pas avec mégalopole (voir chapitre 13).

Corrigés p. 188-189

TOTAL ..../ 13

12 Espaces et paysages de l'urbanisation (2)

Les centres-villes de l'urbanisation contemporaine

- La mondialisation exerce ses effets jusque sur les paysages urbains. Plus une ville est connectée à l'**archipel métropolitain mondial**, plus sa morphologie s'en ressent.
- Les **centres-villes**, où se concentrent les **fonctions de commandement**, prennent souvent des allures de **CBD** hérissé de gratte-ciel de bureaux. C'est le cas en Amérique du Nord, un peu moins en Europe où les **centres historiques** n'autorisent pas une telle verticalisation. Dans les pays émergents, les centres-villes historiques sont parfois préservés, mais très souvent rasés pour faire place aux tours de bureaux.

★★ 1 Observe la photographie, puis réponds aux questions.

Quartier Lujiazui, district de Pudong, Shanghai.

a. Cherche sur Internet : quel fleuve voit-on sur l'image ?

....

b. À quoi reconnaît-on qu'il s'agit d'un quartier d'affaires (CBD) ?

....

....

....

....

c. Cherche sur Internet lequel de ces gratte-ciel est le plus élevé. Quelle est sa fonction ?

....

....

SCORE .... / 4

INFO
L'**archipel métropolitain** (ou mégalopolitain) **mondial** est le système constitué par les grandes métropoles mondiales, lieux de commandement de la mondialisation.

INFO
Le **CBD** est le *central business district*, quartier central des affaires. Il est situé au centre des villes américaines (New York, Chicago), mais plutôt décentré dans les villes européennes (Paris-La Défense, Canary Wharf à Londres).

L'étalement urbain : des banlieues à l'infini

- Autour des centres, les **banlieues** ou les **couronnes périurbaines** des grandes agglomérations s'étendent de plus en plus loin : c'est **l'étalement urbain**.
- Dans les **pays du Nord**, surtout en Amérique du Nord et en Australie, les **banlieues pavillonnaires de lotissements** se développent en grappes le long d'**autoroutes urbaines**. L'étalement est tel que de nouveaux centres émergent parfois : ce sont les ***edge cities*** (villes-bordures), sortes de CBD miniatures.
- Dans les **pays pauvres ou émergents**, où la croissance démographique et l'exode rural sont forts, les banlieues progressent rapidement. Elles sont souvent constituées d'habitats informels : les **bidonvilles** (appelés *slums* en Inde, *favelas* au Brésil).

★★ 2 Observe la photographie p. 163 et réponds aux questions.

a. De quel type de quartier s'agit-il ? Coche la bonne réponse.

❑ CBD ❑ Banlieue pavillonnaire ❑ Banlieue de grands ensembles ❑ Espace rural

b. Quelle est la fonction de cet espace ? Coche la bonne réponse.

❏ Récréative ❏ Commerciale ❏ Résidentielle ❏ Productive

c. D'après toi, quel type de population (classes très aisées, moyennes ou populaires) peut vivre ici ? Justifie ta réponse.

....

....

....

....

....

Banlieue sud de Las Vegas, États-Unis.

SCORE ..../ 3

> **INFO**
>
> Les **banlieues** sont contigües au centre-ville ; la **couronne péri-urbaine** ne l'est pas et se développe à partir de noyaux villageois plus lointains, bien reliés à la ville-centre par les réseaux de communication.

Les fragmentations urbaines

- Les centres-villes s'embourgeoisent. Ce processus de **gentrification** est sensible dans toutes les métropoles mondiales.
- Des **poches de pauvreté** persistent parfois dans des espaces centraux laissés à l'abandon : **ghettos** des villes nord-américaines ou **bidonvilles interstitiels** dans les villes émergentes, comme à Mumbai en Inde.
- Dans les **périphéries** (banlieues, couronnes péri-urbaines), les inégalités socio-spatiales opposent quartiers riches, parfois regroupés en **communautés fermées** (*gated communities* en Amérique du Nord, *condominios fechados* au Brésil), et quartiers pauvres.

3 **Observe la photographie puis réponds aux questions.**

São Paulo (Brésil) : à gauche de la photographie, Paraisópolis (la Ville du Paradis !), l'une des 612 favelas de la ville ; à droite, les immeubles de luxe, Paços dos Reis (Palais des Rois).

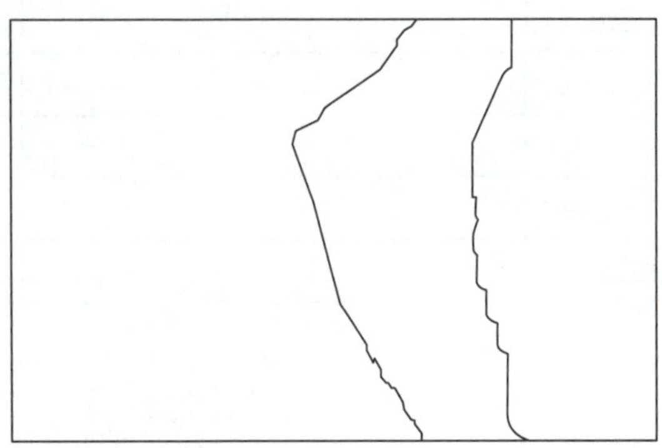

Favela
Mur de séparation
Équipements de loisirs
Résidence de luxe

a. En décrivant l'image, montre qu'elle illustre la notion de fragmentation urbaine.

....

....

....

b. Sur le croquis, colorie les espaces en fonction de la légende.

SCORE ..../ 5

> **INFO**
>
> La **gentrification** est un processus socio-spatial : les classes populaires sont chassées des centres-villes par la montée des prix immobiliers. Bientôt, seules les classes favorisées ont encore les moyens de s'y loger.

> **COUP DE POUCE**
>
> **a.** La **fragmentation urbaine** signifie que la ville est divisée en quartiers séparés qui s'opposent les uns aux autres, dans les formes de l'habitat et dans la composition sociale.

Corrigés p. 189

TOTAL ..../ 12

GÉOGRAPHIE

13 Des villes inégalement connectées aux réseaux de la mondialisation

Les villes, lieux de commandement de la mondialisation

- Les villes **cumulent** les **fonctions économiques** (sièges sociaux des grandes entreprises), **financières** (bourses et grandes banques), **politiques** (sièges de gouvernement), **diplomatiques** (institutions internationales), **scientifiques** (universités, grandes écoles) et **culturelles** (grands musées).
- Les fonctions économiques et financières se trouvent plutôt dans les **quartiers d'affaires** (La Défense à Paris), les fonctions politiques et culturelles dans les **centres historiques**, les fonctions scientifiques en **périphérie** (Paris-Sud).
- Les grandes villes mondiales sont par essence des **lieux producteurs de flux, matériels** (passagers, marchandises) ou **immatériels** (informations, capitaux). C'est là que se concentrent les **équipements de transport et de communication** à hautes performances (gares TGV, aéroports internationaux, ports généralistes, hubs informatiques).

★★ 1 **Classe dans le tableau chaque lieu de la liste appartenant à la métropole parisienne. Puis, à l'aide d'Internet, classe les lieux de la métropole londonienne.**

PARIS : Élysée • Musée du Louvre • Bourse de Paris • Siège de l'UNESCO • La Défense • École normale supérieure

LONDRES : Canary Wharf • Université d'Oxford • 10 Downing Street • BERD • British Museum • City

	PARIS	LONDRES
Fonction économique		
Fonction financière		
Fonction politique		
Fonction diplomatique		
Fonction scientifique		
Fonction culturelle		

SCORE ..../ 12

COUP DE POUCE

Si tu ne connais pas un des éléments, il te suffit de le taper dans un **moteur de recherche** pour déterminer à quel type de fonction il se rattache.

Une connexion inégale aux réseaux de la mondialisation

- Les villes globales sont peu nombreuses : **New York, Londres, Paris et Tokyo** sont les premières d'une courte liste. Connectées avec d'autres grandes métropoles, elles constituent les têtes d'immenses régions urbaines : les **mégalopoles** (européenne, américaine et japonaise). Ces métropoles qui commandent la mondialisation forment l'**archipel mégalopolitain mondial (AMM)**.
- Ces villes mondiales communiquent davantage entre elles qu'avec tous les autres lieux sur la planète. Les **métropoles émergentes** se connectent progressivement à l'AMM : São Paulo, Buenos Aires, Mexico, Johannesburg, Mumbai, et surtout les métropoles asiatiques comme Shanghai, Hong Kong ou Singapour.
- D'autres villes sont **peu connectées aux réseaux mondialisés** en raison de leur **isolement politique** comme Pyongyang, capitale de la Corée du Nord, ou de leur déclin industriel comme Detroit aux États-Unis ou Leipzig en Allemagne (***shrinking cities***).

INFO

AMM peut aussi signifier archipel **métropolitain** mondial.

2 **Complète la légende de la carte avec les éléments suivants :**
Villes en déclin • Villes globales • Mégalopoles mondiales *(indique leur nom sur la carte)*
• Autres villes mondiales • Flux de toutes natures

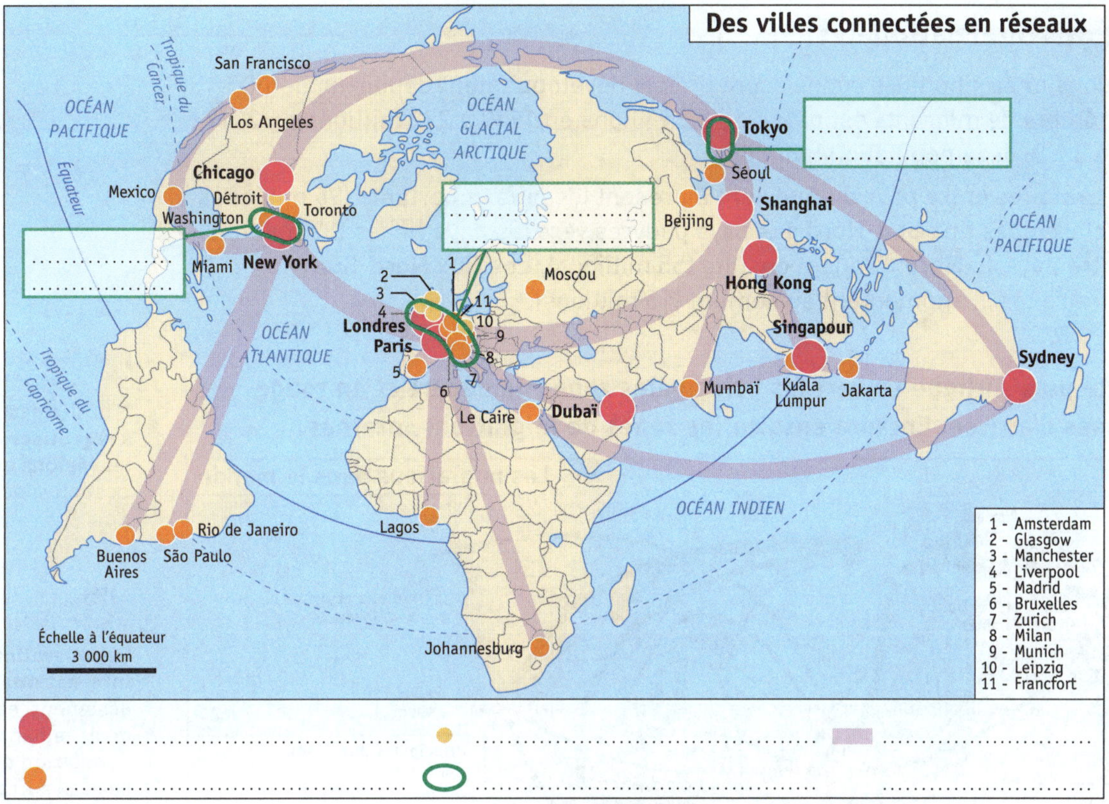

SCORE ..../ 5

3 **Lis le texte suivant et réponds aux questions.**

« Le terme de "*shrinking city*", traduit par "ville rétrécissante", désigne un phénomène de rétrécissement urbain qui touche les villes sur trois plans : démographique, par la perte de population ; économique, par la perte d'activités, de fonctions, de revenus et d'emplois ; et social, par le développement de la pauvreté urbaine, du chômage et de l'insécurité. [...]
Ainsi, Baltimore, Cincinnati et Philadelphie ont ainsi perdu plus de 20 % de leur population entre 1970 et 2000 ; Détroit, Cleveland, Pittsburgh et Buffalo plus de 30 % et St Louis 44 %. Dans ces villes, le tissu urbain hérité est aujourd'hui surdimensionné par rapport au nombre d'habitants, et beaucoup de logements sont vides. »

« Shrinking city », *Géoconfluences*, 2016.

a. Dans le texte, surligne :
- en jaune, les manifestations démographiques du phénomène des « *shrinking cities* » ;
- en bleu, les manifestations économiques ;
- en vert, les manifestations sociales.

b. Quelle ville des États-Unis a connu la plus forte perte de population ?

....

c. Dans quelle région des États-Unis sont situées toutes les villes citées ?

....

SCORE ..../ 5

COUP DE POUCE
c. Tu trouveras la réponse dans le premier cours du **chapitre 18**.

Corrigés p. 190

TOTAL ..../ 22

14 Un monde de migrants

Les migrations internationales

- Les migrations internationales connaissent un **fort développement** depuis un demi-siècle. Le nombre de migrants est passé de 82 millions en 1970 à **272 millions** en 2019, soit près de 3,5 % de la population mondiale.
- Les flux migratoires **entre pays du Sud** sont à présent les plus importants (95 millions), devant les classiques **flux Sud-Nord** des pays pauvres vers les pays riches (85 millions). Les **flux entre pays du Nord** viennent ensuite (55 millions). Les **flux Nord-Sud** (expatriés, retraités...) augmentent également (15 millions).

COUP DE POUCE
N'hésite pas à **regrouper les régions** quand c'est plus facile.

★★ 1 Observe la carte puis surligne en vert les principales zones de départ et en rouge les grandes zones d'arrivée. Encadre ensuite les zones de migrations internes.

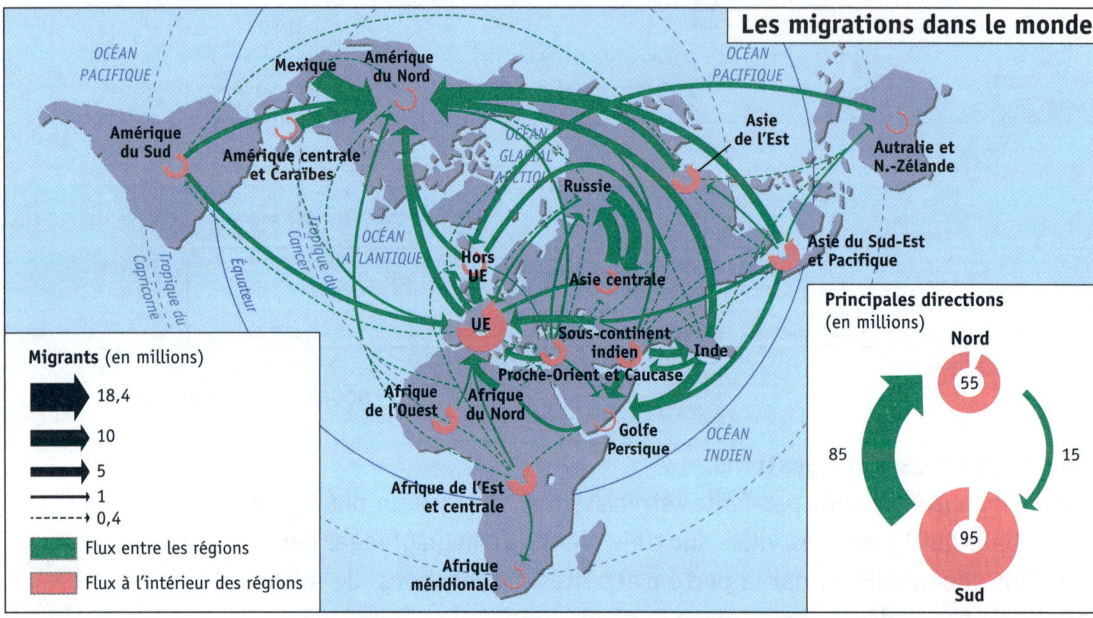

SCORE ..../ 3

INFO
Les **migrations internationales** désignent les déplacements de population d'un pays à l'autre, afin de s'y établir. Pour le pays de destination, ce flux est une **immigration** ; pour le pays de départ, c'est une **émigration**. Le solde entre immigration et émigration est le **solde migratoire**.

Les causes des migrations

- Les facteurs migratoires sont **économiques** (pour améliorer le niveau de vie, trouver du travail), **politiques** (26 millions de réfugiés fuient les troubles politiques ou la guerre), **environnementaux** (archipels du Pacifique menacés par la montée du niveau marin).
- Les migrants des pays du Sud sont **moins jeunes** que par le passé. 48 % sont des femmes, parfois accompagnées d'enfants (14 %). Souvent issus des **classes moyennes**, leur **niveau de qualification est plus élevé** que par le passé.
- Les migrants Nord-Nord sont encore plus qualifiés. Les **migrations d'étudiants** (dont 50 % d'Asiatiques et 20 % d'Européens) sont en hausse constante, surtout à destination des États-Unis, du Royaume-Uni, de l'Australie et de la France.

★★ 2 Complète le tableau en y classant la lettre correspondant à chaque cas.

Migrants économiques	Migrants politiques	Migrants environnementaux
....	....	....

A Un réfugié fuit la guerre en Syrie.
B Un jeune Français part travailler dans la finance à Londres.
C Un habitant de Tuvalu, archipel du Pacifique, fuit la hausse de l'océan et migre en Nouvelle-Zélande.
D Un Américain part travailler comme expatrié pour Exxon en Russie.
E Un Nord-Coréen fuit la dictature de son pays et se réfugie en Corée du Sud.
F Un jeune Indien part au Qatar pour travailler dans le bâtiment.

SCORE .... / 6

INFO
On appelle ***brain drain*** (fuite des cerveaux) le fait pour un travailleur très qualifié de quitter son pays pour aller s'employer dans un autre.

Les effets des migrations

- Dans les pays de départ, le **nombre de chômeurs diminue** mécaniquement et, dans le monde rural, la **pression foncière devient moins forte**. En retour, les migrants envoient très souvent de l'argent au pays (remises). Toutefois, les pays de départ perdent une main-d'œuvre de jeunes adultes qui produit de la richesse dans un autre pays.
- Dans les pays d'accueil, les migrants **ralentissent le vieillissement et comblent le déficit de main-d'œuvre**. Mais le regain des migrations entraîne des **réactions de rejet identitaire** (création de murs ou de barrières anti-migrants).

3 **Observe la carte puis réponds aux questions.**

Les remises des migrants vers leur pays d'origine (2018)

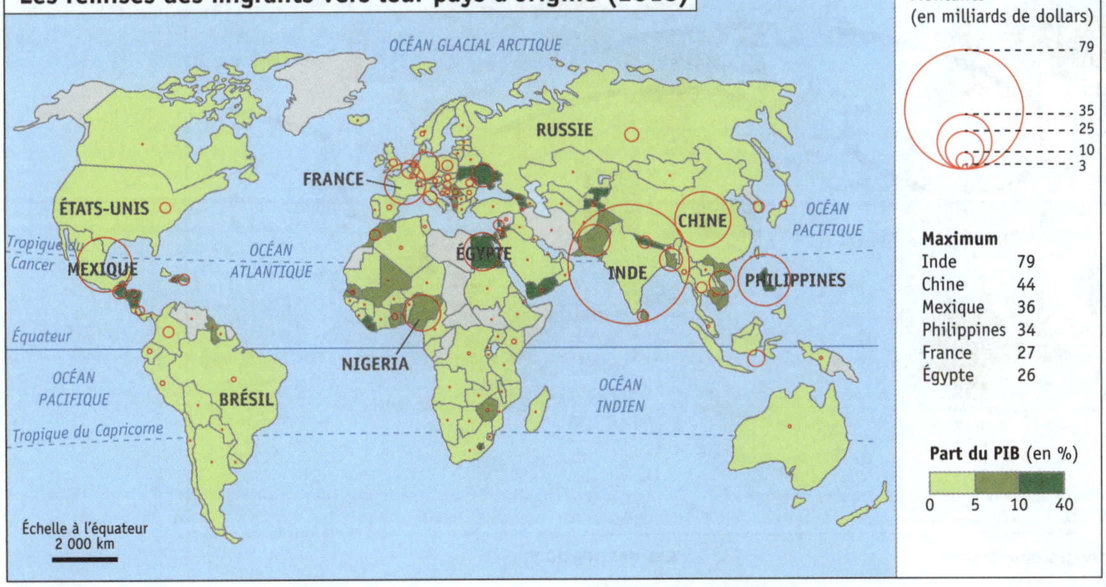

INFO
Les **remises** sont les sommes envoyées par les émigrés dans leur pays d'origine. Leur montant est considérable : 625 milliards de dollars en 2018. Pour les pays en développement, c'est quatre fois le montant de l'aide publique au développement !

HISTOIRE-GÉO/EMC

a. Entoure sur la carte les deux pays qui reçoivent le plus de remises en dollars.

b. Décris d'une phrase la situation particulière des Philippines.

....

....

c. Quelle est la situation de la France ? Comment peux-tu l'expliquer ?

....

....

....

SCORE .... / 5

Corrigés p. 190

TOTAL .... / 14

GÉOGRAPHIE

15 Le tourisme et ses espaces

L'essor des mobilités touristiques

- Les mobilités touristiques augmentent constamment et concernent en 2018 **1,4 milliard de personnes, soit 19 % de la population mondiale** ! Les touristes viennent surtout des **pays riches** (Europe, Amérique du Nord, Japon, Corée du Sud), mais de plus en plus des **pays émergents** (Chine, Russie, Brésil) : la Chine est le premier émetteur mondial de touristes.
- Les **destinations touristiques** sont de plus en plus diverses, mais trois zones dominent : l'**Europe** (France, Espagne, Italie essentiellement), les **États-Unis** et la **Chine**. 80 % des déplacements se font **dans la région d'origine** des touristes.
- Cet essor s'explique par la **hausse globale du niveau de vie**, surtout dans les pays émergents. Les **transports modernes** (automobile, TGV, avion), les **offres low-cost** (à faible coût) et les **voyages organisés** ciblant tous les types de clientèle sur tous types de tourisme (balnéaire, montagnard, culturel, équitable, de croisière...) facilitent les mobilités.

1 Observe la carte et réponds aux questions.

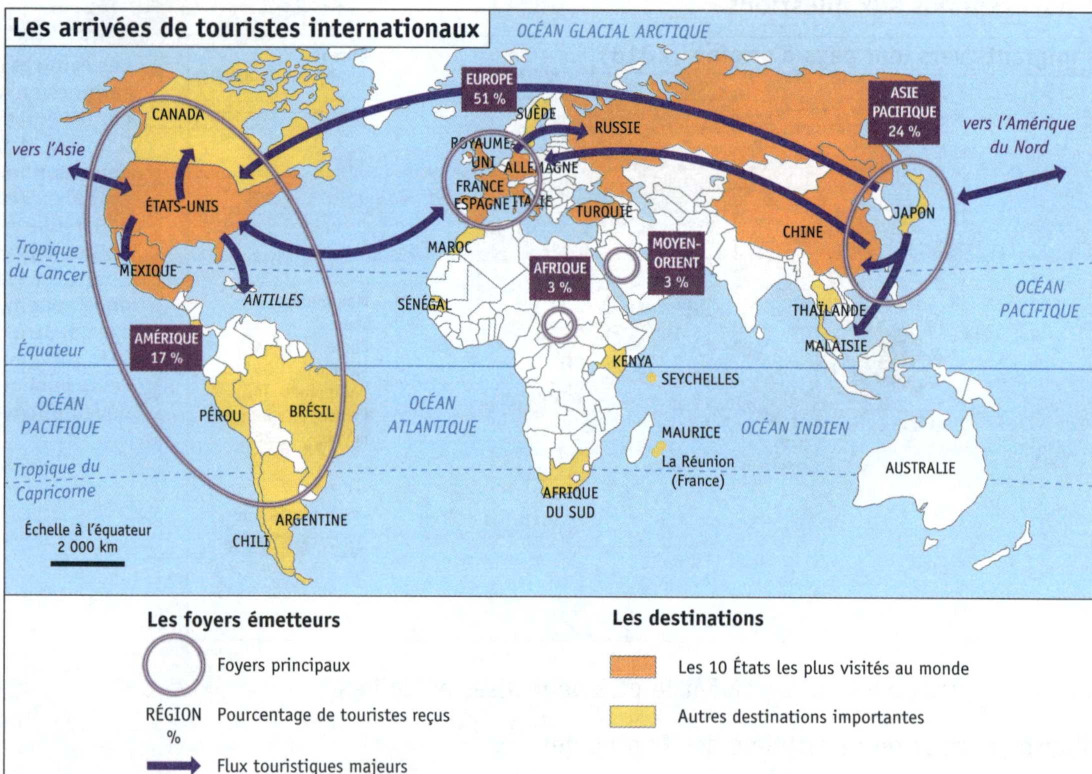

a. Sur la carte, entoure :
- en vert les trois principaux foyers émetteurs ;
- en rouge les trois principaux foyers récepteurs.

b. Que constates-tu ?

....

....

SCORE ..../ 3

Les effets géographiques des mobilités touristiques

- Les **recettes générées** par l'activité touristique sont considérables : 1 700 milliards de dollars en 2018. Le tourisme représente 10 % du PIB et de l'emploi dans le monde. Mais l'activité est très **sensible aux conjonctures géopolitiques** (désertion des touristes dans les pays touchés par les attentats islamistes) **et économiques** (baisse lors de la crise de 2008).
- **Le tourisme transforme les territoires.** La création d'espaces productifs touristiques implique la présence de nombreuses **infrastructures** de transport, d'hébergement, de restauration, de loisirs.
- L'activité touristique peut créer des **conflits d'usage**. Ainsi, le tourisme fait monter les prix fonciers et immobiliers, s'accapare les ressources en eau et **vampirise les activités moins rémunératrices**.

2 **À l'aide du cours, réponds aux questions.**

a. Donne un exemple de l'importance économique du tourisme.

....

....

b. Donne un exemple pris dans tes vacances personnelles d'aménagement touristique.

....

c. Qui du touriste ou de l'agriculteur va être privilégié dans l'accès à l'eau ? Pourquoi ?

....

....

SCORE .... / 4

3 **Observe cette image de Port El Kantaoui, une station balnéaire en Tunisie, puis réponds aux questions.**

a. Sur l'image, surligne en rose les infrastructures de transport visibles, puis hachure en bleu les aménagements balnéaires (plage, port de plaisance, centre nautique), en vert les infrastructures sportives (tennis, golf), en jaune les hébergements (hôtels, résidences). Laisse sans les surligner les parcelles agricoles.

ATTENTION Inutile d'aller trop dans le détail. Ton dessin doit être **schématique**.

b. Compte tenu de la localisation de cette station, quelle sera l'origine de la majorité des clients ?

....

....

SCORE .... / 5

Corrigés p. 190-191

TOTAL .... / 12

GÉOGRAPHIE

16 Mers et océans : un monde maritimisé (1)

La maritimisation des échanges

- L'océan mondial constitue **70,8 % de l'espace terrestre** : il est divisé en cinq océans et plusieurs dizaines de mers. Aujourd'hui, plus de **80 % des échanges mondiaux de marchandises** (plus de 10 milliards de tonnes) se font par voie maritime. C'est la **maritimisation des échanges**.
- La principale **route maritime mondiale** est circumterrestre : c'est un **anneau** qui fait le tour de la Terre et relie les **grandes façades maritimes mondiales**. Des routes secondaires relient les façades moins importantes. 95 % du trafic intercontinental d'informations (données et téléphone) passent par des câbles sous-marins !
- 90 000 navires marchands sillonnent les océans : leur capacité de transport s'élève à 1,75 milliard de tonnes ! Les **grandes compagnies maritimes** (Maersk, MSC, CMA-CGM) disposent de navires géants et spécialisés (porte-conteneurs, pétroliers, méthaniers...). Le **risque de piraterie** est notable, au large de la Somalie ou dans les détroits indonésiens.

1 Vrai ou faux ? Relis le cours puis coche la bonne réponse.

	Vrai	Faux
a. Les océans isolent les grandes façades maritimes mondiales.	❑	❑
b. Le transport maritime assure plus de 80 % des échanges de marchandises.	❑	❑
c. La flotte marchande mondiale a une capacité de 1,75 million de tonnes.	❑	❑
d. Tous les océans du monde communiquent entre eux.	❑	❑
e. La piraterie maritime a disparu de nos jours.	❑	❑

SCORE .... / 5

2 Observe la carte puis réponds aux questions.

Les câbles sous-marins dans le monde

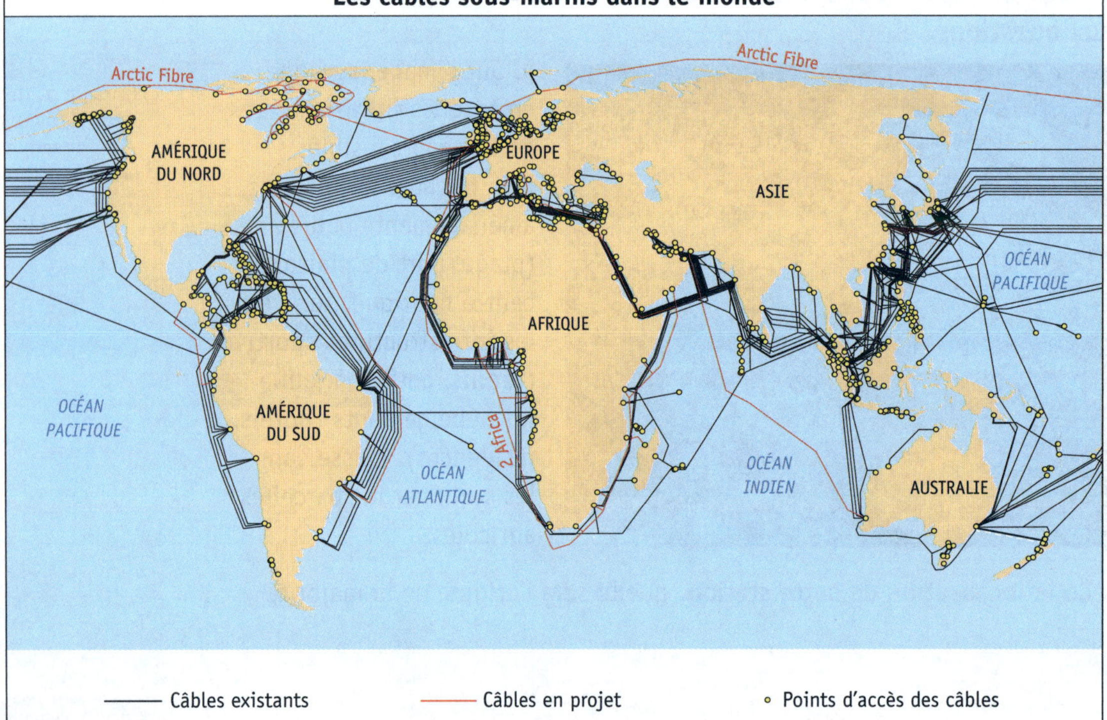

Source : *Carto*, 2019.

a. Démontre à l'aide de cette carte le phénomène de mondialisation des communications.

....

....

b. Repère le câble en projet « Arctic Fibre ». Quel phénomène vu dans les chapitres précédents permet d'envisager la pose de ce câble de 15 000 km de long ?

....

SCORE .... / 3

COUP DE POUCE

a. Tu dois montrer que les câbles connectent **toutes les régions du monde**, même si certaines sont plus connectées que d'autres.

Des interfaces maritimes mondialisées

- **Canaux et détroits transocéaniques** sont des points de passages obligés, donc surveillés de près. Le **détroit de Malacca** voit passer 75 000 navires par an : c'est l'interface principale entre Europe/Moyen-Orient et Asie.
- L'organisation du trafic maritime mondial est très hiérarchisée : les **grands ports généralistes** en eau profonde servent de **hub** (plaque tournante) et redistribuent le trafic vers les ports secondaires. Les grands opérateurs logistiques exploitent ces **plates-formes multimodales**.
- Les **grandes façades littorales** sont ainsi les **interfaces majeures** qui relient leur arrière-pays au reste du monde. Elles correspondent aux **grandes régions urbaines mondiales**. La **façade de l'Asie orientale** concentre 9 des 10 premiers ports mondiaux.

3 **Observe la carte puis réponds aux questions.**

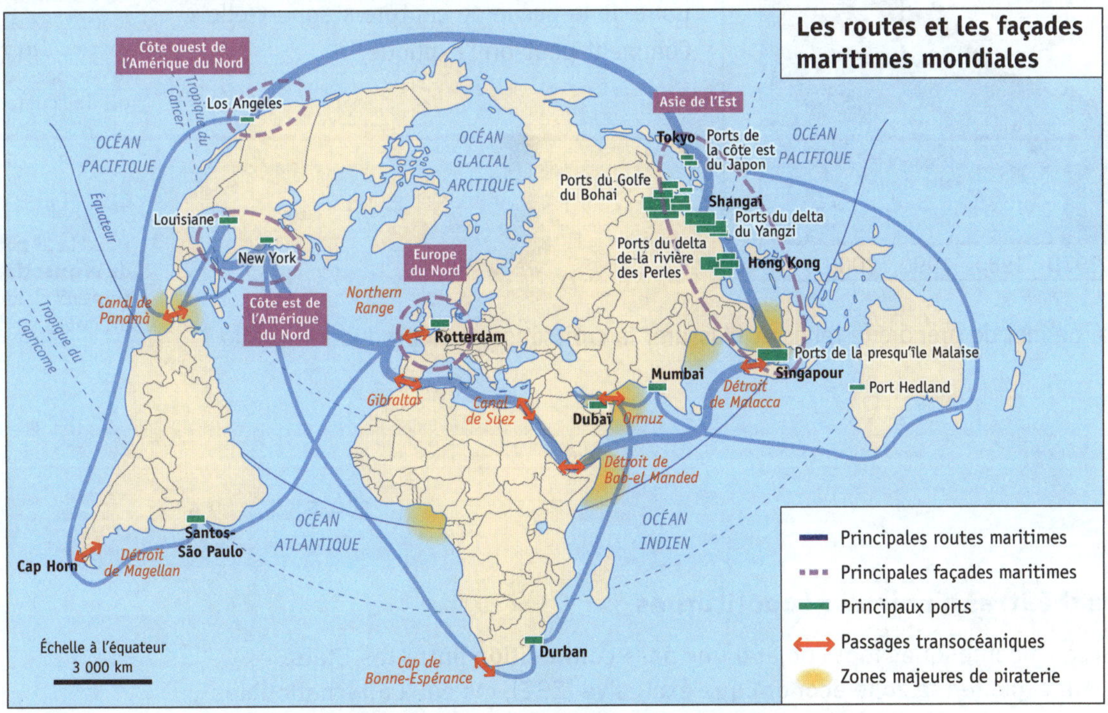

Les routes et les façades maritimes mondiales

a. Sur la carte, surligne la route maritime circumterrestre et entoure les lieux de passage stratégiques empruntés.

b. Quelles sont les grandes façades maritimes desservies ?

....

c. Si le canal de Panama était fermé, quelle route devraient suivre les navires pour aller de New York à Los Angeles ? Trace cette route sur la carte.

SCORE .... / 4

INFO

Une **plate-forme multimodale** assure la conversion du trafic d'un mode de transport à un autre (par exemple : bateau-camion).

INFO

Le **canal de Suez**, qui a doublé sa capacité en 2015, permet d'éviter le contournement de l'Afrique par le cap de Bonne-Espérance.

Corrigés p. 191

TOTAL .... **/ 12**

GÉOGRAPHIE

17 Mers et océans : un monde maritimisé (2)

Des espaces riches en ressources

- Exploitées depuis l'aube de l'Humanité, les **ressources halieutiques** (pêche) représentent des **apports en protéines** essentiels pour une population mondiale en croissance. Si la pêche voit sa production plafonner en raison de la surexploitation des stocks, l'**aquaculture** se développe rapidement. Aujourd'hui, 11 % de la population mondiale tire sa subsistance de ces ressources halieutiques.
- Le sous-sol des océans abrite des **hydrocarbures** (pétrole et gaz) : 30 % de la production mondiale de pétrole provient de gisements offshore. Les gisements en **minerais de toutes sortes** tapis au fond des océans restent difficiles à atteindre. L'océan est également un terrain intéressant pour les **énergies nouvelles** (éolien offshore, hydroliennes).

★★ **1** **Observe le graphique puis réponds aux questions.**

L'évolution des prises de pêche

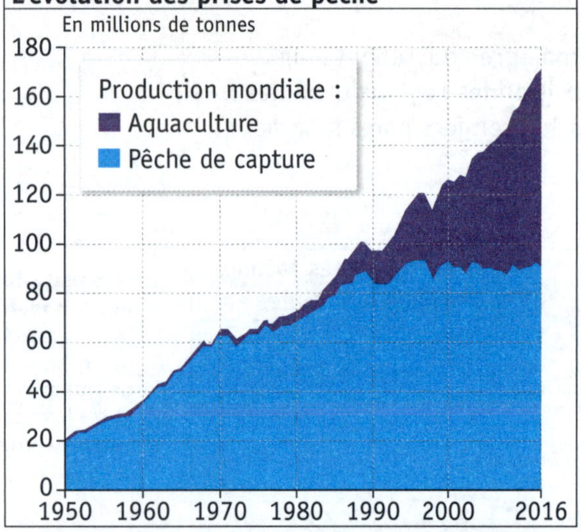

a. Comment évolue la production mondiale depuis 1950 ?

....

....

b. À partir de quelle année la production issue de la pêche de capture stagne-t-elle ? Comment peut-on l'expliquer ?

....

....

....

....

c. Quelle activité permet de prendre le relais et d'assurer la croissance de la production totale ?

....

....

SCORE ..../ 4

INFO
L'**aquaculture** est la production végétale ou animale en milieu aquatique. Elle regroupe notamment des activités comme l'élevage de poissons (pisciculture), de coquillages (conchyliculture, ostréiculture dans le cas des huîtres) ou de crustacés.

COUP DE POUCE
Pour la **2e partie de la question b**, tu peux t'aider du cours.

Des espaces théâtres d'enjeux géopolitiques

- Ces ressources gigantesques font l'objet d'une âpre **compétition entre les États**. Si chacun peut exploiter sa **zone économique exclusive (ZEE)**, les eaux internationales sont souvent l'enjeu de concurrences ou de **conflits géopolitiques**. Ainsi, la Russie s'efforce de faire reconnaître sa juridiction sur une partie de l'Arctique, alors que la Chine revendique la souveraineté sur l'essentiel de la mer de Chine méridionale.
- Chaque État, en particulier les grandes puissances, entretient une **marine de guerre** capable de faire respecter la **liberté de navigation** (États-Unis) ou d'appuyer ses revendications : la Chine développe ainsi sa flotte militaire. Son 2e porte-avion est en essais à la mer. Le **contrôle de bases navales sur tous les océans** est aujourd'hui un facteur essentiel de la puissance.

2 Observe attentivement la carte.

a. Démontre l'ampleur des concurrences géopolitiques dans l'océan Indien.

....

....

....

....

b. La France est-elle présente ?

....

c. Quels points maritimes stratégiques sont contrôlés par le « collier de perles » chinois ?

....

....

....

Les rivalités géopolitiques dans l'océan Indien

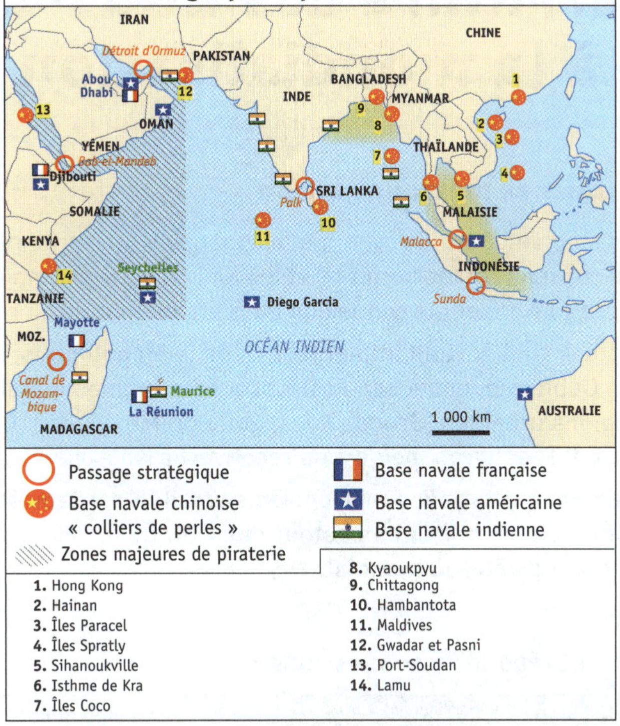

COUP DE POUCE
a. Tu peux montrer que **plusieurs puissances** sont présentes dans cet espace, dont certaines ne sont pas riveraines de l'océan Indien.

INFO
La **zone économique exclusive (ZEE)** est une zone de 370 km (200 milles marins) à partir de la côte, où l'Etat riverain dispose d'un droit d'exploitation exclusif.

SCORE ..../ 3

HISTOIRE-GÉO/EMC

Des milieux à préserver

- Certaines **ressources océaniques** sont déjà **surexploitées** en raison de la **surpêche** : 75 % des stocks vont atteindre ou ont atteint leur seuil d'exploitation.
- L'océan mondial joue un **rôle essentiel dans la régulation climatique** : son acidification progressive diminue sa capacité d'absorption du carbone.
- En 1982, la **Convention des Nations unies sur le droit de la mer** définit l'océan comme un patrimoine de l'humanité et réglemente l'**accès aux ressources** (quotas de pêche, etc.).

3 Lis le texte et réponds aux questions.

> « La première plaque de déchets, et la plus importante, a été découverte par hasard par le navigateur Charles Moore en 1997, au retour d'une course à la voile entre Los Angeles et Honolulu [...] : "Jour après jour, je ne voyais pas de dauphins, pas de baleines, pas de poissons, je ne voyais que du plastique", se souvient-il. Sept expéditions sont menées dans cette zone de 3,4 millions de km^2, que l'on surnomme rapidement le "*Great Pacific Garbage Patch*" (la "grande poubelle du Pacifique"). L'équipe y dénombre 334 271 fragments de plastique par km^2 en moyenne, avec des pics à 969 777 fragments par km^2. La masse de plastique y est six fois plus élevée que celle du plancton, pour un poids estimé de plusieurs dizaines de milliers de tonnes à plusieurs millions. »

Audrey Garric, « Le 7e continent de plastique : ces tourbillons de déchets dans les océans », *Le Monde*, 9 mai 2012.

a. Surligne en jaune l'appellation donnée à la zone polluée, avant qu'on la surnomme le « 7e continent », et en bleu la quantité de fragments de plastique relevée par km^2.

b. Sur Internet, cherche pourquoi la pollution au plastique est très grave.

....

....

SCORE ..../ 10

COUP DE POUCE
b. Cherche « **Vortex de déchets du Pacifique nord** » dans Wikipédia. Regarde en particulier la partie « Effets sur l'écosystème ».

Corrigés p. 192

TOTAL ..../ 9

GÉOGRAPHIE

18 Le territoire des États-Unis face à la mondialisation

Les dynamiques de métropolisation

- La mondialisation modèle les dynamiques spatiales du territoire américain. Les **grandes métropoles** concentrent les hommes et les activités. Des réseaux de transport à hautes performances y favorisent la **connexion au reste du monde**, la recherche et l'innovation.
- Ces métropoles sont surtout implantées dans la **Megalopolis**, sur la côte Est, dans la **Sun Belt** en Californie, entre San Francisco, Los Angeles et San Diego, ainsi que dans d'autres régions urbaines (Grands Lacs, golfe du Mexique...). À l'inverse, la **Rust Belt**, entre Détroit et Pittsburgh, peine à se reconvertir (voir chapitre 13).
- Le renforcement des grandes métropoles se traduit par leur **étalement dans l'espace** : les banlieues s'étendent à l'infini autour des **CBD** qui concentrent les **fonctions de commandement de niveau mondial**.

1 **Observe la carte et réponds aux questions.**

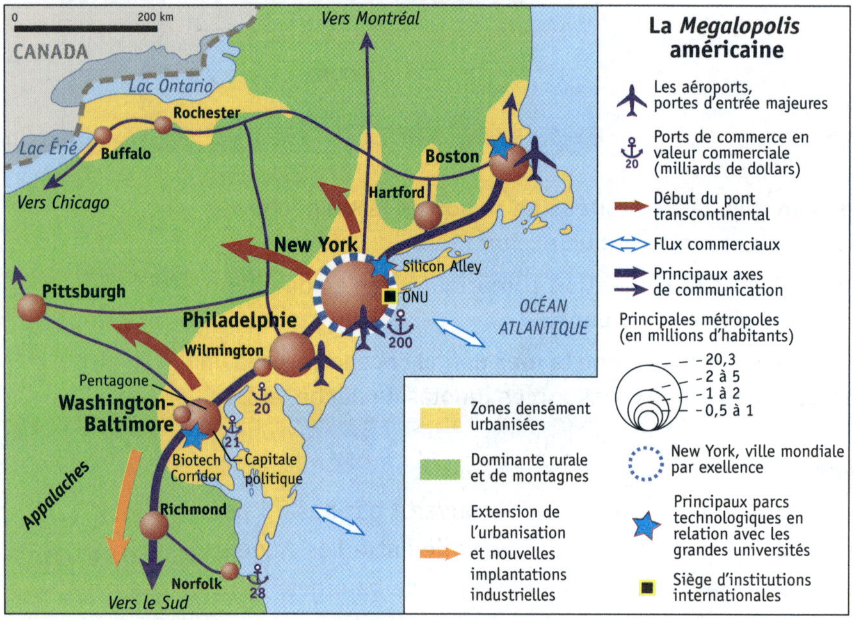

a. Quelles sont les 5 grandes métropoles de la Megalopolis ?

....
....
....
....
....
....
....
....

b. Sur quelle distance s'étale la Megalopolis ?

....

c. Qu'est-ce qui permet de dire qu'il s'agit d'un espace connecté au reste du monde ?

....
....
....

d. La Megalopolis poursuit-elle son extension ? Dans quelle direction ?

....
....

SCORE ..../ 9

Les dynamiques de littoralisation

- La mondialisation entraîne la **littoralisation**, liée à la **maritimisation** de l'économie. La Megalopolis et la Sun Belt sont ainsi littorales.
- Les **façades littorales américaines** sont connectées aux autres pôles de la Triade, avec une **façade atlantique** tournée vers l'Europe et une **façade pacifique** tournée vers l'Asie.
- La **façade atlantique** est la plus ancienne, mais la **façade pacifique** est portée par le boom des nouvelles technologies et la croissance économique asiatique. La **façade du golfe du Mexique** profite de **l'effet Sun Belt**, avec le tourisme caraïbe.

2 Observe la carte de l'exercice 1 et réponds aux questions.

a. Sur quelle façade maritime se situe la Megalopolis ? Quels sont les grands ports de la façade ?

....

b. Qu'est-ce qui montre que les ports de la Megalopolis desservent un vaste arrière-pays ?

....

ATTENTION
b. Rappelle-toi que les États-Unis sont un **État-continent**.

SCORE ..../ 3

Les dynamiques transfrontalières

- L'**Accord de libre-échange nord-américain** (ALENA) permet la libre circulation des capitaux et des marchandises (mais pas des hommes) entre les États-Unis, le Canada et le Mexique. Les échanges ont explosé et les **espaces frontaliers** en ont été les premiers bénéficiaires.
- Les **interactions avec l'économie canadienne** sont nombreuses (énergie par exemple).
- La **frontière avec le Mexique**, pays émergent, a vu la multiplication des ***maquiladoras***. L'immigration clandestine se poursuit malgré les contrôles et le mur anti-migrants en cours de construction, et la région s'hispanise : c'est la **Mexamérique**.

3 Observe la carte et réponds aux questions.

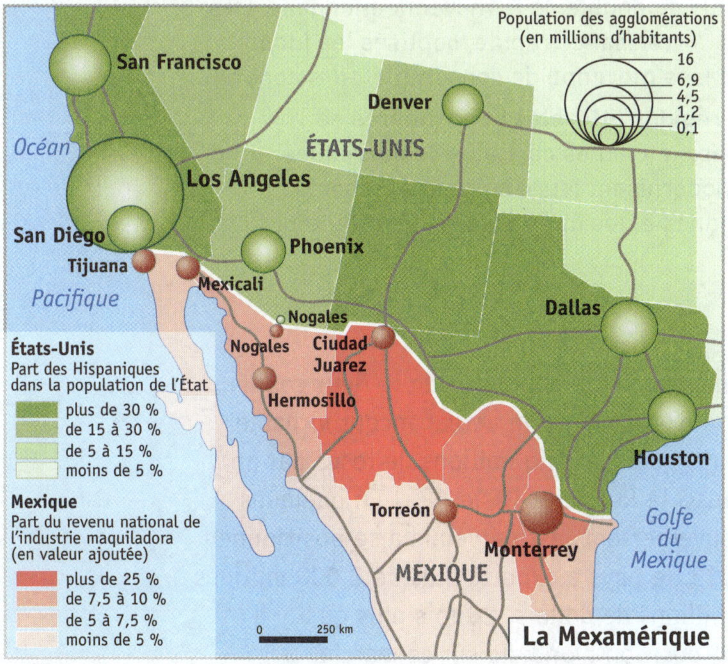

La Mexamérique

a. Montre l'importance des *maquiladoras* pour le Mexique.

....

....

b. Quel accord commercial a permis leur développement ?

....

c. Justifie le titre de la carte à l'aide d'un exemple tiré de celle-ci.

....

....

INFO
Les ***maquiladoras*** sont des usines d'assemblage à bas coût, avec capitaux américains et employés mexicains.

COUP DE POUCE
c. Utilise la partie de la carte qui n'a pas encore été étudiée.

Corrigés p. 192

SCORE ..../ 3

TOTAL ..../ 15

19 Les dynamiques des aires géographiques africaines

Le poids des aires géographiques africaines dans la mondialisation

- L'Afrique compte 1,3 milliard d'habitants. L'**Afrique australe** (AFAU, 67 millions d'habitants), l'**Afrique occidentale** (AFOC, 391 millions) et l'**Afrique orientale** (AFOR, 434 millions) rassemblent **presque 900 millions d'habitants**. La population continue de s'accroître rapidement, surtout en AFOC et AFOR (+ 2,6 % par an).
- **Le niveau de développement est faible** : sur 47 pays les moins avancés (PMA), 33 sont africains et le revenu africain ne représente que le tiers de la moyenne mondiale. C'est encore pire en AFOC (27 %) et en AFOR (13 %), mais l'AFAU est dans une situation bien meilleure (81 % de la moyenne mondiale).
- **Le poids des aires géographiques africaines dans la mondialisation est encore modeste** : l'Afrique ne représente que 2,5 % du commerce mondial en 2018 (0,24 % pour l'AFOR, 0,57 % pour l'AFAU, 0,54 % pour l'AFOC).

★ 1 À l'aide du résumé de cours, classe dans le tableau chaque aire géographique (AFAU, AFOC, AFOR) selon son rang.

	Population	Niveau de développement	Poids dans la mondialisation
Rang 1			
Rang 2			
Rang 3			

SCORE .... / 9

Une intégration à la mondialisation inégale.

- **La croissance économique est forte** : depuis 2000, l'AFOR et l'AFOC ont vu leur produit intérieur brut (PIB) croître de 6 % par an, plus du double de la moyenne mondiale. Ces trois régions comptent des pays émergents, à croissance rapide, baptisés les **Lions africains** (Afrique du Sud, Nigeria...). Une **classe moyenne** de consommateurs apparaît.
- À l'échelle régionale, les **métropoles** et les **régions littorales et portuaires** se développent (Dakar, Lagos, Durban, Mombasa, etc.). Les capitales économiques agrandissent leurs quartiers d'affaires et modernisent leurs ports et aéroports, **interfaces de la mondialisation**. Les campagnes et les intérieurs restent toutefois bloqués dans la pauvreté.

★★ 2 Lis le texte puis réponds aux questions.

« Depuis peu, l'Éthiopie s'est imposée sur le lucratif marché mondial de la fleur coupée. Ce pays d'Afrique de l'Est serait même en passe d'en devenir un acteur incontournable. La société horticole Gallica Flowers [...] exporte quelque cinq millions de roses par an vers l'Europe – notamment la France – mais aussi la Russie et l'Asie. [...] En quelques années, l'Éthiopie, sous l'impulsion de son gouvernement, est parvenue à se positionner sur le marché mondial de l'horticulture. En 2013, le pays a exporté plus de 2 000 millions de tonnes de fleurs, pour une valeur de 212 millions de dollars, 20 fois plus qu'il y a dix ans. Addis-Abeba se place désormais en 4e position mondiale sur ce marché. »

« Les roses éthiopiennes s'imposent sur le marché mondial », *France 24*, 14 février 2014.

a. Surligne en rose dans le texte l'activité dont il est question.

b. Surligne en jaune dans le texte les marchés vers lesquels exporte la société éthiopienne. Qu'est-ce que cela montre ?

....

....

c. Surligne en bleu dans le texte ce qui montre le succès de cette activité.

d. Rédige une phrase de conclusion sur la place de l'Éthiopie dans la mondialisation.

....

....

SCORE .... / 5

Les faiblesses structurelles des aires géographiques africaines

- Si certaines faiblesses sont communes (urbanisation effrénée, bidonvilles, grande pauvreté, très fortes **disparités spatiales et inégalités sociales**), d'autres sont spécifiques : SIDA en AFAU, terrorisme islamiste en AFOC, guerres et piraterie en AFOR.
- Les aires géographiques africaines restent fortement **dépendantes de l'étranger**. Les investissements directs étrangers (IDE) sont américains, chinois ou indiens pour l'essentiel. Les aires africaines restent **des espaces dominés de la mondialisation**. Certains pays riches ou émergents y achètent même des terres : c'est le ***land grabbing***.

3 **Consulte le tableau puis réponds aux questions.**

Pays de provenance des investissements dans le foncier agricole	Superficies concernées (en milliers d'hectares)	Principaux pays où sont louées ou achetées des terres agricoles
Chine	2 900	Cameroun, RDC, Zimbabwe
Égypte	840	Ouganda
Arabie Saoudite	710	Soudan, Mali, Sénégal
Corée du Sud	690	Soudan
Inde	600	Éthiopie, Madagascar
Émirats Arabes Unis	410	Soudan
États-Unis	400	Soudan

a. Quel pays s'est le plus approprié de terres en Afrique ?

....

b. Quelle aire géographique semble la plus touchée ? Quel pays revient le plus souvent ?

....

c. Dans la colonne de gauche, surligne les pays qui achètent ou louent des terres agricoles :
- en vert ceux de pays émergents à population nombreuse ;
- en bleu ceux de pays développés ;
- en jaune ceux de pays pétroliers au climat aride.

SCORE .... / 6

INFO

Le ***land grabbing*** signifie « accaparement de terres ». Des sociétés étrangères achètent des terres à des pays africains pauvres pour leur propre production alimentaire.

Corrigés p. 192-193

TOTAL .... / 20

20 Se sentir appartenir à une nation

La nation française

- Une nation désigne un **peuple ayant des caractéristiques communes** (le territoire, la langue, la religion, l'histoire, l'organisation du pouvoir) et qui **souhaite vivre ensemble.**
- La nation française se définit d'abord par une **longue histoire commune** dont l'un des moments forts est la **Révolution française (1789)**, lorsque les Français ont commencé à **lutter pour leurs libertés**. La **forme républicaine et démocratique** du gouvernement depuis 1870 caractérise également la nation française.
- Depuis l'édit de Villers-Cotterêts en 1539, **le français est la langue de la nation**. Il est utilisé dans l'administration, le monde du travail et les médias. Depuis 1992, l'article 2 de la Constitution stipule que « la langue de la République est le français ».

★★ 1 Observe le visuel puis réponds aux consignes.

a. Entoure les mots qui désignent les caractéristiques communes d'un peuple formant une nation.

b. Définis le mot « nation ».

....

....

....

....

....

SCORE .... /2

INFO
La **démocratie** désigne un gouvernement où la loi est faite par le peuple et pour le peuple.

★ 2 Observe le tableau puis réponds aux questions.

a. Identifie sur le tableau les éléments qui symbolisent la nation française :
1. La lutte pour la liberté ;
2. La légitimité du peuple.

b. Écris les numéros correspondants dans les puces prévues à cet effet.

Eugène Delacroix, *La Liberté guidant le peuple*, huile sur toile, 3,25 x 2,60 m, 1830, musée du Louvre, Lens.
Ce tableau célèbre la révolution de 1830 qui met fin à la Restauration (monarchie). Il est devenu une allégorie de la nation française.

SCORE .... /2

COUP DE POUCE
La femme est une **allégorie de la liberté** car elle porte le bonnet phrygien, symbole des esclaves affranchis dans la Rome ancienne.

Corrigés p. 193

TOTAL ..../ 4

21 La justice en France

La hiérarchie des normes

- Le droit désigne l'ensemble des règles qui fixent le cadre de vie en société. Au sommet de la hiérarchie se trouve le « **bloc de constitutionnalité** ». Puis viennent les **engagements internationaux**, les **lois** et enfin les **règlements** (ex. : celui d'un collège).
- Les lois doivent respecter 4 principes : la **présomption d'innocence** (toute personne est innocente tant qu'elle n'a pas été déclarée coupable par un tribunal), le **droit à un procès équitable** (où victime et accusé sont entendus), la **non rétroactivité de la loi** (une personne ne peut être accusée au nom d'une loi qui n'a pas encore été votée), la **possibilité de recours** (demander à être jugé une seconde fois).

1 **Complète la pyramide de la hiérarchie des normes à l'aide des mots et expressions relevés dans le cours.**

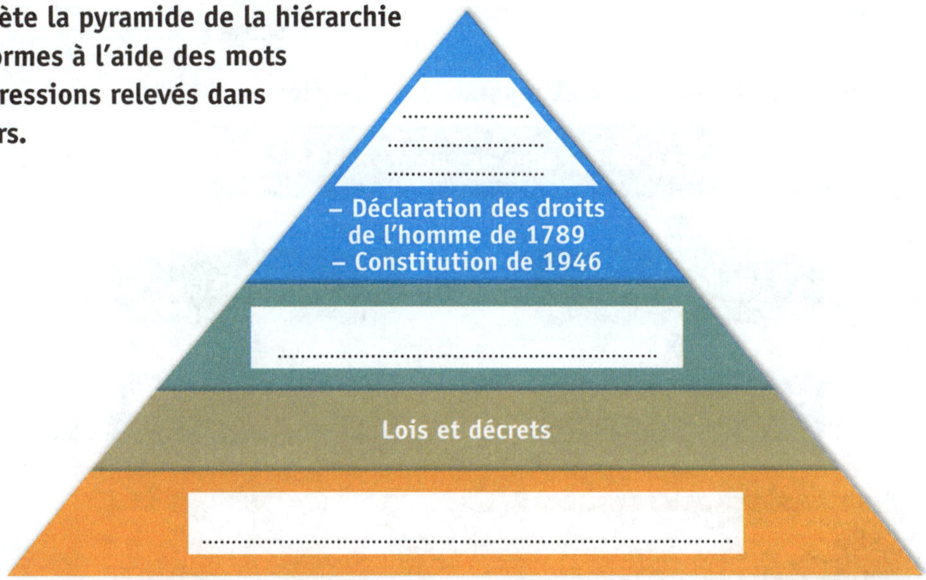

SCORE .... /3

INFO
- Les **lois** sont supérieures aux décrets car elles sont votées par le Parlement.
- Les **décrets** sont une simple mise en application de la loi. Ils peuvent être signés par un ministre, le Premier ministre ou parfois le président de la République.

2 **Complète le tableau en indiquant quels principes sont décrits dans les articles de loi.**

Principes de la justice française	Textes de lois fondateurs des principes de justice
....	« Art. 8 : Nul ne peut être puni qu'en vertu d'une loi établie et promulguée antérieurement au délit. » *Déclaration des droits de l'homme et du citoyen*, 1789.
....	« Art. 9 : Tout homme est présumé innocent jusqu'à ce qu'il ait été déclaré coupable. » *Déclaration des droits de l'homme et du citoyen*, 1789.
....	« Art. 2-1 : Toute personne déclarée coupable d'une infraction pénale a le droit de faire examiner son cas par une juridiction supérieure. » *Déclaration universelle des droits de l'homme*, 1948.
....	« Art. 10 : Toute personne a droit, en pleine égalité, à ce que sa cause soit entendue équitablement et publiquement par un tribunal. » *Déclaration universelle des droits de l'homme*, 1948.

SCORE .... /4

INFO
La **Déclaration universelle des droits de l'homme** a été adoptée le 10 décembre 1948 à Paris. Depuis ce jour, le 10 décembre de chaque année correspond à la journée des Droits de l'homme.

Corrigés p. 193

TOTAL .... / 7

22 L'organisation de la justice en France

Le système juridique français

- Il existe **trois branches** dans le système judiciaire français :
  - la **justice civile**, qui arbitre les conflits ou litiges entre les personnes ;
  - la **justice administrative**, qui arbitre les litiges entre les personnes et l'administration ;
  - la **justice pénale**, qui punit les infractions à la loi afin de protéger la société.
- Certains tribunaux arbitrent les litiges et punissent les infractions. Ce sont des **juridictions civiles et pénales**.

★ 1 Relève trois verbes qui définissent les missions du système judiciaire français.

....

SCORE .... /3

★★ 2 Complète l'organigramme de la justice en France et réponds aux questions.

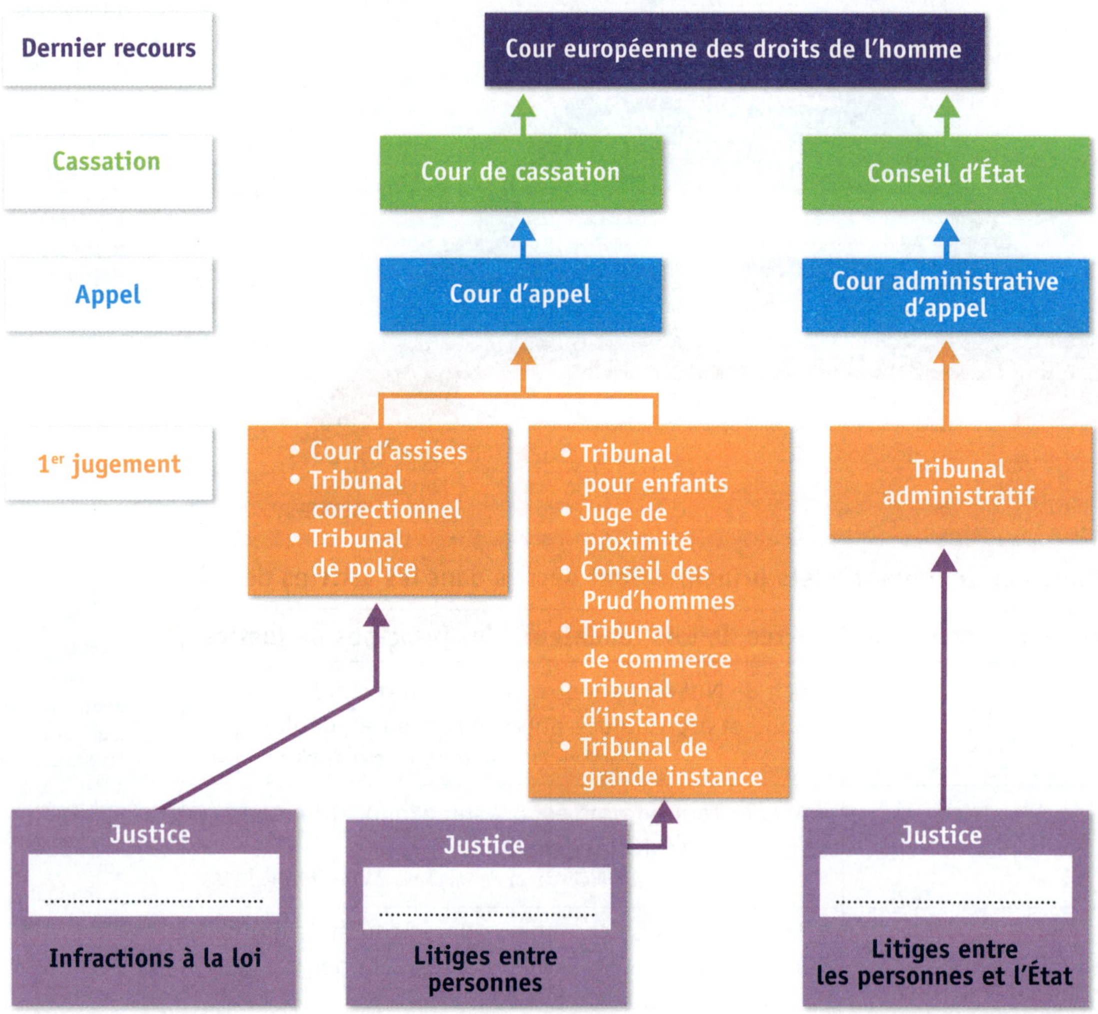

INFO Le **tribunal pour enfants** et le **juge de proximité** font à la fois partie de la justice pénale et de la justice civile. Ils arbitrent les litiges et peuvent punir les infractions à la loi.

a. Quelle est la différence entre la justice pénale et la justice civile ?

....

b. Quelles sont les juridictions d'appel pour la justice administrative ?

....

SCORE .... /5

Corrigés p. 193

TOTAL .... / 8

ENSEIGNEMENT MORAL ET CIVIQUE

23 Les libertés individuelles et leurs limites

Un droit fondamental mais limité

- La **liberté** est définie comme un de nos **droits fondamentaux** par la Déclaration des droits de l'homme et du citoyen (1789), et reprise dans les préambules des Constitutions de 1946 et 1958. La **liberté de conscience** et **la liberté d'expression** sont des libertés individuelles.
- Le dimanche 11 janvier 2015, 4 millions de Français ont défilé dans les rues afin de manifester leur attachement à la liberté d'expression, après les attentats au siège du journal satirique *Charlie Hebdo* perpétrés le 7 janvier 2015.
- Mais nos libertés ne doivent **pas compromettre celles des autres**. Ainsi, **les insultes** (y compris sur Internet) ou **l'incitation à la haine raciale sont punies par la loi**.

1 Complète le tableau.

	 *La Liberté sera toujours la plus forte*, dessin de Plantu paru dans *Le Monde* du 10 janvier 2015.	 *Je suis Charlie et tant d'autres*, dessin de Plantu paru dans *Le Monde* du 12 janvier 2015.
Événement qui a inspiré le dessin.	....	....
Liberté fondamentale défendue par le dessin.	....	....

SCORE .... /4

> **COUP DE POUCE**
> Relis le cours.

2 Lis ce texte et répond aux questions.

« Tribunal de grande instance de Paris : J.-L. P. contre T. C. Vu les dernières conclusions, J.-L. P. demande au tribunal : au regard de la loi du 29 juillet 1881, de dire que les termes suivants : "misérable imbécile", "il n'est rien d'autre qu'un petit trou du cul", [...] et que les contenus dans le texte intitulé "Les sites internet les plus laids", publié à l'adresse: http://...html, constituent un délit d'injure et, en conséquence de condamner T. C. à lui verser une somme de 1 500 € titre de dommages et intérêts. »

D'après un jugement du TGI de Paris, 17e chambre, 27 juin 2012.

a. Quel est le nom du tribunal qui a prononcé cette condamnation ? À quelle branche de la justice appartient-il ?

....

b. Quel fait est reproché à T. C. ? Comment s'appelle ce délit ?

....

c. Quelle liberté individuelle est ici limitée ?

....

SCORE .... /5

> **COUP DE POUCE**
> - Pour répondre à la **consigne a.**, regarde l'organigramme de l'exercice 2 du chapitre 22.
> - Pour répondre à la **consigne b.**, tu dois faire la différence entre le fait, c'est-à-dire l'acte commis par T. C., et le délit, qui désigne ce qui est condamné par la loi.

Corrigés p. 193

TOTAL .... / 9

24 Les libertés collectives : libertés politiques et d'association

L'affirmation des libertés collectives

- Les libertés collectives sont des **droits qui permettent à chacun de garantir sa place dans la société et qui s'exercent en groupe** : le droit de vote, la liberté de manifester, la liberté syndicale, le droit de grève, la liberté d'association...
- En France, le **suffrage universel pour les hommes de plus de 21 ans** est appliqué pour la 1re fois en 1792. Après plusieurs soubresauts, il est définitivement mis en place par la IIe République en **1848**. Il faut attendre 1944 pour qu'il soit étendu aux femmes. Le **droit de réunion** s'impose en 1884 avec la **liberté syndicale** et avec la loi autorisant la création **d'associations en 1901**. Le premier parti politique apparaît la même année.

1 Sur la frise, colorie en vert les lois qui promulguent des libertés collectives.

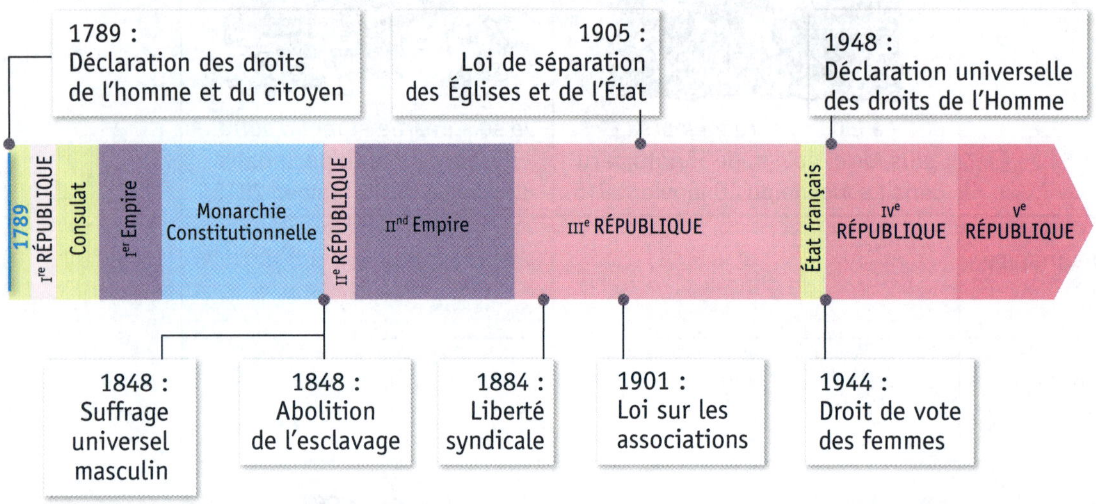

SCORE .... /4

2 Lis ce texte et réponds aux questions.

> « L'article 4 de la Constitution de 1958 précise : « Les partis et groupements politiques [...] se forment et exercent leur activité librement. [...] »
> À ce titre, il n'y a pas à proprement parler de statut pour les partis politiques. Un parti politique est une association loi 1901.
> Traditionnellement, on attribue trois fonctions principales aux partis politiques :
> – une fonction de programmation de l'avenir du pays par la définition d'orientations ;
> – une fonction de structuration de l'opinion publique ;
> – une fonction de sélection des candidats et des élites politiques. »

« Les partis politiques », vie-publique.fr, 29 décembre 2015 © La Documentation française.

a. À quel type de libertés collectives sont associés les partis politiques ?

....

b. Les partis politiques sont-ils essentiels pour la démocratie ? Justifie ta réponse.

....

....

SCORE .... /2

INFO
Un **syndicat** est une association de personnes qui exercent le même métier et qui se regroupent pour défendre leurs droits et intérêts.

COUP DE POUCE
b. Parmi les trois fonctions principales, tu peux repérer celle qui te parait la plus essentielle et expliquer pourquoi.

Corrigés p. 194

TOTAL .... / 6

25 La conquête des droits des femmes

Vers l'égalité entre les hommes et les femmes

- Pendant la Révolution française, des femmes telles **Olympe de Gouges**, réclament l'égalité des droits, **mais ne l'obtiennent pas**. Sous la IIIe République (1870-1940), les **suffragettes** se regroupent dans des associations pour réclamer le droit de vote. En 1935, sans y être autorisée, l'une d'entre elles, **Louise Weiss**, se présente aux élections municipales à Paris. Les Françaises obtiennent enfin le droit de vote en **1944**.
- En France, **l'État s'engage pour faire disparaître inégalités et discriminations**. La loi de 1972 instaure le principe d'égalité entre hommes et femmes au sein des armées, puis en 1998, les femmes obtiennent le droit de servir dans tous les emplois militaires.

★ 1 Webquest !

a. Va sur le site www.ouest-france.fr/europe/france/il-y-71-ans-les-femmes-obtenaient-le-droit-de-vote-3348691

b. Complète le tableau en recherchant la date ou le pays d'obtention du droit de vote.

Date	Nom du pays	Date	Nom du pays
....	Nouvelle-Zélande	1944	....
....	États-Unis	....	Portugal
....	Royaume-Uni	....	Femmes noires d'Afrique du Sud
....	Brésil	2005	....

SCORE .... /8

INFO
Le film ***Les Suffragettes***, réalisé par la britannique Sarah Gavron et sorti en 2015, retrace le combat des Anglaises au début du XXe siècle pour obtenir le droit de vote.

★★ 2 Observe les photographies.

Femme pilote d'hélicoptère Caracal, à Kaboul, Afghanistan.

a. Cette femme est-elle discriminée ? Justifie ta réponse.

....

....

....

....

....

Dessin de Bearboz, 2009.

b. Cette femme est-elle discriminée ? Justifie ta réponse.

....

....

....

....

SCORE .... /2

INFO
Une **discrimination** est une inégalité de traitement fondée sur un critère interdit par la loi. Ces critères sont l'origine géographique, le sexe, l'âge, l'état de santé, l'apparence physique, etc.

Corrigés p. 194

TOTAL .... / 10

Corrigés

1 Négoces internationaux et traites négrières au XVIIIe siècle

1 **a.** François Bonnaffé vit à Bordeaux, où il est négociant et armateur.

b. Il commerce avec les Antilles. Il exporte du sucre, du café et de l'indigo. Il y importe du vin et des farines.

c. Ces produits sont rares en Europe, donc ils y sont vendus chers, ce qui assure la richesse de François Bonnaffé.

d. Les deux éléments qui prouvent sa richesse sont le fait qu'il possède quatre navires et que sa fortune s'élève à 15 millions de livres, ainsi que le fait qu'il ait pu se faire construire un « magnifique hôtel particulier dans le style bordelais ».

e. Non, ce commerce ne profite pas à l'ensemble de l'Europe ni à toute sa population. En effet, ce commerce profite avant tout à la façade atlantique, ouverte sur la principale route maritime qui relie l'Europe à l'Amérique. De plus, ce commerce profite surtout à ceux qui en sont les acteurs, à savoir les armateurs, les capitaines de navires, les négociants.

2 **a.** et **b.** Voir la carte ci-dessous.

c. On parle de commerce triangulaire car le trajet des « marchandises » dessine un triangle dont les sommets sont l'Europe, l'Afrique et l'Amérique.

d. En Amérique, les esclaves travaillent dans des plantations agricoles (tabac, coton, sucre...). Ils sont soumis aux travaux forcés. En effet, ces esclaves ne sont pas libres et appartiennent à un maître.

e. Ce commerce profite aux colons qui récupèrent les esclaves en échange des produits tropicaux. Mais il profite aussi aux Européens – armateurs, capitaines de navire, négociants – qui revendent ces produits tropicaux en Europe où leur rareté et leur nouveauté leur assurent d'importants revenus.

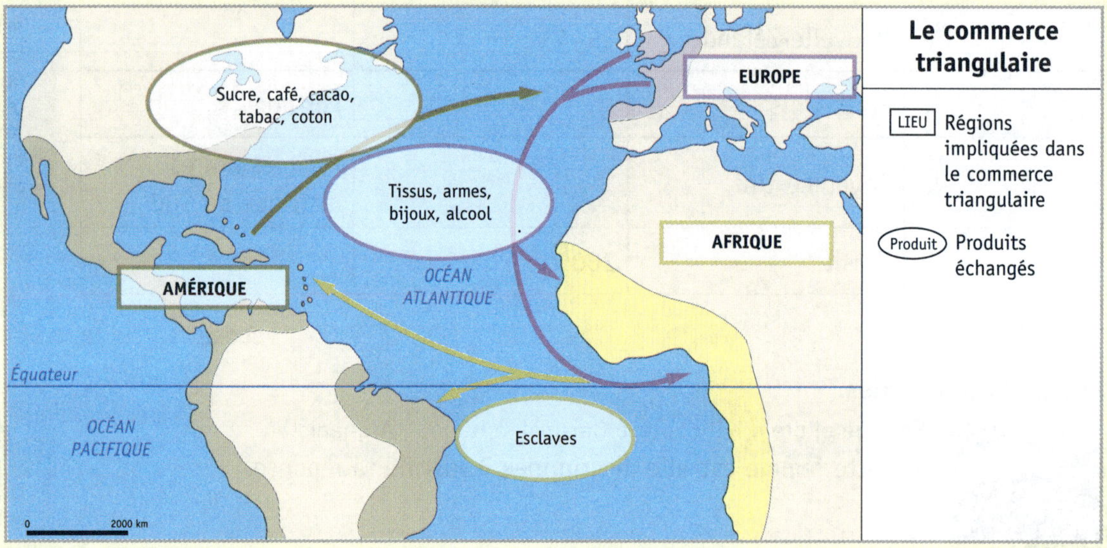

2 L'Europe des Lumières

1 Les idées des Lumières se diffusent grâce aux écrits des philosophes, mais aussi oralement car ceux-ci participent à des débats dans les cafés et les salons. Mais cette diffusion reste restreinte, car les écrits doivent affronter la censure du roi. De plus, à l'époque, la grande majorité de la population européenne ne sait pas lire.

2 **a.** Le document est un texte, tiré de l'ouvrage de Voltaire, *Candide*, publié en 1759. Cet extrait raconte la rencontre entre Candide et un esclave noir.

b. Dans cet extrait, Voltaire dénonce la traite négrière (*« J'attends mon maître, M. Vanderdendur, le fameux négociant »*) et les châtiments corporels infligés aux esclaves (*« quand nous voulons nous enfuir, on nous coupe la jambe »*).

c. Voltaire donne la nationalité hollandaise au négociant pour éviter à son ouvrage d'être censuré et les ennuis avec la justice royale.

d. Voltaire défend ici le principe de liberté – en dénonçant la traite négrière – et celui de l'égalité.

3 **a.** Il est ici question de Catherine II, impératrice de Russie de 1762 à 1796.

b.

Intérêt pour les idées des Lumières	Volonté de moderniser le pays	Manière de gouverner qui reste autoritaire
Correspondance avec Voltaire et Diderot – Invitation de Diderot à Saint-Pétersbourg.	Rédaction du Nakaz – Développement de l'éducation – Allégement de la censure – Développement économique.	Détient tous les pouvoirs – Maintien du servage.

c. Catherine II peut être qualifiée de despote éclairé. En effet, elle s'intéresse et est sensible aux idées des Lumières puisqu'elle entretient une correspondance avec Voltaire et Diderot, dont elle achète les bibliothèques. D'ailleurs, Diderot séjourne à Saint-Pétersbourg en 1773-1774. De plus, elle met en place des réformes pour moderniser son pays – réformes agricole (aide financière aux grands propriétaires pour l'achat de machines) et industrielle (autorisation de créer des usines) – et pour améliorer les conditions de vie de son peuple avec l'allégement de la censure, le développement de l'instruction, la création d'un nouveau code de lois. En revanche, sa manière de gouverner reste autoritaire puisqu'elle détient tous les pouvoirs et maintient le servage.

3 La Révolution française et l'Empire : une nouvelle donne politique (1789-1815)

1 Louis XVI convoque les états généraux qui s'ouvrent à Versailles le 5 mai 1789. Ceux-ci réunissent les représentants des trois ordres du royaume : ceux du clergé, de la noblesse et du tiers état.

2 **a.** Le pouvoir législatif est détenu par l'Assemblée nationale, indirectement élue par les citoyens actifs ; ce qui signifie que le suffrage est censitaire.
b. Le pouvoir exécutif est détenu par le roi.
c. Le roi garde le droit de veto, c'est-à-dire qu'il peut suspendre l'application d'une loi.
d. Les principes de séparation des pouvoirs et de souveraineté nationale – chers aux philosophes des Lumières – sont ainsi mis en application.
e. Louis XVI n'est plus un roi absolu car il ne possède plus tous les pouvoirs, qui sont partagés avec l'Assemblée nationale et les juges.

3 En 1793, la situation est critique et la République est menacée de toutes parts. En effet, depuis l'exécution de Louis XVI le 21 janvier 1793, la plupart des monarchies européennes sont en guerre contre la France (Autriche, Prusse, Royaume-Uni...). La France doit aussi faire face à des menaces intérieures avec des régions qui se soulèvent contre la République, notamment la Vendée.

4 **a.** Napoléon Bonaparte est représenté sur ce tableau. C'est un militaire, célèbre, qui a remporté de prestigieuses victoires pour la République. En 1799, profitant de la faiblesse de la République, il prend le pouvoir par un coup d'État. En 1804, il proclame le Ier Empire.
b. Dans ce portrait, Napoléon s'inspire de la monarchie absolue. Figurent sur le tableau les insignes de la royauté : la main de justice, le sceptre et l'épée. D'autres symboles de la monarchie sont présents, mais un peu modifiés : par exemple, la couronne fermée est remplacée par la couronne de lauriers des consuls romains ; les fleurs de lys sont remplacées par des abeilles ; le manteau d'hermine bleu est remplacé par le manteau pourpre des empereurs romains.
c. Napoléon semble donc disposer d'un pouvoir absolu, puisqu'il a le pouvoir politique (couronne et sceptre), judiciaire (main de justice) et militaire (épée).
d. Ce tableau fait penser au portrait de Louis XIV en tenue de sacre, peint par Hyacinthe Rigaud en 1701.

4 Une France et une Europe bouleversées par la Révolution et l'Empire

1 **a.** Dans la nuit du 4 août 1789, l'Assemblée nationale constituante abolit les privilèges.
b. Ce sont les ducs d'Aiguillon et du Châtelet qui proposent cette mesure : ils sont tous les deux députés de la noblesse.
c. Ils font cette proposition pour calmer l'agitation qui règne en France, et notamment dans les campagnes, appelée la Grande Peur : *« Les circonstances malheureuses où se trouve la noblesse, l'insurrection générale de toutes parts contre elle, plus de cent cinquante châteaux incendiés ».*
d. L'abolition des privilèges met fin à la société d'ordres. Elle a pour conséquence de placer tous les membres de la société française sur un pied d'égalité et notamment devant l'impôt.

2 Les départements, les lycées ou la Banque de France existent encore aujourd'hui.

3 La France apporte à ses voisins les principes de 1789 : l'existence de libertés fondamentales, l'égalité devant la loi et la souveraineté de la nation.

4 **a.**

b. La violence est évoquée de plusieurs manières : par la présence des morts et du sang au premier plan, par la terreur qui se lit sur le visage des révoltés et par l'attitude agressive des soldats, de dos, braquant leur fusil.
c. En représentant ainsi les insurgés, Goya cherche à éveiller plusieurs sentiments chez ses compatriotes : en premier, de la pitié et de la compassion pour ces martyrs, mais aussi de l'admiration face à leur attitude. De plus, il cherche à provoquer un sentiment de révolte vis-à-vis des Français qui ont occupé l'Espagne.

5 L'Europe de la « révolution industrielle » (1)

1 a. Une liaison par chemin de fer tous les jours est mise en place entre Paris et Londres.
b. Il s'agit d'une économie de coût : l'aller-retour en première classe coûte 72,75 francs, soit moins cher que par bateau. De plus, il s'agit aussi d'une économie de temps : l'affiche précise « Service [...] très accéléré ».
c. Le commerce profite du développement du chemin de fer. En effet, la liaison concerne les fruits, les fleurs et les primeurs. La France dispose donc de débouchés en Angleterre pour vendre ses produits.

2 Dans le monde du travail, des changements apparaissent dans la manière de travailler : les ouvriers travaillent de moins en moins à la main, mais avec des machines. De plus, le lieu de travail n'est plus le même : les ouvriers travaillent de plus en plus dans les usines.

3 a. Les productions de charbon, de fils de coton et d'acier augmentent fortement dans les trois pays concernés. Par exemple, la production d'acier au Royaume-Uni passe de 1,5 million de tonnes en 1860 à 9 millions de tonnes en 1913.
b. L'augmentation des productions est due à la révolution industrielle et à toutes les innovations, principalement l'introduction de machines qui permettent de produire davantage.

4 L'exode rural est le départ définitif des habitants de la campagne qui vont s'installer en ville. Au XIXe siècle, l'agriculture est elle aussi révolutionnée par l'utilisation de machines, comme le tracteur. De ce fait, les travaux agricoles nécessitent moins de main-d'œuvre. La population part donc s'installer en ville, où elle peut trouver du travail dans les usines.

5 a. Le budget annuel est de 17 000 francs pour la famille bourgeoise et de 2 500 francs pour la famille ouvrière, soit près de 7 fois moins.
b. La nourriture et le logement sont les deux premiers postes de dépenses pour la famille ouvrière.
c. La famille bourgeoise dépense plus pour la nourriture que la famille ouvrière : 3 706 francs (21,8 %) pour la famille bourgeoise contre 1 312 francs (52,5 %) pour la famille ouvrière. Mais cette dépense pèse moins sur le budget de la famille bourgeoise que sur celui de la famille ouvrière.
d. La famille bourgeoise paye des impôts et dépense de l'argent pour payer des domestiques, ce qui n'est pas le cas de la famille ouvrière.
e. Chez les bourgeois, les dépenses sont nettement supérieures pour la santé, les loisirs, l'éducation et les transports.
f. La famille bourgeoise a de bien meilleures conditions de vie que la famille ouvrière. Ses revenus sont très nettement supérieurs, ce qui lui permet d'employer des domestiques et de consacrer de l'argent aux loisirs, à l'éducation des enfants et à la santé. Les revenus de la famille ouvrière sont peu élevés. La quasi-totalité de son budget est consacrée à des besoins de base (se loger, se nourrir, se chauffer et s'habiller).

6 L'Europe de la « révolution industrielle » (2)

1 a. Au XIXe siècle, la population européenne augmente fortement : elle passe de 195 millions d'habitants en 1800 à 422 millions en 1900. Cette augmentation s'explique par la baisse de la mortalité, alors que la natalité reste élevée.
b. Au XIXe siècle, l'Europe connaît un mouvement massif d'émigration. Les Européens quittent l'Europe, notamment pour les États-Unis, espérant trouver un travail et une vie meilleure. Ainsi, en 1910, un demi-million d'Italiens quittent l'Italie.

2 a. Le *Manifeste du Parti communiste* a été écrit par Karl Marx et Friedrich Engels en 1848.
b. Les deux classes qui s'opposent sont la bourgeoisie et le prolétariat.
c. Pour faire cesser son exploitation par la bourgeoisie, le prolétariat doit s'emparer du pouvoir politique. Une fois ce pouvoir acquis, il doit confisquer à la bourgeoisie les moyens de production (usines, machines, moyens de transport...) et les confier aux mains de l'État qui doit redistribuer les bénéfices de manière égale. Ainsi, il n'y aura plus de lutte de classes, ni de classe puisque la société sera égalitaire.
d. Marx se réclame du socialisme, une idéologie qui condamne les inégalités et qui cherche les moyens de les réduire ou de les supprimer. Marx s'oppose ainsi au libéralisme. Dans le libéralisme, l'intervention de l'État doit être réduite au strict minimum alors que pour Marx, l'État doit posséder tous les moyens de production et redistribuer, à parts égales, les bénéfices.

3 Le roi Louis-Philippe est renversé en 1848. La monarchie constitutionnelle est remplacée par la IIe République.

4 a. La scène se passe en Allemagne, à Berlin, dans la nuit du 18 au 19 mars 1848.
b. Les révolutionnaires réclament l'unité nationale. En effet, l'Allemagne n'existait pas à l'époque et tous les peuples allemands étaient séparés entre différents États ou royaumes. Le drapeau – seul élément coloré du tableau – prouve leurs revendications nationales.
c. Pour se faire entendre, les révolutionnaires dressent des barricades, c'est-à-dire qu'ils entassent des matériaux et des objets divers pour interdire le passage, mais aussi pour se protéger de l'adversaire dans un combat de rue comme celui-ci. On voit d'ailleurs, face aux révolutionnaires, les soldats de l'armée prussienne qui tirent.

7 Conquêtes et sociétés coloniales

1 Au XIXe siècle, la colonisation est motivée par des raisons politiques, économiques, sociales et morales. En effet, la possession de colonies est un signe de puissance. Tous les États européens cherchent alors à conquérir des territoires en Afrique et en Asie, d'autant que cela leur permet de créer des bases militaires partout dans le monde. De plus, les colonies constituent des débouchés pour les produits manufacturés européens et elles offrent des matières premières (produits tropicaux, bois, minerais...), nécessaires à l'économie et l'industrie européennes. Enfin, les Européens sont convaincus de leur supériorité et se lancent donc dans une « mission civilisatrice » vis-à-vis des indigènes.

2 b.

Colonies britanniques		Colonies françaises	
A	Égypte	1	Maghreb
B	Soudan	2	Afrique occidentale française (AOF)
C	Kenya	3	Afrique équatoriale française (AEF)
D	Union sud-africaine	4	Madagascar
E	Inde	5	Indochine
F	Australie		
G	Canada		

3 a. Le Code de l'indigénat a été mis en place par la France, en Algérie, en 1881.
b. Les principes de la DDHC ne sont pas respectés pour les populations autochtones car :
– les libertés fondamentales, comme celle de se déplacer, ne leur sont pas garanties puisqu'un passeport est nécessaire ;
– le principe d'égalité n'est pas non plus garanti en matière de justice, puisqu'ils sont jugés par le maire ou l'administrateur de manière arbitraire (*« qui lui inflige le châtiment qui lui plaît »*).
c. L'auteur est scandalisé par cette situation (*« on croit rêver »*) : il la condamne et cherche à la dénoncer.

8 Une difficile conquête : voter de 1815 à 1870

1 a. Le roi détient le pouvoir exécutif. Le pouvoir législatif est quant à lui détenu par le roi et les deux assemblées : la Chambre des pairs et la Chambre des députés.
b. Les seules élections existant en France à l'époque sont les élections législatives (pour élire les députés).
c. Pour voter à l'époque, il faut être un homme d'au moins 30 ans et payer un certain montant d'impôt, 300 francs. On parle donc d'un suffrage censitaire.
d. Après 1830, le nombre d'électeurs augmente. Cette augmentation s'explique par le fait que le roi Louis-Philippe, tout en maintenant le suffrage censitaire, a abaissé le montant de l'impôt à payer à 200 francs.

2 a. En matière de vote, on constate deux différences majeures entre les monarchies constitutionnelles et la République :
– le suffrage n'est plus censitaire mais universel, ce qui veut dire que tous les hommes de plus de 21 ans peuvent voter, sans condition de richesse ;
– deux élections existent désormais : les élections législatives et l'élection présidentielle.
b. Les électeurs votent au chef-lieu de leur canton. Ils choisissent un bulletin, le mettent dans l'urne et signent ensuite la liste d'émargement.
c. Comparativement à aujourd'hui, et pour garantir le secret du vote, il manque une enveloppe dans laquelle l'électeur glisse son bulletin, et l'isoloir, où tout électeur doit passer.
d. On ne peut pas parler de suffrage universel, car les femmes n'ont toujours pas le droit de vote en 1848.

3 a. Le sous-préfet demande aux maires d'influencer le vote pour que M. de Dalmas soit élu. Il faut souligner dans le texte : « M. de Dalmas représente le principe du dévouement au gouvernement, à l'autorité, à l'ordre, et peut seul, par sa position, favoriser le développement des nombreux intérêts de notre arrondissement. » ; « vous servirez à la fois le gouvernement de l'Empereur et l'intérêt général du pays. »
b. Non, le vote n'est pas réellement libre sous l'Empire. Les choix sont restreints par la pratique des candidatures officielles (le gouvernement présente un candidat et œuvre par différentes pressions à son élection). De plus, le choix des électeurs est influencé par certains responsables politiques.

9 La Troisième République

1 Voir la frise p. 188.

2 a. La loi de 1881 établit la liberté de la presse ; celle de 1884 autorise légalement la création de syndicat ; celle de 1901 établit la liberté d'association.
b. Un syndicat est un groupement de personnes qui exercent une profession commune et qui s'unissent pour défendre des intérêts professionnels communs.
c. Ces lois s'inscrivent dans la lignée de la Déclaration des droits de l'homme et du citoyen du 26 août 1789.
d. La République crée une école obligatoire, gratuite et laïque pour tous, de 6 à 13 ans : ce sont les lois Ferry de 1881-1882.

3 a. Alfred Dreyfus est un militaire (il a le grade de capitaine) français juif. Il est accusé d'avoir livré des secrets militaires à l'Allemagne.

b. Émile Zola s'adresse au président de la République (Félix Faure), par une lettre ouverte publiée en Une du journal *L'Aurore*, le 13 janvier 1898.

c. Zola accuse les militaires : le lieutenant-colonel Paty du Clam, le général Billot et les membres du conseil de guerre de 1898. Il les accuse d'erreur judiciaire, non par manque de preuves, mais par volonté. Il les accuse de ne pas acquitter Dreyfus pour sauver l'honneur de l'armée (« pour sauver l'état-major compromis ») et pour des raisons politiques.

4 La loi de 1905 établit la séparation des Églises et de l'État. Par cette loi, les libertés religieuses – c'est-à-dire les libertés de conscience et de culte – sont garanties. En revanche, l'État n'impose aucune religion officielle et ne finance aucun culte.

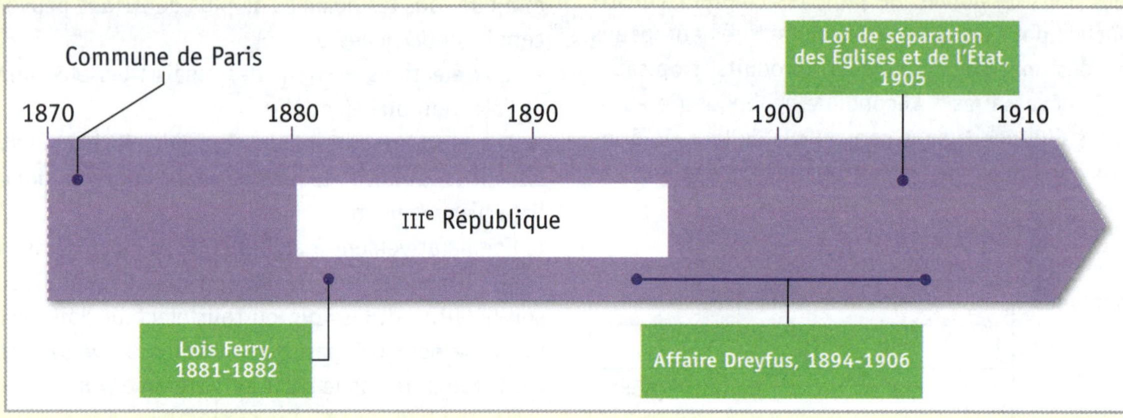

10 Conditions féminines dans une société en mutation (XIXe siècle)

1 a. Le Code civil date de 1804 ; il a été instauré par Napoléon Bonaparte.

b. Les femmes sont placées tout d'abord sous l'autorité de leur père puis, une fois mariées, de leur mari.

c. Les obligations des femmes sont d'obéir à leur mari et de partager leur domicile.

d. Les femmes ne peuvent pas décider de leur lieu de résidence, ni prendre de décision quant à leurs enfants et aux biens du couple.

2 a. Le document est une photographie prise vers 1900 dans une école de filles à Hellemmes dans le Nord. On y voit des jeunes filles en train d'apprendre à coudre.

b. Les femmes sont avant tout placées dans un rôle d'épouse et de mère, qui doivent savoir tenir leur maison, d'où ici l'apprentissage de la couture à l'école primaire.

3 a. Le document est un discours prononcé par Hubertine Auclert, en 1879, devant le Congrès ouvrier socialiste de Marseille.

b. Au début de son discours, elle rappelle les principes d'égalité et de liberté. Avec ce rappel, auquel elle ajoute chaque fois la mention de « comme pour les hommes », elle veut mettre ces mêmes hommes face à leurs contradictions : puisque ces hommes et la République sont attachés à ces principes, pourquoi laissent-ils les femmes dans cette situation d'infériorité de droits ?

c. Elle réclame le droit de vote pour les femmes. Elle explique, premièrement, que les femmes s'intéressent également à la politique. De plus, elle rappelle que les femmes ont un droit de regard sur l'utilisation des finances publiques parce qu'elles aussi payent des impôts. Enfin, elle explique que comme les femmes ont des devoirs envers la République, celle-ci leur doit les mêmes droits que ceux accordés aux hommes.

d. On parle de suffragette.

11 Espaces et paysages de l'urbanisation (1)

1 Voir la carte p. 189.

a. L'Amérique du Nord, l'Amérique latine, l'Europe occidentale, la Russie, l'Australie-Nouvelle-Zélande.

b. L'Asie centrale, l'Asie du Sud et du Sud-Est, l'Afrique subsaharienne.

c. Tokyo : 37 millions • Delhi : 30 millions • Shanghai : 27 millions • Mexico : 22 millions • São Paulo : 22 millions • Mumbai : 21 millions • Osaka-Kobe : 19 millions • Beijing : 20 millions

2 Voir la carte p. 189.

a. Il faut entourer les régions qui sont en bleu vert.

b. La croissance urbaine dans les pays développés, tels ceux d'Amérique du Nord ou d'Europe occidentale, est déjà très ancienne, et les taux d'urbanisation sont à présent les plus élevés du monde, limitant de ce fait la croissance possible.

c. L'Afrique occidentale, l'Afrique orientale et l'Asie orientale.

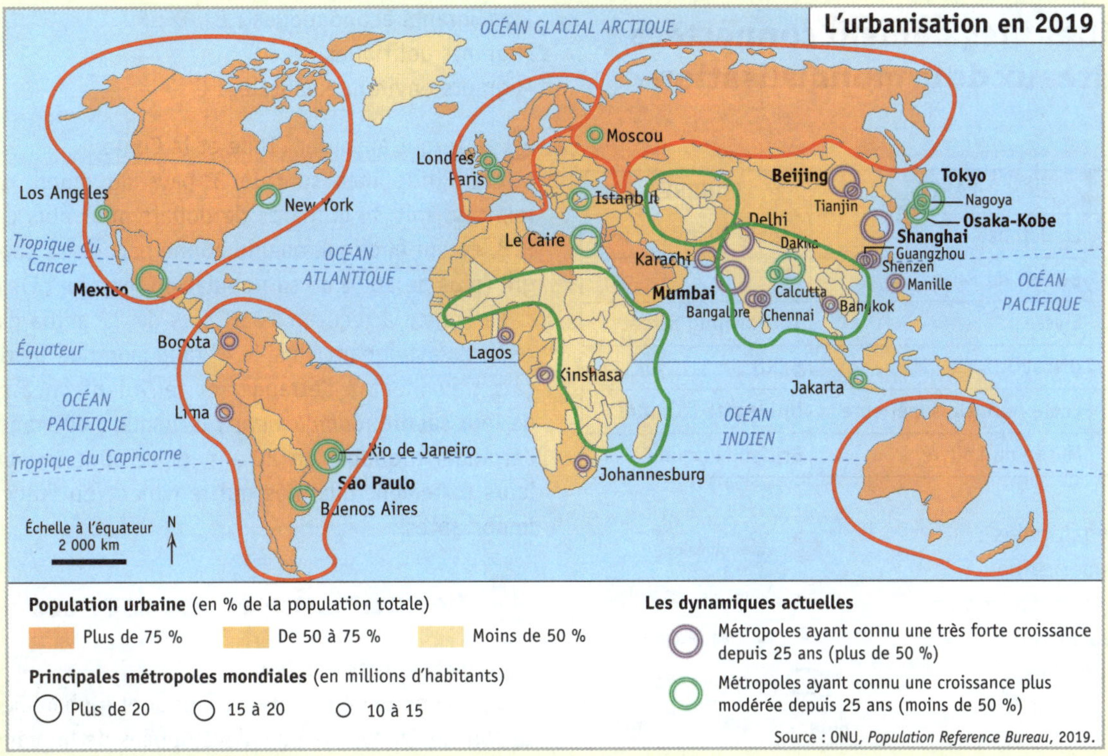

12 Espaces et paysages de l'urbanisation (2)

1 a. Shanghai se situe à l'embouchure du Yangzi Jiang (en chinois, fleuve Yangzi). Mais au premier plan de l'image, il s'agit de la rivière Huangpu, dernier affluent du Yangzi.

b. On reconnaît un CBD aux gratte-ciel et aux tours de bureaux qui sont pratiquement identiques à ceux des autres grandes villes mondiales. On peut aussi identifier un élément particulier : la perle de l'Orient, tour de télévision avec ses deux sphères très reconnaissables.

c. Il s'agit de la tour Shanghai, haute de 632 mètres, 2e gratte-ciel du monde, dont la construction s'est achevée en 2015.

2 a. Il s'agit d'une banlieue pavillonnaire : on voit bien les maisons individuelles s'étendre à l'infini.

b. Cet espace a une fonction résidentielle. Les gens habitent ici : on n'y voit ni centres commerciaux, ni zones d'activité, ni espaces de détente (parcs, cinéma, etc.).

c. Le type de population qui peut vivre ici appartient sans doute à la classe moyenne : le lotissement comprend en effet des maisons d'assez grande dimension, certaines avec piscines, dans un quartier neuf, ce qui exclut *a priori* les classes populaires ; mais les caractéristiques du lotissement (maisons collées les unes aux autres et non pas des villas ou de grandes propriétés) excluent également la présence de classes très aisées.

3 a. Cette image illustre la fragmentation urbaine. On voit bien que deux quartiers s'opposent : un quartier pauvre, à gauche, la favela Paraisópolis, ironiquement baptisée « la ville du paradis », dont l'habitat est précaire ; un quartier riche, à droite, le Paços dos Reis (Palais des Rois), qui comprend des équipements de loisirs (piscine, tennis) et une résidence de luxe, dont chaque appartement équipé lui-même d'une piscine privée en terrasse. Entre ces deux quartiers, un mur de séparation, assez nettement visible, matérialise la fragmentation urbaine.

b.

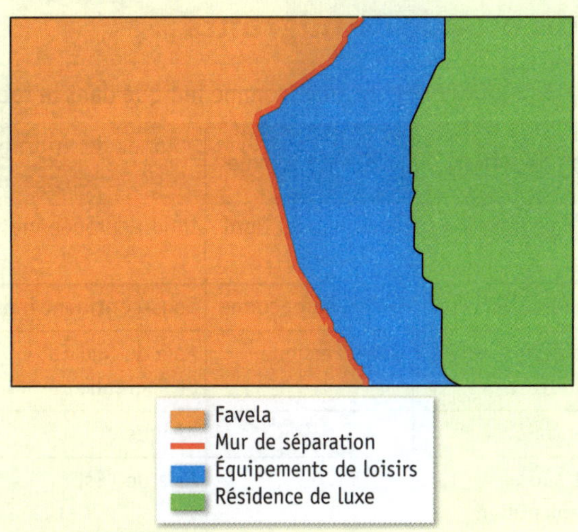

13 Des villes inégalement connectées aux réseaux de la mondialisation

1

Fonction	PARIS	LONDRES
économique	La Défense	Canary Wharf
financière	Bourse de Paris	City
politique	Élysée	10 Downing Street
diplomatique	UNESCO	BERD
scientifique	École normale supérieure	Université d'Oxford
culturelle	Musée du Louvre	British Museum

2 Nom des mégalopoles :
- mégalopole américaine (Megalopolis) aux États-Unis ;
- mégalopole européenne ;
- mégalopole japonaise.

3 **a.** « Le terme de *"shrinking city"*, traduit par ville rétrécissante, désigne un phénomène de rétrécissement urbain qui touche les villes sur trois plans : démographique, par la perte de population ; économique, par la perte d'activités, de fonctions, de revenus et d'emplois ; et social, par le développement de la pauvreté urbaine, du chômage et de l'insécurité. [...]
b. St Louis a connu la plus forte perte de population (44 %).
c. Toutes les villes citées se trouvent dans le nord-est des États-Unis, entre les Grands Lacs et le littoral atlantique. C'est la Rust Belt (ceinture de rouille), une ancienne région industrielle, aujourd'hui en déclin.

14 Un monde de migrants

1 On peut surligner et encadrer comme indiqué dans le tableau :

Zones de départ	Zones d'arrivée	Zones de migrations internes
Mexique et Amérique centrale	Amérique du Nord	Union européenne
Amérique du Sud	Union européenne	Sous-continent indien
Asie de l'Est et du Sud-Est	Golfe Persique	Asie du Sud-Est et Pacifique
Asie centrale		Afrique
Inde et sous-continent indien		Asie de l'Est
Afrique		Proche-Orient et Caucase
Union européenne		

2 Migrants économiques : B ; D ; F
Migrants politiques : A ; E
Migrants environnementaux : C

3 **a.** Il faut entourer l'Inde et la Chine.
b. Les Philippines sont le 3e pays du monde à recevoir des remises, soit 34 milliards de dollars pour plus de 10 % de son PIB, ce qui implique qu'une bonne part de sa population a émigré (plus de 10 % de sa population, en réalité).
c. La France a reçu en 2018 plus de 27 milliards de dollars de remises, atteignant ainsi le 4e rang mondial. De nombreux Français travaillent à l'étranger et renvoient chez eux une partie de leur salaire. *Complément* : le nombre de Français installés à l'étranger a doublé en 20 ans, et ce sont souvent des travailleurs fortement qualifiés qui renvoient en France des sommes importantes.

15 Le tourisme et ses espaces

1 **a.** Voir la carte p. 191.
b. Les zones de départ et d'arrivée sont globalement les mêmes : ce sont les zones les plus développées de la planète.

2 **a.** Le tourisme représente 10 % du PIB mondial, ce qui signifie qu'il crée 10 % de la richesse mondiale.
b. Ta réponse est personnelle. Pense aux stations de sports d'hiver, aux stations balnéaires, aux parcs d'attractions...
c. C'est le touriste qui aura la priorité, car il dispose de moyens financiers que n'a généralement pas l'agriculteur local.

3 **a.**

b. La majorité des clients viendra d'Europe, la zone développée la plus proche.

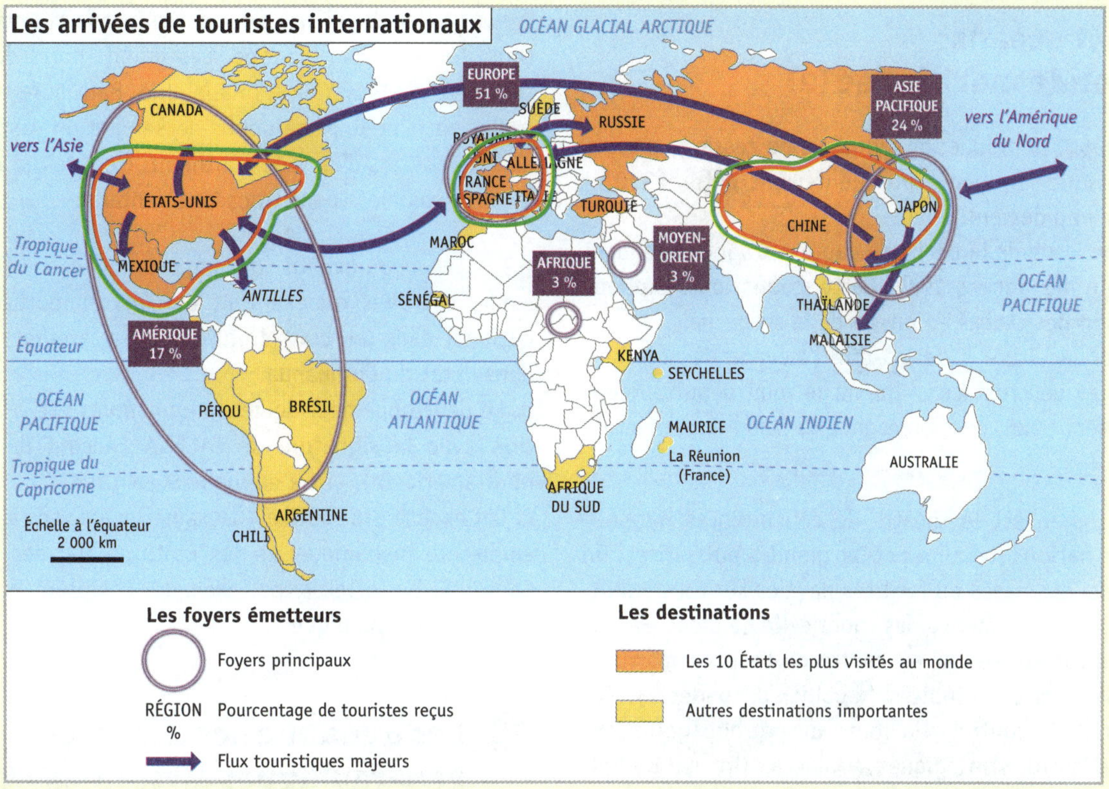

16 Mers et océans : un monde maritimisé (1)

1 **a.** Faux • **b.** Vrai • **c.** Faux • **d.** Vrai • **e.** Faux.

2 **a.** Les câbles sous-marins intercontinentaux relient tous les continents, à l'exception de l'Antarctique. On peut parler aujourd'hui d'une réelle interconnexion des réseaux mondiaux, qui témoigne de la mondialisation des communications.

b. Le projet « Arctic Fibre » n'est possible qu'en raison de l'ouverture progressive de la route du nord, dans l'océan Arctique, liée au réchauffement climatique en cours.

3 **a.** et **c.** Voir la carte ci-dessous.

b. Les grandes façades maritimes desservies sont la côte ouest et la côte est de l'Amérique du Nord, l'Europe du Nord et l'Asie de l'Est.

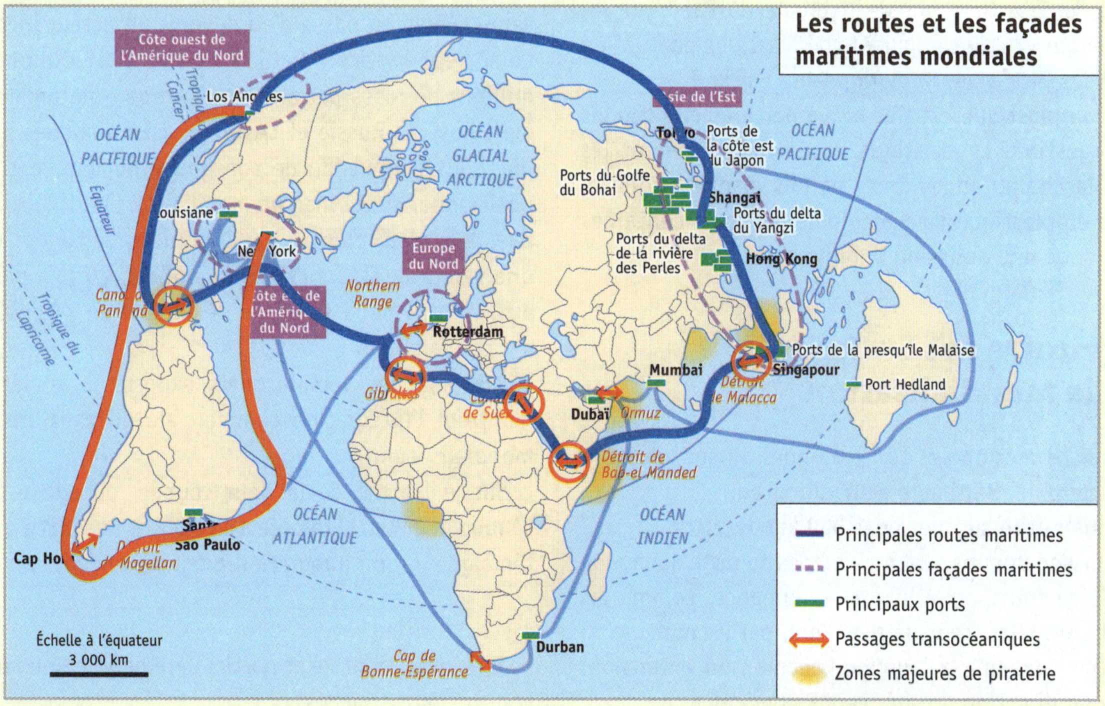

17 Mers et océans : un monde maritimisé (2)

1 **a.** Depuis 1950, la production mondiale ne cesse de croître, de manière presque régulière : plus lentement entre 1970 et 1985, mais plus rapidement depuis.
b. La production issue de la pêche de capture stagne cependant à partir de la fin des années 1980. Cette stagnation s'explique par la diminution des stocks en raison de la surpêche.
c. Toutefois, l'aquaculture – c'est-à-dire l'élevage de poissons, de coquillages et de crustacés – prend le relai depuis. Négligeable jusque vers 1985, elle représente 47 % de la production totale en 2016 !

2 **a.** L'océan Indien est le théâtre de concurrences géopolitiques entre les nations riveraines et les grandes puissances. On y dénombre ainsi des bases ou facilités navales sur tous les littoraux riverains : bases américaines (dont celle de Diego Garcia, exceptionnellement située car au centre de l'espace maritime concerné), indiennes et chinoises (« collier de perles »). Ces bases permettent de contrôler la route du pétrole (golfe Persique) et les détroits stratégiques (Malacca, Ormuz, Bad-el-Mandeb et, plus loin, le canal de Suez). La lutte contre la piraterie est une motivation supplémentaire.
b. La France est également présente dans cet espace stratégique à travers ses bases à Mayotte et La Réunion (départements d'outre-mer), Djibouti et Abou Dhabi.
c. Le « collier de perles » chinois contrôle la route du pétrole vers la Chine, et notamment les points maritimes stratégiques du détroit d'Ormuz, de Palk, de Malacca, de Bab-el-Mandeb et du canal de Suez (hors carte, au nord-ouest).

3 **a.** « Sept expéditions sont menées dans cette zone de 3,4 millions de km², que l'on surnomme rapidement le « *Great Pacific Garbage Patch* » (la « grande poubelle du Pacifique »). L'équipe y dénombre 334 271 fragments de plastique par km² en moyenne, avec des pics à 969 777 fragments par km². »
b. La pollution au plastique est très grave parce qu'elle tue les poissons par ingestion. Le plastique accumule également les polluants dans la chaîne alimentaire, parfois jusqu'à l'homme. Or, la longévité du plastique peut atteindre plusieurs centaines d'années. C'est donc une pollution durable.

18 Le territoire des États-Unis face à la mondialisation

1 **a.** Les 5 grandes métropoles sont, du nord au sud, Boston, New York, Philadelphie, Baltimore et Washington.
b. La Megalopolis s'étire sur près de 1 000 km de littoral.
c. Les villes de la Megalopolis sont connectées au reste du monde par des moyens de transport à haute performance, comme les grands ports et aéroports, ceux de New York, par exemple.
d. La Megalopolis poursuit aujourd'hui encore son extension, principalement en direction du sud, vers Richmond.

2 **a.** La Megalopolis se situe sur la façade atlantique des États-Unis, tournée vers l'Europe. Les grands ports de cette façade sont ceux de New York, Philadelphie, Baltimore et Norfolk.
b. Ces ports de la Megalopolis desservent un vaste arrière-pays, aux dimensions d'un État-continent. C'est ce qui est indiqué sur la carte comme « pont transcontinental ».

3 **a.** Les *maquiladoras* sont importantes dans l'économie mexicaine, car elles représentent une part importante du revenu national dans les États frontaliers, par exemple plus de 25 % dans l'État du Chihuahua.
b. Le développement de ces *maquiladoras* est à mettre en relation avec la signature de l'ALENA (Accord de libre-échange nord-américain), entré en vigueur en 1994.
c. Cet espace est baptisé « Mexamérique », en raison de la forte empreinte hispanique sur les États du sud des États-Unis. La Californie ou le Texas, par exemple, comptent plus de 30 % de population hispanique.

19 Les dynamiques des aires géographiques africaines

1

	Population	Niveau de développement	Poids dans la mondialisation
Rang 1	Afrique orientale	Afrique australe	Afrique australe
Rang 2	Afrique occidentale	Afrique occidentale	Afrique occidentale
Rang 3	Afrique australe	Afrique orientale	Afrique orientale

2 **a., b., c.** « Depuis peu, l'Éthiopie s'est imposée sur le lucratif marché mondial de la fleur coupée. Ce pays d'Afrique de l'Est serait même en passe d'en devenir un acteur incontournable. La société horticole Gallica Flowers […] exporte quelque cinq millions de roses par an vers l'Europe – notamment la France – mais aussi la Russie et l'Asie. […] En quelques années, l'Éthiopie, sous l'impulsion de son gouvernement, est parvenue à se positionner sur le marché mondial de l'horticulture. En 2013, le pays a exporté plus de 2 000 millions de tonnes de fleurs, pour une valeur de 212 millions de dollars, 20 fois plus qu'il y a dix ans. Addis-Abeba se place désormais en 4e position mondiale sur ce marché. »
b. Ces marchés vers lesquels exporte la société éthiopienne montrent l'intégration commerciale du pays aux circuits de la mondialisation.
c. Sur le marché de la fleur coupée, où elle est à présent au 4e rang mondial, l'Éthiopie a su trouver une place grandissante qui témoigne de son intégration progressive dans la mondialisation.

3 **a.** La Chine.
b. L'Afrique orientale et particulièrement le Soudan (très pauvre) sont les plus touchés.

c.

Pays de provenance des investissements dans le foncier agricole
Chine
Égypte
Arabie saoudite
Corée du Sud
Inde
Émirats arabes unis
États-Unis

20 Se sentir appartenir à une nation

1 **a.** Il faut entourer « langue », « culture », « histoire », « organisation du pouvoir », « territoire ».

b. Une nation est un peuple qui partage des caractéristiques communes et qui souhaite vivre ensemble.

2 **a.** et **b.**

21 La justice en France

1 De haut en bas : Bloc de constitutionnalité • Engagements internationaux • Règlements.

2

Principes de la justice française	Textes de lois fondateurs des principes de justice
Non-rétroactivité de la loi	« **Art. 8 :** [...] Nul ne peut être puni qu'en vertu d'une loi établie et promulguée antérieurement au délit. » *Déclaration des droits de l'homme et du citoyen*, 1789.
Présomption d'innocence	« **Art. 9 :** Tout homme est présumé innocent jusqu'à ce qu'il ait été déclaré coupable. » *Déclaration des droits de l'homme et du citoyen*, 1789.
Possibilité de recours	« **Art. 2-1 :** Toute personne déclarée coupable d'une infraction pénale a le droit de faire examiner son cas par une juridiction supérieure. » *Déclaration universelle des droits de l'Homme*, 1948.
Droit à un procès équitable	« **Art 10 :** Toute personne a droit, en pleine égalité, à ce que sa cause soit entendue équitablement et publiquement par un tribunal. » *Déclaration universelle des droits de l'Homme*, 1948.

22 L'organisation de la justice en France

1 Arbitrer, punir et protéger.

2 De gauche à droite : Justice pénale • Justice civile • Justice administrative.

a. La justice pénale punit et la justice civile arbitre.

b. Les juridictions d'appel pour la justice administrative sont la cour administrative d'appel et le conseil d'État.

23 Les libertés individuelles et leurs limites

1

	La Liberté sera toujours la plus forte (dessin du 10 janvier 2015)	*Je suis Charlie et tant d'autres* (dessin du 12 janvier 2015)
Événement qui a inspiré le dessin	L'assassinat des journalistes de *Charlie Hebdo* le 7 janvier 2015	La manifestation de 4 millions de Français le dimanche 11 janvier 2015
Liberté fondamentale défendue par le dessin	Liberté d'expression	Liberté d'expression

2 **a.** Le tribunal de grande instance de Paris a prononcé cette condamnation. Il appartient à la branche de la justice civile.

b. T. C. a traité J.-L. P de « misérable imbécile » et de « trou du cul » sur Internet. Ce délit s'appelle l'injure.

c. La liberté individuelle ainsi limitée est la liberté d'expression car elle est ici utilisée afin de nuire à autrui.

24 Les libertés collectives : libertés politiques et d'association

1 Voir la frise ci-dessous.

2 **a.** Les partis politiques sont associés au droit de vote et à la liberté d'association.

b. Les partis politiques sont essentiels pour la démocratie parce qu'ils structurent l'opinion publique, ils sélectionnent les candidats et les élites politiques du pays et proposent des orientations pour l'avenir du pays.

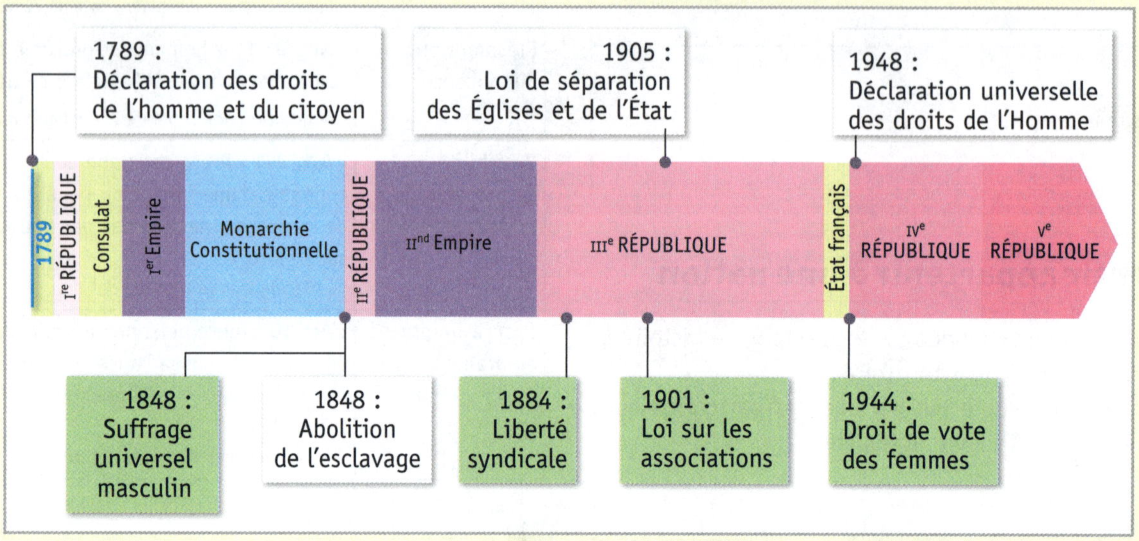

25 La conquête des droits des femmes

1 **a.** et **b.**

Date	Nom du pays
1893	Nouvelle-Zélande
1920	États-Unis
1928	Royaume-Uni
1934	Brésil
1944	France
1976	Portugal
1994	Femmes noires d'Afrique du Sud
2005	Koweït

2 **a.** Cette femme n'est pas discriminée, elle est pilote d'hélicoptère et exerce un métier dans l'armée française qui depuis 1998 offre la possibilité à toutes les femmes de servir dans les mêmes emplois que les hommes.

b. Cette femme est discriminée puisqu'elle ne perçoit pas le même salaire qu'un homme alors qu'elle a un niveau de responsabilité équivalent.

Cette partie récapitule tout le programme de physique-chimie, SVT et technologie de ton année. Sur chacun des **thèmes clés du programme** te sont proposés des rappels de cours et des exercices progressifs qui concernent :

Cette partie comprend aussi :

1 Représenter l'infiniment petit : atomes et molécules

Les atomes

- Le philosophe grec Leucippe et son disciple Démocrite pensaient, il y a près de vingt-cinq siècles, que la matière était constituée de particules insécables : les **atomes** *(atomos)*. On sait aujourd'hui que les atomes sont constitués de particules encore plus petites…

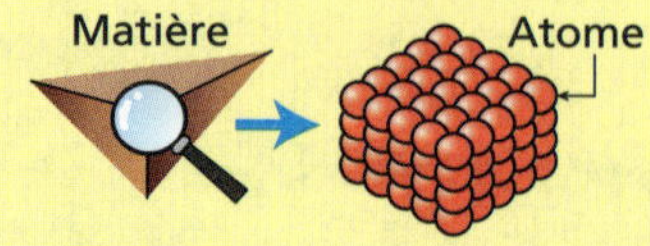

- Le diamètre d'un atome est d'environ d = **10^{-10} m** (soit 10 millions de fois plus petit que le millimètre).
- Chaque atome (ou élément) est modélisé par une sphère de couleur et représenté par un **symbole**. Ce symbole est souvent la première lettre du nom de l'atome écrite en majuscule, parfois suivie d'une lettre en minuscule.

Atome	hydrogène	carbone	oxygène	azote	soufre	chlore
Symbole	H	C	O	N	S	Cl
Représentation						

Les molécules

- Les atomes s'assemblent pour constituer des **molécules**.
- Les molécules sont représentées par des **formules** utilisant les symboles des atomes.
- Si la molécule contient **plusieurs atomes identiques**, leur nombre est indiqué en indice du symbole de l'atome (sauf pour 0 et 1).
  Exemple : l'eau contient 2 atomes d'hydrogène et un atome d'oxygène ; sa formule chimique est H_2O.

Nom	**Formule**	**Modèle**
eau	H_2O	
dioxygène	O_2	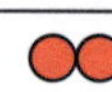
dioxyde de carbone	CO_2	
méthane	CH_4	

★ 1 Atome ou molécule ?

Relie comme il convient.

dioxygène •	
azote •	
oxygène •	• atome
eau •	• molécule
carbone •	
dioxyde de carbone •	

SCORE ……… / 6

2 ★ Nom et formule chimique

Complète le tableau.

Nom de la molécule	**Formule chimique**
dioxygène	………………………
………………………	CO_2
eau	………………………

SCORE ……… / 3

3 Schéma et formule chimique

Complète le tableau et colorie les atomes de chaque molécule en respectant le code couleur.

	Dioxygène	Diazote	Eau	Dioxyde de carbone	Méthane
Schéma	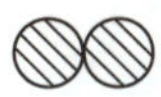	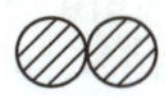			
Carbone					
Hydrogène					
Oxygène					
Azote					
Formule					

SCORE ..../ 5

COUP DE POUCE
Indique d'abord le nombre d'atomes (de carbone, d'hydrogène...) que contient la molécule considérée.

4 Les molécules de l'air

Complète le texte avec les bonnes formules de molécules.

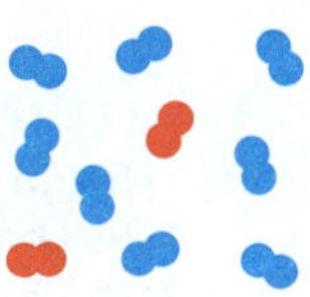

L'air est un mélange gazeux, composé d'environ 80 % de diazote (............) et 20 % de dioxygène (............).

Pour 10 molécules au total, il faut donc représenter 8 molécules de .... et 2 molécules de .... (80 % = 80/100 mais aussi 8/10).

SCORE ..../ 4

COUP DE POUCE
Tu peux t'aider du schéma pour identifier les atomes qui constituent chaque molécule.

5 Molécule mystère

- Je suis une molécule constituée uniquement d'atomes de carbone et d'atomes d'hydrogène.
- Mon « petit frère » est le méthane.
- Lorsqu'on me représente, on dessine 3 boules noires et 8 boules blanches.
- Je suis le ....

SCORE ..../ 3

6 Planète inconnue

On a déterminé la composition chimique de l'atmosphère d'une exoplanète : 30 % de CO_2 ; 50 % de H_2 et 20 % de N_2.
Peux-tu faire une représentation moléculaire de cette atmosphère avec un total de 20 molécules ?

....

....

....

SCORE ..../ 3

INFO
Une exoplanète est une planète située en dehors du Système solaire.

Corrigés p. 247

TOTAL ..../ 24

PHYSIQUE-CHIMIE

2 Identifier des espèces chimiques

Méthodes et procédés physiques

- Une **espèce chimique** est un ensemble de molécules identiques. Lorsqu'on réalise une expérience, il est souvent nécessaire de vérifier l'identité des espèces chimiques formées pour comprendre le phénomène de transformation. Il existe de multiples techniques physico-chimiques pour cela.
- On peut identifier une espèce chimique sans faire de tests chimiques, mais en déterminant une **température de changement d'état** (température de fusion, d'ébullition...) ou sa **solubilité** ou sa **masse volumique**. Une rapide comparaison des mesures obtenues avec celles d'une **base de données** permet de déterminer la nature de l'espèce chimique.
- La **chromatographie** est une méthode de séparation et d'identification des espèces chimiques constituant un mélange. Les différents composants de l'échantillon ont des **vitesses de déplacement** différentes qui permettent de les séparer et de les identifier (souvent par comparaison avec des substances déjà connues).

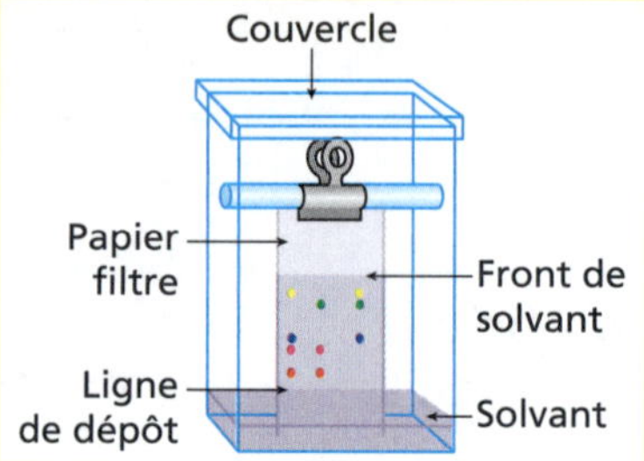

★★ 1 Identifier la nature d'un gaz grâce à sa masse volumique

Voici les résultats d'une séance de TP consacrée à la récupération du gaz contenu dans un briquet.

Masse de gaz récupérée	0,9 g
Volume de gaz récupéré	370 mL

Données :

Gaz	propane	butane
Masse volumique ρ (g/L)	1,85	2,50

Quelle est la nature du gaz récupéré dans le briquet ?

....

....

....

SCORE .... / 2

COUP DE POUCE

Pour chacun des deux gaz, la masse volumique donnée correspond à la masse en grammes de 1 litre du gaz.

Tests chimiques

- Un test chimique permet d'identifier sans hésiter une espèce donnée lors d'une analyse chimique. Lorsque le test est **négatif**, il confirme son **absence**.

Nom	Formule	Réactif	Résultat observé
dioxyde de carbone	CO_2	eau de chaux	trouble blanc
eau	H_2O	sulfate de cuivre anhydre gris	devient bleu
dioxygène	O_2	bûchette incandescente	combustion plus vive
dihydrogène	H_2	flamme au-dessus du tube	détonation

★ 2 Tests chimiques et espèces détectées

Complète le tableau.

Test	Espèce chimique détectée
eau de chaux	
bûchette incandescente	
sulfate de cuivre anhydre	
flamme au-dessus du tube	

SCORE ..../ 4

★ 3 Tests chimiques et résultats

Relie le test au résultat associé.

dioxyde de carbone + eau de chaux •	• devient bleu
dioxygène + bûchette incandescente •	• trouble blanc
eau + sulfate de cuivre anhydre •	• détonation
dihydrogène + flamme au-dessus du tube •	• combustion plus vive

SCORE ..../ 4

★★ 4 Présence d'eau dans les liquides

Ninon a réalisé correctement le test d'identification de l'eau à l'aide du sulfate de cuivre sur deux produits courants.

Liquide testé	eau écarlate	encre bleue
Couleur du liquide obtenu	gris	bleu

a. Que peux-tu déduire du test sur l'eau écarlate ?

....

b. Trouves-tu logique le nom de ce produit ?

....

c. Ninon a un doute concernant la présence d'eau dans l'encre. Qu'en penses-tu ?

....

SCORE ..../ 3

INFO

L'eau écarlate est un détachant, c'est-à-dire un produit ménager qui aide à nettoyer le linge taché.

★★★ 5 Proposer un protocole

Propose un protocole expérimental complet permettant :

a. de capter le dioxyde de carbone dans une boisson gazeuse ;

....

....

b. puis de vérifier la présence de dioxyde de carbone.

....

....

SCORE ..../ 2

Corrigés p. 247

TOTAL ..../ 15

PHYSIQUE-CHIMIE

3 Modéliser une transformation chimique

Réaction chimique : réactifs et produits

- Une **réaction chimique** est une transformation de la matière au cours de laquelle des espèces sont consommées (les **réactifs**) et d'autres sont formées (les **produits**).
- Si la réaction dégage de la chaleur, c'est une réaction **exothermique**.

Exemple : la combustion du carbone dans le dioxygène se poursuit tant qu'il reste du carbone et du dioxygène dans le système. L'état final est atteint lorsque l'un des réactifs a totalement « disparu ». Lorsqu'il reste du dioxygène en excès, la combustion est qualifiée de **combustion complète**. Le produit formé lors de cette réaction est le dioxyde de carbone.

Système chimique	État initial	État final
Espèces chimiques (réactifs et produits)	carbone (C) dioxygène (O_2) en excès	dioxyde de carbone (CO_2) dioxygène (O_2) restant
Température	20 °C	> 20 °C

★ 1 Combustion complète du méthane

Lors de la combustion complète du méthane, on observe qu'il se forme du dioxyde de carbone et de l'eau. Place les espèces chimiques suivantes dans le tableau :
méthane • eau • dioxyde de carbone • dioxygène.

Réactifs	Produits

INFO
Le gaz naturel est constitué majoritairement de méthane. Il est notamment utilisé dans les maisons comme combustible pour cuire des aliments ou se chauffer.

SCORE ..../ 4

Équation-bilan équilibrée

- Une réaction chimique entre deux réactifs se déroule toujours dans des proportions et des quantités bien déterminées, ce que traduit **l'équation-bilan de la réaction**.

Exemple : Au cours de la combustion complète du carbone, l'organisation des atomes est modifiée mais les atomes de carbone et d'oxygène restent présents (en espèce et en nombre). L'équation-bilan de cette combustion est donnée ci-contre.

$$C + O_2 \longrightarrow CO_2$$

- Il est donc nécessaire de connaître les règles permettant d'**équilibrer** l'équation-bilan d'une réaction, c'est-à-dire vérifier que tous les atomes présents dans les réactifs se retrouvent en nombre dans les produits.

Exemple : pour équilibrer la combustion du méthane (CH_4), on équilibre dans l'ordre C, puis H et enfin O.
1. Il y a un **C** de chaque côté de l'équation.
2. On ajoute une molécule d'eau (H_2O) à droite pour équilibrer les **H** et en avoir 4 de chaque côté.
3. On ajoute une molécule de O_2 à gauche pour équilibrer les **O** et en avoir 4 de chaque côté.

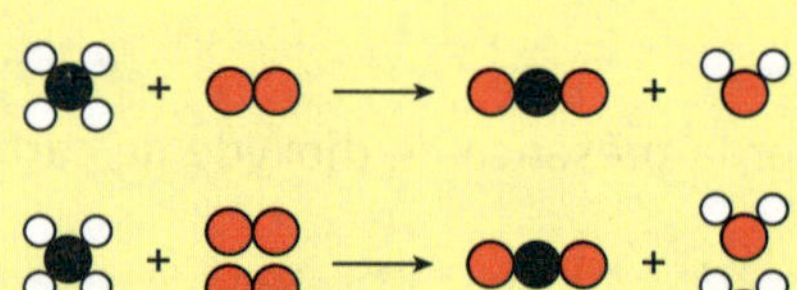

$$CH_4 + 2\,O_2 \longrightarrow CO_2 + 2\,H_2O$$

2 La combustion du propane

Pour équilibrer l'équation-bilan de la combustion du propane, on a commencé à équilibrer les atomes de carbone. Il reste encore à équilibrer les atomes d'hydrogène, puis les atomes d'oxygène.

Complète le tableau de la combustion du propane.

	Réactifs			→	Produits		
Nom	propane	+	....	→	dioxyde de carbone	+	....
Formules chimiques	C_3H_8	+	....	→	CO_2	+	....
Schémas		+		→		+	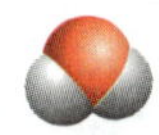
Équations équilibrées	C_3H_8	+	....	→	3 CO_2	+	....

SCORE ..../ 6

Conservation de la masse et de la matière

- Un **principe fondamental** de toute transformation chimique est la conservation de la masse, ou principe de Lavoisier (qui a énoncé « rien ne se perd, rien ne se crée, tout se transforme ») : la masse des réactifs qui disparaissent est égale à la masse des produits qui se forment.

3 Combustion complète du carbone

Lors de la combustion complète de 11 grammes de carbone, 8 grammes de dioxygène vont être consommés et...

Peux-tu terminer la phrase ? Justifie ta réponse.

....

....

....

SCORE ..../ 2

COUP DE POUCE
Commence par déterminer les réactifs et les produits de la combustion complète du carbone.

4 Lavoisier

À partir de l'exemple de la combustion du méthane, explique pourquoi Lavoisier avait raison d'affirmer : « Rien ne se perd, rien ne se crée, tout se transforme. »

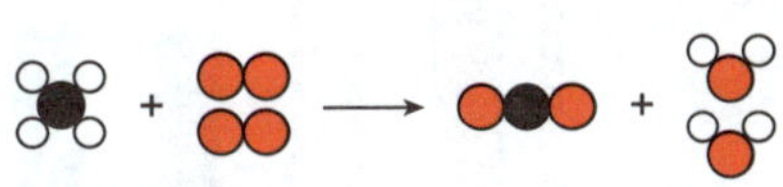

$$CH_4 + 2\,O_2 \longrightarrow CO_2 + 2\,H_2O$$

....

....

....

SCORE ..../ 2

INFO
Antoine-Laurent de Lavoisier (1743-1794) est un savant français. Il est considéré comme un des « pères » de la chimie moderne.

Corrigés p. 247

TOTAL ..../ 14

PHYSIQUE-CHIMIE

4 Identifier le caractère acide ou basique d'une solution

Acide ou basique : mesure du pH

- Le **pH** est une grandeur qui permet de définir si une solution est acide, basique ou neutre.
- Pour déterminer le pH d'une solution, on utilise soit du **papier pH** (mesure rapide mais peu précise), soit un **pH-mètre** (mesure très précise).
- Une solution est :
  – **acide** lorsque son **pH < 7** (exemple : acide chlorhydrique) ;
  – **basique** lorsque son **pH > 7** (exemple : soude) ;
  – **neutre** lorsque son **pH = 7** (exemple : eau pure).

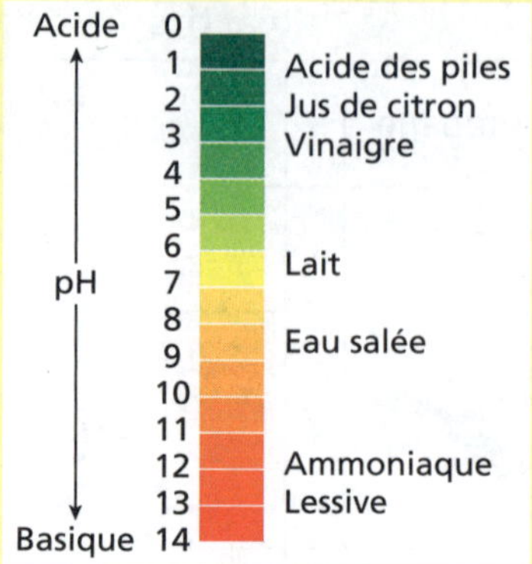

★ 1 Échelle de pH

Complète le schéma avec les termes suivants : *pH acide* • *pH basique* • *pH neutre*.

....

....

SCORE ..../ 3

★★ 2 Classement

Voici des mesures de pH relevés lors d'une séance de TP.

a. Classe les produits suivant leur pH.

Acides : ....

Basiques : ....

b. Commente ce classement.

....

....

Produit	pH
soude (diluée)	11
lessive	10
eau de Javel	9,7
lait	6,7
jus d'orange	4
cola	2,5
jus de citron	1,8

SCORE ..../ 3

★★ 3 Dans les choux

On extrait une substance colorée du chou rouge en le faisant bouillir, puis on en verse quelques gouttes dans des produits de différents pH. Voici ci-contre les résultats.

On dit que le jus de chou rouge est un « indicateur coloré ». Explique pourquoi.

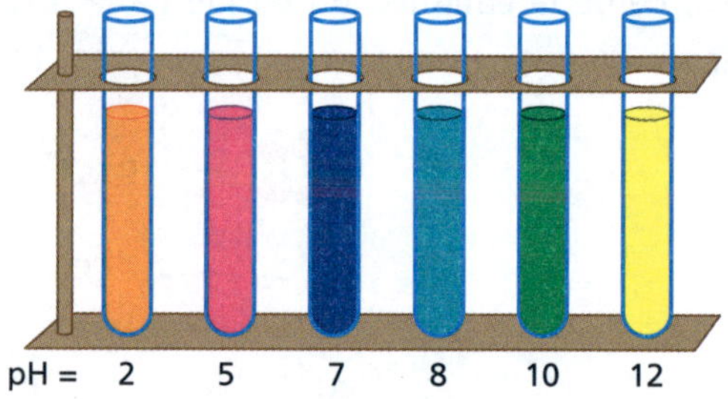

INFO
Il existe des indicateurs colorés de pH naturels (exemple : chou rouge) et de synthèse (exemple : bleu de bromothymol).

....

....

SCORE ..../ 2

Les dangers des acides et des bases

- Les **pictogrammes de sécurité** signalent les dangers des produits.
  Exemple : les solutions acides présentent le pictogramme ci-contre qui signale un produit **corrosif**, qui brûle ou attaque certaines matières.
  Attention : les produits basiques (comme certains produits ménagers) sont tout aussi dangereux.

- La **dilution** permet de rendre une solution moins dangereuse, car elle diminue la force des acides et des bases. L'ajout d'eau (solvant) diminue la concentration de la solution.
  – Si on dilue une solution acide (on ajoute de l'eau), son acidité diminue, c'est-à-dire que son pH augmente mais qu'il reste inférieur à 7.
  – Si on dilue une solution basique, sa basicité diminue, c'est-à-dire que son pH diminue mais qu'il reste supérieur à 7.

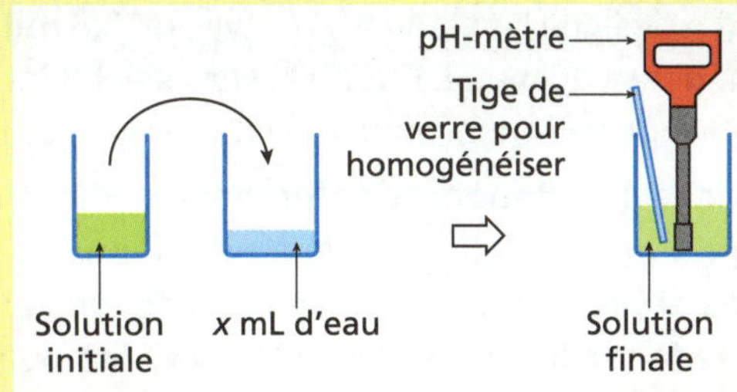

- Attention : **il ne faut jamais verser d'eau sur un acide.** La réaction est très exothermique (dégagement de chaleur) avec un risque de projection d'acide.
  Il faut lire attentivement les étiquettes des produits et prendre les précautions adaptées (gants, lunettes, blouse).

★★ 4 Effet de la dilution sur une solution basique

On souhaite diluer de la soude (basique) pour diminuer sa concentration.

a. Comment vas-tu réaliser cette dilution ?

....

....

b. Quelles précautions dois-tu prendre ?

....

....

SCORE ..../ 2

INFO
La soude est un composant de certains produits ménagers pour déboucher les canalisations. Ces produits sont à manipuler avec précaution.

★★ 5 Dilution d'une solution acide

Lors d'un TP, un élève a procédé à des dilutions d'un acide concentré et a ensuite effectué des mesures de pH dont les résultats sont donnés dans le tableau.

Tube	A	B	C
pH	3,6	4,1	5,4

Dans quel tube se trouve l'acide le plus concentré ?

....

....

....

SCORE ..../ 2

Corrigés p. 247-248

TOTAL ..../ 12

PHYSIQUE-CHIMIE

5 Connaître la structure de l'Univers et du Système solaire

Organisation de la matière dans l'Univers

- Le « **big bang** » désigne l'instant, il y a environ **13,8 milliards d'années**, où l'Univers était extrêmement dense et chaud. Puis l'Univers s'est **dilaté très rapidement** (expansion) et s'est **refroidi**, ce qui a permis la formation d'éléments chimiques légers (hydrogène, hélium).
- Sous l'effet de la **gravitation**, ces éléments forment de grands nuages (nébuleuses), qui se réchauffent et déclenchent des réactions nucléaires : ainsi naissent les premières **étoiles**. Au cœur de ces étoiles, des éléments comme le carbone, l'oxygène et le fer se forment et enrichissent les nuages de gaz interstellaires, qui donnent naissance à de nouvelles étoiles et à leurs cortèges de planètes...

Système solaire et Voie lactée

- La Terre est **en orbite** à 150 millions de kilomètres du Soleil. Autour du **Soleil**, gravitent 7 autres **planètes** et leurs **satellites**, des **astéroïdes**, des **comètes** et des **planètes naines** (comme Pluton).
- Les **comètes** sont des débris contenant de la glace d'eau, résidus de la nébuleuse ayant donné naissance au Système solaire. Les étoiles filantes sont de petits débris rocheux, appelés **météorites**, qui tombent sur la Terre. Elles proviennent de la ceinture d'astéroïdes ou de débris de comètes.
- Le **Système solaire** s'étend sur **une année-lumière** (al). Il fait partie de la **Voie lactée**, galaxie spirale qui regroupe plusieurs centaines de milliards d'étoiles et qui s'étend sur 100 000 al.

Amas et superamas

- Les galaxies se regroupent en **amas de galaxies**. L'amas dans lequel se trouve notre galaxie est appelé le Groupe local. Les amas s'organisent autour d'immenses structures appelées superamas.
- La structure de l'Univers est une **structure lacunaire** où les éléments sont séparés par de grands vides.

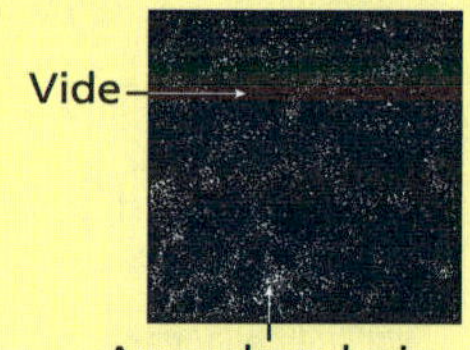

★ 1 Ordre de grandeur

Classe les objets suivants du plus petit au plus grand :
étoile • galaxie • Univers • amas • système planétaire.

....

SCORE .... / 2

★★ 2 Vocabulaire extraterrestre

Associe chaque expression à sa définition : *comète • astéroïde • étoile filante • météorite.*

a. Gros morceau de roche provenant d'une zone située entre les orbites de Mars et de Jupiter	
b. Gros morceau de glace ayant une trajectoire très particulière	
c. Débris spatial entrant dans l'atmosphère terrestre	
d. Débris spatial atteignant la surface terrestre après avoir traversé l'atmosphère	

SCORE .... / 4

3 Système solaire

a. Complète le tableau en mettant des croix dans les cases qui conviennent.

	Satellite	Planète	Étoile
Gravite autour d'une étoile			
Gravite autour d'une planète			
Objet gazeux			
Produit sa propre lumière			

b. Explique la manière dont s'est formé le Système solaire.

....

....

....

SCORE .... / 6

INFO

On appelle source primaire, toute source qui produit sa propre lumière (Soleil, braises, filament d'une lampe...).

Unités de distance adaptées

- L'**unité astronomique (ua)** est utilisée pour exprimer les distances dans les systèmes planétaires. Elle correspond à la distance entre la Terre et le Soleil :
  1 ua ≈ 150 millions de kilomètres.
- L'**année-lumière (al)** correspond à la distance parcourue par la lumière en une année :
  1 al ≈ 10 000 milliards de kilomètres (10^{13} km).

4 De la Terre à la Lune

Un des principes de calcul de la distance Terre-Lune est la mesure de la durée d'aller-retour d'une impulsion laser émise du sol terrestre vers un réflecteur lunaire.
La valeur moyenne de cette durée est 2,56 s.
Calcule la distance moyenne entre la Terre et la Lune.
Donnée : vitesse de la lumière dans le vide ≈ 300 000 km/s.

....

....

SCORE .... / 2

COUP DE POUCE

Reporte-toi si besoin au chapitre 6 pour connaître la relation entre vitesse, distance et durée. Attention, la durée donnée est celle d'un aller-retour de l'impulsion laser...

5 Proxima du Centaure

L'étoile la plus proche du Soleil est Proxima du Centaure, située à 4,2 années-lumière.

a. À quelle distance, en kilomètres, se trouve-t-elle de notre Soleil ?

....

....

b. Combien de temps mettrait une sonde spatiale se déplaçant à une vitesse de 20 km/s pour parcourir cette distance ?

....

....

SCORE .... / 2

COUP DE POUCE

b. Tu peux commencer par calculer la distance parcourue par la sonde en une année.

Corrigés p. 248

TOTAL .... / 16

6 Exploiter la relation entre distance, vitesse et durée

Relation entre vitesse, distance et durée

- Un **mouvement** est défini par une trajectoire, des distances, des vitesses.
Exemple : on relève la distance parcourue par un véhicule en fonction du temps.
Si on reporte sur un graphique les données du tableau, les points sont alignés.

Durée (h)	0,5	1	2	4
Distance (km)	60	120	240	480

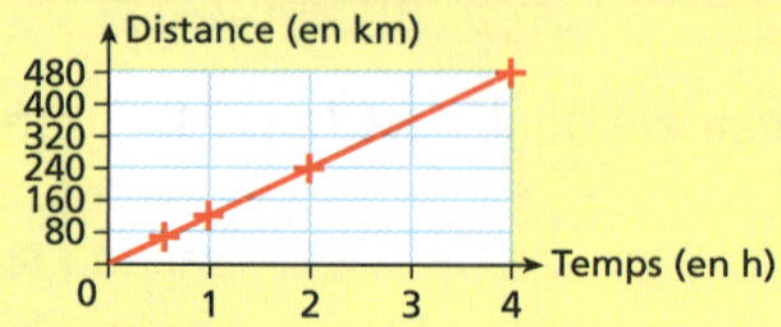

- On en déduit que le temps et la distance parcourue sont **proportionnels**.
Le véhicule se déplace donc à **vitesse constante** et le mouvement est **uniforme**.
Si on note v la vitesse constante, d la distance parcourue et t la durée du parcours, on obtient la relation suivante : $v = \frac{d}{t}$.
De manière générale, dans une situation de **vitesse moyenne** (ou constante), la relation mathématique entre la distance parcourue d, la vitesse moyenne v et la durée Δt s'écrit :
$v = \frac{d}{\Delta t}$ ou $d = v \times \Delta t$ ou $\Delta t = \frac{d}{v}$.
- Les **unités de vitesse** les plus utilisées sont : km/h et m/s.

★★ 1 Ça roule !

Une voiture parcourt 80 km en 1 h 15 min.
On désigne par Δt la durée en heures et d la distance parcourue en km.

a. Quelle est la vitesse moyenne de cette voiture ? ....

b. Combien de temps mettra-t-elle pour parcourir 224 km à la même vitesse moyenne ?

....

c. Quelle distance pourra-t-elle parcourir en roulant 2 heures et 45 minutes à la même vitesse ?

....

SCORE ..../ 3

COUP DE POUCE
a. Convertis d'abord 1 h 15 min en heures décimales.

Diagrammes distance-temps et vitesse-temps

- Outre la trajectoire, on peut **représenter graphiquement** l'évolution du mouvement sous deux formes : le diagramme distance-temps et le diagramme vitesse-temps.
- Ces diagrammes (ou chronogrammes) dépendent du **référentiel** choisi.

★ 2 Diagramme vitesse-temps et description d'un mouvement

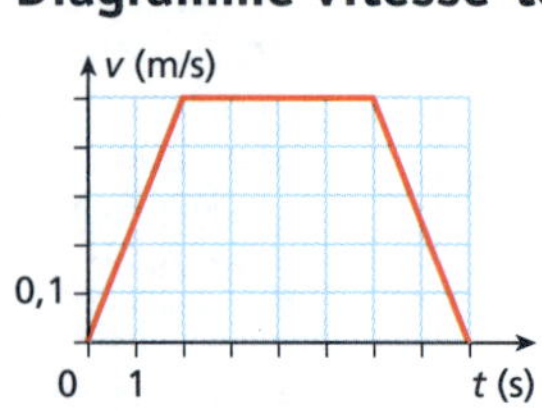

Sur ce diagramme vitesse-temps, on observe que la vitesse de l'objet a augmenté (mouvement ....), puis que l'objet s'est déplacé à vitesse constante (mouvement ....), et enfin que sa vitesse a diminué (mouvement ....).

SCORE ..../ 3

★★ 3 Diagramme distance-temps et vitesse moyenne

Voici un enregistrement de la distance parcourue par un coureur à pied en fonction du temps.

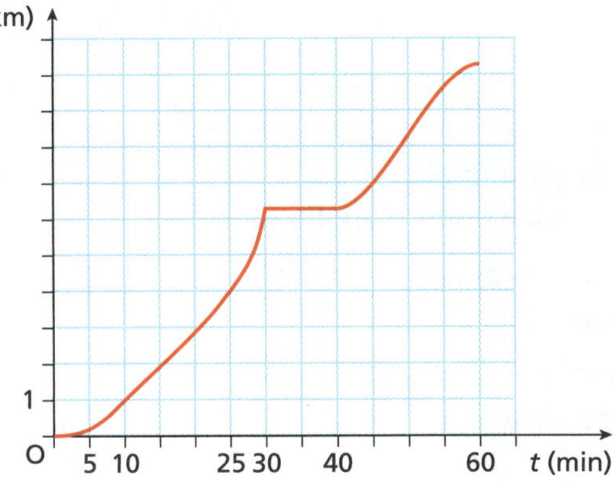

a. Quelle est sa vitesse moyenne du coureur (en km/h) sur les 25 premières minutes ?

....

b. Que s'est-il passé entre les 30e et 40e minutes ?

....

c. Quelle est la vitesse moyenne du coureur (en km/h) sur les 45 premières minutes ?

....

SCORE .... / 3

> **INFO**
> Certains champions de marathon peuvent courir à une vitesse moyenne de 20 km/h !

Convertir les unités de vitesse

- Il est souvent nécessaire de **convertir** les unités de vitesse.

Exemple : $30 \text{ km/h} = \dfrac{30 \text{ km}}{1 \text{ h}} = \dfrac{30\,000 \text{ m}}{3\,600 \text{ s}} \approx 8{,}3 \text{ m/s}$.

- **En résumé** :

$\text{vitesse en m/s} = \dfrac{\text{vitesse en km/h}}{3{,}6}$ ou $\text{vitesse en km/h} = \text{vitesse en m/s} \times 3{,}6$.

★★ 4 Avion de chasse

La vitesse des avions est souvent exprimée en mach.
Un avion qui vole à mach 1 se déplace à la vitesse du son (340 m/s).
Un avion de chasse vole à la vitesse de mach 2.
Quelle est sa vitesse en km/h ?

....

....

SCORE .... / 2

> **INFO**
> Un avion capable de se déplacer à une vitesse supérieure à la vitesse du son est dit « supersonique ».

★★ 5 Temps de réaction

Le temps de réaction est la durée qui s'écoule entre le moment où le conducteur d'un véhicule voit un danger et le moment où il appuie sur la pédale de frein.
Pour une personne vigilante, il est d'environ 1 seconde.
Un véhicule roule à 60 km/h. Quelle distance, en mètres, parcourt le conducteur si son temps de réaction est de 1 seconde ?

....

....

SCORE .... / 2

> **INFO**
> Un conducteur très fatigué, en état d'ivresse ou sous l'emprise de stupéfiants aura besoin de plus de temps pour réagir face à un danger.

Corrigés p. 248

TOTAL .... / 13

7 Modéliser une action mécanique par une force

Notion de force, équilibre et mouvement

- On modélise l'interaction entre deux objets par une force. Elle est définie par 4 caractéristiques : son **intensité** ; sa **direction** ; son **sens** ; son **point d'application**.
- Tirer sur une corde équivaut à exercer une **force de contact**. En revanche, un aimant attire un objet métallique sans contact : c'est une **force à distance**.
- La notion de force est essentielle pour expliquer un **mouvement** ou un **équilibre**. Un objet en équilibre est un objet dont le mouvement n'est pas modifié :
  – s'il est immobile, il reste immobile ;
  – s'il est en mouvement, la direction, le sens et la vitesse du mouvement restent identiques.

★ 1 Force de contact ou à distance ?

Coche comme il convient.

Système	Force de contact	Force à distance
aimant-bille métallique		
livre-table		
Terre-Lune		
raquette-balle		

SCORE ..../ 4

2 ★ Que la force soit avec toi !

Rappelle les quatre éléments qui définissent une force.

....

....

....

....

....

SCORE ..../ 4

Mesure et représentation d'une force

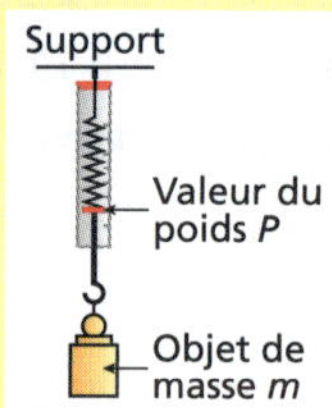

- L'appareil de mesure de l'intensité d'une force s'appelle un **dynamomètre**. On déduit la valeur de la force par mesure de l'allongement d'un ressort étalonné.
- L'intensité d'une force $\vec{F}$ est notée F et s'exprime **en newtons (N)**.

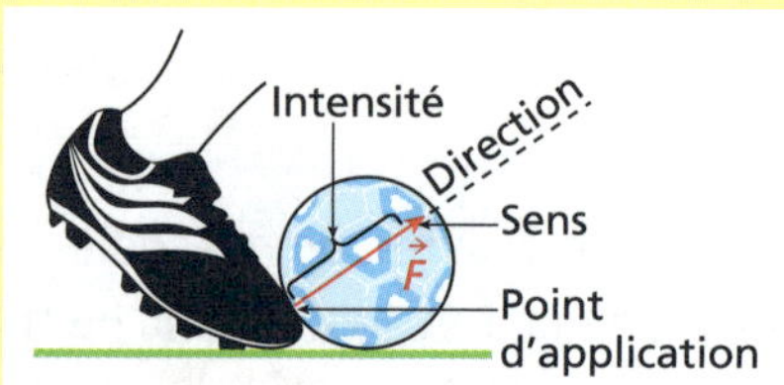

- Pour étudier un système, il est utile de représenter les forces en jeu. Pour représenter la direction et le sens d'une force, on trace un **segment fléché**. Sa longueur est proportionnelle à l'intensité de la force et son point de départ est le point d'application de la force.

  Exemple : pour étudier les deux systèmes ci-contre, on doit faire l'**inventaire des forces extérieures** appliquées au système puis représenter ces forces.
  1. Le **poids** est la force verticale exercée par la Terre sur l'objet dont le point d'application est le centre de gravité G de l'objet.
  2. L'objet est en contact avec le sol ou avec le fil. Il y a donc une seconde force présente qui s'oppose à la première : la **réaction du sol** sur l'objet ou la **tension** exercée par le fil sur l'objet.

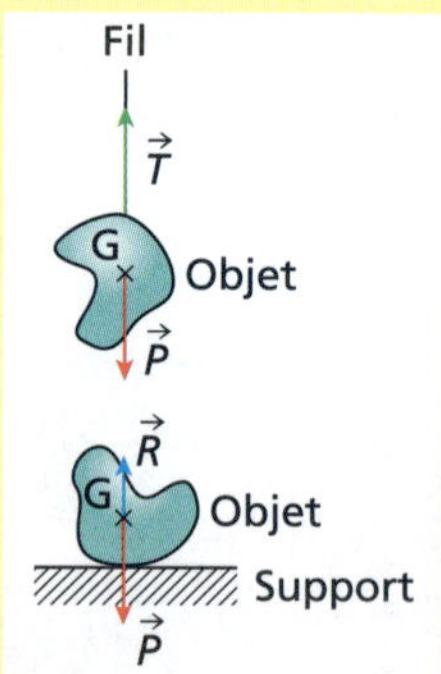

3 La mécanique du vol

Un avion en vol est soumis à quatre forces :
- son poids, qui l'attire vers le sol ;
- la poussée des réacteurs qui permet son déplacement ;
- la portance des ailes qui permet de prendre de l'altitude ;
- la traînée qui s'oppose au mouvement.

Peux-tu les représenter en complétant le schéma ci-dessous ?

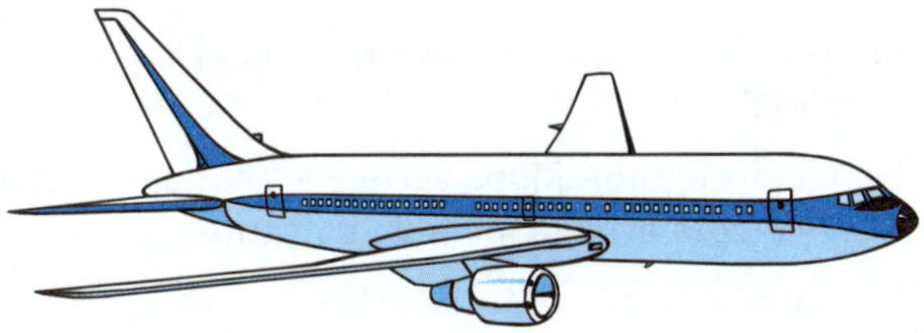

SCORE ..../ 4

> **COUP DE POUCE**
> Ici on ne tient pas compte ni de l'intensité des forces ni de leur point d'application.

4 Représenter une force

Représente la force exercée par la perceuse sur le mur.
Tu prendras pour échelle : 1 cm pour 100 N.

Données :
- Point d'application : point de contact perceuse/mur.
- Direction : horizontale.
- Sens : vers la gauche.
- Valeur : 400 N.

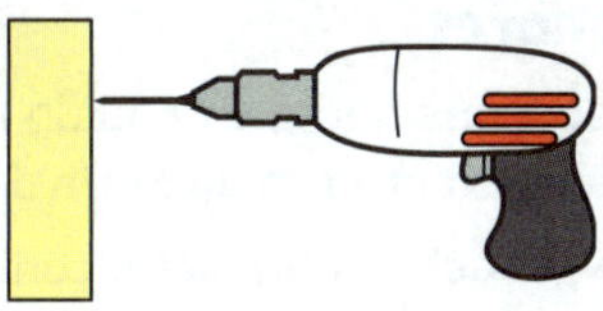

SCORE ..../ 4

> **COUP DE POUCE**
> Ici on tient compte de l'intensité de la force et de son point d'application.

5 Étudier un système

Un enfant saute sur un trampoline élastique (ou bungy). Il est attaché par la taille, grâce à un harnais, à deux câbles élastiques qui sont eux-mêmes reliés à un portique.

a. Fais l'inventaire des forces extérieures appliquées à l'enfant.

....

....

b. Représente-les sur un schéma (sans tenir compte de l'intensité des forces).

SCORE ..../ 2

PHYSIQUE-CHIMIE

Corrigés p. 248-249

TOTAL ..../ 18

8 Utiliser les propriétés des signaux lumineux et sonores

Signaux lumineux

- Les **ondes électromagnétiques** font partie de notre quotidien : radiographie, wi-fi, four à micro-ondes… Si certaines sont **visibles** (ondes lumineuses), la plupart d'entre elles sont **invisibles** (rayons X, UV…).
- Elles se propagent **dans tout milieu matériel** (solide, liquide ou gazeux) ainsi que **dans le vide** (lumière des étoiles).
- La **vitesse de propagation** des ondes électromagnétiques varie en fonction du milieu dans lequel elles se propagent. Elle se calcule avec la formule suivante :

$$v = \frac{c}{n}$$

avec *c*, la **vitesse** (ou célérité) **de la lumière** dans le vide (environ **300 000 km/s**) ; *n*, l'**indice de réfraction** caractéristique du milieu traversé (sans unité).
- Le **spectre** des ondes électromagnétiques regroupe différents types de rayons utilisés pour des applications précises : imagerie médicale, etc.

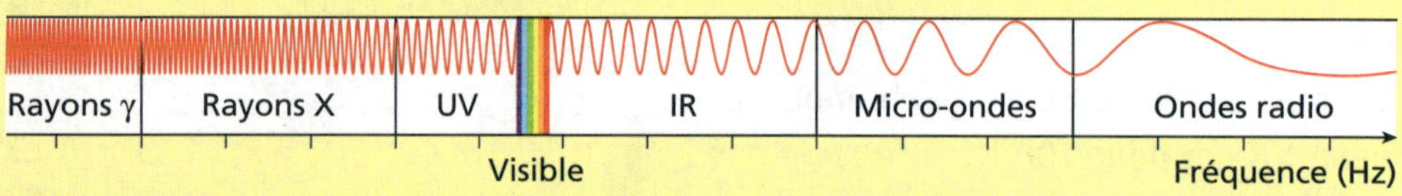

Signaux sonores

- Le **son** ne se transmet que dans un **milieu élastique** (par vibration des atomes) et à une vitesse d'environ **340 m/s** dans l'air.
- Il peut être **réfléchi** ou **réfracté**, comme la lumière.
- Le **spectre** des ondes sonores (ou acoustiques) se décompose en trois grands domaines selon la fréquence : **infrasons, sons audibles** et **ultrasons**.
- Le son se propage **dans toutes les directions** et s'atténue avec la distance en raison de la dispersion de l'énergie acoustique et de son absorption par le milieu (principe de l'échographie ou du sonar).
- Le **niveau sonore** dépend de l'amplitude de la vibration sonore et s'exprime **en décibels (dB)**. Il se mesure avec un **sonomètre**.

★ 1 Définitions

Associe chaque mot à sa définition : *réflexion* • *réfraction* • *absorption*.

a. L'onde est atténuée lors de sa propagation dans un milieu : ....

b. L'onde change brusquement de direction lorsqu'elle rencontre un nouveau milieu de propagation : ....

c. L'onde est légèrement déviée lorsqu'elle arrive dans un nouveau milieu de propagation : ....

SCORE ..../ 3

★★ 2 Il y a de l'orage dans l'air

Un orage provoque simultanément un éclair et un coup de tonnerre à 3 km d'un promeneur.

a. Au bout de combien de temps, le promeneur perçoit-il l'éclair ?

....

COUP DE POUCE
Sois attentif aux unités utilisées.

b. Au bout de combien de temps, le promeneur entend-il le tonnerre ?

....

SCORE .... / 2

3 Sonar et radar

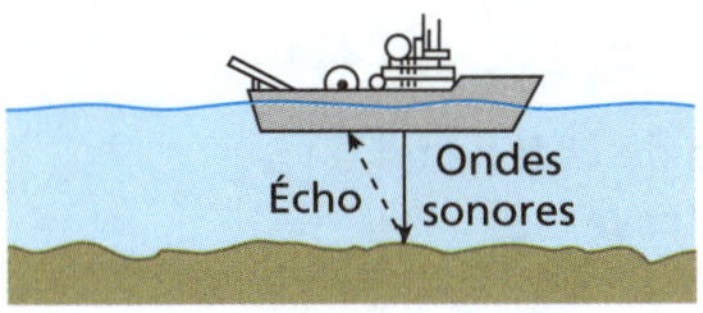

Ce schéma montre le principe du sonar.

a. Cite un point commun entre le sonar et le radar.

....

....

b. Cite une différence entre le sonar et le radar.

....

....

SCORE .... / 2

INFO
Sonar et radar sont les abréviations en anglais de *sound navigation ranging* et de *radio detection and ranging.*

4 Échographie et radiographie

Fais une recherche Internet, puis décris la différence entre l'échographie et la radiographie.

....

....

....

SCORE .... / 2

INFO
Échographie et radiographie sont deux techniques d'imagerie médicale.

Fréquence et amplitude d'une onde

- La **fréquence** d'une onde est le nombre de fois où cette oscillation se répète en une seconde. L'unité de fréquence est le **hertz (Hz)**.
- L'**amplitude** est la valeur maximale du signal. La puissance acoustique, l'intensité et le niveau sonore dépendent de cette amplitude.

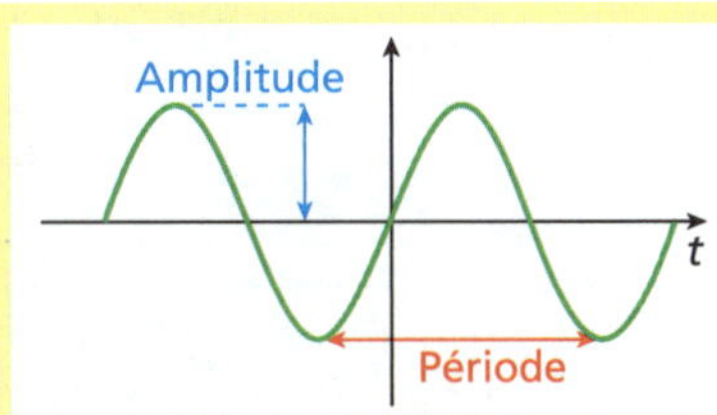

5 La la la la la la la la

Pour accorder son instrument, un musicien utilise un diapason.

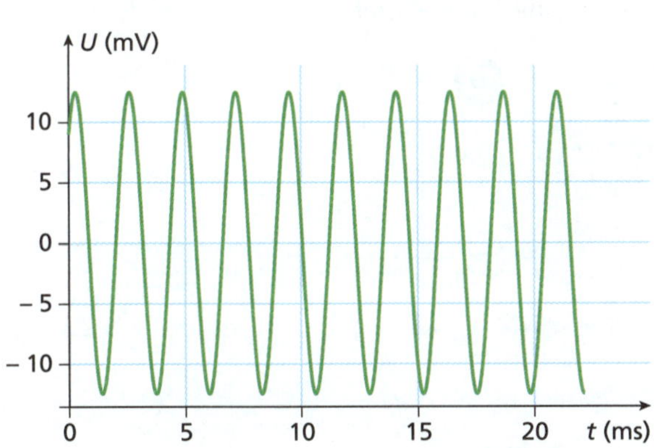

L'enregistrement du son produit par le diapason est donné ci-contre. Peux-tu t'assurer que le diapason émet bien la note La_3 dont la fréquence est de 440 Hz ?

....

....

....

....

SCORE .... / 2

COUP DE POUCE
Détermine d'abord la période T du signal, c'est-à-dire la durée (en s) d'une oscillation, puis calcule la fréquence à l'aide la formule $f = \frac{1}{T}$.

Corrigés p. 249

TOTAL .... / 11

9 Étudier la relation entre tension et intensité

Montage expérimental et caractéristique de deux dipôles : une résistance et une lampe

- La **caractéristique** d'un dipôle est la représentation graphique des variations de la tension aux bornes de ce dipôle en fonction de celles de l'intensité du courant qui le traverse.
- Pour l'obtenir, on réalise un montage composé d'un **générateur variable**, dont on peut faire varier manuellement la tension, d'un **voltmètre** et d'un **ampèremètre**. À chaque variation de la tension aux bornes du générateur, on note :
  – la valeur U lue sur le voltmètre ;
  – la valeur associée I lue sur l'ampèremètre.

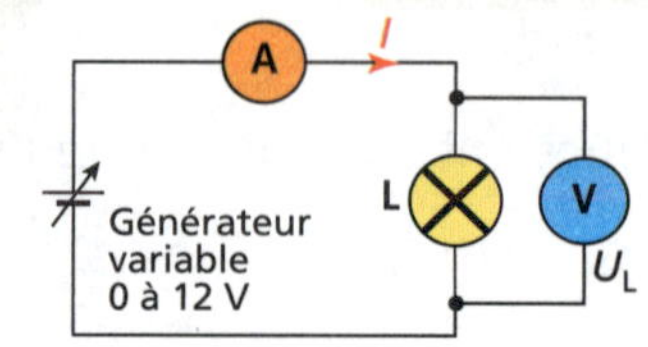

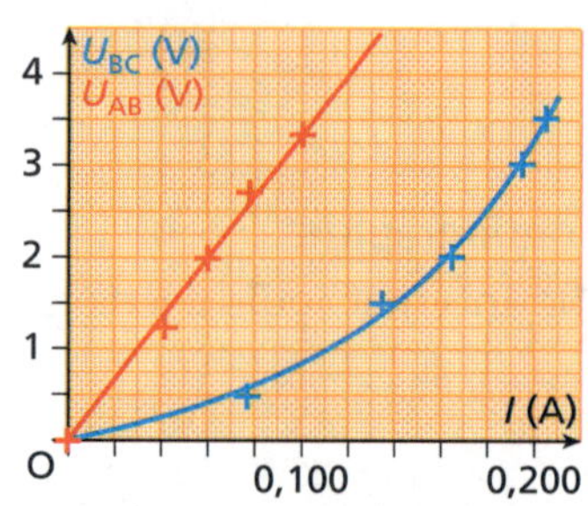

- On obtient donc une série de couples de valeurs (intensité, tension) qui sont les **coordonnées** des points de la caractéristique.
- Sur la **représentation graphique**, les intensités sont portées en abscisses (axe horizontal) et les tensions en ordonnées (axe vertical). Ici, U_{AB} représente la caractéristique d'une résistance et U_{BC} celle d'une lampe.

★ 1 La bonne caractéristique

Parmi les trois représentations graphiques proposées, quelles sont celles qui peuvent être associées à une résistance ou à une lampe ?

....

....

....

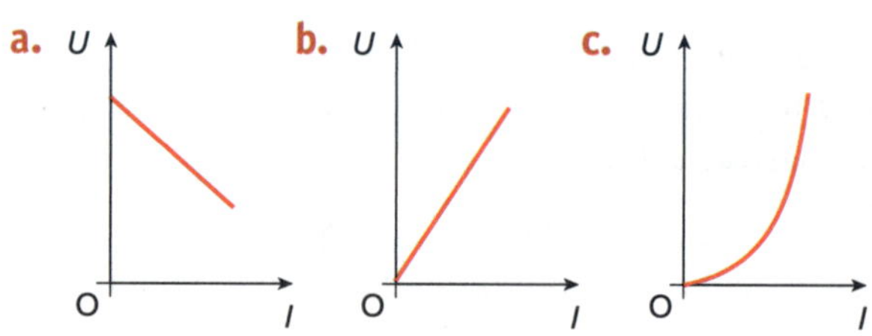

SCORE ..../ 3

★★ 2 Lecture graphique

Un élève a effectué des mesures et a ensuite tracé la caractéristique suivante. On suppose que le générateur est variable.

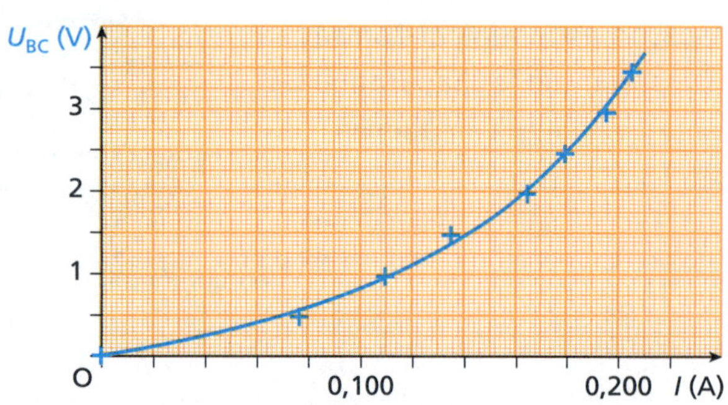

a. Sur le schéma du montage, peux-tu indiquer la position du voltmètre et de l'ampèremètre ?

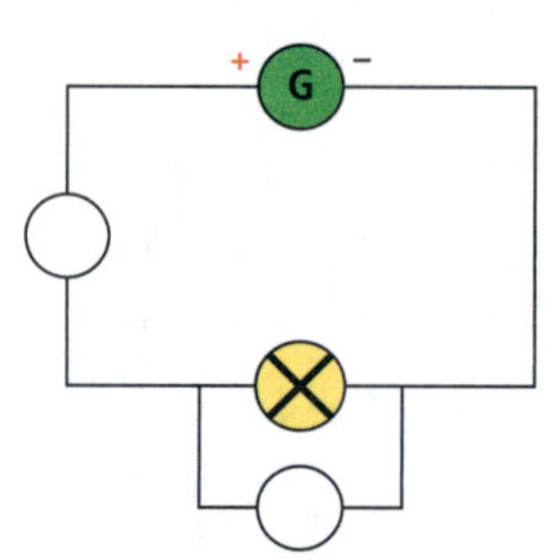

b. Confirmes-tu qu'il s'agit bien d'une lampe et non pas d'une résistance ?

....

c. Si cette lampe est soumise à une tension de 2,5 V, quelle est l'intensité qui la traverse ?

....

d. On souhaite que l'intensité du courant passant dans la lampe soit de 0,140 A.

Quelle tension doit délivrer le générateur ? ....

SCORE ..../ 4

COUP DE POUCE
c. et **d.** Les valeurs cherchées sont à lire sur la caractéristique de la lampe.

Loi d'Ohm

- La caractéristique d'une **résistance** est une droite qui passe par l'origine.
- La tension aux bornes de la résistance est proportionnelle à l'intensité du courant qu'elle reçoit. Le coefficient de proportionnalité correspond à la valeur R de la résistance.
- On définit alors la **loi d'Ohm** qui lie l'intensité du courant traversant la résistance à la tension entre ses bornes par la formule : $U = R \times I$ avec R, valeur de la résistance en **ohms (Ω)**.

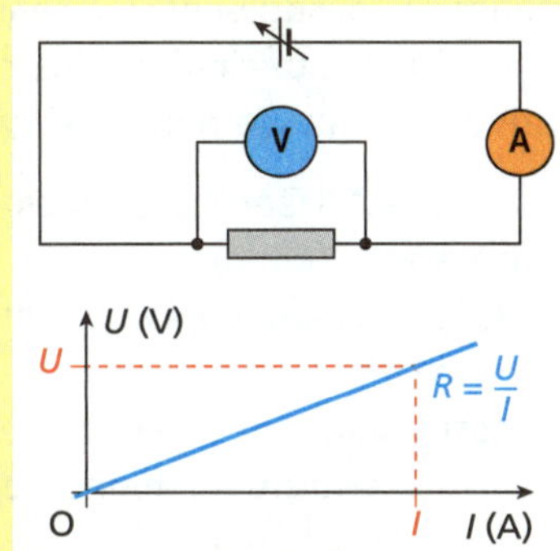

- Un **conducteur** ou **dipôle ohmique** est un récepteur passif. Toute l'énergie électrique qu'il reçoit est transformée en énergie thermique (chaleur) par **effet Joule**.

3 Caractéristique d'une résistance

Des élèves ont tracé soigneusement la caractéristique d'une résistance.

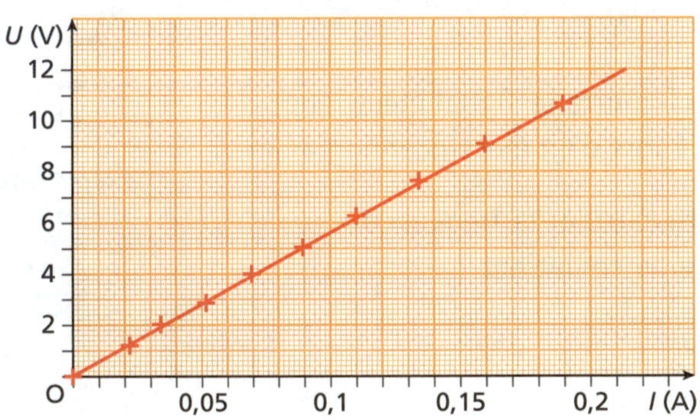

a. Quels sont les éléments qui confirment que cette caractéristique est bien celle d'une résistance ?

....

....

b. Détermine la valeur de la résistance de ce dipôle. ....

SCORE ..../ 2

4 Tâche complexe

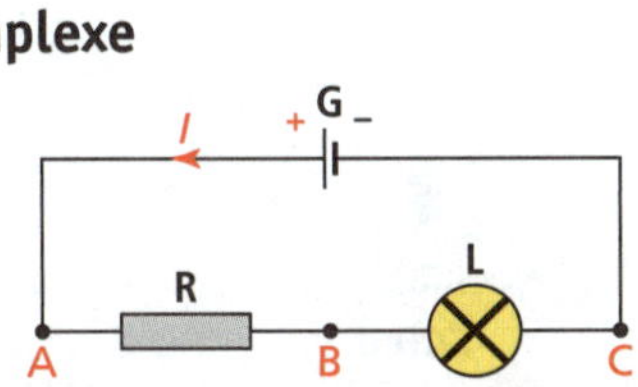

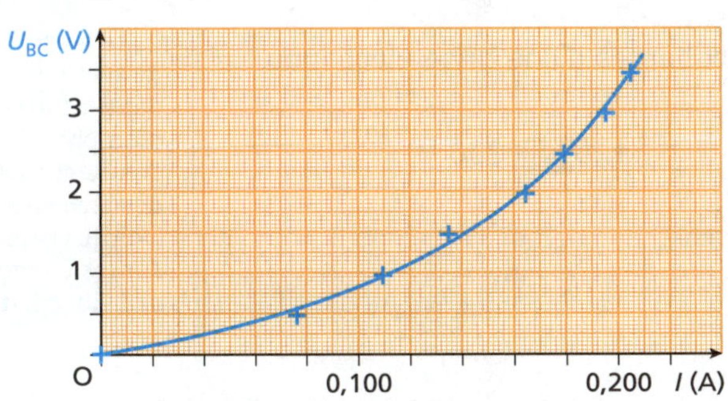

On dispose d'un générateur G de tension constante 3 V, d'un conducteur ohmique R de résistance inconnue et d'une lampe L dont la caractéristique est tracée ci-contre. Les dipôles sont en série. Un ampèremètre a mesuré l'intensité du courant qui circule dans la lampe : I_L = 0,075 A.
Quelle est la valeur de la résistance ?

....

....

SCORE ..../ 2

COUP DE POUCE
Dans un circuit en série, la tension aux bornes du générateur est égale à la somme des tensions aux bornes des autres dipôles ; l'intensité du courant est la même en tout point du circuit.

Corrigés p. 249

TOTAL ..../ 11

PHYSIQUE-CHIMIE

10 Distinguer tension alternative et tension continue

Caractéristiques d'une tension alternative

- Il existe deux grandes familles de générateurs :
  – les générateurs de **tension continue** qui délivrent une tension stable au cours du temps (pile, batterie...) ;
  – les générateurs qui produisent une **tension variable** au cours du temps : elle peut être **périodique** (se reproduire à intervalles fixes) et/ou **alternative** (alternativement positive et négative).

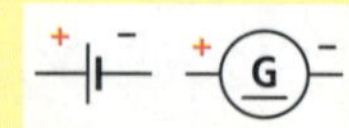

- Deux grandeurs caractérisent une tension périodique alternative :
  – l'**amplitude U_{max}** correspondant à la valeur maximale du signal en volts ;
  – la **période T** correspondant à la durée en secondes d'un cycle (entre deux points identiques).

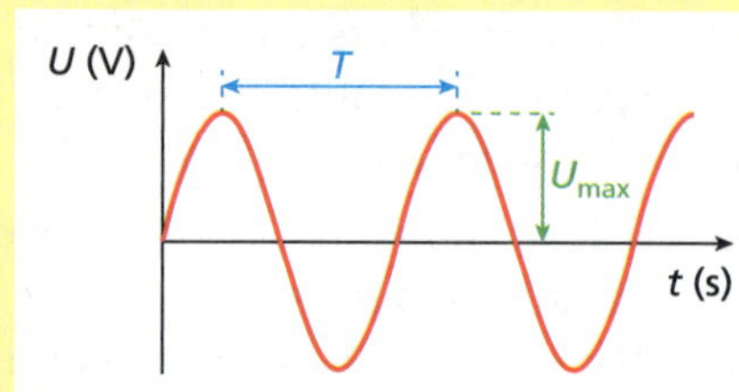

- Deux autres grandeurs peuvent être calculées :
  – la **fréquence f** (en hertz, symbole Hz) correspondant au nombre de cycles par seconde et obtenue par la formule : $f = \frac{1}{T}$;
  – la **tension efficace U_{eff}** (en volts). Pour une tension alternative sinusoïdale, la formule de calcul est : $U_{eff} = \frac{U_{max}}{\sqrt{2}}$.

★★ 1 Électrocardiogramme

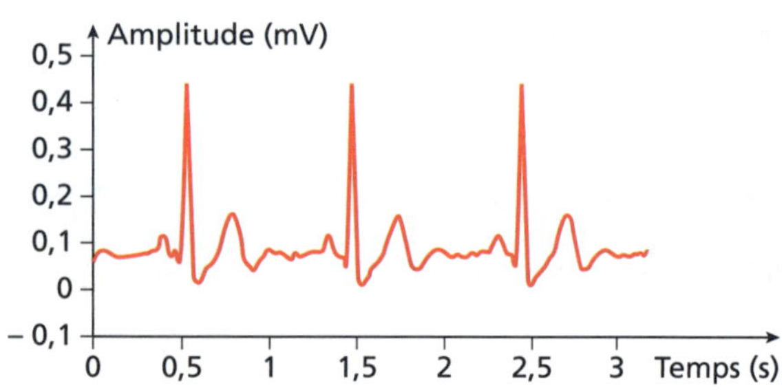

Observe ci-contre le signal électrique enregistré lors d'un électrocardiogramme.

a. Peux-tu calculer la fréquence cardiaque de ce patient ?

....

....

b. À combien de pulsations/minute bat son cœur ?

....

....

SCORE ..../ 2

> **INFO**
> Un électro-cardiogramme est une mesure de l'activité cardiaque.

★★★ 2 Tension de secteur

La tension de secteur est le nom de la tension présente aux bornes d'une prise électrique. En France, elle présente les caractéristiques suivantes :

- alternative-sinusoïdale ;
- T = 20 ms ;
- U_{eff} = 230 V.

Calcule la fréquence f de cette tension et son amplitude U_{max}.

....

....

SCORE ..../ 2

> **INFO**
> La tension de secteur est très dangereuse car elle peut provoquer des électrisations ou des électrocutions (voir le chapitre 12 sur les dangers de l'électricité).

Visualisation des signaux avec l'oscilloscope

- Un **oscilloscope** permet de visualiser les variations de signaux au cours du temps. Il se branche **en dérivation** aux bornes du dipôle (comme un voltmètre).
- La courbe obtenue sur l'écran est appelée **oscillogramme**.

Exemple : calcul de la période et de l'amplitude d'une tension sur un oscillogramme.

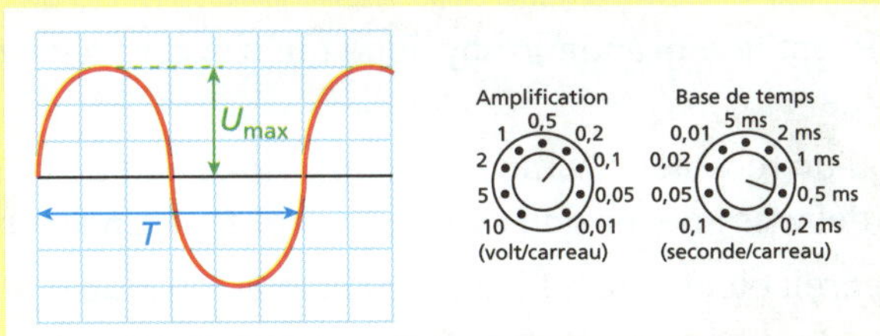

Amplitude : U_{max} = 3 carreaux × 0,2 volt/carreau = 0,6 volt.
Période : T = 6 carreaux × 0,5 ms/carreau = 3 ms = 0,003 s.

★ 3 Tension périodique et/ou alternative ?

Voici les oscillogrammes représentant trois tensions variables.
Lesquelles sont périodiques ?
Lesquelles sont alternatives ?

a. 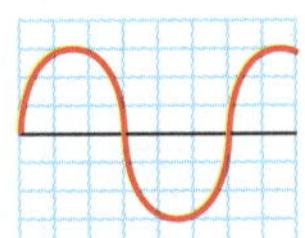

....

....

b. 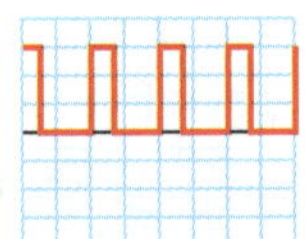

....

....

c. 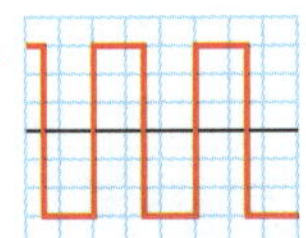

....

....

SCORE .... / 3

★ 4 Amplitude et période d'un signal

Sur cet oscillogramme d'un signal périodique alternatif, représente :

a. en vert, l'amplitude du signal ;
b. en bleu, la période du signal.

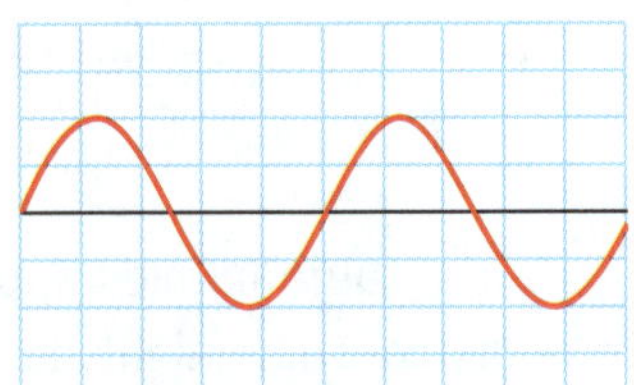

SCORE .... / 2

★★ 5 Étude d'un oscillogramme

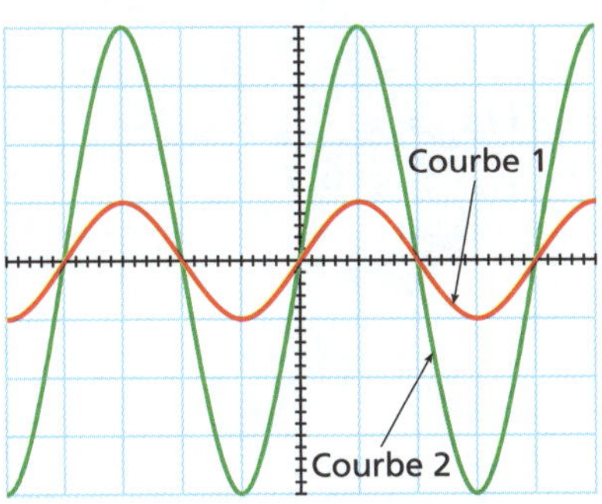

Voici un oscillogramme bi-courbe.
Les réglages de l'oscillogramme sont les suivants : vertical : 2 V/carreau ; horizontal : 0,5 s/carreau.
Détermine l'amplitude U_{max} et la période T de chaque courbe.

....

....

....

....

SCORE .... / 4

COUP DE POUCE

Tu peux remarquer que les maxima des deux courbes se produisent en même temps.

Corrigés p. 249-250

TOTAL .... / 13

PHYSIQUE-CHIMIE

11 Définir la puissance nominale d'un appareil électrique

Puissance nominale

- La **puissance électrique**, notée *P*, est une grandeur physique qui s'exprime en **watts (W)** dans le système international.
- Dans un circuit électrique, pour qu'un récepteur (lampe, moteur…) fonctionne normalement, le générateur doit délivrer une tension correspondant à sa **tension nominale**.
- La **puissance nominale** d'un appareil électrique est la puissance électrique qu'il reçoit lorsqu'il est soumis à sa tension nominale. Les puissances nominales des appareils domestiques peuvent varier de quelques watts à plusieurs kilowatts (kW).
- Un appareil électrique qui chauffe et/ou qui est équipé d'un moteur a une puissance nominale **élevée** car il consomme **beaucoup d'énergie électrique**. Cette énergie est convertie sous forme de chaleur ou pour faire fonctionner le moteur.

Appareil électrique	ordinateur portable	réfrigérateur	téléviseur plasma	radiateur électrique	lave-linge
Puissance nominale (W)	30	210	250	1 600	2 900

★★ 1 Petites économies

Voici deux questions repérées sur un forum en ligne. Peux-tu y répondre ?

a. J'aimerais changer des ampoules classiques (90 W ; 800 lumens) par des ampoules basse consommation (15 W ; 800 lumens). Éclairent-elles de la même façon ?

....

....

b. À la maison, je laisse toujours mes appareils en veille.
J'ai entendu dire qu'ils consommaient du courant, est-ce vrai ?

....

....

INFO
Il existe différents types d'ampoules basses consommation : ampoules fluocompactes ou LED.

SCORE ..../ 2

★★ 2 Multiprise

Pour brancher différents appareils, tu viens d'acheter une multiprise dont voici les informations :

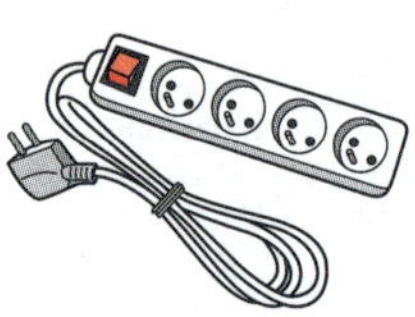

- nombre de prises : 4 ;
- interrupteur : oui ;
- longueur du câble : 1,5 m ;
- puissance : 3 000 W max.

Cette multiprise est utilisée dans une cuisine, où elle sert à brancher un réfrigérateur (300 W), un four micro-ondes (900 W) et un four électrique (1,7 kW).

a. Quelle est la puissance totale demandée par les appareils lorsqu'ils sont en fonctionnement ?

....

b. De temps en temps, une petite cafetière électrique (600 W) est également branchée sur la multiprise. Est-ce une bonne idée ?

....

SCORE ..../ 2

Formule liant puissance, tension et intensité

- La puissance électrique P reçue par un dipôle ohmique soumis à une tension U et parcouru par un courant d'intensité I est donnée par la relation :

$$P = U \times I$$

avec P en watts (W), U en volts (V) et I en ampères (A).

- Lorsque les appareils électriques sont alimentés par une tension alternative sinusoïdale (par exemple, la tension de secteur), U et I correspondent alors à leurs **grandeurs efficaces** (U_{eff} et I_{eff}). En France, pour les appareils électriques branchés sur le secteur, la tension efficace U_{eff} est de 230 V.

★ 3 Grandeurs et unités électriques

Complète le tableau.

Grandeur	Lettre associée à la grandeur	Unité	Lettre associée à l'unité
tension			
intensité			
puissance			

SCORE ..../ 3

★★ 4 Appareils électroménagers

a. Un vendeur a mélangé trois étiquettes d'appareils électroménagers affichant les puissances suivantes :
- 280 W ;
- 1 600 W ;
- 2,9 kW.

Peux-tu l'aider à replacer les étiquettes ?

....

b. Sur l'étiquette d'un quatrième appareil électroménager, il est inscrit : P = 2,2 kW. Quelle est l'intensité efficace qui traverse cet appareil lorsqu'il est branché au secteur ?

....

SCORE ..../ 4

INFO

Suivant les modèles, un appareil électroménager consomme plus ou moins d'énergie électrique.
Lors de l'achat, une « étiquette énergie » aide à se repérer : de A+++ (faible consommation) à D (consommation importante).

★★ 5 Coupe-circuit

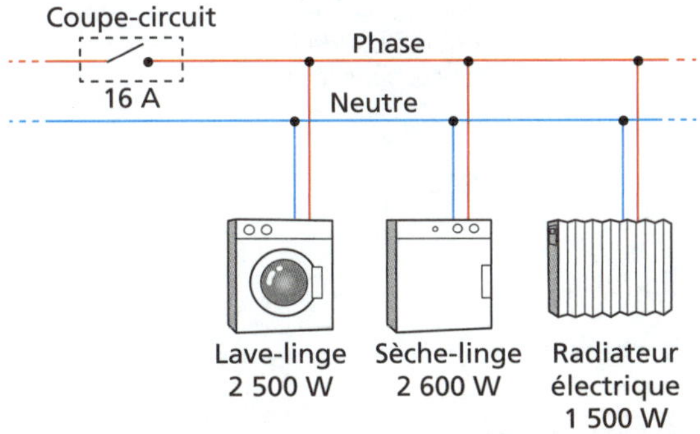

Voici le schéma d'une installation électrique dont les appareils sont branchés sur le secteur (U_{eff} = 230 V).
Un coupe-circuit se déclenche automatiquement pour protéger l'installation électrique lorsque le courant dépasse les 16 ampères.
Vérifie si les appareils vont pouvoir fonctionner en même temps.

....

....

SCORE ..../ 2

PHYSIQUE-CHIMIE

Corrigés p. 250

TOTAL ..../ 13

12 Connaître les dangers de l'électricité et les règles de sécurité

Danger pour les personnes

- Une personne est électrisée lorsqu'un courant électrique lui traverse le corps. L'**électrisation** peut provoquer des effets allant de simples picotements à des brûlures de peau, une paralysie respiratoire ou un arrêt cardiaque. On parle d'**électrocution** lorsque ce courant provoque la mort de la personne.

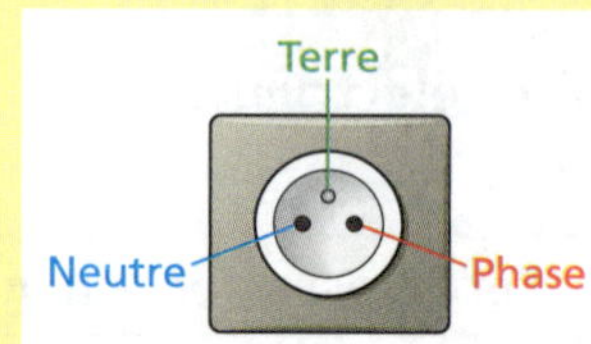

- Le courant délivré *via* les prises électriques arrive par le **fil de phase**, traverse l'appareil électrique puis repart par le **fil neutre**. Le troisième fil, appelé **prise de terre**, relie l'appareil à la terre.

- Il y a deux situations de danger possibles :
  - contact avec le **fil neutre** et le **fil de phase** (image de gauche) ;
  - contact avec le **fil de phase** et le **sol** (image de droite).

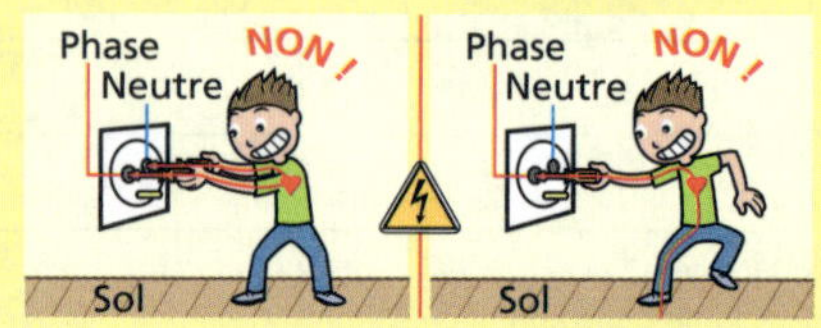

- Une **prise de terre** associée à un **disjoncteur différentiel** assure la protection des personnes. Lors d'un faux contact à l'intérieur de l'appareil, la prise de terre provoque un courant de fuite. Le disjoncteur différentiel détecte instantanément cette anomalie et coupe l'alimentation de l'appareil défectueux.

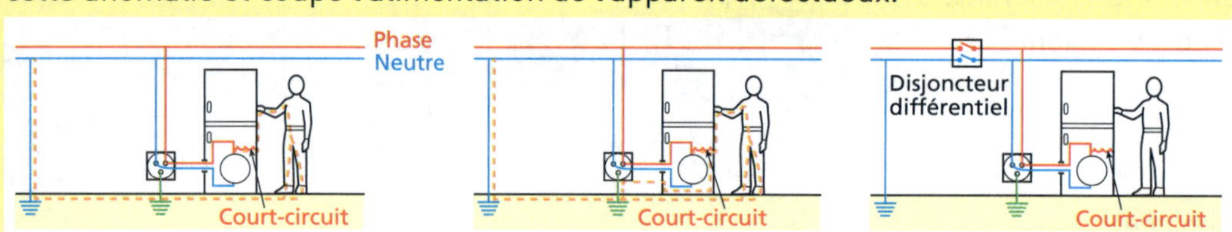

⚠ Le réfrigérateur n'est pas relié à la prise de terre.

⚠ Le réfrigérateur est relié à la prise de terre mais le danger persiste.

Le réfrigérateur est relié à la prise de terre et le circuit est équipé d'un disjoncteur différentiel qui détecte la fuite de courant.

★ 1 Protection des enfants

Il existe des dispositifs de cache-prises pour protéger les jeunes enfants du risque d'électrisation.
Décris les deux situations de danger potentiel que représentent les prises électriques.

Clipsez le cache-prise

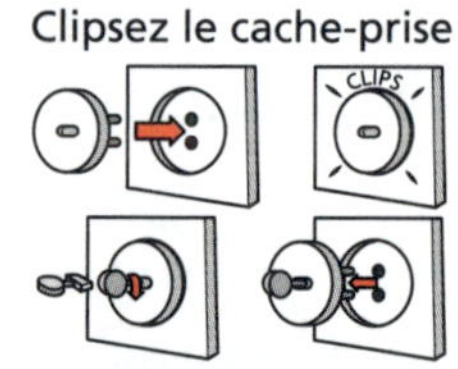

Impossible de le retirer sans la clé

....

....

SCORE .... / 2

Danger pour les installations

- Le second danger concerne les installations électriques de la maison.
  Il y a deux situations possibles :
  - la **surcharge** (trop d'appareils sont en fonctionnement en même temps) ;
  - le **court-circuit** (surintensité souvent due à un faux contact).
- Le **coupe-circuit à fusibles** et le **disjoncteur à maximum de courant** protègent les installations de ces surintensités.

2 Incendie

On lit dans un article de journal : « Un banal problème électrique a provoqué un court-circuit puis un incendie dans un immeuble de la rue Ampère, lundi soir. L'occupant du logement en feu a pu s'échapper, mais il a été intoxiqué par les fumées, comme six autres voisins. »

a. Quelle est la cause de cet incendie ?

....

....

b. Peux-tu proposer une solution pour éviter ce genre d'accident grave ?

....

....

SCORE .... / 2

INFO
En France, environ 25 % des incendies sont d'origine électrique.

3 Le bon diamètre

Dans une cuisine, le circuit alimentant une cuisinière électrique doit supporter une intensité de 26 A.

La ligne peut être protégée par un coupe-circuit à fusibles ou par un disjoncteur.

Section des conducteurs	Courant maximal autorisé par le dispositif de protection	
Cuivre	Coupe-circuit à fusibles	Disjoncteur
1,5 mm^2	10 A	16 A
2,5 mm^2	16 A	20 A
6 mm^2	32 A	30 A

Que proposes-tu comme solutions possibles ?

....

....

SCORE .... / 2

INFO
La section d'un fil correspond à la surface du disque obtenu en coupant ce fil.

4 Coupe-circuit (suite)

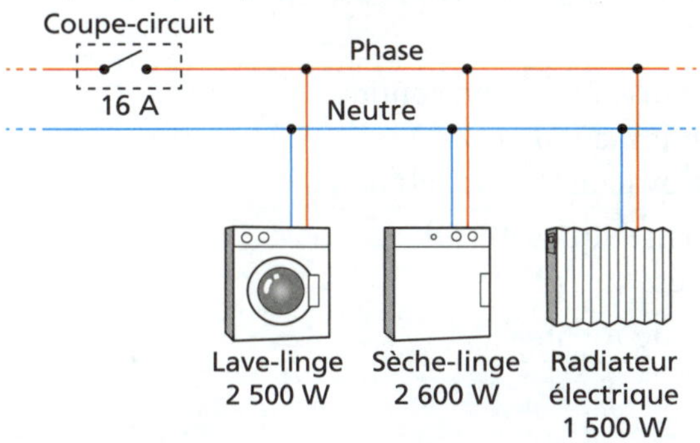

Dans le dernier exercice du chapitre 11, on a montré que les trois appareils du schéma ci-contre ne peuvent pas fonctionner en même temps car leur puissance totale est de 6 600 W.

a. Dans ces conditions, quelle est l'intensité dans le circuit principal ?

....

b. Que faut-il changer dans cette installation électrique ?

....

....

SCORE .... / 2

COUP DE POUCE
b. Tu peux t'aider des données de l'exercice précédent.

Corrigés p. 250

TOTAL .... / 8

PHYSIQUE-CHIMIE

13 Les phénomènes météorologiques et géologiques : risques et enjeux

Phénomènes météorologiques et gestion des risques

- La Terre est une planète active. Elle est formée d'enveloppes externes : l'**atmosphère** et l'**hydrosphère**, qui sont animées de vents et de courants océaniques.
- La **météorologie** étudie les phénomènes atmosphériques. Des relevés réguliers (température, pression atmosphérique...) sont effectués dans les stations météorologiques et par satellite (Météosat). Les données météorologiques permettent d'**alerter les populations** en cas de risque d'un phénomène dangereux (tempête, ouragan).

★★ 1 Les tornades, phénomène spectaculaire

Une tornade est un tourbillon de vents très violents (jusqu'à 700 km/h), qui prend naissance à la base des nuages d'orage. Les tornades sont destructrices et causent des centaines de morts par an. Aux États-Unis, deux chaînes de montagnes, les Rocheuses et les Appalaches, créent un entonnoir où l'air froid rencontre l'air chaud et humide du golfe du Mexique, ce qui génère d'énormes orages. La zone des grandes plaines, entre ces deux chaînes, est nommée « Allée des tornades ».

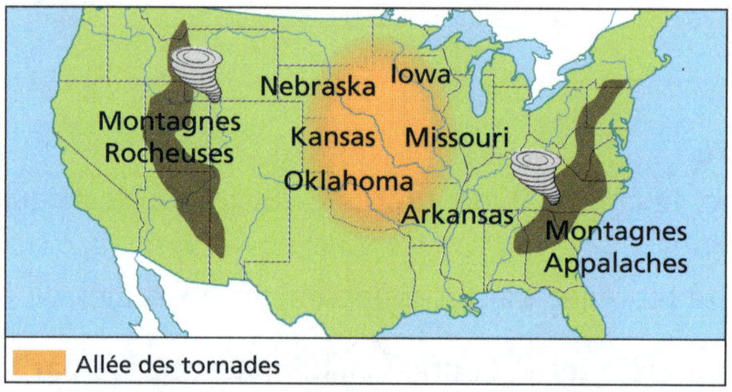

a. Explique ce qu'est une tornade. ....

b. Repère le Kansas sur la carte, puis explique pourquoi il y a beaucoup de tornades à cet endroit. ....

SCORE ..../ 2

> **COUP DE POUCE**
> **b.** Observe bien les structures en marron et orange sur le schéma.

Phénomènes géologiques et gestion des risques

- La Terre a aussi une activité interne. La majorité des **séismes** et des **éruptions volcaniques** se produisent aux limites des plaques tectoniques. Les failles et les volcans actifs sont ainsi bien identifiés et surveillés par satellite GPS.
- L'Homme y a installé des observatoires pour effectuer une surveillance en continu. L'augmentation de la sismicité, de la température ou le gonflement d'un volcan permettent de **prévoir un aléa** sismique ou volcanique, et d'évacuer les populations.
- Des **mesures de prévention**, comme les constructions parasismiques et l'éducation des populations, permettent également de limiter les risques.
- La force d'un séisme est évaluée par sa **magnitude** (échelle de Richter).

★★ 2 Plan d'évacuation à La Réunion

Un observatoire surveille l'activité du Piton de la Fournaise, un volcan actif situé sur l'île de La Réunion. En cas de crise éruptive, le plan ORSEC-Éruption volcanique est déclenché. Explique les moyens déployés pour limiter les risques volcaniques à l'aide du tableau.

....

....

Niveau d'alerte	Activité volcanique	Plan ORSEC
Préalerte	Sismicité anormale. Déformation du volcan	L'observatoire alerte les autorités.
Niveau 1	Éruption imminente	Cellule de crise activée et mobilisation des services
Niveau 2	Éruption dans l'enclos*	
Niveau 3	Éruption hors enclos : risque pour les habitations des alentours	Préparation de l'évacuation. Secours et sauvetage. Soins médicaux et entraide
Niveau 4	Observation de l'extension des coulées Menace directe sur les populations	Préparation de l'évacuation Évacuation

* L'enclos Fouqué, profond de 100 à 400 m, est la partie haute du Piton de la Fournaise.

SCORE .... / 2

3 Alerte tsunami

Un tsunami est une série de vagues destructrices, pouvant atteindre les côtes. Ces vagues sont créées par le déplacement de terrains sous la mer (séisme sous-marin). Depuis le tsunami meurtrier survenu le 26 décembre 2004 en Indonésie, des dispositifs d'alerte internationaux et des systèmes de prévention ont été mis en place. Ils aident à réduire les risques pour les populations.

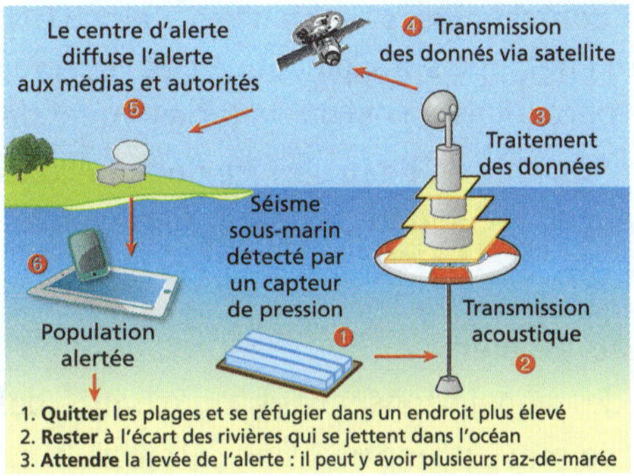

a. Comment fonctionne le dispositif d'alerte ? ....

....

b. Que faut-il faire en cas d'alerte au tsunami ? ....

....

SCORE .... / 2

4 Risques sismiques au Japon

La vulnérabilité d'une société est liée à sa capacité à faire face à un aléa. Ainsi, tous les ans au Japon depuis le séisme du 1er septembre 1923 à Kantô, la population réalise un exercice d'entraînement. Le 1er septembre 2015, ce sont près de 1,7 million de Japonais qui ont participé à cet exercice : le scénario était la survenue d'un séisme de magnitude 7,3 à l'ouest de la capitale.

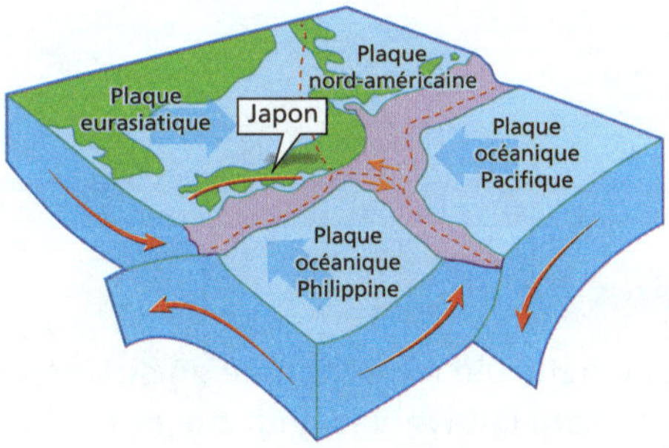

INFO
Un aléa désigne ici la probabilité de la survenue d'un phénomène naturel.

a. À l'aide du schéma, nomme les plaques tectoniques qui s'affrontent au Japon.

....

b. À l'aide du texte, discute de la vulnérabilité du Japon face aux risques sismiques.

....

....

SCORE .... / 2

SVT

Corrigés p. 250

TOTAL .... / 8

14 Gérer les ressources naturelles : l'eau et le sol

L'exploitation de l'eau

- L'eau et les sols sont des **ressources vitales limitées**. Leur répartition est inégale sur Terre pour une population qui devrait atteindre 9 milliards d'humains en 2050.
- L'**eau douce** utilisée par l'Homme provient des lacs, des rivières et des nappes phréatiques. Ces réservoirs représentent **1 % de l'eau terrestre**. La croissance démographique mondiale et le développement s'accompagnent d'une augmentation croissante des besoins en eau.
- Près de 70 % des prélèvements d'eau sont destinés à l'**agriculture** ; le reste répond aux besoins domestiques et industriels. Selon l'ONU, une « crise de l'eau » s'annoncerait dès 2030. En effet, une surexploitation des réservoirs d'eau pourrait causer un épuisement des nappes phréatiques ainsi qu'un tarissement des lacs et des mers intérieures.
- Une **gestion durable de l'eau** s'avère donc nécessaire, en réutilisant les eaux usées non potables, en recueillant les eaux de ruissellement et en dessalant l'eau de mer.

★★ 1 Dessaler de l'eau de mer

Près de 40 % des populations vivant à proximité des côtes, la fabrication d'eau douce à partir d'eau de mer est une solution intéressante. De nouveaux procédés d'extraction utilisent aujourd'hui l'énergie solaire.
Deux litres d'eau de mer peuvent fournir un litre d'eau déminéralisée, qui doit être traitée pour devenir potable, et un litre d'eau très salée (ou saumure), qui ne doit pas être rejetée car elle pourrait nuire aux écosystèmes.

Donne les avantages et les inconvénients de l'utilisation de l'eau de mer comme source d'eau douce.

....

....

SCORE ..../ 1

INFO
L'eau douce est l'eau provenant des précipitations et des réservoirs terrestres (nappes phréatiques, lacs, rivières...).

L'exploitation du sol

- Le sol est une pellicule mince située en surface des continents. Seulement **20 % des sols sont cultivables** pour nourrir 7,2 milliards d'humains, le reste des terres étant trop aride, montagneux ou occupé par d'autres milieux naturels.
- L'agriculture intensive, par la surexploitation des sols, l'utilisation massive de pesticides et d'engrais et une irrigation trop abondante, entraîne une pollution de l'eau, une désertification des sols, ainsi qu'une érosion et une disparition de la faune du sol (due également à la déforestation).
- La **pollution** et la **dégradation du sol** entraînent la disparition des êtres vivants qu'il abrite (vers de terre, insectes, champignons, bactéries). Or, ils sont indispensables à l'aération du sol et au recyclage de la matière qui rendent la terre fertile.
- Seule une **gestion durable du sol** peut le préserver : pratique d'une agriculture raisonnée respectueuse du sol, utilisation modérée des pesticides et engrais, maintien du couvert végétal et reforestation.

★ 2 La fragilité du sol

Complète le texte ci-dessous.

Le sol est une pellicule d'épaisseur variable située en .... des continents. L'exploitation intensive des sols par des .... entraîne une dégradation de 35 % des sols cultivés à cause de l'.................... ou de la ....

Un sol cultivable doit contenir assez d'eau pour les plantes, sinon il doit être irrigué. Cependant, une .... trop importante peut entraîner des .... après évaporation, ce qui affecte 15 % des surfaces irriguées.

SCORE ..../ 6

> **COUP DE POUCE**
> Utilise les mots ou expressions suivants : *disparition des êtres vivants ; dépôts de sel ; érosion ; irrigation ; pratiques agricoles intensives ; surface.*

★★ 3 Lutter contre la désertification

L'avancée du désert de Gobi menace le nord-ouest de la Chine depuis 1950. L'utilisation excessive des ressources en eau douce et la surexploitation des prairies ont transformé la steppe en désert. La déforestation entraîne de grandes tempêtes de sable. Pour lutter contre ces phénomènes, la Chine a entrepris un vaste programme de reforestation : une « grande muraille verte » formée de 4 500 km d'arbres pour stabiliser les dunes, reformer un sol et faire une barrière aux tempêtes. Ce programme parvient à limiter la désertification, mais les paysans doivent abandonner leurs terres car les arbres puisent l'eau des nappes phréatiques.

a. Explique l'origine de cette désertification. ....

....

b. Trouve les points positifs et négatifs du programme entrepris pour lutter contre elle.

....

....

SCORE ..../ 2

★★★ 4 Catastrophe écologique

Dans les années 1960, l'URSS a détourné les fleuves Amou-Daria et Sy-Daria, qui alimentaient la mer d'Aral, pour irriguer les cultures de coton. L'augmentation de la salinité a entraîné la disparition de la vie marine. Les tempêtes de sable ont emporté le sel sur les régions voisines, ce qui a accentué la désertification.

Mer d'Aral en 1989

Mer d'Aral en 2014

La photo satellite prise en 2014 indique la bordure de la mer d'Aral en 1960.

a. Compare les deux photos satellite. ....

b. Indique les causes de cette catastrophe écologique. ....

....

SCORE ..../ 2

Corrigés p. 250-251

TOTAL ..../ 11

SVT

15 Activités humaines et écosystèmes

Les effets négatifs de l'activité humaine

- Sur Terre, la température, l'éclairement, l'humidité varient. Ces variations définissent des milieux de vie (désert, forêt tropicale…). Dans ces milieux, l'association des êtres vivants et de leur environnement forme un **écosystème**.
- Les **prélèvements directs** dans la nature par la chasse, la pêche et la déforestation perturbent les chaînes alimentaires et font diminuer la biodiversité.
- Les **pratiques agricoles et industrielles** génèrent des pollutions parfois persistantes de l'eau, de l'air et des sols, ce qui dégrade le milieu.

★★ 1 L'impact de la culture du palmier à huile

Nos besoins en huile de palme vont doubler d'ici 2020. Issue du palmier à huile, cette huile est utilisée dans l'alimentation, les cosmétiques et comme biocarburant. En Indonésie, la déforestation pour cultiver cette huile menace les orangs-outans et les tigres de Sumatra. Le défi actuel est de développer une culture du palmier à huile durable et respectueuse de la biodiversité sans destruction des forêts naturelles, d'éviter les feux, de préserver les sols et de limiter la pollution par les herbicides sans nuire au développement économique des pays producteurs.

INFO Une forêt est un écosystème naturel qui regroupe des milliers d'espèces végétales et animales alors qu'une monoculture est l'exploitation d'une seule espèce par l'Homme.

a. Précise les usages de l'huile de palme. ....

b. Explique l'impact de l'exploitation du palmier à huile à partir du texte et de la photo.

....

....

SCORE ..../ 2

★★ 2 L'intérêt des haies

Les haies sont des milieux abritant de nombreuses espèces d'insectes, d'oiseaux et de mammifères. Leur arrachage pour l'agriculture intensive provoque un ruissellement des eaux de pluie, qui ne sont plus retenues, et un ravinement des sols (érosion par les eaux de pluie qui s'écoulent).

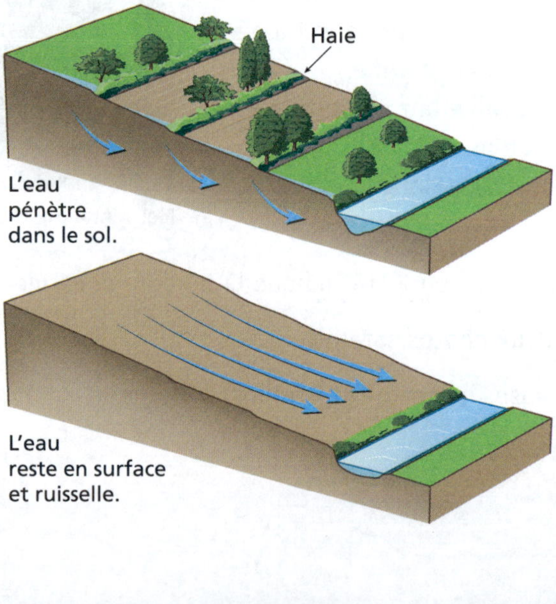

Explique les conséquences de l'arrachage des haies sur les êtres vivants et les sols.

....

SCORE ..../ 2

La préservation des écosystèmes : une nécessité

- Au niveau mondial, la **Convention sur la diversité biologique** a été signée par plus de 190 pays qui s'engagent à lutter pour la préservation de la biodiversité.
- En Europe, de nombreux programmes de sauvegarde sont mis en place. La création d'**espaces protégés** (conservatoires de la biodiversité, parcs naturels...) permet de préserver les écosystèmes localement. Les sites Natura 2000 (plus de 1 700 en France) protègent ainsi les espèces terrestres et marines.
- Les solutions pour une **gestion durable des écosystèmes** sont l'adoption de pratiques plus respectueuses des milieux comme l'agriculture raisonnée et la dépollution des sites dégradés. Un changement des comportements individuels de consommation est aussi nécessaire.

★★ 3 Réhabilitation d'un site pollué

> Avant de construire un nouveau quartier en bord de Loire, une ville a dû procéder à la dépollution d'un terrain correspondant à une ancienne décharge. Le site contenait des déchets ménagers non décomposés, du verre, des hydrocarbures, de l'arsenic. La solution retenue a été le décapage des terres contaminées. Selon leur niveau de contamination, elles ont été réutilisées sur le site ou évacuées vers un centre de traitement.
>
> D'après www.paysdelaloire.ademe.fr.

a. Cite l'origine de la pollution du site.

....

b. Explique les mesures prises pour réhabiliter le site.

....

SCORE ..../ 2

★★ 4 Schéma bilan

Complète avec les mots ou expressions suivants : *agriculture raisonnée* • *pollution* • *dépollution* • *déforestation* • *biodiversité* • *consommation durable* • *écosystèmes* • *érosion*.

Effets négatifs sur les êtres vivants
- Chasse et pêche excessives
- ❶ ...., arrachage des haies

Effets négatifs sur les milieux
- ❷ .... de l'air, de l'eau, des sols
- ❸ .... des sols

− → ❹ .... ← +

Effets positifs sur les êtres vivants
- Quotas de pêche
- ❺ ....
- Conservatoires de la ❻ ....

Effets positifs sur les milieux
- ❼ ....
- ❽ .... des sites dégradés

SCORE ..../ 8

INFO
La biodiversité désigne l'ensemble des espèces vivantes de la Terre.
Un écosystème est un ensemble d'êtres vivants qui interagissent entre eux et avec leur milieu de vie.

Corrigés p. 251

TOTAL ..../ 14

16 Les besoins des végétaux chlorophylliens

La photosynthèse

- Tous les êtres vivants sont constitués de matière organique. Les végétaux verts sont dits **autotrophes** car ils fabriquent leur propre matière à partir d'éléments minéraux. Ce sont les premiers maillons des réseaux alimentaires.
- La synthèse de matière organique a lieu au niveau des **feuilles**.
- Celles-ci possèdent des structures appelées stomates, qui assurent les échanges gazeux avec le milieu extérieur. Les plantes utilisent le **dioxyde de carbone** (CO_2) de l'air pour fabriquer de la matière organique et rejettent du **dioxygène** (O_2).
- Cette réaction est la photosynthèse, possible grâce à l'**énergie lumineuse** du soleil, captée par la chlorophylle, un pigment vert contenu dans les chloroplastes.

$$CO_2 + \text{eau} \xrightarrow[\text{lumière}]{} \text{matière organique} + O_2$$

★★ 1 Lumière et obscurité

On place une plante pendant 12 heures à l'obscurité et une autre plante pendant 12 heures à la lumière. On leur prélève des feuilles que l'on décolore pour enlever la chlorophylle, puis on plonge ces feuilles dans de l'eau iodée, un colorant jaune qui devient violet-noir en présence d'amidon (matière organique).

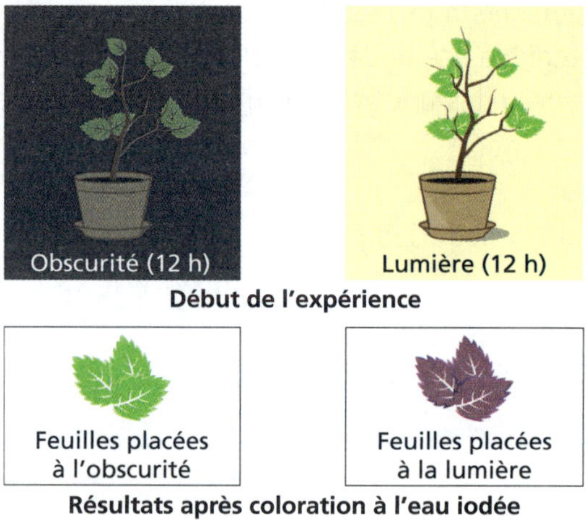

a. Que constates-tu pour les feuilles placées à l'obscurité ? pour les feuilles placées à la lumière ?

....

b. Quelle relation cette expérience permet-elle d'établir entre lumière et production de matière organique par un végétal chlorophyllien ? ....

....

COUP DE POUCE
b. Fais le lien entre coloration et présence ou non d'amidon. Réfléchis aux conditions qui permettent d'obtenir de l'amidon.

SCORE .... / 2

★★★ 2 Les stomates

On applique un papier imprégné de chlorure de cobalt sur la face supérieure d'une feuille de végétal chlorophyllien et un autre sur la face inférieure de la feuille. Le chlorure de cobalt, bleu lorsqu'il est sec, devient rose quand il est humidifié.

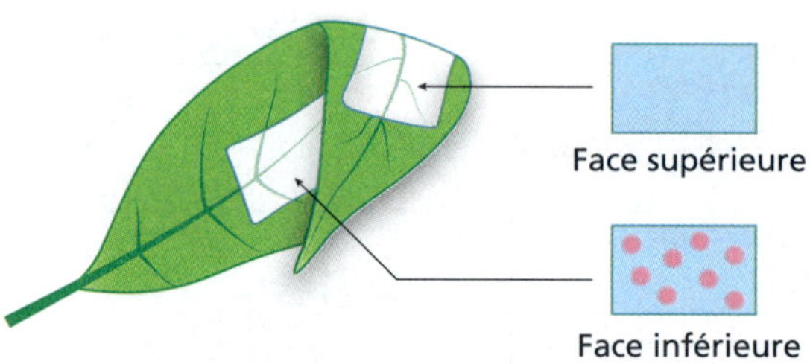

a. Pourquoi observe-t-on des points roses sur le papier appliqué sur la face inférieure de la feuille ? ....

....

b. Quelle information cette expérience donne-t-elle sur l'emplacement des stomates ?

....

c. Si on réalise la même expérience en plaçant la feuille à l'obscurité, on n'observe l'apparition d'aucun point rose. Explique pourquoi. ....

....

SCORE .... / 3

INFO

Les stomates sont des ouvertures naturelles qui se trouvent sur les feuilles d'un végétal chlorophyllien. Ils interviennent dans la photosynthèse et la transpiration.

Le transport de la sève

- L'eau et les sels minéraux sont puisés dans le sol grâce aux poils absorbants des racines. Ils forment la **sève brute** transportée jusqu'aux feuilles dans les vaisseaux du **xylème**. Le moteur de ce transport est l'élimination d'eau au niveau des stomates (transpiration).
- La matière organique fabriquée par la plante est véhiculée dans tout l'organisme. Elle est transportée sous forme de **sève élaborée** dans des vaisseaux particuliers : les tubes criblés du **phloème**.

★★ 3 La nutrition des végétaux chlorophylliens

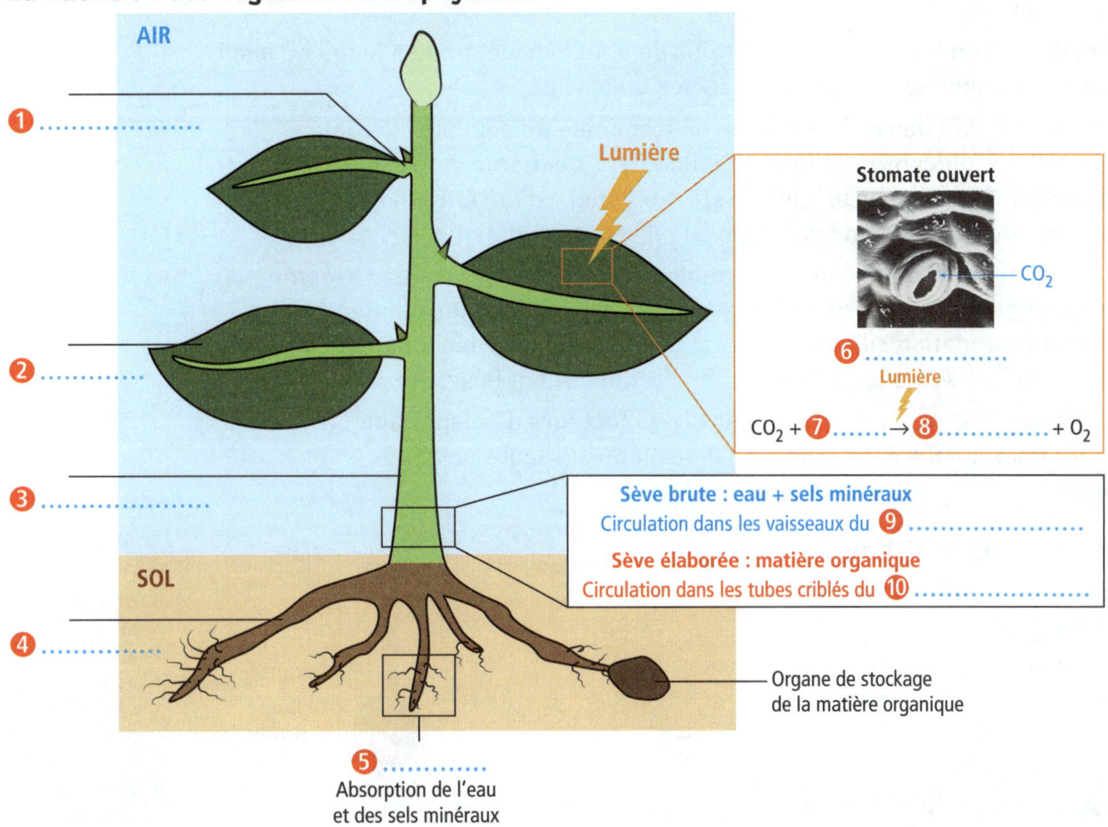

a. Complète le schéma avec les mots ou expressions suivants : *phloème* • *poils absorbants* • *tige* • *photosynthèse* • *xylème* • *racine* • *eau* • *pétiole* • *matière organique* • *limbe*.
b. Dessine sur le schéma le trajet de la sève brute, avec une flèche bleue, et le trajet de la sève élaborée, à l'aide d'une flèche rouge.

SCORE .... / 12

Corrigés p. 251

TOTAL .... / 17

17 La reproduction sexuée des plantes à fleurs

La fleur, organe de reproduction

- Chez les **angiospermes** (plantes qui possèdent des organes reproducteurs regroupés dans une fleur), la fleur est l'organe permettant la reproduction sexuée.
- Souvent, la fleur est **hermaphrodite** et contient les organes mâles, les étamines, et l'organe femelle, le pistil. Les étamines produisent les gamètes mâles contenus dans le pollen et le pistil produit les gamètes femelles : les ovules.

★ 1 À chaque mot sa définition

Relie par une flèche chaque mot à sa définition.

partie de la plante contenant les graines •	• ovule
prolongement tubulaire d'un grain de pollen •	• pistil
partie de la fleur contenant les ovules •	• angiosperme
plante à fleurs •	• fruit
future graine après fécondation •	• tube pollinique

SCORE ..../ 5

De la fleur à la graine

- On nomme **pollinisation** le transport des grains de pollen des étamines jusqu'au pistil. Elle est assurée essentiellement par les insectes ou le vent.
- Les grains de pollen sont déposés sur la partie terminale du pistil, le stigmate. Si le grain de pollen est déposé sur le pistil d'une fleur du même individu, on parle d'**autopollinisation**. S'il est déposé sur le pistil d'une fleur d'un autre individu, c'est une **pollinisation croisée**, qui participe à la diversité génétique.
- Lorsque le pollen et le stigmate sont compatibles (car ils proviennent de la même espèce), un tube pollinique se forme pour atteindre l'ovule. Chez les plantes à fleurs, il y a une **double fécondation** : il faut deux grains de pollen pour féconder un ovule. Puis, le pistil grossit et se transforme en fruit ; l'ovule devient la graine.
- Les graines vont alors être transportées par divers **facteurs de dispersion** : le vent, l'eau ou encore les animaux dans leur tube digestif ou sur leurs poils.

★ 2 De la pollinisation à la fécondation

a. Complète le schéma ci-contre (coupe longitudinale d'une fleur).

b. Complète en nommant les étapes suivantes.

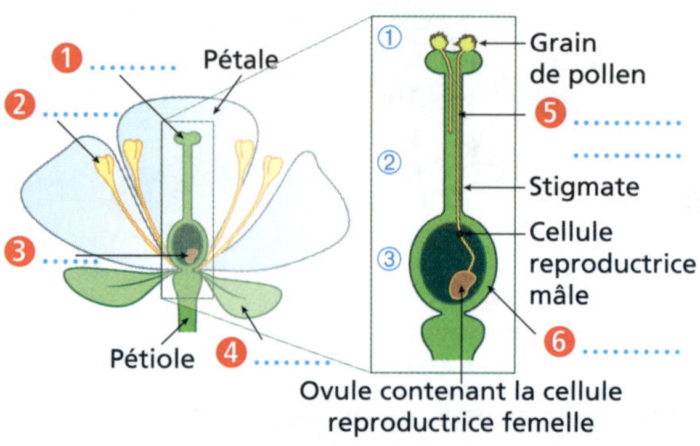

① .... : dépôt du grain de pollen sur le pistil.

② .... : développement du tube pollinique en direction des ovules.

③ .... : rencontre du gamète mâle contenu dans le grain de pollen et du gamète femelle contenu dans l'ovaire.

SCORE ..../ 9

COUP DE POUCE

Utilise les mots ou expressions suivants :
a. *stigmate ; ovule ; ovaire ; étamine ; sépale ; tube pollinique.*
b. *fécondation ; pollinisation ; germination du grain de pollen.*

3 La dispersion des graines

Pour chaque fruit, indique quel est le facteur de dispersion et explique ta réponse.

....

....

Fruit de la lampourde

Fruit du pissenlit

SCORE ..../ 2

4 Pollinisation du vanillier

La gousse de vanille est le fruit du vanillier. Jusqu'au XIXe siècle, cette plante n'était cultivée qu'au Mexique car, pour obtenir des gousses, il fallait l'intervention d'une abeille appelée Mélipora seulement présente dans ce pays. Sur l'île de la Réunion, on cherchait à développer la culture de la vanille depuis de nombreuses années sans y parvenir. Un enfant eut l'idée de mettre en contact étamine et pistil de façon manuelle et il obtint des gousses. Cette méthode est encore employée aujourd'hui.

a. Comment la pollinisation naturelle est-elle possible au Mexique ?

....

b. Quel geste faut-il accomplir aujourd'hui pour obtenir des gousses de vanille ?

....

c. Explique de quelle façon la mise en relation du pistil et de l'étamine de la fleur de vanille permet d'obtenir des gousses. ....

....

SCORE ..../ 3

5 Une expérience de pollinisation

On dépose des grains de pollen sur un milieu de culture dans trois boîtes de Pétri placées plusieurs heures à 25 °C :
- au centre de la première boîte, on dépose le pistil d'une plante de même espèce ;
- au centre de la deuxième, on dépose le pistil d'une plante d'espèce différente ;
- au centre de la troisième, on dépose une solution contenant la substance attractive produite par un ovule d'une plante de même espèce.

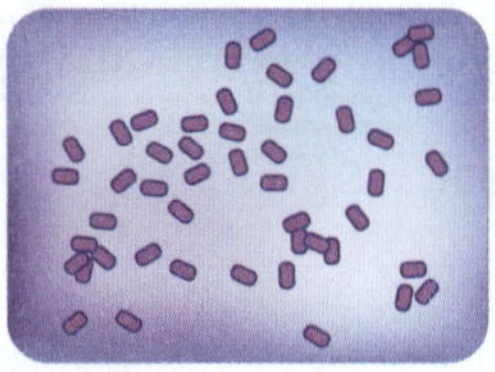
Résultat de la boîte 2

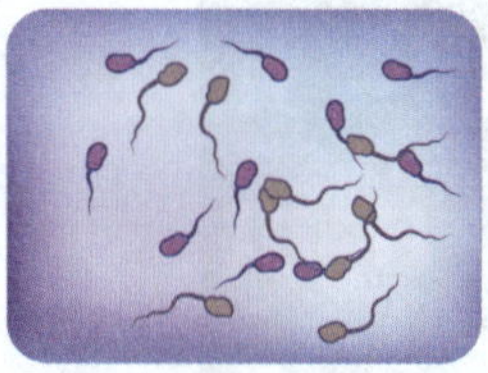
Résultat des boîtes 1 et 3

a. Compare les résultats et indique pour chaque boîte s'il y a ou non présence de tubes polliniques. ....

b. Pourquoi les grains de pollen n'ont-ils pas germé dans la boîte 2 ?

....

c. En utilisant les résultats de la boîte 3, explique ce qui favorise le rapprochement des cellules reproductrices chez les plantes à fleurs. ....

....

SCORE ..../ 3

SVT

COUP DE POUCE
b. Rappelle-toi la définition d'une espèce chez les êtres vivants.

Corrigés p. 251

TOTAL ..../ 22

18 La diversité génétique

Les chromosomes, supports du programme génétique

- Les êtres vivants sont tous différents les uns des autres. Cette **diversité** est inscrite dans les gènes.
- Un individu possède les **caractères communs** à son espèce, avec des variations individuelles qui font de lui une personne unique. Certains de ces caractères peuvent également être modifiés par l'action de l'environnement.
- Les caractères dits héréditaires d'un individu, car hérités de ses parents, sont inscrits dans un **programme génétique**. Celui-ci est porté par les chromosomes, des filaments présents dans le noyau de chaque cellule.
- L'espèce humaine possède **23 paires de chromosomes**. Seule la 23e paire diffère selon le sexe de l'individu : l'homme possède un chromosome Y et un chromosome X ; la femme possède deux chromosomes X.
- L'ensemble des caractères d'un individu constitue son **phénotype** ; l'ensemble de ses chromosomes, son **caryotype**.

★ 1 Caractères héréditaires ou non ?

Souligne en vert les caractères héréditaires et en rouge ceux modifiés par l'environnement :
longueur des cheveux • bronzage • forme des oreilles • groupe sanguin • épaisseur des lèvres • couleur des yeux • cicatrices • forme du menton • musculature • couleur naturelle de la peau.

SCORE .... / 5

INFO
Un caractère héréditaire se transmet de génération en génération.

★★ 2 Le sexe d'un individu

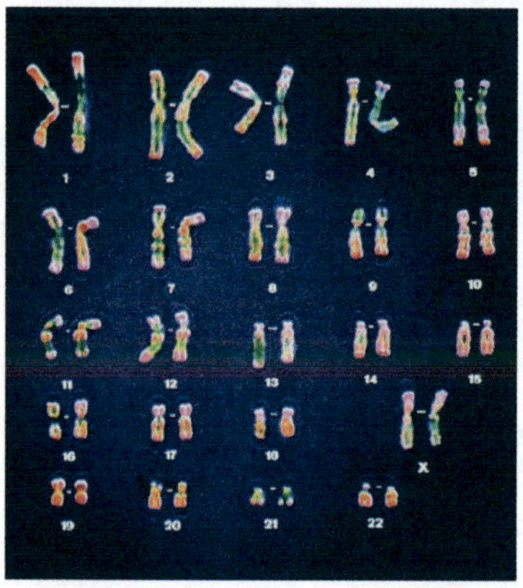

Voici ci-contre le caryotype d'un individu.

a. L'individu appartient-il à l'espèce humaine ? Explique pourquoi. ....

....

b. Trouve le sexe de l'individu. Justifie ta réponse.

....

SCORE .... / 2

Les gènes, unités d'information génétique

- Chaque chromosome est divisé en unités d'information : les **gènes**. Chaque gène détermine un caractère héréditaire précis. Sur chaque chromosome d'une même paire, les gènes occupent la même position.
- Un gène existe sous différentes versions appelées **allèles**. Pour un gène donné, les deux chromosomes d'une même paire portent soit deux allèles identiques, soit deux allèles différents.
- Les allèles dominants s'expriment toujours alors que les allèles récessifs ne s'expriment que lorsqu'ils sont seuls. L'ensemble des allèles d'un individu constitue le **génotype**.

3 Génotype et phénotype

Le gène du groupe sanguin est porté par la paire de chromosomes n° 9.
Il existe 4 groupes sanguins différents : A, B, AB et O, mais seulement 3 allèles différents : A et B (dominants), et O (récessif).

Complète le tableau où sont schématisées les paires de chromosomes pour découvrir les génotypes possibles et les groupes sanguins correspondants (les phénotypes).

Paire de chromosomes n° 9	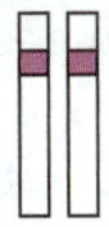	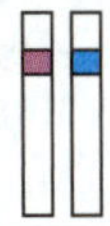				
Génotype	[AA]	[AO]				
Phénotype (groupe sanguin)	A					

■ Allèle A dominant ■ Allèle B dominant ■ Allèle O récessif

SCORE ..../ 5

4 La mucoviscidose

La mucoviscidose est une maladie génétique entraînant de graves difficultés respiratoires. Elle est due à la présence d'un allèle anormal récessif (noté « m⁻ ») porté par un gène de la paire de chromosomes n° 7.
L'allèle normal est noté « M⁺ ».

a. Complète le tableau en indiquant le phénotype des individus A, B et C.

b. Les individus de génotype [M⁺m⁻] sont appelés « porteurs sains ». Explique pourquoi.

	Individu A	**Individu B**	**Individu C**
Génotype (paire de chromosomes n° 7)	M⁺  m⁻	M⁺ 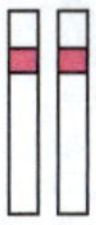 M⁺	m⁻ 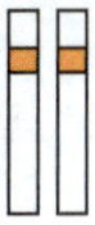 m⁻
Phénotype (malade ou non)			

SCORE ..../ 4

COUP DE POUCE
a. Demande-toi quel est l'allèle dominant et quel est l'allèle récessif, puis déduis-en le caractère qui apparaîtra, c'est-à-dire le phénotype.

5 Le daltonisme

Le daltonisme est une anomalie génétique qui entraîne un déficit dans la vision des couleurs. Le gène responsable est porté par le chromosome X.
Il existe deux versions de ce gène : l'allèle « N » (vision normale) dominant et l'allèle « d » (daltonisme) récessif.

a. Combien d'allèles du gène impliqué dans le daltonisme un garçon possède-t-il ?

b. Quel est le génotype d'un garçon atteint de daltonisme ?

c. Quel est le génotype d'une fille atteinte de daltonisme ?

d. Quels sont les génotypes possibles pour une fille non atteinte ? Explique ta réponse.

SCORE ..../ 4

Corrigés p. 251-252

TOTAL ..../ 20

SVT

19 Systèmes nerveux et cardiovasculaire

Répondre aux besoins des muscles pendant l'effort

- Lors d'un effort physique, l'énergie nécessaire au travail musculaire est apportée par la réaction chimique entre les **nutriments** et le **dioxygène** (O_2) transportés par le sang jusqu'aux cellules musculaires.
- L'accélération des fréquences cardiaque et respiratoire, contrôlées par le **système nerveux autonome** (système nerveux indépendant de la volonté, et dont le centre nerveux est le bulbe rachidien), permet de répondre à l'augmentation des besoins des cellules musculaires. Fréquence cardiaque et volume d'O_2 consommé augmentent alors jusqu'à une **valeur maximale** : 200 battements/min et 3 L/min environ selon les individus (sportifs ou sédentaires).
- Le flux sanguin est redistribué vers les muscles actifs grâce à l'**irrigation des organes en parallèle** et le **recrutement capillaire** (ouverture de capillaires fermés au repos).

★ 1 Le contrôle nerveux de l'activité cardiaque

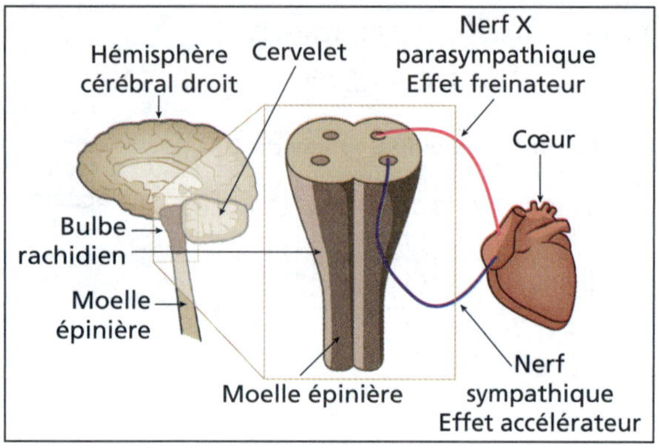

Observe le schéma puis complète le texte.

Des fibres nerveuses issues du .... dans le cerveau sont reliées au ....

Un cœur isolé bat spontanément à une fréquence d'environ 100 battements/min.

Quand le corps est au repos, le nerf .... diminue cette fréquence cardiaque à 70 battements/min (effet freinateur).

Pendant l'effort, c'est le nerf.................................... qui augmente la fréquence cardiaque jusqu'à 200 battements/min (effet accélérateur).

La fréquence cardiaque est donc contrôlée par le ....

COUP DE POUCE
Utilise les mots ou expressions suivants : *bulbe rachidien ; cœur ; X (parasympathique) ; sympathique ; système nerveux autonome.*

SCORE .... / 5

★★ 2 Conséquences d'une greffe cardiaque

Lors d'une greffe du cœur, les communications sanguines sont rétablies mais pas les liaisons nerveuses. Lorsqu'on mesure la fréquence cardiaque pendant l'effort chez un homme non greffé du cœur et chez un homme greffé, on obtient les résultats donnés ci-contre. Propose une explication aux différences de fréquence cardiaque constatées entre ces deux hommes.

	Fréquence cardiaque (battements/min)	
	Homme non greffé	Homme greffé
Repos	70	95
Activité	100	95

....

....

COUP DE POUCE
Pense au fait que le système nerveux autonome régule la fréquence cardiaque.

SCORE .... / 2

3 L'approvisionnement en sang des muscles

Dans la circulation pulmonaire, le cœur et les poumons sont disposés en série.
Dans la circulation générale, les organes sont disposés en parallèle.
Le débit cardiaque total est la somme des débits qui traversent chaque organe.
Au repos, environ 10 % des capillaires sanguins qui irriguent les muscles sont ouverts.
Pendant l'effort, ils sont tous ouverts pour les muscles actifs.

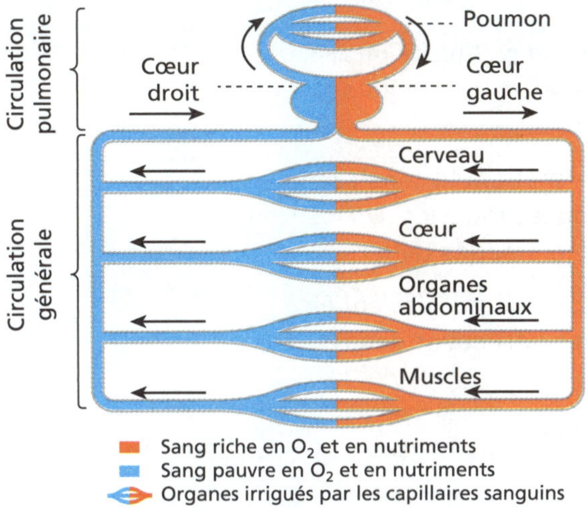

	Débit cardiaque (% du débit total)	
	Au repos	À l'effort
Poumons	100	100
Cerveau	14	5
Cœur	5	7
Organes abdominaux	58	4
Muscles	23	84

a. Compare le pourcentage du débit cardiaque dans les muscles au repos et pendant l'effort.

....

b. Explique la variation de ce pourcentage.

....

....

SCORE ..../ 2

Préserver sa santé

- Une **visite médicale** est obligatoire avant de pratiquer un sport. Le médecin vérifie la fréquence cardiaque et s'assure de l'absence de contre-indications.
- Les performances d'un individu dépendent de son âge, son sexe, sa masse et peuvent s'améliorer par l'**entraînement** (endurance).
- Cependant, l'organisme a des limites. L'emploi de **produits dopants** pour les dépasser peut avoir de graves conséquences sur la santé.

4 Santé et prévention

Certains sportifs prennent des doses très élevées de stéroïdes anabolisants.
Ces produits dopants augmentent la masse musculaire et les performances mais sont nocifs pour la santé.
Recherche sur Internet les effets secondaires dangereux de ces produits.

....

....

SCORE ..../ 2

Corrigés p. 252

TOTAL ..../ 11

20 Équilibre alimentaire et microbiome

Aliments énergétiques et constructeurs

- Les aliments que nous mangeons permettent au corps de satisfaire les besoins liés à son fonctionnement et de se maintenir en bonne santé.
- Les aliments **énergétiques** sont riches en **glucides** (sucres) et en **lipides** (graisses). On les trouve dans les féculents, le pain, les matières grasses et les produits sucrés. Consommés modérément, ils apportent au corps de l'énergie.
- Les aliments **constructeurs** sont riches en **protides**. Ils permettent la construction, l'entretien et le renouvellement des tissus comme les os ou les muscles. On les trouve dans la viande, le poisson, les œufs, les légumineuses et les produits laitiers.
- Les **vitamines** et les **sels minéraux**, non synthétisés par l'organisme, doivent être apportés au corps pour éviter les carences. On les trouve en particulier dans les fruits et les légumes.
- L'alimentation doit aussi fournir une quantité suffisante d'**eau**.

★ 1 Bien faire son marché

Complète le tableau à l'aide de tes connaissances.

Catégorie	Rôle	Types d'aliments choisis
protides	croissance, entretien	
glucides	énergie	
lipides	énergie	
fibres	favoriser le transit	
vitamines et sels minéraux	apporter des éléments non synthétisés pour les réactions chimiques	
boissons	réhydratation	

SCORE ..../ 6

★★ 2 Les régimes alimentaires

a. À l'aide du document ci-contre, explique en quoi consistent respectivement un régime végétarien et un régime végétalien.

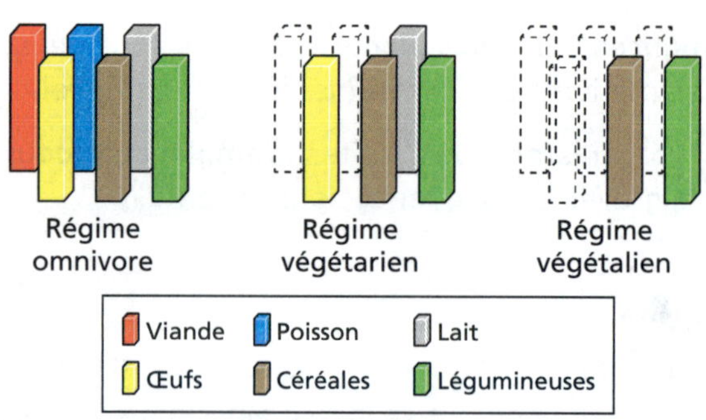

....

....

....

....

b. Trouve un avantage et un risque pour la santé lors d'un régime végétalien.

....

....

SCORE ..../ 2

INFO
Une carence désigne l'absence d'un nutriment nécessaire au bon fonctionnement du corps.

INFO
La corpulence désigne le volume du corps, sa grosseur.

★★ 3 L'indice de masse corporelle (IMC)

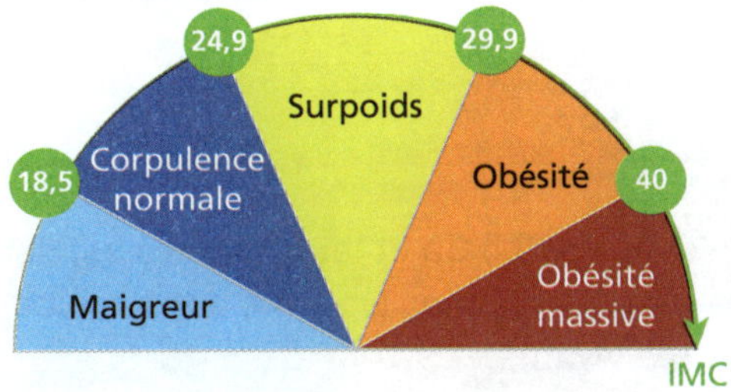

$$\text{IMC} = \frac{\text{masse en kg}}{\text{taille} \times \text{taille en mètres}} = \frac{\text{masse en kg}}{\text{taille}^2 \text{ en mètres}}$$

a. Utilise la notion d'indice de masse corporelle (IMC) pour caractériser l'obésité à l'aide des valeurs numériques du schéma précédent. ....

b. À l'aide de tes connaissances, indique une cause d'obésité. ....

....

> Des chercheurs ont observé que les individus obèses ne possèdent pas la même flore intestinale que les autres. Chez la souris, la présence dans l'intestin de certaines bactéries (comme *Methanobrevibacter smithii*) occasionne une augmentation de 50 % de la masse graisseuse.

c. À l'aide du texte précédent, explique la découverte faite sur le rôle de certaines bactéries dans l'obésité. ....

....

SCORE .... / 3

Importance du microbiome

- Le **microbiome** est l'ensemble des bactéries présentes dans le corps. Celles présentes dans l'intestin aident notamment à digérer les sucres et les fibres végétales.
- En outre, une flore intestinale pauvre ou déséquilibrée favorise le **stockage des graisses** et les **maladies inflammatoires** de l'intestin.

★★ 4 Maladie cœliaque et flore intestinale

> La maladie cœliaque se manifeste chez l'enfant par des diarrhées et des maux de ventre s'il mange des bouillies à base de céréales. Après analyse, on constate que la paroi de son intestin est anormale, et que sa flore intestinale est déséquilibrée avec une augmentation des bactéries à Gram-positif. Un régime strict sans gluten (sans céréales) est prescrit.

a. Explique les symptômes de la maladie cœliaque.

....

b. Établis le lien entre cette maladie et le microbiome.

....

....

SCORE .... / 2

COUP DE POUCE
b. Rappelle la définition du microbiome et trouve son rôle dans cette maladie.

Corrigés p. 252

TOTAL .... / 13

21 Le monde bactérien et l'organisme

L'ubiquité du monde bactérien

- Les bactéries sont présentes sur Terre depuis – 3,5 Ga et leur nombre est estimé à 10^{30}. Elles occupent **tous les milieux**, même les plus hostiles (volcans, lacs acides, salés ou glacés) et sont aussi les hôtes des êtres vivants.
- Une bactérie est constituée d'une seule cellule (ronde ou en bâtonnet), délimitée par une membrane et recouverte d'une paroi. C'est un **procaryote** car son cytoplasme ne contient pas de noyau mais un chromosome circulaire unique. C'est un **micro-organisme** car sa taille est de quelques dixièmes de micromètres.

★ 1 La flore microbienne hébergée

Observe le schéma puis complète le texte.

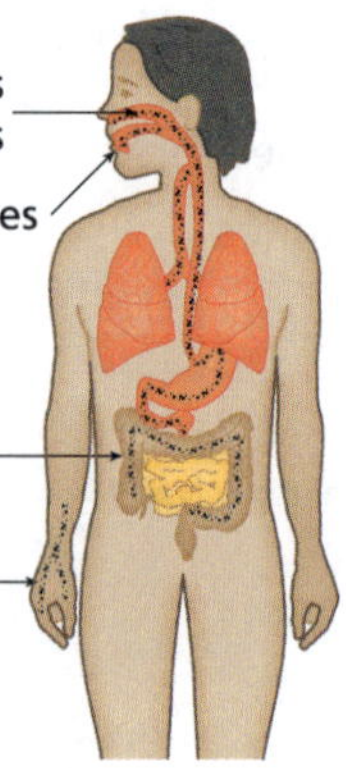

Notre corps abrite de très nombreuses .... (10^9) qui sont transmises par la mère lors de la naissance et dont l'action est bénéfique. La .... protège la peau de l'invasion de bactéries pathogènes comme les .... dorés. La .... aide à la digestion et l'assimilation des sucres et des fibres végétales. Elle protège aussi l'intestin des ....

SCORE .... / 5

INFO
Une bactérie pathogène est un micro-organisme pouvant déclencher une maladie.

COUP DE POUCE
Utilise les mots ou expressions suivants : *staphylocoques ; bactéries pathogènes ; bactéries ; flore intestinale ; flore cutanée.*

Se protéger des bactéries pathogènes

- Certaines bactéries nous sont favorables, mais d'autres peuvent déclencher des maladies. Elles nous **contaminent** en pénétrant dans le corps de façon directe par contact avec la peau, ou de façon indirecte par l'air, l'eau ou les aliments.
- Si elles se multiplient, c'est l'**infection** qui provoque des symptômes et parfois la mort si elle est généralisée dans le sang (septicémie).
- Des **mesures d'hygiène**, comme le lavage des mains, permettent d'éviter la contamination. Quand on procède à la destruction préventive des bactéries, par la chaleur sur les instruments chirurgicaux par exemple, on parle d'**asepsie**.
- Des **produits antiseptiques** sont utilisés pour détruire les bactéries sur une plaie (désinfection).

★ 2 Asepsie et antisepsie

Explique, à l'aide de tes connaissances, la différence entre l'asepsie et l'antisepsie.

....

....

SCORE .... / 2

3 Santé et prévention

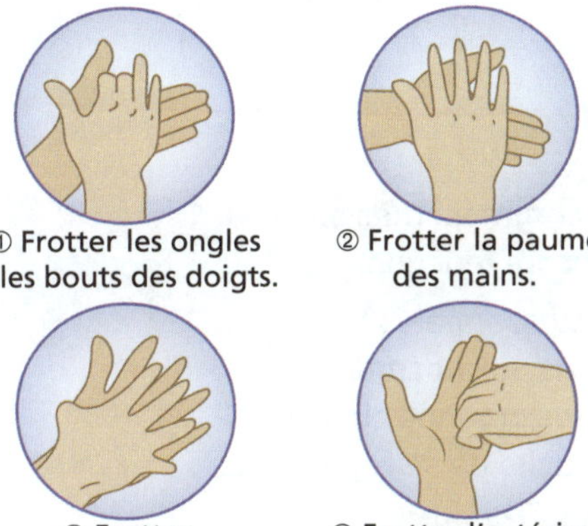

① Frotter les ongles et les bouts des doigts.
② Frotter la paume des mains.
③ Frotter entre les doigts.
④ Frotter l'extérieur des mains.

a. Explique l'intérêt du lavage des mains pour limiter les risques d'infection.

....

....

b. Observe les différentes étapes du document et compare-les à la façon dont tu te laves les mains.

....

....

SCORE ..../ 2

4 Infection par des staphylocoques

On observe au microscope électronique à balayage (MEB, grossissement × 65 000) une goutte du sang d'un patient souffrant d'une blessure au genou suite à une chute de moto.

a. Identifie sur la photo ci-contre, obtenue lors de l'observation, les globules rouges et les staphylocoques.

b. Propose une explication à la présence de bactéries dans le sang du patient.

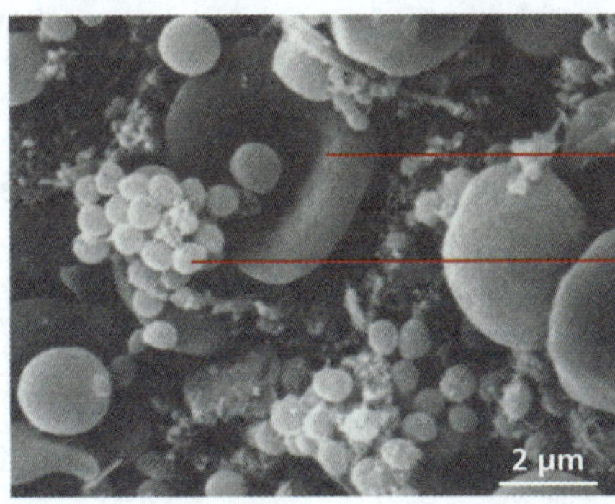

❶ ....
❷ ....

....

....

....

....

SCORE ..../ 3

5 Contamination alimentaire

> Certaines bactéries présentes chez les bovins, comme *E. coli* entérohémorragique (ECEH), peuvent provoquer de graves diarrhées sanglantes parfois mortelles chez l'Homme.
> La bactérie se transmet par des graines germées ou par des aliments crus contaminés (viande hachée crue ou mal cuite, lait cru, légumes crus).
> Les mesures de prévention à prendre sont de cuire les aliments à une température d'au moins 70 °C. Il faut aussi veiller à laver soigneusement les fruits et les légumes, et à les éplucher s'ils sont mangés crus. Il est fortement recommandé de se laver régulièrement les mains, en particulier avant de préparer des aliments ou de les consommer.

D'après l'OMS (Organisation mondiale de la santé).

a. Explique l'origine des infections par les bactéries ECEH.

....

....

b. Propose des solutions pour éviter la contamination.

....

....

SCORE ..../ 2

COUP DE POUCE
b. Recherche dans le texte les recommandations de l'OMS sur la préparation des aliments.

Corrigés p. 252

TOTAL ..../ 14

SVT

22 La capacité de transmettre la vie

Le déclenchement de la puberté

- Dès la fécondation, le sexe de l'enfant à naître est déterminé par les chromosomes sexuels. À la naissance, les ovaires ou les testicules de l'enfant ne sont pas encore fonctionnels.
- À la puberté, entre 11 et 15 ans en moyenne, des changements du corps, appelés caractères sexuels primaires et secondaires, apparaissent. Ils sont dus aux **hormones** produites par le cerveau et libérées dans le sang. Elles vont agir sur les organes cibles en modifiant leur fonctionnement, donnant ainsi à l'adolescent la capacité de se reproduire.
- Ainsi, chez le garçon, les testicules se développent et produisent à leur tour une hormone : la **testostérone**, responsable de la masculinisation du corps (mue de la voix, pilosité, musculature). Chez la fille, ce sont les ovaires qui se développent et produisent aussi des hormones : les **œstrogènes**, déclencheurs de la féminisation (formation des seins, pilosité, élargissement du bassin).

★ 1 Les hormones sexuelles

Trouve l'hormone correspondante.

a. Cette hormone produite par les testicules à partir de la puberté provoque la masculinisation du corps et la production de spermatozoïdes : ....

b. Ces hormones produites par les ovaires à partir de la puberté provoquent la féminisation du corps et la production d'ovules : ....

INFO
Une hormone est une substance produite par un organe, libérée dans le sang et agissant sur le fonctionnement d'autres organes appelés cibles.

SCORE ..../ 2

★★ 2 Le retard pubertaire

Chez certains enfants, la puberté ne se déclenche pas : les testicules ou les ovaires ne se développent pas.

a. Propose une explication à ce retard pubertaire.

....

b. À ton avis, quel traitement pourrait-on proposer pour aider à déclencher la puberté ?

....

SCORE ..../ 2

Des organes reproducteurs fonctionnels

- L'apparition des **règles** chez la fille et des **éjaculations** chez le garçon sont les signes du fonctionnement des appareils reproducteurs.
- Les testicules produisent les **gamètes mâles** (spermatozoïdes) de façon **continue**, de la puberté à la fin de la vie. Les ovaires produisent les **gamètes femelles** (ovules) de façon **cyclique**, de la puberté à la ménopause vers 50 ans.

★ 3 La production des gamètes

Compare la production des cellules reproductrices (gamètes) chez l'homme et chez la femme.

....

....

SCORE ..../ 2

★ 4 Le fonctionnement cyclique de l'ovaire et de l'utérus

Observe le document puis complète le texte suivant.

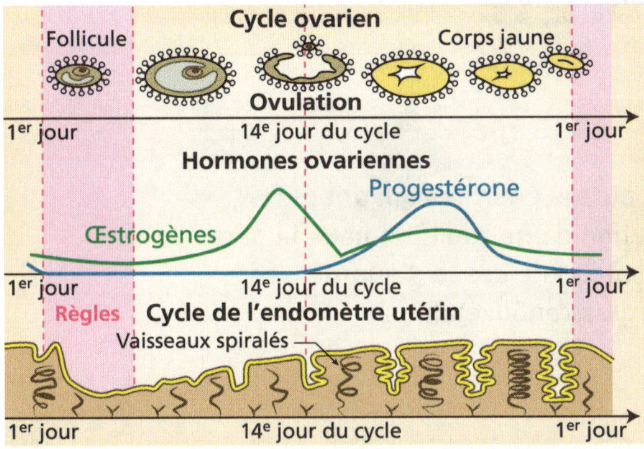

À chaque cycle d'environ ...., l'ovaire et l'utérus se préparent à une grossesse sous l'action des .... Au 14e jour, un pic d'...................... déclenche l'expulsion de l'ovule contenu dans un .... de l'un des ovaires (..............................).

La muqueuse utérine devient épaisse et riche en vaisseaux sanguins pour accueillir l'embryon en cas de fécondation et de ....

Si l'ovule n'est pas fécondé, le taux des hormones .... en fin de cycle et la paroi de l'utérus est éliminée en produisant des saignements : ce sont les ....

SCORE ..../ 8

COUP DE POUCE
Utilise les mots ou expressions suivants : *ovulation* ; *œstrogènes* ; *28 jours* ; *grossesse* ; *follicule* ; *règles* ; *hormones ovariennes* ; *chute*.

INFO
L'ovulation désigne l'émission cyclique d'un ovule par l'ovaire.

★★ 5 Hormones et grossesse

Le graphique ci-contre représente les taux d'hormones au cours d'une grossesse.

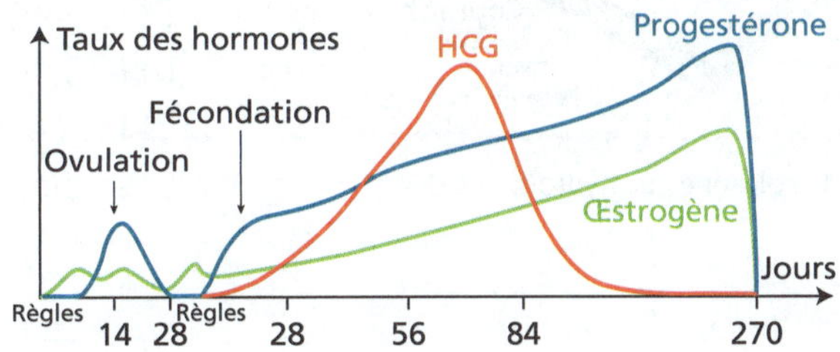

a. Décris les changements observés dans les taux d'hormones ovariennes par rapport à un cycle sans fécondation.

....

....

b. La HCG est une hormone produite par l'embryon.
Explique l'intérêt de détecter cette hormone dans les tests de grossesse.

....

SCORE ..../ 2

★★ 6 Évolution de la muqueuse utérine

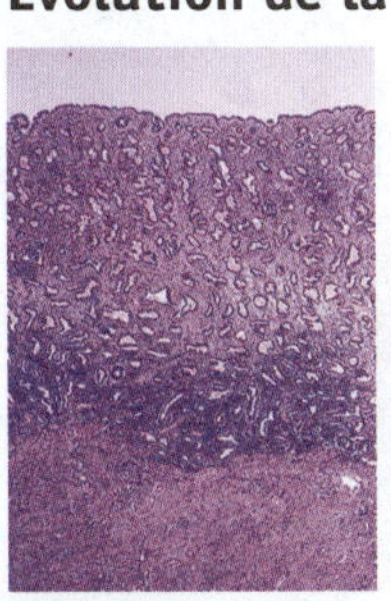
Doc. 1

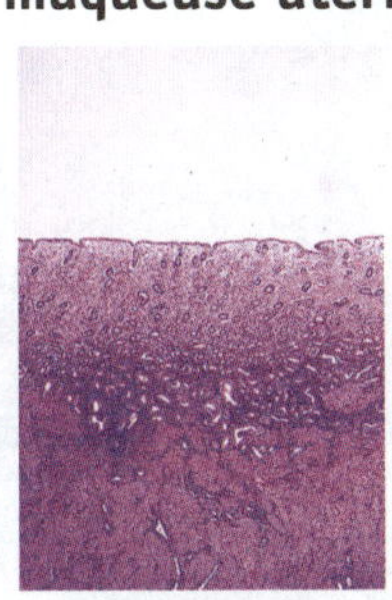
Doc. 2

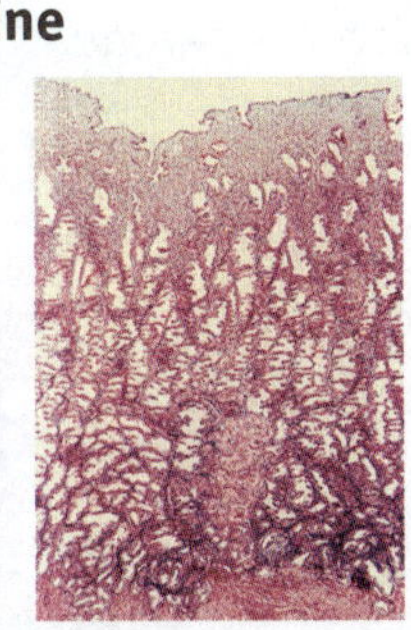
Doc. 3

Replace ces trois photos de la muqueuse utérine dans l'ordre chronologique du cycle. Justifie ton choix.

....

....

SCORE ..../ 3

COUP DE POUCE
Compare l'épaisseur et l'aspect de la muqueuse utérine en t'aidant du document de l'exercice 4.

Corrigés p. 252-253

TOTAL ..../ 19

23 Utiliser les ressources naturelles pour produire de l'énergie

Le problème

▸ L'énergie électrique qui alimente un appareil est issue d'autres énergies qui ont été transformées (gaz, charbon, nucléaire...). Dans la production d'énergie mondiale, la part des **énergies renouvelables** (solaire, éolien, hydroélectricité...) ne cesse d'augmenter. Quelles sont les principales caractéristiques de ces énergies renouvelables ?

★ 1 Deux sources d'énergie renouvelable

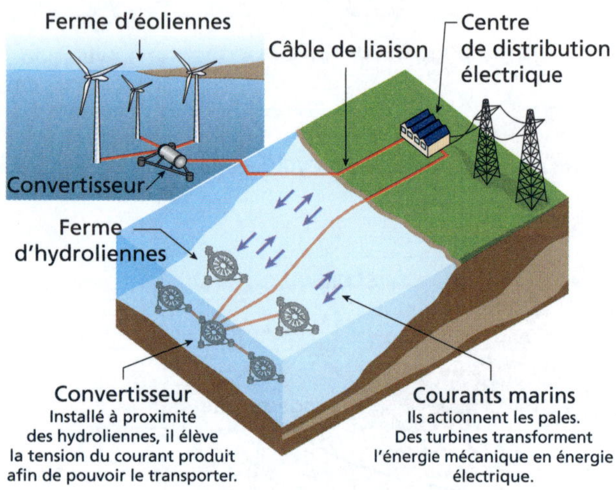

Doc. 1 Éoliennes et hydroliennes.

Coche les bonnes réponses.

a. Quels types de production d'énergie observe-t-on dans le document ?

❑ des éoliennes
❑ des panneaux solaires
❑ un moulin à vent
❑ des hydroliennes

b. Les sources d'énergie utilisées sont :

❑ le vent
❑ le Soleil
❑ les courants marins
❑ la biomasse

SCORE ..../ 4

INFO
Les fermes d'éoliennes *offshore* ou en mer sont situées au large des côtes pour mieux exploiter l'énergie du vent.

★★ 2 Un transfert d'énergie dans une gare

Les 250 000 voyageurs qui passent chaque jour par la gare ferroviaire de Stockholm (Suède) dégagent une chaleur humaine qui peut atteindre 35 °C sous la grande verrière. Cette chaleur est récupérée à travers un réseau de ventilation et d'échangeurs de chaleur, puis redistribuée dans le système de chauffage des immeubles voisins.

Doc. 2 Récupération de la chaleur humaine dans la gare de Stockholm.

Complète les phrases avec les mots : *transférée* • *renouvelable* • *perdue*.

a. La chaleur humaine dégagée par les usagers de la gare est une énergie ....

b. Grâce à un circuit de transport d'énergie, cette chaleur est .... pour chauffer les immeubles voisins de la gare.

c. Au cours du transport, une partie de cette chaleur est ....

SCORE ..../ 3

3 La chaîne d'énergie d'une ferme d'hydroliennes

Complète les phrases à l'aide du document 1 page précédente et du tableau suivant.

Type d'énergie	Origine	Qualification écologique
biomasse	matière organique	renouvelable
biocarburant	carburant issu de végétaux	renouvelable
chimique	réactions chimiques	selon les réactifs
électrique	excitation électronique	selon le type d'excitation
éolien	vent	renouvelable
fossile	décomposition de matière organique (charbon, pétrole, gaz)	non renouvelable
hydraulique	mouvement de l'eau (cours d'eau, marée...)	renouvelable
mécanique	mouvement	selon l'origine du mouvement
musculaire	muscle, alimentation	renouvelable
nucléaire	fission des noyaux atomiques	non renouvelable
solaire	Soleil	renouvelable
géothermie	chaleur de la Terre	renouvelable

a. Dans une ferme d'hydroliennes, les courants marins sont la source d'énergie

....

b. La rotation des pales de l'hydrolienne actionne la turbine d'un alternateur, ce qui permet la .... de l'énergie .... en énergie ....

c. Cette énergie .... est ensuite acheminée jusqu'aux côtes par un câble électrique pour y être utilisée.

SCORE ..../ 5

4 Conclusion

Coche les bonnes réponses.

a. Une énergie renouvelable est une énergie
❑ inépuisable ❑ limitée dans le temps.

b. La qualification écologique en énergie renouvelable ou non est uniquement liée à la nature de l'énergie
❑ primaire ❑ secondaire.

c. Les transformations d'énergies primaires en énergies secondaires (comme la transformation de charbon en électricité)
❑ consomment ❑ produisent de l'énergie.

d. Ces ❑ gains ❑ pertes d'énergie sont du(e)s essentiellement à un dégagement de chaleur au cours de la transformation et du transport.

SCORE ..../ 4

INFO

Une **énergie primaire** est disponible dans la nature, avant toute transformation, tandis qu'une **énergie secondaire** est issue de la transformation d'une énergie primaire.

Corrigés p. 253

TOTAL ..../ 16

TECHNOLOGIE

24 Coder l'information : la révolution du code-barres

Le problème

▶ À partir des années 1970, l'étiqueteuse de prix du commerçant a été remplacée par la flasheuse, et l'étiquette par le code-barres. On peut véritablement parler de révolution du **traitement de l'information**. Quel est le principe d'un code-barres ? Quels types d'informations peuvent être codés de cette manière tout en respectant un cadre légal ?

INFO

Lorsqu'on « flashe » un code-barres avec un lecteur, un rayon laser permet de déchiffrer les zones claires et sombres du code-barres.

★ 1 Imprimante codeuse et lecteur de code-barres

Doc. 1 Imprimante codeuse dans un entrepôt de marchandises.

Doc. 2 Utilisation d'un lecteur de code-barres dans un commerce.

Observe les documents et coche la ou les bonnes réponses.

a. Sur le **document 1**, l'imprimante codeuse sert à :

❑ créer un code-barres sur l'étiquette ❑ lire le code-barres de l'étiquette

b. Sur le **document 2**, l'utilisateur « flashe » le code-barres du produit pour :

❑ connaître le prix du produit ❑ graver un élément sur l'emballage

❑ s'informer de données complémentaires non visibles sur l'emballage

SCORE ..../ 3

★★ 2 Codage et décodage

Un logiciel de codage permet de définir une correspondance entre des informations et leur représentation par des caractères ou des symboles faciles à transmettre. Ainsi, le code EAN 13 (à 13 chiffres) est utilisé pour étiqueter l'ensemble des produits de grande consommation avec un code-barres.

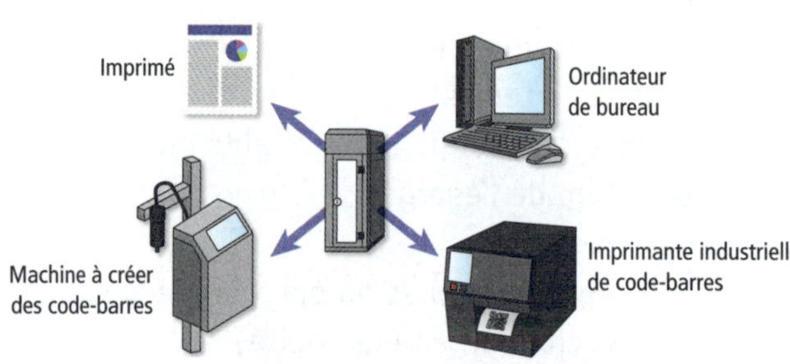

Doc. 3 Un logiciel de codage transmet les informations encodées.

Le prix n'apparaît plus directement sur le produit. Il peut évoluer sans changer l'étiquetage : il suffit de modifier cette information dans le logiciel pour le code-barres concerné.

a. Lis le texte et indique l'information encodée dans le cas cité.

....

b. Recherche sur Internet deux autres exemples d'usage de codes-barres et indique dans chaque cas les informations encodées.

....

....

SCORE .... / 3

3 Principales fonctions des codes-barres

Complète le tableau en associant les fonctions suivantes avec l'exemple qui convient.

- Réduire les coûts d'emballage
- Faciliter la gestion des inventaires, la facturation et la comptabilité
- Indexer des documents
- Respecter les obligations légales d'information sur les produits
- Assurer le suivi des produits (traçabilité)
- Identifier des personnes

Fonction des codes-barres	Exemple
	Informer le consommateur du prix de vente avant son acte d'achat
	Modifier le prix d'un produit sans modifier son étiquetage
	En cas de problème de qualité de production (exemple de conserves cuisinées avariées), identifier les lots de produits concernés et indiquer les lieux où ils ont été distribués
	Donner à un commerçant des informations actualisées sur les quantités en magasin
	Lors d'un examen médical, étiqueter les échantillons prélevés et les résultats obtenus pour un patient donné
	Gérer des archives

SCORE .... / 6

4 Conclusion

Complète le texte.

Des informations sont disponibles grâce à un .... dont le support est un .... pour un élément particulier (produit, colis...).

Une donnée relative à l'évolution de cet élément (prix, localisation...) peut être actualisée à tout moment, ou complétée à volonté, pour garantir la .... de l'information.

Lors de l'achat d'un produit, le consommateur ne peut donc pas être trompé par un manque d'informations sur le produit. L'usage du code-barres permet au fabricant et au distributeur du produit non seulement de respecter un .... mais aussi d'optimiser la .... des produits et de réaliser d'importantes économies.

SCORE .... / 5

INFO

La traçabilité est la possibilité de suivre la composition, la localisation ou l'évolution d'un produit.

COUP DE POUCE

Utilise les mots ou expressions suivants : *cadre légal ; fiabilité ; code-barres ; gestion ; codage.*

Corrigés p. 253

TOTAL .... / 17

TECHNOLOGIE

25 Optimiser le couple produit/service : l'exemple de la garantie

Le problème

▸ En acquérant un produit neuf, l'utilisateur souhaite que le **cycle de vie** de son équipement soit le plus long possible. Mais la plupart des biens d'équipement sont prévus pour durer un certain temps ou être utilisés un nombre limité de fois. Comment les fabricants s'adaptent-ils pour offrir le meilleur service de garantie pendant le cycle de vie prévu d'un produit ?

★ 1 Le cycle de vie d'un objet technique

Un objet technique est fiable lorsqu'il remplit sa fonction.
En début d'utilisation (de vie), les défaillances peuvent être importantes (erreurs de production, de qualité des composants, de mise au point...).
En fin de vie, le produit est usé et remplit de plus en plus mal sa fonction, à l'image d'une vieille voiture qui tombe tout le temps en panne (taux de défaillance élevé).

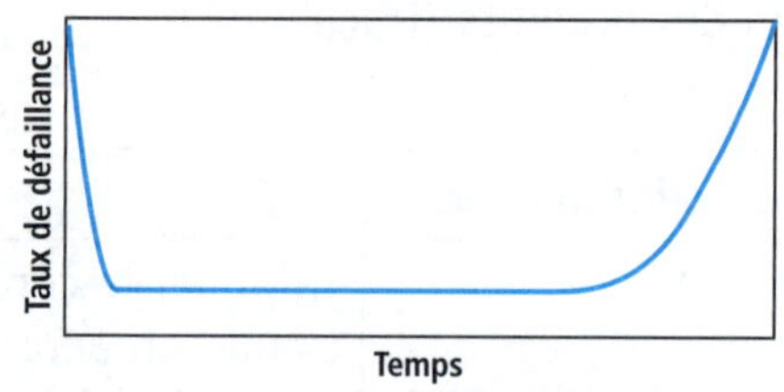

Doc. 1 Courbe de fiabilité d'un objet technique.

Coche la ou les bonnes réponses.
Sur le document 1, on remarque que le taux de défaillance est :
❑ élevé en fin de vie ❑ toujours faible ❑ élevé en début de vie ❑ faible en fin de vie

SCORE ..../ 4

★★ 2 Définitions

Associe chaque mot à sa définition : *durabilité* • *fiabilité* • *défaillance*.

a. Événement qui empêche le fonctionnement d'un objet technique dans des conditions données : ....

b. Aptitude d'un objet technique à remplir une fonction donnée sans tomber en panne dans des conditions données : ....

c. Temps pendant lequel un objet technique fonctionne dans des conditions données : ....

SCORE ..../ 3

★★ 3 Le service de garantie

Complète le tableau pour déterminer les motivations qui guident un utilisateur, qui souscrit à la garantie associée à un produit technique, et le fabricant, qui lui offre ce service.

- Éviter les retours du produit pendant la période de garantie à cause d'un dysfonctionnement (coût élevé)
- Acheter un produit neuf prêt à l'emploi et durable
- Utiliser un produit qui fonctionne durant la période prévue, sans tomber en panne
- Dimensionner les spécifications du produit pour qu'il fonctionne normalement dans la période de temps où il sera utilisé et pas davantage
- Échanger un produit en cas de défaillance

INFO
Grâce au service de garantie, un consommateur peut, pendant une durée définie, faire remplacer un produit acheté (ou une partie de ce produit) à l'identique en cas de dysfonctionnement.

Motivations d'un utilisateur en quête de garantie d'un produit	Motivations d'un fabricant pour maîtriser la durée de vie fonctionnelle d'un produit

SCORE ..../ 5

4 La garantie d'une voiture

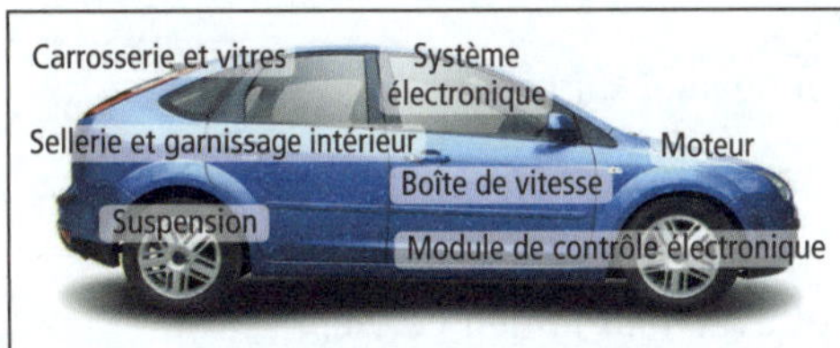

- Voiture = 7 ans ou 100 000 km
- Moteur = 7 ans ou 180 000 km
- Peinture et anticorrosion = 7 ans
- Climatisation = 5 ans
- Durée d'utilisation maximale préconisée = 8 ans

Doc. 2 Exemple de garantie constructeur par blocs fonctionnels pour un véhicule automobile.

Place sur le schéma les légendes suivantes en écrivant en rouge les pièces garanties et en bleu celles qui ne le sont pas :
moteur • *essuie-glace* • *filtre à air* • *radiateur* • *ampoule de phare* • *rétroviseur.*

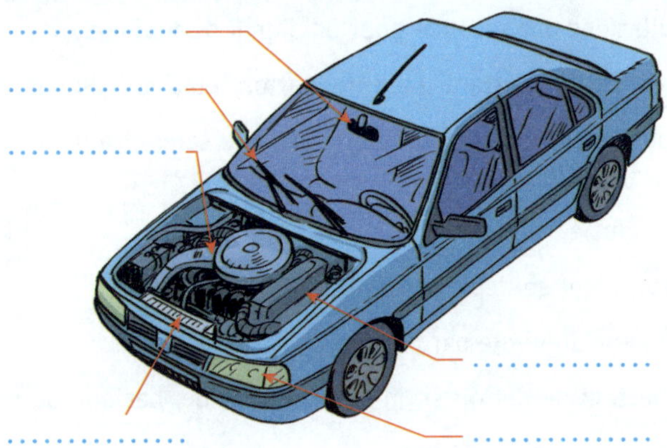

SCORE ..../ 6

5 Conclusion

Complète le texte.

Pour compenser l'usure des biens d'équipement, le monde du commerce s'est doté du service de .... qui permet un remplacement à l'identique en cas de dysfonctionnement sur une .... d'utilisation donnée.

Optimiser la .... et la fiabilité permet aux constructeurs/fabricants d'adapter le .... de leurs produits pour répondre aux .... des utilisateurs, tout en proposant leurs produits au meilleur coût.

SCORE ..../ 5

COUP DE POUCE
Tu peux consulter le site Internet d'un constructeur automobile pour t'aider.

COUP DE POUCE
Utilise les mots ou expressions suivants : *période* ; *besoins* ; *cycle de vie* ; *durabilité* ; *garantie.*

Corrigés p. 253-254

TOTAL ..../ 23

Définitions clés

Mot clé	Définition
Angiosperme	Plante possédant des organes reproducteurs regroupés dans une fleur.
Atomes	Particules composant la matière.
Autotrophe	Se dit d'un être vivant capable de fabriquer sa propre matière organique à partir de matière minérale.
Bactérie pathogène	Micro-organisme pouvant déclencher une maladie.
Biodiversité	Ensemble des espèces vivantes de la Terre.
Caractère héréditaire	Caractère transmis de génération en génération.
Carence	Absence d'un nutriment nécessaire au bon fonctionnement du corps.
Eau douce	Eau provenant des précipitations et de réservoirs terrestres (nappes phréatiques, lacs, rivières…).
Écosystème	Ensemble d'êtres vivants interagissant entre eux et avec leur milieu de vie.
Équation-bilan	Écriture modélisant la transformation de molécules lors d'une réaction.
Espèce chimique	Ensemble de molécules identiques.
Étoile	Corps céleste produisant sa propre lumière par fusion nucléaire.
Force	On modélise l'interaction entre deux systèmes par une force.
Fréquence	Nombre d'oscillations par seconde pour un signal périodique.
Gène	Portion de chromosome portant une information relative à un caractère héréditaire précis.
Hormone	Substance produite par un organe, libérée dans le sang et agissant sur le fonctionnement d'autres organes appelés cibles.
Molécule	Assemblage de plusieurs atomes.
Mouvement uniforme	Mouvement d'un objet se déplaçant à vitesse constante.
Ovulation	Émission cyclique d'un ovule par l'ovaire.
pH	Grandeur permettant de définir si un milieu est acide, basique ou neutre.
Planète	Objet en orbite autour d'une étoile.
Photosynthèse	Production par les végétaux chlorophylliens de matière organique à partir de matière minérale grâce à l'énergie lumineuse.
Produits	Espèces apparaissant lors d'une réaction chimique.
Réactifs	Espèces présentes au départ d'une réaction, qui vont réagir ensemble.
Recrutement capillaire	Ouverture pendant l'effort de capillaires sanguins qui sont normalement fermés au repos.
Réfraction	Déviation d'une onde lorsqu'elle change de milieu de propagation.
Résistance	Dipôle transformant l'énergie électrique qu'il reçoit en chaleur.
Spectre	Répartition des ondes en fonction de leur fréquence.
Système nerveux autonome	Système nerveux indépendant de la volonté, dont le centre nerveux est le bulbe rachidien.
Test chimique	Expérience dont le résultat prouve la présence ou non d'une espèce.
Vitesse moyenne	Quotient de la distance parcourue par la durée du parcours

Corrigés

1 Représenter l'infiniment petit : atomes et molécules

1 Atomes : azote, oxygène, carbone.
Molécules : dioxygène, eau, dioxyde de carbone.

2 Dioxygène : O_2. • Dioxyde de carbone : CO_2. • Eau : H_2O.

3

	Dioxygène	Diazote	Eau	Dioxyde de carbone	Méthane
Schéma					
C	0	0	0	1	1
H	0	0	2	0	4
O	2	0	1	2	0
N	0	2	0	0	0
Formule	O_2	N_2	H_2O	CO_2	CH_4

Remarque : attention, le symbole de l'azote est N (et non A).

4 L'air est un mélange gazeux, composé d'environ 80 % de diazote (N_2) et 20 % de dioxygène (O_2).
Pour 10 molécules au total, il faut donc représenter 8 molécules de N_2 et 2 molécules de O_2.

5 Je suis le propane C_3H_8.

6

Gaz	Sur 100 molécules	Sur 20 molécules (5 fois moins)
CO_2	30 molécules	6 molécules
H_2	50 molécules	10 molécules
N_2	20 molécules	4 molécules

2 Identifier des espèces chimiques

1 **a.** Pour déterminer la nature du gaz récupéré dans le briquet, on doit estimer sa masse volumique et comparer ensuite la réponse obtenue avec les données. Pour cela, on complète un tableau de proportionnalité.

Masse de gaz récupérée	0,9 g	x
Volume de gaz récupéré	370 mL	1 000 mL

On peut estimer la masse volumique du gaz récupéré :

$$x = 0,9 \times \frac{1\,000}{370} \approx 2,43 \text{ g / L}$$

Il s'agit donc du butane (masse volumique de 2,50 g/L d'après les données).

2 Eau de chaux : dioxyde de carbone.
Bûchette incandescente : dioxygène.
Sulfate de cuivre anhydre : eau.
Flamme au-dessus du tube : dihydrogène.

3 CO_2 + eau de chaux : trouble blanc.
O_2 + bûchette incandescente : combustion plus vive.
H_2O + sulfate de cuivre anhydre : devient bleu.
H_2 + flamme au-dessus du tube : détonation.

4 **a.** et **b.** Le test est négatif : l'eau écarlate ne contient pas d'eau, son nom est donc mal choisi.
c. Le test n'est pas fiable du fait de la couleur bleue de l'encre.

5 **a.** On suit le protocole de récupération d'un gaz par déplacement d'eau :
– un tube à dégagement conduit le gaz dans un tube à essai rempli d'eau ;
– le gaz, plus léger que l'eau, va progressivement déplacer l'eau du tube et prendre sa place.

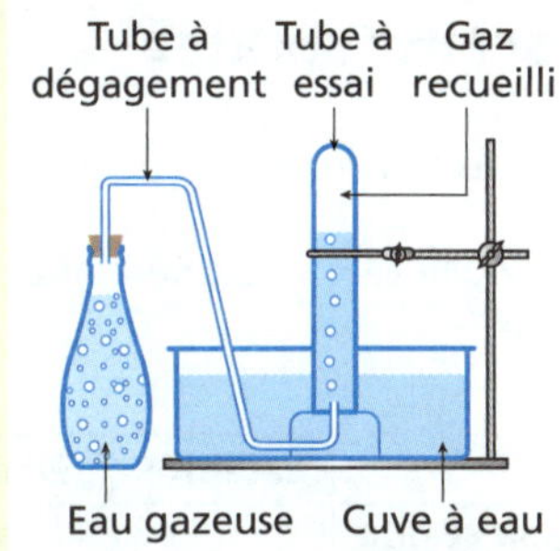

b. On verse de l'eau de chaux dans le tube à essai contenant le gaz récupéré, puis on agite le tube bouché. L'apparition d'un trouble blanc confirme la présence de CO_2.

3 Modéliser une transformation chimique

1 Réactifs : méthane, dioxygène.
Produits : dioxyde de carbone, eau.

2 $C_3H_8 + 5\ O_2 \rightarrow 3\ CO_2 + 4\ H_2O$

3 Lors de la combustion complète de 11 g de carbone, 8 g de dioxygène vont être consommés et il va se former 19 g de dioxyde de carbone en raison de la conservation de la masse.

4 Lors de la combustion du méthane, tous les atomes des molécules des réactifs se réassemblent pour former de nouvelles molécules. La masse des réactifs qui disparaissent (méthane et dioxygène) est égale à la masse des produits qui se forment (dioxyde de carbone et eau). Lavoisier avait donc raison d'affirmer : « Rien ne se perd, rien ne se crée, tout se transforme. »

4 Identifier le caractère acide ou basique d'une solution

1

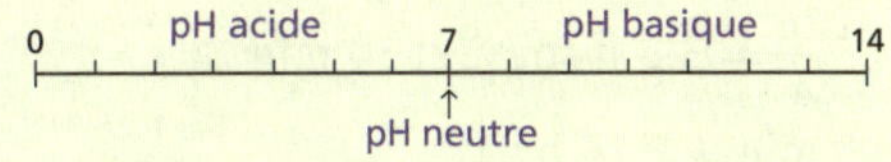

2 **a.** Acides : lait, jus d'orange, cola, jus de citron.
Basiques : soude (diluée), lessive, eau de Javel.

b. On constate que les produits alimentaires sont acides et que la plupart des produits ménagers sont basiques.

3 Le jus de chou rouge est un indicateur coloré car il change de couleur selon le pH de la solution dans lequel il est introduit.

4 a. Il faut verser un peu de soude dans beaucoup d'eau.
b. Il faut prendre les précautions adaptées (gants, lunettes, blouse), car les bases réagissent vivement avec l'eau (réaction exothermique) et il y a un risque de projections.

5 L'acide le plus concentré se trouve dans le tube A (plus le pH est faible, plus l'acide est concentré).

5 Connaître la structure de l'Univers et du Système solaire

1 Étoile < système planétaire < galaxie < amas < Univers.

2 a. astéroïde • b. comète • c. étoile filante • d. météorite.

3 a.

	Satellite	Planète	Étoile
Gravite autour d'une étoile		X	
Gravite autour d'une planète	X		
Objet gazeux		parfois	X
Produit sa propre lumière			X

b. Voir le cours.

4 L'impulsion met 1,28 s pour faire un aller simple.
D'où la distance moyenne entre la Terre et la Lune :
$d = v \times t = 300\,000 \times 1{,}28 = 384\,000$ km.

5 a. Une année-lumière (al) correspond à la distance parcourue par la lumière en une année.
1 an = $365 \times 24 \times 60 \times 60$ secondes ;
vitesse de la lumière ≈ 300 000 km/s.
D'où la distance entre le Soleil et Proxima du Centaure :
$d = 4{,}2 \text{ al} = 4{,}2 \times 365 \times 24 \times 60 \times 60 \times 300\,000$
$\approx 40\,000$ milliards de km.
b. Le temps que mettrait la sonde pour parcourir cette distance est : $t = \frac{d}{v} = \frac{40\,000\,000\,000\,000}{20 \times 365 \times 24 \times 60 \times 60} \approx 63\,000$ ans.

6 Exploiter la relation entre distance, vitesse et durée

1 a. 1 h 15 min = 1,25 h.
D'où : $v = \frac{d}{\Delta t} = \frac{80}{1{,}25} = 64$ km/h.
b. $\Delta t = \frac{d}{v} = \frac{224}{64} = 3{,}5$ h soit 3 h 30 min.
c. $\Delta t = 2$ h 45 min = 2,75 h.
D'où : $d = v \times \Delta t = 64 \times 2{,}75 = 176$ km.

2 Sur ce diagramme vitesse-temps, on observe que la vitesse de l'objet a augmenté (mouvement accéléré), puis que l'objet s'est déplacé à vitesse constante (mouvement uniforme), et enfin que sa vitesse a diminué (mouvement ralenti).

3 a. On lit sur le diagramme que le coureur a parcouru 4 km pendant les 25 premières minutes.
Sa vitesse moyenne en km/h correspond à la distance en km qu'il parcourerait en 1 h ou 60 min.
On peut utiliser un tableau de proportionnalité.

Distance	4 km	?
Temps	25 min	60 min

$v_{\text{moyenne}} = \frac{4 \times 60}{25} = 9{,}6$ km/h.

b. Entre les 30e et 40e minutes, on lit sur le diagramme que la distance parcourue est nulle (droite horizontale) donc le coureur était au repos.
c. On lit sur le diagramme que le coureur a parcouru 7 km pendant les 45 premières minutes.

$v_{\text{moyenne}} = \frac{7 \times 60}{45} \approx 9{,}3$ km/h.

4 Mach 1 : 340 m/s = $340 \times 3{,}6$ km/h = 1 224 km/h.
Mach 2 (vitesse de l'avion de chasse) :
$2 \times 1\,224$ km/h = 2 448 km/h.

5 vitesse en m/s = $\frac{60 \text{ km/h}}{3{,}6} \approx 16{,}7$ m/s.
Donc la distance parcourue pendant 1 seconde avant de réagir est d'environ 17 m !

7 Modéliser une action mécanique par une force

1

Système	Force de contact	Force à distance
aimant-bille métallique		X
livre-table	X	
Terre-Lune		X
raquette-balle	X	

2 Intensité ; direction ; sens ; point d'application.

3

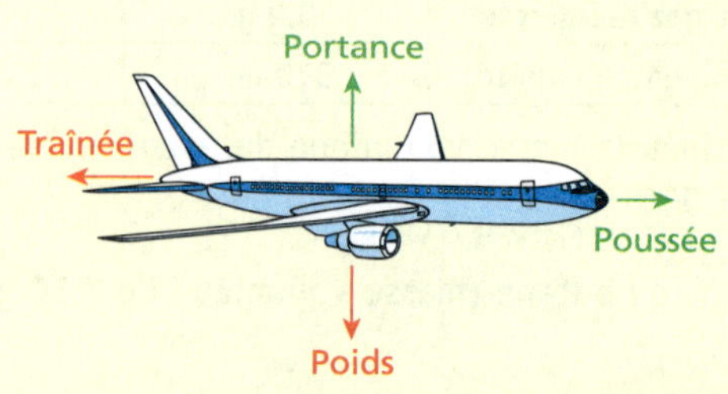

4 Il faut tracer un segment fléché de 4 cm, horizontal, vers la gauche, à partir du point de contact perceuse/mur.

5 **a.** Bilan des forces extérieures appliquées à l'enfant :
– son poids $\vec{P}$, vertical, orienté vers le bas, appliqué au centre de gravité de l'enfant ;
– la force de rappel du câble de gauche, notée $\vec{T_1}$, dont la direction est confondue avec celle du câble de gauche, orientée vers le haut, appliquée au point d'attache du câble sur le harnais :
– la force de rappel du câble de droite, notée $\vec{T_2}$, dont la direction est confondue avec celle du câble de droite, orientée vers le haut, appliquée au point d'attache du câble sur le harnais.
b.

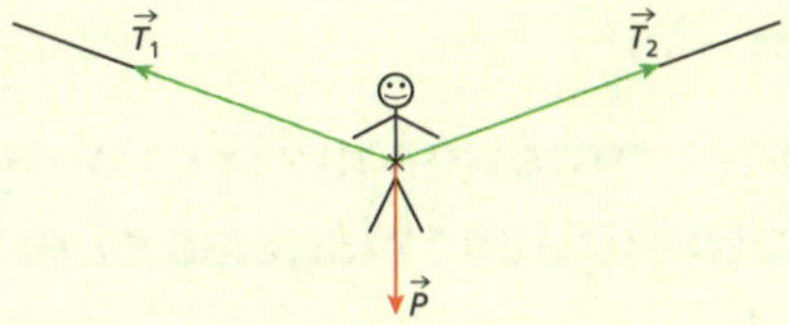

8 Utiliser les propriétés des signaux lumineux et sonores

1 **a.** absorption • **b.** réflexion • **c.** réfraction.

2 **a.** La vitesse de la lumière est de 300 000 km/s.
L'éclair se produit à 3 km du promeneur.
On sait que $v = \frac{d}{t}$ d'où $t = \frac{d}{v} = \frac{3}{300\,000} = 0{,}000\,01$ s.
Le promeneur perçoit l'éclair au bout d'un cent-millième de seconde, c'est-à-dire instantanément.
b. La vitesse du son est de 340 m/s.
Le tonnerre éclate à 3 km du promeneur, soit à 3 000 m.
$t = \frac{d}{v} = \frac{3\,000}{340} \approx 9$ s.
Le promeneur entend le tonnerre au bout de 9 s.

3 **a.** Le sonar et le radar ont le même principe : des ondes sont envoyées sur une cible qui les réfléchit vers la source d'émission. Si on connaît la vitesse du son dans l'air ou celle des ondes électromagnétiques émises par le radar, on peut calculer la distance de la cible. • **b.** La différence entre le sonar et le radar est la nature des ondes utilisées.

4 L'échographie est une technique d'imagerie basée sur la différence d'intensité des échos ultrasonores réfléchis par les tissus. La radiographie est une technique d'imagerie de transmission par rayons X ; elle permet d'obtenir une photographie dont le contraste dépend à la fois de l'épaisseur et du coefficient d'absorption des structures traversées (os, tissus...).

5 À partir de cet enregistrement, on peut déterminer la période T du signal. Il y a 9 oscillations en 20,7 ms environ :
$T = \frac{20{,}7}{9} = 2{,}3$ ms $= 0{,}002\,3$ s.
Le calcul de la fréquence s'obtient avec la formule :
$f = \frac{1}{T}$ soit $f = \frac{1}{0{,}002\,3} \approx 435$ Hz.
Le diapason émet donc une note dont la fréquence est très proche de la valeur théorique du La_3 (440 Hz).

9 Étudier la relation entre tension et intensité

1 **a.** inconnu • **b.** résistance • **c.** lampe.

2 **a.**

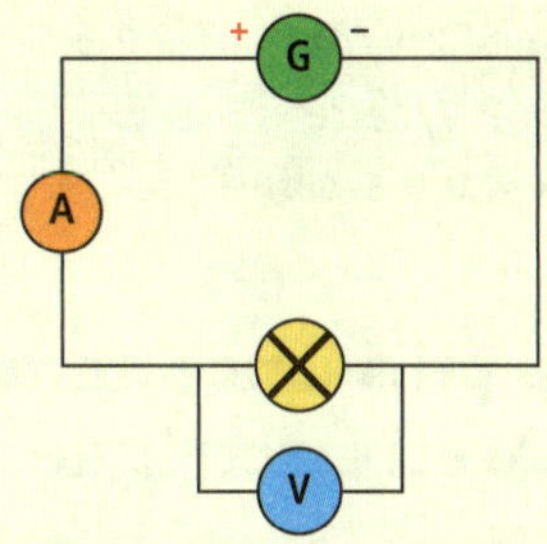

b. Il s'agit bien d'une lampe car les points passent par l'origine mais ne sont pas alignés.
c. Pour $U_{BC} = 2{,}5$ V, on lit $I = 0{,}180$ A.
d. Pour $I = 0{,}140$ A, on lit $U_{BC} = 1{,}5$ V.

3 **a.** La caractéristique est une droite et elle passe par l'origine : c'est donc bien la caractéristique d'une résistance.
b. Soit par exemple le point P ($U_P = 9{,}0$ V, $I_P = 0{,}16$ A) de la caractéristique :
$R = \frac{U_P}{I_P} = \frac{9{,}0}{0{,}16} \approx 56\ \Omega$.

4 On a $U_G = U_{AC} = 3$ V et $I_L = 0{,}075$ A.
Or, comme le conducteur ohmique et la lampe sont montés en série, on a :
$U_{AC} = U_{AB} + U_{BC}$ et $I = I_R = I_L$.
D'où $U_{AB} = U_{AC} - U_{BC}$ et $I_R = I_L = 0{,}075$ A.
On détermine U_{BC} à partir de la caractéristique de la lampe : lorsque $I_R = 0{,}075$ A, on lit $U_{BC} = 0{,}5$ V.
Ainsi $U_{AB} = U_{AC} - U_{BC} = 3 - 0{,}5 = 2{,}5$ V.
D'après la loi d'Ohm : $U_{AB} = R \times I_R$
donc $R = \frac{U_{AB}}{I_R} = \frac{2{,}5}{0{,}075} \approx 33\ \Omega$.

10 Distinguer tension alternative et tension continue

1 **a.** Entre deux points identiques, il s'est passé 1 seconde.
Donc $T = 1$ s et $f = \frac{1}{T} = \frac{1}{1} = 1$ Hz.
b. La fréquence cardiaque est de 1 pulsation/seconde soit 60 pulsations/minute.

2 On sait que $T = 20$ ms $= 0{,}020$ s.
D'où $f = \frac{1}{T} = \frac{1}{0{,}020} = 50$ Hz.
On sait que $U_{eff} = \frac{U_{max}}{\sqrt{2}} = 230$ V.
D'où $U_{max} = 230 \times \sqrt{2} \approx 325$ V.

3 **a.** Alternative périodique.
b. Périodique.
c. Alternative périodique.

4 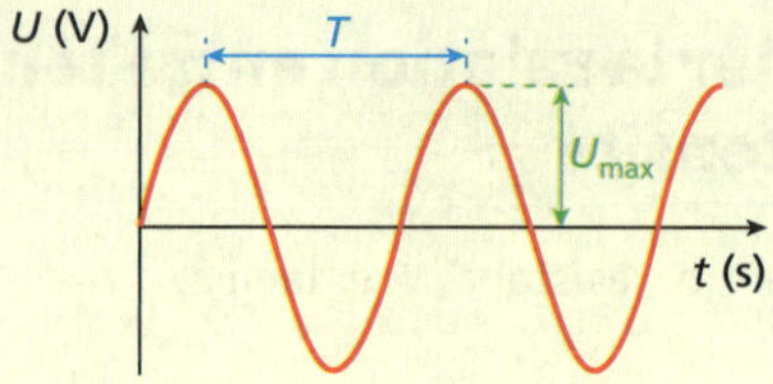

5 U_{max1} = 1 carreau × 2 V/carreau = 2 V.
U_{max2} = 4 carreaux × 2 V/carreau = 8 V.
$T_1 = T_2$ = 4 carreaux × 0,5 s/carreau = 2 s.

11 Définir la puissance nominale d'un appareil électrique

1 **a.** Oui, l'ampoule basse consommation éclaire avec la même puissance lumineuse (exprimée en lumens) tout en consommant moins d'énergie électrique.
b. Oui, lorsqu'un appareil est en veille, certains composants continuent d'être en activité.

2 **a.** P_{totale} = 300 + 900 + 1 700 = 2 900 W (< 3 000 W) : l'installation ne présente pas de danger.
b. Non, car P_{totale} = 3 500 W (> 3 000 W) : il y a un risque d'échauffement du cordon électrique.

3

tension	U	volt	V
intensité	I	ampère	A
puissance	P	watt	W

4 **a.** Les appareils électriques « gourmands » en électricité sont ceux qui ont besoin de beaucoup d'énergie pour convertir cette énergie sous forme de chaleur ou pour faire fonctionner un moteur. Le lave-linge aura donc la puissance la plus élevée (2 900 W), suivi par le lave-vaisselle (1 600 W) et le réfrigérateur (280 W).
b. On sait que P = 2,2 kW = 2 200 W et que U_{eff} = 230 V (appareil branché sur le secteur).
$P = U_{eff} \times I_{eff}$ donc l'intensité efficace est :
$$I_{eff} = \frac{P}{U_{eff}} = \frac{2\,200}{230} \approx 9{,}6 \text{ A.}$$

5 P_{totale} = 2 500 + 2 600 + 1 500 = 6 600 W.
Or $P_{max} = U_{eff} \times I_{max}$ = 230 × 16 = 3 680 W : il est impossible de faire fonctionner deux appareils en même temps car le coupe-circuit se déclenche dès que la puissance dépasse 3 680 W.

12 Connaître les dangers de l'électricité et les règles de sécurité

1 Contact avec le fil de phase et le fil neutre ; contact avec le fil de phase et le sol.

2 **a.** À l'origine de l'incendie, il y a un court-circuit (surintensité, surchauffe des fils électriques, dégradation des gaines isolantes et incendie des matériaux inflammables à proximité).
b. La solution consiste à installer un système de protection adapté (fusibles, disjoncteur, diamètre des fils adapté).

3 Utiliser des conducteurs de section 6 mm² et un coupe-circuit à fusible de 32 A ou un disjoncteur de 30 A.

4 **a.** $$I_{eff} = \frac{P}{U_{eff}} = \frac{6\,600}{230} \approx 28{,}7 \text{ A.}$$
b. Il faut remplacer le coupe-circuit à fusibles de 16 A par un autre de 32 A **et** vérifier la section des câbles (6 mm²).

13 Les phénomènes météorologiques et géologiques : risques et enjeux

1 **a.** Une tornade est un tourbillon de vents créé par les nuages d'orage.
b. Le Kansas se trouve dans l'Allée des tornades. L'air humide du golfe du Mexique rencontre l'air froid des montagnes, créant des orages confinés entre les Appalaches et les Rocheuses, ce qui favorise l'apparition de tornades.

2 Un observatoire volcanique surveille la sismicité et la déformation du volcan. En cas d'activité, une cellule de crise suit l'évolution de l'éruption (niveaux 1 à 3). Si les coulées menacent une ville (niveau 4), la population est évacuée.

3 **a.** Des capteurs sismiques au fond de la mer transmettent des données à des balises flottantes reliées à des satellites. En cas de séisme sous-marin, un centre d'alerte diffuse l'information aux populations.
b. En cas d'alerte au tsunami, il faut se réfugier en hauteur, loin de l'océan, et attendre la fin de l'alerte.

4 **a.** La situation de l'archipel du Japon se caractérise par la subduction (enfoncement) des plaques océaniques Pacifique et Philippine sous la plaque eurasiatique. Cela explique le nombre de séismes qui frappent le Japon.
b. Dans le passé, la société japonaise était particulièrement vulnérable face aux risques sismiques. Elle l'est moins aujourd'hui grâce à l'entraînement régulier des populations mais aussi aux constructions parasismiques.

14 Gérer les ressources naturelles : l'eau et le sol

1 Avantages : on peut fabriquer de l'eau douce à partir de l'eau de mer (très abondante) en utilisant l'énergie solaire (peu polluante).
Inconvénients : il faut un accès à la mer ; il faut ensuite traiter l'eau pour qu'elle soit potable et gérer les saumures, qui peuvent polluer les écosystèmes.

2 surface • pratiques agricoles intensives • érosion • disparition des êtres vivants • irrigation • dépôts de sel.

3 a. Les ressources en eau douce et les prairies ont été surexploitées par l'Homme, ce qui a transformé la steppe en désert.
b. Points positifs : la reforestation stabilise les dunes et fait une barrière aux tempêtes de sable. • Points négatifs : les arbres puisent l'eau des nappes phréatiques ce qui prive d'eau les terres agricoles voisines et pousse les paysans à partir.

4 a. Entre 1960 et 2014, on observe l'assèchement progressif de la mer d'Aral.
b. Le détournement des deux fleuves alimentant cette mer fermée pour cultiver le coton est la cause de l'assèchement observé. Cela a entraîné la désertification de la zone, catastrophique pour les populations voisines.

15 Activités humaines et écosystèmes

1 a. L'huile de palme est utilisée dans l'alimentation, dans les cosmétiques et comme biocarburant.
b. La forêt tropicale est remplacée par une monoculture : la biodiversité diminue. Les orangs-outangs et le tigre de Sumatra sont menacés par la disparition de leur milieu de vie.

2 L'arrachage des haies détruit le milieu de vie de nombreux êtres vivants et fait diminuer la biodiversité. Les eaux de pluie ne sont plus arrêtées par les haies et peuvent raviner les sols (érosion).

3 a. C'est une ancienne décharge avec des déchets ménagers, du verre, des hydrocarbures...
b. Il y a eu un décapage de la terre qui a été réutilisée ou évacuée selon son taux de pollution.

4 ❶ déforestation • ❷ pollution • ❸ érosion • ❹ écosystèmes • ❺ consommation durable • ❻ biodiversité • ❼ agriculture raisonnée • ❽ dépollution.

16 Les besoins des végétaux chlorophylliens

1 a. Les feuilles placées à la lumière se colorent en présence d'eau iodée, elles contiennent donc de la matière organique, tandis que les feuilles placées à l'obscurité ne se colorent pas : elles ne contiennent pas de matière organique.
b. En l'absence de lumière, il n'y a pas de production de matière organique alors qu'il y en a en présence de lumière. La lumière est donc indispensable au végétal pour la fabrication de matière organique (photosynthèse).

2 a. On observe des points roses car il y a libération d'eau au niveau de la face inférieure d'une feuille : c'est la transpiration.
b. La transpiration a lieu au niveau des stomates : on en conclut qu'ils se trouvent sur la face inférieure des feuilles.
c. On n'observe aucun point rose car, à l'obscurité, les stomates sont fermés.

3 a. ❶ pétiole • ❷ limbe • ❸ tige • ❹ racine • ❺ poils absorbants • ❻ photosynthèse • ❼ eau • ❽ matière organique • ❾ xylème • ❿ phloème.
b. La flèche bleue part des racines et remonte vers les feuilles. La flèche rouge (à double sens) parcourt toute la plante.

17 La reproduction sexuée des plantes à fleurs

1 Partie de la plante contenant les graines : fruit. • Prolongement tubulaire d'un grain de pollen : tube pollinique. • Partie de la fleur contenant les ovules : pistil. • Plante à fleurs : angiosperme. • Future graine après fécondation : ovule.

2 a. ❶ stigmate • ❷ étamine • ❸ ovule • ❹ sépale • ❺ tube pollinique • ❻ ovaire.
b. ① Pollinisation : dépôt du grain de pollen sur le pistil. • ② Germination du grain de pollen : développement du tube pollinique en direction des ovules. • ③ Fécondation : rencontre du gamète mâle contenu dans le grain de pollen et du gamète femelle contenu dans l'ovaire.

3 Le fruit de la lampourde est dispersé par les animaux sur leurs poils car il a des crochets. Le fruit du pissenlit est dispersé par le vent car il possède une sorte de parachute.

4 a. Au Mexique, c'est une petite abeille Mélipora qui permet la pollinisation de la fleur de vanille.
b. Aujourd'hui, pour obtenir des gousses de vanille, il faut mettre manuellement en contact le pistil et l'étamine de la fleur de vanille.
c. Les étamines contiennent le pollen, contenant les gamètes mâles de la fleur, et le pistil contient les ovules, gamètes femelles. En mettant en contact pollen et ovule, on permet la fécondation pour l'obtention du fruit du vanillier : la gousse de vanille.

5 a. Boîtes 1 et 3 : oui • Boîte 2 : non.
b. La germination des grains de pollen n'est possible que si les deux plantes sont compatibles, c'est-à-dire si elles appartiennent à la même espèce.
c. Une substance fabriquée par les ovules des plantes à fleurs permet le développement du tube pollinique, et favorise ainsi le rapprochement des cellules reproductrices.

18 La diversité génétique

1 Caractères héréditaires : forme des oreilles, groupe sanguin, épaisseur des lèvres, couleur des yeux, forme du menton, couleur naturelle de la peau.
Caractères modifiés par l'environnement : longueur des cheveux, bronzage, cicatrices, musculature.

2 a. L'individu appartient à l'espèce humaine car il y a 23 paires de chromosomes dans le caryotype.
b. L'individu est une femme car il y a deux chromosomes X à la 23e paire.

3

Génotype	[AA]	[AO]	[AB]	[BB]	[BO]	[OO]
Phénotype (groupe sanguin)	A	A	AB	B	B	O

4 **a.** Individu A : non malade. • Individu B : non malade. • Individu C : malade.
b. On appelle « porteur sain » une personne qui possède l'allèle anormal « m^- » récessif mais qui possède aussi l'allèle normal « M^+ » dominant. Il porte la maladie mais il n'est pas malade lui-même (par exemple, ici l'individu A).

5 **a.** Un garçon ne possède qu'un seul allèle car il n'a qu'un chromosome X.
b. Le génotype d'un garçon atteint de daltonisme s'écrit : [d].
c. Le génotype d'une fille atteinte de daltonisme s'écrit : [dd].
d. Les génotypes possibles pour une fille non atteinte sont [NN] ou [dN], car l'allèle « d » étant récessif, c'est l'allèle « N » qui s'exprime lorsque l'individu possède les deux allèles.

19 Systèmes nerveux et cardiovasculaire

1 bulbe rachidien • cœur • X (parasympathique) • sympathique • système nerveux autonome.

2 Chez l'homme non greffé, la fréquence cardiaque augmente lors de l'effort (elle passe de 70 à 100 battements/min).
Chez l'homme greffé, la fréquence cardiaque au repos (95 battements/min) est plus élevée que chez l'homme non greffé et n'augmente pas lors de l'effort. Les liaisons nerveuses entre le greffon et le receveur n'ont pas été rétablies. Le système nerveux autonome ne contrôle donc pas l'activité du nouveau cœur.

3 **a.** Lors d'un effort, le pourcentage du débit cardiaque dans les muscles est multiplié par 3,5 environ par rapport au repos.
b. La circulation générale étant en parallèle, il y a une diminution du pourcentage du débit cardiaque dans certains organes (cerveau, organes abdominaux) et une augmentation de ce pourcentage dans les muscles actifs. Ces muscles sont plus irrigués grâce à l'ouverture de capillaires sanguins qui étaient fermés au repos.

4 Les stéroïdes anabolisants, s'ils sont utilisés en dehors d'une prescription médicale et à forte dose, peuvent entraîner de nombreux effets secondaires dangereux : lésions des muscles, des tendons, du foie, du cœur, hypertension, infertilité, cancers…

20 Équilibre alimentaire et microbiome

1 Protides : viande, poisson, œufs, légumineuses, produits laitiers. • Glucides : féculents, fruits. • Lipides : beurre, huile, viande, poisson gras. • Fibres : pain, céréales, légumineuses. • Vitamines et sels minéraux : fruits et légumes. • Boissons : eau.

2 **a.** Un régime végétarien ne contient ni viande, ni poisson. Un régime végétalien ne contient ni viande, ni poisson, comme le régime végétarien, et, de plus, ne contient ni lait ni œuf.
b. Avantage : le régime végétalien est pauvre en graisses. Il y a donc moins de risque d'obésité.
Risque : ce régime peut provoquer des carences en calcium et en fer.

3 **a.** L'obésité est caractérisée par un IMC supérieur à 29,9.
b. Des apports alimentaires supérieurs aux besoins de l'organisme peuvent être une cause d'obésité.
c. Chez la souris, certaines bactéries de la flore intestinale provoquent une augmentation de moitié de la masse graisseuse. C'est donc un facteur d'obésité.

4 **a.** Les symptômes de la maladie cœliaque sont des diarrhées et des maux de ventre.
b. Il y a augmentation de certaines bactéries dans l'intestin, ce qui provoque un déséquilibre de la flore intestinale et donc la maladie.

21 Le monde bactérien et l'organisme

1 bactéries • flore cutanée • staphylocoques • flore intestinale • bactéries pathogènes.

2 L'asepsie est la destruction préventive des micro-organismes, par la chaleur, en milieu médical ou industriel.
L'antisepsie est une mesure curative pour soigner une plaie avec un produit antiseptique (cycloheximide, bétadine…).

3 **a.** Le lavage minutieux des mains avec du savon permet d'éliminer les micro-organismes présents sur nos mains.
b. Les étapes 3 et 4 sont souvent négligées. Le temps de lavage est souvent de moins de 30 secondes.

4 **a.** ❶ globule rouge (grande cellule de forme biconcave) • ❷ staphylocoque (cellule plus petite en forme de coque).
b. Le genou du patient a été blessé lors de la chute de moto, et les bactéries présentes sur la peau ou dans le milieu ont pénétré dans le sang.

5 **a.** Les bactéries ECEH sont hébergées par l'organisme des bovins mais sont dangereuses pour l'Homme si elles le contaminent par l'alimentation ou par contact.
b. Des mesures préventives d'hygiène limitent l'infection (lavage des mains, cuisson à 70 °C, épluchage).

22 La capacité de transmettre la vie

1 **a.** La testostérone. • **b.** Les œstrogènes.

2 **a.** La puberté ne se déclenche pas car le cerveau ne produit pas d'hormones, et les organes cibles (testicules et ovaires) ne se développent pas.
b. On peut proposer des injections d'hormones sexuelles pour compenser l'absence de production naturelle.

3 La production de spermatozoïdes est continue chez l'homme, de la puberté à la fin de la vie. La production d'ovules est cyclique chez la femme, de la puberté à la ménopause vers 50 ans.

4 28 jours • hormones ovariennes • œstrogènes • follicule • ovulation • grossesse • chute • règles.

5 **a.** Les taux d'hormones ovariennes (œstrogènes et progestérone) augmentent à partir de la fécondation. Il n'y a plus de règles pendant la grossesse et il y a production d'HCG, qui disparaît complètement avant l'accouchement.
b. La HCG est utilisée pour les tests de grossesse car elle n'est pas détectable en dehors de la grossesse.

6 L'ordre chronologique est : doc. 2, doc. 1 puis doc. 3.
La muqueuse utérine s'épaissit progressivement, les glandes et les vaisseaux sanguins se développent.

23 Utiliser les ressources naturelles pour produire de l'énergie

1 **a.** On observe des éoliennes et des hydroliennes.
b. Les sources d'énergie utilisées sont le vent pour les éoliennes et les courants marins pour les hydroliennes.

2 **a.** La chaleur humaine dégagée par les usagers de la gare est une énergie renouvelable.
b. Grâce à un circuit de transport d'énergie, cette chaleur est transférée pour chauffer les immeubles voisins de la gare.
c. Au cours du transport, une partie de cette chaleur est perdue.

3 **a.** Dans une ferme d'hydroliennes, les courants marins sont la source d'énergie primaire.
b. La rotation des pales de l'hydrolienne actionne la turbine d'un alternateur, ce qui permet la transformation de l'énergie mécanique en énergie électrique.
c. Cette énergie secondaire est ensuite acheminée jusqu'aux côtes par un câble électrique pour y être utilisée.

4 **a.** inépuisable • **b.** primaire • **c.** consomment • **d.** pertes.

24 Coder l'information : la révolution du code-barres

1 **a.** L'imprimante codeuse sert à créer un code-barres sur l'étiquette.
b. L'utilisateur « flashe » le code-barres du produit pour connaître le prix du produit et s'informer de données complémentaires non visibles sur l'emballage.

2 **a.** L'information encodée est le prix d'un produit de grande consommation.
b. On peut citer par exemple ces deux usages de codes-barres :
– Suivi d'un colis ou d'une lettre recommandée : les informations encodées sont l'expéditeur, le destinataire, la localisation du colis ou de la lettre…
– Code-barres 2D (ou code QR) qui est imprimé sur une affiche publicitaire et peut être scanné avec un smartphone pour accéder à un site Internet : l'information encodée est l'adresse du site.

3 Respecter les obligations légales d'information sur les produits : informer le consommateur du prix de vente avant son acte d'achat.
Réduire les coûts d'emballage : modifier le prix d'un produit sans modifier son étiquetage.
Assurer le suivi des produits (traçabilité) : en cas de problème de qualité de production (exemple de conserves cuisinées avariées), identifier les lots de produits concernés et indiquer les lieux où ils ont été distribués.
Faciliter la gestion des inventaires, la facturation et la comptabilité : donner à un commerçant des informations actualisées sur les quantités en magasin.
Identifier des personnes : lors d'un examen médical, étiqueter les échantillons prélevés et les résultats obtenus pour un patient donné.
Indexer des documents : gérer des archives.

4 Des informations sont disponibles grâce à un codage dont le support est un code-barres pour un élément particulier (produit, colis…).
Une donnée relative à l'évolution de cet élément (prix, localisation…) peut être actualisée à tout moment, ou complétée à volonté, pour garantir la fiabilité de l'information.
Lors de l'achat d'un produit, le consommateur ne peut donc pas être trompé par un manque d'informations sur le produit.
L'usage du code-barres permet au fabricant et au distributeur du produit non seulement de respecter un cadre légal mais aussi d'optimiser la gestion des produits et de réaliser d'importantes économies.

25 Optimiser le couple produit/service : l'exemple de la garantie

1 On remarque que le taux de défaillance est élevé en fin de vie et élevé en début de vie.

2 **a.** défaillance • **b.** fiabilité • **c.** durabilité.

3

Motivations d'un utilisateur	Motivations d'un fabricant
Acheter un produit neuf prêt à l'emploi et durable	Éviter les retours du produit pendant la période de garantie
Utiliser un produit qui fonctionne durant la période prévue	Dimensionner les spécifications du produit
Échanger un produit en cas de défaillance	

4

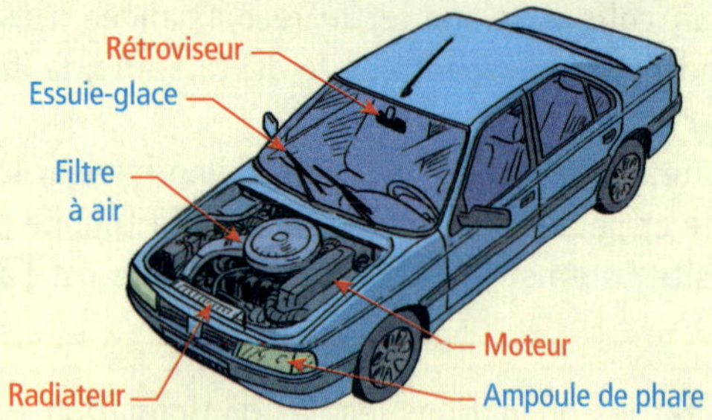

5 Pour compenser l'usure des biens d'équipement, le monde du commerce s'est doté du service de garantie qui permet un remplacement à l'identique en cas de dysfonctionnement sur une période d'utilisation donnée.

Optimiser la durabilité et la fiabilité permet aux constructeurs/fabricants d'adapter le cycle de vie de leurs produits pour répondre aux besoins des utilisateurs, tout en proposant leurs produits au meilleur coût.

Cette partie te propose un **entraînement** avec des rappels de cours et des exercices correspondant au niveau A2-A2+ du CECRL :

Elle comprend aussi :

Les fichiers audio signalés par ce pictogramme 🎧 sont disponibles sur le site www.editions-hatier.fr, dans la fiche article de l'ouvrage.

1 Les quantifieurs

Many, much, a lot of, a few, a little

Construction	Sens	Exemples
many + dénombrable (surtout dans les phrases interrogatives et négatives)	beaucoup de	*Are there **many** computers in your school?* Y a-t-il beaucoup d'ordinateurs dans ton école ?
much + indénombrable (surtout dans des phrases interrogatives et négatives)		*There isn't **much** milk in the bottle.* Il n'y a pas beaucoup de lait dans la bouteille.
a lot of, lots of, plenty of + indénombrable ou dénombrable (surtout dans les phrases affirmatives)		*There are **a lot of** people in the street.* Il y a beaucoup de gens dans la rue. *I've got **plenty of** time.* J'ai tout mon temps.
a few + dénombrable	quelques	*There are **a few** cows in the meadow.* Il y a quelques vaches dans le pré.
a little + indénombrable	un peu de	*Put **a little** water in the glass.* Mets un peu d'eau dans le verre.

1 Complète les phrases suivantes en employant *much, many, a little* ou *a few*.

1. I only bought .... biscuits.
2. He didn't bring .... records to the party.
3. There's only .... orange juice in the fridge.
4. I don't have .... money because I don't work.
5. I'm afraid there are only .... sweets for the guests.

SCORE ..../5

COUP DE POUCE
On emploie *a few* et *many* avec un dénombrable, *a little* et *much* avec un indénombrable.

Too many, too much, so many, so much, enough

Construction	Sens	Exemples
too many + dénombrable	trop	*Your sister always buys **too many** presents.* Ta sœur achète toujours trop de cadeaux.
too much + indénombrable		*Mr Ross gives **too much** work to his secretary.* M. Ross donne trop de travail à son secrétaire.
so many + dénombrable	tant, tellement	*Don't eat **so many** biscuits!* Ne mange pas tant de biscuits !
so much + indénombrable		*He has got **so much** work!* Il a tant de travail !
enough + dénombrable ou indénombrable	assez	*I haven't got **enough** money.* Je n'ai pas assez d'argent.

2 **Complète les phrases suivantes en employant *much, many* ou *enough*.**

1. There are too .... people in this restaurant.
2. He's very fat. He drinks too .... beer.
3. I can't buy a house. I haven't got .... money.
4. He is fifteen. He isn't old .... to drive.
5. Don't buy so .... cakes!

SCORE ..../5

COUP DE POUCE
People est un nom collectif désignant un pluriel, bien qu'il ne prenne pas de *s*.

3 **Utilise le signe * pour indiquer où tu pourrais insérer *enough* dans ce texte.**

Yesterday it was warm and I decided to go shopping with Ann; but I couldn't buy anything because I didn't have money. Ann had euros to buy me an ice cream! I was lucky...

SCORE ..../4

ATTENTION
Enough se place après l'adjectif mais avant le nom.

Other, both, either... or, neither... nor

- *Other* (autre), *both* (les deux), *either... or* (soit... soit), *neither... nor* (ni... ni) s'emploient pour **exprimer un choix**.

Construction	Sens	Exemples
other	autre	*Give me the **other** pen.* Donne-moi l'autre stylo.
both	les deux	*I like them **both**.* Je les aime tous les deux. *He likes **both** tea and coffee.* Il aime les deux : le thé et le café.
either... or	soit... soit	*You can have **either** an ice cream **or** a cake.* Tu peux prendre soit une glace, soit un gâteau.
neither... nor	ni... ni	*I drink **neither** coffee **nor** tea.* Je ne bois ni café ni thé.

4 **Complète les phrases suivantes en utilisant *other, both, either... or* ou *neither... nor*.**

1. I would like to visit .... the museum .... the exhibition. What's your choice?
2. At breakfast I drink .... tea .... coffee, I have some fruit juice.
3. .... books are interesting.
4. These shoes are too small; give me the .... ones.
5. I would like to see .... the western and the detective film.

SCORE ..../5

COUP DE POUCE
Tu dois utiliser deux fois *both*.

Corrigés p. 284

TOTAL ..../ 19

2 L'adjectif au comparatif et au superlatif

Le comparatif d'égalité

Le comparatif permet de faire une comparaison entre deux éléments, deux groupes.

- On forme le **comparatif d'égalité** ainsi : *as* + adjectif + *as* + complément du comparatif.
  Helen is ***as*** *demanding* ***as*** *Susan.* Helen est aussi exigeante que Susan.
- Pour exprimer **l'absence d'égalité**, on ajoute *not* ou on emploie *not so* + adjectif + *as*.
  *Exercise 1 is****n't as*** *difficult* ***as*** *exercise 4. Exercise 1 is* ***not so*** *difficult* ***as*** *exercise 4.*
  L'exercice 1 n'est pas aussi difficile que l'exercice 4.

★★ **1** **Compare ces réfrigérateurs à l'aide des adjectifs *deep, wide, heavy, expensive.***
Ex. : *Fridgice isn't as high as Coldice.*

1. ....
2. ....
3. ....
4. ....

SCORE ..../4

COUP DE POUCE
Dans les phrases négatives, on peut remplacer *not as* par *not so.*

Le comparatif de supériorité

- Le **comparatif de supériorité** des **adjectifs courts** (les adjectifs d'une syllabe et ceux de deux syllabes terminés par *-y*, *-er* ou *-le*) se forme ainsi : adjectif + *-er* + *than*.
  *Kate is nic****er*** *than Sue.* Kate est plus gentille que Sue.
  Attention aux modifications orthographiques ! Le *-y* final placé après une consonne se transforme en *-i* ; la consonne finale est doublée lorsque l'adjectif se termine par consonne + voyelle + consonne.
  *heavy → heav****ier***   *big → big****ger***   *fat → fat****ter***
- Le comparatif de supériorité des **adjectifs longs** se forme ainsi : *more* + adjectif + *than*.
  The President is ***more*** *popular* ***than*** *the Prime Minister.*
  Le Président est plus populaire que le Premier ministre.

★ **2** **Regarde les vignettes et fais des comparaisons.**

1.

2.

3.

INFO
- *twin brother* : jumeau
- *castle* : château
- *skyscraper* : gratte-ciel
- *building* : immeuble

1. Paul is .... (old)
2. The house is .... (modern)
3. The skyscraper is .... (high)

SCORE ..../3

Le double comparatif

- Le **double comparatif** des **adjectifs courts** se forme ainsi : comparatif + *and* + comparatif.

  *The days are getting **longer and longer**.*
  Les jours sont de plus en plus longs.

- Le double comparatif des **adjectifs longs** se forme ainsi : *more and more* + adjectif.

  *Your friend is getting **more and more impatient**.*
  Ton ami est de plus en plus impatient.

★ **3** **Mets ces phrases au double comparatif.**

COUP DE POUCE
Get + adjectif traduit l'idée de devenir.

1. Paul is tall. → ....

2. Her life is getting difficult. → ....

3. The days are getting long. → ....

4. It's getting cold. → ....

SCORE ..../4

Le superlatif de supériorité

Le superlatif de supériorité permet de désigner la personne ou la chose possédant une qualité à son plus haut degré parmi plusieurs éléments.

- Le **superlatif** des **adjectifs courts** se forme ainsi : *the* + adjectif + *-est*.

  *This is **the** saf**est** place in town.*
  C'est l'endroit le plus sûr de la ville.

- Le superlatif des **adjectifs longs** se forme ainsi : *the most* + adjectif.

  *Mark is **the most jealous** man I know.*
  Mark est l'homme le plus jaloux que je connaisse.

★★ **4** **Construis des questions avec les éléments donnés en utilisant un superlatif.**

Ex. : *ocean / deep* → *What is the deepest ocean in the world?*

INFO
Stone désigne ici une pierre précieuse.

1. insect / small → ....

2. building / high → ....

3. animal / fast → ....

4. stone / expensive → ....

SCORE ..../4

Les comparatifs et superlatifs de supériorité irréguliers

	Comparatif	Superlatif
good	*better* : meilleur	*the best* : le meilleur
bad	*worse* : pire	*the worst* : le pire
far	*farther, further* : plus loin	*the farthest, the furthest* : le plus loin

Corrigés p. 284

TOTAL ..../ 15

3 L'expression de la possession

Les déterminants possessifs

- En anglais, comme en français, les déterminants possessifs **varient selon le possesseur**.

	Un possesseur	Plusieurs possesseurs
1re personne	my ball	our ball
2e personne	your ball	your ball
3e personne	his, her, its ball	their ball

À la 3e personne du singulier, on choisit ***his*** (masculin), ***her*** (féminin) ou ***its*** (neutre), en fonction du possesseur.

- Mais contrairement au français, ils **ne varient pas avec le nom déterminé**.

  I like ***your*** *jacket and* ***your*** *trousers.* J'aime ta veste et ton pantalon.

- Le déterminant possessif s'emploie plus souvent en anglais qu'en français, en particulier pour désigner les parties du corps et les vêtements.

  He is wearing ***his*** *hat on* ***his*** *head.* Il porte un chapeau sur la tête.

★ 1 **Complète avec un déterminant possessif.**

1. Henry has just gone out. He has forgotten .... umbrella. • **2.** Bill and I are going to leave soon. We are packing .... suitcases. • **3.** I love Paul but I don't like .... dog. • **4.** Samantha forgot .... bag at the party yesterday. • **5.** Put the rabbit in .... box!

SCORE ..../5

ATTENTION
Le déterminant possessif qui renvoie à un possesseur animal est neutre. On peut cependant employer le masculin ou le féminin pour un animal domestique.

Le génitif (cas possessif)

- Le génitif permet d'exprimer **la possession ou une relation de parenté**. Il se construit selon ce schéma :

nom du possesseur + *'s* + nom de l'objet possédé sans déterminant

My ***friend's*** *watch is broken.* La montre de mon ami est cassée.
Fred is ***Jennifer's*** *brother.* Fred est le frère de Jennifer.

- **Au pluriel**, le *s* disparaît, mais l'apostrophe demeure.

  My ***parents'*** *neighbours are really nice.*
  Les voisins de mes parents sont vraiment gentils.

Lorsque le nom du possesseur a un pluriel irrégulier, on emploie *'s*.

Look at the ***policemen's*** *horses.* Regarde les chevaux des policiers.

Attention : Le génitif s'emploie avec des noms de personnes et d'animaux, mais ne peut pas s'employer avec des noms d'objets concrets.

On dira ainsi : *the leg* ***of*** *the table* (le pied de la table).

- Certains noms comme ***shop***, ***house***, ***church*** sont généralement sous-entendus après le *'s*.

  Tonight I'll sleep at ***Mrs Field's*** *[Mrs Field's house].* Ce soir, je dormirai chez Mme Field.

2 Construis le génitif comme dans l'exemple.

Ex. : *Ben has got a moped.* → *It's Ben's moped.*

1. My friends have got a jeep. → ....

2. Mrs Stanford has got a new nephew. → ....

3. The boys have got an electric train. → ....

4. The headmaster has got an office. → ....

5. Elizabeth has got dogs. → ....

SCORE ..../5

COUP DE POUCE
Phrase 5 : *dogs* est au pluriel ; le sujet de la phrase à construire sera donc au pluriel.

3 Comment dirais-tu que... ?

1. la valise de ce touriste est perdue → ....

2. ce sont les vélos des enfants → ....

3. ils ont perdu la clé du coffre → ....

4. tu aimes l'appartement de ta cousine → I ....

5. la chambre de tes frères est agréable → ....

SCORE ..../5

INFO
- coffre : *safe*
- perdre : *to lose (lost, lost)*

Les pronoms possessifs

- Observe ces deux phrases :

  *It's **my bike*** [déterminant possessif + nom]. C'est mon vélo.
  → *It's **mine*** [pronom possessif]. C'est le mien.

- On choisit le pronom possessif en fonction du possesseur.

	Un possesseur	Plusieurs possesseurs
1re personne	mine	ours
2e personne	yours	yours
3e personne	his, hers, its	theirs

- *Whose* est le mot interrogatif qui interroge sur l'appartenance.

4 À partir des deux éléments donnés, écris la question et la réponse correspondante.

Ex. : *Henry / guitar* → *Whose guitar is it? It's Henry's. It's his.*

1. Robert / moped → ....

2. her parents / TV → ....

3. his grandparents / radio → ....

4. the children / toys → ....

5. Judy / skirt → ....

SCORE ..../5

ANGLAIS

Corrigés p. 284

TOTAL ..../ 20

4 Les pronoms relatifs

Le pronom relatif est sujet

- Pour savoir quel pronom relatif employer, tu dois trouver son **antécédent** (le mot qu'il représente). On n'emploie pas le même pronom :
  - si l'antécédent est un être animé ou s'il est une chose ;
  - si le pronom relatif est sujet ou complément dans la subordonnée.
- Si le pronom relatif est sujet, on utilise ***who*** ou ***which***.

L'antécédent désigne un être animé : *who*	L'antécédent désigne une chose : *which*
*Look at the girl **who** is dancing.* Regarde la fille qui danse.	*I've got a book **which** is very interesting.* J'ai un livre qui est très intéressant.

- On peut également employer le pronom relatif ***that*** à la place de *who* ou *which*, mais uniquement si la relative est déterminative (c'est-à-dire si on ne peut pas la supprimer).

  *Look at the girl **who** is dancing. Look at the girl **that** is dancing.*

★ 1 Complète les phrases suivantes avec *who* ou *which*.

1. She has got a son .... looks like her.
2. You can eat the sandwich .... is in the kitchen.
3. My cousin told me a story .... was very funny.
4. Look at the photos .... are on the table.
5. The man .... is wearing a black hat is my neighbour.

SCORE ..../5

COUP DE POUCE
On utilise *who* quand l'antécédent désigne un être animé, *which* quand l'antécédent désigne une chose.

Le pronom relatif est complément

- Si le pronom relatif est complément dans la subordonnée, on utilise ***who(m)***, ***which***, ***that*** ou **Ø** (le pronom relatif zéro).

L'antécédent désigne un être animé : *who(m), that* ou Ø.	L'antécédent désigne une chose : *which, that* ou Ø.
*The boy **who(m)** you met is my best friend.* Le garçon que tu as rencontré est mon meilleur ami.	*The story **which** he told me is unbelievable!* L'histoire qu'il m'a racontée est incroyable !

- *That* ou Ø ne peuvent remplacer *who* ou *which* que si la relative est déterminative.

  *Tell me about the boy **Ø** you've met. Tell me about the boy **that** you've met.*

- La **préposition** qui accompagne, éventuellement, le pronom relatif est généralement rejetée en fin de proposition. Le rejet est obligatoire lorsque l'on emploie *that* ou quand le pronom relatif est sous-entendu.

  *The chair **which** he is sitting **on** is broken. The chair **Ø** he is sitting **on** is broken.*
  La chaise sur laquelle il est assis est cassée.

★ 2 **À partir des deux phrases données, construis une seule phrase contenant une subordonnée relative.**

Ex. : *There's a museum. I'd like to visit it.* → *There's a museum which I'd like to visit.*

1. I have a friend. He's an actor. → ....

2. There's a film. I'd like to see it. → ....

3. I know a man. He's an archaeologist. → ....

4. They live in a house. It's very comfortable.

→ ....

SCORE ..../4

> **COUP DE POUCE**
> Tu peux sous-entendre le pronom lorsque celui-ci est complément.

★★ 3 **Relie débuts et fins de phrases. Puis entoure le numéro des phrases dans lesquelles on peut supprimer le pronom relatif.**

1. This is the biggest museum •	• which comes from Brighton.
2. We'll take the train •	• that she has ever visited.
3. I don't like the film •	• which I bought in China.
4. I've got a ring •	• that she is talking to?
5. Do you know the man •	• that I saw yesterday.
6. Look at the girl •	• who is running.

SCORE ..../6

> **COUP DE POUCE**
> Regarde d'abord les antécédents pour reconstituer les phrases.

★★ 4 **Complète le texte ci-dessous avec des pronoms relatifs ou Ø.**

Yesterday I was driving my car when I saw a man .... was hitch-hiking. I noticed him because he was carrying a bag .... seemed too big for him. The girl .... he was talking to was tall and blond. The car .... I was driving was too small for three; so I didn't take them. When I got back home in the evening I recognized the two people .... were sitting on my sofa. They were the two hitch-hikers and they were speaking with my husband; the man was actually his cousin .... he hadn't seen in years. I looked at them and smiled.

SCORE ..../6

> **INFO**
> • *hitch-hike*: faire de l'auto-stop
> • *actually*: en fait

ANGLAIS

Corrigés p. 284

TOTAL ..../ 21

5 Présent simple ou présent en *be* + V-*ing* ?

La formation du présent simple

- À la forme affirmative, on utilise la base verbale à toutes les personnes, sauf à la **3e personne du singulier** où l'on ajoute un *-s*.
Cette terminaison doit s'entendre et se prononce [s], [z] ou [ɪz].
*I **like** tea but my brother **prefers** coffee.* J'aime le thé, mais mon frère préfère le café.
- Les **formes interrogative et négative** se construisent **avec *do*** (qui devient ***does*** à la 3e personne du singulier). Note bien l'ordre des mots.
__Do__ you __like__ detective films? Est-ce que tu aimes les films policiers ?
He __doesn't read__ poems. Il ne lit pas de poèmes.

★★ 1 Construis des phrases au présent simple avec les listes de mots. Il y a un mot en trop dans chaque liste : dis pourquoi tu ne peux pas l'utiliser.

1. do / your / does / what / friend / Canadian / neighbours / ? ....
....
2. meat / doesn't / eat / my / American / eats / cousin ....
....
3. always / her / Tuesday / she / Tuesdays / on / washes / hair ....
....

SCORE ..../3

COUP DE POUCE
Observe bien les mots qui se ressemblent beaucoup et demande-toi lequel rendrait la phrase incorrecte.

La formation du présent en *be* + V-*ing* (ou présent progressif)

- Il se forme avec ***be*** conjugué au présent et la base verbale terminée par *-ing*.
She __is listening__ to the radio. Elle écoute la radio [en ce moment].
- Pour obtenir la **forme interrogative**, on fait l'inversion : l'auxiliaire passe avant le sujet.
__Is__ he __working__? Travaille-t-il [en ce moment] ?
- Pour obtenir la **forme négative**, on ajoute ***not*** après l'auxiliaire ***be***.
Peter __isn't watching__ the match. Peter ne regarde pas le match [en ce moment].

★ 2 Complète les phrases suivantes à l'aide du *question tag* qui convient.

1. Carl's paying for the drinks, ... ?
2. Your children collect stamps, ... ?
3. Angela likes detective films, ... ?
4. You don't remember it, ... ?
5. You aren't listening to the radio, ... ?

SCORE ..../5

COUP DE POUCE
Quel auxiliaire te permettra de construire les *question tags* correspondant aux phrases au présent simple ?

Emplois du présent simple et du présent en *be* + V-*ing*

- Le **présent simple** sert à exprimer :
  - des actions habituelles, répétées (les phrases contiennent alors souvent des adverbes de fréquence) ;
    *They **often go** to the theatre.* Ils vont souvent au théâtre.
  - des vérités générales, des faits permanents.
    *The sun **rises** in the east.* Le soleil se lève à l'est.

  Les verbes exprimant un sentiment, une volonté, une opinion (*want, know, understand*) se mettent également toujours au présent simple et jamais au présent en *be* + V-*ing*, car ce qu'ils expriment ne concerne pas seulement le moment présent.
    ***I don't agree** with you.* Je ne suis pas d'accord avec toi.

- Le **présent** en *be* + V-*ing* s'emploie :
  - pour parler d'actions qui se déroulent en ce moment ;
    *He **is making** a cake.* Il fait un gâteau.
  - avec des verbes de position ;
    *I **am sitting** but Meg **is standing**.* Je suis assis, mais Meg est debout.
  - pour parler d'actions futures que l'on a déjà décidées.
    *Stacy **is coming** next week.* Stacy vient la semaine prochaine.

3 **Conjugue les verbes donnés au présent simple ou au présent en *be* + V-*ing* selon le cas.**

Ex. : *Bill often* .... *TV. (watch)* → *Bill often watches TV.*

1. She always .... a speech on her birthday. (make)

2. They can't play cards now, they .... (work)

3. I often .... him books. (lend)

4. Be careful! You .... on my foot. (walk)

5. I .... your parents very well. (know)

SCORE .... /5

COUP DE POUCE
Deux phrases contiennent des adverbes de fréquence. Quel temps dois-tu employer ?

4 **Ted t'a laissé un message, mais des bruits t'ont empêché d'entendre certains mots. Pose les questions qui te permettront de comprendre son message.**

1. I'm going to the ???. • **2.** I usually go to the library on ???. • **3.** I often borrow ???. • **4.** I like detective books very much because ???. • **5.** I am talking to the ???. • **6.** The librarian prefers ???.

1. ....

2. ....

3. ....

4. ....

5. ....

6. ....

SCORE .... /6

ATTENTION
Certaines phrases sont au présent simple ; les autres sont au présent en *be* + V-*ing*. Tu ne dois pas utiliser le même auxiliaire pour construire tes questions.

INFO
librarian : bibliothécaire

Corrigés p. 285

TOTAL .... / 19

6 Prétérit simple ou prétérit en *be* + V-*ing*?

Le prétérit simple : forme affirmative

- Le prétérit des **verbes réguliers** se termine par ***-ed*** à toutes les personnes :

  play → ***played***

  La terminaison doit s'entendre : on prononce [d] ou [t] selon la voyelle ou la consonne qui précède : *repair**ed*** [d], *ask**ed*** [t]. On prononce [ɪd] lorsque la base verbale se termine par le son [t] ou [d] : *paint**ed***, *decid**ed***.

- Certains verbes ne forment pas leur prétérit en ***-ed***. Ils ont une **forme irrégulière** qu'il faut apprendre par cœur. Cette forme est la même à toutes les personnes.

  take → *I **took**, you **took**...* *come* → *I **came**, you **came**...*

INFO
Sir Conan Doyle a écrit la série des *Sherlock Holmes*.

★★ **1** **Complète le texte ci-dessous en mettant ces verbes au prétérit simple :**
follow – be (×2) – arrest – get – buy – leave – go – see.

1. The detective .... in Baker Street when he .... the thief.

2. He .... him.

3. The thief .... into a taxi and .... to a bookshop.

4. He .... a book by Sir Conan Doyle.

5. But he .... very unlucky because Sherlock Holmes .... him when he .... the bookshop.

SCORE ..../9

Le prétérit simple : formes interrogative et négative

- Ces formes se construisent de la même manière pour les verbes réguliers et les verbes irréguliers. On utilise l'auxiliaire ***did*** (prétérit de ***do***) à toutes les personnes ; le verbe reste à la base verbale.

  Did *you* ***call*** *Jane yesterday?* As-tu appelé Jane hier ?
  I ***didn't speak*** *to her.* Je ne lui ai pas parlé.

COUP DE POUCE
La phrase 3 contient l'auxiliaire *be*. Tu n'utiliseras donc pas *did* pour construire sa forme interrogative et négative.

★★ **2** **Mets les phrases suivantes à la forme interrogative, puis négative.**

1. They lived in the country. → .... ?
....

2. She gave him a watch. → .... ?
....

3. They were proud of her. → .... ?
....

SCORE ..../6

Ago

▸ L'adverbe ***ago*** s'emploie pour parler du temps écoulé depuis la fin d'une action. Il est toujours placé après l'expression de temps et s'emploie avec le prétérit simple.

*When **did** you buy your hat? I **bought** it two weeks **ago**.*
Quand as-tu acheté ton chapeau ? Je l'ai acheté il y a deux semaines.

★ 3 Réponds aux questions suivantes en utilisant le complément de temps donné et *ago*.

Ex. : *When did your parents leave? (a week) → They left a week ago.*

1. When did Angela win the cup? (two months) → ....
2. When did you visit China? (four years) → ....
3. When did Helen buy the tickets? (three days) → ....

SCORE ..../3

ATTENTION
N'oublie pas que c'est le verbe qui doit prendre la marque du prétérit dans la réponse.

Le prétérit en *be* + V-*ing* (ou prétérit progressif)

▸ Le prétérit en *be* + V-*ing* **se forme** avec *be* au prétérit + base verbale + -*ing*. Il **s'emploie** pour exprimer des actions qui étaient en cours dans le passé.

***Was** she **watching** TV?* Est-ce qu'elle regardait la télévision ?
*They **weren't** sleeping.* Ils ne dormaient pas.

▸ Il s'emploie souvent en opposition avec le prétérit simple. Le prétérit en *be* + V-*ing* exprime alors l'action qui se déroulait dans le passé et avait une certaine durée. Le prétérit simple exprime un fait nouveau qui se produit.

*Jenny **was waiting** for the bus when she saw him.*
Jenny attendait le bus quand elle le vit.

★★ 4 Mets les mots dans le bon ordre et construis des propositions reliées par *when*.

1. having / she / bath / a / was •		• he / cooking / was
2. on / the / jumping / they / bed / were •	when	• knocked / door / the / someone / at
3. broke / plate / a / he •		• father / their / arrived

1. ....
2. ....
3. ....

SCORE ..../3

COUP DE POUCE
Observe bien les dessins pour construire des phrases logiques.

Corrigés p. 285

TOTAL ..../ 21

ANGLAIS

7 Le present perfect

Formation

- Il se forme toujours avec l'auxiliaire ***have* conjugué au présent** (souvent sous sa forme contractée) et le **participe passé du verbe**. Ce participe passé est invariable.

  *I've **repaired** my car.* J'ai réparé ma voiture.
  *He's **repaired** his car.* Il a réparé sa voiture.

- Le participe passé des verbes réguliers se termine par *-ed*.

  *work → work**ed***   *receive → receiv**ed***

  Un certain nombre de verbes ont une forme irrégulière qu'il faut apprendre par cœur.

  *buy → **bought***   *see → **seen***

- À la **forme interrogative**, on fait passer l'auxiliaire *have* avant le sujet.

  ***Have you** written to your mother?* As-tu écrit à ta mère ?

  À la **forme négative**, on ajoute la négation *not* à l'auxiliaire.
  On emploie généralement la forme contractée

  *She **hasn't sent** the parcel.* Elle n'a pas envoyé le colis.

- Pour former une **réponse brève**, on utilise le pronom personnel sujet et l'auxiliaire *have*. Quand on répond par « oui », on ne doit pas employer la forme contractée.

  Have** you **forgotten** her address? – **Yes, I have.
  As-tu oublié son adresse ? – Oui.

★ 1 **Que s'est-il passé entre la première et la seconde image ? Légende la seconde image à l'aide du verbe *buy* au *present perfect*.**

....

SCORE ..../1

> **COUP DE POUCE**
> Utilise le *present perfect* pour parler d'une action passée qui a des conséquences dans le présent !

★★ 2 **Construis avec les éléments donnés des phrases au *present perfect*.**
Ex. : *the boy / wash / the car → The boy has washed the car.*

1. my cousin / buy / a new racket → ....
2. Philip / lose / his key → ....
3. I / finish / my exercise → ....
4. they / write / a long letter → ....

SCORE ..../4

> **ATTENTION**
> Vérifie que, dans chacune des phrases, tu as l'auxiliaire *have* et le participe passé du verbe.

3 En attendant les invités, toute la famille s'est activée. Complète les phrases en mettant les verbes donnés au *present perfect* pour savoir ce que chacun a fait.

1. Mr Jones .... the living room. (tidy)
2. Angela .... a fruit salad. (make)
3. Bill and Jane .... the bread. (buy)
4. Karen .... the plants. (water)
5. And Mrs Jones .... a long, relaxing bath. (have)

SCORE .... /5

ATTENTION
Les verbes réguliers se terminant par consonne + y changent leur y en i devant la terminaison en *-ed*.

Le *present perfect* avec *just*

- On peut employer le *present perfect* pour exprimer une action très récente, qui vient de se produire. Dans ce cas, on utilise l'adverbe *just*.

  He has ***just*** *left.* Il vient de partir.

4 Construis la question et réponds-y par oui.

Ex. : *you / make / the cake* → *Have you made the cake? – Yes, I've just made it.*

1. your parents / paint / their bedroom → ....
2. you / take / your umbrella → ....
3. Mary / drink / her glass of milk → ....
4. Bill and Bob / invite / Susan → ....
5. Teddy / repair / his moped → ....

SCORE .... /5

COUP DE POUCE
N'oublie pas de faire l'inversion dans les questions : l'auxiliaire *have* passe avant le sujet.

Le *present perfect* avec *for* et *since*

- Le *present perfect* permet également de parler d'une **action commencée dans le passé et qui se poursuit** dans le présent (en français, on utilise le présent).
- Il s'emploie alors :
  - avec ***for*** pour parler de la durée de l'action ;

    He has been a doctor ***for ten years****.* Il est médecin depuis dix ans.
  - avec ***since*** pour parler du point de départ de l'action.

    He has been a doctor ***since 1996****.* Il est médecin depuis 1996.

5 Complète les phrases suivantes en utilisant *for* ou *since*.

1. They have been married .... last September.
2. She has been a photographer .... two years.
3. We have known them .... three months.

SCORE .... /3

ATTENTION
Demande-toi si le complément de temps évoque une durée ou le point de départ de l'action.

Corrigés p. 285-286

TOTAL .... / 18

8 Prétérit simple ou *present perfect*?

Emplois du prétérit simple

- On utilise le prétérit si **l'action est terminée et située précisément dans le passé.**

  *We **met** them at the swimming pool yesterday.*
  Nous les avons rencontrés à la piscine hier.

  *They **left** before the end of the show.*
  Ils sont partis avant la fin du spectacle.

  *He **smoked** a lot before the meeting.*
  Il a beaucoup fumé avant la réunion.

- On l'emploie ainsi dans des phrases avec ***ago***.

  *I met her two days **ago**.*
  Je l'ai rencontrée il y a deux jours.

★★ 1 Un bruit bizarre t'a empêché d'entendre une partie de la phrase. Pose la question qui te permettra de comprendre de quoi il s'agit.

1. The book was on the ???. → ....
2. He arrived last ???. → ....
3. Tina gave me a ??? two days ago. → ....
4. Calvin called his ??? yesterday. → ....
5. Richard brought some ???. → ....
6. The children were frightened because ???. → ....

SCORE ..../6

ATTENTION
Dois-tu employer l'auxiliaire *did* pour construire la forme interrogative des phrases contenant *was* ou *were*?

Emplois du *present perfect*

- On utilise le *present perfect* si l'action s'est passée à un **moment non précisé** et qu'on peut **faire le lien avec le présent**.
  Ce temps permet en particulier :
  - d'insister sur les conséquences d'une action passée dans le présent;

    *I **have broken** my glasses.* J'ai cassé mes lunettes.
    [Conséquence dans le présent : je ne peux pas lire.]
  - de faire le bilan d'une activité ou de ses expériences.

    *I**'ve travelled** a lot.* J'ai beaucoup voyagé.

- Le *present perfect* est souvent employé **avec des adverbes tels que *ever*, *never*, *already*, *not... yet***, puisqu'ils marquent bien le lien entre le présent et le passé.

  *Have you **ever** been to Japan?* Es-tu déjà allé au Japon?
  *No, I've **never** been there.* Non, je n'y suis jamais allé.
  *I've **already** been to China.* Je suis déjà allé en Chine.
  *I have**n't** called my friends **yet**.* Je n'ai pas encore appelé mes amis.

★ 2 Pose la question et réponds par oui en utilisant le complément de temps donné.

Ex. : *meet / a film star – four months ago*
→ *Have you ever met a film star?*
– Yes, I met a film star four months ago.

1. Jim / drink / champagne – two weeks ago

....

– ....

2. your friends / visit / the Science Museum – ten days ago

....

– ....

3. you / take / the Eurostar – two years ago

....

– ....

SCORE ..../3

ATTENTION
On utiliserait le même temps en français pour construire la question et la réponse. En est-il de même en anglais ?

★ 3 Comment dirais-tu que... ?

1. Sally est journaliste depuis quatre ans.

....

2. elle est déjà allée en Espagne.

....

3. elle y est allée il y a trois ans.

....

4. elle a visité les États-Unis quand elle avait 15 ans.

....

5. elle n'est jamais allée à San Francisco.

....

SCORE ..../5

COUP DE POUCE
Ne te laisse pas influencer par le temps utilisé en français et pose-toi systématiquement les mêmes questions :
– s'intéresse-t-on au moment où l'action s'est produite ?
– s'agit-il d'une action commencée dans le passé qui se poursuit dans le présent ?

★ 4 Mets les verbes donnés entre parenthèses au *present perfect* ou au prétérit.

1. Pat .... this museum last year. (visit)

2. We .... that film yet. (not see)

3. My teacher .... many books. (translate)

4. My parents .... late yesterday. (wake up)

5. Bob .... the plane two weeks ago. (take)

SCORE ..../5

COUP DE POUCE
Demande-toi, pour chaque phrase, si on précise à quel moment l'action s'est déroulée.

Corrigés p. 286

TOTAL ..../ 19

9 L'expression de l'avenir

Be going to + base verbale

L'expression *be going to* sert souvent à **exprimer l'intention**, la résolution de faire quelque chose, ou à **prédire** un événement.

- À la **forme affirmative**, on a : sujet + *be going to* + base verbale. L'auxiliaire *be* se conjugue au présent. *Going to* et la base verbale restent invariables.

  *I **am going to** hire a car.* Je vais louer une voiture.
  *They **are going to** play chess.* Ils vont jouer aux échecs.

- À la **forme négative**, on a : sujet + auxiliaire *be* + *not* + *going to* + base verbale.

  *He **is not going to** break the plates.* Il ne va pas casser les assiettes.

- À la **forme interrogative**, on a : auxiliaire *be* + sujet + *going to* + base verbale.

  ***Is** he **going to** win?* Est-ce qu'il va gagner ?

★ 1 Regarde l'agenda de Ralph et complète les phrases pour dire ce qu'il va faire jeudi.

1. Next Thursday, Ralph .... play .... at half past four. • **2.** He .... going .... take his .... to the garage. • **3.** He is .... have .... with Jenny at .... o'clock. • **4.** Then they .... going .... see a detective .... together. • **5.** He .... go to the dentist's.

SCORE ..../12

COUP DE POUCE
Chaque espace correspond à un ou plusieurs mots manquants.

Le présent en *be* + V-*ing*

- On peut également exprimer le futur en utilisant le présent en *be* + V-*ing* lorsque la phrase contient un **marqueur de temps évoquant le futur** tel que *tomorrow*, *next week*...
- On utilise cette forme pour parler d'actions que l'on a décidé de faire.

  *He **is flying** to New York tomorrow.* Il prend l'avion pour New York demain.

★★ 2 Trouve les questions qui correspondent aux réponses données (tiens compte des mots soulignés).

1. ....? She's leaving <u>at half past ten</u>.
2. ....? <u>No</u>, I'm not going to invite the Millers.
3. ....? Next Saturday? I'm going to <u>go shopping</u>.
4. ....? They're going to call me <u>tomorrow</u>.
5. ....? Robert? <u>Yes</u>, he's taking the train next Friday.

SCORE ..../5

ATTENTION
N'oublie pas qu'une *yes/no question* ne commence pas par un mot interrogatif mais directement par l'auxiliaire.

Will + base verbale

- L'auxiliaire modal *will* permet souvent d'exprimer un **futur inévitable**, un fait qui n'est pas le résultat d'une décision.
- À la **forme affirmative**, on a : *will* (ou *'ll*) + base verbale.
  Jerry's mother ***will be*** *forty tomorrow.* La mère de Jerry aura quarante ans demain.
- À la **forme négative**, on a : *will not* (ou *won't*) + base verbale.
  They ***won't*** *destroy the old bridge.* Ils ne détruiront pas le vieux pont.
- À la **forme interrogative**, on a : *will* + sujet + base verbale.
  Will *you* ***go*** *to the country next week?* Iras-tu à la campagne la semaine prochaine ?

★ 3 Relie la réponse à la question correspondante.

Is she coming tonight? •	• Yes, they are.
Will John do the shopping? •	• The children will.
Who will take the dog out? •	• No, he'll stay at home.
Are they going to clean the car? •	• She'll go swimming.
What will she do tomorrow? •	• No, they won't.
Will they talk to him? •	• No, she isn't.

SCORE ..../6

COUP DE POUCE
Observe bien les sujets et les auxiliaires pour choisir les bonnes réponses.

Les subordonnées de temps à sens futur

- Dans les subordonnées de temps à sens futur introduites par ***when, as soon as***..., le verbe de la subordonnée est au présent en anglais, et non au futur comme en français.
  I will visit the Empire State Building ***when I am*** *in New York.*
  Je visiterai l'Empire State Building quand je serai à New York.
  As soon as she arrives *in Australia Kate will phone her parents.*
  Dès qu'elle arrivera en Australie, Kate téléphonera à ses parents.

★ 4 Réponds aux questions suivantes. Utilise *as soon as* dans la 3e phrase.

Ex. : *When will he call you? (arrive in Paris) → He'll call me when he arrives in Paris.*

1. When will she buy a new car? (have enough money)

....

2. When will she take her driving test? (be eighteen)

....

3. When will she speak to the teacher? (see him)

....

SCORE ..../3

INFO
En français, on utilise le futur dans la subordonnée de temps et dans la principale.

ANGLAIS

Corrigés p. 286

TOTAL ..../ 26

10 Les modaux (1)

Généralités

- Les auxiliaires modaux modifient le sens des verbes qu'ils accompagnent. Ils expriment des **nuances très variées** : capacité, obligation, interdiction, autorisation…
- Ils sont **suivis** d'un verbe à la **base verbale**. Ils ont la **même forme à toutes les personnes** (donc pas de **-s** à la 3ᵉ personne du singulier du présent). Ils se conjuguent sans ***do*** aux formes interrogative et négative. À la forme interrogative, on fait passer l'auxiliaire modal devant le sujet.
- Les auxiliaires modaux **ne se conjuguent pas à tous les temps**, mais ils ont des équivalents qui se conjuguent à tous les temps.

★ 1 Coche les bonnes réponses.

1. Les auxiliaires modaux peuvent se mettre au futur. ❑ vrai ❑ faux

2. Tu veux dire qu'il ne sait pas jouer aux échecs. Avec quelle forme du verbe *play* dois-tu compléter la phrase ?

He can't ❑ to play ❑ play ❑ playing chess.

SCORE .... **/2**

COUP DE POUCE
Un auxiliaire modal peut-il être suivi d'un verbe avec la terminaison *-ing* ?

Can, can't

- ***Can***

Exemple	**Signification**
*I **can** play chess.* Je sais jouer aux échecs.	capacité physique ou intellectuelle (traduit parfois par « savoir »)
*What **can** you see?* Que vois-tu ?	perception (devant *see*, *hear*…)
***Can** I go to the disco?* Est-ce que je peux aller à la discothèque ?	permission
***Can** you lend me your keys?* Peux-tu me prêter tes clés ?	demande polie

- ***Can't***

Exemple	**Signification**
*I **can't** repair my bike.* Je ne peux pas réparer mon vélo.	incapacité, impossibilité
*You **can't** take the tube alone.* Tu ne peux pas prendre le métro tout seul.	interdiction

- ***Be able to*** est un équivalent de *can* qui permet d'exprimer la capacité (ou l'incapacité, à la forme négative), en particulier dans le futur.

  She will be able to drive next year. Elle pourra conduire l'année prochaine.
  They won't be able to find the answer. Ils ne pourront pas trouver la réponse.

2 Sam avait un tas de projets pour les vacances mais il vient de se casser une jambe ! Regarde le tableau et complète les instructions que lui donne le médecin.

	Today	Tomorrow	Next month
listen to music	YES		
dance rock'n'roll	NO		
play video games	YES		
play football		NO	YES
go to the disco	NO		NO

You .... to music today but you .... rock'n'roll. You .... video games. You .... football tomorrow but you .... football next month. You .... to the disco today and you .... to the disco next month either. I know your parents!

SCORE ..../7

> **COUP DE POUCE**
> Tu dois compléter chaque espace de réponse avec plusieurs mots : un modal ou son équivalent (quand la phrase fait référence à l'avenir) et la base verbale.
> *not... either* : non plus

Could, couldn't

Exemple	Signification
*I **could** play tennis when I was young.* Je pouvais jouer au tennis quand j'étais jeune.	prétérit de ***can*** : capacité dans le passé
***Could** you open the door, please?* Pourrais-tu ouvrir la porte, s'il te plaît ?	demande polie
*They **couldn't** buy a new car.* Ils ne pouvaient pas acheter de nouvelle voiture.	incapacité, impossibilité dans le passé

3 **Complète les phrases en utilisant *can* ou *could* à la forme affirmative ou négative.**

1. Gladys was very sporty when she was young; she .... skate very well. • **2.** She's sorry but she .... come to your birthday party. • **3.** She .... wear those jeans three months ago but she .... wear them today; they're too tight.

SCORE ..../4

> **ATTENTION**
> Pour choisir entre *can* et *could*, pense à respecter la concordance des temps.

Shall

Exemple	Signification
***Shall** we go to restaurant?* Si on allait au restaurant ?	suggestion à la forme interrogative [à la 1re personne du singulier et du pluriel]

4 **Comment proposerais-tu à des amis... ?**

1. d'aller au cinéma → ....

2. d'écouter de la musique → ....

SCORE ..../2

> **COUP DE POUCE**
> *Shall* traduit aussi la proposition.

Corrigés p. 286

TOTAL ..../ 15

11 Les modaux (2)

Must, mustn't

- ***Must*** est un auxiliaire modal qui a deux significations principales (reporte-toi à l'unité 19 p. 42 pour revoir les règles générales qui s'appliquent aux auxiliaires modaux).

Exemple	Signification
*You **must** go to bed.* Tu dois aller au lit. *You **mustn't** smoke.* Vous ne devez pas fumer.	obligation ou interdiction [à la forme négative]
*She **must** be furious.* Elle doit être furieuse.	forte probabilité, déduction [c'est presque sûr]

- ***Have to*** permet également d'exprimer l'obligation, et ce à tous les temps.

*He **has to** wear a tie.* Il doit porter une cravate.

*They **had to** buy a new washing machine.*
Ils ont dû acheter une nouvelle machine à laver.

*I'll **have to** walk to work.* Il faudra que j'aille au travail à pied.

COUP DE POUCE

Le locuteur emploie alternativement l'auxiliaire *must* et l'impératif pour décrire ce que tu dois faire ou pas.

★★ 1 **Suis les indications données pour te déplacer sur le plan. Où arrives-tu ?**

You must take Memorial Street, then you must turn right into Baker Street, you can't visit the zoo because it's closed, you must take the first street on your right. Then turn left into Hampstead Street. You must go past a bank, you must take Market Street, go past the library, then turn left. You must take Victoria Avenue. Don't go to the cinema because you're not allowed to go there alone, you must go straight on, and turn right to arrive at Crescent Road and reach the secret place, where are you?

....

SCORE ..../14

Needn't, don't have to

- ***Needn't*** et ***don't have to*** expriment tous les deux une absence d'obligation.

  *You **needn't** take the bus. = You **don't have to** take the bus.*
  Tu n'as pas besoin de prendre le bus.

- **Attention :** ne confonds pas l'absence d'obligation et l'interdiction.

Absence d'obligation : *needn't/don't have to*	Interdiction : *mustn't*
*You **don't have to** drive quickly, we have plenty of time.* Tu n'as pas besoin de conduire vite, nous avons tout notre temps.	*You **mustn't** drive quickly, it's forbidden.* Tu ne dois pas conduire vite, c'est interdit.

2 Complète les phrases suivantes en employant *mustn't* ou *don't have to*.

1. You .... drink alcohol. You are too young.
2. He .... walk. He can take the bus.
3. You .... park here. It's forbidden.
4. We .... get up early on Sundays; there's no school.
5. They've got a dishwasher. They .... do the washing-up.

SCORE ..../5

COUP DE POUCE
Demande-toi pour chaque phrase s'il s'agit d'une interdiction ou de quelque chose que l'on n'est pas obligé de faire.

May

Exemple	Signification
***May** I use your car, please?* Puis-je utiliser ta voiture, s'il te plaît ?	permission [plus formel que *can*]
*It **may** snow tomorrow.* Il se peut qu'il neige demain.	probabilité

3 Comment dirais-tu que... ?

1. elle ne doit pas rester au lit ; c'est l'heure d'aller à l'école.

....

2. il se peut qu'il pleuve.

....

3. elle court : elle doit être en retard.

....

4. il faudra qu'il envoie des e-mails.

....

SCORE ..../4

COUP DE POUCE
Demande-toi quelle notion est exprimée dans chaque phrase. Utilise également ce que tu as appris dans l'unité 19.

Corrigés p. 286-287

TOTAL ..../ 23

12 Le passif

Formation

- Le passif se forme ainsi : auxiliaire ***be* + participe passé** du verbe.
  *My computer **is repaired** now.* Mon ordinateur est réparé maintenant.
- Il peut s'employer à tous les temps. L'auxiliaire ***be* indique le temps** de la phrase.
  - Présent simple :
    *A lot of letters **are** posted every day.* Beaucoup de lettres sont postées chaque jour.
  - Prétérit :
    *My dog **was** taken to hospital.* Mon chien a été emmené à l'hôpital.
  - *Present perfect* :
    *The classroom **hasn't been** cleaned.* La classe n'a pas été nettoyée.
  - Futur :
    *My bedroom **will be** painted next month.* Ma chambre sera peinte le mois prochain.

★★ 1 Mets la phrase suivante aux temps demandés.

The actor is interviewed.

1. Prétérit : ....

2. *Present perfect* : ....

3. Futur : ....

SCORE ..../3

ATTENTION
C'est *be* qui doit être mis au temps demandé, toujours suivi du participe passé.

Le complément d'agent

- Quand il y a un complément d'agent, celui-ci est introduit par ***by***.
  *The TV set was repaired **by my uncle** yesterday.*
  La télévision a été réparée par mon oncle hier.
- Mais beaucoup de phrases se construisent sans complément d'agent.
  C'est le cas lorsque l'agent importe peu ou qu'il n'est pas connu.
  *English **is spoken** in a lot of countries.*
  On parle anglais dans beaucoup de pays.
  *This toy **was made** in Taiwan.*
  Ce jouet a été fabriqué à Taiwan.

★★ 2 Réponds aux questions suivantes comme dans l'exemple.

Ex. : *Did you send the letters yesterday?* → *No, they will be sent tomorrow.*

1. Did you paint your room yesterday? → ....

2. Did you repair your glasses yesterday? → ....

3. Did you do the housework yesterday? → ....

4. Did he examine your sister yesterday? → ....

SCORE ..../4

COUP DE POUCE
Il n'y a pas de complément d'agent car il n'est pas important dans ces phrases.

3 Construis des phrases au passif comme dans l'exemple. Mets le verbe au temps qui convient. Il n'y a pas nécessairement un complément d'agent.

Ex. : *This house / buy / a family / ten years ago*

→ *This house was bought by a family ten years ago.*

1. His computer / not repair / yet

....

2. A policeman / attack / a dog / yesterday

....

3. The diamonds / steal / a thief / last week

....

4. A lot of newspapers / sell / every day

....

SCORE ..../4

COUP DE POUCE

Pour choisir le temps de l'auxiliaire *be*, utilise les indications de temps : *yesterday*, *tomorrow*, etc. Retiens le sens de *not yet* (pas encore).

L'emploi du passif

- La forme passive est beaucoup **plus utilisée en anglais qu'en français.** Il est courant de traduire un passif anglais par un actif français.

  *English **is spoken** by millions of people.* Des millions de gens parlent anglais.

  *I'**m interested** in modern painting.* Je m'intéresse à la peinture moderne.

- Quand le français utilise le sujet « on », l'anglais utilise souvent une forme passive.

  *The windows **are cleaned** every day.* On nettoie les fenêtres tous les jours.

4 Le journaliste a mélangé les mots de ses titres. Reconstitue-ces derniers.

VICTORY

WERE BEATEN

The French

WERE HURT

from a museum

Famous paintings

IN A PLANE CRASH

25 PEOPLE

WERE STOLEN

IN YESTERDAY'S MATCH

WAS CELEBRATED

BY CONTESTANTS

1. ....
2. ....
3. ....
4. ....

SCORE ..../4

INFO

- Note l'emploi du cas possessif avec *yesterday*.
- *yesterday's match* : le match d'hier

ANGLAIS

Corrigés p. 287

TOTAL ..../ 15

13 Les questions

Généralités

- Il existe **deux types de questions** :
  – les *yes-no questions* auxquelles on répond par « oui » ou « non » [questions fermées] ;
  – les *wh- questions* qui sont introduites par des mots interrogatifs [questions ouvertes].
- Dans une phrase interrogative, on fait passer l'**auxiliaire avant le sujet**.
  Quand la phrase affirmative ne contient pas d'auxiliaire,
  on fait appel à *do/does* [présent] ou *did* [prétérit] pour construire la forme interrogative.
  Les *yes-no questions* commencent donc toujours par un auxiliaire.

Forme affirmative	Forme interrogative
It's going to rain.	*Is it going to rain?*
She plays golf.	*Does she play golf?*
They went to the theatre.	*Did they go to the theatre?*

1 **Transforme les phrases de ce texte en *yes-no questions*.**

1. Ashley lives in the suburbs of London. → ....
2. She works in London. → ....
3. She took the 8 o'clock train to Waterloo station.
→ ....
4. There were a lot of people on the train.
→ ....
5. She'll be in London at 8.45. → ....
6. She will take the tube as soon as she arrives in London.
→ ....

SCORE ..../6

COUP DE POUCE
Chaque question doit commencer par un auxiliaire.

Wh- questions et questions avec *how*

On utilise	pour interroger sur	Exemples
what	la chose, l'action	*What are they watching?* Que regardent-ils ?
who	l'identité	*Who is he calling?* Qui appelle-t-il ?
whose	l'appartenance	*Whose ball is it?* À qui est ce ballon ?
when	le temps	*When did they come?* Quand sont-ils venus ?
where	le lieu	*Where does she live?* Où habite-t-elle ?
why	la cause	*Why are you laughing?* Pourquoi riez-vous ?
which	le choix	*Which tie do you prefer?* Quelle cravate préfères-tu ?
what... like	l'aspect	*What is it like?* À quoi cela ressemble-t-il ?

On utilise	pour interroger sur	Exemples
how	la manière	***How** did you repair it?* Comment l'as-tu réparé ?
how old	l'âge	***How old** is your uncle?* Quel âge a ton oncle ?
how many (+ dénombrable au pluriel)	le nombre	***How many** books did you buy?* Combien de livres as-tu achetés?
how much (+ indénombrable)	la quantité	***How much** bread do you want?* Combien de pain veux-tu ?
	le prix	***How much** is it?* Combien cela coûte-t-il ?
how often	la fréquence	***How often** do you play football?* Tu joues souvent au football ?
how long	la durée	***How long** will it take?* Combien de temps cela prendra-t-il ?

2 Observe les réponses et complète les questions.

1. .... will travel with you? – Jane will.
2. .... were they doing? – They were sleeping.
3. .... toothbrush is it? – It's Jenny's.
4. .... is their house ....? – It's big and modern.
5. .... were your keys? – They were on the kitchen table.
6. .... do you go to the cinema? – We go to the cinema once a week.
7. .... will it take? – It will take two hours.

SCORE ..../7

COUP DE POUCE
Utilise *what... like* dans une des phrases.

Place de la préposition

- Si le verbe utilisé dans la **phrase interrogative** se construit avec une préposition, celle-ci doit rester après le verbe dans la question.
  *Who are you waiting **for**?* Qui attendez-vous ?

3 Pose les questions qui correspondent aux réponses suivantes, en utilisant la préposition contenue dans la réponse.

Ex. : *What are you listening to? – I'm listening to classical music.*

1. ....? – He was waiting for the train.
2. ....? – They are looking at some paintings.
3. ....? – They came from England.

SCORE ..../3

ATTENTION
N'oublie pas que la préposition doit rester après le verbe dans la question.

ANGLAIS

Corrigés p. 287

TOTAL ..../ 16

14 Les phrases réduites

Les *question tags*

- Les *question tags* sont de petites questions qui viennent en fin de phrase et qui servent généralement à demander confirmation ; ils peuvent aussi exprimer la surprise. Ils sont l'équivalent du français « **n'est-ce pas ?** », mais sont employés beaucoup plus systématiquement en anglais qu'en français.
- Construction des *tags*
  - **Énoncé affirmatif** → *tag* avec une négation : auxiliaire + ***not*** + pronom personnel.

    *This story is very funny, **isn't it?*** Cette histoire est très drôle, n'est-ce pas ?
  - **Énoncé négatif** → *tag* sans négation : auxiliaire + pronom personnel.

    *He doesn't like cheese, **does he?*** Il n'aime pas le fromage, n'est-ce pas ?
- Note que le *question tag* est toujours précédé d'une virgule et suivi d'un point d'interrogation. Pourtant ce n'est généralement **pas une vraie question**.

★★ 1 Complète les phrases suivantes à l'aide du *question tag* qui convient.

1. You don't believe me, ... ?
2. They didn't call the doctor, ... ?
3. Karen will be fifteen next week, ... ?
4. You haven't seen that film, ... ?
5. Oliver likes playing squash, ... ?
6. Louis can't swim, ... ?
7. Jane has lost her pen, ... ?
8. They brought some flowers, ... ?
9. Melissa was sleeping, ... ?
10. You've never been to China, ... ?

SCORE ..../10

COUP DE POUCE
Si la phrase ne contient pas d'auxiliaire, utilise celui qui correspond au temps de la phrase.

Les *tags* de conformité

- Pour exprimer la ressemblance, la similarité, on emploie des *tags* de conformité. Ils correspondent au français « **moi aussi...** », « **moi non plus...** ».
- À la **forme affirmative**, le *tag* est composé de ***so*** + auxiliaire + sujet.

  *Whitney likes horror films. **So do I.*** Whitney aime les films d'horreur. Moi aussi.
- À la **forme négative**, le *tag* est composé de ***neither*** + auxiliaire + sujet.

  *I didn't manage to find a hotel. **Neither did Kim.***
  Je n'ai pas réussi à trouver un hôtel. Kim non plus.

★★ 2 Peter et Kevin ont vraiment les mêmes goûts et les mêmes projets. Utilise un *tag* de conformité pour le montrer.

1. Peter enjoys going jogging. .... Kevin.
2. Kevin is crazy about jazz. .... Peter.
3. Kevin doesn't like tidying his room. .... Peter.

COUP DE POUCE
Chaque fois que l'on fait une affirmation concernant Peter, on dit qu'il en est de même pour Kevin et réciproquement.

4. Peter isn't interested in history. .... Kevin.

5. Kevin enjoyed playing with his teddy bear. .... Peter.

6. Peter will be a detective. .... Kevin.

SCORE ..../6

Les *tags* de contraste

- On emploie les *tags* de contraste pour **exprimer une différence**.
  Si la première partie de la phrase est affirmative, le *tag* de contraste est négatif et inversement.
  *George **was** late (but) Linda **wasn't**.* George était en retard, (mais) pas Linda.
  *Beth **didn't** take her car (but) I **did**.* Beth n'a pas pris sa voiture, (mais) moi oui.

★★ 3 John ne fait rien comme ses amis. Utilise un *tag* de contraste pour le montrer.

Ex. : *Angela's going to town, but John isn't.*

1. Bob doesn't play cricket, ...
2. Kate can swim, ...
3. Jane has been to America, ...
4. Alan didn't want to live in London, ...
5. Shirley bought a new racket last week, ...

SCORE ..../5

INFO

Utilise le sujet *John* dans chacun de tes tags de contraste.

★ 4 Regroupe les dessins par paires.
Trouve les légendes manquantes en employant des tags de contraste.

COUP DE POUCE

Les phrases de départ sont affirmatives. Que doit contenir chaque *tag* de contraste ?

a.

b.

c.

d.

e.

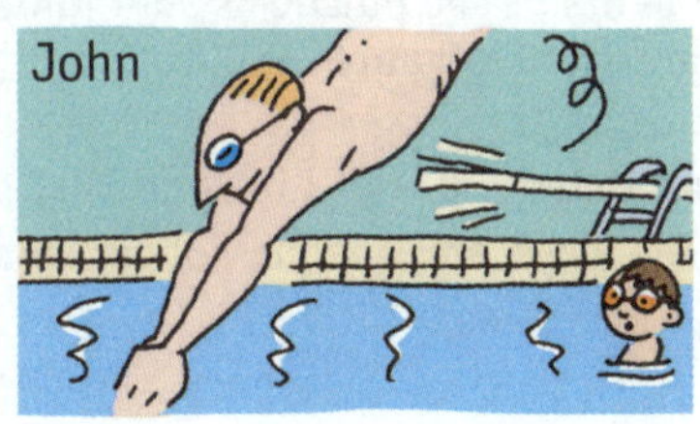

f.

1. Mr Bird can play the violin, but ....
2. John is a good swimmer, but ....
3. Christopher likes cats, but ....

SCORE ..../3

Corrigés p. 287

TOTAL ..../ 24

Corrigés

1 Les quantifieurs

1 1. a few 2. many 3. a little 4. much 5. a few

2 1. many. 2. much 3. enough 4. enough 5. many

EXPLICATION
People est un collectif désignant un pluriel : on emploie donc *many*.

3 Yesterday it was warm *enough and I decided to go shopping with Ann; but I couldn't buy anything because I didn't have *enough money. Ann had *enough euros to buy me an ice cream! I was lucky *enough...

4 1. I would like to visit either the museum or the exhibition. What's your choice?
2. At breakfast I drink neither tea nor coffee, I have some fruit juice.
3. Both books are interesting.
4. These shoes are too small; give me the other ones.
5. I would like to see both the western and the detective film.

2 L'adjectif au comparatif et au superlatif

1 1. Coldice isn't as deep as Fridgice. • 2. Coldice isn't as wide as Fridgice. • 3. Fridgice is as heavy as Coldice. • 4. Fridgice isn't as expensive as Coldice.

2 1. Paul is as old as his twin brother. • 2. The house is more modern than the castle. • 3. The skyscraper is higher than the building.

EXPLICATION
Paul et son frère ont le même âge puisqu'ils sont jumeaux. On utilise donc le comparatif d'égalité : *as old as*.

3 1. Paul is taller and taller. • 2. Her life is getting more and more difficult. • 3. The days are getting longer and longer. • 4. It's getting colder and colder.

EXPLICATION
On utilise la construction *more and more* pour les adjectifs longs, tels que *difficult* dans la phrase 2.

4 1. What is the smallest insect in the world?
2. What is the highest building in the world?
3. What is the fastest animal in the world?
4. What is the most expensive stone in the world?

EXPLICATION
Note bien qu'après un superlatif, on utilise la préposition *in* pour indiquer un lieu (*in the world*).

3 L'expression de la possession

1 1. his • 2. our • 3. his • 4. her • 5. its

2 1. It's my friends' jeep. • 2. He's Mrs Stanford's new nephew. • 3. It's the boys' electric train. • 4. It's the headmaster's office. • 5. They're Elizabeth's dogs.

EXPLICATION
Friends et *boys* sont au pluriel : on n'ajoute que l'apostrophe.

3 1. This tourist's suitcase is lost. • 2. They're the children's bikes. • 3. They have lost the key of the safe. • 4. I like my cousin's flat. • 5. My brothers' bedroom is pleasant.

EXPLICATION
Phrase 3 : on n'emploie pas le cas possessif avec un nom d'objet concret (coffre).

4 1. Whose moped is it? It's Robert's. It's his.
2. Whose TV is it? It's her parents'. It's theirs.
3. Whose radio is it? It's his grandparents'. It's theirs.
4. Whose toys are they? They're the children's. They're theirs.
5. Whose skirt is it? It's Judy's. It's hers.

4 Les pronoms relatifs

1 1. who • 2. which • 3. which • 4. which • 5. who

2 1. I have a friend who is an actor. • 2. There's a film which/Ø I'd like to see. • 3. I know a man who is an archaeologist. • 4. They live in a house which is very comfortable.

3 ① This is the biggest museum that she has ever visited. • 2. We'll take the plane which comes from London. • ③ I don't like the film that I saw yesterday. • 4. I've got a bracelet which is made of gold. • ⑤ Do you know the man that she is talking to? • 6. Look at the girl who is running.

EXPLICATION
Note bien la place de la préposition dans la phrase : *Do you know the man (that) she is talking to?* Elle est rejetée en fin de proposition.

4 Yesterday I was driving my car when I saw a man who/that was hitch-hiking. I noticed him because he was carrying a bag which/that seemed too big for him. The girl who(m)/that/Ø he was talking to was tall and blond. The car which/that/Ø I was driving was too small for three; so I didn't take them. When I got back home in the evening I recognized the two people who/that were sitting on my sofa. They were the two hitch-hikers and they were speaking with my husband; the man was actually his cousin who(m)/that/Ø he hadn't seen in years. I looked at them and smiled.

5 Présent simple ou présent en *be* + V-ing ?

1 **1.** What does your Canadian friend do?
Intrus : **neighbours** ; l'auxiliaire *does* exige un sujet à la 3e personne du singulier.
2. My American cousin doesn't eat meat.
Intrus : **eats** ; la phrase contient l'auxiliaire *doesn't*, le verbe doit donc être à la base verbale.
3. She always washes her hair on Tuesdays.
Intrus : **Tuesday** ; *on Tuesdays :* le mardi.

EXPLICATION
Phrase 3 : pour parler du mardi en général (tous les mardis), on doit mettre un *s* à *Tuesdays*.

2 **1.** Carl's paying for the drinks, isn't he?
2. Your children collect stamps, don't they?
3. Angela likes detective films, doesn't she?
4. You don't remember it, do you?
5. You aren't listening to the radio, are you?

EXPLICATION
- Les phrases 1 et 5 sont au présent *be* + V-*ing*. On reprend l'auxiliaire *be* pour construire les *question tags*.
- Les phrases 2, 3 et 4 sont au présent simple. On doit utiliser l'auxiliaire *do* pour construire les *question tags*.

3 **1.** makes **2.** are working **3.** lend **4.** 're walking **5.** know

EXPLICATION
- Les adverbes de fréquence (*always, often*) nous montrent qu'il s'agit d'une action habituelle, on emploie le présent simple.
- Phrase 5 : le verbe *know* ne se met jamais au présent en *be* + V-*ing* car ce qu'il exprime ne concerne pas seulement le moment présent.

4 **1.** Where are you going? • **2.** When do you usually go to the library? • **3.** What do you often borrow? • **4.** Why do you like detective books? • **5.** Who are you talking to? • **6.** What does he / she prefer?

6 Prétérit simple ou prétérit en *be* + V-ing ?

1 **1.** The detective was in Baker Street when he saw the thief. • **2.** He followed him. • **3.** The thief got into a taxi and went to a bookshop. • **4.** He bought a book by Sir Conan Doyle. • **5.** But he was very unlucky because Sherlock Holmes arrested him when he left the bookshop.

EXPLICATION
Sherlock Holmes, qui est un personnage de fiction créé par le célèbre sir Conan Doyle, était censé habiter au 221, *Baker Street* à Londres. C'est d'ailleurs à cette adresse que se trouve le musée Sherlock Holmes.

2 **1.** Did they live in the country? No, they didn't live in the country.
2. Did she give him a watch? No, she didn't give him a watch.
3. Were they proud of her? No, they weren't proud of her.

EXPLICATION
La forme interrogative du prétérit se construit avec l'auxiliaire *did* / sujet / verbe à la base verbale. Seul l'auxiliaire *be* n'a pas la même construction : on fait passer *was* ou *were* avant le sujet pour obtenir la forme interrogative (phrase 3).

3 **1.** She won the cup two months ago. • **2.** I visited China four years ago. • **3.** She bought the tickets three days ago.

EXPLICATION
Ago se place toujours après l'unité de temps, et s'emploie toujours avec le prétérit simple.

4 **1.** She was having a bath when someone knocked at the door. • **2.** They were jumping on the bed when their father arrived. • **3.** He broke a plate when he was cooking.

7 Le present perfect

1 They have bought a new car.

EXPLICATION
- Action passée : ils ont acheté une nouvelle voiture.
- Conséquence dans le présent : ils ont une voiture neuve.

2 **1.** My cousin has bought a new racket. • **2.** Philip has lost his key. • **3.** I have finished my exercise. • **4.** They have written a long letter.

EXPLICATION
Toutes les phrases ont la même construction : sujet + auxiliaire *have* conjugué au présent + verbe au participe passé + complément.

3 **1.** has tidied • **2.** has made • **3.** have bought • **4.** has watered • **5.** has had

4 **1.** Have your parents painted their bedroom?
– Yes, they've just painted it.
2. Have you taken your umbrella?
– Yes, I've just taken it.
3. Has Mary drunk her glass of milk?
– Yes, she has just drunk it.
4. Have Bill and Bob invited Susan?
– Yes, they've just invited her.
5. Has Teddy repaired his moped?
– Yes, he has just repaired it.

EXPLICATION
Dans les réponses, on emploie *just* avec le *present perfect* pour montrer que l'action vient de se produire.

5 **1.** since • **2.** for • **3.** for

EXPLICATION
On traduirait ces verbes au *present perfect* par des présents en français.

8 Prétérit simple ou present perfect ?

1 **1.** Where was the book? • **2.** When did he arrive? • **3.** What did she/Tina give you two days ago? • **4.** Who did Calvin call yesterday? • **5.** What did Richard bring? • **6.** Why were the children frightened?

EXPLICATION
Les phrases 1 et 6 contiennent l'auxiliaire *be*. Pour construire les questions, on fait passer l'auxiliaire avant le sujet. Les autres phrases ne contiennent pas d'auxiliaire. Pour construire les questions, on fait appel à l'auxiliaire *did* et on remet le verbe à la base verbale.

2 **1.** Has Jim ever drunk champagne?
– Yes, he drank champagne two weeks ago.
2. Have your friends ever visited the Science Museum?
– Yes, they visited the Science Museum ten days ago.
3. Have you ever taken the Eurostar?
– Yes, I took it two years ago.

EXPLICATION
- Dans les questions, on fait un bilan sans s'intéresser au moment où les actions concernées se sont produites. On emploie donc le *present perfect*.
- Dans les réponses, on précise à quel moment du passé ces actions ont été accomplies. On utilise donc le prétérit.

3 **1.** Sally has been a journalist for four years. • **2.** She has already been to Spain. • **3.** She went there three years ago. • **4.** She visited the United States when she was fifteen. • **5.** She has never been to San Francisco.

EXPLICATION
- Phrase 1 : on parle d'une action commencée dans le passé qui continue dans le présent. On précise sa durée. On utilise le *present perfect* avec *for*.
- Phrases 2 et 5 : on parle des expériences que Sally a déjà faites ou non dans sa vie, sans s'intéresser au moment où elle les a faites. On utilise aussi le *present perfect*.

4 **1.** visited • **2.** haven't seen • **3.** has translated • **4.** woke up • **5.** took

EXPLICATION
La phrase 2 contient la locution *not... yet* (pas encore) : elle établit un lien entre le passé et le présent. On utilise donc le *present perfect*.

9 L'expression de l'avenir

1 **1.** Next Thursday, Ralph is going to play tennis at half past four. • **2.** He is going to take his car to the garage. • **3.** He is going to have dinner with Jenny at 7.00 o'clock. • **4.** Then they are going to see a detective film together. • **5.** He isn't going to go to the dentist's.

EXPLICATION
L'auxiliaire *be* s'accorde avec le sujet, mais l'expression *going to* est invariable.

2 **1.** What time is she leaving? • **2.** Are you going to invite the Millers? • **3.** What are you going to do next Saturday? • **4.** When are they going to call you? • **5.** Is Robert taking the train next Friday?

3 Is she coming tonight? No, she isn't. Will John do the shopping? No, he'll stay at home. Who will take the dog out? The children will. Are they going to clean the car? Yes, they are. What will she do tomorrow? She'll go swimming. Will they talk to him? No, they won't.

4 **1.** She'll buy a new car when she has enough money. • **2.** She will take her driving test when she is eighteen. • **3.** She will speak to the teacher as soon as she sees him.

10 Les modaux (1)

1 **1.** faux • **2.** play

2 You can listen to music today but you can't dance rock'n'roll. You can play video games. You won't be able to play football tomorrow but you will be able to play football next month. You can't go to the disco today and you won't be able to go to the disco next month either. I know your parents!

EXPLICATION
L'incapacité exprimée par *can't* peut relever d'une interdiction (voir la dernière phrase).

3 **1.** could • **2.** can't • **3.** could [...] can't

EXPLICATION
Phrase 3 : on oppose le passé au présent en parlant de ce qu'on était capable de faire dans le passé alors que cela est impossible maintenant. On emploie *could* puis *can't*.

4 **1.** Shall we go to the cinema? • **2.** Shall we listen to music?

11 Les modaux (2)

1 I am at the swimming pool.

2 **1.** mustn't • **2.** doesn't have to • **3.** mustn't • **4.** don't have to • **5.** don't have to

EXPLICATION
▸ Phrases 1 et 3 : on parle d'interdictions. On utilise donc *mustn't*.
▸ Phrases 2, 4 et 5 : on parle d'actions que l'on n'est pas obligé de faire. On emploie *don't have to*.

3 **1.** She mustn't stay in bed; it's time to go to school. • **2.** It may rain. • **3.** She is running: she must be late. • **4.** He will have to send e-mails.

EXPLICATION
Attention ! Dans la phrase 3, on fait une déduction à partir de ce qui se passe, et on exprime une forte probabilité. On emploie donc *must*.

12 Le passif

1 **1.** The actor was interviewed. • **2.** The actor has been interviewed. • **3.** The actor will be interviewed.

EXPLICATION
Exemple d'emploi : *The actor was interviewed for two hours.* L'acteur a été interviewé pendant deux heures.

2 **1.** No, it will be painted tomorrow. • **2.** No, they will be repaired tomorrow. • **3.** No, it will be done tomorrow. • **4.** No, she will be examined tomorrow.

EXPLICATION
Le participe passé de *do* est irrégulier : *do* → *done*.

3 **1.** His computer hasn't been repaired yet. • **2.** A policeman was attacked by a dog yesterday. • **3.** The diamonds were stolen by a thief last week. • **4.** A lot of newspapers are sold every day.

EXPLICATION
▸ Avec *not... yet*, on emploie le *present perfect*.
▸ Avec *every day*, on doit employer le présent simple car il s'agit ici d'une vérité générale.

4 **1.** Victory was celebrated by contestants.
2. The French were beaten in yesterday's match.
3. Famous paintings were stolen from a museum.
4. 25 people were hurt in a plane crash.

13 Les questions

1 **1.** Does Ashley live in the suburbs of London? • **2.** Does she work in London? • **3.** Did she take the 8 o'clock train to Waterloo Station? • **4.** Were there a lot of people on the train? • **5.** Will she be in London at 8.45? • **6.** Will she take the tube as soon as she arrives in London?

2 **1.** Who will travel with you? • **2.** What were they doing? • **3.** Whose toothbrush is it? • **4.** What is their house like? • **5.** Where were your keys? • **6.** How often do you go to the cinema? • **7.** How long will it take?

EXPLICATION
Phrase 4 : la réponse montre que la question porte sur l'aspect de la maison. On emploie *what... like*. Note bien la place de *like*, en fin de phrase.

3 **1.** What was he waiting for?
2. What are they looking at?
3. Where did they come from?

EXPLICATION
Toutes les questions ont la même construction : mot interrogatif + auxiliaire + sujet + verbe suivi de la préposition qui l'accompagne.

14 Les phrases réduites

1 **1.** You don't believe me, do you? • **2.** They didn't call the doctor, did they? • **3.** Karen will be fifteen next week, won't she? • **4.** You haven't seen that film, have you? • **5.** Oliver likes playing squash, doesn't he? • **6.** Louis can't swim, can he? • **7.** Jane has lost her pen, hasn't she? • **8.** They brought some flowers, didn't they? • **9.** Melissa was sleeping, wasn't she? • **10.** You've never been to China, have you?

EXPLICATION
Les *question tags* ne sont généralement pas de vraies questions : on n'attend pas de réponse. Dans ce cas, l'intonation est descendante.

2 **1.** Peter enjoys going jogging. So does Kevin. • **2.** Kevin is crazy about jazz. So is Peter. • **3.** Kevin doesn't like tidying his room. Neither does Peter. • **4.** Peter isn't interested in history. Neither is Kevin. • **5.** Kevin enjoyed playing with his teddy bear. So did Peter. • **6.** Peter will be a detective. So will Kevin.

3 **1.** Bob doesn't play cricket, but John does. • **2.** Kate can swim, but John can't. • **3.** Jane has been to America, but John hasn't. • **4.** Alan didn't want to live in London, but John did. • **5.** Shirley bought a new racket last week, but John didn't.

EXPLICATION
▸ La phrase 5 est au prétérit à la forme affirmative. Elle est la seule à ne pas contenir d'auxiliaire. Pour construire le *tag* de contraste, on utilise l'auxiliaire *did* à la forme négative.
▸ *Whereas* (alors que) peut remplacer *but*.

4 **1.** Mr Bird can play the violin, but Susan can't. *(a, e)*
2. John is a good swimmer, but Bob isn't. *(f, b)*
3. Christopher likes cats, but Bill doesn't. *(c, d)*

Donner un ordre, un conseil

Télécharge* et écoute le podcast *Behind the door!*

Donner un ordre

- **Listen to me! Tidy your room!**
  Écoute-moi ! Range ta chambre !
- **You must obey your parents.**
  Tu dois obéir à tes parents.
- **You'll have to feed the dog.**
  Il faudra que tu nourrisses le chien.

Donner un conseil

- **You should eat more vegetables.**
  Vous devriez manger plus de légumes.
- **You'd better see a doctor.**
  Tu ferais mieux de voir un médecin.
- **I advise you to visit this museum.**
  Je vous conseille de visiter ce musée.

Interdire

- **You mustn't come back after midnight.**
  Tu ne dois pas rentrer après minuit.
- **You're not allowed to watch a DVD.**
  Tu n'es pas autorisé(e) à regarder un DVD.
- **It's forbidden to jump on the bed.**
  Il est interdit de sauter sur le lit.

Parler de l'avenir

Télécharge* et écoute le podcast *Holiday plans!*

Parler de ses vacances

- **I will be on holiday in August.**
  Je serai en vacances au mois d'août.
- **Where will you spend your next holidays?**
  Où vas-tu passer tes prochaines vacances ?
- **Do you have any holiday plans?**
  Avez-vous des projets de vacances ?

Formuler un vœu

- **I wish you luck.**
  Je te souhaite bonne chance.
- **I hope you'll be very happy there.**
  J'espère que vous serez très heureux là-bas.
- **Let's hope that it will be sunny!**
  Espérons qu'il y aura du soleil !

Expliquer ses projets

- **I'm going to swim every day.**
  Je vais nager tous les jours.
- **I'm planning to take singing lessons.**
  J'ai l'intention de prendre des cours de chant.
- **I think I will try to play cricket.**
  Je pense que j'essaierai de jouer au cricket.